书影月痕

彭　龄
章　谊　著

五洲传播出版社

图书在版编目（CIP）数据

书影月痕 / 彭龄，章谊著 . -- 北京 : 五洲传播出版社， 2024.07

ISBN 978-7-5085-5079-4

Ⅰ . ①书… Ⅱ . ①彭… ②章… Ⅲ . ①随笔—作品集—中国—当代
Ⅳ . ① I267.1

中国国家版本馆 CIP 数据核字 (2023) 第 158737 号

著　　者： 彭　龄　章　谊
出 版 人： 关　宏
责任编辑： 宋博雅
装帧设计： 丰饶视觉

书影月痕

出版发行： 五洲传播出版社
地　　址： 北京市海淀区北三环中路 31 号生产力大楼 B 座 6 层
邮　　编： 100088
发行电话： 010-82005927　010-82007837
网　　址： http://www.cicc.org.cn　http://www.thatsbooks.com
印　　刷： 北京市房山腾龙印刷厂
开　　本： 787 mm × 1092 mm　1/16
印　　张： 23.5
字　　数： 449 千字
版　　次： 2024 年 7 月第 1 版第 1 次印刷
书　　号： ISBN 978-7-5085-5079-4
定　　价： 98.00 元

谨以此书纪念家父曹靖华一百二十周年诞辰

彭龄伉俪的人和文

——彭龄、章谊《书影月痕》序

人在青少年时期建立起来的友谊是比较纯洁因而也是比较能持久的。我与本书的两位作者——曹彭龄和卢章谊夫妇之间的友谊就是在大学年代建立起来的。那时我们都生活在未名湖畔，我在西语系学德语，他俩在东语系学阿拉伯语——当时还没有结合。本来也未必有缘相识的，但共同的爱好——文学将我们沟通了！北京大学的学生业余文化生活向来丰富多彩，其中文学社团是比较活跃的，我们就在那里相知相识。由于彭龄性情温和，待人谦逊诚恳，我们很快产生了友情。离校后，大家各奔东西；“文革”中，他俩一个在部队，一个（章谊）在新华社，我则去了“五七干校”，无缘见面。不过，他俩却有一条“亲情纽带”与我联系着：七八十年代，我有机会拜访过他父亲多次，其中前三次是在“文革”后期，原因是我与几个年轻同事乘邓小平复出“抓生产”之机，在冯至等前辈的指导下搞了个“鲁迅与外国文学”的课题。我们都知道彭龄的父亲曹靖华教授是鲁迅的至交，便拿着冯至先生的介绍信去工体东路向曹老先生请教去了，受到他亲切热情的接待。后来，我们编出了两本油印资料、最后写出初稿，都先后直接送给他提意见。每次拜访，都有悉心照料父亲的苏玲即彭龄的姐姐在场。她亲切热情、性情直爽，在我们与她父亲谈完后，她都要和我们愉快地聊上一番，除了她在人民文学出版社的工作，也谈及彭龄两口子的动态，给我们留下深刻的印象。最后一次见曹老是在1980年秋，外国文学学会在成都召开“文革”后的第一次年会，我冒昧去曹老的住处聊了一个晚上。他丰富而不寻常的一生以及对于翻译的卓见，令我对他更加景仰。无疑，在前后数次与曹老的接触中，每次都有彭龄和章谊的影子在，就是说，我们的谈话都涉及他们，因而知道他们的行踪。

七八十年代，彭龄夫妇和父母住在同一座楼的不同单元，那时我住在东光路的南端（与工体东路在一条直线上），彼此距离较近，故而在70年代末和80年代初，我们有过几次来往。但自他们出使外国后，见面的机会就很少了。又是文学帮了我们的忙：继承了父辈基因的彭龄写得一手好文，常把他在国外工作或游览中的所见所闻发表在国内报刊上，凡我看到的都让我感到欣慰，从而增进了友情。日积月累，到一定时候他们就出一本集子，我收到后放在枕边不时翻翻，阅读时总觉有一股暖流在周身循环。因为彭龄绝不是一个徒有生花妙笔的作家，他真的是“文章合为时而著，诗歌合为事而作”（白居易），每写一件事都倾注了满腔热情和真情实感。例如他去一个地方参观游览，事先都要收集一番相关资料，然后结合自己的耳闻目睹，把真实的感受写出来与读者分享。于是，我们读到了诸如《不能忘却的记忆》这样的醒世感言，写他夫妇俩去了辽宁葫芦岛休养后，方知抗战胜利后的1946年东北曾发生过一件这样重大的事件：中国国共两党和美国三方根据《波茨坦公告》精神，将105万日本在东北的侨民和战俘遣返回国，在当时各方面条件极其艰苦的情况下，竟在七个月内胜利地完成了这一极其艰巨而庞杂的任务！而在这个过程中，14年内受尽屈辱和残害的东北大地竟然没有发生虐待俘虏或报复事件！这件惊天动地的大事显然也感动了被遣返人员中后来成为作家的田源和夫与国弘威雄，他们写的纪实性的报告文学作品及拍摄的影片，在日本读者中引起积极的反响。彭龄夫妇为自己先前对此一无所知而深感愧疚！其实，感到愧疚的岂止是作者，笔者对此原来也一无所闻。这就说明了这篇文章的价值。

某些事件曾在国际上轰动一时，而由于种种原因国内却鲜有人知。这样的事一旦被作者捕捉到，他是不会吝惜自己的笔墨的。于是像《希腊魂》这样的精彩散文亦让我们如愿以偿：德国法西斯占领希腊的时候，竟然将它那面丑恶的卐字旗插在了宏伟庄严的帕特农神庙上！这对欧洲文明的神圣策源地是多么严重的亵渎！希腊的爱国志士们岂容这样的耻辱，于是他们站出来了，决心拔掉这面血腥的黑旗！经过长期而周密的策划，两位分别叫桑塔斯和格列索斯的勇士，在一天夜里终于设法躲过严密的岗哨，成功地爬上了150余米高的陡峭的雅典卫城山顶，一举拔掉了这面罪恶的黑旗。这不啻是一首现代版的普罗米修斯偷天火给人类的英雄史诗，今天读来依然令人荡气回肠。

《书影月痕》的作者作为在国外工作多年的外交官，自然经历过不少激动人心的事件，接触过不少官方或民间的优秀人物，并将其诉诸笔端。例如《天涯尽知音》一文，写的是作者受托将冰心翻译的黎巴嫩大作家纪伯伦的《先知》中译本带往黎巴嫩一个叫布舍里的地方的纪伯伦博物馆，其间经过许多曲折，在诸多认识与不认识的热心人的帮助下终于如愿以偿，读后让人获得一种雨过天晴的喜悦与宽慰。作者还在叙利亚对中国最友好的德鲁兹人中发现并结识了“阿拉伯的白求恩”，即著名诗人奥贝德。奥贝德后来应聘来到北京大学东语系任教，一待就是12个春秋！除教学外，他还参与了许多重要的翻译校订工作，把最好的年华贡献给了中国的教育和翻译事业。读后，你会觉得说他是“阿拉伯的白求恩”一点都不过分。

作为有身份的外交官，作者自然有机会接触国际上的某些风云人物。其中最生动的记述莫过于他与第六任联合国秘书长、埃及杰出外交家加利先生的结识了。这位于上世纪90年代在任期间（1992—1996）三天两头在几十亿观众的电视屏幕前露面的国际长官，到1999年已是第十次来中国。但当他见到作者夫妇时并不因对方不是高官而止于寒暄，而是驻足长谈，且态度极为亲切友好。除了彼此语言相通，这显然跟交谈的主题——中埃友好有关。当温文儒雅的彭龄夫妇告诉对方曾在埃及工作了四年，并恭恭敬敬地将他们的著作《埃及漫步》呈送给他时，加利先生顿时眼睛发亮，不顾语言障碍，立刻一页一页地翻阅起来，因为书中的许多照片中有不少他熟悉的人。最为动人的是，最后，当作者夫妇俩递上本子请加利先生写几句话作为留念时，他并不像一般人那样大笔一挥了之，而是请他俩将本子留下来，等他签好后让埃及大使转交给这两位可信赖的新朋友。不久，夫妇俩果然从大使那里收到了加利先生那恭谨的、充满中埃友谊的美好题词。

不过，若将外交家与作家这两种身份加以衡量，则彭龄夫妇最本质的身份恐怕还是后者。因为外交官是国家授予的职责，而写作则是出自自己的天赋，参加作协更是自己的自觉要求。那么，在《书影月痕》中涉及最多的题材是文学，就不足为怪了。从他父亲为之付出毕生精力的俄苏文学到他自己专业所在的阿拉伯文学，再到对我国文学影响最大的西方文学，那一篇篇阅读心得常常伴有深入细致的艺术分析和独特感受，不是一般人所能及的；至于某些亲身经历或直接参与的事件，读来更令人刻骨铭心。如《带不走的那份沉重》，内容丰富而复杂。它不仅赞颂了苏联时期写了《暴风雨》、《解冻》、《人、岁月、生活》等的大作家爱伦堡伟大而沉重的一生，而且带出了作者父亲早期革命翻译生涯的一个故事，这故事在当时听起来也是沉重的！作为爱伦堡作品的第一个译者，年轻的曹靖华先生当时翻译了爱伦堡的短篇小说《康穆纳尔的烟斗》。译者的师长鲁迅先生看了后认为是好作品，但同时觉得“康穆纳尔”（共产党人）可是个“敏感词”，有关的人们都有同感，为了不影响作品的发表，最后不得不干脆改名为《烟袋》。啊，连“骨头最硬”的鲁迅都畏惧这个“敏感词”，对于中国知识分子来说，它可真是西绪福斯背上的那块石头啊，始终沉重地背着！

《书影月痕》涉及的多位西方作家中，看来作者最为钟情的是浪漫主义作家，尤其是英国的那三位早逝的青年浪漫主义诗人。难怪刚读完专写拜伦的那篇佳作以后，又发现还有一篇把这三位诗人作为三位一体来写的妙文《罗马三月悼诗魂》！而机缘恰恰是由于作者参观罗马西班牙广场的“三位一体教堂”而意外发现了其近旁的这座小三位一体纪念馆。它原本是济慈的故居，后来上述诗人们的粉丝把这座三层小楼的第二层买了下来，设立为三位诗人的共同纪念馆，不愧是有识之士功德无量之义举。19世纪初的欧洲浪漫主义运动以美学之贡献而言当首推德国浪漫派，它最早透露了20世纪的美学先兆。但若论时代豪情之强烈、推动历史之进步，则无疑是英国浪漫派，其中尤其是上述三位青年诗人。他与封建复辟势力、社会黑暗和殖民统治不共戴天！而且他们这种强烈的反抗精神并不止于诗歌创作，亦诉诸行动，即鲁迅所说的“立意在反抗，指归在动作”。当年身处“黑暗如磐”的祖国的鲁迅，窒闷于“铁屋子”里，充满急欲要把它凿穿的强烈反抗情绪，因而与上述浪漫主义诗人产生强烈的共鸣。他当年写的《摩罗诗力说》（1907），呼唤“精神界之战士”，其楷模就是这批“撒旦”式的浪漫主义诗人，尤其是拜伦。无独有偶，视“行”甚于“言”的德国文豪歌德亦对拜伦赞美有加，显然这跟拜伦身体力行，最后死在反抗殖民主义的希腊土地上有关。三位青年诗人以拜伦的年龄最大，雪莱小他四岁，济慈又小雪莱三岁。但他们离世时，次序却倒了过来！而最后离去的拜伦，天年也不过36岁！对于文学星空中这一小群彗星式的天才，全世界的文学爱好者无不在赞美之余，深深地感到惋惜。如今，《罗马三月悼诗魂》的作者以其亦喜亦悲的笔调，舒解了读者心中久久难以排遣的遗憾，读之岂不快哉！

《书影月痕》的两位作者毕竟都是阿拉伯语专家，他们自然不会放过机会向读者介绍阿拉伯文学中的精华，首先是那些他们有直接交往的作家。他俩确也没有辜负读者的期盼。除了前面提及的诗人奥贝德教授以外，还向我们推荐了两位世界级的大家——叙利亚的阿多尼斯和埃及的马哈福兹。阿多尼斯也是黎巴嫩一条负载着诸多文化蕴涵的古老河流的名称。从这点可以看出他的气魄及其作品的精神气质。但他有多年的西方（法国）学习背景，还成了巴黎大学的教授，有扎实的理论功底，故他对阿拉伯的传统文化首先持反思态度，称自己“是犹如中国鲁迅那样的批判者”。与此相关，他也崇尚主张价值重估的尼采。不难想象，批判和反抗成了他诗歌创作的主旋律。同时，他的诗歌形式也是现代的、先锋的，因而是世界的。因此，他先后获得多项重要的国际奖项，包括一项2013年中国第四届青海湖国际诗歌节授予的“金羚羊奖”。说来也巧，笔者作为该诗歌节每届组织工作的参与者之一，也是金羚羊奖的评审委员，在投票之前，就听熟了评委们对阿多尼斯的众口一词的高度评价。故在读到《书影月痕》对阿多尼斯的诗和人的评说时，深感共鸣。

《书影月痕》的两位作者曾出使埃及四年。他们与埃及文学的往来最堪欣慰的莫过于与埃及文学泰斗马哈福兹的结识了！这是阿拉伯世界唯一获得诺贝尔文学奖的作家，而他始终平易近人，接近民众，每天上班来回步行，一路上随时与人打招呼搭话，沿途成了一道生动的人文风景。难怪他读到老舍的《骆驼祥子》时喜不自胜，两颗贴近百姓的心很快紧贴在一起。也因此，他很快与这对来自中国的新朋友拉近了距离。最后，他竟然带着因受重伤而颤抖的手为这对中国朋友题词、签名留念。从这些细节中，我们窥见了这位看似平凡作家的不平凡的精神世界。他与以上提及的几位阿拉伯民族精英一样，鲜明地透露出中阿两个伟大古老民族之间的共同的精神情怀。

《书影月痕》全书分为四辑，共60篇。它们包括了作者几十年的散文精华，浸透着夫妇俩几十年在外交和文学上所付出的才华和智慧乃至做人的风范。以上写的不过是随意“点击”，你看已经可以说异彩纷呈。读完它吧，你会收到一个文学和文化、知识和智慧的“大礼包”！

叶廷芳

2017年4月23日

目录

第一辑

相见牡丹时

洛阳人好牡丹。早在唐、宋时，已是“家家习为俗，人人迷不悟”，每当暮春谷雨花开时节，倾城观花，车马塞途。父亲说，早年他从豫西山区背着行李，跋涉三四天山路到洛阳，再从那里转道省城开封读书时，是多么想看看这国色天香的牡丹啊！但他始终没有得到过这样的闲暇与机遇。对父亲的感叹，我只是听听罢了。因为我在北京看到过天坛或中山公园牡丹园中的牡丹，觉得也不过如此。所以，当我读到宋朝诗人邵雍写的《洛阳春》：“洛阳人惯见奇葩，桃李花开未当花。须是牡丹花盛处，满城方始乐无涯”，感到洛阳人也未免太偏执了！牡丹再好，也不能把其他花不当花呀！

说来也巧，今年暮春，我们父子双双接到故乡邀请，出席一个文学刊物的颁奖、座谈和参加牡丹花会。父亲爱花是有名的，而去洛阳观赏牡丹，更是他几十年的夙愿，但不幸他却卧在病榻，不能成行。见我犹豫不决，他反催促我：“去吧，去吧，平时工作忙抽不开身，这次可以利用这难得的机会，请几天假，回故乡看看故乡人、故乡土、故乡花……”

我忽然感到肩头多了许多重负，使我不敢掉以轻心。到洛阳后，我办的第一件事，便是在火车站买一份洛阳地图。

紧紧张张两三天的颁奖、座谈结束了，这期间还穿插了观赏花灯和豫剧，并用了一天时间参观龙门石窟和少林寺。剩下的，就是参观花会了。我拿出洛阳地图，只见那上面用一朵朵牡丹花标示的花会展出点，竟像繁星一样遍布全城。花潮正盛，时间有限，我该从哪儿看起呢？我想起在市文联工作的海涛，我曾为他们办的文学刊物《牡丹》写过稿，也算有文字之缘吧。对我这不速之客，海涛并未见怪，立即安排车子，陪我直驱花会中心展点王城公园。那里早已是人头攒动，宾客云集。海涛如数家珍，指给我看什么是“魏紫”、“姚黄”、“瑞红”、“赵粉”，什么是“粉娥娇”、“烟绒紫”、“洛阳红”，什么是“凌花晓翠”、“娇容三变”、“酒醉杨妃”，什么是“冰凌罩红石”、“青龙卧墨池”……一朵朵，一株株，一蓬蓬，如翠羽丹霞，婀娜妩媚，光艳照人。那花容之美、花色之多、花事之盛，实实在在令我吃惊。真个是“唯有牡丹真国色，花开时节动京城”！我这才恍然大悟，明白为什么司马光不惜“判湿衣”劝友冒雨观花：“小雨留春春未归，好花虽有恐行稀。劝君披取渔蓑去，走看姚黄判湿衣”；为什么苏东坡为了观赏牡丹，竟举家自汝南迁居洛阳：“花从单叶成千叶，家住汝南疑洛南”；为什么洛阳人不把桃李花当花，而到牡丹开时，竟“绝烟火游之”的痴迷；也才明白为什么“走遍大半个地球”的老父亲一直为平生竟没有机会看看这“家家魏紫，户户姚黄”的盛景而引为憾事了。

牡丹原产于西北和江南，根可入药，称丹皮，有镇疼、解热、通经、活血之功效。早在1500多年前的南北朝时期，牡丹就以药用载入《神农本草经》了。它作为观赏植物大约也是始于南北朝而盛于唐。据宋朝吴俶的《异人录》记载，天授二年（691年）武则天诏游后苑：“明朝游上苑，火急报春知。花须连夜发，莫待晓风吹。”百花俱放，牡丹独迟。武后震怒，贬之于洛阳。这则传说揭露了武则天的暴戾残忍，也赞扬了牡丹不畏权贵的刚心劲骨。由此而衍生的“牡丹仙子”的故事不仅在民间广泛流传，还被明清小说大家冯梦龙、李汝珍、蒲松龄写入小说，一篇篇都是我国文化遗产中一颗颗光灿灿的明珠。

正如宋代李格非在《洛阳名园记》中所说：“园圃之废兴，洛阳盛衰之候也。……”千百年来，洛阳牡丹同古都洛阳几度坎坷，几度盛衰，恐怕没有人能比出身花农世家，如今是王城公园负责人的王三道体味更深了。他告诉我

彭龄（右）与海涛摄于洛阳牡丹园（1983年4月）

们，解放前夕，洛阳牡丹稀稀落落只剩下20多个品种，散落在少数人家中。新中国成立之初，周总理来洛阳视察时，听说牡丹濒临绝境，非常难过。他说牡丹雍容华贵，是中华民族兴旺发达、美好幸福的象征，要赶快抢救。在周总理关怀下，在洛阳人民和花农们的辛勤培育下，牡丹花族才又绝处逢生，一年年兴旺起来。后来，周总理又几次到洛阳，但都未赶上花期。最后一次是在1973年深秋，他曾感慨地说："我好像和牡丹无缘吧，怎么老是秋天来呢！"他表示"明春一定来看牡丹！"王三道和洛阳人民一年又一年眼巴巴地又盼了整整三年，想不到盼来的竟是令人心碎的噩耗……

这次我来洛阳，却听到一则新的传说，说的是在哀悼周总理逝世的举国伤悲的日子里，洛阳人用纸做成一朵朵牡丹，扎成一只只洁白的花圈，汇成一片白色花海，以寄托对周总理的哀思。忽然人们纷纷闪在一边，让出一条路。大家看到一位花农竟然捧着一盆鲜红的牡丹，默默地走向祭坛。人群躁动起来，人们当即给这株顶风冒雪怒放的鲜活的红牡丹取了一个寓意深长的名字——气死武则天！

俗话说："养花千日，花开一时。"牡丹虽然脾性粗放，但开得好坏还需精心培育，施肥、松土、灌溉、整形、除叶、分根、嫁接、喷药……一个新品种育成，至少要6—8年。而今，望着这满园130多个品种、2万多株如霞似锦、令人如醉如痴的牡丹，怎能不对王三道这样辛勤的育花人肃然起敬呢？

当晚，我又急匆匆赶回北京。在夜车中，不禁想起唐代诗人温庭筠的诗句："相见牡丹时，暂来还别离。……"虽说来去匆匆，但我觉得，对故乡人、故乡土、故乡花，确确实实多了一份理解与眷念。

（1983年4月于洛阳至北京夜车中）

我们在聆听

——访纪伯伦博物馆

就像谈起印度文学不能不提到泰戈尔，谈起黎巴嫩文学，就不能不提到纪伯伦。

50年代，我们在北大读书的时候，偶然从图书馆借到一本纪伯伦的《先知》中译本，立即被书中那深邃的哲理、高远的意境和浓郁的诗情深深吸引了。特别是，这个译本又是出自我们景仰的诗人、作家冰心先生之手。那流畅的文笔、细腻的格调，更使它像一块美玉，熠熠生辉。我们反复吟诵、咀嚼、玩味，简直爱不释手。

欧美的文学评论家们常把纪伯伦的《先知》和印度大诗人泰戈尔的《吉檀迦利》相提并论，共誉为“东方最美妙的声音”。他的另一本论述生命、爱情和友谊的散文诗集《沙与沫》，也堪与泰戈尔的《飞鸟集》媲美。

纪伯伦1883年出生在黎巴嫩北部一个名叫布舍里的山城。父亲是牧人，母亲是一个基督教牧师的女儿。当时黎巴嫩正处在奥斯曼土耳其帝国的黑暗统治之下，纪伯伦8岁时，父亲被捕入狱。1895年，纪伯伦11岁时，由于生活所迫，母亲带着他和比他大6岁的哥哥伊德及两个年幼的妹妹，远渡重洋，移居美国波士顿，靠母亲和两个妹妹以女红缝纫谋生。纪伯伦在一家专为外国人开的学校学习。一位女教师发现了他的绘画天才，把他介绍给著名诗人和艺术活动家法尔德·戴。戴鼓励他为一些书籍设计封面，从而开始了他的文学艺术生涯。1898年，他的亲人们坚持把他送回故乡学习阿拉伯语。他在黎巴嫩《觉醒》杂志上发表了最初的诗作，同时仍与戴保持联系，继续为他们画封面。1901年4月重返波士顿时，他的妹妹苏尔妲已死于肺病。次年，母亲和哥哥又相继病故。这接二连三的打击，给他心灵上留下了终生难愈的创伤。他和妹妹玛丽安娜在穷困中相依为命。他仍坚持文学和美术创作，先后发表了《音乐

作者将杭州织锦赠给馆长库鲁兹先生

书》、《草原新娘》、《叛逆的灵魂》和《金环》。由于买不起绘画颜料，有时他还不得不充当模特儿，来换取一点买颜料的费用。1908年，他到法国巴黎艺术学院学习，曾得到著名艺术家罗丹的指导。1912年返美后，移居纽约，并陆续发表了《泪与笑》、《折断的翅膀》和《行列圣歌》。1920年4月，他在阿拉伯侨民中组织了文学社团“笔会”，成为本世纪阿拉伯文学重要流派——旅美侨民文学派的创始人。1923年他发表了代表作《先知》。尔后，又相继写出了《沙与沫》、《人子耶稣》和《先知园》等有影响的著作。他的作品强烈地抨击封建礼教，洋溢着对自由的热烈追求，在当时阿拉伯文学和社会以至世界文坛上起到了振聋发聩的作用。然而，纪伯伦却一直在贫病中挣扎，1931年4月病逝于纽约，年方48岁。遗体被运回故乡，安放在玛丽·萨尔基斯修道院内。

1981年纪伯伦逝世50周年时，联合国教科文组织决定，将这一年定为纪念纪伯伦的国际年。1983年纪伯伦诞生100周年时，黎巴嫩又专门组织了“纪伯伦纪念委员会”，举行了规模盛大的纪念活动。可惜的是，我们来到黎巴嫩时，各种纪念活动都已结束。只是在贝鲁特的各个书店里，显著的位置上仍然陈列着各种版本的纪伯伦著作和文集。

每当我们翻看黎巴嫩地图，目光总不期然地停在黎巴嫩文学巨擘的家乡和他的安息之所——那有着诗一般美丽动听的名字的布舍里。我们多么想去看一看啊！可是，布舍里远在黎巴嫩北部的崇山峻岭之中，离海拔3000多米的科奈特索达大雪山不远。如果时局正常，那儿倒是冬季滑雪、夏季避暑的旅游胜地。但在今天黎巴嫩内乱不已、烽火遍地的情况下，要去一趟，实非易事。我们只好望“图”兴叹，一拖再拖。直到一年之后的今天，趁去特里波利出差之便，才靠了友人的帮助，穿过数不清的路障、哨卡，来到布舍里。

纪伯伦说过：“给我一只耳朵，我将给你以声音。”今天，我们正是带着一颗虔诚的心，风尘仆仆地来聆听、聆听……

布舍里像所有黎巴嫩小巧的山城一样，宁静而安详。大约由于地处偏远和时局动荡，显得十分冷清。以纪伯伦的名字命名的小街横贯全城，街上稀稀落落，几乎没有多少车辆行人。我们费了一番周折，才打听到纪伯伦博物馆。原来它不在城里，而是坐落在城外的半山腰上，有一条岔路直通门前。

这是一长排连在一起的石屋，门窗紧闭，狭小的窗户上嵌着铁条。推开拱形的木门，迎接我们的是博物馆馆长库鲁兹先生。这是一位中年学者，他听说我们来自中国，便一迭声地表示欢迎，让我们在他的办公桌旁的长椅上坐下。这里有英、法和阿拉伯语的录音带，来访的客人都先在这里听一遍录音，然后再进行参观。趁他安放录音带的时间，我们好奇地打量着这间小而简陋的办公兼接待室。这是一间延安窑洞式的拱形小屋，粉白的墙上挂着几幅纪伯伦的速写。其中一幅是两个少女的头像，清癯的面庞上各有一对亮闪闪的大眼睛，流露着少女的天真和对幸福生活的向往。那脸盘，那神情，都酷似纪伯伦。无疑，这是纪伯伦为他的两个妹妹玛丽安娜和苏尔姐画的肖像。可惜，这两位天真烂漫的少女都未能品尝到幸福，一位过早夭折，一位一直陪伴着哥哥在贫困中苦斗。

和你一同笑过的人，你可能把他忘掉；但是和你一同哭过的人，你却永远不会忘。

一个声音在我们耳旁响起。是的，她们同纪伯伦，同所有贫苦的人们一起流过泪，一起苦熬、苦斗过。她们也像纪伯伦一样，不会被人们忘却。

录音机里传出库鲁兹先生的声音，宽厚而清晰。他简要地介绍了纪伯伦的生平、著述及博物馆的情况。从介绍中，我们才知道，纪伯伦9岁时，曾被一块坠下的山石砸断过肩胛骨，造成右臂终身残疾。而他正是用这只有残疾的手臂，去劳作，去追求，去开拓，去抗争。

在你劳动不息的时候，你确实爱了生命。

工作里爱了生命，就是通晓了生命最深的秘密。

工作是眼能看见的爱。……

耳旁又响起纪伯伦的声音。他就是带着对生活、对工作的热爱，带着这种执着的热烈的追求，不顾身体的伤残，从这里起步顽强地走向人生的……

听完录音，库鲁兹先生起身领我们参观。博物馆是由修道院改建的，拱形的甬道十分狭窄，两旁一间间修女们做功课的小屋也都辟作一间间展室，陈列着纪伯伦的日记、手稿，墙上挂着他各个时期创作的油画、速写和插图。

我们看着他1901年在巴黎时的自画像，仿佛听见他说：

灵感总是歌唱，灵感从不解释。

当时，他正在巴黎艺术学院学习，风华正茂，又得力于名师罗丹的指导，艺术上不断取得长足的进步。他的油画《秋》就曾获巴黎传统的春季绘画艺术展览银质奖。难怪，罗丹和他的朋友们把他称作“20世纪的威廉·布莱克”。

一间展室的橱窗里，陈列着纪伯伦1921年访问开罗时的日记。另一个橱窗里摆的是《风暴》的手稿，写满厚厚的几大本。我们仔细辨认着那一行行匆匆写下的文字：

……他们说对了，我的确是个极端分子，甚至近于疯狂。……在我心中，有对人们视为神圣的东西的厌恶，有对他们所厌恶的东西的爱。假如我能连根拔除人类的风俗习惯、信仰传统，那我决不会有一分钟的犹豫。

这是《风暴》中“麻醉师与解剖刀”一章的一段文字。他正在用这犀利的“解剖刀”，一层层剥落宗教势力、传统习俗和虚伪法律的维护者及市侩们的外衣。这和《先知》及《沙与沫》的格调迥然不同。

我们听见纪伯伦笑着说：

当生命找不到一个歌唱家来唱出她的心情的时候，她就产生一个哲学家来说出她的心思。

啊哈，是了，从纪伯伦的作品里，你不难找到歌唱家的柔曼轻快，也不难找到哲学家的深邃、雄辩。

最有意思的，是我们在甬道上的橱柜里陈列的纪伯伦生前搜集的花插、雕像等等摆设中，竟发现了一对中国的如意。我们问馆长：“这是从哪儿搜集的？”他投给我们一个羞赧的微笑，摇摇头嗫嚅着：“没有留意过……巴黎？纽约？……”忽然，我们仿佛听到一个声音在耳旁说：

我们活着只为的去发现美。

是了，也许，它那弯弯的弧线，它那玲珑的造型，不是十分美吗？更何况，它来自东方一个古老、文明的国家……我们频频点头，露出会心的微笑。这神情大约也感染了库鲁兹先生，他也为博物馆中陈列着一件使中国客人感兴趣的中国工艺品而高兴。

我们告诉他，中国读者对纪伯伦并不陌生，早在30年代，就有一位中国著名女诗人、作家将他的《先知》译成了中文。

“真的？”他惊喜地问。

我们点点头：“那位女诗人叫冰心。”

“能不能为我们博物馆找一本？”他急切地说。

我们告诉他，来黎巴嫩之前，我们曾在各书店寻找过，都没有找到。冰心女士手边也没有多余的存书，不过，她说过一段时间还会再版。我们答应一俟再版，一定设法送他们一本。

库鲁兹先生领我们沿着弯曲的甬道，来到最里面的一间展室。这里陈列着纪伯伦生前使用的家具：木床、画架、桌椅和一扇雕花屏风。一只破旧的皮包上面用英文写着纪伯伦的姓名和他在纽约的住址。这些简陋到不能再简陋的家具，这些破旧得不能再破旧的物件，向我们展示着纪伯伦生前的清贫与穷苦。

看着眼前的情景，我们几乎难以置信。一头是纪伯伦使用的如此粗鄙、破旧的家什，一头是他为人类创造的巨大的精神财富，心头的这杆天平，怎么也难以平衡。

一个声音又在耳边响起：

如果你嘴里含满了食物，你怎能歌唱呢？如果手里握满金钱，你怎能举起祝福之手呢？最可怜的人是把他的梦想变成金银的人。……

从这里，是否可以感悟到人生的真谛？

纪伯伦只活了48岁，但他把全部的生命，都投入了工作。

在你工作的时候，你是一支管笛，从你心中吹出时光的微语，变成音乐。

你们谁肯做一根芦管，在万物合唱的时候，你独痴呆无声呢？

库鲁兹先生告诉我们，1928年，纪伯伦曾想买下故乡的玛丽·萨尔基斯修道院，以便回国疗养。但他为了赶写《土地女神》和《先知园》，仍坚持留居美国。1931年，他预感到生命的灯即将熄灭时，便不顾医生的警告，每日埋头于绘画和写作，用他生命的笛管，吹出使人们心灵震颤的音乐。他逝世的前一天，一位医生去看他，发现他正在病痛中挣扎，立即和玛丽安娜一起把他送往医院。他离开工作室时，还看着自己的双手说："这双手，在我最后从这里走出去之前，还有许多画要画，许多书要写呢……"

他们认为我疯了，因为我不肯拿我的光阴去换金钱。

我认为他们疯了，因为他们以为我的光阴是可以估价的。

一个人的意义不在于他的成就，而在于他所企求的成就的东西。

我们听着，听着，心海在翻波涌浪。只觉得自己正被一种崇高的精神在陶冶，在净化……

这间展室的一边连着石山，石山上有一个小小的石洞，是纪伯伦停灵的地方。库鲁兹先生打开洞里的壁灯，让我们透过一扇小窗瞻仰纪伯伦安息的灵柩。灵柩很小，漆成白色。我们放轻脚步，生怕侵扰纪伯伦的甜梦。他劳碌一生，直到死后，才由玛丽安娜和他的生前好友们把他送回故乡的怀抱中安息。

临告辞，我们把一幅杭州织锦赠给库鲁兹先生。库鲁兹先生回赠我们一套阿拉伯文新版的纪伯伦两卷集和三幅纪伯伦插画复制品，并殷殷叮嘱我们再去，早日带去《先知》的中译本。

步出博物馆，我们仿佛一下子走过了整整一个世纪。

"再见了，纪伯伦，"我们在心中默默地说，"谢谢您这么坦诚，这么真挚，让我们看了这么多，听了这么多，想了这么多。在我们离开之前，不知道您对我们这两个万里迢迢来看望您的中国读者有什么告诫？"

一个声音在耳边响起：

让今日用回忆去拥抱着过去，用希望拥抱着将来。

你们的理性与热情，是你们航行的灵魂的舵与帆。

一个羞赧的失败比一个骄傲的成功还要高贵。

……

这是一位饱经沧桑的百岁老人慈祥、亲切的声音。

（1984年11月草于贝鲁特，载于《世界文学》1986年第6期）

她就是大海

假期结束了，我们从北京经贝尔格莱德和雅典转机返回贝鲁特。从雅典机场起飞不久，便飞临地中海上空，舷窗外，一边是波光粼粼的大海，一边是延绵起伏的海岸线。我们一边捧着航空小姐送来的袋装饮料，插上吸管，慢慢吸吮着，一边俯览着机翼下那蓝色织锦缎一般熠熠闪光的大海。忽然，一串珠玑般隽永、瑰丽的诗句从脑海中跃出：

大海啊，
哪一颗星没有光，
哪一朵花没有香，
哪一次我的思潮里，
没有你波涛的清响？

这是冰心老人书赠我们的条幅上题写的诗句，录自她早年创作的诗集《繁星》第131首。

我们默诵着，假期里会见老人的情景又一一闪现眼前……

年初，从黎巴嫩回国述职、休假，我们便一直惦念着纪伯伦博物馆馆长库鲁兹先生的嘱托：为博物馆找一本冰心先生翻译的纪伯伦散文诗集《先知》。

刚巧，回国不久，便接到作家协会举行迎春茶话会的请柬，我们想，这倒是一个难得的机会，可以在茶话会上向冰心先生陈述原委。谁知道，在茶话会场转了好几圈，也没有见到冰心先生。诗人纪鹏告诉我们，冰心先生

冰心与章谊

摔断腿骨后，已经好几年“足不出户”了。他建议我们到先生家里去找。他说，冰心先生家门上虽然贴着一张“医嘱谢客”的小字条，但你们有要紧事，她不会介意的。

我们听了，既感意外，又十分踌躇。一方面挂念着冰心先生的身体，一方面又想尽可能不要给她添麻烦。

听说《先知》已经再版，我们想还是先在书店买买看。然而，我们几乎跑遍了北京大、小书店，都买不到。

在王府井新华书店，我们向一位40多岁的负责同志求助。她告诉我们：“像《先知》这类书，订数很少，早就卖光了。”

“还来吗？”

她摇摇头，劝我们再到别处找找看。

在人民文学出版社门前的售书亭（那里专卖文学书籍），我们在书架及书柜眼巴巴地找了一圈，没找到，只好问一个20多岁戴眼镜的工作人员：“有没有冰心翻译的纪伯伦的《先知》？”

他想了想，回答说：“我们这里不卖宗教的书。”

镜片后面，一双眼睛坦诚地看着我们，简直叫人哭笑不得……

去外地开会、参观途中，无论在成都、重庆或武汉，只要有可以由我们自己支配的时间，其他人都去逛市场、买土特产，我们却怀着一线希望，往书店跑，结果都失望而归。

回到北京，有一次去看望臧克家老人时，同他谈起这件事，臧老说："冰心同志的家远一些，你们年轻，多跑些路没有关系，直接到她家去好了。不要管那门上的字条，那是为了应付不大相干的人的，老人精力有限，要干的事情很多，不得不如此。你们远道而来，又带着外国朋友的重托，她会欢迎的。"他还找出冰心先生的地址、电话，让我们记下来。

看来，事到如今，也只好麻烦冰心先生了。我们按臧老给的地址，给冰心先生写了信，恳请她帮助找一本她译的《先知》，签赠纪伯伦博物馆，并随信寄去宣纸，恳请她按中国习惯，题一幅字，待我们返任时，一并赠给纪伯伦博物馆。另外，还寄去了我们新出版的散文集《而今百龄正童年》，请她指教。

很快收到冰心先生的回信，她欢迎我们前去。由于未见过冰心先生，在约定的前一天，我们特意赶到人民日报社姜德明同志家中，因为他对这些老作家们十分熟悉，我们想向他请教，看望冰心先生应当注意些什么。他笑笑说："冰心同志腿脚不太方便，但精神很好，每天都坚持读书、写作。你们去她家不要拘束，这位老太太非常和蔼……"

冰心先生的家，在北京市郊区一所高等学府的普通宿舍楼里，据说，这还是1985年才调整的。一位中年女佣把我们让进客厅。客厅大约十三四平方米，一边靠墙放着沙发，墙上挂着吴作人为她画的熊猫，两旁是梁启超手书的对联：

世事沧桑心事定

胸中海岳梦中飞

不知道这副对联的由来，但我们觉得这两句话用来形容冰心先生倒很贴切。

墙上靠窗的一边，还挂着一张装在镜框中的国画，画上一个身穿红肚兜的胖墩墩的孩子，背着一只红嘴大寿桃。这是冰心先生80寿辰时《儿童文学》编辑部送的，它令人想到冰心先生从《寄小读者》到《小桔灯》和近年的《三寄小读者》等等几十年来在儿童文学园地中勤奋耕耘的功绩。

沙发对面是老式的橱柜，橱柜前放着一把椅子，它们大概跟随冰心先生好几十年了。橱柜上方的墙上，挂着根据意大利摄影师在周总理患病期间拍摄的那幅著名照片绘的油画。橱柜旁边是书柜。

房间陈设、布置既简朴又素雅，使人感到亲切。

稍候，只见冰心先生扶着助步器（一种铝制的半圆形支架，她说是美国朋友送的）慢慢走来，一边和蔼地笑着："怎么不坐下？请坐，请坐。"

我们想把她扶到沙发上，她说"我习惯坐高一些"，便在沙发对面的椅子上坐下。没容我们开口，她笑着说："《而今百龄正童年》我看完了，写得很好，只是书名让人不太清楚，应当直接写上'我的父亲曹靖华'……"彭龄不好意思地嗫嚅着："用第三人称写方便一些。"她依旧笑着："直接说自己的父亲更亲切。"接着，她又问起我们的经历和家里老人们的情况。她是那样平易、谦和，使我们感到我们探望的不是一位有名的大作家，而是像姜德明同志所说的——一位慈祥的"老太太"。

我们从背包里取出从黎巴嫩带回的纪伯伦的画和纪伯伦博物馆的照片，赠给冰心先生，并向她谈起我们参观博物馆时，馆长库鲁兹先生听说她早在30年代就将《先知》译成中文时既惊讶又兴奋的情景。

冰心先生说："那是在1927年，我从美国朋友那儿第一次读到纪伯伦的《先知》，很喜欢那些富有哲理、又具有东方气息的文辞。我觉得它很像泰戈尔，却又不一样。这大概同他们的出身、经历及社会地位有关。泰戈尔出身贵族，纪伯伦是穷苦人……"

她在为《先知》写的"译本新序"中也曾说过：

> 我很喜欢这本《先知》，它和《吉檀伽利》有异曲同工之妙。不过，我觉得泰戈尔在《吉檀伽利》里所表现的，似乎更天真、更欢畅一些，也更富于神秘色彩。而纪伯伦的《先知》却更像一个饱经沧桑的老人，对年轻人讲些处世为人的哲理，在平静中却流露出淡淡的悲凉……

她很仔细地听我们谈起纪伯伦家乡布舍里和纪伯伦博物馆的情况，并询问了纪氏的卒年。

接着，她递给我们书赠纪伯伦博物馆的《先知》中译本与墨宝。她告诉我们，这本《先知》是她手边仅存的唯一一本。

我们展开宣纸，上面是冰心先生一行行娟秀的字迹。她抄录的是纪伯伦的《先知》中谈论友谊的一段文字：

> 让你的最美好的事物，都给你的朋友。
>
> 假如他必须知道你潮水的退落，也让他知道你潮水的高涨。
>
> 你找他只为消磨光阴的人，还能算是你的朋友么？
>
> 你要在生长的时间中找他。
>
> 因为他的时间是满足你的需要，不是填满你的空虚。

在友谊的温柔中，要有欢笑和共同的欢乐。

因为在那微末事物的甘露中，你的心能找到他的清晓而焕发的精神。

我们捧着、看着，简直爱不释手。可以想象得出，当我们返回黎巴嫩，将这些珍贵的礼物转交给库鲁兹馆长时，他该有多么兴奋。

冰心先生安详地看着我们，坦诚而又自谦地说："我的字写得不好，没有专门练过，不知道行不行。"

她谈起当年她翻译《先知》时，原版书上每一节后面，都有纪伯伦自己画的插图。后来出版中译本时，她曾希望将这些插图收入，但出版社嫌麻烦，没有答应。

我们忙问："将来再版时，能不能把插图收进去？"因为纪伯伦不仅是散文诗大师，也是著名画家，他为自己作品绘制的插图，无疑将更加珍贵。

冰心先生颇有些遗憾地说，她手边英文的原版《先知》已经没有了。我们想，英文原版《先知》不一定好找，但找一本有插图的英文本《先知》还是有可能的。我们立即允诺返回黎巴嫩之后，一定为她找一本带插图的英文本。先生慈祥地点头微笑着，轻轻说："谢谢。"

在谈到翻译时，她说由于纪伯伦的《先知》是用英文写的，她很喜爱，决定把它译成中文。如果是转译的，她便不会译它，"因为文学作品经过转译，便打了折扣，不一定可信"，"应当对读者负责"。足见她严肃认真、一丝不苟的精神。

告辞时，我们取出相机，问能不能为她照几张相，她依旧慈祥地笑着说："当然可以。"并把她的女婿陈恕先生喊来，为我们拍了合影……

回到城里，我们立即把冰心先生为纪伯伦博物馆题的字送去装裱，并查阅了我们参观博物馆时记的笔记和相关资料，发觉由于记忆不准确，在回答冰心先生关于纪伯伦卒年的问题时，年代有误。我们忙写了一份纪氏生平概要寄去，并恳请她暇时也能为我们题一幅字。

不几天，便收到冰心先生的回信，信中附着应我们恳求书赠的墨宝——那一串熠熠闪光的珠玑……

飞机在地中海上飞行。

我们隔着鹅卵形的舷窗，俯览着那蓝色织锦缎一般熠熠闪光的大海，一遍又一遍默诵着：

大海啊，
哪一颗星没有光，
哪一朵花没有香，
哪一次我的思潮里，
没有你波涛的清响？

我们知道，冰心先生爱海。早在1924年6月，她在美国留学期间写的散文《说几句爱海的孩气话》中，就以孩童天真烂漫的口吻“品评”了山与海，抑山而扬海，抒发了对海的挚爱。我们想到她秀慧、文静，又刚毅、倔强的性格；想到她重事业、轻名利，“淡泊以明志，宁静以致远”的风骨；想到她历尽坎坷，却安之若素，豁达、坦荡的襟怀；想到她“生命从八十岁开始”，睿智、勤奋，与时代共奋进的精神……不禁感到：她，就是大海……

“世事沧桑心事定；胸中海岳梦中飞。”我们想起冰心先生客厅悬挂的对联，心中似有所悟……

（1986年6月草于贝鲁特，载于《文朋诗友》1987年第2期）

天涯尽知音

——再访纪伯伦博物馆

上次我们参观纪伯伦博物馆还是一年前的事。记得那次参观时，库鲁兹馆长听我们说中国著名女作家冰心先生早在30年代就将纪伯伦的代表作《先知》译成中文时，十分惊诧。他一再恳求我们一定设法为博物馆弄一本《先知》的中译本。

其实，我们来黎巴嫩之前已想到这一点，只是没有找到罢了。我们一直惦念着库鲁兹先生的嘱托，这次重返黎巴嫩，我们不仅带来了冰心先生签赠的《先知》中译本和她为博物馆题写的墨宝，还有别的我们尽力搜集到的与纪伯伦博物馆相关的礼物。但是，怎么才能把这些礼物和冰心先生及其他中国作家、翻译家的关爱与祝福送给库鲁兹先生和纪伯伦博物馆呢？

纪伯伦博物馆所在地布舍里，在黎巴嫩北部卡迪斯山谷（圣谷）的尽头。说远，也不算远。我们自己又会开车，如果时局正常，举足就可以前往。但现在，不仅要穿过贝鲁特的“绿线”——横跨贝鲁特市中心的两大教派已持续了近10年之久的武装冲突的交界区。那里处处断壁残垣，形同鬼域。从那阴森可怖、空无一人的通道穿行时，需时时冒着爆发冲突，遭遇炮击和成为武装分子冷枪靶子的风险。那里名为“绿线”，风云突变时就成“鬼门关”。沿途还要经过黎巴嫩政府军、叙利亚派驻的“阿拉伯遏制部队”以及黎巴嫩各派民兵设置的路障、哨卡，使交通变得异常不便。而且，不久前，离布舍里不远的达尼亚镇也爆发了激烈的武装冲突，叙利亚驻军还进行了干预，致使局势一直相对平静的黎巴嫩北方也变得像其他地区一样动荡不定。

我们十分踌躇。咫尺天涯，可望而不可即，这桩未了的心事总时时萦绕心头。随着任期将满，更令我们焦虑不安。

我们试探着向黎巴嫩军方朋友穆罕默德·泽丹上校谈起此事，他仔细听着，尔后微笑着说："这样吧，你们做好准备，我来帮你们安排。待局势许可时，我通知你们，先到我家里，我陪你们去。"他的家在黎巴嫩北部著名港口城市特里波利（又译的黎波里）南边的卡拉蒙，从那里去布舍里，只需1小时车程。他信息多，又人熟、路熟，有他陪伴，当然是再好下过的事。

正是靠他的帮助，我们才在局势持续动荡的间隙，又一次长途跋涉，穿过贝鲁特市中心的"绿线"和数不清的路障、哨卡，赶到卡拉蒙，然后一同前往布舍里。我们从卡拉蒙出发时，还庆幸局势也像这天气一样"阴转晴"了，不料半途中，却听见远处传来的隆隆的炮声，一丝不祥之感陡然而生。但泽丹上校说："叙利亚军队可以控制住局势，战火还燃烧不到布舍里，我们抓紧时间，快去快回……"好不容易盼到的这么一次机会，我们都不愿意放弃。

由于泽丹上校事先同库鲁兹先生进行了联系，所以，当我们风尘仆仆赶到布舍里时，他和助手早已等候在市中心的小广场上了。

库鲁兹先生穿一套蓝色的"猎人装"，更显得神采奕奕。只是，一年不见，他两鬓似乎更白了。

他紧握住我们的手，笑着说："一接到泽丹先生的电报，说有中国客人要来博物馆，我就猜想到一定是你们。在这种时候还赶到这里来，实在太感谢了……"

他领我们穿过市区，显然，由于局势动荡，大多数商店已经歇业，一路上偶然见到的行人，也都神色慌张，脚步匆匆。往日平和、安详的小镇，笼罩在一种大难临头的紧张、无助的气氛之中。

我们终于又来到小镇外半山腰上的纪伯伦博物馆。还是那拱形天花板的办公兼接待用的小屋，还是那简朴的木板条儿钉的长凳。粉白色的墙上，依旧挂着纪伯伦的画像。纪伯伦正含着微笑，用亲切、和蔼和含有一丝忧郁的目光注视着我们，仿佛在说："哈！又见面了，远方的朋友。只不过，不该在这样的时候……"

就像前一次一样，这里的一切都那样朴实、自然、熨帖，使我们有宾至如归的感觉。即使炮声还在远处轰响，这里就像一块巨大的磁石，把我们紧紧吸引着，让我们暂时忘却了担忧与不安。

纪伯伦曾说过：

> 我是那坚实的植物的种子，在我们的心成熟丰满的时候，就会交给大风纷纷吹散。

啊，纪伯伦，我们多么想告诉你，你的作品，正像你所说的你的“成熟丰满”的心所孕育的“坚实的植物的种子”，借着风的翅膀，已经传播到全世界。全世界，无处没有你的朋友、你的知音。在中国，你的作品跨越了时间和空间，从30年代著名女作家冰心先生翻译的《先知》，到如今80年代，依旧常常散见于中国各种文学报刊。你的名字，为几代中国读者所景仰、所熟知。

我们怀着对纪伯伦的深深的敬意，把带来的礼物一一转赠给库鲁兹先生。

“这是冰心先生签赠的《先知·沙与沫》。”

我们告诉他：冰心先生是著名的诗人、作家，《先知》经她译成中文后，便广泛流传。她的译笔明丽、晓畅，不仅忠实地再现了原著的内涵，还保持了原著质朴又华美的风格。该书从30年代初版起，就被中国广大读者视为瑰宝。1981年，它与冰心先生译的另一部纪伯伦的散文诗集《沙与沫》合辑重版后，很快就脱销了。再版一发到书店，同样被抢购一空。这一本，还是冰心先生自己留存的唯一一本。

库鲁兹先生接过去，翻开扉页，上面有冰心先生用她清秀的字体亲笔题签：赠给黎巴嫩纪伯伦博物馆。

“请告诉我，冰心女士是哪一年翻译的《先知》？”库鲁兹先生问。

“1931年”，我们指给他看冰心先生初版短序后面标注的年份。

“啊，那是纪伯伦逝世的同一年！”库鲁兹先生说：“这大概是纪伯伦著作的最早的译本了。请你们代我们谢谢冰心女士，谢谢她早在半个多世纪以前就做了这么有意义的事——不仅自己是纪伯伦的知音，而且，通过她的译笔，又把纪伯伦介绍给千千万万中国读者，让他拥有千千万万个知音……”

“这是冰心先生按中国的传统习惯亲笔题赠的卷轴。”

我们解开卷轴的丝带，慢慢展开。卷轴上是冰心先生特意抄录的纪伯伦《先知》里《论友谊》中的一段：

> 让你的最美好的事物，都给你的朋友。
>
> 假如他必须知道你潮水的退落，也让他知道你潮水的高涨。
>
> 你找他只为消磨光阴的人，还能算是你的朋友么？
>
> 你要在生长的时间中去找他。
>
> 因为他的时间是满足你的需要，不是填满你的空虚。
>
> 在友谊的温柔中，要有欢笑和共同的欢乐。
>
> 因为在那微末事物的甘露中，你的心能找到他的清晓而焕发的精神。

我们根据库鲁兹先生上次赠给我们的阿拉伯文版《纪伯伦两卷集》，把这段话事先用打字机打印出来，和卷轴一起交给库鲁兹先生。

库鲁兹先生说："冰心女士从纪伯伦的著作中，特地选出《论友谊》中的这一段，是非常有意义的。这也恰恰证明，黎中两国作家和人民是心心相通的。"

另外，我们还把在使馆找到的《中国女作家作品选》英译本（那上面有一篇冰心的小说）和刊登着冰心先生访问记的英、法文版《北京周报》一并交给了他。这些是当时我们能找到的仅有的有关冰心先生的外文资料了。

"这是我们北大学习时的同窗、北京大学阿拉伯语系教授仲跻昆翻译的纪伯伦的《泪与笑》。"

库鲁兹先生接过去，发现扉页上有跻昆学长用阿拉伯文书写的题赠，格外兴奋。

我们告诉他，纪伯伦的《泪与笑》同样受到广大中国读者的欢迎，一出版就卖完了。和冰心女士一样，这本书也是译者手边唯一的一本，本来准备自己留存的，但听说我们还要到博物馆来，便毫不犹豫地托我们把它送给博物馆，他说这样比他自己保存更有意义。

我们还告诉库鲁兹先生，我们在国内休假期间去看望著名诗人纪鹏先生时，看到他正阅读的一本《泪与笑》上画满了记号。他是在以纪伯伦为师，潜心研读呢。

"我想，纪伯伦如果知道他有这么多的读者、朋友与知音，一定会高兴的。"库鲁兹先生感慨地说。

"啊，这是一本《世界文学》杂志及其主编高莽先生写给博物馆的信与译文。"

我们告诉库鲁兹先生，这本《世界文学》上刊登着黎巴嫩著名作家米哈依尔·努埃曼写的关于纪伯伦的传记文学的片断。高莽先生知道我们很快要返回黎巴嫩时，便托我们把它转赠给博物馆，同时还亲自写了信，表示中国广大读者对纪伯伦的爱戴与景仰。我们还告诉库鲁兹先生，高莽先生本人既是翻译家、作家，也是画家，他不仅欣赏纪伯伦的文学作品，也欣赏纪伯伦的画作与插图。

库鲁兹先生把这些礼物一件件接过去，一一摆在办公桌上，兴奋得脸色通红。

他拿起冰心先生的卷轴，细细地看那木轴，看那绢面。他说：纪伯伦生前珍藏着一对中国的玉雕如意，说明他十分喜爱富有东方韵味的中国手工艺品。

这么精致的卷轴，他也一定会喜爱的。

库鲁兹先生看着冰心先生清秀的字迹和红色的印章，感慨地说：“我会阿拉伯语、英语、法语，看来，还得学学中文，那样，便可以直接看懂这些书、信和冰心女士的珍贵的手迹了……”

库鲁兹先生的助手煮好了红茶，他一边招呼我们喝茶，一边指着桌上的礼物说：“这是纪伯伦博物馆建馆以来收到的最珍贵的礼物了。它的珍贵，不仅在于它们本身的价值，更在于它们代表着黎中两国作家、两国人民执意追求的理想、信念与友谊。”他说：“这些礼物作为两国作家和人民之间的友好象征，将同纪伯伦的文物一起，永远保存在博物馆中。”

面对这些礼物，库鲁兹一脸兴奋，却又难掩内心的不安。他搓着双手，为难地说：“在这种时候，你们能来博物馆，我们已经很感激了。而你们又为博物馆带来这么多珍贵的礼物，我们却想不出有什么可以回赠。由于局势突变，小镇差不多变成空城，店主们也早把货物运往外地，闭门歇业。博物馆为避免战祸殃及，也已将大部分馆藏整理装箱，准备运往安全的地方……”我们原本也并未想到要什么“回赠”，只是想乘我们在黎巴嫩工作之便，为两国文化交往略尽绵薄之力。

由于博物馆地处镇外，隆隆的炮声更加清晰。博物馆还正忙着转运藏品，我们想起冰心先生想要一本有插图的英文版《先知》。那是我们上次回国述职、休假，去看望冰心先生时，将库鲁兹先送的纪伯伦亲笔插画的大幅复制品转赠给她，她说：“《先知》中译本初版是插图本，后来的版本都不是了……”她对此感到遗憾。我们问：“以后再版能否补入？”她摇摇头：“可惜手头已经没有英文原版插图本了。”我们想，初版的《先知》英文插图本不一定找得到，但在黎巴嫩，带插图的英文版《先知》却不难寻觅，便允诺回黎巴嫩一定为她找一本。当我们试探着问库鲁兹先生时，他忙说：“有，有。”稍停，又迟疑着问：“不过，这作为回赠，太轻了吧？……”我们笑着讲了中国“千里送鹅毛”的谚语。他笑着，忙让助手取来几本英文版《先知》：白脊、黑面，封面上有一个纪伯伦的圆形贴金的图案。书的一边还是毛边的，书中有十余幅纪伯伦自绘的插图。这是博物馆专为馈赠印制、装帧的“豪华版”，古朴、素雅、大方，难怪市面上未曾见过。我们喜出望外，对库鲁兹先生说：“这就是最好的回赠！”库鲁兹先生也高兴地笑了。

他拿起笔，在书的扉页上一一为冰心、高莽、跻昆题写了赠言。他为冰心先生题写的赠言是：

彭龄将冰心亲题的纪伯伦《论友谊》卷轴赠给纪伯伦博物馆馆长瓦希布·库鲁兹

尊敬的冰心女士：

您给纪伯伦博物馆的赠礼，是最有价值和最宝贵的。我们将把它陈列在纪伯伦文物旁。

在您的手迹前，我看着它，感到岁月的流逝、生命的深邃和您眼中闪烁的中国古老文化的智慧的光辉。我热爱中国的古老文化，并努力从中汲取营养。您对纪伯伦的《先知》的重视，在他逝世不久的同一年里就将它译出，正是中国古老文化的价值和您的睿智的明证。

我毫不怀疑，您给我和博物馆的赠品，将是最深刻、最根本的人类共有的文化联系着我们大家的最好的纪念。只有深刻的、人类共有的文化，才能将人们联系在一起，并促进他们的团结。

向您表示由衷的敬意！

布舍里，纪伯伦博物馆

馆长 瓦希布·库鲁兹

1986年7月12日

总算了却了一桩心事！

在库鲁兹先生书写赠言的时候，我们一边喝着红茶，一边环顾着这间小小的办公兼接待室，目光又不期然地停在纪伯伦的画像上。

清癯的脸庞，两撇短短的胡须。那深邃的目光，那刚毅的嘴角，依旧含着微笑，正亲切、和蔼地注视着我们。

我们仿佛听见他轻轻地说：

> 有人只有一点财产，却全部都给人。
>
> 这些人相信生命和生命的丰富，他们的宝柜总不空虚……

纪伯伦，你一生清贫，清贫得像个乞丐。而你又如此慷慨，倾你所有：你的智慧，你的生命，“全部都给人”。所以，你才拥有这样多，全世界不同民族、不同信仰、不同肤色的朋友与知音……他们找你，绝不是“只为消磨光阴”，而是为找寻与结识你那“清晓而焕发的精神”。

（1986年7月草于贝鲁特，1987年2月改于北京。载于1987年2月22日《文艺报》）

希腊魂

1960年6月，魏巍同志访问希腊，带回了一组传颂一时的组诗《橄榄树》。他在其中的《登雅典卫城》一诗中写道：

我面前有一支高高的旗杆，
它兀立在几十丈高的悬崖之上，
想当年格列索斯就从这里冲上城头，
这就是他把卐字旗撕碎的地方！

马诺利斯·格列索斯是希腊著名的民族英雄。

20世纪30年代末，法西斯德国和意大利结成“轴心”，欧洲和巴尔干上空布满战云。1940年法国沦陷，墨索里尼站在希特勒一边公开宣战之后，巴尔干半岛形势一触即发，希腊岌岌可危。果然，这年10月，意大利侵占阿尔巴尼亚后，便把黑手伸向了希腊。当时，希腊首相梅塔克萨斯将军拒绝了意大利的最后通牒，并亲自担任总司令，指挥希腊陆军胜利地越过阿尔巴尼亚边界，给墨索里尼以沉重打击。但是，1941年1月梅塔克萨斯将军去世之后，优柔寡断的银行家亚历山大·科里济斯继任首相，形势便急转直下。4月6日，希特勒为渡海进攻北非进行准备，在进攻南斯拉夫的同时，也向希腊发动了进攻。两周之后，希腊军团司令特索拉科格罗向德国军队投降，希特勒随即任命他为希腊傀儡政权总理……

但是，古希腊温泉关和马拉松战役的英雄们的后代，向来把独立、自由看得比生命还要宝贵的希腊人民，是绝不肯俯首帖耳地充当亡国奴的。以希腊共产党为核心的人民抵抗运动，在敌后坚持了长期的武装斗争，为抗击德国和意大利法西斯的军事占领作出了贡献。

当时，希腊已经被瓜分和肢解：德国的盟友保加利亚兼并了希腊的马其顿东部和色雷斯西部；意大利控制了首都雅典和希腊大部；德国人自己除控制希腊北部、克里特岛西部之外，还控制着希腊的战略要地和交通要道。雅典卫城，是希腊首都的制高点，自然由德国法西斯军队亲自把守。卫城上，那面纳粹德国的卐字旗像一团沉重的阴云，压在希腊人民的心上，那是国家、民族屈辱的象征。多少人一看见它，就暗自伤心落泪，甚至走路都低着头，不愿向他们心目中的圣地、那有着帕提侬神庙的古卫城看上一眼……

然而，这一年5月30日早上，不知道谁无意中瞥见，卫城上，在晨风中迎着初升的朝阳高高飘扬的，不是希特勒的卐字旗，而是一面崭新的希腊国旗。

人们迸着喜悦的泪花，奔走相告，倾城欢腾。

德、意法西斯惊恐万状，一面驱赶街头涌动的人群，宣布“全城戒严”；一面气急败坏地把那面希腊国旗降下来，重新升起瘟神般的卐字旗。

但是，那面希腊国旗却高高地飘扬在希腊人民心中。

它像火一样，烧尽了希腊人民心中的悲观与失望，唤起了他们抗击法西斯占领者的决心和勇气。

雅典卫城坐落在雅典城南一座150多公尺高的石灰岩山顶上，山势陡峭，四周又环以壁陡的城墙，像是高耸于悬崖绝壁之上。而守卫它的，又是纳粹德国的军队，徒手攀登上去，谈何容易！但是，为了打击侵略者的气焰和振奋希腊人民的民族精神，希腊人民抵抗运动批准了这个大胆的行动。它向全世界宣布：希腊不死！反抗的火种依旧高燃在人民的心中！两位青年怀着普罗米修斯偷天火给人类的决心，在同伴们的协助下，经过周密的计划与安排，乘暗夜悄悄从城堡东面攀上了卫城，扯下卐字旗，从怀中掏出那面崭新的希腊国旗，把它高高地升起……

这两位青年的名字是：马诺利斯·格列索斯和阿波斯托罗斯·桑塔斯。

我们随着来自世界各地的游客，从卫城西面的山门一步步登上卫城。然后，由西而东，绕过雄伟端庄的帕提侬神庙，直到最东面。我们从高高的石墙上探出头去，下面是几十丈高的笔陡的悬崖。据说，当年格列索斯和桑塔斯正是抱着同法西斯占领者不共戴天的复仇决心，出乎敌人意料地从地道来到卫城下，又一起攀上卫城的。离城墙20多米处，竖立着一根高高的旗杆，一面白底蓝道的希腊国旗正在阳光下、晨风中轻轻飘卷……为了升起这面象征着希腊自由、独立的旗帜，希腊人民付出过多少血的代价！

当时，希腊存在两个政府：一个在希腊本土，是德、意法西斯豢养和扶持的伪政权，早已为人民所不齿，虽然频繁更迭，除去一小撮附敌分子之外，收买不去半点民心；另一个先在埃及，后在英国，是希腊国王领导下的流亡政府，它虽然得到国际上的承认，但对希腊人民反法西斯占领的斗争并未起到多少值得称道的作用。在国内真正领导希腊人民进行艰苦斗争的是希腊共产党所领导的抵抗运动。他们在斗争中日益壮大，1942年成立了与各党派联合的政治组织“民族解放阵线”（FAM），并建立了“民族人民解放军”（ELAS），将反对德、意法西斯占领的抵抗运动推向了一个新的阶段。同年11月，抵抗运动破坏了重要的交通枢纽戈戈波塔摩斯的铁路高架桥，引起德、意法西斯占领军的震惊。1943年年中，有着“沙漠之狐”之称的隆美尔元帅统率的德国远征军在埃及阿拉曼战役中被蒙哥马利率领的英国军队打败后，入侵北非的德、意法西斯军队被肃清，英、法盟军腾出手来反攻南欧。后来，抵抗运动在英国军队的胁迫下，被迫交出武器，国王乔治重新返回雅典执政，开始了希腊战后政治动荡、经济紊乱的困难时期……

魏巍同志访问希腊的时候，希腊仍处在“黑云紧接着黑云，又遮住了希腊的地面”，“小胡子警察比苍蝇还多”的时期，许许多多当年英勇抗击德、意法西斯的抵抗运动战士被流放和监禁。我们从他带回的《橄榄树》组诗里得知，有一次，他去那“掩埋着几百战士的躯体”的青草地上，想凭吊这些为反抗法西斯而牺牲的烈士时，竟遭到这般境遇：

我怀着深深的悼念向前走，
忽然又被警棍拦住——
据说是，要拜谒死者，
还要经过希腊的警察局！

在他访问希腊的前一年，即1959年夏天，当年冒着生命危险把希腊国旗插在雅典卫城上的民族英雄马诺利斯·格列索斯，竟被以“进行颠覆活动”的罪名判刑。这一事件，曾引起希腊和全世界人民的愤怒和抗议。魏巍同志心情沉重地吟道：

多少英雄的子弟被囚禁在海岛，
谁忍心去细看你那美丽的山河！

在德、意法西斯黑暗统治下没有屈服的希腊人民，自然也不会向本国的黑暗统治屈服，他们相信，那些囚禁希腊人民英雄子弟的海岛“终究要变成圣地”……

20多年后的今天，我们来时，这一切都已成为历史。

历史是公正的。40年代的希腊抵抗运动终于得到了正式的承认。而且，希腊人民在这20多年的岁月中用勤劳的双手建设自己的国家，特别是大量引进技术和资金，使希腊由一个落后的农业国变为工农业并举的国家，人均国民生产总值由500美元迅速上升到4000美元。这样高速的发展，在希腊历史上是空前的。

在雅典卫城旗杆旁，我们看到一块镶嵌在石壁上的铜牌，上面用希腊文铭刻着1941年5月30日马诺利斯·格列索斯和阿波斯托罗斯·桑塔斯在这里降下法西斯德国的卐字旗，升起希腊国旗的事迹。这是1982年希腊社会党政府执政后设立的。

两位教师模样的人领着一队十四五岁的少年来到旗杆下的铜牌前。我们让到一边，只见少男少女们围成半圆，仔细听着一位20多岁的妇女讲解，有的还拿出小本子在记。我们通过翻译，知道他们是雅典一所中学的学生，由老师领着来这里上历史课。

我们默默地站在一旁，虽然女教师的话我们一句也听不懂，但她和学生们严肃认真的神情却使我们感动。

历史是要一代一代人时时温习和传承的，这样才能以更坚定的步伐走向未来。

我们仰望着高高的旗杆上那迎风舒卷的希腊国旗，又想起魏巍同志当年含着激愤写下的诗句：

是谁唱永恒的太阳把海岛变成金，
这里除了太阳，一切已经消沉；
今天我要同诗人高声辩论：
古希腊依然是普罗米修斯的灵魂！

这一节诗的前两句，是引的拜伦《哀希腊》中的诗句。

我们想，今天，历史已经作出了结论。那高高的旗杆上迎风飘扬的国旗，正代表着希腊民族不屈的灵魂。

（完稿于1987年7—8月，载于1989年7月5日《中国旅游报》）

追寻拜伦的足迹

海神庙位于雅典东南70公里的萨罗尼克湾的顶端，是公元前5世纪建造的。

相传，古希腊的第一个城邦雅典兴建时，海神波塞冬和智慧女神雅典娜都希望充当它的守护神，双方争执不下，不得不靠斗智裁决。在俯瞰这新城邦的卫城上，波塞冬气势汹汹地用手中的三叉戟一下一下敲击岩石，海水应声奔涌而至。雅典娜却不慌不忙随手撒下一把把种子，一株株橄榄树破土而出，排排绿浪自上而下迎着海水冲去，海水落潮般哗哗退去。雅典娜胜利了，在宙斯与众神见证下，充当了这第一个城邦——雅典的守护神。

看来，古希腊人并不以成败论英雄。他们在雅典卫城上为那场智斗的胜利者雅典娜修建帕提侬神庙的同时，也在萨罗尼克湾为战败者波塞冬修建了海神庙。

当然，希腊人也知道，他们这个多山、面海的半岛国家，出出进进，无论通商或作战，都免不了同大海打交道。要想求得对出海的商船、战船的庇护，也不能怠慢了海神。

我们来希腊之前，还听说过同海神庙有关的另一则传说：

相传，米诺斯王统治克里特岛的时代，他依仗着人首牛身的妖怪称霸海上，要挟雅典王爱琴每年向他进贡童男童女，这些人一走进他的“迷宫”，即为人首牛身妖怪所害。为了制服妖孽，爱琴王的独子和继承人忒修斯主动要求把他当作童男进贡。行前，他与父母商定：如果平安返回，便将船上的黑帆换成白帆；如果不换，便是他遭遇了不幸。

忒修斯在“迷宫”里得到阿里阿德涅公主的帮助，杀死了妖怪，胜利返回。但是，他们沉浸在得胜的喜悦里，竟忘记出发前的约定——将船上的黑帆换下。爱琴王在海神庙前，一边祈求海神保佑忒修斯平安，一边焦虑不安地向海上眺望。

忒修斯的船队归来了，但为首的那艘大船的船头赫然悬挂着黑帆。爱琴王以为王子被害无疑，悲愤交加，转身投入大海。

后来，人们为了纪念爱琴王，便把这海称作爱琴海。

不过，我们来萨罗尼克湾瞻仰海神庙，却并非因为这些有趣的传说，而是为了追寻19世纪英国伟大的浪漫主义诗人、一位献身希腊民族独立事业的战士乔治·戈登·拜伦的足迹。

拜伦，是中国读者特别是青年读者们喜爱的诗人。鲁迅先生在《摩罗诗力说》中，曾满腔热情地介绍了一批19世纪“立意在反抗，指归在动作”的“摩罗”（即“反抗”）诗人。其中，就有拜伦。鲁迅先生在《坟·题记》中说：“就自己而论，也还记得怎样读了他的诗而心神俱旺。”鲁迅先生的青年时代，正是帝国主义列强同中国封建买办势力勾结，加紧掠夺和控制中国，使中国由闭关自守的封建社会急剧滑向半封建、半殖民地社会的风雨飘摇的年代。鲁迅先生毅然放弃了科学救国的思想，决心用笔唤醒民众。那时的中国多么需要像拜伦这样的“摩罗”诗人的读了使人振聋发聩、“心神俱旺”的作品啊！

希腊海神庙

我们读拜伦的诗歌时，中国社会早已发生了翻天覆地的变化。但他的“我是剑，我是火焰”的“叫喊和反抗”那火一样的激情，也同样令我们“心神俱旺”。这不单单是因为拜伦是一位诗人，更主要的是他更是一位身体力行的“立意在反抗，指归在动作”的战士。正如鲁迅先生所说：“……其实，那时Byron（拜伦）之所以比较的为中国人所知，还有别一原因，就是他助希腊独立。”（《坟·题记》）

拜伦只活了36岁，他把他一生最好的年华毫无保留地献给了希腊的民族独立运动。正如他1824年4月19日临终时在希腊的梅索朗吉昂所说：“我已把自己的时间、资财和健康全部献给了希腊，现在连生命也献给了它。”正是他的这种为推动希腊民族解放献身的精神，使他同希腊民族的历史融为一体。

拜伦出生在英国一个古老的贵族家庭，性格刚直、豪爽，喜剑技与马术，颇有一股豪侠气度。他在大学里受到启蒙主义思想的熏陶，对英国的贵族社会产生强烈的反感。在学生时代，他就翻译了古希腊三位悲剧大师之一的埃斯库罗斯的名剧《被缚的普罗米修斯》，对古希腊的文化推崇备至。毕业后，他又用了三年时间，到南欧作了一次旅行。他瞻仰了古希腊文明的风采，也目睹了希腊人民在奥斯曼土耳其帝国奴役下的悲惨现实。他在旅途中写的长诗《恰尔德·哈洛尔德游记》中，热情歌颂了希波战争时温泉关和马拉松战役中的古希腊的英雄。同时，他也对希腊可悲的现实感慨万端：

美的希腊！光荣的残迹，使人心伤！
逝去了，但是不朽；伟大，虽已消亡！
有谁来领导你一盘散沙的后裔，
起来挣脱那久已习惯了的罗网？

当时，欧洲资产阶级革命在法国大革命的影响下，正方兴未艾。而奥斯曼土耳其帝国已开始向下坡路滑去。欧洲英、法等列强和沙皇俄国都虎视眈眈地觊觎着奥斯曼帝国统治下的巴尔干半岛，妄图取而代之。特别是沙皇俄国，不断作出愿意协助“解放”巴尔干人民和“拯救”东正教徒的姿态。希腊的统治者由于自身的软弱，无力团结和领导早在希腊各地特别是伯罗奔尼撒半岛奋起反抗奥斯曼帝国统治的民族解放运动，而把民族独立的希望寄托在依靠外国特别是沙皇俄国的援助上。拜伦不得不大声疾呼：

世世代代做奴隶的人们，你们知否，
谁要获得解放，就必须自己动手；
必须高举起自己的右手，才能战胜，
高卢人或莫斯科人岂会对你们公正？

拜伦奔走呼号，唤起欧洲舆论对希腊的关注，也为后来的希腊军民的武装起义在精神上、物质上作了准备。就在他那部有着广泛影响的长诗《恰尔德·哈洛尔德游记》发表的第二年，即1814年，希腊的革命团体菲力克·赫特里（友谊社）重新恢复，并同各地的民族解放运动汇合，共同提出了民族解放运动的正确宗旨。这标志着希腊民族的新的觉醒。经过几年的准备，1821年，在“友谊社”的推动下，希腊军民举行了有历史意义的起义，解放了伯罗奔尼撒半岛等大片国土。次年11月，成立了国民议会，宣布希腊独立。奥斯曼土耳其帝国自然不甘心希腊脱离帝国的版图，它网罗各方力量，对希腊军民进行反扑。在这种情况下，拜伦毅然离开他寄居的意大利，1823年7月，他携带枪械、战马、药品和大量资金亲援希腊。次年1月，他们摆脱了土耳其军队的追捕，抵达希腊政府所在地梅索朗吉昂。

鲁迅先生曾特别赞赏过拜伦那幅“花布裹头，去助希腊独立时的肖像”。据说，当年拜伦抵达梅索朗吉昂时，正是这身打扮：身着半敞胸的绯红色衣服，头上裹一块长长的花巾，一端从左颊垂下，直至胸前，手按刀柄，英姿飒爽。拜伦的到来，对希腊军民是极大的鼓舞。他们以军礼对他进行了隆重的接待。他被授予“起义军总司令”的称号，同希腊军民一起，在艰难困苦中搏斗。

艰苦的环境损害了他的健康。起义队伍内部派别斗争也十分激烈，直接影响着希腊民族独立事业的成败。而这些，又都不是仅靠拜伦个人的努力与影响所能克服的。当时，不少友人都劝他离去，他却执意留在希腊。

他在《哀希腊》中写道：

在戴了枷锁的民族里坚持，
博不到名声，也大有意义：
只要能感到志士的羞耻。
歌唱中，烧红了我的脸皮，
为什么诗人留在这里受罪？
给希腊人一点羞，给希腊人一点泪。

鲁迅先生说，拜伦对于“戴了枷锁”的希腊，“衷悲而疾视，衷悲所以哀其不幸，疾视所以怒其不争”。这痛心疾首，含血、含泪吟出的诗句，正出自于他对希腊人“哀其不幸”又“怒其不争”的凝重而又深沉的情感啊！

病魔摧残着拜伦的身体。1824年4月，他外出遇雨，疟疾复发，终卧床不起。弥留之际，他还高呼：“前进！前进！”……

在拜伦精神的鼓舞下，梅索朗吉昂的军民在数十倍于己的敌人的围攻下，坚持了长达两年之久的梅索朗吉昂保卫战……

今天，拜伦这种为支援民族解放事业义无反顾、死而后已的精神，依然为全世界人民所称道。

100多年后的今天，当我们来到希腊萨罗尼克湾的海神庙，终于在一根白色的大理石柱上找到拜伦当年用端庄的手写体亲手刻下的“G.Byron”的字样时，心潮怎能不像爱琴海的海潮一样汹涌澎湃呢？

相传，1820年，拜伦来到雅典，原想看一看卫城上的帕提依神庙，但他远远地看到卫城上飘扬的不是希腊国旗而是奥斯曼土耳其帝国的旗帜时，便愤然离去。后来，他来到海神庙，在这根石柱上刻下了自己的名字。

我们站在海神庙前，遥望着碧波万顷的爱琴海。啊，拜伦，今天，可以告慰你的是：希腊已经获得了独立。雅典卫城上，高高飘扬的不再是占领者的旗帜，而是你曾为之奋斗一生的、象征着一个民族独立与解放的希腊国旗！

（写于1987年4—5月间，载于1987年6月2日《羊城晚报》）

罗马三月悼诗魂

离开北京时，天阴欲雪，穿着毛衣裤和皮夹克去机场，还有些瑟缩。待到了罗马，南欧三月，正春光烂漫，毛衣裤、皮夹克显然已不合时令，赶忙换上一袭轻便的春装。

来罗马，除了想看看古罗马的建筑和文艺复兴时代米开朗琪罗、拉斐尔、贝尔尼尼等艺术大师们留下的绘画、雕塑等人类艺术的瑰宝之外，并无他求。不料在游览罗马市中心的西班牙广场时，了解到三位一体山教堂脚下广场边上的一幢小楼曾是19世纪英国著名浪漫诗人济慈的居所，现已辟作济慈、雪莱、拜伦三位同时代的英国诗人的展览馆，不禁喜出望外，特意挤出时间去参观，拜谒我们学生时代就仰慕的这三个早逝的诗魂。

西班牙广场是1725年修建的。广场中央著名的古舫喷泉，是文艺复兴时代著名艺术家贝尔尼尼的父亲彼得罗·贝尔尼尼的作品。广场后面有一个137级的巨大的艺术石阶，直通向三位一体山教堂。据说这个艺术石阶是由一位名叫埃蒂纳·高菲尔的法国外交官捐助的，它的设计师斯佩基因设计建造了西班牙驻罗马教廷大使官邸而闻名，这个广场也被叫成了西班牙广场。几个世纪来，西班牙广场一直是罗马最繁华的商业区，它附近有许多珠宝店、古玩店、高档服装店及艺术画廊。拜伦、李斯特、歌德、司汤达、巴尔扎克等著名艺术家、诗人、作家旅居罗马时，都曾在附近的街区居住过。

济慈居住过的这座粉红色外墙的三层小楼，是与广场同时修建的。1906年，由意大利的济慈、雪莱、拜伦三位英国诗人的崇拜者集资，将济慈当年居住过的第二层买下，辟作展览馆。

济慈、雪莱、拜伦所处的时代，正是19世纪初叶欧洲大动荡的时代，一方面，受法国大革命的影响，民族民主革命运动的浪潮正席卷整个欧洲。另一方面，欧洲世袭的封建贵族并不甘心退出历史舞台，他们与各种反动势力相互勾结，建立“神圣同盟”，进行疯狂反扑。这三位才华横溢而又富有正义感的诗人，用他们的笔写下了大量歌颂光明、抨击黑暗的诗篇。尽管他们都英年早逝，为世界诗坛留下不可弥补的遗憾，然而他们的作品的影响，却远远超越过他们生活的时代，成为全人类文学宝库的一部分。

这三位诗人中，年龄最长的是拜伦。他于1788年出生在伦敦的一个破落贵族家庭，学生时代便开始写诗，并出版诗集。1803年大学毕业后，曾游历西班牙、葡萄牙、阿尔巴尼亚、希腊和土耳其，饱览异国风土人情。回国后写出了《恰尔德·哈罗德游记》，从此蜚声诗坛。他早年便投身政治运动，1812年，他以世袭议员的身份在上议院发表演说，为英国纺织工人辩护。同时，还写政治讽刺诗抨击英国统治者，遭到上流社会的忌恨。1816年，拜伦终因不堪忍受上流社会对他的毁谤与攻击，愤然去国，迁居意大利。这年3月他写的《普罗米修斯》，正是借这位希腊神话中因偷天火给人类而触怒天神宙斯，被绑在高加索的悬崖上遭秃鹰啄食的蒙难的神祇的形象，吐露自己内心的痛苦与愤懑：

作者在罗马西班牙广场古舫喷泉旁

那郁积胸中的苦情一段，
它只能在孤寂时吐露，
而就在吐露时，也得提防万一
天上有谁听见，更不能叹息，
除非它没有回音答复。
巨人啊！你被注定了要辗转
在痛苦和你的意志之间，
虽然不死却要历尽苦难……

然而，他并没有因为流亡国外或提防万一“有谁听见”而沉默。他在同年写给他的好友托马斯·穈尔的一首诗中骄傲地宣称：

爱我的，我致以叹息，
恨我的，我报以微笑，
无论头上是怎样的天空，
我准备承受任何风暴。

拜伦移居意大利期间，不仅参加了烧炭党人抗击奥地利占领者的斗争，而且还站在了反对以“神圣同盟”为代表的全欧洲反动势力的前列。他的艺术才华得到了充分的展现，这期间他写了历史剧《马利诺·法列洛》、诗剧《该隐》、长篇诗体小说《唐璜》和大量的抒情诗及政治讽刺诗。由于他的作品有力地支持了席卷欧洲的民族民主革命运动，并在一定深度上批判了资本主义社会的种种弊端，使他成为当时欧洲文学界的一面旗帜。鲁迅先生盛赞他的作品“立意在反抗，指归在动作”，并在《摩罗诗力说》中向仍处在半封建半殖民地社会的中国的读者们满腔热忱地介绍了拜伦这样一批“摩罗”（反抗）诗人的令人“心神俱旺”的诗作。

提起被恩格斯誉为“天才的预言家”的雪莱，不能不令人想起他的“如果严冬已经来到，难道春天还会远吗？”的名句。雪莱生于1792年，小拜伦四岁。1811年，他因发表《无神论的必然性》被牛津大学开除。1812年，他赴爱尔兰参加民族解放运动。后来，由于迷恋社会哲学家威廉·葛德文的女儿玛丽，与之私奔。他的无神论、激进思想和“不道德行为”，自然为英国的贵族社会所不容，不得不流亡国外。1816年，他与玛丽及玛丽的妹妹克莱尔旅居瑞士时，在日内瓦湖畔结识了拜伦。这次相遇，不仅使两位诗人结为知己，还使拜伦与玛丽的妹妹克莱尔之间产生了一段罗曼蒂克的恋情。以至两年后，他同妻子玛丽移居意大利时，不得不带上克莱尔和她的私生子——与拜伦的那一段恋情的结晶。这段爱情纠葛不知后来如何了断，只知雪莱在意大利生活得并不愉快，他深感移居他乡的那种被人遗弃的痛苦与寂寞。然而，正是在这种常人难以忍受的困境中，他写出了生平最伟大的几部作品：《伊斯兰起义》、《解放了的普罗米修斯》、《钦契》、《1819年的英国》、《给英格兰人的歌》，以及《西风颂》、《致云雀》、《云》等瑰丽多彩的抒情诗。

向上，再向高处飞翔，
从地面上你一跃而上，
像一片烈火般的轻云，
掠过蔚蓝的天心，
永远歌唱着飞翔，
飞翔着歌唱……

雪莱1820年写的《致云雀》，曾鼓舞过多少向往自由、追求光明的心灵去搏击，去奋进，去像云雀那样，倾吐着“酣畅淋漓的乐音”。

雪莱是1822年乘船在意大利海面上遭遇风暴不幸罹难的。他在前一年写的《哀歌》中，似乎已经预见到自己的不幸：

哦，时间！哦，人生！哦，世界！
我正登临你最后的梯阶，
战栗着回顾往昔立足的所在，
你青春的绚丽何时归来？
不再，哦，永远不再！

但在人们的心目中，他永远是向上，向上，“像一片烈火般的轻云/掠过蔚蓝的天心/永远歌唱着飞翔/飞翔着歌唱”的云雀。

三位诗人中最年轻的是济慈。他生于1795年，却于1821年2月先于拜伦和雪莱离开人世。济慈出身贫苦，早年曾当过学徒。读书时深受莎士比亚、斯宾塞、弥尔顿等人作品的影响，热衷于诗歌创作。1816年冬，雪莱自瑞士回国后，经友人李·亨特介绍，结识了雪莱。雪莱十分关心济慈的诗歌创作，在雪莱帮助下，济慈于1817年出版了处女作《诗歌》。后来，他又陆续发表了《恩底弥翁》、《伊莎贝拉》、《圣艾格尼斯前夜》等长诗。但济慈影响最大、最出色的作品，可能还要数《夜莺颂》、《秋颂》、《希腊古瓮颂》等抒情诗。这些诗充满了乐观、向上的情调，展现了济慈所独具的对大自然的细腻、深刻的感受，丰富的想象与卓越的才华。

济慈是在1820年9月由于肺病急剧恶化，经朋友劝说来意大利养病的。然而，南欧的气候对他的不治之症已无济于事。他在罗马仅仅居住了5个月，就在寓所二楼朝向广场的卧室的病榻上与世长辞了，年仅25岁。雪莱在为他写的挽歌《安东尼斯》中，把他称作“露珠培育出的鲜花”……

展览馆很小，不足20平方米的大厅是济慈当年待客的地方。墙上挂着三位诗人的油画像，靠墙一排书架上摆着他们各种版本的诗作。我们进去时，恰好遇到一批意大利男女青年在参观。看来，他们对这三位诗人的代表作都相当熟悉，讲解员介绍时，他们很热烈地答对。当谈到三位诗人的私生活和传闻逸事时，又不时爆出阵阵笑声。

大厅的一侧，有两个相通的小房间，展橱里陈列着济慈生前的照片、手迹。他最后一首诗《灿烂的星》，是在自英国来意大利的轮船上写的。重病缠身的济慈预感到自己不久于人世，仰望星空，感慨宇宙的浩大和人生的短促，便随手在《莎士比亚诗选》的空页上匆匆写下这首十四行诗，把它献给女友范妮·勃朗。那是在1820年9月28日。

诗的全文是：

灿烂的星！我祈求像你那般坚定——
但我不愿高悬夜空，独自
辉映，并且永恒地睁着眼睛，
像自然间耐心的、不眠的隐士，
不断望着海涛，那大地的神父，
用圣水冲洗人们居住的海岸，
或者注视飘飞的雪，像布幕
绚丽、轻盈，覆盖着原野和高山
啊，不——我只愿执拗地把头

枕在爱人酥软的胸脯上，
永远感到它舒缓的降落、升起；
而醒来，心里充满甜蜜的激荡，
不断，不断听着她细腻的呼吸，
就这样活着——或沉睡地死去。

济慈没有死在他爱人的怀中，而是死在病榻上。他的卧室的小窗，正对着广场上彼得罗·贝尔尼尼雕塑的古舫喷泉。济慈，这只“善鸣的夜莺”，正是在那潺潺的水声中，静静地睡去的……卧室的橱窗里有他去世时的画像：济慈睡着，恬静而安详。他的诗却活着，活在夜莺的鸣声里，活在一代代人们的心上。

大厅的另一边，有一间通向阳台的小屋。那里陈列着拜伦和雪莱的照片、书信与手迹。那幅为鲁迅先生所赞赏的“花布裹头，去助希腊独立时的肖像”，摆在十分显眼的位置。橱窗中，雪莱临终前6周给情妇的信的手迹，曾引起人们对他的私生活和他的死因争论不休。他在这封信中谈到他关心写诗，也谈到死，以致不少人猜测他的死不是由于事故，而是自杀。殊不知，他当时常常为债主所逼，不得不时时迁居。而且，由于生活窘困，一双子女在一年之内相继夭亡，妻子玛丽也近乎精神失常……

我们穿过小屋，走上阳台。阳台上摆着盆花和几把椅子。这里可以仰望三位一体山上的双钟楼教堂，也可以俯览整个广场。据说当年雪莱曾住在广场附近的科尔索大街，而拜伦的居所也不远。料想他们在济慈家聚会时，一定也曾坐在这个小小的晒台上，促膝畅谈过。他们谈些什么呢？是谈诗歌，谈人生，谈抱负？还是继续着拜伦和雪莱之间关于人类天性的争论？这些都无从考证了。三位诗人在罗马相聚的时间很短。1823年春，在济慈和雪莱相继去世之后，拜伦听说希腊反抗土耳其占领者的起义达到了高潮，便毅然放下正创作的长篇诗体小说《唐璜》，奔赴希腊，不幸积劳成疾，翌年4月病逝于起义军中。

100多年过去，三位诗人自己也绝不会想到，当年他们客居罗马时聚会的地方，今天竟成了他们的纪念馆。每天，都有那么多慕名而来的客人，缓缓地登上广场边这幢粉红色的小楼，来凭吊他们的诗魂吧。

（1994年3—6月草于罗马、开罗，载于同年8月27日《文艺报》）

写在普希金铜像前

虽然是第一次来这里，可心里总觉着很久以前就曾来过。

我们熟悉这里的一切：蓝天，白云，秋阳、落叶……

还有……

还有这份宁静——虽在闹市区，却无车马喧。人们安闲地坐在树荫下的长椅上，或遐思，或谈天，或休憩，或一卷在手静静地读，斯斯文文，互不相扰，充分享受那份闲适与安详。

普希金铜像

当汽车沿着莫斯科很有特色的环行路，来到和特维尔大街交叉处的这个以俄罗斯最伟大的诗人普希金的名字命名的广场，远远地看见他这尊青铜塑像高高地站立在广场中央深褐色的花岗岩基座上，就分明觉得，我们来过这里，很久很久了。

是的，多少多少年以前，从电影里，从画报上，从来过这里的诗人、作家们的作品中，从父母对往事的回忆里……

这次，不过是旧地重游。

记得最早接触普希金的诗，还是在不懂什么叫作“诗”的年龄，在重庆沙坪坝的乡下，夏夜，坐在家门口的小板凳上，头顶着满天繁星，伴着旁边草丛里纺织娘吱吱吱的鸣声，缠着母亲讲故事：有《牛郎织女》、《凿壁借光》、《岳母刺字》，也有《七色花》和《渔夫和金鱼的故事》……后来，从父亲带回的画报上看到普希金的像，知道《渔夫和金鱼的故事》就是这位卷须卷发的俄罗斯诗人根据俄国的民间传说写的童话诗。50年代，我们竞相传抄着普希金的《假如生活欺骗了你》：

假如生活欺骗了你
不要悲伤，不要忧郁
这样的时光须要镇定
相信吧，快乐的日子将会来临

心儿永远向往着未来
哪怕眼前常遇到不快
一切都是瞬息，一切都会过去
而过去的时光，都将是亲切的追忆

据说，这是普希金为一位15岁的俄罗斯小姑娘题写在纪念册上的一首小诗。而那时，我们也是和这位俄罗斯小姑娘差不多年纪的“不识愁滋味”的少男少女，一心对未来充满着美好的憧憬与向往，却未曾经历过雨雪风霜、挫折磨难，也未真正懂得“生活的欺骗”。但从那时起，普希金的这首诗却根植在心中，伴随我们勇敢、镇定地面对生活，跨越人生路上的泥泞、坎坷，从“不识愁滋味”的单纯、幼稚的少男少女，直到两鬓斑斑。

大约从那时起，我们就熟悉这位卷须卷发的俄罗斯诗人和他的这尊塑像，熟悉这里的蓝天、白云、秋阳、落叶，也熟悉这份宁静——连日来，在莫斯科街头，在住宅区的花园，以及林间空地常常见到的这种令人感动又艳羡、向往的人文景观，这种体现着一个伟大民族文化素养与气度的宁静。

我们站在基座前，仰头凝视着普希金的塑像。据说，这尊塑像是1880年由俄罗斯民众自发地集资修建的。不知道普希金是不是正从我们刚刚瞻仰过的他在阿尔巴特街的寓所一路漫踱而来，走得热了、累了，随手解开大衣的纽扣，摘下礼帽，双手随意地背在身后，任秋风吹拂着他的卷须卷发，倜傥风流。他似乎正颔首沉思，是在构思一首新诗吗？

……面对上流社会和宫廷
形形色色无益的纷扰
我保持着冷静的眼睛
单纯的心，自由的头脑
以及真理高贵的火焰……

我们似乎听见他在默诵这些诗句。这是1832年他题在亚历山德拉·奥西波夫娜·斯米尔诺娃手册上的诗句。

普希金一生写了数千首诗歌。他在诗歌中描述过彼得堡，描述过克里米亚、高加索，但他最迷恋的还是莫斯科。1830年，他的好友乌沙科娃姐妹从莫

彭龄在阿尔巴特街的普希金故居纪念牌前

斯科寄给他一封匿名信，普希金读后，一下子就猜出是谁同他开了这个善意的玩笑。他抓起鹅毛笔，写下这样一首诗，寄给乌沙科娃姐妹：

……
我满心赞叹地读罢
你们的来信，不禁相思
重重，忍不住叫道：
是时候了，到莫斯科去！

他终于离开居住了15年的彼得堡，回到他生于斯、长于斯，令他“不禁相思重重”的莫斯科。而且，他不久就和被称作“莫斯科第一美人”的娜塔丽娅·尼古拉耶夫娜·冈察诺娃恋爱、结婚。但是，莫斯科并不是诗人的象牙之塔。普希金虽然出身贵族——这或许是他的诗歌常于清丽洒脱中难以避免地带有一种浮华的贵族味道的因由，但是，他与上流社会的虚伪奸诈、阿谀奉承却始终格格不入：

我的本性不惯于取悦帝王
我的缪斯天生地害羞……

是的，他的缪斯“天生地害羞”，他绝不会用他的“高贵的竖琴”弹出暧昧的曲调去“取悦帝王”，去阿谀“世界的神”，也绝不会“用香炉把权贵供奉”。在皇亲贵族们的圈子里，他始终是一个狂傲不驯的不入流的异类。别林斯基说：“他为生活中的矛盾和不和谐感到深深的痛苦”，但是，“他的缪斯”不甘沉默，他愤然而起，继续用他那犀利的笔，对上流社会的种种黑暗予以辛辣的嘲讽。

我好像听见普希金在默诵：

……我嘲笑着无聊的人物
我据理而明智地判断
而且把最黑色的恶毒
写成白纸上的一篇笑谈……

我们想，这也许正是“他的缪斯”不同凡响之处吧？

同去的杨晖告诉我们，今年6月6日，普希金诞生195周年之际，俄罗斯文化界人士举行隆重集会，纪念这位伟大的诗人。人们朗诵普希金的诗篇，表演根据普希金的诗歌改编的戏剧，孩子们也登台朗诵《渔夫和金鱼的故事》等普希金的童话诗。就在这广场的一角，人们排着长队，购买新版的《普希金文集》……

我们无缘看到那个盛况，但我们却看到过新版的《普希金文集》。那是在离莫斯科红场不远的一个地下通道里，许多人围着一个小书摊，我们出于好奇，特意走过去，发现卖的正是最新版的《普希金文集》，厚厚的两卷本，装帧十分漂亮……

时光荏苒，近200年过去了，普希金时代那些显赫一时的帝王权贵们早已化作粪土。而普希金的诗，却根植在一代代不同民族、不同语言、不同肤色的读者们心中，绝不因时光流逝而减色。

近200年过去了，普希金依旧站在这秋阳普照着的小广场中央，颔首沉思。他刚毅的嘴角依旧充满着自信，因为他知道，他的“不为利诱的歌喉，一直是俄国人民的回声”。

是的，普希金早已用他的诗为自己建造了一座“非人工的纪念碑”，它“高耸在亚历山大纪念石柱之上”，高耸在一代又一代不同民族、不同语言、不同肤色的读者们的心中。

（1994年9—10月草于开罗，载于《星火》1996年2月号）

也吊“新处女”

来到莫斯科，除了红场之外，唯一想看看的，就是这莫斯科河畔的“新处女公墓”了。

这不是普通的公墓。诚如父亲在60年代初写的散文《凭吊“新处女”》中所说：“古往今来，俄罗斯和苏联多少杰出的文学家、艺术家、科学家、爱国志士……把自己毕生心血，有的甚至连自己的生命，都献给人类最美好的事业之后，都在这儿安息呢！这儿有贵族革命家十二月党人；有文学家果戈理、契诃夫、马雅可夫斯基、绥拉菲摩维奇、富尔曼诺夫、尼·奥斯特洛夫斯基、马卡连柯……有艺术家、作曲家、雕塑家、舞台活动家、理论家，以及抗击希特勒法西斯的苏联英雄卓娅、舒拉……”

远在二三十年代，父亲旅居列宁格勒时，每到莫斯科来，都爱在这里的林荫道上，在碑石与雕像间漫步。因为长眠在这里的作家中，有不少是他的同志和朋友。那时中国正大夜弥天，他在鲁迅和瞿秋白的影响下，曾用“为起义了的奴隶们偷运军火”的精神，冒着涅瓦河畔零下30度的酷寒，将他们的文学作品——“起义了的奴隶们”赖以斗黑暗、求生存的火种——一本一本翻译、介绍给国内的读者。

父辈们不用说，就是我们同新中国一起成长的这一代，谁没有受过俄罗斯进步文学的影响呢？！无论政治风云如何变幻，也动摇不了《铁流》、《母亲》、《钢铁是怎样炼成的》、《日日夜夜》……这一部部史诗般的著作和它们的作者在我们心目中的地位。

感谢在莫斯科就读和工作的曹惠、赵国臣、殷卫国和钱郁几位青年朋友，他们在困难和繁忙的时刻慨然相助，开车的开车，翻译的翻译，终于帮我了却了长期以来一直埋在心底的夙愿。他们之中，只有在使馆工作的赵国臣来过这里，但莫斯科近来偷车十分厉害，上周新华分社的一辆汽车也在光天化日之下被窃。他担心人离开之后遭小偷光顾，特意留在车里。其他几位同我一样，都是第一次来。而走进公墓大门之后，才发觉这公墓竟这样大，在参天古木的浓荫下，一条条墓道两旁并列着一座座陵墓，墓上覆盖着黑色、灰色、赭色花岗岩的碑石，或立着一尊尊雕像，宛然一部厚厚的史书，或一条条俄罗斯民族精英的艺术画廊。如果一座座地瞻仰，怕是三天三夜也看不过来。我只好请曹惠向来这里凭吊和扫墓的俄罗斯人求助了。

先去凭吊谁的墓呢？我想起父亲在《凭吊“新处女”》文章的结尾曾提到的卫国战争女英雄卓娅，便请曹惠问问坐在路旁长椅上休息的几位俄罗斯妇女，几位妇女立即指给我们。怕我们找不到，其中一位瘦小的白发妇女主动带我们前去。远远地，便看见绿树丛中赭色大理石碑座上的卓娅雕像，正像父亲文章中描述的那样：挺胸，敞襟，头后仰，身微屈，左臂下垂，右臂侧后。

我们仿佛听见卓娅用沉着、镇定的语调，对被德国法西斯驱赶到行刑场地的乡亲们说：“我不怕死，同志们，为人民而死，这是幸福啊！”这是卓娅生前留下的最后的话语，它化作疾风，化作暴雨，永远回荡在俄罗斯大地。

“对面是女英雄卓娅的弟弟舒拉和他们英雄的母亲的墓”，那位瘦小的白头发妇女介绍说。我记得我们读卓娅母亲科斯莫杰米扬斯卡娅写的《卓娅与舒拉的故事》时，还是50年代初，脖子上还系着红领巾。同学们纷纷用俄文给科斯莫杰米扬斯卡娅写信，称她为“亲爱的妈妈”，表示决心向卓娅与舒拉学习。当科斯莫杰米扬斯卡娅应邀访问中国时，我们已是北大的学生，在北大办公楼礼堂聆听过她的报告。当年那如潮的掌声仍响在耳边。此刻，我怀着敬意来这里凭吊。舒拉的墓前没有雕像，仅镶嵌着一帧舒拉的照片。而卓娅的颈项上却系着一条红领巾，十分显眼。因为这象征着红旗一角，被千千万万少先队员视为珍于生命的红领巾，在苏联解体、共产党被宣布为非法之后，已经从俄罗斯少年们的颈项上消失了。但这条颜色尚未褪尽的红领巾，却依旧像一团火，系在这位苏联女英雄的颈项上，照着她如火的青春。

我们还没有来得及向那位妇女致谢，她却主动地问：“要不要我领你们看一看尼·奥斯特洛夫斯基的墓？我想你们一定知道他的《钢铁是怎样炼成的》对卓娅产生的影响……”

“太好了，谢谢您。”我话还未说完，她已经在前面为我们领路了。

尼·奥斯特洛夫斯基的墓石与墓碑都是凝重的黑色，象征着钢铁。碑身的上端是奥斯特洛夫斯基的浮雕像：他正坐在病榻上，左肘支撑着身体，右臂平伸，放在厚厚一叠稿纸上，仿佛正在凝神沉思。碑身的下端是一柄马刀和一顶军帽。这位曾跃马挥刀、驰骋疆场的红军战士，在下肢瘫痪、双目失明之后，依然以顽强的意志，在病榻上写下了《钢铁是怎样炼成的》和《暴风雨所诞生的》两部巨著。这两部巨著被译成几十种文字，流传全世界。他借《钢铁是怎样炼成的》书中的主人公保尔·柯察金之口，说过这样一段话：

> 人最宝贵的是生命。这生命只能得到一次。人的一生应当这样度过：当他回忆往事时，不因碌碌无为而羞耻，不因虚度年华而悔恨。他临终时能够说：我的整个生命，都献给了世界上最壮丽的事业——为人类的自由解放而斗争。

这段话，不仅鼓舞着卓娅，也鼓舞着各国千千万万一代又一代年轻读者去拼搏，去奋进。

在距奥斯特洛夫斯基墓不远处，我看到一座熟悉的雕像，那不是《铁流》的作者吗？因为我孩提时就从《铁流》中译本扉页上见过他的照片，对他的模样已经十分熟悉了。我快步走过去，辨认着雕像下那一行金色字体的签名，果然是绥拉菲摩维奇！我想起父亲1933年在列宁格勒写的散文《到赤松林去》，他在那篇文章中记述了第一次访问这位老作家，并把《铁流》中译本送给他的情景。当时的中国正是“大夜弥天”，而绥拉菲摩维奇的《铁流》就像一颗火种，鼓舞着中国“起义了的奴隶们”去斗争，去掀起浩浩荡荡的“铁洋的飓风”。绥拉菲摩维奇对中国、中国革命是那样关切，他比我父亲年长一半，但从那次见面起，他们便结为忘年的莫逆之交。父亲回国时，他对父亲说：“中国革命总有胜利的一天，我们后会有期！”中国革命终于胜利了！1949年4月，父亲作为革命胜利后第一个出国代表团的成员，途经莫斯科前往巴黎参加保卫世界和平大会，而绥拉菲摩维奇却在同年1月辞别人世。世间有多少这样的憾事！更令人遗憾的是：父亲当年回国之后，虽然云山阻隔，仍和绥拉菲摩维奇有书信往来，但万万想不到的是，他的这些被父亲珍藏起来的书信、照片和其他资料，竟全部在“文革”那场史无前例的浩劫中被北大俄语系的×教授领着“造反派”们抄走，至今无法追回。

当我们在绥拉菲摩维奇墓前凭吊时，那位白发的俄罗斯妇女未等我们向她道一声谢，已悄然离去。

我们在墓道间走着，忽然看见一座黑色的墓石上端有一个青铜的浮雕头像，下端是一柄夹在书中的马刀，也是青铜雕的。中间是姓名和生卒年代：1891—1926。我想起这正是父亲在《凭吊“新处女”》文中提到过的富尔曼诺夫的墓。墓石上的碑文仅有三个词：布尔什维克、作家、战士。富尔曼诺夫生前被派往夏伯阳的部队，将这位传奇般的“草莽英雄”改造成了出色的红军指挥员。富尔曼诺夫牺牲时，年仅35岁，但他和他的著作《夏伯阳》却与世长存。

拉夫列尼约夫也是父亲的老朋友，他的墓石中央，顶端雕刻着他的头像的石柱下，砌着一方花池，种着几束枝叶青翠的马蹄莲。他的《第四十一》，早在20年代末就被父亲译成中文，在中国读者中产生过深远影响。记得前些年在保定看望年轻女作家铁凝时，就曾听她谈起，在“四人帮”肆虐的日子里，她竟不惜拿自己心爱的一本《金蔷薇》同友人悄悄换来一本《第四十一》，尽管她明明知道这本书当时是横遭批判的“毒草”。

诗人马雅可夫斯基的墓碑十分别致：一根黑色大理石方柱上，立着诗人的头像，后面用一方赭红色的大理石作衬底，上面刻着马雅可夫斯基的姓名和生卒年代。庄重、鲜明、简洁，恰如诗人的诗风。我站在墓碑前，仿佛听见诗人正高声宣布：

无论是诗，
　　无论是歌，
　　　　都是炸弹和旗帜！
歌手的声音，
　　可以唤起
　　　　阶级！

彭龄在《铁流》作者绥拉菲摩维奇纪念碑旁

他的头像下面，放着一支洁白的玫瑰，不知道是什么人敬献的。歌手虽已矣，正气凛然的歌，却依旧响遏行云。

在父亲熟悉的其他作家中，我首先想到的是盖达尔、法捷耶夫、西蒙诺夫、费定、波列沃依……作为一个后来者，我多么想一一瞻仰他们的墓地啊！当曹惠一股脑儿将我的愿望告诉一位素不相识的中年人时，他笑着说："据我所知，盖达尔的墓在乌克兰；西蒙诺夫和波列沃依生前留下遗嘱，将他们的骨灰撒在俄罗斯大地。至于法捷耶夫和费定的墓，请随我来吧……"

他把我们带到法捷耶夫的墓前。两米多高的碑石的顶端是法捷耶夫的头像，而碑石下端的浮雕，我想，只要看过法捷耶夫的代表作《青年近卫军》的人，都不能不怦然心动。书中主人公奥列格就义前怒斥德国法西斯的话语又在耳边回响："你们应当记住：苏维埃的青年，在任何时候都不会向你们屈膝——即使死，也要站着死！"这浮雕，正是书中描述的苏联卫国战争中克拉斯诺顿市的奥列格等五位青年近卫军领导人英勇就义时的情景。

费定的墓在一条墓道的拐角处。墓碑是黑色的大理石，显得十分凝重。墓石的下方是费定的头像。父亲和费定有很深的交往，他的长篇小说《城与年》是父亲翻译的最后一部苏联文学作品。新中国成立后，父亲忙于教学和其他工作，无暇翻译，但他每次到莫斯科，都必去费定家做客。费定爱喝酒，父亲却不善饮，又不好扫主人的兴，于是就饮葡萄酒作陪，餐桌上，红、白对斟，也别有情趣。60年代中，席卷中国的那场风暴隔断了他们的音讯，待风暴平息，费定却已作古。父亲怀着痛惜的心情在悼念这位老友的文章中说，倘有天堂的话，愿他的老友在天堂中安息。此刻，我在费定墓前冥想：倘若真有天堂的话，他们也许正在那里红、白对斟，把盏话旧呢……

那位中年人指着离费定墓不远处的一座墓说："这是卫国战争时期一位著名的诗人……"墓石的上方是诗人身着西装的半身坐姿雕像，膝上放着翻开的本子，仿佛正在构思新的诗作。我忙去读底座上的姓名，竟是伊萨科夫斯基！"正当梨花开遍了天涯，河上飘着柔曼的轻纱；喀秋莎走在陡峭的岸上，歌声好像明媚的春光……"；"一条小路曲曲弯弯细又长，一直通向迷雾的远方；我愿沿着这条小路，跟着我的爱人上战场……"他的抒情诗《喀秋莎》、《小路》、《灯光》……一首一首脍炙人口，离曲可咏、谱曲可唱，深受千千万万读者的喜爱，也鼓舞了千千万万的读者勇敢地走上反法西斯的战场。

"如今，俄罗斯的青年们还爱唱那些歌吗？"我问那位中年朋友。

他点点头，十分严肃地说："尽管现在有人对西蒙诺夫、费定、伊萨科夫斯基以及其他老一代作家们的作品说三道四，这在今天早已见怪不怪了，但是，请相信，一个民族的历史与文化，是不可能割断的。人们会记住他们，怀念他们的……"

在我们离开“新处女公墓”的时候，看到人们手中拿着花束成群结队地涌进来，沿着浓荫覆盖的长长的墓道走去。他们之中有白发苍苍的老者，有中年人，也有年轻的姑娘、小伙。我请曹惠问一问，他们是为谁祭扫？一位姑娘回答说，今天是一位戏剧导演的祭日，那位导演曾导演过许多儿童戏剧……

我不由得想起郁达夫在散文《忆鲁迅》中说过的这样一段话：“没有伟大的人物出现的民族，是世界上可怜的生物之群；有了伟大的人物，而不知拥护、爱戴、崇拜的国家，是没有希望的奴隶之邦。”俄罗斯人是不会忘记自己民族的光辉历史的。

（1994年9月完稿于开罗，载于《星火》1996年2月号）

访托尔斯泰故居

我说不清是怀着怎样的虔诚与崇敬走进这院落，走进这幢小楼的。

这里是托尔斯泰的故居。1882年，托翁出于子女就学考虑，从一位商人手中买下这所房子，举家从乡下迁入莫斯科。直到1910年逝世，他在这里度过了19个冬天，写了《复活》和后期的许多短篇。据说，托翁在世时，每到夏季，都要步行或者骑马到约100公里以外的乡间居所雅斯纳亚·波良纳去。晚间住在驿站里，一为锻炼体魄，二为在驿站和普通百姓们谈天，了解民俗民情和搜集写作素材。他的《战争与和平》、《安娜·卡列尼娜》等著作就是在那里完成的。虽说托翁已去世80多年了，但我总觉得他依旧健在，他只是像往常一样，夏初去了雅斯纳亚·波良纳，此刻正在乡间居所汲水、劈柴，倚着篱笆和乡亲们谈天……或者，他正握着鹅毛笔在写《安娜·卡列尼娜》的续篇吧……秋凉之后，他就会回到这里，仍背着他的背囊，穿着他自制的皮靴，来这里度过俄罗斯寒冷、漫长的冬季。这里的一切，包括托翁常坐的餐桌左面第三个座位前放的一只水杯，都按照托翁生前的习惯布置，都保持着托翁在时的氛围。

托翁故居占地约一公顷，紫色雕花的木围墙和红墙、绿顶、木结构的住房浑然一体，显得格外端庄、拙朴。大门对面是托翁妻子索菲娅管理的印刷厂，右边是马厩，左边一幢二层小楼便是托翁的住所。小围栏后面还连着一个林木葱郁的院子。在那里，孩子们冬天常常在自己用水泼成的溜冰场上滑冰嬉戏。

托翁有13个孩子，餐厅旁是谢尔盖、伊利亚和列夫小时居住的地方，房中有小床、弹子球台。谢尔盖成人之后，这里成了谢尔盖夫妇的居室。墙上挂着谢尔盖妻子的画像，这是托翁当画家的女儿塔季扬娜画的。餐厅的另一边通往托翁的卧室，中间隔着一扇屏风，屏风前面摆着几只沙发，那是托翁妻子索菲娅接待她的密友的地方。墙上挂着她抱着女儿的画像。屏风后面是托翁的核桃木制的床。再往里，是托翁第13个孩子万尼亚住的地方。万尼亚出生时，托翁已年届六旬，晚年得稚子，自然视若掌上明珠，十分宠爱。万尼亚也是13个孩子中唯一有可能承袭托翁成为作家的人。他聪颖好学，六岁便会用英、法、德三种语言同大人对话，并能写小童话。房间里有他骑的小木马，小桌上还陈列着他的图画和外语作业及发表过的作品。可惜，他不到七岁便死于白喉。

女儿塔季扬娜是画家，她的房间琳琅满目，陈列着列宾、卡萨特金等许多著名画家的艺术品。据说是这些画家来访时，她央求他们画的。房间里还有一尊托翁的头像，是著名雕塑家特鲁别茨基1898年为托翁塑的。小方桌上铺着一块黑色的台布，上面装饰着各种颜色的线条。通过管理员介绍才知道，这些线条原来是塔季扬娜请求来托翁家做客的一些名人签名后，由她自己用各种颜色的线，按照签名的字迹绣的。

通向二楼的楼梯边，挂着托翁冬天穿的皮大衣。楼梯口，有一头制成标本的棕熊在迎候客人。这一切，依旧是托翁生前的模样。

二楼的客厅是托翁待客的地方，陈列着一张1898年东正教斋节时，托翁与家人和朋友们一起在这里拍摄的照片。照片旁的小台子上，有一台十分简陋的录音机，管理员用它播放了一段托翁创作的华尔兹舞曲，霎时优美的旋律便回

彭龄在托尔斯泰雕像前

荡在整个房间……客厅的一角，有几把椅子和一张小桌，桌上还放着一副国际象棋。那是托翁和几位要好的朋友——契诃夫、拉赫玛尼诺夫、达尼耶夫——闲谈和下棋的地方。据说他们曾有一条约定：下棋下输了，便起身去钢琴边弹奏一曲，作为“惩罚”。

托翁的妻子索菲娅的会客厅比起托翁的来，显然豪华、气派多了。这也是她崇尚浮华、虚荣的表现。管理人员说，托翁买下这所房子后，将最差的一间留给自己作书房。她领着我们从客厅的一边走下三四级楼梯，穿过一个窄窄的走廊，才来到托翁的书房。书房中有一张书桌，托翁个子大，晚年视力减弱，他为了坐得舒服一些，特意将椅子的腿锯短了。当年，托翁就是坐在这把椅子上，交替着用两只蘸水笔写下不朽的名著《复活》。如今，书桌上还陈列着《复活》的小样。据说，托翁还爱站着写作，他特制的一个写字台，如今也靠在墙边，像在静候托翁归来。

在托翁书房的走廊上，放着两把水壶、一对哑铃和一辆脚踏车。托翁生前，每天早晨起床后，都提着这两把水壶去河边打水。脚踏车是托翁67岁时友人送的，年近七旬的托翁竟真的学会了骑脚踏车。走廊上还有一个柜子，里面放着托翁自制的皮靴和制靴工具。据说，托翁将一双自制的皮靴送给女婿苏霍金，苏霍金舍不得穿，将皮靴放在书架上，同托翁12卷文集摆在一起，戏称为“第13卷”。托翁见到后，笑着说：“这也许是我最好的一卷……”

托翁不仅在居所接待名人、显贵，还接待平民百姓。据说他的妻子索菲娅对平民百姓穿堂入室十分不悦，托翁不得不在走廊里开一个小门，修一个小楼梯直通向院子，以便来看望他的平民百姓可以从那里直接进入他的书房。

“家庭不睦，是托翁晚年离家出走的一个重要原因……”管理员介绍说。我们听后，相对默默。托翁的妻子索菲娅一直管理着托翁书籍的出版及营销工作，托翁对那一切从不过问。他在1895年的一篇日记中曾说：“……拿我的著作做生意，是我生平最痛心的。”夫妻失和，是令人遗憾的。它或许导致了1910年那个严冬托翁愤然离家出走，并不幸感染肺炎，病死在一个偏僻的驿站上。但托翁思想上的变化，决非夫妻失和、家庭不睦所能解释的。它必有更深层的原因。我想，19世纪初俄罗斯社会的急剧变化，恐怕是促使这位身为伯爵的贵族出身的作家思想激变，在同俄罗斯地主阶级观念与生活方式决裂之后，试图从宗教和孔、孟、老子等东方圣贤哲学中寻求真理，却又不知所终，才是他心理陷入极度苦闷的主要原因吧。

尽管托翁不断地思考、探索，却最终未能找到正确的、科学的答案。恰如鲁迅先生所说：“托尔斯泰正因为出身贵族，旧性荡涤不尽，所以只同情于贫民而不主张阶级斗争。”但无论如何，托翁用他不朽的作品，反映了他生活的那个波澜壮阔的时代，被列宁誉为“俄罗斯革命的一面镜子”。列宁还说，托尔斯泰“不仅创作了无与伦比的俄国生活的图画，而且创作了世界文学中第一流的作品”。托翁无愧于列宁的评价。

托翁死后，葬在他的家乡雅斯纳亚·波良纳。墓很小，他不让人们给他立碑。他生前曾说过：我的纪念碑，是人们对我的思念。

这恐怕是世界上最崇高、最伟大的纪念碑了。

（1994年9—10月草于开罗，1997年12月刊于《大公报》）

他播下了理想的种子

——访穆赫塔尔博物馆

开罗大学西南面，有一个圆形的广场，广场边高高地耸立着一座花岗岩石雕：一尊狮身人面像旁，站立着一位埃及妇女。这是埃及现代著名雕塑家马哈茂德·穆赫塔尔半个多世纪前的成名作：《埃及的复兴》。

在古埃及第三王朝至第六王朝期间，即公元前2800年—前2300年期间，埃及已经成为上、下埃及统一的中央集权的奴隶制国家，法老（国王）有着至高无上的权力。法老们从即位的时候起，便竞相倾全国的人力、财力、物力，为自己修建工程浩大的陵墓，即金字塔，史称“金字塔时期”。同时，还雕刻狮身的法老头像，象征法老们无上的权威。其中，最大、最著名的便是开罗城郊吉萨区哈夫拉金字塔前的那一尊。

哈夫拉狮身人面像，是一头匍匐的狮子，静静地卧在金字塔前，度过了悠悠5000年漫长岁月。而穆赫塔尔创作的《埃及的复兴》中的石狮，却是头颅高昂，前脚挺立。穆赫塔尔用这只初醒的雄狮，象征古老埃及的觉醒。它身边站立的埃及妇女，体魄健壮，面容刚毅，象征着新生的埃及，正充满自信地瞩望着未来。

半个多世纪以来，穆赫塔尔创作的这一艺术珍品，一直激励着埃及人民向着新的征途迈进。

穆赫塔尔1891年生于埃及尼罗河三角洲的坦巴拉村，在幼年时代便表现出了美术的天赋，喜爱绘画和用泥巴捏出各种人物。1908年，埃及美术学校一建立，他便成为这所学校最早的学生之一。1911年毕业后，由于才华出众，他被派往巴黎深造，主攻雕塑。巴黎卢浮宫里珍藏的埃及艺术品给他极深的教育，他立志为埃及艺术的复兴而奋斗。学习期间，他呕心沥血、悉心钻研，努力将西方的雕塑艺术和古埃及的文化传统融汇在一起，形成了自己独特的艺术风格，成为现代埃及民族化雕塑艺术的奠基人。

穆赫塔尔博物馆坐落在尼罗河中的宰马立克岛上，有一个小小的院落，林木稀疏，清静幽雅。

穆赫塔尔卒于1934年，年仅43岁。他的一生虽然短暂，却为埃及人民留下了大量珍贵的作品。从博物馆展出的几十件原作和缩小的复制品可以看出，穆赫塔尔不仅在雕塑艺术上达到很高的造诣，更可贵的，是他与人民同呼吸、共命运，把一个艺术家的才华和生命全部无私地献给了祖国和人民。

穆赫塔尔生活的年代，正是英国殖民主义者对埃及进行疯狂的压榨和掠夺的时代，也是埃及人民奋起反抗殖民主义占领的时代。埃及人民风起云涌的斗争不断激励着穆赫塔尔，特别是1919年3月爆发的轰轰烈烈的反对英国殖民主义统治的大革命，更给他鼓舞和力量。他从埃及人民的斗争中看到了民族复兴的希望。

虽然身在巴黎，但地中海的波涛却隔不断他同祖国和人民的联系。创作激情像奔涌的潮水，不断冲撞着他的心房。他怀着振兴民族的热望，创作了现代埃及雕塑艺术史上划时代的作品《埃及的复兴》。博物馆展出了当年他创作这

作者在《埃及的觉醒》雕塑前

尊雕像时的工作照，以及使用的工具和剩下的花岗岩石料。

1920年，这尊雕像完成并展出时，曾轰动了巴黎。著名艺术评论家雷蒙·阿斯库莱称赞说："世界艺术家的行列里，又增添了一位伟大的雕塑家，他用现代的风格，复活了埃及古老艺术的灵魂。"当时，穆赫塔尔年仅31岁。

除了代表作《埃及的复兴》外，穆赫塔尔还为因反对英国殖民主义统治而被英国占领当局逮捕并流放的埃及民族民主革命领袖萨阿德·扎格卢勒塑过像。尽管在穆赫塔尔生前，萨阿德·扎格卢勒的雕像一直未能面世，穆赫塔尔也为此屡遭迫害，难在开罗栖身，不得不再次流亡巴黎。但是，在他死后，他雕塑的萨阿德·扎格卢勒的两尊铜像，终于分别竖立在开罗和亚历山大的街心广场上，记述着埃及人民用鲜血写下的那一页光辉历史。

在英国殖民主义者被迫宣布埃及独立的日子里，穆赫塔尔欢欣若狂，他夜以继日地先后创作了《自由、公正、宪法》、《宪法、正义、科学、工业》两组雕塑和《正义、向祖国致敬、意志、宪法》一组浮雕，热情讴歌古老埃及的新生和对祖国未来的热切祝福与向往。

穆赫塔尔的代表作还有《尼罗河新娘》。有埃及"生命的钥匙"之称的尼罗河，哺育了埃及古老的文明，人们把它尊为"神"。传说远在古法老时代，每年河水泛滥季节，人们便涌到河边，载歌载舞，顶礼膜拜，祈祷河神为他们带来丰收。为感谢河神的恩泽，还需向他敬献一名年轻美貌的少女。穆赫塔尔根据这一传说创作的《尼罗河新娘》，是一位天真活泼的少女，初浴方罢，佩戴起天堂鸟金冠和神虫图饰的项链，娉娉婷婷，眼角眉梢无不流露着新嫁娘的妩媚与娇羞。这座石雕完全可以同丹麦首都哥本哈根海岸边那座根据安徒生童话《海的女儿》雕塑的美人鱼的铜像媲美。

穆赫塔尔自幼生活在农村，他熟悉并热爱农村。他那一尊尊反映埃及农村生活的石雕，简直就是埃及农村的风俗画：在尼罗河边汲水的农妇；持杖守护农田的老农；头顶装着鸭子什物的藤筐，刚刚从集市归来的少女；贪婪、骄横、大腹便便的村长……无不惟妙惟肖，细腻传神。

埃及除了尼罗河谷和尼罗河三角洲外，全国96%的土地皆为沙漠。每年三四月间，常有西部撒哈拉大沙漠刮来的熏风，持续约50天，人称"五旬风"。如果谁对这种大漠熏风不了解，就请看看穆赫塔尔创作的这尊题作《五旬风》的石雕吧：一位紧裹披风的埃及农妇，正顶风前行。那为燥热的沙漠熏风高高扬起的披风，仿佛是一面鼓荡的风帆，呼呼有声。这种粗犷、夸张、大写意似的艺术风格，给人过目不忘的深刻印象和强烈的艺术感染。

穆赫塔尔的人物雕塑，大部分是妇女，他喜欢用妇女的形象代表埃及。他作品中的妇女形象大都丰满、健壮、乐观、自信，给人鼓舞和力量。除了《埃及的复兴》之外，同类作品还有《上、下埃及》这一组雕像。其中，《上埃及》是一位妇女举着“生命之钥”，象征尼罗河从上埃及流过，为埃及带来了繁荣；《下埃及》则是一位妇女举着两片椰枣树叶，象征着尼罗河三角洲丰硕的收获。

穆赫塔尔正当盛年，却由于贫病交加，竟不幸早逝。他逝世后，生前好友们组成的“穆赫塔尔之友协会”委托艺术家安东·哈加尔为穆赫塔尔的面部和双手做了石膏拓像。而今，这些拓像和他生前使用过的工具一起，陈列在博物馆的橱窗中，使人们能够瞻仰这位艺术大师宁静、安详的面容，缅怀他奋进、辛劳的一生。

离开开罗时，想不到班机起飞之后，竟又在开罗上空兜了半个圈子。使我们有机会俯身窗前，依依地向这博大的古城投去最后的一瞥。尼罗河、宰马立克岛、开罗大学广场……都匆匆地从机翼下闪过。飞机越过尼罗河三角洲，朝向波光粼粼的地中海飞去。上午参观穆赫塔尔博物馆时的场景，仍一幕幕浮在眼前。虽然穆赫塔尔没有来得及看到祖国的独立、复兴，但他却把理想的种子播在了人们心间，播在了古老的金字塔的国度，播在了哺育他成长的尼罗河浇灌的土地上。

（1986年5月草于开罗、贝鲁特，载于1989年11月8日《文艺报》）

常青的葡萄园

——访埃及著名诗人艾哈迈德·绍基故居

阿拉伯诗人阿布·马赫君曾写过这样的诗句：

我死后，请将我葬在葡萄园，
让我的骨骼也浸润着葡萄酒浆。
千万，千万莫把我葬在沙丘上，
我担心，再也尝不到酒的芳香……

活脱脱表现出他放荡不羁的性格。

今天，我们也有幸造访了一座葡萄园，一座被主人命名为本·哈尼的葡萄园，那里是被阿拉伯文学界誉为“阿拉伯诗歌王子”的埃及著名诗人艾哈迈德·绍基的故居。

艾哈迈德·绍基1868年出生于开罗一个富贵之家，父亲在宫廷中任总督私人视察员，母亲也是名门闺秀。他从小聪颖过人，15岁中学毕业后，秉承父亲的旨意，进入法律学校学习，毕业后被总督陶菲格委任在宫廷中任职，后又被派往法国留学。

法国的文学艺术给他深刻的影响，他如饥似渴地观看巴黎的戏剧，阅读和钻研各种文学作品，就像飞进花园的辛勤的蜜蜂一样，在法国文学艺术的百花园里忙碌地汲取营养。他还趁在法国留学的机会，游历了英国、阿尔及利亚和土耳其，并受埃及政府的委派，出席过在日内瓦召开的东方学者会议。会后，他又访问了比利时。

这些阅历开阔了他的视野，同时，也丰富了他的诗歌创作的源泉。1890年，他的第一部被称为“绍基体”的诗集《绍基诗选》一出版，就轰动了埃及以及阿拉伯诗坛。人们看到一颗明亮的新星在开罗的夜空冉冉升起。

绍基自法国回国后，仍回宫廷司法翻译局任职。这时，陶菲格总督病故，由阿巴斯继任总督。对新的总督来说，他需要的是一个政治家的助手，而不是诗人。所以最初，他对这位颇具声名的年轻诗人并未重视，但后来，他们却成了莫逆之交。总督曾给绍基极大的信任与重托，并提升他为宫廷翻译局的局长。

正如埃及著名评论家穆罕默德·奥德所说：“艾哈迈德·绍基原是宫廷诗人，他出生与成长都在宫廷……”他的诗辞藻华丽，韵律铿锵，富有强烈的艺术感染力，但也不乏宫廷贵族的浮华之风。也许正因为这样，他十分崇尚阿拔斯王朝时代著名的宫廷诗人阿布·努瓦斯，即哈桑·本·哈尼。连他在尼罗河畔购置的新居，也取名“本·哈尼葡萄园”。但是，他的心却向着祖国和人民。他用各种风格、各种体裁创作的大量的长诗、短诗，大都是歌颂祖国、歌颂人民，对埃及人民在殖民主义统治下所遭受的苦难给予深深的同情。1906年，英国殖民者在尼罗河三角洲的丹沙维村残杀埃及农民，酿成震惊全国

作者在艾哈迈德·绍基的故居“本·哈尼葡萄园”

的“丹沙维惨案”，绍基曾怀着满腔激愤，挥笔写下了《长忆丹沙维》，对英国殖民者的丑恶行径给予了无情的揭露与鞭挞。

1914年第一次世界大战爆发后，英国废黜了阿巴斯总督，另立侯赛因·卡米勒为埃及国王，将埃及置于英国的“保护”之下。绍基愤然辞去官职，用他的诗歌控诉英国的殖民统治，从而也触怒了以埃及“保护者”自居的英国殖民者。在他们开具的长长的黑名单中，第一个就是艾哈迈德·绍基。艾哈迈德·绍基被放逐到西班牙，全家搬到巴塞罗那。在流放的日子里，他常常思念祖国和远在开罗南部小镇哈勒旺的母亲，写出了《金字塔下》、《啊！尼罗河》等大量歌颂与怀念祖国山河的诗篇。他开始将自己的命运同祖国、同人民紧密联系在一起，密切关注民族的觉醒与时局的变化。1919年爆发的声势浩大的反对英国占领的革命，更给他深刻的影响。1920年，他终于结束长达五年的流放生活，回到日夜思念的祖国。无论是在亚历山大，还是在开罗，他都受到埃及民众的热情欢迎。埃及，成为他文学创作的主题。他已由一位“宫廷诗人”，无可争议地登上了“阿拉伯诗歌王子”的宝座。

绍基回到开罗之后，没有再迁回他在马特里亚区的旧居。他热爱埃及，热爱尼罗河。在流放的日子里，他就常常叨念诗人法蒂玛的名句：

> 如果你不是住在日夜流淌的尼罗河滨，
> 你就算不上是埃及人……

他早就盼望回开罗之后，在尼罗河畔另觅新居，让尼罗河的流水声伴着他发自肺腑的歌吟。

他终于选定吉萨区尼罗河之滨的这片土地，在这里修建了新居，并在花园里搭起葡萄架，种上葡萄。他把新居命名为“本·哈尼葡萄园”，每当满架葡萄织成翠碧的华盖，艾哈迈德·绍基便同文朋诗友们坐在葡萄园里，沐着尼罗河上清爽的风，谈论诗文。

艾哈迈德·绍基的这所故居，1977年被辟为博物馆。我们来开罗，就盼望看一看艾哈迈德·绍基笔下的尼罗河，看一看他在尼罗河畔的故居，但它从1989年4月起就一直关闭。当我们从报上终于看到艾哈迈德·绍基故居重新开放的消息，便迫不及待地赶来。使我们深感荣幸的是，我们一来到这里，便受到博物馆馆长、研究艾哈迈德·绍基的著名学者安阿姆·阿布·曼苏尔女士的盛情接待。

经过六年多的修葺，故居里里外外都已焕然一新。故居是一幢两层的欧式小楼，踏上大理石台阶走进大门，有一个很大的门厅，门厅右侧有一间阿拉伯式的客厅，屋顶、墙壁都装饰着伊斯兰风格的木雕、书法与彩绘。沿墙摆着一溜阿拉伯式的长沙发。安阿姆女士说，这里是绍基与艺术家、文学家和政界人士聚会的地方，他曾在这里会见过印度大文豪泰戈尔，埃及诗人哈菲兹·易卜拉欣、海里姆·密特朗，埃及著名艺术家乌姆·库尔松、阿卜杜·瓦哈布，以及著名的1919年革命运动领导人萨阿德·扎格鲁勒等。每年闻风节，他还和诗人、文学家们在这里举办文艺沙龙。

门厅左侧还有两个房间，一间是绍基的书房，在一些文学刊物的空白处，还保留着绍基亲笔写的诗稿。安阿姆女士说，绍基和诗就像是一对孪生兄弟，他用理智写诗，用诗来思考，诗成了他生命的一部分。他走路、睡觉、与友人对坐，都会突然有诗句从他脑中跃出，他便随手将诗句写在手边的文学报刊的空白处或任何一张小纸片上。他写诗就像着了魔，有时他会突然站起来，离开与友人围坐的小桌，去找纸笔，“至于什么时候再回到桌旁，那就要看诗魔的意愿了”。

安阿姆女士还告诉我们，绍基的一首关于尼罗河的诗，就是他行走在尼罗河桥上时诗兴突发，随手写在一张小纸片上的。她脱口背出绍基的名句：

因太阳落下而悲伤的我，
随着太阳的运转又复苏。

说明绍基对生活、对生命、对诗歌执着的追求与热爱。

书房隔壁是著名作曲家阿卜杜·瓦哈布客居“本·哈尼葡萄园”时的住房。阿卜杜·瓦哈布与绍基是忘年之交。在阿卜杜·瓦哈布生病期间，绍基去看望他，并坚持让他住进自己的“葡萄园”中，予以悉心照料。阿卜杜·瓦哈布在这里居住了好几年，他们之间的友谊成了埃及文学、艺术史上的一段佳话。阿卜杜·瓦哈布曾为绍基不少短诗和诗剧谱曲，使绍基那些脍炙人口的诗句借助阿卜杜·瓦哈布的音乐及乌姆·库尔松的歌喉，就像插上了翅膀，迅速传遍埃及和阿拉伯世界。而今，这里已辟为音乐室，让后来者在感念老一代著名诗人、作曲家、艺术家亲密无间的友情的同时，也能欣赏他们共同的艺术成果。就在我们踏进这间音乐室的时候，一支乐曲也在室内回旋，这是绍基作诗、阿卜杜·瓦哈布谱曲和乌姆·库尔松演唱的《啊，我的世界，我的爱》。

在门厅通向二楼的楼梯边，有一尊艾哈迈德·绍基的半身铜雕像，那是黎巴嫩著名艺术家优素福·哈维克1927年创作的。也是在那一年，为庆祝《绍基诗选》再版，在埃及国家歌剧院举行了盛大的集会，来自阿拉伯与伊斯兰各国的代表团在集会上共同授予他“阿拉伯诗歌王子”的尊号。

沿木制的楼梯登上二楼，这里也有一个小小的门厅。门厅的桌上、墙上，陈列着诗人和亲属们的照片。他有一个温馨、美满的家庭：妻子哈迪佳·利雅德、长子阿里、次子侯赛因和女儿阿米娜。门厅的四周有绍基与妻子的卧室，一间法国格调的小客厅。另两间小屋陈列着诗人获得的勋章、获奖证书、穿过的礼服及诗人的手稿。安阿姆女士说，这些礼服是他早年在宫廷任职时穿的。她告诉我们：“其实，绍基最讨厌宫廷烦琐的礼仪，他平时连领带都不愿系。”

二楼的小书房，是绍基的写作室。临窗有一张小书桌，桌上有一台小电扇，墙上挂着一大幅卢克索的照片。不知道有多少夜晚和黎明，绍基隔窗对着日夜奔流的尼罗河，对着河边的椰枣树及河上的帆影，将他心中奔涌的诗句倾泻笔端。他的另一首写尼罗河的诗，就是在这里写成的：

她像少女一样丰润，
又像武士一样雄伟。
在平如明镜的水面，
闪耀着千万道金辉……

作者在艾哈迈德·绍基雕像前

晚年，绍基致力于阿拉伯诗剧的创作，写下了《克娄巴特拉之死》、《莱拉的痴情人》、《冈比斯》等作品，这使他成为阿拉伯诗剧的创始人。

他的卧室里有一张单人沙发和一张座椅。1932年10月14日夜，他就在这张座椅上走完他的人生之路。

从故居出来，安阿姆女士领我们到庭院，庭院里有一尊艾哈迈德·绍基的大理石坐像。这是埃及已故雕塑家贾马勒·赛吉尼1962年为纪念绍基逝世30周年创作的，原作为铜雕，现在意大利。我们仰望着这位常坐在尼罗河边的阿拉伯文学巨子，他仿佛仍在思考，或许会随手从衣袋里掏出一片小纸，记下他心中奔涌的诗句。

雕像后面的葡萄架上，艾哈迈德·绍基亲手栽下的一株株葡萄，依旧在阳光下舒展着青青的藤蔓。

（1997年7月草于开罗，9月改于北京；载于《世界博览》1998年1月号）

访塔哈·侯赛因故居

从埃及《十月》周刊上读到埃及文学巨擘塔哈·侯赛因的故居将改建成博物馆的消息，十分兴奋。我们像崇敬茅盾、老舍、叶圣陶等我国前辈文学大师们一样崇敬塔哈·侯赛因。50年代，我们在北大读书的时候，就曾一边捧着阿拉伯语词典，一边专心地"啃"他的蜚声世界文坛的自传体小说《日子》，马坚教授曾将它作为阿拉伯文学语言的范本推荐给我们。从这部三卷本的自传体小说中，我们了解到这位著名的作家、文学评论家、学者艰苦却令人感佩的人生经历。

塔哈·侯赛因1889年出生在上埃及米尼亚省一个叫马加加的村庄。由于长期殖民主义的封建统治造成埃及农村极端贫穷、落后，塔哈·侯赛因幼年时不幸被庸医所误，双目失明。但他凭着超乎常人的顽强毅力，在乡村私塾学校受完初级教育后，又随其兄到开罗，1908年入当时新开设的开罗大学，1914年获该校第一个博士学位。同年被派往法国留学，先后就读于蒙彼利埃大学和巴黎大学。1919年归国后，担任开罗大学教授、文学院院长和亚历山大大学校长。1950年出任教育部长，1956年被推选为埃及作家协会主席。

塔哈·侯赛因是一位多产的作家，著有小说《鹬鸟声声》、《山鲁佐德之梦》、《苦难树》、《大地受难者》，评论集《周三琐谈》、《哈菲兹与绍基》、《我们当代的文学》等60余部著作。自然，其中最负盛名的，还是他那部三卷集的自传体小说《日子》。

塔哈·侯赛因1919年自法国归国后，一生中大部分时间住在开罗，在萨卡基尼、宰马立克岛及新开罗都居住过。迄今，宰马立克岛上中国大使馆附近他居住过的那条街，仍以他的名字命名。但他最后为自己选定的住所，却是这座位于哈拉姆区一条安静的小街上的两层小楼。他从1955年4月11日买下它，

塔哈·侯赛因代表作《日子》书影

直到1973年10月28日逝世，一直居住在那里。塔哈·侯赛因十分珍爱他的这个住所，特意给它取了一个富有寓意的名字：拉麦坦。阿拉伯语的“拉麦”这个词，专指沙漠中旅人憩息的地方。“拉麦坦”是一个双数词，因为他的儿子穆安纳斯夫妇也同住在这幢小楼里。

我们自然希望瞻仰被这位文学巨擘命名为“拉麦坦”的故居，瞻仰这位倾毕生精力发展阿拉伯的文化与教育，自己看不见一丝光亮，却高擎火炬为子孙后代照亮前进道路的“旅人”最后一次憩息的地方。我们甚至等不及博物馆建成，就急急前往。

由于《十月》周刊上刊登的地址不详，我们颇费了一番周折，最后还是在友人帮助下，终于找到了哈拉姆区那条安静的小街，叩开了门边上斑驳地写着“拉麦坦”的院门。尽管博物馆还在筹建，而事先我们又没有想到该去埃及文化部开一封介绍信，仅凭着一张名片，仅凭着我们对塔哈·侯赛因的景仰，管理员还是破例接待了我们这两个不速之客。

塔哈·侯赛因故居占地850平方米，有一幢白色小楼。简朴的小院里，有青青的芳草和三两株碧树。走进底层，门厅里有一尊塔哈·侯赛因的雕像，那是埃及著名艺术家阿卜杜·卡迪尔·里兹格1936年创作的，就像是塔哈·侯赛因在亲自迎接来访的客人。当年，自从他搬来后，这里就成了海洋上的一座灯塔，远近过往的船只都要在它的港湾停泊。他在这里接待过数不清的客人，有诺贝尔奖金获得者，有著名作家、学者和爱好文学的青年。开罗大学、亚历山大大学和艾因·夏姆斯大学的教授们每周一都要来这里聚会，一起探讨阿拉伯语言与文学。门厅右侧是塔哈·侯赛因的书房，书橱里放满了图书。书房里有一张简陋的书桌，管理员告诉我们，当年，塔哈·侯赛因的秘书就是坐在这张桌前，为塔哈·侯赛因朗读新出版的阿拉伯和其他外国文学书籍，塔哈·侯赛因坐在旁边一张同样简陋的椅子上静静地听。管理员说，这是塔哈·侯赛因每日的“功课”。日复一日，年复一年，他就靠这种方式去聆听，去体察，去思考，去参与。这位“沙漠中的旅人”，是在跋涉一条怎样漫长、艰巨的道路，才攀上人生的高峰，成为人们仰慕的作家、学者、教育家、思想家。除了在埃及和阿拉伯文学界、教育界享有盛名之外，他还荣膺法国、意大利、西班牙多所著名大学的名誉教授头衔。1965年，他被埃及政府授予尼罗河勋章，是埃及文学家中受到国家这种最高褒奖的第一人。我们不由得把脚步放轻，怕打扰了圣人的“功课”。

啊，这便是纳吉布·马哈福兹、陶菲格·哈基姆等老一辈埃及文学大师们都十分熟悉的客厅。主人生前，他们曾是这里的常客。塔哈·侯赛因主持的周日座谈会，也在这里召开。客厅布置简单而温馨，墙上有一块麦加伊斯兰“卡阿巴”圣石图案的挂毯，是当年塔哈·侯赛因访问沙特时带回的赠品。角落里一两件简单的工艺品，也是好友们送的。这里最引人注目的是一架黑色的钢琴，当年，塔哈·侯赛因的妻子苏珊常在这里弹奏。管理员告诉我们，除了文学之外，塔哈·侯赛因和妻子苏珊还有两个共同的爱好：一是欣赏音乐，他们保存着贝多芬、巴赫、柴可夫斯基、毛里斯·拉菲尔等许多著名音乐家的唱片。据说，塔哈·侯赛因最爱听的是舒伯特的《第九交响乐》。二是喜爱美术作品，我们看到散见于住所墙壁上的就有埃及著名艺术家宰奈布·阿卜杜·阿齐兹、优素福·海法吉、阿卜杜·卡迪尔·里兹格等人的油画、水彩、木雕画。

塔哈·侯赛因的卧室在二楼。卧室很小，陈设也极简朴：一张高架床、一个衣架、一把椅子和一张小桌。浅绿色的墙壁上挂着妻子苏珊及儿子穆安纳斯的相片，衣架上是他的大衣和帽子，桌上放着电话机及他生前的个人物品：玻璃念珠、皮手套、皮夹、打火机。他毕生使用的黑眼镜放在床头柜上，手杖立在床边，仿佛正静候着小憩的主人醒来。妻子苏珊卧室的墙壁是粉红色的，陈设也极简单，没有什么奢华物件。墙上挂的一幅木刻印刷的圣母像，是塔哈·侯赛因送给苏珊的第一件礼物，她特别珍惜，无论搬到哪里，都要挂在床前。这里，值得提一笔的是，塔哈·侯赛因的妻子苏珊是他在法国留学时的同学，学习期间曾给过他不少帮助，同时又十分仰慕他的学识与人品。1917年结为伉俪后，他们便一直相濡以沫，度过漫长的一生。我们深感越是底蕴丰厚的伟人，生活态度越是淡泊，越是平易近人。因为他们用不着以浮华虚饰来“包装”自己，来虚张声势。古今中外皆然。

我们在住所里还看到塔哈·侯赛因生前的手迹、讲稿和著名作家给他的信件。纳吉布·马哈福兹1957年6月4日的信中，对塔哈·侯赛因在他病中给予的关切表示感谢，他称颂塔哈·侯赛因“登上了荣誉的顶峰”。信末的署名前冠以“您忠实的学生”。我们记得，1988年10月纳吉布·马哈福兹荣获诺贝尔文学奖时对记者们说：当我听到获奖的消息时，感到意外，感到惊喜，又感到遗憾。因为我觉得，教育我成长的老师们，比我更有资格获得这一荣誉。他列举的更有资格获得这一荣誉的“老师们”，第一位就是塔哈·侯赛因。把塔哈·侯赛因奉为“老师”的著名文学家，绝不止纳吉布·马哈福兹一人。我们在住所里还看到埃及著名作家优素福·西巴伊的信，信中说他将“十分注意不再犯语言和语法的错误”。

塔哈·侯赛因是阿拉伯语言大师，他的自传体小说《日子》是公认的阿拉伯文学语言的典范，他有一句名言：“文学是以语言为工具的艺术。”他不仅身体力行，而且不断呼吁作家们用规范的语言进行写作，以维护阿拉伯语言的纯洁。在这一点上，我们不由得想起被誉为“语言医师”的前辈文学家叶圣陶。叶老对一些作家，哪怕是知名作家文章中出现的不合语法规范的句子，曾同样撰文给予不留情面的批评，以维护祖国语言的纯洁。但使叶老在，大概不会对诸如“爱你没商量”、“幸福着你的幸福”等蹩脚语言和不规范的表述无动于衷吧？！

管理员告诉我们，博物馆的建馆工作正在积极筹备。塔哈·侯赛因生前存放在其他地方的图书、文稿，以及有纪念意义的个人物品也正在征集中。待博物馆开馆后，这里还将不定期地举办文学研讨会。我们想，到那时，这安静的“拉麦坦”又将像主人生前一样热闹起来。

（1994年6月草于开罗，载于《阿拉伯世界》1998年1月号）

费沙维咖啡馆

在英国人写的一本介绍埃及的书中，谈到埃及早年的咖啡馆时，作者这样写道：“安拉（真主）赐给埃及人两大恩惠，那就是温暖的阳光和充分的闲暇。”难怪露天咖啡馆到处盛行，因为在这里最能享受到这两大“恩惠”。

据说，咖啡是16世纪由伊斯兰教的苏菲教派传到开罗的。由于苏菲教派是为数不多的神秘主义教派，正统的伊斯兰教人士把对他们的反感也迁怒于这些带苦味又能提神的咖啡豆上，把它视作“异端”。直到咖啡渐渐成为广大群众钟爱的饮品之后，对它的排斥才销声匿迹。于是，产自也门山区的咖啡豆，便经红海源源不断地运到开罗，再经伊斯坦布尔运往欧洲。开罗在销售咖啡的贸易中扮演着重要角色，这里的咖啡馆及瘾君子自然也一天多似一天。1830年，英国社会科学家爱德华撰写的《现代埃及人的生活习惯》这部社会学著作中统计，当时开罗的咖啡馆已超过1000家。“没有一个男子会一天不找个咖啡馆坐坐，交换一下笑话，把生活中的磨难化作有听众在场的笑谈……”

埃及著名作家纳吉布·马哈福兹的《宫间街》、《思宫街》、《甘露街》这“三部曲”和《汗·哈利利市场》等小说中，都有许多有关咖啡馆的描写。咖啡馆是那个时代开罗市井生活中不可或缺的一部分。人们去咖啡馆，不只是消磨时间和把苦涩与烦恼化作笑谈，也为着广结善缘或与同好者交流信息，商讨对策。一时间，文学的、艺术的、商业的、政治的、帮派的……大大小小各种各样的聚会沙龙，在咖啡馆里应运而生，蔚成时尚。连政治家们拉选票，最简捷的方式也是从造访各咖啡馆开始。

当年，散布在开罗各街道、各城区的咖啡馆，无不门庭若市，座无虚席。特别是黄昏时分，夕阳的余辉把一家家店铺染得金黄，收音机里传出乌姆·库尔松的歌声，从一户户人家窗口流泻出来，和咖啡馆里那些抽水烟的人慢悠悠地喷出的一缕缕轻烟一起，为开罗的黄昏注入了一份甜美。

然而，时代在变，世道也在变。

在花园城、马阿迪、新开罗等新市区，已经很难找到纳吉布·马哈福兹笔下的咖啡馆了。取代它们的是麦当劳、肯德基、蒂卡或阿布·夏杰拉等西式或伊斯兰风格的快餐店。霓虹灯下，出出进进，或是新潮男女，或是带孩子出来换换口味的年轻夫妇，或是匆忙中来不及赶回家吃饭的上班族。较之当年仅限于男子出入的传统的咖啡馆，或许多了几许浪漫与温馨，却少了那份闲适，还有沙龙聚会时的热闹、嘈杂与火爆的气氛。

要找寻纳吉布·马哈福兹笔下的咖啡馆，只能去开罗老市区穆罕默德·阿里大街、侯赛因广场或尼罗河西岸的尼罗大街。在老城区的那些街道上，仍有一些“老字号”的咖啡馆，费沙维咖啡馆便是其中之一。

费沙维咖啡馆在侯赛因清真寺附近，对这家咖啡馆的历史，侯赛因区的住户和新老开罗的历史学家、社会学家们，以至费沙维咖啡馆的老板，都众说纷纭，莫衷一是。有的说，它建于法国占领时期，因法国人写的一本书中记载，拿破仑曾在那里喝过咖啡，并称赞它的味道。也有的说，早在马姆鲁克时代就有这家老咖啡馆。而目前，关于它最早的记载是1772年穆罕默德·阿德海布苏丹统治时期。相传，它最初的店名叫“布斯福尔”，是第一代费沙维家族老板取的土耳其名字，后来才改用家族姓氏“费沙维”当店名。在200多年的岁月里，它经历过多次历史变革，许多国王、总统、政客、名流、作家和艺术家们

作者在费沙维咖啡馆

都光顾过，由此不可避免地演绎出许许多多生动有趣的故事，使它成了现代人和迷恋东方传统文化习俗的游客们寻芳觅古的场所。

1903年，旅行家斯特拉蒂斯这样描述过费沙维咖啡馆：“人走进去的第一个感觉，仿佛是突然走进与外面截然不同的地方。那里很安静，阳光透过绿树，让我们愉快又安详。三五个人各自远远地坐在一个角落，默默不语。只有两个人在玩棋。一位艾资哈尔的学子离那两个人很近，却管自把本子放在膝盖上写字。一位学者似的人戴着眼镜，轻轻拨动念珠在沉思。桌子很小，是绿色的。这里可以望见对面窄小的街道上，马车、手推车、乞丐、拾烟蒂者和小贩们来来往往……”他提到费沙维咖啡馆面对着侯赛因和艾资哈尔广场，门前有一块很大的空地。每次我们去汗·哈利利市场购物，在侯赛因广场停好车后，都要在那一家挨一家的服装店和餐饮店中寻找费沙维咖啡馆，想看一看这家因经历过许多重大历史事件，纳吉布·马哈福兹等著名文学家、艺术家常常光顾和举行文艺沙龙而出名的“老字号”咖啡馆，却始终没找到。直到要离开开罗了，觉得这张张嘴问一问就能问到的地方，却没有下功夫去找，日后想起来会后悔莫及的，这才乘周末休息的日子，约了中航技公司驻开罗代表程红军一起，专门去找寻费沙维咖啡馆。

我们在侯赛因广场停好车后，又径直去了正对着广场的那一排店铺，不再一家家看招牌，而直接打听费沙维咖啡馆，人们说从后面一条街进去就是。我们进到后面那条窄窄的小街，果然看见白底蓝字的招牌上写着“费沙维咖啡馆”。它大约有三个铺面那样大，窄窄的一长条。斯特拉蒂斯文中提到的它和

彭龄在马哈福兹当年常坐的位置“马哈福兹角”

侯赛因及艾资哈尔广场之间的那“一块很大的空地”上，盖了前边那一长排我们平时常经过的小街，把原本直接面对着侯赛因和艾资哈尔广场、视野开阔的费沙维咖啡馆给堵在了背后的这条并不惹人注意的小窄巷里。难怪我们找不到！这或许倒应了中国的一句俚语：酒好不怕巷子深。

由于前面的店铺未开后门、后窗，这条小窄巷便自然地成了费沙维咖啡馆的前庭，也算是给它的补偿吧。那里随意地摆放着一些椅子和斯特拉蒂斯文中提到过的仅有一尺见方的小桌，但已不再是绿色的。顾客们坐在那里，就像坐在小天井里。巷口小街上，背着背囊，穿着短衣、短裤，或留着怪模怪样新潮发型的三五成群的西方游客经过时，大都投来好奇的一瞥，又匆匆忙忙像探宝者似的向汗·哈利利市场深处走去。

我们走进费沙维咖啡馆，围着一张小桌坐下，要了三份薄荷红茶。侍者很快用小托盘送来红茶，以及一小罐白糖、一小壶续茶的开水和一只盛着翠绿的薄荷叶的玻璃杯。我们各自取几片薄荷叶，泡进冒着热气的红茶里，立即有一股淡淡的清香从杯中溢出。我们边品红茶，边环顾四周。这家有200多年历史的老店，比起尼罗河边玛丽奥特、洲际饭店、喜来登、牧羊人等五星级酒店中那些为猎奇的西方游客和来自海湾国家的富豪们而设置的豪华的咖啡座来，就像一个饱经风霜的老人，负着昔日荣光，却无奈地被时代潮流促动着，蹒跚地一步步赶着自己的路。

咖啡馆里没有沙发，没有包厢座椅，没有新潮的家具与陈设，只是木椅、小桌，顾客可以根据自己的意愿随意挪动，可以五六个人围成一圈，边喝茶、抽水烟，边高谈阔论；也可以两人占据一个小角落，玩斯特拉蒂斯笔下的那种不知道什么时候传遍阿拉伯半岛及埃及、利比亚的靠掷骰子走子的棋；或是在一旁讲悄悄话，也算大庭广众之中的“二人世界”。这里只供应咖啡、红茶、水烟，没有高档饮品。我们要的薄荷红茶，每杯仅2.5埃镑，还远不够在五星级酒店咖啡座付服务员小费的钱。因而，来这里的顾客大多是社会中下层的低收入者，间或也有我们这样的慕名而来的外国游客。擦鞋匠和兜售梳子、塑料小皮匣子的小贩也穿行其间，这自然是五星级酒店咖啡座里绝看不到的景观。而我们却很欣赏这平民化的氛围，它使人感到平等、随意，没有奢华的五星级宾馆或官场中那种浮华、虚伪，让人举手投足都感到拘束。

现在的老板法鲁克·费沙维每晚7时后才来，白天只让管事带几位伙计照应。我们向管事打听“马哈福兹角”，他立即打开我们座位旁边的一扇门，原来那里面还有一间8平方米见方的小屋，算是专门接待“贵宾”们用的“雅座”吧。小屋墙上挂着埃及外交部长、宗教基金部长来这里巡视的照片。管事指着朝门的一角说，当年纳吉布·马哈福兹常坐在这里，一边喝咖啡，一边随手记下脑中闪过的思绪。由于他为人谦和，没有名作家那种让人敬而远之的傲气，许多拥戴者看见他，都要走过去恭敬地同他打个招呼。埃及著名女演员尤丝娜七岁时随父亲来这里，恰巧纳吉布·马哈福兹也在，父亲牵着尤丝娜的手走过去同他打招呼，他见小女孩伶俐乖巧，把她抱到膝上，问她长大想做什么，小尤丝娜毫不迟疑地说："当明星！"马哈福兹哈哈笑着说："有一天你会成为大明星！"后来，已经成为大明星的尤丝娜忘不了马哈福兹老爷爷对她的祝愿，不久前，她还曾专门来这里摄影留念。

纳吉布·马哈福兹迁居尼罗河西岸的尼罗大街后，很少再来这里。但他当年常坐的这个角落，仍被人们称作"马哈福兹角"。

这间小屋是费沙维咖啡馆200余年沧桑的缩影，它的铜器、灯饰以及镶嵌着贝壳的伊斯兰风格的木雕，都是上个或上上个世纪的艺术精品。墙上还有一幅已故的最有名的店主穆斯塔法·费沙维的画像，他身着灰色的现在在开罗仍常见的阿拉伯大袍，头戴土耳其式的圆筒形红色毡帽，坐在咖啡桌前抽水烟。据说，苦涩的烟味通过水的过滤，能变得清淡和略带丝丝甘甜。因为这里的水烟用的不是普通的烟叶，而是将剁碎的烟叶用蜂蜜搅拌、发酵制成的烟膏。它能使瘾君子们在享受这甘甜的烟味的同时，也静静地沉湎在冥思之中。画中的这位费沙维家族的先祖，正在水烟发出的汩汩的水声中沉思，显得沉静、安详。小屋还陈列着各时期的政要、名流的题词，纳吉布·马哈福兹1982年12月23日的题词是：

向费沙维咖啡馆的主顾们致意。祈求真主让它和它的主人长寿。

不论周遭如何变化，费沙维咖啡馆还将走自己的路，将昔日的荣耀融进历史，用平民的心态固守着一个古老民族的传统与风俗。

（1997年6月完稿于开罗，载于《世界博览》1998年2月号）

不应忘却的记忆
——感受葫芦岛日侨俘遣返地

古话说："读万卷书，行万里路。""读书"与"行路"都能使我们增进学养，增加阅历。无论国内国外、因公因私，我们每去一个未曾去过的地方，行前总要将与那个地方相关的资料看一看，预做一点"功课"。这个习惯已延续了几十年，这次去葫芦岛疗养，自然也不例外。

葫芦岛位于辽宁西南，西濒山海关，东抵锦州湾，囊括了整个辽西走廊。葫芦岛之名始见于《金辽志》，原指龙港区由西北至东南伸向海中的长约六七里的小半岛，形若漂浮在海边的葫芦。而其历史却可追溯到6000年前的新石器时代，是著名的"红山文化"的延伸。据史料记载，战国时燕将秦开伐东胡，定辽东，置上谷、渔阳等辽东五郡，并筑燕长城，开启了中原以农耕文化为主的汉民族与辽东以游牧文化为主的匈奴、鲜卑、契丹、女真、蒙古、满清等民族文化交融、开发的先河。自那时起，如今葫芦岛所辖的狭长的辽西走廊，金戈铁马，烽火狼烟，演绎过多少民族文化相互碰撞、交融的活剧啊！秦皇、汉武，魏主曹操，都曾来此登临、驻跸，留下过足迹与传说。而位于葫芦岛东北端，现龙港区那个形若漂浮在海边的葫芦的小半岛，由于港阔水深，是我国北方罕见的不冻港，自古就是军事要隘。近代，自清末以来，那里修堤筑港，一直备受关注。1918年孙中山先生亲自拟定的《建国方略》中，也特别将葫芦岛筑港工程列为北方待建的筑港工程之首，并提出具体规划，后因直奉战争爆发而搁置。1928年张学良主政东北后，便立即以筹划实施"三大铁路干线"及与之配套的葫芦岛筑港工程为抓手，以期"振兴东北全局"，并于1930年7月亲临葫芦岛，主持盛大的筑港开工仪式。然而，正当这被誉为"中国复兴之曙光"的筑港工程紧张、有序地实施之际，"九一八事变"爆发，工程又被迫终止。其实，由于葫芦岛的特殊地位，以及筑港工程牵涉到国内外诸多复杂的矛盾纠葛，便注定它在“启动之初，就为列强所掣肘”。

以上这些有关葫芦岛及葫芦岛港的资料，都是我们在预做“功课”时匆匆摘录下来的。

更令我们感慨与关注的是，抗战胜利后，中国政府根据《波茨坦公告》关于日军“完全解除武装后，允其返乡，得有和平及生产生活之机会”的规定，和1946年1月由中共代表周恩来、国民党代表张群及美特使马歇尔共同议定的有关在年底前分战区、分阶段遣返日侨、俘的具体办法，自1946年5月7日至12月25日的232天里，将羁留在东北各地的日侨俘共105万余人自葫芦岛遣返回国。如此巨大的规模，在世界上尚无先例。中国政府在人力、物力、财力上提供了巨大支持，特别是刚刚摆脱日本侵略者长期残酷奴役、压榨，自己还缺衣少食、遍体鳞伤的东北及葫芦岛人民，以德报怨，无私地接纳潮水般一批批不断涌来的敌对国战俘与侨民，让他们平安地踏上归国之路。对照日军处处“烧光、杀光、抢光”的野蛮行径，这该是何等的大义、大节，何等的宽厚、仁慈啊！

我们愧疚自己才疏学浅，对这一切知之甚少。便期盼着趁去葫芦岛疗养之机，到龙港区葫芦岛港所在地，去实地感知那页不应被忘却的历史。

我们去的沈阳军区疗养院位于葫芦岛辖区的兴城，与葫芦岛港所在的龙港区分列在葫芦岛市区的西南与东北两个方向。我们一到疗养院，便听说兴城

作者在葫芦岛“日本侨俘遣返之地”纪念碑前

倚山傍海、历史厚重、物产丰富、人杰地灵，改革开放以来，深得经济快速发展之惠。由于拥有城、泉、山、海、岛“五宝”，近年来，交通及旅游、疗养设施不断完善，使其迅速成为辽东湾西岸新崛起的旅游、疗养城市。兴城拥有的“五宝”分别指的是：城，即距兴城市区不远的始建于明宣德三年（1428年）的宁远城。它是明代军事防御体系中典型的卫城建筑的范本，也是山海关外第一军事重镇。明天启六年（1626年），努尔哈赤亲率13万后金军，气势汹汹直扑锦州、宁远，明将袁崇焕率2万兵马，坚守孤城。血战中，努尔哈赤亦被明红夷大炮击伤，只得偃旗息鼓，铩羽而归；泉，即今位于兴城市政府东面兴海大道上的古汤泉，迄今有1300年历史，水温摄氏70度左右，泉水清澈透明，含有钾、镁、钙、钠、硫等多种矿物质和微量元素氡，具有很高的医疗价值；山，即宁远古城与兴城市区之间的海拔330米的首山，是宁远古城东北的天然屏障，亦是历代兵家必争之地。如今，首山主峰仍留存明代修筑的烽火台，是首山的标志物；海，即以菊花女塑像为中心的海滨景区。北侧的“兴海公园”内有30多公顷松林和近一公里长的半月形海滩。踏进园内，满耳松涛海浪，遥相呼应。走进沙滩，坡缓沙细，是天然海水浴场。南侧是上世纪80年代在海边三块天然礁石上架桥、筑阁建成的“三礁览胜”景点，成为人们观海听潮、度假休闲的好去处；岛，即兴城东南10余公里的长条葫芦形岛屿，旧称觉华岛，因千年前辽代名僧觉华在岛上修行而得名，金、元、明、清均沿用之。后因岛上遍开菊花，及菊花女挺身仗剑伏海妖的传说，于民国十一年（1922年）改称菊花岛。而今，菊花岛上庙宇楼台、古木参天，风光秀美，成为旅游胜地。说来也巧，我们来疗养院入住的房间，恰是不久前病故的《江姐》等著名歌剧编剧、词作家阎肃前两年疗养时住过的房间。阎老疗养期间，曾应院方之请为疗养院题词留念：

> 兴城有五宝，城、泉、山、海、岛。
> 进院方更夜，推窗觉春晓。
> 留下情谊知多少？真好，真好！

院方将阎老手迹镌刻在一方天然的石头上，成为疗养院庭园中的一景。不知阎老疗养期间是否都亲临了这兴城的“五宝”，我们来时，恰逢十一以后的旅游淡季，原入住的疗养人员大多在十一前离去，连疗养院前面那“三礁览胜”及菊花女塑像附近海边上旅游旺季时往往人满为患的餐馆、酒店、度假村，也都变得空空落落，宾客寥寥。所以，疗养院只安排我们参观了宁远古城。“五宝”所列的菊花岛、首山等景点，都没有安排。但“五宝”所列景点都在疗养院附近，特别是缘石阶而上，登上后山庭院最高处的观景台，环顾四方，远远近近，这城、泉、山、海、岛，历历在目。我们每天早早晚晚在庭园中散步，路过这块石刻时，总要伫立片刻，细细品味阎老的题词。它既写景，又写情，情景交融，意韵缠绵，既是一首短诗，又是一首歌词，离曲能诵，谱曲可歌，像阎老一贯的风格：质朴，率真，简洁，隽永。每次我们缓步离开时，都自心中由衷地赞叹："真好，真好！"——对葫芦岛，对疗养院，也对阎老……

然而，我们每日除按医嘱在疗养院休息、疗养外，也总惦记着去龙港区实地看一看当年遣返百万日本侨俘的葫芦岛港。我们打听到疗养院门口就有公交车去兴城市区，倒也方便。然而，当我们向疗养院医护人员和院外的葫芦岛市民问及葫芦岛港和二战后遣返日侨俘的事时，他们大多竟一无所知，最多告诉你龙港区海边是造船业基地"船舶重工"所在地，过去的旧港口、旧码头早不用了，而且说那里太远、太偏僻，又不知通不通公交车，劝我们不要去。就在我们以为无望，只能知难而退的时候，疗养院曹政委来住处探望，关切地询问在疗养院吃、住、休息习不习惯，并问有没有什么事情要办，他可协助安排。我们趁机提到想看看遣返日侨俘的葫芦岛港的事，没待我们说完，曹政委便笑着说："这没什么不方便的，我去过，那里还有一块遣返日侨俘的纪念碑。"并说："明天周日，要没什么事我陪你们去。"第二天午饭前，曹政委忽来通知，他下午有会不能陪我们，但已为我们安排了车。说完，又风风火火地离去。我们来的第二天，贾院长便去外地参加一个为期两三个月的集训班，全院大小的事，便全落在曹政委一人肩头。虽说现在不是疗养"旺季"，但疗养院属基层单位，除内部管理之外，还须处理好、理顺与上级及与地方各相关部门的关系。俗话说"上面千根线，下头一根针"，事杂，头绪多，任务重，这是人所共知的。我们正是不愿为他们添麻烦，才四处打听公交线路，打算利用假日可以请假外出之机，自己乘公交车去，没想到最后还是麻烦了疗养院。我们除感念曹政委热心关照外，也很感慨他认真负责、周到、干练的作风。

果然，到了预定时间，两位青年便开车来到我们的住处门前，司机已按曹政委交代的路线预先调好了导航仪，依靠它的指引，我们很顺利地从疗养院穿过兴城市区，沿着锦葫路一直开到龙港区濒临原葫芦岛港的高台上。那里是一片开阔地，首先映入眼帘的便是日本人建的三个硕大的水泥浇铸的储油罐。那是1934年日本占领全东北之后，对葫芦岛的地质、水文、气象、潮汐以及社会情况进行了长达一年半的详细考查，与伪满洲国政府签订了"合作开发葫芦岛协议"，力图依托辽西地区水泥、煤炭、矿产、石油等综合性工业基地，把葫芦岛港建成具有储备、转运、补给、维修等多用途的军商两用港口，直接为日本侵略战争服务。次年4月，日伪先后招募了万余名劳工，在清末以来两次筑港的基础上，平山填海，修筑防波堤、货运及输油码头等设施。这些硕大的储油罐，就是那时专为包括锦西合成炼油厂、锦化集团等企业在内的日陆军燃料厂修建的，产品包括航空用油、汽油、柴油及燃料油等。现在，这几个挺刺眼的庞然大物，成为日本侵略者疯狂掠夺我国资源的罪证。他们疯狂劫掠的又何止是油料，还有煤炭、钢铁、硫酸、铅锌矿、钼矿，以及粮食、棉花、毛皮……几乎所有能掠夺的物资无所不抢。而修建包括这些储油罐在内的筑港工程的开支，打的是"日满合作"旗号，自然全列入伪满洲国账簿——这就是奴隶与奴隶主之间的"合作"。

在一个硕大的储油罐的西侧，果然找到了曹政委说的葫芦岛市人民政府2006年6月立的白色花岗岩的纪念碑。碑上镌刻着"日本侨俘遣返之地"一行蓝色大字，并分别标示了遣返人数与日期，分别是：1051047人和1946年—1948年。碑的右侧，还有一幅当年日男女侨俘和孩子登船离港时在船尾回望葫芦岛港的浮雕。碑的后面是中、日两种文字刻下的碑文，记述了遣返日侨俘的经过。最后一段写道："60年过去了，当年那场战争带给中日两国人民的伤害已成警世的钟声。前事不忘，后事之师，以史为鉴，面向未来，决不让历史悲剧再次重演，衷心期盼中日友好世代相传。"这块碑立在硕大的储油罐旁的山洼处，碑的后面及旁侧有一片并不起眼的小树林。我们穿过树林，想去马路对面的"观海亭"俯瞰葫芦岛港旧址时，忽然发现小树林前面也立着一块小石碑。从碑文得知，这片小树林是由"日本国际善邻协会"为感谢葫芦岛市政府在当年日侨俘遣返出发地修建遣返纪念碑及加强中日友好，资助购买了360余株樱花树、松树、柏树幼苗，会同葫芦岛市望海公园绿化部门，于2013年5月共同建起的"中日友好林"。读罢碑文，再回望这片并不起眼的小树林，心中不禁多了许多感慨。原来这些树苗竟都是带着日本人民的美好情谊，从东瀛跨海而来，

日本侵略者在葫芦岛修建的储油库

我们自然也当善待它们，勤松土，勤浇灌，勤照料，让它们在葫芦岛这片曾经浸漫过中日两国人民斑斑血泪与深厚情谊的土地上茁壮成长。

马路对面的观海亭中有一通纯白大理石的柱形“葫芦岛筑港开工纪念碑”，立于同样材质的基座上，碑身通高1.8米，正面“葫芦岛筑港开工纪念碑”为阳刻隶书八分体大字，背面阴刻魏碑体碑文，为张学良亲自撰写。我们默诵着碑文，当读到“……期以五年又半港工告竣，同时规划市井，辟为商埠，崎屿盛哉！二十载经营未就之伟业，行将观厥成功，其于中国北部海陆联系之利，顾不重且大欤？……”当年，这位风华正茂的少帅主政东北之后，便立即筹划修筑“三大铁路干线”和与之配套的葫芦岛筑港工程，“规划市井，辟为商埠”亦在筹划之中，以期“振兴东北全局”的“二十载经营未就之伟业”，“行将观厥成功”。80余年过去，那踌躇满志、慕慕拳拳的赤诚之心，依然跃动在这字里行间。然而，令人难以想象的是，这块历尽沧桑的斑斑驳驳的石碑，在那是非颠倒的“文革”期间，竟被推倒抛入海中，直到1995年10月才由龙港区政府从海底捞出，重新修复立于亭中。

被誉为“中国复兴之曙光”的张学良主持的浩大规模筑港工程，不仅举国关注，也引起一直对我国东北暗怀鬼胎的日本人的惊恐。早在1924年，日“满铁”一份报告书就提到：“……连山港（即葫芦岛港）不只是辽西唯一的吞吐港，而且东蒙古物资也将汇集此港。它不仅可一举取代营口，还将为我（指日本）大连港之一大敌手……”试想，身边有这么一只随时准备把你一口吞噬的恶狼，会老老实实等你把防狼的墙修高、砌好，而不扑向你吗？！

其实，早在19世纪末，日本就一直对我国东北怀有野心。1894年日本悍然发动甲午战争，迫使清政府割让辽东半岛，只因俄法德三国“干涉还辽”，才使日本把已到口的肥肉吐出，它岂能甘心？随后，沙俄强租旅大，修建中东铁路，把势力扩张到东北全境，成为与日争夺东北的主要对手。1904年2月，日突袭旅顺口的俄舰队，引爆“日俄战争”。1905年9月俄国战败，被迫签订《朴次茅斯和约》，与日以长春为界划分东北势力范围。日自沙俄手中攫取了旅大地区租借权和从长春到旅顺的铁路及其附属地。为加强殖民统治和进一步扩大侵略，自那时起，日统治阶层内部便开始筹划所谓“移民满洲”计划，如1908年6月首任“满铁”总裁后藤新平向总理大臣（首相）提交的备忘录中称：“进入满洲之我国移民，以今后十年为期，至少为五十万人，若可能最好达到一百万……如随年积月累，得以移入大量人口，满洲则事实上成为帝国领土。”日本企图通过所谓“移民”蚕食并侵吞我国领土的狼子野心昭然若揭。1931年“九一八事变”后，他们变本加厉，拟定《满洲开拓政策基本纲要》，计划20年内自日本向中国东北移民100万户，达500万人。日本侵略者以各种“开拓团”名义，包括“集团开拓团”、“青少年义勇队开拓团”、“林业移民团”，甚至“开拓女子训练所”等等，将移民按军队形式编组，发给武器，以武力强行掠夺、霸占中国农民的土地。随着侵略步伐的推进，日本更以“合作经营”名义，招募大量移民到东北各大中城市矿山、钢铁、煤矿、电力、机械、水泥、油坊、纺织、化工等企业基地，加紧控制与掠夺我国的宝贵资源。据不完全统计，自“九一八事变”至日本投降止，日本在对我国东北长达14年的殖民统治中，共移民160余万，掠夺土地2000万公顷，占可耕地面积的60%。日本开拓团把中国农民赶出世代居住的家园，迫使一部分人流落城市，成为无业游民；一部分留在原地，沦为日本开拓民的佣工。据史料记载：1933年伪满洲国初建时，根据日本关东军参谋长小矶国昭批示，驻哈尔滨的关东军第3师团以武力抢夺中国农民土地，激起中国农民奋力反抗。关东军野蛮镇压，制造了“土龙山事件”，强行将两批日武装移民安置在佳木斯附近。同期，日“开拓团”进驻我们所在的葫芦岛兴城地区后，做的第一件事便是掠夺大、小英堡屯和周边的达屯、小王屯四个自然村农民的2.5万亩耕地、300余间住房，先后安置日本移民80余户。这些日本移民原本都是普通农民，来到中国后便借着侵略军的武力庇护，飞扬跋扈。不少当地农民不堪忍受日本人的欺压，被迫背井离乡，去黑龙江垦荒，留下的也都被迫沦为日本移民的佣工。而在工厂、矿山，不仅大量宝贵资源与工业产品被疯狂掠夺，日本工厂主及矿主更残酷剥削压迫中国劳工。凡有矿山的地方，没有不留下掩埋中国死难劳工的“万人坑”的！这早已是人人共知的令人发指的罪证。

原本，根据《波茨坦公告》规定，“日本军队在完全解除武装以后，将被允许其返乡，得有和平生产生活机会”，而东北地区由于上述历史原因，除被解除武装的日俘之外，还有数量更多的以各种“开拓团”为名移居东北的日侨。日本战败投降后，分散在东北各地的日侨失去军队庇护，再也不敢像往日那样肆意妄为，只能如惊弓之鸟，从四面八方扶老携幼向哈尔滨、长春、沈阳以及四平、通化、抚顺等大中城市周边逃亡。当时，即便在这些大中城市，中国老百姓饱经战乱与日寇欺压之苦，尚难自保，更缺乏社会救助保障机构，哪里有能力对潮水般涌来的日侨进行有效救助？这些日侨大多只能投奔设施、条件都极其简陋的难民收容所。不少儿童、老人在逃亡中死于饥饿、寒冷与瘟疫，也有因战败后心理失衡、崩溃而自杀。更令人发指的是，一些长期为“武士道”精神毒化，不愿放下武器的日本军国主义分子，竟凶残地逼迫逃亡的妇女儿童集体服毒、自爆、自焚，不服从者，一律残酷射杀，成为日本侵略战争的殉葬品。1946年3、4月间，张治中、周恩来分别代表国共双方与美方代表马歇尔将军多次就东北日侨遣返问题进行磋商，一致认为日侨遣返也应参照

《波茨坦公告》的精神进行，并确定于年底前全部完成。当时，他们拟定从葫芦岛、营口和大连三港进行遣返，但营口和大连港当时在苏军管控之下。苏军进入中国东北，陆续解除日本关东军武装并占领东北全境后，先将59万关东军战俘秘密押往西伯利亚，而对数量更为庞大的日侨却不管不顾，也不允许使用营口、大连两个港口。这样，遣返工作只能集中在葫芦岛进行。5月5日，遣返日侨俘的第一艘船自葫芦岛港起航。在当时极端紧迫又错综复杂的形势下，为保障日侨俘按期遣返，1946年6月6日，蒋介石和周恩来分别代表国共两党发表关于东北停战的声明，最终为遣返扫清了障碍。

在已放下武器的日军中，相当多的军官、士兵都曾欠下对中国人的累累血债，但大都未被起诉、关押、审判，追究罪行，而安全遣送回国。曾有人后来回忆说："战败后，我们都非常沮丧，等候着遭报应的日子的到来，因为我们已无路可逃。谁知中国赐予的，却是遣送我们回家，这种宽容与善良让我们难以置信，也更为我们的所作所为感到羞愧。"葫芦岛百万日侨大遣返，体现了中国人民的博大胸怀与人道主义精神：对昔日敌国的国民，甚至直接伤害过自己同胞的敌人，没有以暴易暴，而是以中华民族的博大胸怀施以援手，为他们提供粮食、蔬菜、肉食和等待遣返与归国途中所有的生活保障。仅粮食一项，每天就需提供百余万公斤，而当时，中国却有三四千万饥饿中的灾民需要救济。连日本人编纂的《满洲国史》中也不得不承认："战争后期，生活必需品物资紧张，强制出劳工，强制缴农产品，中国人对满洲国，进而对日本人的反感情绪不断增长乃是事实……但是，并未因此发生由于战争结束，一举爆发共产革命，或对日本人进行民族报复的事。倒是各地中国人、朋友们，同情日本人的悲惨处境，救济危难，庇护以安全，或主动给予生活上帮助的事例层出不穷。"这些，在后来日本人写的回忆录中也得到证实。如1945年初，为补充兵源，日关东军将田原和夫、谷口信、国弘威雄、间濑收芳等120名尚在长春中学读书的学生强征入伍。后来，他们被苏军俘获，由于还只是十多岁的孩子，随后又被释放。他们在饥寒交迫中逃难路过今宁安市石头村，被村民收留救助，才得以保全性命，并从葫芦岛返回日本。后来成为作家的田原和夫撰写了《满苏边境：15岁的夏日》一书，记述了他毕生难忘的这一经历。后来也成为作家的国弘威雄，1997年特意携妻子重返葫芦岛，望着当年离港登船的码头，百感交集。联想到当前许多日本人对那场战争仍没有清醒的认识，而战后出生的人所占人口比例也越来越大，他认为，只有把历史真相告诉他们，才能记取昔日的教训。为实现这一心愿，他不惜变卖家产，筹资来东北，在葫芦岛市政府的帮助下，历时近一年，拍摄了记述百余万日侨自葫芦岛遣返的纪实影片，在日本各地放映。这样的实例还有很多很多，譬如现住日本岐阜市的"微风会"理事长玉田澄子女士，当年她母亲带着她们姐弟三人逃难到今吉林珲春，被一姓何的中国人收留方得以活命，后随母亲遣返日本。40年后，他们曾去珲春寻访那位姓何的恩人，却未找到。她后来通过学习，得知当年日本侵略战争以及“开拓团”等给中国百姓造成的深重灾难，便写了《大地之风》一书，还创办了“微风会”，致力于宣传中日友好。她说：“我愿这能让人心情舒畅的温馨的微风，把我们的心意带给中国朋友。”“微风会”的成员，几乎都像玉田澄子一样，是当年自葫芦岛遣返的孩子，他们已不下十次随玉田澄子率领的访问团访问葫芦岛，来捐助中国贫困学生和拜访自己的“再生之地”。

我们站在“观海亭”边的高台上，迎着扑面的海风俯瞰脚下原葫芦岛港区，当年筑港工程及其后日本人修筑的客运码头和两道防波堤仍依稀可辨。日文中将遣返日侨俘称作“引扬”。70年过去，当年百余万日侨俘从这里的码头登上“白山丸”号、“间宫丸”号、“大郁丸”号……以及美国海军登陆舰（LST）等“引扬”的120艘舰船，往返800余航次的喧闹、盛大的场面已再难看到。但我们坚信，这一页厚重的历史绝不会因岁月流逝而被淡忘，而消失。

葫芦岛筑港开工纪念碑

和我们刚才见过的立在望海公园的“日本侨俘遣返之地”的纪念碑一样，在与当年葫芦岛港相对应的日本佐世保港、博多港等“引扬”港口上，也立有相似的纪念碑。那一页厚重的历史，早已与那土地、那碑石牢牢地凝聚在一起，也深深地镌刻在史书上，镌刻在隔海相望的一代代愿中日两国世代友好、和平的人们的心中。

（2016年5月草于葫芦岛、北京，载于2016年6月15日《中华读书报》）

第二辑

最后的避风港

当世界上任何其他国家都对欧洲犹太人关上大门之后，上海是我们所能找到的唯一安全的地方。

——西格·西蒙

当办公室小朱将以色列驻华使馆邀请我们去看档案资料片《最后的避风港——逃往上海》的请柬递给我们，问能否出席时，我们毫不犹豫地回答：一定去。因为我们知道，这部影片的价值绝不亚于《辛德勒名单》那样根据史实拍摄的故事片，它会更客观、更真实地揭示半个多世纪前那段鲜为人知的血泪斑斑的史实。

如果说1933年1月希特勒上台，建立起所谓“第三帝国”，对欧洲和世界各国人民都是深重的灾难的话，那么，对自公元前135年就因反抗罗马起义失败被强行逐出“迦南地”——巴勒斯坦，流散到欧洲国家一个个备受歧视的隔离区——“隔都”里长达2000余年的犹太人来说，面临的却是比中世纪迫害犹太人还要残酷百倍的无妄之灾！在希特勒这个狭隘、偏执的种族主义暴君看来，唯有“最纯粹”的雅利安人——德国的日耳曼民族，才配支配世界。他在国会演说中叫嚣：“人生来就是不同的，我们今天所看到的文化，即艺术、科学和技术所取得的成就，几乎全是雅利安人创造的。”其他人种，特别是犹太人在他眼中连猪狗都不如。他在《我的奋斗》中咒骂犹太人：“犹太人本身，绝无什么文化可言。他们的智力都是因为和邻近他们的文明相接触而得以发达的。”“犹太人散布于世界各地，这确实是一种寄生虫的特征。”他像中世纪宗教狂热分子喊出的“干掉一个犹太人来拯救你的灵魂”那样，公然煽动消灭

《最后的避风港》电讯海报

到处逃亡的犹太难民

犹太人："今天，我敢预言：倘若欧洲国家犹太金融势力将各国拖入又一场世界大战的话，其结果绝不是犹太人胜利而使全世界布尔什维克化，而是散布于欧洲各国的犹太民族彻底被消灭！"

记不得哪位哲人说过：上帝要谁灭亡，必先让他疯狂。这话对希特勒这类疯子来说，倒是十分应验的。可惜的是，希特勒的这些狂妄的昏话竟然会成为德国社会占主导地位的信仰。在他的笃信"谎言重复一千遍就成真理"的宣传部长戈培尔策划公开焚毁海涅、托马斯·曼、爱因斯坦、左拉、弗洛伊德等著名犹太诗人、文学家和科学巨擘的著作，妄图消除他们的影响时，那些非犹太籍的教授、科学家竟也随声附和！

"嘿儿——希特勒！""嘿儿——希特勒！"随着屏幕上纳粹分子一声声刺耳的嚎叫，随着那逐渐扩散到整个欧洲的浓浓的硝烟，我们突然想起奥斯维辛集中营门前的石碑上刻着的这样一段铭文："当一个政府开始焚烧书籍的时候，如果不加以制止，那么它下一步就该焚烧活人了。"据资料统计，1933年以前，生活在欧洲的犹太人约有900多万。自公元前135年犹太人被逐出"迦南地"，被迫"大流散"以来，他们已经在欧洲生活了1000多年。1000多年来，尽管一代代犹太人的睡梦里都有太多的疾风暴雨，但那一个个备受歧视的犹太"隔都"，尚可勉强为他们遮风挡雨。然而，当希特勒极端种族主义在德国占据上风，纳粹分子焚烧罢书籍又开始焚烧活人的时候，欧洲各国害怕开罪希特勒，竟把大批从法西斯的屠刀下逃生的犹太难民视为祸水，把他们像皮球一样踢过来踢过去，迫使他们翻山越岭、扶老携幼，忽而东，忽而西，从一个国家逃向另一个国家。没有一个国家站出来反对，或是敞开国门，给这些劫后余生的犹太难民一个避难之所。至1945年第二次世界大战结束时，欧洲尚存的犹太人仅剩下300万。12年中，有600多万犹太人死在德国法西斯的屠刀之下，其中三分之一是儿童。那些来不及逃跑的犹太人，或是在衣襟上被强迫缀上黄色大卫星——犹太人的耻辱标志后，被赶进严密封锁的“隔都”，任其病死饿死，自生自灭；或是像牲口一样，被运到德国占领区的各个集中营，罚作苦役或生化武器的实验品。仅有“杀人工厂”之称的奥斯维辛集中营一处，就有近400万犹太人遇害。屏幕上，那些逃亡路上病死、冻死、饿死之前的老人、妇女、儿童留下的最后一瞥无助的目光；那些在茫茫大海上遇风浪、触礁，或是被德国潜艇发射的鱼雷击中而葬身鱼腹前的最后一声惊恐的哀号；那些令人心悸的统计数字……都像是蘸水的皮鞭，狠狠鞭挞着文明世界的良心！正是欧洲国家绥靖主义、姑息养奸的政策，不仅助长了德国法西斯的嚣张气焰，继而使自己国家、使整个欧洲同样深陷在希特勒血淋淋的魔爪之下。

屏幕上，正当弗雷德·菲尔德斯、西格·西蒙和他们的父母亲朋在德国法西斯闪电般隆隆开进的坦克、摩托化部队的驱赶下，在战乱的欧洲随着难民潮东奔西突也找不到一个“避风港”，连大洋彼岸素有“移民国家”之称的美国对犹太人入境也百般刁难，让他们上天无路、入地无门的时候，却得悉在遥远的东方，竟有一个不需任何官方文件，不要保证书，仅凭一纸签证就可以前往

何凤山像

的地方——上海。对他们来说，这简直就是求之不得、绝处逢生的一线阳光。于是，他们纷纷从各自所在的地方设法得到中国使领馆发放的签证，辗转奔向亚洲大陆最东边的这个陌生的城市。特别是1938—1941年间，大约有2万多犹太幸存者从德国法西斯的魔爪之下逃到上海——他们的“最后的避风港”。

拂去历史的尘埃，何凤山，一位身处乱世却大义凛然，不畏德国法西斯的强暴，也不顾各大国在埃维昂会议上为讨好德国而采取的拒不放宽限制移民政策的立场和顶头上司、中国驻柏林大使的责令，毅然不停地向孤立无援的犹太人伸出援手的中国外交官及其事迹终于凸现出来。许多犹太幸存者就是靠他在1938—1940年出任中国驻维也纳总领事期间发放的一纸签证，才逃脱虎口到达上海的。1953年，以色列政府决定，以犹太民族的名义，向二战期间冒着生命危险拯救犹太人的非犹太个人或家庭颁发“国际义士”荣誉证书。在犹太人的道德观念中，“义士”是极崇高的荣誉。何凤山1973年结束外交生涯，1997年逝世，享年96岁。他生前曾经说过这样一句话：上天赐予的天赋不是一种偶然，英雄信仰的形成也非轻而易举。直到他逝世以后，他当年解救过的幸存者才辗转将他的材料和证据转送到耶路撒冷德·维西姆大屠杀纪念馆“国际义士”授命委员会。委员会经过仔细审核之后，决定授予何凤山“国际义士”称号，以表彰他当年的义举。何凤山的名字与功绩和辛德勒、杉原千亩等“国际义士”们一样，将永远为犹太民族、为人类历史所铭记。

犹太幸存者千辛万苦到达上海之后，日本占领当局以犹太难民“无国籍”为由，把他们安置在虹口区一个隔离区中。在日寇占领下同样生活在水深火热之中的上海市民，热情地接纳了这些远道而来的不速之客，同他们友好相处、患难与共，使他们很快适应了这个陌生的栖身之所。他们按照犹太民族宗教与传统习俗生活：过安息日，去西摩路犹太拉结会堂祈祷……屏幕上，中国人开的“森茂面馆”和犹太人开的户外咖啡座比肩而立，面馆里吃面食的中国人和咖啡座上品咖啡的犹太人，不同民族、不同语言、不同文化，却彼此适应，各不相扰，大概也算是那年月上海虹口区黄昏时分的一道独特的风景。难怪西格·西蒙回忆起那段时光时，把他们居住过的虹口犹太社区称作犹太人的“香格里拉”。因为在那个乱世，他们来不及逃出欧洲的亲朋不是已经惨死在希特勒盖世太保的屠刀之下，就是被关押在暗无天日的集中营。上海虹口犹太社区的生活虽然清苦，但对居住在那里的犹太人来说，总算是找到了“最后的避风港”。劳碌一天，沐着夕阳，在露天咖啡座歇一歇疲惫的身躯，品一杯咖啡，这份惬意在他们逃亡的路上怕是连想也不敢想的。

事实上，他们那时的日子远比当地的上海人好过得多。因为日本“皇军”知道这些从欧洲流亡来的犹太人对他们的安全构不成威胁，因而对其限制也少。离开社区到外国租界觅职、就业、经商，只消向“皇军”出示身份证就可以了。而他们的中国房东和邻居们却没这么便利，除了要被检查“良民证”之外，还须特殊许可，因为日本侵略者知道中国人绝不都是顺从的“良民”。

1945年8月日本投降之后，旅居上海这个“最后的避风港”的犹太人才陆续离开上海，去了美国、巴西、加拿大，或是耶和华赐给他们先祖的“迦南地”——巴勒斯坦。然而，他们对于曾经居住过的上海虹口犹太社区，那个乱世中的“香格里拉”，都留下了终生难忘的记忆。看着屏幕上犹太人乘船离开上海，在码头上同送行的亲友，同在日寇占领下共同度过艰难岁月的中国朋友、邻居、同事依依惜别时的感人情景，我忽然猜想，屏幕上那些在船栏边挥手和中国小伙伴们告别的孩子中，或许就有我们认识的埃利斯·乔菲教授吧？我们是1998年11月在耶路撒冷希伯来大学同杜鲁门促进和平研究所进行学术交流时相识的，他是研究所的资深研究员。当主持人介绍对方与会人员，介绍到他时，这位头发花白却神采奕奕的学者竟操着汉语自我介绍起来，原来他出生在上海，1949年随父母迁往以色列。他说他在上海时虽然读的是犹太人办的学

彭龄与希伯来大学杜鲁门促进和平研究所研究员埃利斯·乔菲教授合影

校，但常和弄堂里的中国小朋友一起玩耍。大约正是那段难忘的岁月，使他与中国结下了不解之缘，60年代先后在香港大学和美国哈佛大学获得硕士和博士学位，成为一名研究中国问题的专家。

我国老一辈著名油画家艾中信先生50年代在德国旅行写生时，遇到一位二战时受纳粹迫害逃往上海的犹太艺术家特拉福。特拉福的公寓里堆满当年上海出版的报纸杂志、木刻剧目、影剧说明书等文献资料，他正准备编写一本有关上海文化活动史料的专著。有一次，艾老和特拉福闲谈时，特拉福忽然记起“锦江饭店”、“汤面”、“炒面”几个汉语词汇。他记得那是一家四川风味的餐馆，老板娘经营管理有方，每一道菜，哪怕只是一碗面，上桌之前都须经她过目。艾老告诉他：当年的锦江饭店已经由双开间的小铺搬到十三层大厦。特拉福忙问：“就是兰心戏院附近的那幢十三层楼吗？”艾老答：“正是。”特拉福感到意外，艾老告诉他，他刚才提到的那位老板娘并非一位普通的老板娘，更非日寇统治下的“良民”，而是一位勇敢的爱国者，在抗日战争和解放战争中掩护过许多地下党员和民主人士。特拉福忙打听那位老板娘的名字，艾老笑着告诉他这个早已为人们熟知和尊敬的名字——全国政协委员董竹君。

有趣的是，艾中信先生的公子、油画家艾民有曾告诉我们，“文革”中，他们看到由上海艾家巷传出的艾姓人家谱，方知中国艾姓人家绝大多数竟都有犹太血统。这一点，在女作家艾晓明的著作中也得到印证。只不过，艾姓人家犹太血统的由来，可追溯到明代弘治年间（1488—1505），与二战期间流亡上海的犹太人并无关系。

1986年，原旅居上海的犹太难民提出，希望在虹口区原犹太社区旧址立一块纪念碑。1994年4月举行石碑揭幕典礼时，许多已是白发苍苍的当年的犹太难民被儿孙搀扶着，来到他们日夜思念的“香格里拉”，同也已是白发苍苍的中国邻居或当年的小伙伴们热情相拥，嘴里不停地用几十年不用的上海话叨念着：“阿拉上海人……”听任激动、欢喜的泪水在布满皱纹的脸上纵横，那场面感人至深。

这部档案资料片仅仅一个小时，却浓缩了多少人半个世纪的血泪斑斑的记忆！

行文至此，不能不提起奥斯维辛集中营门前另一块石碑上刻的铭文：“当世人忘记这些时，那就意味着这一切还会发生。”这句警示，确确实实值得世人世世代代牢记。

（2001年5月初完稿，载于同年5月15日香港《大公报》和《世界文化》2006年2月号）

一本“带着温度的记忆”的书

——读蓬生的《泰晤士河上那座蓝桥》

记忆有温度吗？过去未曾想过。但当我们读过蓬生同志的这本《泰晤士河上那座蓝桥》的“自序：远游无处不销魂”中的这段话：“走向远方的景致，不是简单世俗地用眼睛看看而已，最好要用身心去感受与触摸，这样，积淀在你灵魂深处的是鲜活生动、带着温度的记忆”，和读了这本书之后，始信记忆确实有温度。这本书正是一本“带着温度的记忆”的书。

蓬生，本名苗鹏生，江苏沭阳人，由于家乡老宅前有一条名叫六塘的河，故亦用过“六塘人”的笔名发表诗、文。我们虽同在一个大单位从事军事外交工作，但由于语种与方向不同，工作上的联系并不多。不过，由于我们都钟爱文学，共同的爱好让我们相识，成为除战友之外的相互关注的文友。上世纪90年代，我们读过他签赠的两本散文、随笔：《香岛随笔》和《快活谷散笔》。当我们获赠第二本文集时，对书名十分疑惑，未知这位文友这些年去哪里“快活”逍遥，并带回了又一本散文随笔。读后方知，“快活谷”的书名，缘于他在香港供职时的驻地——跑马地的英文名的意译。我们爱读蓬生的文章，对他的了解，更多地也是通过他的文章。他的文章题材广泛，思想灵动，语言鲜活，异彩纷呈；不拘一格，却又惜墨如金，作文如吟诗，不肯多一句半句画蛇添足的赘语。他善于以小示大，短短的千把字文章，无论是对童年乡情故土的眷念，或是对同志、朋友、父女间平凡、美好的感情的歌咏；也无论是对亲历的壮美河山、自然生态、人文历史的赞叹，还是对纷繁庞杂、包罗万象的时政与社会的剥析；哪怕是一两句纪伯伦或泰戈尔式的随感，譬如“泡沫自以为是海上的花，海鸥低飞是追求它”，仿佛是信手拈来，却处处彰显着作者的灵动、机敏与睿智。

上世纪90年代末，蓬生出任我国驻英国国防武官，我们时不时地在香港

《泰晤士河上那座蓝桥》书影

《大公报》上看到他的文章。由于我们在国外工作期间也同样坚持业余创作，深知他在繁重的外事工作之余硬“挤”出来那一点点有限的时间笔耕不辍，是多么不容易！正如鲁迅先生说的，是把别人吃牛奶喝咖啡的时间统统用在写作上了，而他却偏偏乐此不疲。用他的话说，如果不写点什么，“心里就难受得很，有种负债似的内疚感”，足见他对文学的热爱与追求是多么的虔诚与执着。他从英伦归来，出任中国国际战略学会的秘书长，我们想，以他的勤奋与刻苦，在英伦数载，除工作外，在业余文学创作上也定有不小的收获。他悄悄告诉我：他正在写，但由于身居要职，公务繁忙，依旧难挤出时间，并说他的房间“乱得很，简直没法进”，因为他正按拟定的准备写的文章篇目一篇一篇赶写着，完稿的、未完稿的，挂满了房间，为的是有时得空，除了继续往下写之外，可能还会对哪篇再补充几句……我们未到他府上去过，想象不出那种景象，但从他眉宇之间看到一种成竹在胸的喜悦，就像一位老农踌躇满志地在谈丰收在望的庄稼。果然，今春战略学会年会开过不久，便得到这本他签赠的《泰晤士河上那座蓝桥》，给了我们一个意料之中却又多少有些意料之外的惊喜。

《泰晤士河上那座蓝桥》包括四部分内容，前两部分“呼吸英伦”与“他域行走”是他常驻英国及去莫斯科、罗马、冰岛、奥地利、爱尔兰、华沙等地开会、旅游时的所见、所闻、所感。第三部分“情归香江”是他继《香岛随笔》和《快活谷散笔》两部文集之后写的或未及收入的有关港岛的文章。而第四部分“远朋近影”则是写他在英国工作以及担任中国国际战略学会秘书长期间接待与结识的外国著名政要、友人：从美国前国务卿基辛格、德国前总理科尔、澳大利亚前总理霍克、日本前首相桥本龙太郎、英国第一海务大臣阿兰韦斯特、伦敦市长利文斯通、英国汉学家艾超世，到“最大夙愿是加入中国共产党”的“洋雷锋”、法国贵族易思，日本和平财团日中友好基金会职员小林义之……作者在这本书的自序中开宗明义地说：“人生可以有很多快事，读书和出游就是最值得称道的两大快事。正如人们常说的‘读万卷书，行万里路’，这是一个人精神升华、人格完善的必需。”由于作者从事工作的性质，使他具备了大多数读者可能难以具备的条件：有机会读书与远游，去“走向远方的景致”，让自己“也成为一帧风景”。自然，在“走进风景”的同时，也会接触到一些人和事。因而，这本书，包括第四部分记人叙事的《远朋近影》，总体说来都是作者有机会“行万里路”的“远游”中，除完成他所负的繁重的本职工作之外，在文学上孜孜以求、辛勤耕耘的新收获（用他的话说，是他“专业工作的副产品”）。

俗话说“文如其人”，这话对蓬生同志来说倒是十分贴切的。他虽是入伍30多年的老军人，却文质彬彬、生性儒雅，平时没有机会“行万里路”“远游”时，也绝不推牌九、聊闲天空耗时间，而是按“读万卷书”的古训，日就月将，广吸博纳，终于成就一位地地道道的儒将。记得在国际战略学会共事的这几年，每逢春节、端午、中秋大家有机会在一起聚餐时，往往见他以秘书长的身份致辞之外，还兴致勃勃地握着话筒给大家介绍这些民族节气的历史与文化渊源，兴之所至，相关的唐诗宋词中珠玑般圆润、闪光的名句常常脱口而出。尽管并不是所有的人都在专注地聆听，也不是所有的人都对他讲的感兴趣，却没有人不赞叹他学识渊博的。他的这部新著同样用他一贯的平实、细腻、明快、鲜活的格调，来描述他“远游”中的所见、所闻、所思、所感。由于他有丰厚的知识、学养为底蕴，所以读起他的文章就像面对面在听作者娓娓讲述，让你感到亲切、自然，如沐春风。我们这里想强调的一点是，蓬生是学英语的，又酷爱文学，并长期在香港和英国工作，他的“读万卷书”，自然也包括英国文学大师与著名作家莎士比亚、狄更斯、哈代、萧伯纳、罗伯特·彭斯、拜伦、雪莱等人的作品，然而，他的文字与表述却丝毫没有从事外国文学翻译与研究的人易犯的轻视汉语水平提高的毛病——写起文章“洋腔洋调”或“拿腔拿调”。以他的《伦敦月》为例：“英伦长年多阴天，多雨天。夜晚想见到月亮，难。想见到一轮圆月，更难。”他在伦敦工作的三年里，“正儿八经遇上一镜皓月当空，实在没有几回”。然而，就在他“已打点好行装”，第二天就要告别伦敦的前夜，照耀夜空的竟是一轮银盘似的圆月。临窗望月，思乡之情油然而生：

> 是呀，我们中国人对月亮情有独钟，或者说有种浓浓的情结。昔时的文人骚客为天上那寻常的月亮赋予多少浪漫的感情色彩！夜月一帘幽梦，春风十里柔情；今夜月明人尽望，不知秋思在谁家？春色恼人眠不得，月移花影上栏杆；春风又绿江南岸，明月何时照我还……这一切的一切早已溶入我们的血脉之中，而且一代代地传承不止……

就是在泰晤士河畔最后一次临窗望月时，他禁不住思绪翩跹，辗转反侧，“心里也不由得默默念叨：‘我想家了！’”

我想，读者，特别是有过像蓬生这样长年在外、远离乡土的经历的读者，读到这样的文字，能不感到心弦的震颤吗？能不感到这浓烈的乡情带给你的温热吗？

还是让读者自己去读读蓬生同志的这本“带着温度的记忆”的书吧，去跟他一起“走进远方的风景”，去放飞那颗“永远年轻奔放的心”吧。蓬生说：“此生，我与文学及写作之间的情缘大概是无法割舍了”，“我将会继续一页页地写下去，一篇篇地写下去，但愿还能一本本地写下去……”我想，读者们有理由给他更多的祝福和对他怀有更多的期待。

（2008年3月3日完稿，载于《世界文化》2008年4月号）

还是那颗头颅，还是那颗心

——怀念土耳其诗人纳齐姆·希克梅特

希克梅特像

2009年1月9日，土耳其政府根据埃尔多安总理的倡议，决定恢复著名诗人纳齐姆·希克梅特的国籍，并准许将其遗骸迁回土耳其安葬。尽管这个决定来得太迟，但也会令诗人的亲属和广大读者感到宽慰。诗人在天有灵，也终可安息了。

上世纪50年代，纳齐姆·希克梅特这个名字对中国读者来说并不陌生。1949年新中国的诞生，打破了世界东西方的格局，对仍处在新老殖民主义压迫下的国家与民族是极大的鼓舞。在亚、非、拉民族民主解放运动蓬勃开展的同时，一个与之并行不悖的以保卫世界和平为旗帜的民间运动也在世界各地蓬勃展开。1949年4月，新中国成立之前，我国派出以郭沫若为团长的代表团前往巴黎出席第一届保卫世界和平理事会。父亲曹靖华也参加了代表团。由于当时的冷战背景，法国限制包括中国在内的一些国家代表团入境，大会不得不分别在巴黎与布拉格同时举行。由于保卫世界和平理事会有包括约里奥·居里、郭沫若、毕加索、聂鲁达、希克梅特等享有国际声誉的科学家、诗人、画家、社会活动家的积极支持和参与，其影响是深远的。1952年9月，亚洲及环太平洋区域和平会议在北京召开时，希克梅特和智利诗人聂鲁达、苏联诗人吉洪诺夫都应邀前来。那是和平的集会，也是诗人的聚会，他们不仅与中国著名诗人郭沫若、萧三、艾青诗歌往还，《聂鲁达诗选》、《希克梅特诗选》、《吉洪诺夫诗选》等中译本也在中国广为流传。散见于报刊及朗诵会上的他们的诗作就更多了。记得希克梅特以二战时期日本广岛、长崎遭原子弹轰炸为题材的诗歌《死去的小女孩这样说……》，就经常在广播电台及大、中学校诗歌朗诵会上听到："请打开门吧，是我在敲门/我在敲每一家的门/你的眼睛看不见我/因为，谁也看不见死去的人/我死在蘑菇云升起的时刻/多少年过去了，又过了多少年/我曾经七岁，现在还是七岁/因为，死去的孩子不再生长/火烧焦了我的头发/后来，眼睛也模糊了/于是，我变成一小撮灰烬/而风，连灰烬也吹走了……/我请求你，但不是为我自己/我不需要面包，也不需要米饭/一个像枯叶一样被烧焦的孩子/连糖果，也不可能吃了……/我请求你们，签上你们的名字/为了包括你在内的全世界的人/为了孩子们能够吃到糖果/不再像我这样葬身烈火……"听的人无不潸然泪下，然后，走向长长的征集反对使用原子弹的签名队伍，郑重地签上自己的名字。

那些年，我们更喜爱希克梅特在监狱中写给他爱人的短诗，诗中表达了他对爱情的忠贞和对独立、自由的新生活的向往；也表达了他反对黑暗独裁统治的坚强不屈的信念。他的名句"还是那颗头颅，还是那颗心"曾在广大读者中传诵一时。

纳齐姆·希克梅特1902年出生在奥斯曼帝国统治下的萨洛尼卡城一个富裕的家庭，父亲曾担任过驻汉堡的领事。希克梅特年轻的时候，父亲曾希望他成为海军军官，为此，曾特意将他送进伊斯坦布尔的海军学校。而希克梅特却不屑于当海军军官光耀门庭，因为他从少年时代就酷爱诗歌，宁可去内地，一面教书，一面从事诗歌创作。其间，他受土耳其左翼人士和苏联十月革命的影响，从事革命活动，并于1921年前往莫斯科东方大学学习。

由于父亲曹靖华也恰恰是在1921年与王若飞、刘少奇、萧劲光、韦素园等人一起受SY（中国社会主义青年团）派遣去莫斯科东方大学学习的，我们曾问过他："那时是否认识土耳其诗人希克梅特？"父亲摇摇头说："莫斯科东方大学是第三国际为东方各被压迫民族培养革命干部创办的，学生按国籍编班。中国班学生最多，此外，还有朝鲜班、日本班、越南班、印度班、马来半岛班……有没有土耳其班记不得了。如果人数少，也可能插到别的班。"并说："当时像我们这样在国内只学过半年俄语的学生，听课都离不开课堂翻译，因此，基本不与其他国家学生交往，因为相互间听不懂对方语言……"同时，由于到苏联后患上严重的肺气肿，在当时艰苦的环境下无法医治，父亲不得不于1922年便与韦素园等六七个人一起提前回国。而希克梅特直到1924年才离开苏联返回土耳其，他在苏联期间结识了中国诗人萧三和苏联诗人马雅可夫斯基，并与他们结下了深厚友谊。

十月革命后的苏联及诗人马雅可夫斯基，对希克梅特的思想、信念及文学创作产生过重大影响。他早年收在《八百三十五行》、《1＋1＝1》等诗集中的诗，大都以抒写自由与爱情为主，后来逐渐转向描写社会生活与人民的苦难，号召推翻封建专制制度，为独立、自由的新生活而斗争。就连诗体，也由土耳其传统的格律诗，渐渐转向更口语化，也更易传播的自由体了。《喑哑的城市》、《致塔兰达巴布的信函》、《贝特莱丁长老的史诗》等一部部长诗的问世，奠定了他在土耳其现代文学史上的地位。

除诗歌外，他还积极参加进步社会活动，发表演说，以及出版《德国法西斯主义与种族论》这样的反法西斯主义的政论文章，被当局视为“危险分子”。1938年，他被土耳其军事法庭以“煽动罪”判刑入狱。然而，牢狱的磨难与酷刑都未能消磨他坚定的信念。“还是那颗头颅，还是那颗心”，便是希克梅特在狱中写下的气壮山河的誓言。他在狱中写的长诗《我的同胞的群像》，更全景式地勾画了从上世纪初至二战期间土耳其各社会阶层政治与日常生活的全貌，被认为是土耳其文学与诗歌史上划时代的杰作。

1950年出狱后，希克梅特依旧未改初衷，始终是土耳其反动当局的“眼中钉”。一些人甚至想用制造车祸的卑劣手段将他“从肉体上消灭”，使他不得不在友人帮助下秘密逃亡国外。土耳其政府随即宣布他为“叛国者”，并粗暴地剥夺了他的土耳其公民“资格”。希克梅特晚年是在罗马尼亚、保加利亚和苏联度过的，最后定居莫斯科。随着50年代初国际形势的发展变化，他积极投身于蓬勃发展的反对新老殖民主义与维护世界和平运动，成为国际上知名的社会活动家，并于1950年与聂鲁达一起荣获苏联颁发的“国际和平奖”。

希克梅特对中国革命给予过热切关注。早在1948年，他就在《我的心不在这里》一诗中写道：“鲜红的血，我的血／同滔滔黄河一起奔流／我的心在中国／在那些为正义而战的士兵的行列里跃动。”1952年他来北京出席亚洲及环太平洋区域和平会议期间，与萧三、艾青等故友重逢，写下了七八首赞扬新中国的短诗。有一首写颐和园的小诗这样写道：“昆明湖上的知春亭美丽有如画境／专横的慈禧曾穿着黄袍在这里赏春／如今我也来看游艇穿过荷花丛／听湖上传来东方红的歌声……”作为著名的国际和平战士，他的诗也为更多的中国读者知晓与喜爱。

1963年4月3日，希克梅特在莫斯科病逝，遗体安葬在莫斯科著名的“新圣母公墓”。诗人虽然停止了歌唱，但他的诗却仍在土耳其、在世界各地广泛流传。半个世纪来，要求出版他的作品和恢复他的国籍的呼声在他的祖国土耳其从未停止过。2000年，50万土耳其人签名要求解除对他的“禁令”。2002年4月，我们随友协代表团访问土耳其，在找寻英国著名女作家、《东方快车》等一系列“悬案小说”的作者阿加莎·克里斯蒂在伊斯坦布尔下榻过的旅馆时，顺便问起希克梅特，陪同我们的土耳其姑娘阿莉古丽竟滔滔不绝背诵起他的诗句，并赞扬说："希克梅特是土耳其人最崇拜、最敬仰的诗人。"同年希克梅特百岁诞辰时，联合国教科文组织宣布那一年为"希克梅特年"。

直到今年1月，土耳其政府终于宣布解除对希克梅特不公正的"禁令"，决定恢复他的国籍，并准许他的亲属将其遗骸迁回祖国安葬。听到这个消息，我们想，尽管时隔50多年，希克梅特的在天之灵也会感到宽慰的。因为他终于可以安然地重回土耳其——祖国母亲的怀抱里安息了。祖国母亲迎回的，也将是她的人民热爱的、享有国际盛誉的诗人和儿子，还是那颗头颅，还是那颗心……

（2009年2月13日完稿，载于《世界文化》2009年4月号）

追忆谢甫琴柯

最初听到谢甫琴柯的名字，是上世纪50年代初从父亲自苏联带回的《谢甫琴柯画册》上。那时年纪还小，只记得他是19世纪乌克兰著名诗人、画家。待我们捧读戈宝权译的《谢甫琴柯诗选》，并渐渐走近他，已是在北大读书的时候。记得鲁迅先生在《摩罗诗力说》一文中曾满腔热情地推介了拜伦、裴多菲等一批19世纪“立意在反抗，指归在动作”的“摩罗”（即“反抗”）诗人，说他们“无不刚健不挠，抱诚守真；不取媚于群，以随顺旧俗”；而“发为雄声，以起其国人之新生，而大其国于天下”。实际上，谢甫琴柯也应属“摩罗”诗人之列：“别等待/等待自由——徒劳！/自由已睡去，/是沙皇迫使它——昏倒！/如何使沉睡的自由醒来？/我的人民啊/快举起所有的棍棒/还有那，乌克兰宝刀！/那时候，自由——才能来到！”读读这些惊雷与号角般“叫喊与反抗”的振聋发聩的诗句，能不“心神俱旺”、热血沸腾吗？

谢甫琴柯1814年3月9日生于乌克兰基辅省一个叫麦瓦茨的小村庄，祖辈都是农奴。他只活了47岁，却当了27年农奴，被充军流放了10年，剩下的10年过得也如他所说，是“用链子拴着的狗”一样的“自由”生活。那时的乌克兰不仅受到俄国沙皇的专制统治，还受到列宁说的“最残暴的亚洲式的农奴制度”的压迫。在农奴主眼里，他不过是“会说话的牲口”。他自幼聪颖、伶俐，乌克兰民歌和美丽的原野又滋养与激发了他的艺术天赋，放牧间隙他注意搜集民歌和描摹自然风光。农奴主发现他的艺术才能，把他带到彼得堡，想把他变成一株摇钱树。1838年，著名画家勃柳洛夫器重谢甫琴柯的天赋，又同情他悲惨的身世，用卖画筹得的2500卢布巨资帮他赎身，并送他进美术学院深造。

有了“自由身”的谢甫琴柯更加发奋地学习绘画技巧，并开始了诗歌创作。1840年，他的处女作《科布查尔》（“科布查尔”为乌克兰民间流浪歌手的统称，多系盲人）为他在乌克兰和俄国赢得了广泛声誉。在莫斯科《钢铁是怎样炼成的》作者奥斯特洛夫斯基纪念馆中，陈列着一本谢甫琴柯的《科布查尔》，那是奥斯特洛夫斯基生前最爱读的书。他在跃马挥刀战事倥偬中也将它带在身边，每每思念乌克兰乡土，都会吟诵谢甫琴柯的诗和哼着乌克兰民歌：“滔滔的第聂伯汹涌澎湃/狂风怒吼，落叶纷纷/你看那月亮苍白暗淡/在乌云后面徜徉不停/就像扁舟漂在海上/随波起伏时现时隐……”由于经常翻阅，封面和边角都已磨损，后来奥斯特洛夫斯基缠绵病榻，这本书也一直放在他的枕边。

1841年，谢甫琴柯创作的《吉卜赛占卜师》在彼得堡画展中为他赢得第三个画作奖项。同时，以18世纪乌克兰反对波兰的农民起义为题材的长诗《盖达马克》，也为他带来更广泛的声誉。他的名声也传到沙皇耳中。那个年代能被沙皇召见，是难得的宠幸，而谢甫琴柯对此却不以为然。相传被召见者步入召见大厅，都躬身向沙皇致敬，唯独谢甫琴柯一动不动。沙皇问：“你是什么人？”他不卑不亢地回报了姓名。沙皇说：“我是一国之君，举国上下谁见到我都要躬身行礼，你为何这般无礼？”他回答说：“是你要见我，不是我要见

谢甫琴柯像，
1998年高莽绘。

你。如果我也像其他人那样垂首躬身，你如何看得清我呢？”这传说的真伪无须细细考证，人民爱戴他、敬仰他，都知道他在权贵面前从来不是“恭顺的奴隶”：“有一天，我走在涅瓦河畔／那时正半夜更深／我一边走，一边思忖／如果奴隶们不那么恭顺／这些被玷辱的高楼／就不会立在涅瓦河滨／人们就会变得亲如姐妹、弟兄／可现在，这儿只见无数眼泪和苦痛／既没有上帝，也没有神灵／是一群猎狗的看管人在霸道横行……”沙皇在他的眼里，不过是“一群猎狗的看管人”。

1847年，刚刚赎身做了10年“自由人”的谢甫琴柯，又由于在长诗《梦境》中讥讽沙皇暴政和参加秘密政治社团而被捕，并被发配到偏远的乌拉尔山的奥伦堡服刑，沙皇尼古拉一世亲批：“严加监管，禁止写作、绘画。”然而，枷锁与酷刑都无法摧毁他的意志。透过牢狱的小窗，他凝望夜空，在小纸片上写着对故乡的怀念：“田野、山峰沉入黑暗／一颗星出现在深邃的远天／我禁不住悄悄流泪／星儿哟，此刻你是否也出现在乌克兰……”他把这些纸片藏在靴筒里，后来辑印成诗集《在囚室里》，这些诗还有一个别称——靴筒诗。后来，他又被转到曼格什拉克半岛羁押，直到1857年才恢复自由。

虽说恢复了自由，却依旧受着监视，流放与苦役又严重摧残了谢甫琴柯的健康。晚年，他唯一感到宽慰的是有机会同托尔斯泰、车尔尼雪夫斯基、涅克拉索夫、屠格涅夫等同时代俄罗斯最著名的文学家们交往。这些人和谢甫琴柯一起，一直在为他的兄弟和姐妹摆脱农奴身份而奔波。1859年，谢甫琴柯拖着病体回家乡看望妹妹雅琳娜，途中写过《写给妹妹》这首诗：“……我一面走，一面思量／仿佛走进梦乡／我看见一座春光明媚的花园／山丘上有一处小巧的住房／好像少女穿上了嫁妆……／樱桃树下坐着我的妹妹／她是个神圣的、受难的女郎／目不转睛地盯着第聂伯河／把我这不幸的人盼望／她看着我的小舟从浪花里浮起／漂着，漂着，却沉入无底的汪洋／我听见她在呼唤：‘你在哪里，哥哥呀’／我从梦中惊醒／依旧满怀悲愤／妹妹仍在服着劳役／我呢——还在囚禁……”那时，整个俄罗斯都是“没有上锁的牢狱”，即使是“自由人”，不同样在囚禁吗？！

1861年3月10日，谢甫琴柯刚刚度过他47岁生日的第二天，便在政治迫害与物质生活窘困中离开了人世。就在他去世后不久，农奴制终于被迫废除。他未能看见沙俄统治与农奴制度的垮台，但他坚信这一天终会到来。他在那首著名的《遗嘱》中说：“当我死后／请把我葬在乌克兰辽阔的草原上／让我能望见广袤的田野／能望见第聂伯河边的峭壁／和听见河水的喧响。”他呼吁：“起来！砸开镣铐／用残暴的敌人的血／把我们的意志浇灌！”他预言总有一天“河水把敌人的血／从乌克兰身上冲洗下来／冲入蓝色的大海”，并深情地期望，在那一天到来的时候，乌克兰人民“在伟大的自由的新家庭里/请别把我忘记/常用亲切温存的话语/把我追忆”。他死后，友人根据他的遗愿，把他的遗体运回故乡，安葬在第聂伯河畔卡尼夫的僧侣山（后改称“谢甫琴柯山”）。

谢甫琴柯是乌克兰肥沃的黑土地上生长的一株大树，他深深扎根在人民中间，用他的诗歌倾吐他们的疾苦，反映他们的斗争，表达他们对自由、对光明和未来幸福生活的向往，与他们肩并肩地同黑暗专制统治奋战了一生。他继承和发展了俄罗斯文学的优良传统，创建了乌克兰文学语言和独特的民族风格，是乌克兰现代文学的奠基人。早在1921年，茅盾先生就将他的《狱中随想》译成中文，并将他列入《俄国文学家三十人合传》，推介给中国读者。此后，他的作品不断被译成中文，深受中国广大读者欢迎。戈宝权、梦海、蓝曼、高莽、魏荒弩等翻译家都译介过他的作品。1961年，为纪念他逝世100周年，又编印出版了他的三卷文集。父亲曹靖华应约在他逝世一百周年纪念会上作报告时，一改通常的“年表加空洞概念”的枯燥模式，而是用“亲切温存的细语”，和听众一起“追忆”这位乌克兰的农奴诗人。报告的结尾更出人意料地用诗来呼应谢甫琴柯的嘱托：“……在你离开我们一百年的时候/不仅乌克兰人/不仅全苏联人/都不会把你忘记/都在用你所愿望的/‘亲切温存的细语’/把你追忆//而且啊，在这儿，在你曾关切过的中国/也在用‘亲切温存的细语’/把你追忆//春风啊，托你带着这/‘亲切温存的细语’/掠过蒙古沙漠/穿过贝加尔湖/越过乌拉尔山/送到第聂伯河畔/送到塔拉斯耳边……”有作家曾评论说，这样的报告就像是感受到从乌克兰草原上“吹来的一股清新的风”。

如今，又50年过去，中国人民依旧怀念谢甫琴柯这位伟大的诗人。前不久，乌克兰驻华大使受乌克兰总统之托，为翻译家高莽授勋，以表彰他为乌中两国文化交流作出的巨大贡献。高莽在授勋仪式上的发言中，还提到谢甫琴柯生前对中国太平天国农民起义给予的道义上的关注与支持。谢甫琴柯不仅生活在乌克兰人民心中，也生活在中国人民心中。

（2010年10月完稿，

载于《世界文化》2010年12月号和2011年1月9日《大公报》；

《乌克兰研究》第一辑转载）

你的荣耀越过高山，远达秦马秦

——读《马赫图姆库里诗集》

马赫图姆库里的名字对中国读者还十分陌生，但在中亚特别是土库曼斯坦却是老少皆知的。土库曼人常说："我们降生到这个世界，母亲吟唱的摇篮曲是马赫图姆库里的诗句；我们离开这个世界，送行的亲友们吟诵的同样是马赫图姆库里的诗句。"马赫图姆库里是18世纪土库曼著名思想家、预言家和诗人，他的诗在土库曼人的心目中仅次于《古兰经》。世界上恐怕很少有哪一位诗人会像马赫图姆库里在人民心中享有如此崇高的地位。

我们走近马赫图姆库里，缘于我国前驻土库曼斯坦大使龚猎夫送我们的这本《马赫图姆库里诗集》。在这之前，我们只知道土库曼斯坦是苏联解体后宣布独立的中亚几个原苏联加盟共和国之一。它是一个内陆国家，西濒里海，境内80%土地被卡拉库姆沙漠覆盖，与那个地区的许多伊斯兰国家一样，土库曼人以游牧为主，部族势力强大。百姓生性豪爽，酷爱自由、正义，崇尚诗歌、宝剑、良马："小伙追求爱情、武器、骏马/懦夫总把耻辱带给国家。"据《史记》载，张骞出使西域曾说"西域多善马，马汗血"，汗血马历史上一直被视为最名贵的马。西汉元鼎四年（前113年），汉武帝获得一匹汗血马，欣喜若狂，赞为天马，作歌咏之："太一贡兮天马下/沾赤汗兮沫流赭/骋容与兮跐万里/今安匹兮龙为友。"这汗血马即产自土库曼斯坦，时称"大宛国"，如今，汗血马依旧是土库曼斯坦的国宝。自秦汉以来，那里便是东西方文化交融的要道，"丝绸之路"上曾有多少驼队、马帮，僧人、商旅熙来攘往。同样，那里也曾是东西方列强刀兵水火角逐的疆场。波斯、马其顿、突厥、阿拉伯和蒙古人的马蹄都曾践踏过那片土地。

马赫图姆库里1733年生于土库曼斯坦里海之滨的哈拉噶拉镇艾提热克村，属于国克兰部族。那时，土库曼民族正在沙俄势力控制下，处于分裂状态。他的父亲阿扎迪是一位受人尊重的宗教人士，也是土库曼文学史上一位著名的诗人：“父亲从未追求过高官厚禄/从未成为花天酒地的俘虏/身着的衣裳是家乡的粗布/只因他没有忘记末日的归宿。”马赫图姆库里自幼受着良好教育，少年时在家乡伊斯兰教学堂读书，他不满足于背诵《古兰经》，而是从中学习、感悟伊斯兰教的历史及先贤们的业绩、政治主张与哲学思想。同时，又得益于父亲悉心的教育培养，这对他的人生道路和诗歌创作都起过积极作用。青年时代，马赫图姆库里像所有有抱负的青年一样，不愿围在父母膝前，希望像一匹汗血马，扬起四蹄越过沙漠、草原，奔向更广袤的天地。父亲看出他的心思，不安地询问。他后来在《和父亲谈话》一诗中记述了这件事，该诗采用父子对话的形式：“阿扎迪：向我敞开心扉吧，不要藏匿/不要违背我的教诲，我的儿/上百种念头在头脑中回旋/但不要伤我颤抖的心，我的儿//马赫图姆库里：我因胆怯把秘密埋在心底/您若想知，我和盘托出，我的父亲/上百种念头在我头脑中回旋/去异国旅行是我的心愿，我的父亲。”儿子要去异国他乡，做父亲的自然担心：外国有不同的民族、宗教；儿子年轻、幼稚，“遇事你难以应付，尚不成熟”；“阿富汗到处是凶恶的盗寇/路途中撒旦出没要把你们引诱”；“将来不要陷于举目无亲的绝境”……甚至说：“我随时可能与世长辞，留下吧，我的儿”，“不要走，我在请求……”但看到儿子决心已定，做父亲的“只好成全你的夙愿/愿真主与你同行，上路吧，我的儿”。马赫图姆

《马赫图姆库里诗集》书影

马赫图姆库里胸像

库里和几个同伴一起游历了印度、阿富汗及中亚其他地区。他甚至还希望去秦马秦（中国）、罗马，以至更远的地方："在秦马秦还是罗马/在天宫里还是在喜马拉雅/在海角还是在天涯/你见到我的美人了吗？"但由于种种原因却未能如愿。"旅行者在中途停脚歇息/又继续赶路，毫不迟疑/常把我心中游历的愿望引起/世界各地我多么想游遍/似潜水人遨游海底世界/人间的炎凉善恶我多么想看见。"马赫图姆库里背井离乡，不辞劳苦，四处游走，阅尽了人世间的苦难与不公，却依旧苦苦追寻。他在追寻什么？他在《我在寻找》一诗中写道："我把一个心爱的人寻找"，"我把力量之神寻找"，"我把热闹的集市寻找"，"我把先知那饱含温暖的眼神寻找"……"土库曼同胞们啊！救星何在？/我把冲毁灾害的洪水寻找"。诗中"心爱的人"、"力量之神"、"热闹的集市"、"先知饱含温暖的眼神"等都不过是托词。除了游历与感受"人间的炎凉善恶"之外，他苦苦思索与真正要寻找的正是"冲毁灾害的洪水"，来解救受苦受难的同胞。这次游历让他了解了各民族的社会历史、风土人情与普通百姓的生活，开阔了视野，丰富了阅历，使他由幼稚逐渐走向成熟。后来，他又去了当时的中亚文化名城黑拉特（今乌兹别克斯坦希瓦）喜尔哈孜学府深造。这一切，都为他的诗歌创作打下了深厚的基础。

一个青年要立足社会，需要有一门手艺。马赫图姆库里深谙这个道理，他在诗歌中也曾说过："拥有手艺胜过得不到的福"，"没有手艺，没有能力/对手便有可乘之机/在这个时代里过分老实/常被人欺，受排挤"。他也学过一门手艺——打造金银首饰，回乡之后，便开了一间首饰作坊。这在当时的地中海沿岸、中亚以至我国新疆一带，都是一门古老又很吃香的技艺。无论是在伊斯坦布尔、贝鲁特、大马士革、德黑兰或巴格达的繁华市场或商业街区，最引人注目的便是那一家家金碧辉煌的首饰店了。这些首饰店大都是前店后坊格局，店主也多是祖辈相传的技师。这些首饰店也是百姓是否安康、时局是否稳定的最灵敏的风向标，若逢乱世，谁还有心思打造首饰？而在马赫图姆库里的时代，他家乡的时局似乎并不稳定，市场也很萧条："店铺早已空空荡荡"，"繁华的市场早已经关闭"，因为"财主们卑鄙地搜刮财富/太阳和明净的月亮都被遮住/多少美丽祥和的乐土/如今变成买卖奴隶的铁笼//人民挣扎在痛苦的深渊/家园变成废墟一片/驰骋疆场的英雄好汉/在监狱里虚弱地残喘……"在这样的境遇中，马赫图姆库里毅然把主要精力全部用在诗歌创作上，即使"针对谎言说一句真话/为此我挨了一顿棍打"，也依旧不屈不挠，他不会忘记自己的许诺："马赫图姆库里是土库曼的喉舌，永远，永远！"他在《必须行进》这首诗中更大声疾呼："朋友们啊，穆斯林兄弟们/我们必须艰难地行进/经受过重重苦难的生命/还要受煎熬被蹂躏//世界无边，苦难无尽/无数无辜的生命烧成灰烬/上有暴君欺压百姓/鞭挞无辜，肆虐成性//国克兰可汗迷失了方向/他们的暴行我们记在心上/他们赶走了所有的牛羊/我们眼睁睁地任他们横行//马赫图姆库里不要吝惜你的生命/身着愤怒之盔甲整装待行/残暴的国王欺人太甚/不得不为他设陷阱。”对欺压百姓的残暴的统治者，马赫图姆库里的这些诗句，无疑“曾是锋利的剑/曾是金制的斧钺寒光闪闪”。

马赫图姆库里的诗题材广泛，即便是宗教题材的作品如《优素福的故事》，也绝非宗教教义的简单诠释。他的诗总是将几千年来土库曼人民勤劳、勇敢、质朴、善良，酷爱自由、反对奴役的优良传统和土库曼的社会现实紧密相连。他热情颂扬自由、独立、爱情；深刻揭示反动僧侣与统治阶级的虚伪和欺诈，号召各部族人民团结起来，建立各民族和睦相处的独立、统一的国家。这些思想与主张，在今天来说也不乏指导意义。这些都集中地表现在《土库曼的……》、《在这一天》、《你的身姿》、《松塔格》、《含羞草》等诗中。他抑恶扬善、富有哲理的诗句几乎俯拾皆是，譬如：“最难的是给无知的人讲明道理/诚实的狗比窃贼仁慈”、“不要像傲慢的石鸡把山林嫌弃/受食欲的诱惑而丧失双翼”、“如果你的理智尚能把是非辨析/千万不可事事动怒，自暴自弃”、“烈日当头时为人民投下一片绿荫/心里的话要大胆捧给人民，又要耐心”、“搏击长空拼死于鹰爪/比偷生于鼠洞更好”、“如果懦夫自吹为勇敢/疆场会让他陷入难堪”……相传，马赫图姆库里生前，人们常从四面八方骑着骆驼或马前去聆听、传抄、背诵他的诗。因为他的诗集中地反映了人民的心声，人民才把他的作品视为珍宝，才把他当作自己的良师益友和最忠实的代言人。

龚猎夫大使说，他在赴任前从调阅的资料中认识了马赫图姆库里，到任后又研读了他所处的时代和他的思想与诗歌在土库曼人民中产生的巨大影响与作用，便决心将他的作品介绍到中国来。幸运的是，他的这个愿望很快便得到我国年轻学者米娜瓦尔的支持。米娜瓦尔是中央民族大学的博士，当时正在阿什哈巴德马赫图姆库里大学研读土库曼文学。她是维吾尔族，民族传统、语言文字、生活习惯诸多方面与土库曼人相近，加上她的学识与才华，由她来担任翻译自然是再好不过的了。同时，这个愿望又得到有国际市场的儒商之誉的中国港湾建设总公司驻莫斯科总代表李通生先生的鼎力支助，终于玉成了这件为中土两国友好交往史增添浓重一笔的大好事。尽管马赫图姆库里生前没有到过他在诗歌中多次提到的“秦马秦”——中国，但在他逝世200多年之后，他的诗集以及他诗歌中传递的思想却像他的诗里所说的：这件“上天精雕细刻的艺术品”——人类文化艺术的瑰宝，跨着汗血马“越过高山，远达秦马秦”。

（2010年8月23日完稿，载于《世界文化》2010年10月号）

追怀泰戈尔

今年适逢印度大文豪罗宾德拉纳特·泰戈尔150周年诞辰及逝世70周年，对外友协筹办了盛大的纪念活动。

欧美评论家曾将纪伯伦的《先知》和泰戈尔的《吉檀伽利》共誉为“东方最美妙的声音”。我们还清楚记得，半个多世纪前在北大读到这两本书时，立即被这“东方最美妙的声音”深深吸引。后来，又陆续读过泰戈尔的《园丁集》、《飞鸟集》、《新月集》等。那时，在国内政治气候的影响下，学校的政治运动——红专辩论、反右、反右倾……也一个接着一个。这“东方最美妙的声音”显然与辩论会、批判会上激烈的争辩声和震耳欲聋的口号声不相协调。而我们却像诗人臧克家形容的，“如食异味，越食越贪”，运动间隙，常“猫”在燕园哪个角落，沉迷在这“东方最美妙的声音”中。

女作家冰心曾说过，《先知》与《吉檀伽利》“有异曲同工之妙”。上世纪80年代，我们奉命到黎巴嫩任职，受纪伯伦博物馆馆长库鲁兹先生之托，代博物馆找寻一本冰心译的《先知》，由此有幸与冰心老人结识。我们曾听她这样品评过纪伯伦与泰戈尔：“泰戈尔是贵族出身，家境优越，自幼受过良好教育。他的作品感情充沛，语调明快，用辞华美，格调也更天真、更欢畅，更富神秘色彩。而纪伯伦是苦出身，他的作品更像一个饱经沧桑的老人在讲为人处世的哲理，于平静中流露出淡淡的悲凉。”

泰戈尔1861年5月7日出生在加尔各答一个有着深厚文化积淀的家庭，父亲是著名哲学家，哥哥、姐姐也都是社会名流。泰戈尔是家中最小的孩子，聪颖伶俐，备受全家宠爱。泰戈尔父母对子女管教虽严，却从不拂逆他们个性的发展。泰戈尔不喜欢学校的刻板生活，父母便为他请家教，并让哥哥、姐姐扶助。他特别喜欢音乐与写作，当他尝试着用孟加拉传统诗的韵律写出第一首诗时，尚不足9岁。这种传统文化艺术的熏陶，给他日后的文学创作打下了基础。15岁时，他发表了第一首散文诗《野花》。17岁时，他出版了处女作《诗人的故事》。同年赴英留学，初学法律，后转入英国文学与西方音乐研究，回国后专事文学创作。20世纪初，泰戈尔接连遭遇不幸：丧偶、丧女、丧父，这一系列打击，使他深感人世的悲怆，这种哀伤也表现在他的《回忆》、《渡船》等作品中。20世纪初，也是印度反殖民主义运动蓬勃兴起、社会激剧变革的时期，他没有沉湎于个人的不幸，而是积极投身民族独立运动，1910年创作的长篇小说《戈拉》，真实反映印度社会生活各层面复杂的纠葛，塑造了争取民族自由解放的战斗者的形象。同年，使泰戈尔后来荣获诺贝尔文学奖，并给他带来巨大声誉的诗集《吉檀伽利》在印度出版。这本诗集最初是用孟加拉语、按孟加拉传统抒情诗的格律写的，虽在国内获得好评，却没太大国际影响。也是这一年，他旅居伦敦后，开始将《吉檀伽利》、《渡船》与《奉献集》中的部分诗译成英文，仍用《吉檀伽利》的书名在伦敦出版。“吉檀伽利”是孟加拉语“献诗”的音译，诗集中除歌咏爱情、友善、景物、风光之外，还有一些带有神秘色彩的颂神诗。这是泰戈尔受印度传统的泛神论——“梵我合一”哲学思想影响的反映，他颂扬的并非宗教意义上的神，而是诗人追求的理想与光明的化身。正如郭沫若所说：泰戈尔“只是把印度的传统精神另外穿了一件西式的衣服：‘梵’的现实，‘我’的尊严，‘爱’的福音”。为了更自由地表达原著的思想，他摆脱了原诗格律的桎梏，将它们译成富有韵味与节奏感的散文诗。令他自己也未料到的是，这本书一面世，立即轰动了英国与西欧文坛，并荣膺1913年度诺贝尔文学奖。获奖证书这样写道：

> 由于他那至为敏锐、清新与优美的诗篇，这些诗不但具有高超的技巧，并且由他自己用英文表达出来，便使他那充满诗意的思想成为西方文学的一部分。

泰戈尔是印度与亚洲第一位获得这崇高荣誉的人。他的文学创作随之进入又一个高潮期，相继出版了《园丁集》、《新月集》、《飞鸟集》、《流萤集》等散文诗集，《春之循环》、《红夹竹桃》等剧本，《四个人》、《家庭与世界》、《两姐妹》等中、长篇小说，以及《中国的谈话》、《俄罗斯书简》等散文、随笔。其中对中国作家与读者影响最大的，可能要数1916年出版的《飞鸟集》了。《飞鸟集》包括325首寓情于景、于物，充满哲理的无题诗，大多数只有一两行，几乎全是诗人电光火石般对自然景物刹那间的印象、联想与感悟。它最初的中译者、著名文学家郑振铎说，这些诗“像山坡草地上的一丛丛野花，在早晨的阳光下，纷纷伸出头来。随你喜爱什么吧，那颜色和香味是多种多样的”。《飞鸟集》内容包罗万象，泰戈尔用他那颗赤子之心和博大、深邃的人生哲理，抒发对人民、对生命和对大自然的挚爱。他热诚地赋予一切美好事物——一只鸟、一朵云、一株草或一团萤火以鲜活的生命，来唤起人们对理想与光明的追求：

鸟儿愿是一朵云，云儿愿是一只鸟。

雨点吻着大地，微语道：我们是你思想的孩子，母亲，现在从天上回到你这里来了。

我的梦幻恰是一团萤火——在幽暗中闪烁着灵动的流光。

天空没有鸟儿飞过的痕迹，但是我已飞过。

我的心是旷野的鸟，在你的眼睛里找到了他的天空。

我的思想随着这些闪耀的绿叶而闪耀，我的心灵因为这些日光的抚触而歌唱。

瀑布唱道：当我找到了自由时，我找到了我的歌。

那些把灯背在背上的人，把他们的影子投到了自己的前方。

1924年泰戈尔访华时与林徽因（左）、徐志摩（右）合影

错误经不起失败，但真理却不怕失败。

……

冰心在《我是怎样写〈繁星〉和〈春水〉的》文章中回忆说，她偶然读到郑振铎译的泰戈尔《飞鸟集》，立即被那些“很短的充满诗情画意的哲理的三言两语的诗句”倾倒，她也尝试着“把自己许多零碎的思想收集在一个集子里”，这便有了《繁星》和《春水》。她在《遥寄印度哲人泰戈尔》中深情地说：“泰戈尔！谢谢你以快美的诗情，救活我天赋的悲感；谢谢你以超卓的哲理，慰藉我心灵的寂寞。”1953年，冰心赴印度访问了75天。她说，在印度尤其是在孟加拉语的省份，时时都能感受到人们对泰戈尔的热爱，他的长长短短的诗歌在男女老幼的口中传诵。她认为泰戈尔的伟大成就在于他在印度社会剧烈动荡、变革的年代，奋力“排除他周围纷乱窒塞的、多少含有殖民地奴化的、从英国传来的西方文化，而深入研究印度自己的悠久、优秀的文化”，他身体力行“进入乡村，从农夫、农妇、瓦匠、石工那里听取了神话、歌谣和民间故事，然后用孟加拉文字写出最素朴、最美丽的文章”，并参加与领导了印度的文艺复兴运动。

其实，泰戈尔的成就还不限于此，他还是著名作曲家、画家和社会活动家。他一生创作过1500余幅画作、2000余首歌曲，其中许多热情洋溢的爱国歌曲曾鼓舞印度人民反抗殖民主义的斗争。《人民的意志》与《金色的孟加拉》分别被选定为印度和孟加拉的国歌。

泰戈尔对中国文化十分推崇。1924年4月，由著名诗人徐志摩热诚推动，梁启超、蔡元培等以北京讲学社名义邀泰戈尔访华。泰戈尔把此行定义为“向中国古老文化敬礼和修补印中两大古文明的交流”。他由上海、杭州抵达徐志摩家乡嘉兴海宁硖石镇时，“观者如堵，各校学生数百名齐奏歌乐，群向行礼，颇极一时之盛”。在北京，他会见了梁启超、沈钧儒、蔡元培、梁实秋、梅兰芳等名流。徐志摩、林徽因还联袂演出泰戈尔的剧作《齐德拉》，庆贺他64岁诞辰。北京各报刊登了银须银发、一袭长袍的老诗人在徐志摩、林徽因搀扶下在天坛和法源寺参观、游览的照片，说明是：“林小姐人艳如花，和老诗人挟臂而行，加上长袍白面、郊寒岛瘦的徐志摩，犹如一幅苍松竹梅的三友图。”然而，泰戈尔此行听到的并不都是颂扬与掌声。当时中国正处在殖民主义列强与封建军阀双重压迫之下，反帝、反封的斗争方兴未艾，民族民主革命的先行者孙中山也提出“以俄为师”，“联俄联共，扶助农工”，泰戈尔主张的非暴力的泛爱主义，“用心中感情的溶液，融化外部世界”，“在心智的帮助下，对人心来说，抵达重塑的世界的道路是畅通的”（泰戈尔《文学意义》）显然不合时宜。因而，他受到左翼文化人瞿秋白、茅盾、沈泽民等的饯声，要“疾言厉色送他走”。这也让我们联想到50年代在北大最初读泰戈尔的诗作时，曾惊异除了我们熟悉的马雅可夫斯基的“无论是诗/无论是歌/都是炸弹和旗帜/歌手的声音/可以唤起阶级”，以及郭小川在《致青年公民》中反复叮嘱要我们“投入火热的斗争”——“斗争/这就是/生命/这就是/最富有的/人生”这类雷霆、号角般激越的诗句之外，竟还有如此美妙的乐音！可是，随着政治运动的深入，不仅泰戈尔的诗文不敢再读，连每日从早到晚座无虚席的图书馆也空无一人，因为谁也不愿被扣上“走白专道路”、“不关心政治”的帽子。

到20世纪30年代，残酷的社会现实也让泰戈尔认识到非暴力的泛爱主义拯救不了社会，他的诗作也由过去那种蕴含哲理的轻快小诗转向了尖锐的政治抒情诗。如他在《责问》中，就直面宇宙的主神薄伽梵：“薄伽梵/世世代代，你向这无善的世界/一次次派遣救世的使者/他们宣扬要宽恕一切罪孽/热爱所有的人/从心里摒弃仇恨”，而现实却是：“暴力戴着面具/在伪善的夜幕里戕害无辜/面对无力控制的强权的罪恶/法律裁决在幽僻处无声地呜咽……”诗人说：“今日，我的横笛吹不出乐声/喉咙已经塞壅/晦日牢笼似的昏黑/把我的祖国囚于噩梦之中/我因此含泪责问：薄伽梵/毒化你空气的人/扑灭你光华的人/你难道也饶恕，钟爱他们？！”1937年日寇发动全面侵华战争后，泰戈尔多次发表诗作、公开信和演说，表达对中国人民的同情、支持及对日寇的谴责。同年，他在圣地尼克坦国际大学创办了中国学院，并发表了著名的演说《中国与印度》。1941年，泰戈尔病中写了最后一篇演讲稿《文明的危机》，宣布自己年轻时曾信赖的对欧洲特别是英国文明的信念，由于他们对东方殖民地的疯狂掠夺与榨取，已经彻底破灭。他满怀信心地预言：“从太阳升起的东方，黎明将要到来。”这年8月7日，泰戈尔与世长辞。

随着新世纪的到来，各种版本的泰戈尔译著得以在国内广泛流传，我们也因之再次走近泰戈尔。拂去历史的尘埃与偏见，可以对他有更全面、更客观的了解与认识。只是，随着岁月流逝，年轻时曾读过的警句竟未留下多少印象，譬如泰戈尔说“暮色渐浓，得抓紧多赶些路”，半个多世纪后重读，直觉得这是这位银须银发、一袭长袍的哲人对我们的谆谆叮嘱，以至一提起泰戈尔，耳边便响起这警语，催促我们匆匆“赶路”……

（2011年5月泰戈尔150周年诞辰之际匆匆草于“不由天”堂，

载于2011年7月10日《大公报》和《世界文化》2011年8月号）

读斯吉尔达的《中国的呼吸》

当我们捧着柳德米拉·斯吉尔达这部诗集，淡绿色的封面，一丛翠竹素净、典雅，传递出女诗人对中国的浓浓情意；扉页上的题签和信笔画的太阳的笑脸与盛开的小花，更让我们感到她的随意与亲切。

我们结识斯吉尔达，实属偶然。那天，我们应邀出席乌克兰使馆和浙江师范大学乌克兰研究中心为庆祝乌中建交20周年联合举行的《乌克兰研究》一书的首发式，首发式由乌克兰驻华大使尤里·科斯坚科主持，出席的有我国历任驻乌克兰使节，浙江师大领导及《乌克兰研究》主编李姬花，作家、翻译家高莽，以及友协与各相关机构的专家、学者。浙江师大乌克兰研究中心是我国首个乌克兰研究机构，科斯坚科大使夫妇多次前往参观。首发式上，大使夫人斯吉尔达和高莽分别用乌克兰语和汉语朗诵她写的一首有关浙江师大的诗，更将热烈友好的气氛推向高潮。我们这才得知这位一头金发，身着一袭玫瑰红衣衫，热情洋溢地接待宾客的大使夫人，竟是乌克兰当代著名诗人和曾出版过30余部诗集、荣膺过意大利但丁协会金奖等多种国际奖项的文艺理论家和文化学者。自上世纪90年代起，她随丈夫出使过奥地利、德国、日本，两年前又来到中国。这种特殊经历，无疑更开拓了她的视野，丰富了她的创作。她在协助丈夫搞好外交工作的同时，将所见所闻、所思所感凝结成绚丽多彩的诗句，像春蚕吐丝那样从笔下涓涓涌出。单在日本，她就出版了《爱与太阳的花园》、《樱花随笔》等四部诗集。来中国短短一年，便出版了《中国的呼吸》。由于深知身为大使夫人，除了要全力协助大使搞好外交工作外，全馆大大小小内部事务也都须操心，不管愿意不愿意，白天操劳一天，晚上可能还有两三场应酬，几乎每天都超负荷运转，而她竟还有如此旺盛的创作精力，这不能不令我们惊讶。除了钦佩之外，我们更期望知道我们熟识的寻常事物在这位著名的乌克兰女诗人眼中是什么样子。

所以，当我们收到这本诗集时，兴奋与喜悦是难以描述的。

斯吉尔达出身于干部家庭，从小受到良好教育，17岁开始发表诗作，是乌克兰与俄罗斯丰厚文艺土壤中生长的花朵。她的第一部诗集《期待》，以真挚的情感和格言式的警语“我不是女孩子，我是期待”引起广泛关注。她没有辜负广大读者的热诚期待，佳作迭出，无可争议地成为新一代推动乌克兰文学繁荣的代表之一。还应当指出的是，她自幼除阅读乌克兰、俄罗斯文学外，还曾接触东方包括中国古典文学在内的翻译作品，如亚历山大·奇托维奇译的李白的诗集《咏情抒怀》，并从中汲取营养。她感到李白的诗无论主题或韵律、现实或历史，“都是用诗歌的风笛奇妙地演奏出来的中国”，她说“这种美征服了我”，来北京时，还特意将它放进行囊。

斯吉尔达在欧洲生活多年，熟悉西方文化，她认为：“西方为人类作出很大贡献，现代科技的进步无疑是西方知识潜能的产物。然而，这种进步的最鲜明特点是实用主义，它限制了迸发的精神激情……出现了一定程度上的精神疲劳。世界准备接受新的思想、新的精神。而这种新思想无疑正表现，或更确切地说是存在于东方。”特别是当今全球面临危机时，“中国已成为全人类乐观主义的唯一的发动机”。她认为，世界“正处在东方新的向上旋转的门前”。正是基于对东方古老文化及其在当今与“现代知识、发明、技术”“自然、有机地”结合所焕发的“新的思想、新的精神”的热爱、敬重与追寻，使她不满足于像一般人那样用好奇或世俗的眼光浮光掠影地看待中国，而是从诗人与文化学者的独特视角，全面、深刻地观察、审视中国的历史与现实，并用她特有的坦诚、率真、睿智、灵动的诗句，记下她的所见所闻、所思所感。

彭龄与斯吉尔达（左）、高莽（中）

翻开诗集，处处感到她对中国、对北京的浓浓的情意。她写北京的奥运给北京带来的奇妙变化：“我紧紧地扒着车窗/不相信自己的眼睛，/目光又离不开/窗外奇异的风景。/一座座摩天大楼挺起，/广告牌灯火辉煌，/橱窗闪亮……/这一切是何时出现在/这片大地上？我曾来过这座城市，/时间仅仅过了五年，/如今完全变了样……”她写十一国庆观礼：“原来，壮丽与威力/能如此和谐地/结合在一起！/这是中国啊！/我们的宇宙见过的场面何其多/从未见过这样的壮举。”斯吉尔达从住所到使馆，每天来来回回不知往返多少次。这条路周遭的一切：朝阳公园的林荫路、演奏过柴可夫斯基交响乐的广场；飘荡着烧烤、博若莱红酒味道与现代音乐节奏的三里屯酒吧街；一座座花园洋房的使馆区；阿尔塔玫瑰、昆仑、凯宾斯基……一幢幢豪华巍峨的宾馆；古老的瓦当下悬一盏红灯笼的保健沙龙，大董烤鸭店……这些对她来说原本已司空见惯，然而，当这个深秋的夜晚，她听着流行乐曲《Believe me, I can fly》（《相信我，我可以飞》）从住所30层楼的窗口眺望那片熟识夜景，看到她的“方向标”——朝阳公园上空闪耀的“寓意着兴隆发展”的“八”字时，她那“诗人飞翔的心灵”竟情不自禁地展开翅膀，“在北京上空飞翔”！为更自由地表述，她摆脱格律诗的羁绊，用散文诗体将这些原本不大像诗的元素的“材料”巧妙地组合、架构，写成了这首别具一格的《倾听〈Believe me, I can fly〉》。她骄傲地宣称：“这就是我的北京……”她写的虽然只是北京城区的一小角，读起来却有美不胜收之感。这样感人的诗歌，在诗集中比比皆是。譬如她写中国的元宵节：“这个节日大概产生于/画家、乐师和诗人们的想象。/过节时那么多的诗意和旋律，/那么多色彩、美景和幻想。/还有欢快的礼花，/人们的微笑，灯笼的亮光，/世界顿时变得璀璨辉煌。/我在星光天地购物中心/买了一大包甜美的元宵，/我们俩围坐在桌前，许愿幸福临降，/人生第一次尝到/元宵的奇异力量。”她写北京的胡同：“我在一堵灰墙前边停住了脚步，/把中间小小的红门推开。/五位身穿旗袍的中国姑娘，/风姿秀逸，披着肩巾迎面走来……/这儿的茶水多么幽香，/这儿的人们多么可爱。/这儿就是中国啊，/它只向那些有勇气的人/将隐秘的大门敞开！”她在长城前遐想：“怎么才能倾泻出心海中/那情感汹涌的碧波？/让我到那里去寻找/一些语言来赞颂/它的伟岸、它的才智、它的气魄！/我深深为之感动……/只能无言静默……”她赞美“中国红”：“自古以来这个颜色，/被称作喜色，与幸福相连。/故宫的墙壁，胡同的门脸，/婴儿的肚兜，婚礼的打扮，/鼓身、灯笼、绸缎，/印章、花带、春联，/各种艳丽的红色，/你在中国人生活中/处处可以碰见。/这是成功和富有，/这是爱情和安适，/这是健康和繁荣，/这是忠诚和友善。/这是伟大人民/对美好未来的信念。”即使在古玩店，那灵光一闪，也是一首隽永的小诗：“这是明朝的瓷器，/这是唐代的青铜。/只有窗前那盆茉莉花/悠悠自得/自成一家。”冬季雪花飘舞中，她在山顶俯瞰杭州的夜景：“如同京剧里的布景/一条闪光的巨龙在游动。”她赞美上海“从第一眼起，/它就嵌入我的心底”，她称颂海南“是地球手心里的仙境”……

然而，她也并非对她所看到的一切都一个劲儿地颂扬。譬如在《2009年798艺术区Fashion Week》中她写道：“有关北京的蒙马特里我读过那么多，/赞叹不已的话也从国际艺术界人士那里经常听说。/我多次准备去参观一下/这个非官方的艺术活动区，/据说它是北京租价最昂贵的场所/我终于收到参加Fashion Week（时装周）的请柬……/深夜、车间、铁轨、钢管、/车厢、闷罐、作坊、/画廊、招牌、广告、咖啡店。/总之一句话，到处是后现代主义的语言，/奢侈的享受，放任自流，/疯狂的销售，销魂夺魄。/这一切都让人难忘，/但这一切都不属于我。……”798艺术区尽管被一些人追捧为“北京的蒙马特里”，但对那些“新潮”的后现代主义艺术，诗人不客气地回敬一句：“这一切都不属于我。”我们赞赏这种率真。

我们觉得这本诗集中分量最重的，当是“精神的空间”一辑中的《友情与诗歌——人生最大的快乐》和《春节思孔》两组诗。中国古代诗人中，斯吉尔达尤爱李白。她从基辅带来的那本李白的诗选，仍天天置于案头：“当冬天的太阳/把自己的光芒/洒满我的书房，/我喜欢翻开/李白的诗集/诵读和欣赏。/欣赏他给友人们写的/每个字/每一行。”这组可以看作她穿越时空，与她仰慕的唐代诗人李白倾谈。请看：“我眼前出现了/大路旁的长亭，/诗人折了一枝柳条/送友人远行……”折柳送别在《诗经·采薇》中就有记载：“昔我往矣，杨柳依依；今我来思，雨雪霏霏。”秦汉时期，古长安城外的灞桥就是进出长安的要道，唐时在桥上设驿站和供旅人休憩的凉亭，历代文人墨客在此送别亲朋，曾留下多少脍炙人口的诗词，包括李白的《忆秦娥》词“年年柳色，灞陵伤别”和《劳劳亭》诗：“天下伤心处，劳劳送客亭。春风知别苦，不遣柳条青。”现代人送别已不再折柳，而它却作为“典故”——我们民族的珍贵记忆，仍时常出现在文学作品中，如鲁迅先生送别日本友人增田涉时，就曾写下这样的诗句：“扶桑正是秋光好，枫叶如丹照嫩寒。却折垂杨送归客，心随东棹忆华年。”斯吉尔达从李白诗中敏锐地捕捉到了这一美好风习。她在另一首诗中写道：“为什么诗人们不能/在权势下趋炎附势/生活久长？/为什么他们认为：/自由胜于荣耀，/斗酒贵于钱囊？/为什么李白这么奔放地/背弃了宫殿的豪华，/开始十年的流浪？”令人想起李白“钟鼓馔玉不足贵”、“一醉累月轻王侯”、“天生我材必有用，千金散尽还复来”的诗句与他豪放的性格。正由于他那“安能摧眉折腰事权贵”的个性，纵有“笔落惊风雨，诗成泣鬼神”的天纵之才，也终于于天宝三年（744年）被排挤出长安。然而，这对李白来说未尝不是幸事。斯吉尔达说："不这样他岂能遇见/伟大的诗人杜甫——/至交终生，荡气回肠……"李白在洛阳遇见比他小10岁的杜甫，"醉眠秋共被，携手日同行"。正如斯吉尔达另一首诗所描述的："春夜。洛阳。笛声悠悠。/李白在为杜甫，/也许是杜甫在为李白/吹笛演奏……两名诗友心知肚明——/两颗赤心在交流。"这是一幅多么温馨、感人的图画！令我们想起李白的《春夜洛城闻笛》："谁家玉笛暗飞声，散入春风满洛城。此夜曲中闻折柳，何人不起故园情。"李白与杜甫，两位忘年之交的诗坛巨子，成就了中国文学史上的千古佳话。

斯吉尔达不仅爱中国古典文学，还关注《孔子》、《老子》等中国古典哲学。她在书店看到18种关于孔子的书，竟一下子全部买去。她的《春节思孔》这组诗共8首，最短的仅4句。但每一首都是她对孔子哲学思想的思考与领悟。孔子及其哲学思想在中国曾大起大落，帝王们为维护封建统治，曾将他尊为"大成至圣文宣先师"，县县设"文庙"，像神一般供奉。而五四运动时，"打倒孔家店！"却是推动新文化运动的响亮口号。"文革"中，"四人帮"又硬将"孔老二"与林彪扯在一起，大搞"批林批孔"。只有在改革开放之后，我们才有可能全面、理性地重新研究与认识孔子和他的哲学思想。这漫长、复杂的过程，斯吉尔达是这样概括的："孔子合情合理地/又回到现代的中国。/仿佛度过多年的假期/重新又开始工作。"对这"圣贤的命运"，能不让人感慨？《论语》中有这样的句子："饭疏食，饮水，曲肱而枕之，乐亦在其中矣。不义而富贵，于我如浮云。"斯吉尔达是这样诠释的："他认为用小人的伎俩/窃取的财富和政权，/如浮云掠空，/会烟消云散。"她说："这是行善者的信念！"而对《论语·子路》中的这一段话："子适卫冉有仆。子曰：庶矣哉。冉有曰：既庶矣，又何加焉？曰：富之。曰：既富矣，有何加焉？曰：教之。"斯吉尔达的诗是："他惊呼：/'世上人多为患！'/冉有问：'这么多人/应该怎么办？'/他回答：/'应该使他们富有！'/冉有又问：/'他们富有了/又该怎么办？'/他回答：'要有知识！'"她说："这是人性使然！"紧接着，她将"孔子的训言"概括为："只有有人性的人才能爱人，/只有真诚的人才知道真诚的价值，/只有高尚的人才了解下属，/只有主持正义的人才配有权有势，/只有智慧的人才尊重知识，/只有无愧的人才配做友人，/只有杰出的人才能创造美。"她如此重视孔子的学说，因为"毫无疑问，孔子适合时代，也为时代所需要"。这些都表明，斯吉尔达极善于将古老中国的传统文化与现实紧密联系起来观察与思考，并用她独特的美学价值观和诗意的表达，凝练出如此简洁、明快、蕴含哲理的诗句。连这本诗集的译者翻译家高莽也惊叹："这位乌克兰女诗人，这颗斯拉夫人的心，怎么能如此深刻而细腻地接受中国最古老的思想？”

斯吉尔达来华时间不长，却做了大量推动乌中友好的工作。诗集中有一辑“乌克兰人在中国”，介绍了诗人、弹唱歌手韦尔京斯基，曾出任东清铁路管理局局长的霍尔瓦特，东方学者丹尼连科，飞行员库里申科及有着传奇色彩的乌克兰姑娘叶卡捷琳娜五位曾与中国有关系的乌克兰人。其中最为中国人所熟知与敬仰的，是抗日战争期间苏联援华航空队大队长格里戈里·库里申科。他曾击落过数十架日寇飞机，令敌人闻风丧胆，1939年8月在武汉上空的激战中，座机不幸被击中，坠落长江。中国人民将他的遗体安葬在万县俯瞰长江的太白山上。斯吉尔达深情地写道：“……提起他的名字，/日本人胆战心惊。/没有一次空战/他不是胜利地返回基地。/天空是他的活动场所，是他的生命。/他在天空找到了永生。/今天是报喜节/我把目光投向苍穹，/仰望那茫茫的蓝天/我想从那里听到/报捷的号角声……”这诗也带去我们对从小就熟知的这位乌克兰英雄飞行员的思念。

斯吉尔达的这本用中、乌双语出版的诗集，定会受到中国读者的欢迎，高莽的译笔无疑也为年轻翻译工作者提供了范例。

我们相信，随着时光的推移，斯吉尔达在协助丈夫进一步推动乌中友好关系的同时，在文学创作上也定会取得更大成果。我们也热切“期待”着。

（2011年9月26日完稿，载于《世界文化》2011年12月号）

重读《茵梦湖》

十一长假，对我们来说，与其去景点、公园人挤人，莫如在家里静静地读一两本书。

打开书柜，橱格里一排排书的前面，堆着一摞只有巴掌大的小开本图书，那是常被遗忘的角落。我们不经意地信手翻看着，忽见一本1947年上海群海社刊行的郭沫若译的《茵梦湖》，像见到久违的老朋友一样。它曾是父亲的藏书，竟逃过“文革”浩劫保存下来。记得当年同它在一起的还有《少年维特之烦恼》，如今这本书还在，“维特”却不知被来抄家的“造反派”绑架到何处去了。

初读这两本书，还是十三四岁的光景，对人生懵懵懂懂，充满憧憬与幻想，读起书来生吞活剥，只顾合自己心意。这两本书明明写的是两对男女的爱情悲剧，我们却只热衷于书中纯真的爱情描述，对主人公所遭遇的世俗的偏见与严酷现实，觉得离自己太远，都视而不见。

《茵梦湖》的作者台奥多尔·施托姆1817年9月14日生于德国北部小城胡苏姆的一个律师家庭，自幼性格沉静，德国乡土诗人奥斯塔·弗鸾森说他是“幻想家”。他9岁入小学，接触过浪漫派诗人蒂克的诗歌。他也是在小学开始写诗的。18岁时去卢卑克求学，结识了后来以写政治诗见长的爱国诗人艾马纽尔·盖贝尔和斐迪南·雷泽，从他们那里读到前辈诗人路德维希·乌兰特、海涅、爱德华·默里克等人的诗集，开阔了他的眼界。他特别钟情于爱德华·默里克的诗作，竭力模仿他从德国古典主义、浪漫主义和民歌中汲取营养，用朴素、细腻的语言抒发内心感受。1839年他在克依尔大学求学期间，结识了孟姆赞兄弟——台奥多尔·孟姆赞和蒂雪儿·孟姆赞。1842年，施托姆通过律师资格考试，回胡苏姆当律师。但他并不喜欢这个职业，他的个性也不适合。他曾十分懊恼当初遵从父命学了法律。他最热衷的依然是诗歌与文学创作，1843年，他与孟姆赞兄弟联袂出版了《三友诗集》，让人们首次听到北部诗人的“三重唱”，一度引起轰动。其中施托姆描写北部自然景色、乡愁与爱情的诗音调优美，质朴自然，可以看出受默里克的诗风的影响。

1847年，对施托姆来说是一生最难忘的年份，那年秋天，他同康斯坦兹·艾斯马尔克结婚，妻子是一位优柔贤惠的淑女。那时德意志尚未统一，胡苏姆所在的荷尔斯泰因州行政上属于丹麦。由于施托姆卷入德国居民反丹麦统治的起义，1853年丹麦掀起大规模排德事件时，身为律师的他更为统治当局所不容。他不得不移居内地波茨坦、柏林等地，直至1864年丹麦交出荷尔斯泰因州后才重返故乡。在那期间，他对德国资产阶级在依旧强大的普鲁士封建势力面前的软弱、动摇感到失望，又常因是“北方佬”而受到歧视，像羁旅一般四处漂泊。但因有爱妻陪伴，文学与诗歌创作的热情并未消减：“你用娇柔的手/阖上我的眼睛/我的一切痛苦/在你手指下趋于平静//痛苦像波浪，一波接一波/悄悄涌来，又悄然平息/不须怕它给我最后一击/因为我心中充满了你”（《阖上我的双眼》）。爱情与乡愁是他那时文学创作的主题。1851年他在柏林出版了《夏日的小说与歌吟》，其中像《阖上我的双眼》、《安慰》、《良宵》、《夜莺》等许多脍炙人口的情诗都是献给爱妻的。而使他获得更大声誉的短篇小说《茵梦湖》，也是其中的一篇。

《茵梦湖》写于1849年，男女主人公来印哈德和以丽沙白原是青梅竹马，自幼朝夕相处，两小无猜。后因来印哈德外出求学，以丽沙白的母亲拂逆女儿的意愿，把她嫁给他们幼时的另一阔绰的伙伴、庄园主叶理虚。若干年后，已是植物学家的来印哈德应叶理虚之邀探访其庄园时，发觉以丽沙白生活得并不幸福，且二人旧情未泯，却又无力抗争。来印哈德不得不带着刻骨铭心的巨大悲怆悄然离去……施托姆用他一贯的平静、自然的笔触和细致的景物与心理描写，通过多年后已是双鬓飞雪、步履蹒跚的老人的来印哈德的回忆，把他与以丽沙白这对怨侣天真无邪的友情、分别后的思念和重逢时的无奈与隐痛描述得细致入微，真切感人。1921年7月，郁达夫在为郭沫若的译本写的《引序》中说：“我们若在晚春初秋的薄暮，拿《茵梦湖》在夕阳残照里读一次，读完之后就不得不惘然自失，好像是一层一层的沉到黑暗无光的海底里去的样子。”这正是这部书的感人至深的魅力所在。他还说，施托姆的艺术风格是“浪漫的、沉郁的、婉约的、清新的”，“他的无数的短篇小说是他的抒情诗的延长”。有人称赞施托姆的诗“篇篇都像荷叶上的露珠”，读了《茵梦湖》便会深深感到，与其说它是施托姆写的小说，毋宁说是他写的哀婉绵长的抒情诗，字字句句都是“荷叶上的露珠”。

1947年版《茵梦湖》书影

郭沫若的《茵梦湖》译于1921年，最初是由上海泰东书局出版的。1922年，他又翻译了歌德的《少年维特之烦恼》。由于新文化运动将反对封建婚姻列为争取妇女解放的主要内容之一，《茵梦湖》、《少年维特之烦恼》以及挪威剧作家易卜生的《玩偶之家》等译本深受中国读者特别是年轻知识女性的欢迎。我们手头的这本被列为“郭沫若译文集之一”的《茵梦湖》，不知是第几版了。我们不敢说郭沫若的译文是中国最好的译本，因为其他人也曾译过——巴金1943年9月将《茵梦湖》（意译作《蜂湖》）和施托姆的另两篇小说《迟开的蔷薇》、《马尔特和她的钟》的译稿收在一起，在后记中提到：“郭沫若先生译的《茵梦湖》倒是20年前在老家读过的”。然而，我们可以说，郭沫若作为诗人，他的译文，特别是对同为诗人的施托姆在《茵梦湖》中插入的或叙事、或隐喻的几首诗歌的译文，根据原诗的内容与形式分别以五言律诗、自由体或民谣体译出，做到与小说描述、叙事珠联璧合，在更自然、更贴切地展现施托姆的艺术风格上确是更胜一筹的。譬如主人公来印哈德赴外地求学的前一日，同以丽沙白两家亲朋去森林中游览，归来后在他的诗本上写下的小诗：“此处山之涯/风声寂无闻/树枝低低垂/荫里坐伊人//伊坐茴香中/伊坐醇芳里/青蝇正营营/空中闪微羽//森林何寂寥/伊女何聪明/覆额金丝鬈/上有日光映//远闻杜鹃鸣/鸣声澈我心/伊女眼如金/森林之女神”，仿佛是他为以丽沙白画的素描。郭沫若用五言律诗的形式将来印哈德对青梅竹马的女伴略带青涩的欣赏与自白译得朗朗上口，读起来，仿佛能感到主人公心弦的震颤。而另一首无论格调、内容都迥然不同：“今朝呀，只有今朝/我还这么窈窕/明朝呀，啊，明朝/万事都要休了//只有这一刻儿/你倒是我的所有/死时候，啊，死时候/我只合独葬荒丘”，那已是来印哈德在外地求学期间，圣诞节前与学友在小酒馆中听吉普赛歌女吟唱的歌谣。这首诗单独发表时，便题作《吉普赛女郎之歌》。它表面上是感叹时光匆匆、芳华易逝，所有期许与欢爱都难逃“只合独葬荒丘”的命运的安排。实际上，它一方面烘托了来印哈德内心的孤寂，也预示他同以丽沙白的恋情的悲剧。

小说中插入的第三首诗，也是一首可唱可诵的民谣：“我的妈妈所主张/要我另选别家郎/从前所有心中事/要我定要把它忘/我暗自心伤//怨我妈妈误了我/一着铸成天大错/从前本是清白身/如今已经成罪过/教我如何可//纵有矜荣和欢快/徒教换得幽怨来/若无这段错姻缘/纵使乞食走荒隈/我也心甘爱。”这是多年之后，已是植物学家的来印哈德应叶理虚之邀去参观他在茵梦湖畔的庄园，也顺便托那里的乡亲帮助搜集当地流行的歌谣中的一首。以丽沙白并不知丈夫的这一安排，对来印哈德的到来颇感意外。她只能表面应付着，却又无法掩饰内心的酸楚。那天黄昏，来印哈德、叶理虚、以丽沙白及她的母亲一起闲坐，恰有乡亲送来新搜集的歌谣，便一同边读边唱。当来印哈德朗读这首歌谣时，以丽沙白的手也按在同张纸上。施托姆写道：“来印哈德一面读着，觉得纸上有种幽微的颤动；待读完了，以丽沙白轻轻把椅子向后移，默默地走出园去。母亲目送着她。叶理虚想跟了去，可是母亲说：‘以丽沙白往外面去有事做’，也就中止了……”读者透过施托姆如此自然、平淡、不露声色的描述，更真切地感受到这首出乎当事人意料的不合时宜的歌谣不仅破坏了他们都竭力掩饰的平和、宁静的气氛，也陡然在各自内心掀起了巨大波澜。郭沫若的直白、质朴，为中国读者熟悉的民歌体的译文，无疑真切地再现了施托姆的艺术特色。

就在来印哈德感到无法继续留在庄园去面对他与叶理虚、以丽沙白三人之间的尴尬处境，决定悄然离去时，以前听到过的吉普赛歌女唱的：“死时候，啊，死时候/我只合独葬荒丘”，“这首古歌在他耳边响着，他呼吸都停了”。这种前后呼应的描写，更烘托出来印哈德与以丽沙白宁可孤独应对，而无力反抗世俗的观念与陈规时的可悲又可叹的心境。除了这首《吉普赛女郎》，施托姆还曾写过一首《坟墓》：“一座坟墓就是一个隐喻/那沧桑的往事/只留下梦一般的回忆/生命的泉水还在汩汩流淌/流淌在那坟墓之上。”照录于此，不妨作一个参照。

再比较一下《茵梦湖》中三个主要人物：来印哈德和以丽沙白，或喜或怨，或悲或怒，读者皆一目了然；而叶理虚却如来印哈德形容他并为以丽沙白认同的——“他就像他所穿的一件棕色大衣”，始终看不清他的面目。而来印哈德和以丽沙白这对恋侣的悲剧，竟都是他在那件“棕色大衣”后面策划的。这是在读完全书之后，仔细想想方能感悟到的。对这样一个人，巴金在译他的名字时，用的是音译“埃利希”，其他译者还有别的译法。而郭沫若却选择了“叶理虚”，我们想，这或许是他有意为之的。因为凭着“理虚”二字，循声会意，不也恰恰描摹出了此公的虚伪面目吗？

《茵梦湖》不是自传体小说，但主人公来印哈德身上也有作者施托姆的身影。据说他年轻时，确曾认识一位比他小八九岁的姑娘贝尔塔，一直关注着她的成长。随着时间的推移，一种爱的情愫也在心中悄悄滋长，使他不能自已。1842年，他向尚不满16岁的贝尔塔求婚，却遭到拒绝。这曾给他很大打击。1843年他写的《你是这样年轻》一诗：“你是这样年轻，人们还叫你孩子/你自己也不知道是否对我钟情/你将把我和这段时光遗忘/待你抬头仰望，我已无影无踪/这对你将如隔夜的幻梦一场//愿世界对你友善，人生对你温馨/你眼睛永不再现逝去的美满光景/倘若有朝一日，爱或者恨/以鲜明色彩描绘我已褪色的面影/你在人前可别把我的真情否认”，相传就是同年轻时这段青涩的恋情诀别的。

1864年丹麦人交出荷尔斯泰因州后，施托姆终于回到故乡，这时他已是誉满全国的著名作家了。他的诗歌与小说除保持原有的风格外，技巧上更加成熟，题材上也更宽泛、更贴近现实了。1877年创作的《溺毙者》，通过两代人的悲剧，对贵族与教会进行了有力抨击；1880年写的《白马骑士》，在一定程度上反映了德国社会的阶级对立，都是他前期作品中不多见的。1887年他七十寿辰时，为表彰他在文学创作上取得的卓越成就，全国各处都举行了隆重的集会。

1888年7月14日，施托姆带着他对文学与对乡土的挚爱，长眠在他的故乡。

十一长假，我们避开了节日京城的拥挤与热闹，除去一两次同友人在附近新开的、尚不为更多人知晓的仰山公园散散步、晒晒太阳，更多时候便是在家中静静地读《茵梦湖》。当我们再次走近施托姆，回首悄然逝去的青春岁月，忆及当年“少年不识愁滋味”，生吞活剥、不求甚解地读《茵梦湖》的情景，也不禁莞尔。

（2011年10月草于“不由天”堂，载于2012年2月22日《中华读书报》）

读山飒的《柳的四生》

又收到学长阎纯德寄赠的书，除了他撰写或主编的著作外，还有一本带腰封的装潢十分新颖的《柳的四生》，作者山飒。腰封上印着一行醒目的字：法国前总统希拉克亲自致信山飒——您的语言，您的故事以及您微妙的思想使我深受感动。

山飒是谁？我们心中不由得充满疑惑：纯德为何将它和自己的新著一起寄给我们？

翻看作者简介：山飒（Shan Sa），旅法作家、画家。本名阎妮。生于北京，现居巴黎……这才恍然大悟：这山飒原来就是纯德的宝贝女儿阎妮呀！

纯德是我们的北大学友，河南濮阳人，入北大前便以“乡子”、“濮之阳”等笔名写诗。他的诗读起来就像感受到濮阳乡野吹来的缕缕清风，质朴、厚重，又灵动、清新，在燕园诗坛是独树一帜的。他也是校田径队员，课余常在北大东操场看到他矫健的身影。对枯燥的训练，他也像写诗一样投入，除完成教练规定的课目外，他还常刻意为自己加码：在腿上绑上沙袋，再套上沙背心，一圈一圈练习负重跑。他似乎对自己从事的每一件事都在心中预设一个目标，执着、勤奋，一丝不苟地去追求。可以想见，这位学友今后对人生、对事业，也会同样严肃、认真。

毕业后，大家在各自岗位上忙碌，自然不会像在学校时经常见面，有时从报刊上读到彼此的诗文，都会格外欣喜。而“文革”一来，举国大乱，彼此连这点音讯也得不到了。80年代初，我们回国休假时从父亲与纯德的通信中得知，他仍在北京语言学院任教。父亲对他课余不惜耗费大量时间、精力主持编纂我国第一部《中国文学家辞典》赞许有加：“您是学人，非一般出版家，我深深敬重。”我们还得知，他于1974年被派往巴黎教授中国语言文学。回国后，他应人民文学出版社少儿组编辑之约，撰写了散文集《在法国的日子里》，为“文革”十年在闭关锁国中生长的青少年打开了一扇观察、了解法国与西方社会的窗口，不仅得到茅盾、严文井等著名作家的支持，也受到青少年和广大读者的欢迎。从那以后，我们虽然恢复了联系，但见面机会仍不多。我们知道他后来又应聘到法国、意大利多所大学任教，为中外文化交流特别是推广介绍有关中国语言、历史、文化的“汉学”研究做了大量卓有成效的工作。继《作家的足迹》、《二十世纪中国女作家研究》等著作之后，他还出版过《伊甸园之梦》、《欧罗巴——一个迷人的故事》、《在巴黎的天空下》等诗集、散文集。他的夫人李杨当年也是北大中文系的才女，在他们夫妇的熏陶与栽培下，他们天资聪慧的爱女阎妮自幼便习书法、学诗、操琴，十岁出版第一本诗集，14岁就成为作协最年轻的会员……

上世纪80年代应邀去纯德家时，他的夫人和女儿都不在，只有阎妮的小花猫在一旁作陪。这猫大约平时备受阎妮宠爱，跳上跳下，一刻也闲不住，还会把头伸进阎妮的水杯里喝水。它既是阎妮的玩伴，也常激发她的灵感：她曾写过一首《鼠年，致老鼠》的诗，告诫老鼠“自己劳动，干事不要偷偷摸摸”，还打算把猫介绍给老鼠做朋友。这首诗写得天真活泼，充满童趣，在全国少年儿童诗歌大赛中荣膺一等奖。时光荏苒，仿佛眨眼之间，当年那个准备让猫和老鼠做朋友的小诗人，已经变成享誉法国的作家，而且取了个颇有些怪异的“山飒”的笔名，令我们殊感意外。

中国人对柳是情有独钟的，不仅因为春风里它那万千翠碧丝绦随风舞动时的婀娜多姿的身影，更由于它对环境不苛求，插一根枝条就能随遇而安的脾性。千百年来，多少骚人墨客为我们留下过一首首脍炙人口的诗句：从《诗经·采薇》的“昔我往矣，杨柳依依”；到鲁迅先生的“却折垂杨送归客，心随东棹忆华年”……柳已成为中国人习惯的寄托情感与思绪的某种特殊的文化载体。我们很想知道，而今，在阎妮——山飒的笔下，它又象征着什么呢？正巧，那段时间我们得到一个去鼓浪屿疗养的机会，在整理行装时，更特意把这本《柳的四生》带了去。

《柳的四生》正是借用柳树插一枝即可再生的特性，和千百年来民间关于人前生后世、轮回无常的传说，围绕“我们是谁？从哪里来？到哪里去？”的哲学命题，通过精心编排的柳、鬼、琴、仙人、贵人、剑、俗人、月亮八个章节，用时空交错的剪辑手法创作的一部当下颇为流行的“穿越小说”。它不同于“意识流”、“先锋派”，对于我们这些习惯于传统的现实主义叙事手法的人来说，初看时颇觉云遮雾罩，扑朔迷离。比如第一章，明明写的是明末一

带腰封的《柳的四生》书影

位前皇族官员后裔所生的一对孪生兄妹春毅、春宁的故事：一天夜里，春宁听了嬷嬷给她讲人生生死轮回，幻想来生变一只蝴蝶。半夜被春毅摇醒，她竟真的像蝴蝶似的借着风力随哥哥飞到洞庭湖，从港湾里泊着的一艘船的窗口飞进船舱，见到一个和春毅一般大小的男孩重阳。第二章的叙事便从这从小就熟读诗书的富商之子重阳展开，说他在岳阳楼下遇一道人，道人说他日后会有不期之遇，并扬名天下，富可敌国……同时也预言这一切不过是过眼云烟。重阳后来经历了家道中落、父母亡故、姐妹远嫁等变故，穷困潦倒。一位由柳树幻化的女子绿衣以身相许，令他凄清的生活发生了重大改变。绿衣不求锦衣玉食，唯愿夫妻长相厮守。无奈重阳一心苦读，准备科考。善良温顺的绿衣明知是永诀，也强忍痛苦，送他上路……正当读者还在为春毅、春宁，重阳、绿衣的命运纠结时，第四章却把读者带到了现代的北京，主人公静儿是当今处处可见的“白领”、“女强人”，大学毕业后到纽约读MBA，后来帮朋友忙“下海”经营化妆品，没想到生意越做越大，朋友退出了，这公司倒成了她自己的事业。她像一只不停地旋转的陀螺，被无形的鞭子抽着，身不由己地忙策划、忙洽谈、忙办展、忙推销，今天北京，明天新加坡……尽管她“少女时代就渴望爱情、结婚、生子”，但“这人生之路，走起来才发现是相反的一条”……然而，无论时空如何变幻，就像人们看到垂柳都似曾相识似的，从静儿以及她的日本友人森田身上，读者也都分明看到绿衣、重阳，春宁、春毅的身影。

我们在鼓浪屿，正赶上时晴时雨、阴晴不定的季节。雨天，正好静坐窗前，伴着淅淅沥沥的雨声，细读《柳的四生》。随着书中人物及他们各自的命运、经历，去思考、领悟与感知：什么是生命，什么是人生……待天气转晴，我们便又穿行在鼓浪屿高高低低、弯弯曲曲的小巷，去探访那一座座有近百年历史的长着榕树、香樟、凤凰木和开满三叶梅、炮仗花的院落，去感受它那深厚的文化蕴藉与人世沧桑。然而，许是受到山飒的那种将古、今，神、鬼，人、物随意穿越、变幻的叙事手法的影响，头脑里不期然地从眼前事物衍生出许多有趣的联想。譬如在晃岩路与福建路交会的小广场上，我们多次在鸡蛋花树下遇见一位文文静静的卖鸡蛋花的姑娘，不由得猜想她会是山飒小说中的谁演化的，春宁还是绿衣？鼓浪屿又称“琴岛”、“音乐之岛”，拥有100多户音乐世家和500多架钢琴，著名钢琴家殷承宗就是从这里走向全国、走向世界的。而今，它除了拥有全国唯一的钢琴博物馆、风琴博物馆之外，还有自己的钢琴节。音乐厅夜夜举办音乐会，那本地的或自远方慕名而来的操琴、献唱的音乐人志愿者更是随处可遇，成为鼓浪屿独特的风景。这次，我们在菽庄花园外又遇到一位音乐人志愿者，他站在蓝色遮阳伞下，戴着墨镜和一顶美国西部牛仔式的帽子，悠然自得地怀抱着吉他边弹边唱。我们忽然联想到山飒的小说，猜想着他会是现今的春毅，重阳，抑或是森田呢？在龙头路新华书店对面，有一家名叫“谢馥春”的十分时尚的化妆品店，门旁有一副对联：胭脂水粉梅妆影；冰麝龙涎醉客心。小店同它近旁常常顾客盈门的老字号“黄胜记肉松店”、“叶氏屋仔麻糍”或80后、90后青年男女最爱光顾的卖茯苓糕、仙草汁和水果、香肠、土豆泥加凤梨制的乞士的“小马哥乞士马铃薯”店的格调迥然不同。它时尚、清雅、别致，出入的也多是静儿这类的高级“白领”。由于购买力的限制，一般80后、90后女孩是不会轻易问津的。不知道店里有没有静儿欲在香港亚洲化妆品大展上重点推出的“最新款化妆氧气瓶”？我们真想请山飒转告静儿：鼓浪屿每天游客如织的龙头路上，也有很旺的人气与商机，她不妨来这家名叫“谢馥春”的化妆品店考察考察。鼓浪屿是人文荟萃之地，近百年来丰厚的文化积淀是它最具魅力的所在，这是每一位踏上这小岛的游客都深深感受到的。当年在这里留下过深深印迹的先贤们虽已远去，但他们的精神、学养、风范却超越时空，依旧在教育、影响、感化着一代又一代的后来者。这恐怕才是山飒这部小说所寄望的穿越啊。谁能说在毓园邓颖超亲手栽种的两株南洋杉旁默默仰望着林巧稚白玉石雕像的护士学校的女学生，以及在林语堂故居“横柯上蔽，在昼尤错”的老榕、古樟树下面对着老宅门楣上“立人斋”的匾额静静沉思的文学青年里，不会涌现出新一代被誉为“万婴之母”的林巧稚那样的良医和林语堂先生那样的学贯中西的文学大家呢？

我们原以为纯德多次赴国外授课、讲学，是国内外知名学者，靠他的关照，女儿阎妮取得这样的成就并不意外。然而，事实并非如此。1990年阎妮从北大附中毕业时，由于成绩优异，被保送北大，但随即又获得每月4000法郎的去法国留学的奖学金。走父母走过的路，读北大中文系，曾是她的梦想，而且，对她来说，这条路显然要平坦得多。而去法国留学，仅靠那点奖学金是远远不够的。父母不是大款，经济上不能给她多少支持，得靠自己打拼。可贵的是，阎妮自幼就承袭了父母在困难面前从不低头的秉性，毅然决定去一个全然陌生的环境，独自去开创人生的路。到法国后，她先在巴黎阿尔萨斯中学学法语，两年后转入法兰西神学院学哲学。她说她“第一次感到了贫穷”，因为在法国是不许随意打工的，而“打黑工”不仅钱少，也没有保障。她语言还不过关，又举目无亲，孤独、想家……她只能咬牙隐忍着，有一点点空闲就埋头苦读，一本法汉词典都翻烂了。由于学费太贵，她连语言学院也没上过，却硬靠四年苦读，打下了独立用法语写作的基础。她认为留学最可宝贵的是让她“寻找到了个人的独立——命运上的独立”。

在法兰西神学院学习时，她认识了88岁高龄的抽象派画家巴尔蒂斯日籍夫人的女儿春美，经春美推荐，她毅然辍学去瑞士担任了巴尔蒂斯的秘书。这又是她人生路上一次重要抉择。初到法国的四年，她为了生活被迫中止了写作，而对她来说“不写作就不是我自己”。担任巴尔蒂斯的助手后，她又可以用工余时间写作了，她多么高兴啊！她不仅要写，而且还要用法语写！那时，她的法语表述能力虽有一定水平，但要写出法国人认可的小说毕竟不那么简单。因为“用一种与母语截然不同的语言写作，因表达受限制而倍觉痛苦，犹如一场需要投入整个生命的冒险”。好不容易写成的章节，法国朋友看了却说：“写得不错，但……这不是法语。”而她却没有放弃，在巴尔蒂斯的大木屋里，依旧坚持用法语写她的小说。处世低调，为人质朴、谨严的老艺术家对阎妮也钟爱有加，常跟她谈人生、谈艺术。她牢牢记住巴尔蒂斯的教诲：“不要试图模仿夏尔多布里昂（法国浪漫派作家），你永远也成不了夏尔多布里昂，要走自己的路。”她决心吸纳法国与西方文化的优长，写自己熟悉的富有中国历史、文化积淀的小说，在中法文化交流中闯一条新路。

她终于渐渐摆脱语言表述与思维逻辑上的隔膜与生涩，用法语思维与书写不再是疙疙瘩瘩，而渐渐成为一种心灵的享受与宣泄。而且，正由于她有着丰厚的中国文化积累，写作时有选择地将中国人习惯的思维、审美与行文方式融入文字里，这两种不同文化、语境的微妙交融，有时竟产生意想不到的效果。法国读者对她某些不合自己日常习惯的用词与表达方式并不苛求，反而觉得她的行文与叙述含有一种富有东方韵味的新鲜感与古典美。这或许正是她的作品为法国读者接纳并深受欢迎的原因。

除了《柳的四生》外，她还用法语创作了《天安门》、《围棋少女》、《女皇》等多部长篇小说，并被转译成多种文字。与此同时，她还潜心作画，她的画作与她的小说一样，既有西方文化艺术的特色，又融入了中国传统文化艺术特有的韵味。据说，在法国人心目中，山飒已成为与著名画家赵无极齐名的现代中国留法艺术家。2009年，她荣获法国文化艺术骑士勋位。

《柳的四生》是山飒十多年前创作的，难免有些幼稚与粗糙，然而，却没有时下流行的某些“穿越作品”的荒诞不经。她并非哗众取宠，她关注的是人生的大主题，让读者为故事人物的经历、命运纠结的同时，也启迪人们思考人生与生命的价值。

我们高兴地看到，纯德曾作为中国文化的使者，应邀去国外施教多年，为中外文化交流作出过重要贡献，现在仍孜孜以求主持并参与世界汉学史的研究。而女儿阎妮——山飒也疾步追赶上来，而且，青出于蓝而胜于蓝，这实在是值得祝贺的。

（2012年3—4月草于鼓浪屿、北京，载于《世界文化》2012年8月号）

他的诗永远活着

——读《裴多菲传》

越入老境，越感到时序匆匆。这是我们从书架上取下《裴多菲传》时最先感触到的。

两年前，也是这时候，我们收到西南、宛柳夫妇送的一盒漳州水仙头。那可是高雅精贵的玩意儿，应分赠友人共享，除高瑛大姐外，还分送人民文学出版社资深编辑张福生先生、《新文学史料》主编郭娟女士和《人物》主编李京红女士，聊表对他们为我们编书、编稿中给予的关爱、鼓励与帮助。好在他们距离都不远，和高瑛大姐家也顺路，来去很方便。这本《裴多菲传》就是那次张福生先生送的，他正是这本书的责编。一转眼，竟两年了！

我们最初知道裴多菲，是初中语文课学习鲁迅先生的《为了忘却的纪念》时，从文中引述的白莽在德文版《彼得斐（现通译裴多菲）诗集》中那首《Wahlspruch》（格言）旁手书的四行译文："生命诚可贵，/爱情价更高；/若为自由故，/二者皆可抛！"不仅记住了文中提到的牺牲在龙华的胡也频、李伟森、柔石、白莽、冯铿五位烈士，也通过白莽的译笔，认识并记住了匈牙利爱国诗人裴多菲和他的这首著名的《格言》（亦名《自由与爱情》）。

后来，从鲁迅先生早年写的《摩罗诗力说》中得知，他在颂扬19世纪欧洲拜伦、雪莱、普希金、密茨凯维支等"摩罗"（反抗）诗人时，同样将裴多菲也列入其中："裴录飞（裴多菲）幼时，尝治裴伦（拜伦）暨修黎（雪莱）之诗，所作率纵言自由，诞放激烈，性情亦仿佛如二人。"

我们阅读裴多菲的诗，是1956年初进北大时。那时，"反右"等一系列政治运动尚未开始，党的"向科学进军"的号召得到全校师生的热烈响应，学习气氛很浓。我们初进大学，专业课进度很慢，有较多空余时间看"闲书"，

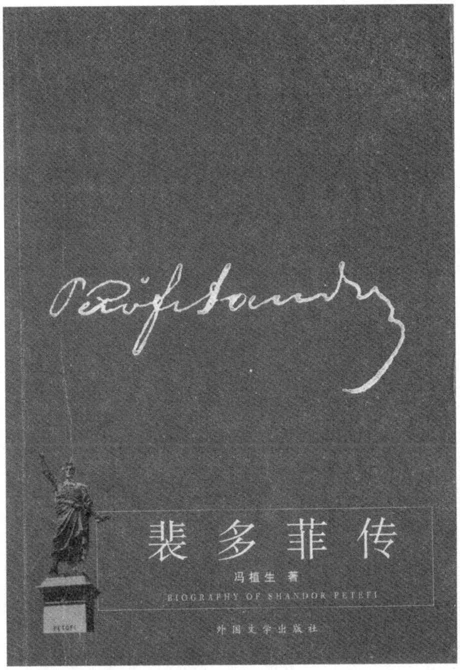

《裴多菲传》书影

裴多菲像

加上那时我们特别迷恋诗歌，因此书包里除了讲义，还塞满了从图书馆借来的普希金、纪伯伦、泰戈尔、海涅、拜伦以及裴多菲的各种诗集。记得我们最热衷的是读普希金、纪伯伦、泰戈尔、海涅等人的诗作，对裴多菲的诗印象比较深的，大约只有《我愿意是激流》：“我愿意是激流，山里的小河/在崎岖的岩石上流过……/只要我的爱人是一条小鱼/在我的浪花中游来游去//我愿意是荒林，在小河的两岸/对一阵阵狂风勇敢地作战……/只要我的爱人是一只小鸟/在我稠密的树枝间作窠、鸣叫//我愿意是废墟，在峻峭的山崖上/这静默的毁灭并不使我懊丧……/只要我的爱人是常青藤/沿着我荒凉的额头攀援向上……”等一两首抒情诗。对那些鲁迅先生颂扬的“立意在反抗，指归在动作”的“摩罗”诗，并未加注意。这主要由于当时年轻幼稚，看这类“闲书”全凭兴趣，生吞活剥。对裴多菲，除知道他是19世纪匈牙利著名爱国诗人外，并无更多了解。

自“反右”开始，一系列政治运动接踵而来，原先师生、同学、干群之间那种宽松的氛围不见了，人人都戴上一副“阶级斗争”的眼镜。这类“闲书”，无不被斥为“宣扬资本主义的毒草”，不仅不再敢借，而且怕被扣上“白专”帽子。往日座无虚席的图书馆，也变得空无一人。比起拜伦、雪莱、普希金等，裴多菲的名字更无端地成为人人都怕沾边的禁忌：受“匈牙利事件”的影响，“反右”时，有一些喜爱文学的师生平时交往多一些，便被诬为“裴多菲俱乐部”——那几乎是“反党小集团”和“右派分子”的代名词，能不让人忌讳吗？！而个中缘由，我们始终也未弄明白。

后来，从鲁迅著作及相关资料中得知，他早年留学日本时，除《摩罗诗力说》外，还曾以“令飞”的笔名译过《裴录飞诗论》，这是我国最早推介裴多菲的文字。他得知德国《莱克朗氏万有文库》编印了两本裴多菲诗文集后，还特意托东京的丸善书店订购，准备翻译推介。正如他在《摩罗诗力说》中所说：“今索诸中国，为精神界之战士安在？”那时，处于半殖民地半封建社会的中国太需要这类“立意在反抗，指归在动作”，令人“心神俱旺的”诗作了。他也确曾以L.S的笔名译过五首裴多菲的诗，发表在1925年1月《语丝》上。后来，“情随事迁，已没有翻译的意思了”。当他收到白莽投寄的《裴多菲传》稿件时，感到“很引起我青年时的回忆，因为他（裴多菲）是我那时所敬仰的诗人”，他并慨然将自己珍藏了30多年的那两本德文版的裴多菲诗文集送给“这也和我的那时一样，热爱彼得菲的诗的青年，算给它寻得一个好着落”。这既是鲁迅先生一贯的对年轻作者的扶持与关爱，也表明了鲁迅先生对白莽的希冀与寄托，尽管那时他还不知道白莽的共产党员的真实身份。

柔石、白莽等被捕后，鲁迅先生也受到牵连，被迫“挈妇将雏”到小客栈避难。当五烈士遇难的噩耗传来，他悲愤地吟出“忍看朋辈成新鬼，怒向刀丛觅小诗”的诗句。1936年五烈士遇难五周年之际，中国依旧虎狼当道，大夜弥天，鲁迅先生在病中不顾自己的安危，毅然编辑出版白莽遗诗《孩儿塔》，并在序言中说，这部诗集的出版“并非要和现在一般的诗人争一日之长，是有别一种意义在。这是东方的微光，是林中的响箭，是冬末的萌芽，是进军的第一步，是对于前驱者的爱的大纛，也是对于摧残者的憎的丰碑。一切所谓圆熟简炼，静穆幽远之作，都无须来作比方，因为这诗属于别一世界”。这大义凛然的春秋笔法，表明了鲁迅先生对于先烈们为之奋斗的“别一世界”热切的颂扬与期待。白莽不愧为当年鲁迅先生期盼的中国“精神界之战士”，他和柔石等烈士们一起，用自己的鲜血为中国无产阶级文学写出了“第一篇文章”。我们弄不明白，为什么鲁迅与白莽都那么喜爱与推崇的匈牙利诗人裴多菲，偏偏在解放后的中国被贬成“另类”呢？！

到1964年，毛泽东继对文艺界作出的“两个批示”后，又在一份红头文件上批示说：文联各团体“最近几年，竟然跌到了修正主义的边缘，如不认真改造，势必在将来的某一天，要成为裴多菲俱乐部那样的团体”。这就更进一步认定了“裴多菲俱乐部”的称谓等于是“反党集团”的别称，谁要沾上，便无异于政治上被判了死刑。尽管后来事实证明，“匈牙利事件”实际上是匈牙利社会矛盾长期积累和爆发的结果，以匈牙利著名爱国诗人裴多菲的名字命名的“裴多菲俱乐部”，不过是匈牙利劳动青年联盟下属的一个普通的学术团体。但因毛泽东的这一批示，裴多菲的名字始终在我们那一代人心中留下一道暗影。所以，接过张福生先生送的《裴多菲传》，我们就恨不得快些看，好解开心中那个“结”。然而由于忙乱，一转眼，竟又两年过去了！

《裴多菲传》作者冯植生，1959年毕业于匈牙利罗兰（布达佩斯）大学文学系，中国社科院外文所研究员，国际匈牙利学会会员。著有《匈牙利文学史》、《莫里兹》、《裴多菲传》等专著，是当今国内研究匈牙利文学的著名学者。从他编著的这部《裴多菲传》中，我们总算对这位匈牙利19世纪著名的爱国诗人有了一个比较全面的了解。

裴多菲·山陀尔1823年1月1日出生于匈牙利南方小镇奇什克勒什。父亲是斯拉夫族的屠户，母亲是斯洛伐克族的贫家女。裴多菲从小就会熟练地用匈牙利语、斯洛伐克语交谈，这有益于他的语言训练。自17世纪起，匈牙利一直受奥地利帝国统治，争取独立自由的起义此起彼伏。母亲和保姆除教会他许多民歌外，还给他讲述许多匈牙利民族英雄的故事、传说，这些都在他幼小的心灵上打下深深的烙印。他聪颖好学，1835年在奥绍德求学时，还阅读了法国大革命历史及匈牙利与西欧古典文学作品。1838年岁末，他发表处女作《告别1838年》，突破了古典诗歌的格律，初次展现了他毕生遵循的诗歌语言大众化的特点。后来，他不满足于课堂上获取的知识，心总游离于课堂之外：“神圣的自由啊！/那时我就深爱着你/……看见演员们到来/我决心加入他们的行列/我不害怕随剧团到处流浪/只要获得自由、独立……”为此遭到校方的禁闭及父亲的痛打后，他说：“我内心受到暴力的伤害/但无法扑灭渴望自由的心愿/为此，我发出最初的誓言：/我今后人生的目的/就是与暴力宣战……”这是他十年之后写的《最初的誓言》，回忆当时的心境。那时，他还只是一个15岁的孩子。后来，他当过兵，也当过演员，跟随草班剧团差不多走遍了半个匈牙利。艰苦的流浪岁月，让他更广泛、更直接地接触了社会，也丰富了阅历，磨砺了个性，在思想与艺术才能上也逐步成熟。1842年，他创作的《酒徒》发表在当时重量级的文学期刊《雅典论坛》上，这是他正式以裴多菲·山陀尔的名字跻身诗坛的开始。以后，他陆续创作了《埃格尔之声》：“我的心灵已飞向未来/迈进自由时代的门槛/那是无忧无虑的时代/匈牙利将不再是一个孤儿”，以及《爱国者之歌》等诗作，表达对祖国独立、自由的热切向往。

在经历了漂泊艰辛的岁月之后，随着阅历与声望的提高，裴多菲有了稳定的工作与收入，相继创作了《致双亲》、《给埃德尔卡》、《埃德尔卡坟头上的柏叶》、《爱情珍珠》等脍炙人口的抒情诗。1846年9月，他结识了庄园主的女儿申特莱依·尤丽娅之后，更写出大量脍炙人口的爱情诗：《致尤丽娅》、《你爱春天》、《一下子给我二十个吻吧》，以及前面引述的《我愿意是激流》，等等。也是在这个时期，欧洲大地汹涌澎湃的革命浪潮，也正激励、鼓动着日益觉醒的匈牙利人民。可贵的是，裴多菲没有沉溺于甜蜜的爱情与小家庭的幸福，他呼吁诗人们“扇动起我们思想的翅膀/我们不再是奴隶，思想要自由飞翔”；“现在我放下七弦琴/跑上钟楼去敲响警钟”，“我用我的诗作战……每一首诗/就是一个能征善战的战士”。追求爱情、幸福与向往独立、自由，成为他这一时期交织在一起的诗歌创作的两大主题：“生，为了爱情与美酒/死，为了祖国而牺牲/谁有这样的命运/谁就是幸福的人”（《生与死》），以及令人称道的成为革命者箴言的《自由与爱情》，都无疑使他的爱情诗无论是艺术形式抑或思想内涵都上升到一个前人不可企及的新的高度。他以满腔热情，旗帜鲜明地写下了《我的歌》、《人民》、《我渴望着流血的日子》等一系列战鼓、号角般的政治诗：“谁也不能再轻飘飘地/弹奏出他的和谐的乐曲……/倘若他只能唱自己的哀伤和欢乐/那么，现今世界并不需要你/不如把你和你的琴一起抛弃”（《致19世纪的诗人》）；“你在缝什么？是在缝补我的衣服？/你把破烂衣服给我/还是缝一面旗帜吧，我的妻子//现状不会持续，我预感到形势在变化/那时我们就要奔上战场/还是缝一面旗帜吧，我的妻子//自由是宝贵的，要获得它/需要付出高昂的代价；殷红的鲜血，昂贵的黄金/还是缝一面旗帜吧，我的妻子//如果是你的手缝的/胜利一定会爱这面旗/一定会和它亲昵/还是缝一面旗帜吧，我的妻子”（《还是缝一面旗帜吧》）……

1848年春天，欧洲资产阶级革命风暴爆发了。在它的影响下，进步知识团体“青年匈牙利”决定于3月15日在佩斯举行人民起义。裴多菲和起义领导者一起议定了起义事项及政纲，他并写下了那首著名的《民族之歌》：“起来，匈牙利人，祖国正在召唤！/是做自由人，还是做奴隶？/这个问题，你们必须决断！/匈牙利的名字必定重新壮丽，/必将恢复它伟大的荣誉！/我们宣誓，我们宣誓：/永远不再做奴隶！”15日“佩斯3月起义”爆发，裴多菲在广场上高声朗诵了这首《民族之歌》。它像嘹亮的军号，鼓动着起义的队伍，迅速占领了布达佩斯，并使它成为当时欧洲革命的中心。翌年4月，匈牙利国会通过独立宣言，建立共和国，成为当时欧洲“法律与现实都完全废除了农奴制的唯一国家”（恩格斯语）。

面对匈牙利人民的胜利，奥地利皇帝斐迪南与俄罗斯沙皇尼古拉一世为维护欧洲旧有秩序，迅即组织34万联军，向匈牙利起义军民扑来。在强敌面前，裴多菲志愿参军，直接拿起武器来捍卫祖国的自由独立。1849年夏，已到民族危亡的最后时刻，起义军将领贝姆将仅剩的300人组成一支骑兵，准备向强敌发起最后一击。出发前，他特意叮嘱裴多菲留下。但裴多菲决意随军出击，同数倍于己的敌人拼死一搏。他践行了自己的铮铮誓言："谁是诗人，谁就得前进，/同人民一起赴汤蹈火！"

裴多菲在凶悍的俄国哥萨克骑兵的长矛下壮烈牺牲时，年仅26岁。

匈牙利人民一直不愿接受裴多菲牺牲的事实。几十年后，民间还一直传说他依然活着……

合上这本传记，闭目沉思。裴多菲这位19世纪匈牙利的爱国诗人，已不再只是一个空洞概念。他的形象，逐渐在我们脑海中鲜活、生动起来。

裴多菲不仅以他创作的800多首具有鲜明的人民性的抒情诗，8部长篇叙事诗以及小说、政论、戏剧、游记等丰厚文学遗产，继承与发展了启蒙运动文学的战斗传统和民族风味，奠定了匈牙利民族文学的基石，被誉为匈牙利"被奴隶鲜血染透的、肥沃的黑土地上生出的一朵鲜艳的带刺的玫瑰"，更可贵的是，他就像雪莱笔下那只"永远歌唱着飞翔/飞翔着歌唱……"的不知疲倦的云雀，在预感到起义风暴来临的时刻，他却无限怜爱地叮嘱替他缝补衣服的妻子："还是缝一面旗子吧，我的妻子/如果是你的手缝的/胜利一定会爱这面旗/一定会和它亲昵"。他没有丝毫的迟疑，毅然投入起义的大军，迅速地完成了由一位抒情诗人到革命者的转变："我用我的诗作战……/每一首诗就是一个能征善战的战士"，"倘若我必须死亡/就让我阵亡在战场上！"；他把自己的一切都奉献给为推翻封建奴隶制度、为祖国的独立自由及反抗外国入侵的伟大事业。

裴多菲倒下了，而他创作的如鲁迅先生所说的"刚健不挠，抱诚守真；不取媚于群，以随顺旧俗；发为雄声，以起其国人之新生，而大其国于天下"的那些诗却永远活着。这早已是无可置疑的事实。

一个多世纪来，裴多菲作为争取民族解放与文学革命的一面旗帜，得到全世界的公认。

回想我们这一代人在当年国内那种特殊政治氛围中，在心中烙上的与裴多菲毫不相干的种种偏见与误解，实在是可悲又可笑的事。随着时代的发展与进步，那些偏见与误解，也早该抹平了。

（2013年2月12日完稿，载于同年8月7日《中华读书报》）

山甘纳的歌声

——读《米凯亚诗选》

“独木舟上的山甘纳，／顺着大河的流水漂漂而下……”上世纪五六十年代还没有电视，传媒主要靠报纸和广播，大多数人也和我们一样，是从广播电台播出的诗朗诵节目中认识莫桑比克和这个一边划着独木舟一边歌唱的勤劳、善良，酷爱和平与自由的黑人小伙山甘纳的。

一年前，在社科院外文所召开的戈宝权先生百周年诞辰座谈会上，与会的专家、学者，包括已90高龄的翻译家卢永福等发完言后，戈老的夫人梁培兰女士竟点名要我们发言。戈老是父母亲几十年的挚友，作为晚辈，我们本是来学习的，又没有准备，但盛情难却，也不好不讲。好在专家、学者和戈老生前的同事的发言多侧重在戈老对俄苏与东欧文学翻译与研究上所作的突出贡献，这无疑是戈老在国际文化研究与交流上取得的主要成就。但在上世纪五六十年代，亚、非、拉美反对新老殖民主义压迫，争取民族独立、解放斗争的浪潮汹涌澎湃的时刻，作为一名国际文化交流战线上的老战士与社会活动家，戈老不仅积极参与世界和大会、亚非作家会议等国际交往活动，还翻译出版了亚、非、拉美作家与诗人的诗集和文学作品，如《安哥拉诗集》、《米凯亚诗选》等，也是不应忘却的。我们以《山甘纳》作例子，说戈老当年翻译的这些诗，对我们这些在万隆会议之后根据周总理关于要有计划地培养一批懂亚非拉各“小语种”的外事干部，以加强与亚非拉国家交往的指示，而选学“小语种”的人来说，也是莫大的鼓舞。出乎意料的是，当我们引述那首《山甘纳》，刚起首背诵两句，竟有四五位与会者脱口而出，将后面的诗句顺了下去，足见这些诗当年在读者中产生的影响。

莫桑比克位于非洲东南部，东濒莫桑比克海峡，与马达加斯加遥遥相望，北、西、南分别与坦桑尼亚、赞比亚、津巴布韦及南非等国接壤。它虽是以生产玉米、木薯、甘蔗、棉花、剑麻为主的农业国，却有丰富的煤、铁、铜、金、天然气等矿物和水利资源，在古代已有相当发达的文化，13世纪时曾建立过莫诺莫塔帕帝国。15世纪末，葡萄牙航海家瓦斯科·达·伽马绕过好望角抵达那里之后，它便成为葡萄牙人掠夺的对象。1502年，葡萄牙人在莫桑比克东北部一个名叫莫桑比克的小岛上建立了军事要塞，将它作为第一个殖民点，开始了对比自己本土面积大八倍的莫桑比克延续四个多世纪的野蛮统治。他们不仅疯狂地掠夺那里的黄金、象牙和剑麻等农产品，16世纪中叶还建起了奴隶市场，将黑人偷运到南美洲的巴西。

《山甘纳》一诗的作者、莫桑比克诗人里利尼尤·米凯亚（Lilinhu Mikaia）1929年生于莫桑比克南部山甘纳部族聚居的隆包村。当时的莫桑比克依然处在葡萄牙殖民统治之下，殖民当局制订的“劳工法”、“土著工人法”、“主仆法”等一系列种族歧视法令剥夺了莫桑比克人民的基本自由与权利。米凯亚在故乡只念了小学，后来在葡萄牙读了中学，1951年进入巴黎索尔本大学社会学系，在欧洲资产阶级革命思想的影响下，他积极参与反殖民主义的社会活动，曾被驱逐出境。他做学生时便开始写作，由于害怕殖民当局迫害，发表时不敢使用本名马尔塞林诺·道斯·桑托斯（Marsolino dos Santos），便在乳名里利尼尤后面加上“米凯亚”作笔名，这原是家乡一种有刺的草的名字，也带有双关的含义。莫桑比克共有60多个部族，绝大多数属班图语系，米凯亚所属的山甘纳部族是其中较大的一个。“山甘纳”既是部族的名字，也是班图语系黑人中常用的人名，米凯亚在诗歌中常用它代表莫桑比克所有受压迫的黑人。如他在《山甘纳——穷苦的儿子》一诗中写道：“当我看见山甘纳，/在我的血管里，/就滚流着南国的阳光，/我的性格，就像是在蔓藤交缠着的阴暗丛林中，/快要爆发出的烈焰和火山一样……”，“山甘纳，这莫桑比克的儿子，/他生下来就那么穷困……/但是，当奔腾喧响的大河，/把浪涛声传到所有的茅舍，/传到青绿色和枯黄色的大树旁，/这时候，山甘纳响亮的歌声，/就沿着森林和溪谷飘荡……”。

米凯亚善于运用莫桑比克人熟悉的歌谣与语言，因而他的诗歌深受群众的理解与喜爱。他的诗洋溢着深沉的爱国主义情怀：“我和你，/曾经在这儿诞生成长，/这一片炎热的、美好的大地呀，/这一片被欢乐的太阳照耀着的大地呀，/这一片有着辽阔的田野的青绿色的大地呀，/正像一个身材丰满又美丽的女人一样，/她整个献身给我们，/她的心里满怀着无限的热望……/于是我们成长起来，/祖国大地上的/自由飞翔的鸟儿，/用歌声把我们送进梦乡。/这样，在我们生活的园地上，从远古的时代起，/就涌现出了一个/对祖国的永不能摧毁的、真诚的热爱。”（《我们就在这儿诞生成长》）在他的诗

《米凯亚诗选》书影

里，祖国、大地、母亲、黑妈妈等，几乎都成了爱的同义词。读着这一行行滚烫的诗句，我们不由得想起我国著名诗人艾青的名句：“为什么我眼里常含泪水？/因为我对这土地爱得深沉！”爱与憎，总是相互对应的。对祖国、人民深沉的爱，更折射出对殖民者的刻骨的憎。米凯亚在颂扬祖国、母亲的同时，对延续了四个多世纪的葡萄牙人的殖民统治总是毫不留情地予以揭露。在《母亲——大地》一诗中，他借“黑妈妈”的嘴大声控诉：“我所有的儿女们都走啦！/这一个——被装进船舱，运往海外遥远的地方……/那一个——/长眠在我们南边的一个国家的/炙热的土地下面（按：指被强拉到南非挖矿）……/第三个呢——他就在这儿，/就像一片喀茹埃鲁树的枯叶/被风从枝干上刮下来，慢慢地落到地上，/它还希望再回旋几次，/但不晓得，这就是死亡……”他说：“黑妈妈在哭泣！/善良的大地在呻吟！/用金色的砂土织成的殓布/把自己的儿女们包裹起来。/剩下来的，就只有鲜血开成的花朵……”莫桑比克人民是善良的：“我们习惯于/张开/带着轻信的微笑的嘴唇，/对于我们/生活——/就意味着要分享/床榻/爱情/和面包，/要把自己的一片真心献给别人。”（《给我的祖国》）他们不善于认清那些“从海外来的人们”，而正是那些“从海外来的人们”，“带来了枪炮和恶意，/用仇恨和死亡作为代价，/换走了我们的黄金，/象牙，还有我们的黑人兄弟”，“他们运来了喷火的大炮，/还有披着基督教的外衣的死神”，“正是他们，最早给我们的祖先们/钉上了镣铐”，“把这片大地呀，/蹂躏得遍体鳞伤”（《怀念祖国》）。从葡萄牙霸占莫桑比克那一刻起，莫桑比克的起义者们擂响达姆达姆鼓，高举着标枪，像奔涌不息的赞比西河的河水一样，对殖民主义者的抗争就未曾停息过。到了米凯亚这一代，已不甘像先祖那样被镣铐“紧锁着双脚、双手和声音……/甚至，连心头的血红的花朵，都不能够自由地开放”，他们代表着年轻的觉醒的一代，更要接过先祖们高举的标枪，把起义的达姆达姆鼓擂得更响。在亚非拉美反对新老殖民主义，争取民族独立、解放的烽火处处高燃的大好形势鼓舞下，1952年6月，莫桑比克全国性民族解放组织——莫桑比克解放阵线正式成立，莫桑比克人民反对葡萄牙殖民统治的斗争也掀开了新的一页。

作为诗人和国际社会活动家的米凯亚，自然更热情、更全身心地投入这场斗争。他的诗歌就像起义者在丛林中擂响的激越的达姆达姆鼓声一样，召唤人民同殖民统治者战斗：“我的妈妈！在你的眼睛里面，/再也看不到/那往日闪耀的光芒……/你的两手/再也不能出卖自己的力量……/但你那被贩卖过三次的/身体，/却不肯在泥土里躺着！//我的妈妈！/这都是因为在你的心里活着的那个希望，/在你的儿子身上又重新复活，/在多灾多难当中，他获得了力量，/于是他大声地呐喊起来！/这声呐喊，从全非洲的奴隶的喉咙里/迸发出来——它像回声一样，在辽阔的大地上回响……”莫桑比克人民的斗争已不再是孤立的，而是和非洲各国人民的斗争融汇在一起。他相继写出了《觉醒》、《这究竟要拖延到什么时光？》，呼吁人们起来战斗。1955年，那首用莫桑比克人熟悉的班图语系古老歌谣体写成的《山甘纳》一发表，立即不胫而走，传遍了全国。在这首诗中，米凯亚通过山甘纳的歌声控诉了殖民统治：“哦，大地呀，在那儿长着喀茄埃鲁树，/它们的果实披盖着一层红光……/我们的人民不能支配自己的土地，/我们的土地被掌握在外国人手上！//我们播种下雪白的大米和棉花，却得不到收获的果实，/得到的只是田野里雨点般的鞭挞。”通过山甘纳的歌声，唱出莫桑比克人心中的希望：“总有一天呀，要从祖国的大地上，/把外国强盗带来的污秽洗刷精光。”这首诗不仅迅速传遍了莫桑比克，传遍了葡属东非洲，也被迅速翻译成多种文字，在全世界广泛流传。当它被译成中文之后，许多人也和我们一样，从广播节目中听到并记住了这首诗：“河水滚流向大海洋，/山甘纳的歌声/被传送到遥远的、遥远的、遥远的地方……/这悲怆和愤怒的歌声/要向全世界宣扬！/自从外国强盗来到这儿，/我们的大地变成为全民的悲伤，/它成了一片燃烧的火海，/自由就要从它当中孕育成长！/哦，美丽的莫桑比克呀，/你的儿女的歌声正传遍四面八方！”

《山甘纳》的发表，不仅标志着米凯亚创作的成熟，而且使他稳稳跻身于莫桑比克与非洲新一代著名诗人与国际社会活动家之列。

戈老第一次与米凯亚见面，是1958年10月在塔什干举行的亚非作家会议期间。米凯亚还向戈老介绍了另两位与会的安哥拉诗人安德拉代和克鲁兹，这三位年龄相仿的诗人都来自葡属非洲，彼此十分熟悉。当戈老把我国译文社选编的收有他们诗作的《现代非洲诗选》送给他们时，三位诗人都格外兴奋，他们希望戈老能更多地将他们的诗介绍给中国读者。他们的诗是用葡萄牙文写的，戈老不懂葡语，但他不愿意让这几位非洲朋友失望。从塔什干回国之后，他便根据苏联翻译家丽吉娅·涅克拉索娃提供的俄文译稿，开始研究与翻译他们的诗作。翻译时，还参阅了苏联出版的其他译本，这也是戈老一贯的认真、细致，为读者负责的作风。他在译完这本《米凯亚诗选》后，又编译、出版了包括安德拉代和克鲁兹的诗在内的《安哥拉诗集》。他原准备赴开罗出席在那里召开的新一届亚非作家会议时将这两本新出版的诗集送给这几位朋友，然而，遗憾的是，60年代初中苏分歧公开化之后，亚、非、拉美那些反对新老殖民主义的作家朋友们都被迫面临“选边站队”的尴尬处境，使原有的友好联系大受影响。继而，我国又陷入了“文革”动乱，戈老等原准备赴开罗出席亚非作家会议的中国作家们也未能前往，作家间原有的那种亲如兄弟的联系与交往也被迫中断。这也是令人深感痛惜又无可奈何的时代的悲剧。

如今，又几十年过去。莫桑比克人民在解放阵线领导下，经过持续十年的武装斗争，终于摆脱了葡萄牙的殖民统治，取得了米凯亚和他笔下的多少代莫桑比克的“黑妈妈”和她的儿女们所期盼的独立与自由。而今，我们重读戈老译的《米凯亚诗选》，不由得痴痴地想：倘戈老有知，当他听到如今莫桑比克新一代的山甘纳嘹亮的歌声时，也当笑慰的。

（2014年4月25日完稿，载于2014年5月9—10日《大公报》）

用生命培植友谊之树

——感悟伟大的女性海伦·斯诺

过去，我们只知道海伦·斯诺是上世纪30年代第一个访问陕北并写了《西行漫记》的著名美国记者埃德加·斯诺的夫人。这次在西安的七贤庄八路军办事处旧址，参观了“伟大的女性——海伦·斯诺在中国”常设展览，才对她有了进一步了解。

海伦1907年9月21日出生在美国犹他州赛达城。1931年8月，通过国务院驻外机构秘书资格考试，被派往上海美国领事馆任秘书，并兼任某些报业集团的记者。在那里，她很快结识了埃德加·斯诺。1932年淞沪战役爆发，她与斯诺同在战地采访，并及时将上海军民奋勇抗击日寇侵略的报道发往全世界。在记者与外交官两种职业中，海伦更钟情前者。淞沪之战后，她甘愿放弃去日内瓦谋求在外交界继续发展的机会，而选择留在中国。自然，这与斯诺的支持与鼓励也不无关系。斯诺告诉她：“你必须在来中国第一年就开始写，不然就会失去外来人的观察力。”他们在上海结识了鲁迅与宋庆龄，通过他们又结识了更多左翼作家。如他们所说，鲁迅与宋庆龄是他们“了解中国社会的一把钥匙”。1932年12月，海伦与斯诺结婚。1933年初，他们迁居北平，斯诺在燕京大学新闻系任教，海伦开始进一步深入研究中国社会、历史，并继续为《密勒氏评论报》写报道与书评。那段时期，他们同许多进步人士、爱国学生保持着密切联系，不仅将中国左翼作家萧乾、杨岗、萧红等人的作品介绍到西方，还亲自参与并报道“一二·九”学生爱国运动。他们在海淀军机处和北平盔甲厂的住宅，常常是进步人士与爱国青年聚会、议事和躲避特务、宪兵缉捕的场所。

人们都说：一个成功男人背后，都有一个女人。这话对海伦来说十分恰当。1936年6月，斯诺在黄华陪同下经西安秘密抵达中共中央驻地保安，成功采访了毛泽东等一批中共领导人与红军将领，带回许多鲜为人知的资料和胶

海伦·斯诺像

卷。海伦不仅从精神上支持、鼓励丈夫集中精力赶写《红星照耀中国》（即《西行漫记》），而且主动放下自己的工作，帮丈夫整理文字资料与图片，并承担了一切家务，包括接待访客、接打电话，为的是让斯诺在不受任何干扰的环境下尽快完成这部专著。她深知丈夫这次采访的意义："埃德加是在适当的地点，又恰逢其时地采访了适当的人"，因为"如果埃德加是共产党人，他的报道除了人们深恶痛绝的宣传之外，不会有任何价值。而他实际上是在尽一名记者的责任：把事实告诉读者。因而，他所说的每一件事，无论对中国左翼或右翼势力，都享有完全的可信性"。果然如海伦所料，这本书一出版就引起巨大关注。

但海伦也绝不甘心像家庭主妇那样默默地站在丈夫身后。正如冰心女士后来评述说："海伦与埃德加才情相当，埃的事业，也是海伦的事业，两个斯诺在事业上是不可分的。"海伦不仅学识、才情与斯诺相当，而且是很有主见、个性很强的人。1936年9月海伦到西安，曾欲去苏区同斯诺会合，但听说斯诺即将返回而作罢。然而，她并未在西安坐等，而是以她的政治敏感，通过"一二·九"时期的友人，独家成功采访了张学良，并将张学良"愿与红军合作，共御外侮"的政治主张通过伦敦《先驱报》发往全世界。这一爆炸性新闻，立即在国内外引起巨大反响。在帮助斯诺整理采访记录时，她坚持将斯诺认为"叙述太多，要精简”的写毛泽东那一章全部保留，而且按采访记录用毛泽东本人的口述。斯诺采纳了她的建议，最终使这一章成为《西行漫记》中最引人关注的一章。斯诺在谈到海伦时也说：“她是个极不寻常的女人，充满活力与创造力，既是忠诚的合作者，又是我的批评者。”对那次采访，斯诺曾不无遗憾地说：“在苏区人称‘朱毛’，朱毛二者不可分，可惜，我没来得及见到朱德和其他一些红军将领。”海伦从那时就下定决心：“我必须也去一趟苏区，采访你未及采访的人物。”斯诺把带回的一顶红军帽送给海伦，她回答：“我不要你的帽子，我自己找毛泽东要。”1937年4月，海伦再次前往西安，然而，这座城市在“西安事变”后，已被南京政府接管，外国人没有特别许可证，只能在西安停留24小时，更何况斯诺的名字早被列入监控名单，海伦下榻的宾馆也被重点监控。在如此险恶的环境下，海伦对她认准的事也没有放弃。她冒着生命危险，逃离宾馆，在一位美国商人和一名原在杨虎城将军手下工作的司机的协助下，驱车闯过重重关卡，经三原抵达延安。她在延安停留了近5个月，同毛泽东、朱德等中央领导人进行多次长谈，并采访了红二、四方面军指挥员以及长征老战士、妇女领袖和“红小鬼”。后来，她根据此行采访与见闻，创作了《红色中国内幕》（即《续西行漫记》）、《延安采访录》、《阿里郎之歌》、《红尘》等书。特别是《续西行漫记》，是第一部也是唯一一部由一位外国女记者采写的以延安为背景的书。延安是在斯诺离开西北几个月后才被红军攻占，并被选作中华苏维埃共和国的首都而彪炳史册的。海伦在书中不仅详尽地描述了延安这座古城的方方面面，而且详尽、真实地报道了整个西北军民的抗日斗争。

1937年冬，海伦目睹了日寇对中国各地工业设施的破坏与掠夺，也目睹了沦陷区难民衣食无着的惨状，她最先提出创办工业合作社（简称“工合”），组织难民与失业者生产自救、支援抗战的设想，并不辞劳苦赴南洋、美国筹集资金。在宋庆龄、路易·艾黎和斯诺等人支持下，至1940年10月，分布在武汉、兰州、重庆、宝鸡等16个城市的“工合”组织已逾两千，不仅解决了大量难民的就业问题，还摸索出了一套将社会闲散劳动力通过“工合”形式组织起来发展工业与从基层建设民主制度的路子，及时、有力地支援了抗战。海伦关于工合运动的专著《中国为民主奠基》，不仅对中国，对菲律宾及印度等国也都曾产生过积极影响。1972年她访问印度时，还曾被尊为“工合之母”，受到英迪拉·甘地总理的款待。

1940年12月，海伦离开她生活了10年的中国，在美国康涅狄格州麦迪逊的一所农舍定居下来。她与斯诺两位正直、锐敏、才华横溢的记者，在上世纪30年代中国那种特殊背景下，不畏艰难险阻，相互支持，紧密配合，传奇式地干出了一番他人望尘莫及的事业。然而，他们的个性、爱好及生活态度又有鲜明差异。斯诺的终生信条是自由，不受束缚，不想有一点拖累。尽管与海伦的婚姻成就了他一生的辉煌，而海伦并不是他希望的一直站在男人身后，给男人疲惫身心以温暖、以寄托的家庭主妇。这种差异让他们在结合17年之后，终于平静地分手。斯诺身旁一直不乏异性追求者，他很快又另组家庭。海伦却始终独身一人，并一直保持着斯诺的姓氏。她一生共创作近50部文稿，其中近半数是关于中国的。然而，在麦卡锡主义统治时代，她的著作被查禁，本人也遭受无情的打击与迫害。但她依旧像战士坚守阵地一样，几十年如一日，辛勤守护着那台老式打字机。她说："我写作，不是为了出版商，而是为了中美两国子孙后代。"她坚信她的这些"无利可图的"著述，总有一天可以发表。1972年尼克松访华，开启了中美两国交往的大门。海伦变卖家产筹措资金，先后两次重返中国，会见了朱德、康克清、邓颖超、陈翰伯、黄华等老友，并创作了《重返中国》、《毛泽东的故乡》两部著作。1991年，中国作协和中华文学基金会授予她"理解与友谊国际友谊奖"；1996年，对外友协授予她"人民友好使者"荣誉证书与称号。她还两次荣获诺贝尔和平奖提名。海伦多次谢绝中国政府和老友的资助，她说："我是一名普通作家与记者，我一贯的原则是如实报道与独立思考。如果接受中国资助，即使文章是客观的，也会失去读者。而对于我，失去读者就等于失去生命。"

通过展览，我们不仅对海伦·斯诺这位伟大女性有了更多了解，而且还得知，海伦是曾荣获美国"金诗人"奖等10多个奖项的著名诗人。我们默诵着展板上抄录的她的诗作《永恒》："我希望小小的迷迭香/将在我的坟墓上生长……/我愿在墓中面向东方/那是太阳升起的方向……"回顾她的一生，令我们震撼不已。为对她有更多感悟和了解，回京后，我们进一步搜集有关海伦的资料，得知海伦天资聪慧，自幼酷爱文学艺术，两岁就能背诵《鹅妈妈》中的每一首歌谣，15岁发表了第一首诗歌。高中担任学生会副主席和学校年鉴的副主编时，她已表现出出众的组织与写作潜能。她有一本精心保存的《韦氏大学词典》，是她在犹他大学作文比赛中获得的奖品。她在中国期间，除了写新闻报道，也写过诗，如在回忆录《旅华岁月》中就提到，她在"一二·九运动"期间，曾用"尼姆·韦尔斯"的笔名写了长诗《青春与古老的北平》，描述由于日寇侵略，北平已失去传统的特色，而青年学生却在沉默中奋起。此诗在《亚细亚》杂志发表后，立即受到热烈欢迎。可惜，她只引用了开头几句："令人震惊的沉默……/四肢冰凉，心灰意冷，……/就算没有高墙、铁门、箭楼、城堡……/至少有没忘却的鬼魂在夜风中发出悲鸣……"仅这几句，已让我们感受到一种"于无声处听惊雷"的紧迫气势。尽管那段历史我们未曾亲身经历，却也并不陌生，因为父亲在"一二·九运动"中就曾与学生的游行队伍一起，在呼啸的北风中迎着国民党军警的长枪、大刀、水龙前进。他后来写的两篇实录散文《十二月的风》与《故都在烽烟里》，就是在那次他到西安之后，在“八办”号召与领导下写出，并发表在与郑伯奇一起编的《救亡》周刊上的。也是在读海伦回忆录《旅华岁月》时，我们注意到“一二·九”时代她曾掩护过的一位女学生的名字：陆璀。游行时，陆璀因从西直门下面的空隙中爬进去把城门打开，使城内外游行队伍得以会师而被捕。而陆璀后来成了老诗人朱子奇先生的妻子，2001年春我们看望朱老时曾见过她，那时并不知她竟是“一二·九”时期的女英雄，也不知朱老夫妇与海伦的关系。我们忙找出朱老当年签赠的诗文集《心灵的回声》，果然看到书中收有朱老1992年写的评论《海伦·斯诺和她的六首诗》及1997年写的短诗《聆听永不消逝的友声》，不禁喜出望外。朱老在评论中说，他过去只听说海伦年轻时写过不少社会题材的抒情诗和爱情诗，不久前从陆璀与她的通信中得知，85岁高龄的海伦依旧诗情颇浓，诗作连连获奖，于是让陆璀请她选寄几首，以便推介给中国读者。这六首诗便是从海伦寄来的诗中选出，请诗人、翻译家顾子欣译出，连同朱老的评论发表在1993年1月号《诗刊》上。这其中，就有我们在西安七贤庄展厅里读过的《永恒》：

我希望小小的迷迭香/将在我的坟墓上生长/也许将有一只蜜蜂飞来/看工蚁们如何在此奔忙//我愿在墓中面向东方/那是太阳升起的方向/而暮色将投下长长的阴影/渐渐将白昼笼罩隐藏//我想知道明月升起/在空中俯瞰夜色茫茫/但愿没有任何屋顶/遮掩从远处射来的星光//当有机的生命从此长逝/春天为花朵降下甘霖/当小鸟开始在枝头鸣唱/黑夜消失曙色来临//当有机的生命从此长逝/在自然的变化中更为纯净/大地是我们最古老的朋友/历尽沧桑万古长存

字里行间洋溢着海伦对事业、对生死、对大自然的沧桑变化，一贯的坦荡、豁达、乐观的心态和对未来满怀的希望。

这六首诗中，还有两首荣获1989年“金诗人”奖。一首是《友谊》：“友谊不是野草/生长在路边荒郊/友谊要精心栽培/天天为它把水浇//你深知友谊的真谛/贵在知心和信义/你站在每个十字路口/总是那样坚定不移。”另一首是《报应》：“有一位信佛的日本将军/从市场上买了一群鸽子/又把它们带到一个山顶/放走了它们/然后他回到家里/种下一棵樱树/他说一名好的佛教徒/必须给予自由——/在他夺走了自由之后/必须创造新的生命——/在他毁灭了生命之后。”恰如朱老所说，海伦的诗是她的“正义感、理性与人性相融合的人生观”的体现。《友谊》是一首短小的哲理诗，蕴含的哲理却十分厚重。即使在今天，也值得我们去思考、领悟什么才是“友谊的真谛”。海伦多才多艺，她除了会写文章、写诗之外，也会绘画，会美术设计，她初到上海期间为“菲雅特”等公司设计的广告，绝不亚于工艺美术师。就连她在应约为陆璀寄这些诗稿时，还即兴在旁边画了一些小动物与风景。而《报应》这首诗，不正是寥寥数笔，活灵活现地画出一幅当今日本市井的“浮世绘”吗？朱老说，他访日时就曾见过今日的佛教徒、昔日的将军的人，领着一群参加过侵华战争的军人，在广岛车站欢迎中国代表团，鞠躬、道歉，求得心灵的罪赎。当然，只要他们认罪的态度是真诚的，中国人民是欢迎的。然而，这首诗也提醒人们必须警惕这样的将军、政客或他们的后代，以为在“夺走了他人自由和毁灭了他人生命”之后，只消买一群象征和平的鸽子放生，或种下一株美丽的樱花树，就可以获得超度，可以心安理得，不仅矢口否认昔日法西斯的侵略罪行，而且不顾国际舆论的反对，年年去靖国神社祭鬼。谁能相信，一旦条件适宜，他们不会重新举起屠刀呢？！

另外三首诗也同样蕴涵丰富，寓意深远。《水手的妻子》只有六行：“是一座矗立山岩的灯塔/不是一堆沙丘/我的生命当如此——/在塔顶将明灯高高举起/为沉船的水手向岸上游/我是水手的妻子。”在《随风飞扬》中，她把自己比作一只猫头鹰，飞禽中的一个小小生命，虽“不会吟唱天鹅之歌/但能在夜间看得分明/个子虽小却能飞越/宽广辽阔的墨西哥湾”，索取也很少，只要“把葵花籽吃饱”。她提醒“能掌握动物命运的人类”，要关爱自然，关爱生命。《向大地俯耳聆听》：“如果你俯耳向大地聆听/你将听到月亮在歌唱/星星在天空旋转不停/你将感到地心的悸动/制造海洋和山峰……”诗为心声。这些诗，无不让人感受到海伦对真、善、美的追求，感受到她的心灵美、人性美。

应当感谢我们陕西译协的朋友倪娜，她听说我们正搜寻海伦的诗，给我们寄来她的老领导，陕西译协前主席、被海伦称作她的“忘年交”的安危先生的文集。文集中收有海伦临终前口授，由护士笔录的三首诗：《夕阳落下的天边》、《我将会等待》和《不朽的血缘》。我们一遍遍默诵着这些珍贵的诗句，像在聆听这位伟大女性的心声：

在夕阳落下的天边/过去的岁月温暖了休闲的耕地/岁月如秋风飞逝而过/落叶在我们脚下沉积……/你数着月而不是数着年/就像一周一次那样匆匆来去/你迈步去迎接夕阳/大地美好，浩空亲密/宝船出现在每一次潮汐……

当半明半暗的黄昏变成黑夜/万籁俱寂取代了白天的喧闹/我将在一片寂静中等待/等待生与死之间的时刻/我们谈起那注定的时间/没有开始，没有结束/正如一切永恒的一切……我不要英格兰的史前石柱/也不要格兰特陵丘/我要山坡上一个小坟/那儿有野巫榛花的芳香/我想占它六英尺地皮/以保持有效留置权……

海伦的墓地在麦迪逊城北的一处陵园中，是上世纪60年代她的一位挚友代她购买的。1985—1986年，安危先生在康州做访问学者时，每个周末都去帮海伦整理资料。一天午后，他曾随海伦及她的邻居和助手雪莲一起去过这处墓地。海伦指着那块地皮说："我死后，就在这儿安家。"安危问："如果有一天，我不得不来这里看望您，您希望给您带些什么？"她不假思索地回答："我喜欢黄玫瑰，还有来自中国的好消息。"1997年1月11日，海伦·斯诺这位中国历史忠实的见证与参与者、中国人民的坚贞不渝的朋友，于睡梦中平静地逝去，享年90岁。同年5月2日，在为她举行正式葬礼的时候，她的老朋友、"一二·九"时代她与斯诺曾庇护过的进步学生黄华、龚普生等，不顾80

彭龄参观海伦·斯诺展览

多岁高龄，特意跨越重洋赶去参加，并发表了感人肺腑的讲话。安危每次去纽约或波士顿，都会绕道麦迪逊，向长眠在那里的海伦献上一束黄玫瑰。

而今，由中国主办的举世瞩目的APEC会议正在北京召开，中美两国领导人已就建立两国新型大国关系达成多项原则共识，会议也取得圆满成功。今夜，我们正坐在灯下，草拟着这篇怀念海伦·斯诺的文章。啊，是哪里传来一阵阵噼噼啪啪的声响，打破了这夜的宁静？拉开窗帘，只见“鸟巢”方向，随着噼噼啪啪的爆响，夜空闪现出五颜六色的光亮。我们这才想起，今晚，为欢庆APEC会议胜利落幕，中方正邀请与会的各国贵宾在“鸟巢”观赏焰火。打开电视，各台都在直播，蓬蓬焰火腾空而起，在晴空绽开千万朵鲜花。那金灿灿怒放的，不正是海伦·斯诺喜爱的黄玫瑰吗？我们不禁想，她用生命培植的友谊之树，已根深叶茂，而她，此刻也一定正为这“来自中国的好消息”而高兴呢。

（完稿于2014年12月7日，载于《世界文化》2015年2月号）

蓝天飞传的捷报

——怀念库里申科

前些天从网上看到八一电影制片厂为纪念抗日战争暨世界反法西斯战争胜利70周年而拍摄的，由宋春丽、戴娇倩、李幼斌等众多影星主演的影片《相伴库里申科》在重庆万州举行首映式的消息，引起我们关注。库里申科大队长，这是我们从小就熟知的名字与称谓啊！

库里申科，全名是格里戈里·阿基莫维奇·库里申科，1903年生于苏联基辅州科尔苏恩斯基区的切列平村，1929年应征入伍。抗日战争爆发后，由于中国空军数量少、战斗力弱，日本侵略者常凭借空中优势对我狂轰滥炸。自1937年11月至1941年6月苏联卫国战争爆发为止，苏联分批派出空军志愿航空队来华，协助培训我国飞行员并参加战斗。1939年5月，库里申科率领一个达莎式轰炸机大队受命前来，驻扎在成都南郊太平寺机场。来华后亲眼目睹了日寇飞机肆意轰炸我国城乡的暴行，激起他满腔怒火。他说："我像体验我祖国的灾难一样，体验中国人民正蒙受的灾难。"他全身心地投入培训工作，对学员严格要求，一丝不苟。他常说："飞机是国家财产，中国抗战需要飞机，损失一架就少一架。哪怕只是损坏一个零件，也得从万里之外运来，非常不容易，因而必须细心爱护。"为纠正学员降速或进入机场角度等方面的偏差，他往往亲自连续带飞好几次，一边示范，一边仔细讲解，直到他们真正掌握要领。一批批中国学员就这样迅速成长起来，投入抗击日寇的战斗。除培训任务外，他们还须随时严阵以待，一接到战斗命令便立即驾机出征。1939年8月中旬，他率队飞临武汉地区，轰炸了日寇的军事基地。9月29日，他又奉命率队空袭了日寇占领的广州机场，炸毁数十架敌机和油库。他们返航时，飞出很远还看见油库燃烧腾起的烟柱。10月3日，库里申科刚结束培训，忽然接到率队突袭汉口机场的命令。原来上级获悉日木更津航空队的6架新式攻击机，将于那天抵达汉口机场，支援原在那里驻扎的日海军航空队的重要情报，便立即把这项任务交给了库里申科大队。当6架新来的日机刚刚在停机坪上停稳，两航空队的指挥官与飞行员在指挥所门前正列队准备欢庆时，库里申科大队长率领的轰炸机群突然飞临机场上空，一枚枚炸弹倾泻而下，随着轰隆隆的爆炸声，指挥所、停机坪顿成一片火海。不仅6架刚抵达的新式攻击机被悉数炸毁，原海军航空队的数十架战机也一起遭殃，两个航空队多名指挥官与飞行员更是死的死伤的伤，日寇蒙受巨大损失。仅仅11天之后的10月14日清早，库里申科再次率队袭击汉口机场。胜利返航途中，与自孝感起飞的日寇20多架德国制造的梅塞施密特式战斗机遭遇，双方立即展开一场殊死搏斗。当日寇6架战机被击落之后，他们把主要攻击目标对准了库里申科的领航机，3架敌机紧紧缠住它不放。库里申科沉着应战，又击落其中一架敌机，但自己战机的左发动机被击中。他只好在战友掩护下冲出重围，驾驶着只剩一台发动机的战机沿长江向西飞去。当飞机飞临四川万县上空时，机身失去平衡。他为保护万县百姓的生命财产安全，努力避开居民区，选择在江心迫降。飞机落水后，同机的领航员与机枪手奋力游到岸边，在百姓搭救下脱险。而库里申科由于体力消耗过大，不幸被波浪卷走。20多天后，他的遗体才被当地民众在万县太白岩附近打捞上来，并照当地风俗安葬在太白岩下的太白书院旁。由于不知他的姓名，只知他是来帮我们打日本鬼子的外国飞行员，人们特意在他的墓上做了飞机的标志。

库里申科墓

正是由于苏联志愿航空队频繁袭击汉口机场，给日寇造成重大损失，迫使他们将航空队驻地由距前线不足50公里的地方后撤至500公里开外，大大减轻了对我前线与后方的空中威胁。

我们因为父亲的关系，很早就熟知库里申科的事迹。那是在1941—1942年间，父亲在重庆中苏文化协会主持编辑“苏联文艺丛书”及“苏联抗战文艺连丛”，前者是苏联长篇小说、剧本等文学专著，后者是反映苏联卫国战争的短篇小说、战地通讯或报道。他听一位从武汉去的友人说起在武汉亲见的空战激烈场面：随着震耳欲聋的枪炮与飞机轰鸣声，天空瞬间腾起朵朵烟团火花，原来是中日战机在相互追逐、厮杀。忽然一声爆响，一架飞机冒着大火浓烟歪歪斜斜掉到山那边去了。眼尖的立马指着喊：“太阳旗！太阳旗！摔下去的是鬼子飞机！”那边喊声未落，这边又喊起来：“嘿！又一架！又一架！也是鬼子的，那太阳旗更清楚！”……很快，百姓中就传说，是苏联空军的战机来帮我们打鬼子的。本来早在1938年9月间，父亲在城固就接到周恩来要他“火速赶赴武汉”的电报，父亲星夜赶去面见周恩来，周说：“现在国共又合作了，苏军顾问团急需翻译，你是北伐时代的老翻译，大家都希望你来。”当时，父亲正在内迁到城固的西北临时大学任教，他说：“我需回去把工作交代一下。”周恩来说：“速去速回。”不料父亲回到城固，就卷入了反对压制抗日救亡运动、将学校法西斯化的学潮而无法脱身。待学潮被反动当局镇压，父亲及沈志远、彭迪先等十名进步教授被国民政府教育部除名，武汉也已失守。父亲于是又根据周恩来安排，赴重庆担任新改组的中苏文化协会理事，负责编译苏联文艺丛书。他想，苏联除派来军事顾问团外，倘真的还派来飞行员参战，应及时将有关他们英雄事迹的报道翻译出来，收入“苏联抗战文艺连丛”，推介给广大读者，这将大大激励抗日救亡的士气。于是，他便通过苏联对外文化联络委员会等多个渠道联系，希望获取相关的资料。最后得知，苏联确有顾问团及志愿航空队来华，但由于苏联当时并未正式对日本宣战，所以苏军志愿航空队的“身份”还是保密的，库里申科的名字自然更不为人知晓。直到新中国成立后，他们的英雄事迹才见诸报端。

1949年10月17日，《解放日报》载文高度评价了苏联志愿援华航空队。抗美援朝时万县民众捐献的一架战斗机，就是以库里申科的名字命名的，既表明万县人民对库里申科的怀念，也表明他们期望驾驶这架以英雄名字命名的战斗机的飞行员能像库里申科那样创造出色的战功。打那时起，库里申科的名字也像卓娅、马特洛索夫等苏联著名战斗英雄的名字一样，通过书籍或影片为中国人民所熟知，成为我们那一代青少年们仰慕、学习的榜样。1958年7月，万县政府将库里申科墓正式迁入西山公园，墓碑上分别用中、俄文写着“在抗日战争中为中国人民而英勇牺牲的苏联空军志愿队大队长格里戈利·阿基莫维奇·库里申科之墓”。1958年国庆前夕，库里申科的遗孀和女儿应邀来中国参加国庆盛典，周总理在国庆招待会上热情地握住她们的手说：“中国人民永远不会忘记库里申科。”国庆后，她们去到万县，在新修的陵园为库里申科祭扫。库里申科牺牲时，女儿依娜才3岁。当时，她和母亲只知道父亲是在“执行任务时牺牲”，具体细节也是后来才获知的。

我们从事外交工作后，在国外遇到苏联使馆的同行，特别是若对方来自基辅，我们常主动提及库里申科，谈他与他率领的航空队在抗日战争中为中国人民作出的贡献与对我们这一代青少年的影响。1986年春，我们回国开会，有机会赴内地“大三线”参观，乘船途经万县时，曾期盼有机会去西山陵园瞻仰库里申科的墓地。可惜，轮船在万县停靠时间很短，当我们沿着天梯似的长长的石阶气喘吁吁地登上万县码头，只能向着当地人手指的林木葱郁的西山陵园的方向，为我们自幼仰慕的英雄默默送去一缕心香。

时光荏苒，1997年我们结束外交生涯回到国内，由于脱离了工作岗位，有更多空余时间看看书，写点小文章。2011年6月，忽然接到乌克兰驻华使馆的请柬，邀请我们出席为庆祝乌中建交20周年而与浙江师范大学乌克兰研究联合举办的《乌克兰研究》首发式。到了那里，始知时任乌克兰驻华大使尤里·科斯坚科的夫人柳德米拉·斯吉尔达是曾出版过30余部诗集、荣膺过意大利但丁协会金奖等多种国际奖项的乌克兰当代著名诗人。高莽老师为我们引见大使夫妇，并介绍我们说：“他们就是《追忆谢甫琴柯》一文的作者。”原来，正是高莽将我们这篇稿件推荐给浙江师范大学乌克兰研究中心，收录在《乌克兰研究》第一辑中的。我们听说斯吉尔达新出版了一部关于中国的诗集，希望得到一本，不久便收到她签赠的诗集《中国的呼吸》。诗集中收有她创作的一组“乌克兰人在中国”的诗，其中一首便是《格里戈里·库里申科》。这是她在东正教的报喜节那天写的，全诗是：

中国至今还记得他，
高莽凝视着他相片上的面容，
深情脉脉地说：
“他是我们的英雄！”
事实就是如此。
这个国家由于珍惜：
真实的事迹，

诚挚的友情。
日本侵略中国时，
他是出类拔萃的飞行员，
提及他的名字，
日本人胆战心惊。
没有一次空战，
他不是胜利地返回基地。
天空是他的活动场所，是他的生命。
他在天空找到了永生。
今天是报喜节，
我把目光投向苍穹，
仰望那茫茫的蓝天
我想从那里听到
报捷的号角声。

是的，“中国至今还记得他”。正如1958年国庆之夜周恩来总理对库里申科的遗孀和女儿所说：“中国人民永远不会忘记库里申科。”2013年3月23日，习近平主席在莫斯科国际关系学院演讲时，也特意提到中国人民没有忘记这位英雄，并告诉听众，一对普通中国母子已为他守陵半个多世纪。原来，自打库里申科的墓迁到万县西山公园后，一位名叫谭忠惠的妇女志愿担任守墓人，每天清晨都在寂静肃穆的墓园里把路面与碑石打扫得干干净净，这一干就是20几个寒暑。到了退休年龄，她又将守陵的使命交给同在公园管理处工作的儿子魏映祥。魏映祥也像母亲一样，一丝不苟，风雨无阻，一干又是30多年。不久前，魏映祥也到了退休年龄，不得不交班。但他舍不得相伴了几十年的“老哥们”，一有空就会来陵园转转，把库里申科的英雄事迹讲给来陵园祭扫与参观的年轻人听，或和他舍不下的“老哥们”摆摆龙门阵。

是的，“中国至今还记得他”：记得他如何义无反顾地来支援中国人民抗日战争；记得他一次次奋不顾身地率队出征，把天空当作他的“活动场所”、“他的生命”；一次次把捷报写在蓝天，以至“提及他的名字”，就让“日本人胆战心惊”……这种在反法西斯战争中用生命与鲜血凝成的战斗友谊，又如何能够忘记？！如今，在我们隆重纪念抗日战争暨世界反法西斯战争胜利70周年的日子里，八一电影制片厂新拍摄的《陪伴库里申科》，正是根据70多年前抗日战争中苏联志愿航空队大队长库里申科的英雄史实，及谭忠惠、魏映祥母子坚持为库里申科守陵半个多世纪的感人事迹改编的。无疑，它会将我们又带回那个万众一心，为国家存亡、为和平正义与侵略者血肉相拼的时代，让我们一代代年轻人回望历史，温故知新。我们想，魏映祥再去陵园和他的“老哥们”摆龙门阵时，可以骄傲地告慰“老哥们”英灵的是，今天的中国早已不是当年任人欺侮的时候了。就在前几天，中国空军组织多型号、多功能、多架次的战机从多个机场起飞，穿过巴士海峡，飞赴第一岛链之外1000余公里的西太平洋，开展人与装备融合、加快转型、提升远洋机动作战能力的实战训练。这已经是今年以来有计划开展的第三次远海训练了。让“老哥们”放心，如果敌人还敢侵犯，我们新一代空军会自蓝天飞传更多的捷报。

（完稿于2015年8月20日，刊登于同年10月21日《中华读书报》）

伊克巴尔的歌声

国家主席习近平今年4月21日在巴基斯坦议会发表演讲时，引述了巴基斯坦诗人伊克巴尔上世纪30年代的诗句——“沉睡的中国人民正在觉醒，/喜马拉雅山的山泉已开始沸腾”，来说明中巴两国在反对帝国主义，争取民族独立、解放的斗争中始终相互支持，相互信任。这诗句就像激越高亢的歌声，再一次跨越时空，在中巴两国人民心中震响。

穆罕默德·伊克巴尔是巴基斯坦家喻户晓的政治家、哲学家与诗人。他于1877年11月9日出生在旁遮普一个商人家庭。在国内修完大学学业后，1905年赴欧，先后在英国和德国进修哲学与法律。1908年归国后，在拉合尔国立学院教授哲学及英国文学，后弃教从事政治、哲学研究与文学创作。那时，巴基斯坦还是英属印度殖民地的一部分，伊克巴尔在《国歌》一诗中这样赞美这古老的国家：“……我们是它的夜莺而它是我们的花园/最高的是我们的山峰与天空相连/它是我们的哨兵与卫士/成千条河流在它的膝上嬉戏/它们使我们的花园比天堂还美丽/……希腊、埃及、罗马都已从地面上消失/可我们依然佩戴着它光辉的名称与标记。”然而，他无比热爱的“花园”并不平静：“……你的容貌使我哭泣/因为你的故事是一切故事中最可怖的/折花者在花园里未留下丝毫花朵的踪迹/折花者多么幸运，因为园丁们互相争斗不息……”（《苦难的图画》）“鹬蚌相争，渔人得利”，由于“园丁们”——印度教徒与穆斯林之间的不和与争斗，让“折花者”——英国殖民者把“花”尽数折去。英国殖民者自然也利用与挑拨这种复杂的民族、宗教、种族乃至种姓的矛盾，以维持自己的统治。这让伊克巴尔痛心疾首。他除在《给旁遮普农民》等多首诗中呼吁各族人民摒弃民族与宗教纷争，团结一致，摆脱殖民统治之外，也在认真思考。1930年他当选全印穆斯林联盟年会主席后，力主建立穆斯林独立国家，并多次赴伦敦出席英印谈判会议。他未能亲见这个愿望的实现，便于1938年4月21日病逝，但他的这一政治主张，却成为巴基斯坦的立国之本。印巴于1947年6月实现分治。1956年3月23日，巴基斯坦伊斯兰共和国终于宣告成立，实现了伊克巴尔未了的夙愿。作为哲学家，伊克巴尔有《伊斯兰宗教思想重造》、《自我的秘密》、《波斯思想史》等专著，但他最大的成就，还当属毕生从事的诗歌创作。除本民族的乌尔都语外，他还精通波斯语，他用这两种语言创作了《驼队的铃声》、《波斯雅歌》、《杰伯列尔的羽翼》、《还应该做什么》等10部诗集。印巴分治前，他被称作"印巴诗人"；分治后，他的故乡旁遮普划归巴基斯坦，他便成了地道的"巴基斯坦诗人"了。他的诗不仅在巴基斯坦，在南亚地区，包括印度、孟加拉、阿富汗、伊朗也都有深远影响。

我们最初知道伊克巴尔，是上世纪50年代在北大东语系求学时。那时，遍及亚、非、拉美的反帝反殖，争取民族独立解放的斗争正风起云涌。为表示对他们的支持和增加各民族间的了解，系里各语种师生纷纷筹划将相关国家的进步作品译成中文，乌尔都语师生拟定选目时，第一位就是伊克巴尔。人民文学出版社1958年出版过邹荻帆、陈敬容译的《伊克巴尔诗选》；1977年，为纪念伊克巴尔百年诞辰，又推出王家瑛译的另一选本《伊克巴尔诗选》。而今重读，联系到几十年国际形势的发展变化，对他的诗自然又多了一层了解。伊克巴尔之所以被巴基斯坦人民尊为"民族的诗人"，表明他绝非一般意义上的"歌者"。他生活的时代正是巴基斯坦和东方各被压迫民族日益觉醒，奋起反抗殖民主义统治，争取民族独立解放的时代。汹涌澎湃的时代大潮，激发了他强烈的爱国思想与独立意识。他把民族比作完整的躯体，而"音调铿锵的诗人"就是"民族的敏锐的眼睛"。他反对"为艺术而艺术"，主张诗人"有责任鼓励人们面对一切现实问题"。他写诗，哪怕短短的仿效波斯诗人欧玛尔·海亚姆的"鲁拜"体的四行诗，也都竭力将他对社会现实的锐敏体察、富有哲理的透彻分析，用灵动流畅的诗意表达出来。他的诗无一不是有筋骨，有力度，融合着整个民族的理想、信念，与代表民族文化特色的佳构。

伊克巴尔不是"只需用面包和清水来满足"的鹧鸪和燕雀，他是在"一望蓝空浩瀚无边"，像"正义的战士在疆场拔出宝剑/旷野的风就来把它锻炼/……猛扑又退却，一边退却又再猛扑的热血奔腾"的鹰（《鹰》）。他在客居欧洲时，曾度过多少这样不眠的长夜："你有什么苦痛在这寂寞的失眠夜/那寂静庄严的天宇，沉睡的大地/那月亮，那荒野，那些山峰峭壁/宇宙充满幸福的境地//从你的眼里流出的泪水/像发光的宝石，像星粒/你渴望着什么啊？我的心/大自然就是你的兄弟"（《孤独》）。长夜无眠，由残酷的社会现实，到浩浩天宇，他沉思着"上下求索"，从找寻大千世界万物变化

《伊克巴尔诗选》（王家瑛译）书影

《伊克巴尔诗选》（邹荻帆、陈敬容译）书影

的规律中，探求对人生与社会现实的认知。他没有被欧洲的繁华折服："虽说科学技术的光辉笼罩着欧洲/实际上那里是没有生命之泉的黑窟/论建筑的美观、豪华、堂皇/巍峨的银行大楼耸立在教堂之上/表面上是交易，实际上却是赌博/一人得利，千百万人死亡……"（《在真主面前》）。他透过西欧华丽光鲜的外表，看清它所谓的"民主"："在西方民主的背后/没有别的，只有皇帝的声音/专制魔王穿着民主的外套在舞蹈/而你把它当作自由的女神"（《西方的民主》）。他在伦敦收到儿子的信后，给他寄回一首诗，鼓励爱子"在爱情的帝国中创造你的炉灶，你的家庭/创造更新的时辰，新的黎明与黄昏/如果上帝给你大自然的友谊/愿你的语言由静静的玫瑰和郁金香组成"，并告诫："不要法兰西的灵巧的玻璃匠的礼品/让印度的自己的泥土塑造你的杯子、水瓶"……否则，像崇拜法国"玻璃制品"似的盲目迷信西方的"文明"，就会失去自我，"像干泥块的空壳，没有灵魂"（《被西欧弄昏头脑的人》）。同样，他还用"鲁拜"体写过一首《欧洲和叙利亚》："叙利亚的国土给了西欧人一个先知/最纯洁的，最慈悲的，一视同仁的先知/西欧人报答给叙利亚的是/赌博和醇酒和一大群娼妓"，用更为犀利的语言，一

针见血地戳穿欧洲“文明”的虚伪。诗中借用了流传在叙利亚的一则传说（即所谓“用典”）：有上千年历史的大马士革东郊有一处名叫“库塔”的园林，阿拉伯文的原意是“浓荫覆盖的水草丰美之地”，茂林、清泉、春花、秋果，相传是当年人类先祖亚当、夏娃居住的“伊甸园”。当他们“偷食禁果”被上帝从那里逐出后，便一直“以田里谷物和蔬菜为食”，过着自食其力的生活。他们育有一对子嗣：该隐与亚伯。亚伯即诗中所说“最纯洁”，“最慈悲”，平等待人“一视同仁”的先知；而该隐却狭隘、自私，竟出于嫉妒残忍地杀害了胞弟亚伯，犯下了《圣经》所载的“没有律法之先，罪已在世上”的第一宗命案。现今大马士革的卡辛山腰，尚有一“亚伯洞”，相传即当年的案发地。这首诗的要旨是：欧洲从叙利亚这片古老的国土上，汲取了有利于自身社会发展与繁荣的营养——文明与法理；而它所回报的却是资本主义发展与繁荣的衍生物——污秽与渣滓。虽只短短四句，像是信手拈来，却浸透着伊克巴尔这位政治家兼诗哲的锐敏、冷峻与睿智。（联系到当今叙利亚乃至北非、中东的乱局，伊克巴尔的这首“鲁拜”体短诗，也并不失其警示意义）

伊克巴尔就是这样一位“用雷电构筑窝巢”的雄鹰一样的时代的歌者，不停息地在浩瀚无边的蓝空翱翔，时时关注各弱小民族的觉醒、奋起与抗争，不停息地唱着那激越高亢“越过大地飘向天际”的歌，给他们以支持、以鼓舞。上世纪30年代，意大利派兵入侵埃塞俄比亚，他愤怒地谴责：“欧洲的野心家不会知道/愤恨是怎样藏在埃塞俄比亚的尸身/准备要把腐朽的尸体瓜分//文化兴盛，道德下沉/我们的世界上的许多国家竟以劫掠为生/——每条狼都在追寻着无力御侮的羊群//教堂的光辉尊荣遭到了不幸/因为罗马已经把它在市场上捣碎/哦，天父啊，锋利的脚爪才是真理。”（《埃塞俄比亚》）为了铲除那些将“利爪”奉为“真理”，“以劫掠为生”的凶恶狼，他甚至呼吁：“让人们的灵魂里发出新的火焰/号召全世界掀起一个新的革命！”（《鞑靼人的梦》）也是在上世纪30年代，伊克巴尔看到喜马拉雅山的另一侧，同巴基斯坦隔山相望的中国人民反帝反殖的斗争如火如荼，不禁热情洋溢地高唱起《侍酒歌》：“新时代，新天地/新的乐器奏出新乐曲/欧洲的秘密真相大白/欧洲的玻璃匠目瞪口呆/旧的政治无耻卑鄙/王公贵族大地厌弃/资本主义时代已经过去/魔术师变完戏法也已离去”，这开头就相当于中国古诗的“起兴”，接下来，便引出诗的主旨，亦即习主席在巴基斯坦议会发表演讲时所引的诗句：“沉睡的中国人民已经觉醒/喜马拉雅山的喷泉开始沸腾/请给我插上爱的翅膀，让我飞舞/将我的泥胎变作萤火虫，让我飞舞/让理性从奴役下获得解放/让青年成为老年人的师长/再用那支箭射入人心/将人们心中的愿望唤醒/愿你的云天众星全保平安/愿地上夜间的祈祷者平安！”

“侍酒歌”与“酒歌”原是波斯古典诗词中的一种传统形式，诗人借主宾——劝饮者或索饮者的口来表达自己的思想和意愿，往往一盏在手，文思激荡，神驰天外，纵论古今，汪洋恣肆，灿若珠玑。波斯著名诗人贾拉鲁丁·莫拉维（1207—1273）、萨迪·设拉子依（1209—1292）、哈菲兹·设拉子依（1320—1339）都是运用这种形式的高手。如哈菲兹的《酒歌》：“请把酒给我，愿人们为你/把幸福与长寿的门儿开启/我只要把一只酒盏高擎手中/杯影中茫茫宇宙便历历分明/烂醉如泥才无意中道出真情隐意/人事不省才脱口揭穿不宣之秘……”像熟识母语乌尔都文一样熟识波斯文的伊克巴尔，波斯文化也像乌尔都文化一样融入他的血脉，运用这种形式自然同样得心应手。他常以“疯僧”、“丐僧”、“托钵僧”自喻。这首诗中，他便以这种身份，以更高远的立意、更丰富的想象、更磅礴的气势和更浓郁的诗情，唱出有别于先辈们在皇亲国戚、达官贵人的欢宴中所唱的充满奢华与脂粉气的《侍酒歌》：“唉，侍酒！这是我丐僧的全部财富/凭借这些，我在托钵僧中最为富足/在我的商队里散尽这些财富/快散吧，让这财富得到自己的归宿。”他把“让理性从奴役下获得解放”的希望寄托在青年身上：“把一颗颗火热的心赐给青年人/把我的爱和目光赐给他们/使我的船绕过漩涡飞快前进/船若停滞，就推动它继续航行”。他像“一只年老的苍鹫训教幼鹰”那般告诫青年：“生命的气息是什么？宝剑/呼谛是什么？是宝剑的利刃/呼谛就是生命的内在的奥秘/呼谛就是整个宇宙的觉醒/呼谛性喜幽思，醉狂是她的显现/她既是一滴清水，又是一片汪洋/无论是在光明中还是在黑暗里，她永远明亮/她诞生在你我之中，但却超乎你我之上/太初在她之后，永生在她之前/在她之前无界，在她之后无限/在时代的江河里漂泊游荡/经受住折磨她的惊涛骇浪/探索的道路经常曲折艰难/观察的眼光时刻变换/沉重的磐石在她手中轻而易举/高山在她的打击下落石如雨/她旅行的终点就是起点/她停留的秘密就在这里/光自月中来，火星因石燃/身在染缸中，洁身永不染/数量多少与她无关/高低前后更无牵连/太初伊始，她就卷入到斗争/坐胎成形，她在亚当的泥身中/犹如苍天在你的瞳仁里/呼谛的巢就在你的心间”。什么是“呼谛”？译者王家瑛先生说：“它是乌尔都语的音译，其原意是‘自我’，含有‘依靠自己力量’的意思，是伊克巴尔诗中一个主要哲学概念。”伊斯兰教中除逊尼、什叶等主要教派外，还有一个叫苏菲的思想派别，他们认为重要的不在履行祈祷、朝觐等宗教仪式，而应仿效穆罕默德早年在希拉山洞潜修那样苦行净修，以期达到心灵与真主合一。苏菲派主张真诚、正直、行善、济人，这在一定程度上反映了社会中下层人民的愿望，在伊斯兰国家知识界与中下层人民中有广泛影响。伊克巴尔敬仰的波斯诗人萨迪·设拉子依、贾拉鲁丁·莫拉维等都是苏菲派诗人，他们的思想与宗教理念不能不对他产生重大影响。以“疯僧”、“丐僧”、“托钵僧”自喻的伊克巴尔在作品中一再提到的“呼谛”，就是倡导人们对命运、对宇宙万物的认知与把握，须强调自我、自知、自省、自励，而不要只注重表面的宗教礼仪：“何必去问智者：我的开端是什么/我所忧虑的我的结果又如何/还是把呼谛提高，使她走在个人命运之前”，并说：“一旦爱教会了人们自知/奴隶就能识破国王的奥秘。”也恰如这首《侍酒歌》结尾所说：“太初伊始，她就卷入到斗争/坐胎成形，她在亚当的泥身中/犹如苍天在你的瞳仁里/呼谛的巢就在你心间。”伊克巴尔既善于写抒情诗，也善于写政治诗与哲理诗。他的抒情诗往往带有鲜明的政治主张、浓厚的宗教理念与深邃的哲理思辨。他的这些艺术特色，都浓缩在这首《侍酒歌》中了。就是我们非穆斯林读者读起来，不同样会对诗中蕴含的哲理掩卷沉思吗？而且，与前辈苏菲派诗人不同的是，即使涉及宗教理念，也绝非宣扬逃避现实的遁世思想，而是旗帜鲜明地面对现实，没有丝毫的暧昧与迷茫，这更是十分难能可贵的。这首《侍酒歌》是伊克巴尔的代表作之一，情浓、“酒”醇、义厚，气势磅礴，一泻千里。这歌声不仅迅速地传遍印巴、南亚，而且疾风闪电般越过喜马拉雅的雪峰，把巴基斯坦人民的深厚情谊传达给正在反帝反殖斗争中迅速觉醒的中国人民，给他们以支持以激励。

1963年9月，我国著名诗人闻捷、袁鹰应邀访问巴基斯坦，并将他们访问期间的所见所闻、所思所感写成一本精美的短诗集《花环》，其中《诗哲》一诗就是奉献给伊克巴尔的：“……诗人伊克巴尔/呼唤巴基斯坦/蘸着满杯豪情/挥毫写下诗篇/催动人民觉醒/为着自由向前//圣哲伊克巴尔/呼唤巴基斯坦/喷出一腔热血/化作千古预言/指引人民前进/为着独立奋战……”21年后，即1984年的春天，为庆祝中巴通航10周年和巴中通航20周年，著名军旅诗人纪鹏应邀访问巴基斯坦时，也同样去拉合尔拜谒了伊克巴尔墓。他以一名老军人的名义，对这位巴基斯坦著名的诗哲说：“……中国人民自然也会记得/你那正义的呼喊和道义支援/在我们苦难深重的年代里/当我们在长城内外大江南北作战/欣喜地听到喀喇昆仑那边飞来的诗句/无比清晰地传到我们队伍耳边/于是，我们就把你的诗装进弹夹/扛起三八枪冲到杀敌的前沿……”中巴友谊源远流长，伊克巴尔这热情高亢的歌声正是这友谊的见证。自中巴两国正式建交后，无论国际风云如何变幻，两国人民始终是休戚与共、肝胆相照、相互帮助、相互支持的好伙伴、好邻居、好兄弟，我们在几十年的外交生涯中对此感触尤深。长期以来，两国在各领域开展的全方位互利合作早已结出累累硕果。令我们格外兴奋的是，今年4月，习近平主席为推进与落实“一带一路”倡议率团出访时，首访国家就选定巴基斯坦。在中巴两国以2013年7月首次宣布的建设“中巴经济走廊”计划为龙骨，加强港口、能源、基础建设和产业合作、人文交流，构建全方位合作的新格局的庄严时刻，我们又听到伊克巴尔那“越过大地飘向天际”的歌声穿越时空，从喜马拉雅雪峰那边飞来，依旧那么激越高亢，响遏行云，鼓舞着、激励着中巴两国人民在新的征途上奋进。

（2015年6月9日完稿，载于同年9月2日《中华读书报》）

重读《四月的哈瓦那》

从《文艺报》上看到1961年4月著名诗人阮章竞访问古巴时创作的诗集《四月的哈瓦那》于2015年9月28日中古建交55周年之际首次推出中文、西班牙文对照版的报道，颇感振奋。忙打开书柜门，在存放诗集那一格里翻找，耳边似乎又响起当年流行的有关古巴歌曲的旋律："当我离开可爱的故乡哈瓦那，／你想不到我是多么的悲伤……"啊，这是19世纪西班牙作曲家依拉蒂尔创作的抒情歌曲《鸽子》，曲调缠绵、优美。紧跟着又变成激昂慷慨的："美国佬要侵略站立起来的古巴，／他们别想能得逞呀，古巴不是危地马拉！／Cuba yes，Yangkee no！"这首名叫《要古巴，不要美国佬》的歌，是1960年哥伦比亚青年阿莱汉德罗·戈麦斯为在古巴召开的拉美第一届青年代表大会创作的，迅即走红整个拉丁美洲，并传遍全世界。不论歌词是用哪种语言唱的，那最后一句响彻五大洲的口号"要古巴，不要美国佬！"都是用英语喊出的。当年，走在北京的胡同里，常可碰到戴红领巾的孩童一边唱歌，一边喊着"Cuba yes，Yangkee no！"向学校走去。终于，在一本本珍藏的诗集中，找到了这本人民文学出版社1964年2月出版的《四月的哈瓦那》。摩挲着那已经泛黄的书页，就像见到久违的老友般兴奋。阮老这一首首激情澎湃的诗歌，又把我们带回上世纪五六十年代亚非拉美反对新老殖民主义，争取民族独立解放的斗争风起云涌、蓬勃发展的时代。特别难能可贵的是，阮老在创作这部诗集时，不时沿袭他著名的长诗《漳河水》中早为中国读者熟知并喜爱的"漳河小曲"式的民歌体，来阐述他的见闻与感触，让我们感到分外亲切，也一下子拉近了我们与古巴那个遥远国度之间的距离。

古巴是北美加勒比海北部墨西哥湾中的岛国，除有"墨西哥湾之钥"的古巴岛外，还包含萨瓦纳、卡马圭、科罗拉多斯、王后花园及卡纳雷奥斯等五个

《四月的哈瓦那》书影

群岛。古巴的名称源于泰诺语“Coabana”，意为“肥沃之地”。它除盛产烟叶之外，还盛产蔗糖。然而，继1494年6月西班牙航海家哥伦布的船队抵达皮诺斯岛，宣布它为西班牙的领地，1510年西班牙又派远征军前往古巴之后，古巴这个“世界上最甜的国家”的印第安原住民被西班牙殖民者惨无人道地迫害、杀戮，成了“世界最苦的人民”。阮老在《阿托埃依祭》和《多宝湖之花》中对这段悲惨历史有深刻的描述。阿托埃依是16世纪西班牙入侵古巴时当地印第安部族一位与西班牙殖民者进行殊死抗争的族长，他因伤被俘后，西班牙牧师捧着《圣经》，苍蝇似的在他耳边嗡嗡嘤嘤：“天堂的大门为你开了，／阿托埃依，你把头低下来！／你一呼一吸都有罪，／天父还是会宽恕你。／最后的一个印第安人呀，／忏悔吧，免得入地狱！”阿托埃依却大义凛然地回答：“我不问天堂住着鬼，／我不问天堂住着神，／我只问天堂有没有，／从西班牙去的人？……／印第安人跟西班牙，／活不能共一天，死不能共一地。／西班牙人能进天堂？／我永远不忏悔，情愿入地狱！”阿托埃依，古巴最后一个印第安人就这样从容就义：“血愤晚云变怒云，／声音从天劈大海，／化为浪涛海上奔，／咆哮怒吼喷白沫，／撼海岸，触天云，／除非海枯地球毁，／永远不绝音！”多宝湖是古巴最大的淡水湖，位于古巴岛西南萨巴塔的沼泽地带。相传16世纪初西班牙殖民者占领古巴后，疯狂杀戮印第安人及阿土耶人等原住民，他们被迫将金银财宝投入湖中。自那以后，此湖便得名“特索罗湖”，意译“多宝湖”。湖的面积约16平方公里，呈椭圆形，状似人头。湖水顺着几条弯曲的溪流注入大海，宛如人头上飘拂的银丝，蔚为奇观。阮老写道：“多宝湖，多宝湖，/蓼花红似火，/芦花白如雾。/印第安人曾在这里，/绿水青萍上搭茅屋，/儿歌咿呀涟漪笑，/月光静静撒满湖。//……多宝湖边花，/朵朵有泪痕。/湖边老树桠杈上/绞绳留下千道纹。/殖民将军升得快，/多宝湖边无活人：/茅屋成灰烬，/湖水血染浑，/吃奶的乳牙全砸碎，/儿歌绝，鬼火随风滚！//多宝湖，多宝湖，/殖民主义火和剑，/何曾把多宝湖征服？/印第安人用血和泪，/冲成湖形似人头颅！/愤怒的眼睛如喷火，/复仇的牙齿咬着须，/支流滔滔如怒发，/临阵迎风在飘拂！……”古巴革命胜利后，多宝湖被开辟为旅游胜地。阮老前往参观时，多宝湖已一改昔日的荒凉景象。他热忱地讴歌道：“……开垦良田的铁铧犁，/翻开沉睡的黑泥土。/咯咯蛙声欢，/油油湖水绿。/水上重新压木桩，/按照原形搭茅屋，/儿歌咿呀随月光，/夜夜在银波上飞舞。//不曾屈服过的多宝湖，/水比哪代都更碧绿，/像头发后掠的支流水，/似昂向晨风在飘舞。/水榭楼台放眼望，/艳阳天，新开的路，/跑过撒欢的黄牛犊。”

实际上，500多年来，古巴人民反抗西班牙殖民主义的斗争从未停止过。1790年何塞安东尼奥·阿明领导的农奴起义，更揭开了古巴人民反对西班牙占领，争取民族独立解放的序幕。1868年、1895年又先后爆发了两次独立战争。后来被选作古巴国歌的《巴亚莫之歌》：“快起来，上战场，巴亚莫的勇士们，/听那嘹亮的号角已经吹响……”正是在1868年古巴独立战争中诞生的。巴亚莫是古巴格拉玛省省会——当年起义军的出发地，它的词曲作者皮德罗·费圭雷多虽然在战争中牺牲了，但这首歌却像加勒比海不息的波涛一样，为一代代起义者传唱。

世界各地风起云涌的独立运动，大大削弱了西班牙、葡萄牙、英国、法国等老牌殖民主义国家的势力，而早就对西班牙统治下的古巴、波多黎各、菲律宾等垂涎欲滴的美国等新殖民主义者也乘虚而入。它先以1亿美元的价码向西班牙购买古巴宗主权遭拒，继而于1898年2月以派往古巴护侨的军舰“缅因”号在哈瓦那港爆炸为借口，对西班牙采取了军事行动，史称“美西战争”。它实际上是帝国主义列强重新瓜分殖民地的战争，也是美国向拉美和亚洲扩张的开始。1902年5月，在美国扶持下成立了“古巴共和国”，从此，古巴便由美国扶持的傀儡政府统治，古巴人民依旧过着贫困的生活。1934年巴蒂斯塔发动军事政变上台后，古巴更陷入军事独裁统治之下，老百姓的贫苦生活比之西班牙殖民统治时有过之而无不及。古巴人民反对独裁、争取解放的起义与斗争此起彼伏。特别是1952年，当巴蒂斯塔再次发动军事政变，妄图延续其独裁统治时，古巴人民忍无可忍，在亚非拉美风起云涌、一浪高过一浪的民族独立解放斗争浪潮的激励下，1953年7月26日，以卡斯特罗为首的150余名古巴革命青年袭击了奥连特省省会圣地亚哥东北的蒙卡达兵营。由于实力悬殊，起义被残酷镇压，却由此揭开了古巴人民反对巴蒂斯塔独裁统治，武装夺取政权的序幕。卡斯特罗等起义领导者被捕入狱，并于1955年被流放墨西哥。然而，在国内外反对声浪的压力下，巴蒂斯塔政府被迫宣布对卡斯特罗等起义领袖实行“大赦”。在“七·二六精神”鼓舞下，卡斯特罗等一批流亡墨西哥的古巴青年于1955年5月正式成立了“七·二六精神”组织。同年11月底，在“七·二六运动”组织领导下，卡斯特罗、切·格瓦拉等83名流亡墨西哥的爱国青年搭乘“格拉玛”号游艇，于12月2日抵达古巴拉斯哥罗拉达斯这片野藤、荆棘遮天蔽日，人迹罕至的海滩。而他们面对的，是巴蒂斯塔军队的炮艇和士兵的围追堵截，要将他们“剁烂在海岩岸”！在《四月的哈瓦那》这本诗集开篇的《自由古巴诞生地》以及《马埃斯特腊山麓下》等诗中，阮老用他细腻、生动的诗的语言形象地描述了古巴革命的艰苦历程，使我们看到起义者一刻也没有迟疑，一边抗击一边向密林深处前进：“背对着大海面对着火，/夜黑林深难迈步。/难迈步，从海、从火、从荆棘，/朝前踏出一条路！”……当他们重新聚集时，只剩下12个人、7杆枪。他们揩干了血迹，祭奠了战友，又义无反顾地继续向马埃斯特腊山前进，在那里开辟了根据地，并不断发展壮大。经过近三年的努力，起义者们终于在“七·二六运动”的领导下，于1959年1月1日一举推翻了巴蒂斯塔军事独裁统治，取得了古巴革命的胜利。

古巴革命胜利具有划时代的意义。它无异于在原本就不平静的国际社会炸响一声惊雷，极大地鼓舞了亚、非、拉美正蓬勃兴起的民族独立解放运动，也敲响了新老殖民主义的丧钟，更是给一直觊觎着古巴的巴蒂斯塔军事独裁统治的后台老板美国以当头棒喝。美国在当时国际舆论压力下，被迫承认古巴临时政府，但它绝不甘心在古巴的失败。自1960年起，美国中央情报局即策划炮制“猫鼬行动”计划，在佛罗里达州与多米尼加、危地马拉、洪都拉斯等地招募和训练古巴流亡分子；同年8月又策动美洲国家组织在哥斯达黎加首都圣何塞召开外长会议，通过妄图扼杀古巴革命和拉美民族独立解放运动的《圣何塞宣言》。不料，卡斯特罗领导下的古巴革命政府对美国的恐吓毫不畏惧，针锋相对地在哈瓦那举行了百万人参加的“全国人民大会”，并通过《哈瓦那宣言》，指出美国操纵下通过的《圣何塞宣言》是美帝国主义对古巴革命与拉美国家拥有的民族自决权与尊严的粗暴侵犯。这越发激怒了美国新殖民主义者。1961年1月，美国宣布与古巴断交，并将其招募与培训的1500余名古流亡分子组成包括步兵、重炮、空降、摩托化等多兵种的代号为“2506突击队”

诗人阮章竞与彭龄（摄于1999年8月）

的雇佣军，准备随时对古实施“猫鼬行动”。4月15日清晨，身在哈瓦那的阮老亲身经历了美军的空袭：“椰树落叶，路灯灭，/房倒墙坍梁柱折，/摇篮着火奶瓶飞，/哈瓦那，在流血！//……四岁的姑娘阿莉加，/血染被单肠坠地，/五一节的新衣服，/埋在碎砖破瓦里！”目睹了机枪射手、民兵埃杜尔·多赫尔克，不顾“脚下岛屿在颤动，/头上敌机在俯冲。/瞄准欺人太甚的美国佬，/从天空打到地狱中！”虽然他“腹部中弹血如泉”，依旧“从颤动的土地上站起来，/最后的一枪打上天！”4月16日清晨，“哈瓦那城下半旗，/哀钟沉沉慢慢起。/浅蓝的棺木雪白的花，/盖着无辜的被害者。/雪白的鲜花青青的叶，/母亲心似钝刀切！”人群抬着遇难者的棺木，涌向哈瓦那大学。那里有一座1895年古巴第二次独立战争时期的民族英雄马西奥将军母亲的铜像，她的七个儿子都在战争中牺牲，她说：“恨我没有第八个儿子，为祖国的自由而战死！”英雄母亲的话，像不灭的火焰激励着古巴人民前仆后继，为维护祖国独立而战斗。人们向英雄的母亲宣誓：“自由的岛屿，打不沉！/站起来的人民，吓不倒！”市中心卡德纳斯广场上，卡斯特罗与十万军民集会誓师。阮老见证了这盛大场面：“钢铁臂膀十万双，/旗帜十万杆，/像风吹怒浪/忽然拔海卷上天！”他赋诗赞道：“飞机锁住天，/军舰锁断海，/封天断海锁不住，／古巴前进的路！”对美国佬大规模的入侵，古巴人民更严阵以待：“两千公里的大海岸，／两千公里在磨钢刀，／七百万人民振臂呼：／来吧，美国佬！”来吧，美国佬！古巴人民早已料到，空袭哈瓦那，只是它干涉古巴的前奏。果然，4月17日凌晨，美国训练的这1500余名雇佣军在美海、空军协同下，多批次轮番向古巴科奇诺斯海湾（或称“猪湾”）大举进攻，开始实施他们策划已久的“猫鼬行动”。

作为抗日战争时期一直坚持在太行山抗击日寇的老战士、老诗人，阮老对美国的强盗行径怎能不感同身受、义愤填膺：“战鼓声，／震海城，／白头兵，／发转青。”他多想和十万古巴军民一起，奔赴科奇诺斯海滩，痛击美国佬的雇佣军啊！但他毕竟是古巴请来的中国客人，在主人再三说服下，他只好默默叹息一声：“只恨此身是客人！”“……我长夜不睡望着你，／为你编歌写征词：／让敌人活着爬上来，／不让活着逃出去！／让每块海岸的白沙滩，／变为敌人的乱葬区！”他日盼夜盼，终于等到了“飞报凯旋的马蹄声。”在阮老强烈要求下，甚至来不及办“通行证”，他便被破例允许去前方。阮老多兴奋啊！他一路走，一路看，一路歌吟，把所见所闻、所思所感统统化作一首首激情澎湃的诗行：“战云没散烟没消，／我沿着战车的轮辙行。／战友何须通行证，／只听沿路欢呼：中国人！／中国人民感谢你，／英雄古巴的骨肉情！／／战云没散烟没消，／我沿着战车的轮辙行。／弹坑、焦土、碎瓦上，／剑光组成凯旋门。／被烧毁的蔗田田埂边，／笑谈如何捉伞兵！／绿洲不见白鹭飞，／另有风光更解恨：／美国的坦克底朝天，／在浓烟滚滚的火里焚！”这些看似阮老把眼前的景象信手拈来写出的诗句，恰恰显示了老诗人的睿智、机敏，举重若轻地抓住典型、把握机遇的高超的技能。他终于来到一周前刚刚造访过的科奇诺斯湾，看到的却是：“弹痕满树，炮洞满墙，／新居民点半成炭，／第一所初级小学校，／塌墙压碎了嫩花坛！／／罪证重重，血迹斑斑，／蓝海风怒浪如山，／攀上云天又落海，／冲击着半沉的破军舰！／／……科奇诺斯蓝海湾，／我亲眼看见你从烈火中，／把敌人打得真够惨！／人工热孵的小王朝，／在滩头捣成稀巴烂！”他沿着科奇诺斯湾的长滩、吉隆滩一路走，一路看，一路采访，一路歌吟。他赞颂过为了保卫身后的父母妻儿、蔗园糖厂，面对悄悄爬上海岸的水鬼、蛙人，以及跟进的军舰、登陆艇，坚守在第一线堑壕里寸土不让，最后全部光荣牺牲的22位古巴士兵。他采访过民兵、蔗农、泥瓦工、水手、船工、打铁匠以及14岁的少年。他像当年抗日战争时期在太行山熟悉并深爱着那儿的乡亲们一样，深爱着古巴这些普通百姓：“我爱看出炉的熔钢水，／什么色彩都没有它美。／我爱看云层飞出的电，／什么光亮也没有它纯。／我爱你炮烟熏黑的脸，／弹洞满衣襟，／烈日晒红的古巴人！”唯有如此，他才会满怀深情地像描述《漳河水》中荷荷、苓苓、紫金英那三位漳河边的妇女一样，描述他遇到的那位14岁古巴少年："……永忘不了那位老民兵，/他为我招来个少年郎：/不满十四岁，/乳牙刚换完，/可是三天三夜忍着渴，/三天三夜忍着饥，/三天三夜在一起，/突击，冲锋，冲锋，突击！/那被荆棘剐破的小脸蛋，/那被海风吹皱的小嫩嘴，/使我话从心里喊出来：/古巴呀，你笑得多么美！"

按照美国中情局策划的原方案，是让他们训练的这1500余名雇佣军在美海、空军配合下抢占科奇诺斯湾的滩头阵地后，一面向纵深发展，一面迅速修建临时机场，让在迈阿密的流亡政府官员飞抵古巴并发电报向美求援，为美正式干预制造"体面的"口实。然而，他们显然大大低估了卡斯特罗领导下的古巴军民捍卫他们好不容易才获得的独立、自由的信念与决心。雇佣军从登陆的那一刻起，便受到古巴军民，包括老人、妇女、儿童，用步枪、砍刀、石头、棍棒拼死抵抗，没容他们站稳脚跟，便陷入十万古巴军民的汪洋大海。经过三天激战，美国佬精心策划的"猫鼬行动"便以失败告终。正如阮老诗中所说："看杀人发家的美国佬，/这回在古巴折了本。/两年准备在三天半/全军覆没鬼吹灯！"

拉丁美洲素有"美国后院"之称。"猫鼬行动"的失败，对拉美各地蓬勃发展的民族解放运动是莫大的鼓舞。为孤立与消除古巴革命的影响，防止"后院"再次"起火"，1962年1月，美国再次纠集美洲国家组织通过将古巴排除出该组织的决议，并开始了前所未有的持续了半个多世纪的对古巴的封锁、禁运与全面制裁措施，却一直未能征服它眼皮子底下的这个"弹丸小国"。直至2015年7月20日美古两国分别在对方首都重开使馆，两国中断54年之久的外交关系才正式恢复。

《四月的哈瓦那》或许算不上阮老最成功的作品。记得1999年8月我们同阮老谈起这本诗集时，阮老摇头笑笑："那书不值一提。"他说："因为出访时间短，而访问期间又突遇美军机轰炸和雇佣军入侵，更多的是想着将看到的真实情况和切身感受尽快赶写出来，没工夫细打磨。因而难免有些诗显得拉杂、空泛，缺乏艺术感染力……"阮老女儿援朝与陈培浩合著的《阮章竞评传》中也说：这本诗集"从主题到技巧、风格都有着浓厚的时代印记，艺术上并无突破"。然而，今天我们重新翻阅这本诗集时，仍被阮老那一行行炽热的诗句所感动。除了前面提到的，阮老在创作这种国外题材的诗时，仍时时采用他熟悉，也为中国读者喜闻乐见的民歌体，读来朗朗上口，意深、韵美、情浓，却又浅显易懂，没有丝毫的洋腔洋调，正体现着他一贯强调的"要时时想着读者"。在他1982年出访意大利时创作的组诗《意大利之歌》等诗中，也同样保持着这种风格。老诗人朱子奇在《世纪诗人阮章竞》一文中说："不是所有的人都要写民歌体，但民歌是个丰富的资源。我把他的诗和苏格兰的大诗人彭斯去比较。章竞同志的作品也都变成民歌在民间流传，都分不出哪是文人创作，哪是民间的东西了。……阮章竞同志为我们作出了榜样。”用民歌体写作，是阮老诗歌创作的特色。而用中国读者熟悉并喜爱的中国民歌体尝试创作国外题材的诗歌，《四月的哈瓦那》无疑同样是有益的范本。更重要的是，阮老此访是在亚、非、拉美民族独立解放运动风起云涌，新生的古巴刚刚摆脱新老殖民主义统治不久，而访问期间又突遇美军机轰炸和雇佣军入侵，身为一位经历过抗日战争的“白发兵”和老诗人的阮老，毫不犹豫地负起一位老战士的责任，不顾年高、体弱与连日奔波、疲惫，“长夜不眠”，时刻关注事态发展，急于将“看到的真实情况和切身感受尽快赶写出来”。在得到主人同意之后，来不及等候“通行证”，便急忙忙奔赴战地，边采访边写作，“没工夫细打磨”。而正是这些“没工夫细打磨”的耿直、朴素，一如阮老本人的那一行行炽热的诗句，恰恰突显了这位老诗人、老战士在当年那遍及亚非拉美的“一处处奴隶奋起，一顶顶王冠落地”的民族独立解放运动风起云涌的大时代中的坚韧的个性与担当精神。诗中传递的从加勒比海，从古巴爆出的那一声声惊雷，依然会在我们心中引起强烈的共鸣。

（2015年10—11月拟于葫芦岛和北京，载于《世界文化》2016年4月号）

漫游萨迪·设拉子依的《蔷薇园》

翻阅《外国抒情诗赏析辞典》，萨迪·设拉子依的条目下的一则逸闻引起我们的浓厚兴趣。这则逸闻说的是公元14世纪摩洛哥著名旅行家伊本·白图泰（1304—1377）于公元1348年游经我国汗沙城（今杭州）时，受到地方长官热情款待。有一次，在乘坐雕舫画艇游览时，主人安排一艘载着歌手乐师的船只随行助兴。由于主人嗜好波斯（今伊朗）音乐，他命歌手将一首“极其委婉动听”的波斯歌曲用波斯语重复演唱了数遍，以致伊本·白图泰竟将其中几句歌词“熟记无误了”。后人依据《伊本·白图泰游记》的记载，查到那歌词原是波斯中古时期著名诗人萨迪·设拉子依创作的抒情诗《我对你一见钟情》：

> 你走过我身旁，总该看我一眼/难道由于矜持才对我如此冷淡？/纵使到和阗也绝找不到这妩媚容颜/亭亭玉立的翠柏，哪片草坪也难得寻见/请中国画家端详这姣好的面容/画一幅肖像，否则何必描绘水墨丹青？/若撩起面纱露出你弓样的娥眉/天边皎月也得收敛她迷人的清辉/翠柏躯干挺拔，但缺少美丽的面庞/太阳面庞美丽，但略欠秀发芳香/自从开天辟地，未见有人如此妩媚娇艳/你是皎月，是安琪儿？是凡人，还是天仙？/我对你一见钟情，心潮如波涛汹涌……

诗人运用比拟、夸张等多种艺术手法，描摹令他神魂颠倒的一位娇艳、妩媚、矜持的美女，如此鲜明、生动，栩栩如生。更让我们欣喜的，是这首诗所含的“中国元素”。如形容该美女容貌时说“纵使到和阗也绝找不到这妩媚容颜”，和阗，亦称于阗，系古代塔里木盆地周边西域三十六国之一，属今和田地区。它原是古丝路上的一颗明珠，唐代曾设毗沙都督府，元代是蒙古诸王分封地，设宣慰使元帅府。它物产丰富，尤以产洁白的玉石闻名，故于阗在蒙语中意为“地之乳”。它又是闻名的歌舞之乡，我们最初便是从毛主席诗词中“万方乐奏有于阗”一句中得知的。于阗著名乐曲《于阗乐》汉代即传入宫廷，唐代筚篥演奏家尉迟青因长于演奏《于阗乐》而誉满长安。萨迪诗中竟也提及于阗，足见当时它早已声名远播。再如他说他想请“中国画家”为这美女绘一幅肖像，否则何必白白浪费水墨丹青。我们读《伊本·白图泰游记》得知，伊本·白图泰一行当年初到刺桐城（今泉州），从码头经过一街市，待他们返回时，见他与随从的画像已悬挂街头。“中国画家”的机敏与画技，令他们震惊不已。想不到这“中国画家”的声名，早在伊本·白图泰抵达中国之前，已在西亚一带传播。这不禁令我们想起阿拉伯世界流行的一句格言：“阿拉伯人的舌头，中国人的手。”说的是阿拉伯人以口齿伶俐、能言善辩闻名，而中国人则在心灵手巧方面更享盛誉。我们想，这必然是他们从汉唐以来古丝路上就源源不断运往西域的精美、细致的瓷器、丝绸、绣品的设计、制作与画工等方面真切感受到的。而萨迪的这首描写爱情的抒情诗能这样快地传入中国内地，为中国歌手用波斯语演唱与流传，除其旋律优美动听外，也还有这首诗的当代译者——1956年我们入北大时，已自北大俄语系毕业，又根据国家需要在职学习波斯语，后成为我国波斯语专家的张鸿年先生在《赏析》中所说的特殊原因：当时伊朗是蒙古人所建的“四大汗国”的一部分，同时也正值中国的元朝，随着波斯与中国贸易、文化交流的不断发展，来华的波斯人日增，波斯语与汉语、蒙语逐渐成中国内地的三种通用语。而伊本·白图泰的相关记载，也正是这种频繁交流的真实印证。

记得德国大诗人歌德在读过有“设拉子夜莺”之称的14世纪波斯诗人哈菲兹·设拉子依（1320—1389）500余首的《抒情诗集》德译本后，对其推崇备至，并由此先后用了十余年时间系统研读当时对西方人还十分陌生的波斯、阿拉伯、印度及中国等东方国家的诗歌与文学作品，并将研读中的所思所感写成大量诗歌，分别集成《西东合集》和《中德四季晨昏杂咏》。这两本诗集成为歌德继《浮士德》和《威廉·迈斯特》之后晚年最重要的作品。他在为《西东合集》题诗中这样写道：“谁要真正理解诗歌/应当去诗国里徜徉/谁要真正理解诗人/应当前往诗人之邦。”而为歌德称颂的14世纪波斯诗人哈菲兹·设拉子依，恰是萨迪·设拉子依的“小老乡”，他继承并发展了13世纪一批星座般辉映“诗国”与“诗人之邦”波斯夜空的诗人们——鲁达基、萨迪·设拉子依、菲尔多西、奥玛尔·海雅姆、鲁米等的衣钵，成为波斯中古时期最具世界影响的著名诗人之一。而其中对他影响最大的，正是萨迪·设拉子依。

萨迪·设拉子依《蔷薇园》中译本书影

萨迪·设拉子依（1209—1290）出生于波斯设拉子城一个清贫的宗教人士之家。那时，曾与罗马帝国比肩的波斯帝国已沦为阿拉伯帝国的一个行省，他自幼便懂得什么是异族统治。但这也更促使他勤奋好学，父母双亡后，他也不忘抓紧点滴时间刻苦学习。由于学业出众，他被派往巴格达内扎米耶学院深造，受到阿拉伯文化的熏陶，并开始诗歌创作。毕业后，他重返设拉子。不久，成吉思汗的孙子旭烈兀为贯彻蒙古国大汗继续西进的指令，指挥麾下彪悍的蒙古骑兵越过阿姆河，狂飙霹雳般席卷而至，使他再一次亲历与目睹国破家亡的惨状。他无心在故乡忍受异族统治与摧残，决心仿效苏菲派前辈离家远走，去各地游学，做一名宣扬社会公平、正义，揭露统治者贪婪、奢靡与伪善的“行脚僧”。他在国外侨居30余年，足迹遍及亚非广大地区，到过埃及、埃塞俄比亚、阿富汗、印度，还曾到过中国新疆喀什噶尔（今喀什）地区。今年1月下旬，国家主席习近平首访中东沙特、埃及、伊朗三国期间，在伊朗各主要报刊上发表《共创中伊关系美好的明天》署名文章，在谈到中伊友谊源远流长时，也曾提及“13世纪伊朗著名诗人萨迪记录下到中国新疆喀什的难忘经历”。喀什位于萨迪在《我对你一见钟情》中提及的于阗西北约400公里处，和于阗一样，自汉代张骞出使西域起便成为塔里木盆地周边古丝路上的重镇。萨迪在四处游学的日子里，长期生活在不同种族、不同信仰、不同语言、不同职业的人士之间，广泛汲取他们的知识与经验，通过观察、体味与思考，不断丰富自己的阅历与创作灵感。他在游学过程中创作了大量诗歌，包括《我对你一见钟情》那样的抒情诗，还有讽喻诗、训诲诗、颂歌、挽歌、“鲁拜”诗（四行诗）等。直至13世纪中叶蒙古占领者败走后，他才重返故乡，晚年一直在故乡设拉子度过。由于得到君王萨德的赏识，他得以安心写作，并分别于1257年和1258年相继完成他毕生最重要的两部著作《果园》和《蔷薇园》的创作。这是他继广泛流传并获崇高声誉的诗歌之外，奉献给世界文坛的两朵光彩夺目的奇葩。他曾说过：人生需经历两个阶段，第一是探索阶段，会经历种种艰苦、磨难，及犯这样那样的过错，但也积累了经验。第二阶段即应根据以往的经历，总结收获与教训。他的这两部作品，恰是他幼年失孤，国破家亡，不甘在异族统治下苟延残喘而四处游学30余年的所见、所闻，所思、所悟的艺术结晶。

波斯中古文学的诗与散文，自公元7世纪萨珊王朝起，到群星荟萃的13世纪，都已达到顶峰，许多著名诗人同时也是散文大家。萨迪自然也不例外，他的散文著作《论文五篇》、《帝王规劝》、《论理智与爱情》等，言简意赅，清新晓畅，一直是波斯文学的经典。与前辈苏菲派诗人、文学家不同的是，他除了反对迂腐、奢靡，注重个人功修、自省之外，还注意将自己对自然、对社会事理的思考、领悟与哲理思辨糅合在文学创作与讲学之中。他的作品，无论诗与散文，都有很强的哲理性。与阐述穆斯林应遵循的道德的训诲性诗集《果园》不同的是，他的《蔷薇园》采用的是散文与诗交织的文体：于散文叙述中画龙点睛似的穿插、点缀着告诫、格言、幽默或讥诮的短诗，使它更显多姿多彩，引人入胜。正如他在《蔷薇园》的跋中所说：“我用美丽词彩的长线串着箴言的明珠，我用欢笑的蜜糖调着忠言的苦药，免得枯燥无味，使人错过了从中获益的机会。”在《蔷薇园》开头部分，他写道：“我在这本书里写了各地奇闻、圣人训喻、故事诗歌、帝王言行，其中也掺杂着我自己的一部分宝贵的生活经验。”这本书的内容十分庞杂，如萨迪所说，他“把这花木繁茂的花园，仿照天堂，分作八个部分”：包括记帝王言行、记僧侣言行，以及论知足常乐、论寡言、论青春与爱情、论教育、论交往、论老年等。说故事，讲见闻，发议论，既无贯穿全书的人物，也无前后相连的情节，不拘形式，不受羁绊，或长或短，从心所欲，于娓娓讲述中深刻揭露与讥讽13世纪中亚封建社会的种种黑暗，也真实地记述了普通百姓真诚、勤劳、质朴的本性，和他们对公正、自由和幸福生活的企盼与追求。

最早将《蔷薇园》译介到中国的，是回教人士王静斋阿訇，当时（1943年）的译名是《真境花园》。我们手边的这本《蔷薇园》，是1958年为纪念萨迪《蔷薇园》出版700周年，由人民文学出版社老编辑、翻译家水建馥翻译的。

我们捧读着它，仿佛跨越时空，像萨迪在书中所说的他的那位朋友一样，在深夜，随着头缠长巾、身着一袭粗毛织的长衫的萨迪，在“树木繁茂，清幽可爱，地上像是铺了碎玉，葡萄藤上像是挂满了七簇星的项链”的花园里，伴着潺潺的溪水和枝头婉转的鸟鸣，听着萨迪隽语风生、诙谐有趣的叙述与训诲。我们将那些令我们怦然心动的故事和富有哲理性的箴言俪句摘录在小本上，就像用衣襟兜满花园里随手采撷的鲜花：蔷薇、香草、风信子、萝芫……悠悠自得，乐而忘返。

后来，每当我们翻阅那小本，字里行间依旧感受到《蔷薇园》那花团锦簇、香风细细的景致。譬如在《记帝王言行》这一卷里，我们摘录萨迪述说的这样一则故事：一位波斯国王横征暴敛，百姓不堪忍受，纷纷逃亡，致使国势日衰。一天，臣下为他诵读10世纪波斯诗人菲尔杜西创作的史诗《列王记》中扎哈克王朝衰微，法里东继位一节时，宰相乘机问国王：“法里东一无财宝，二无国土，三无军队，何以能据有天下？”国王说：“你不会不知道是百姓拥戴他，肯为他出力。”宰相乘机诤谏：“陛下，既然天下得失在于民心向背，为何您不能对百姓宽厚仁慈，让他们在您的庇护下安居乐业，而偏要迫使他们逃散呢？！”国王却没有接受这诤谏，反将宰相下狱。不久，国内果然叛乱蜂起，国王也被赶下了台。萨迪就此吟道：“假如帝王欺压人民，／危难中就会众叛亲离。／你若时时体念人民，／战争时才能无所畏惧。／因为君主如果英明有为，／全国人民便是军队。”

再一则关于努什旺国王的故事，说有一次努什旺国王在荒野狩猎，仆从为他烹调野味，找不到盐，正准备到村里去要的时候，国王说：“拿百姓家的盐，别忘了付钱。如果坏了规矩，这村子就要破产了。”仆人不以为然：“讨一点盐有什么要紧呢？”国王说：“一切罪恶起初都微不足道，由于相习成风，最后便不可收拾了。”萨迪就此吟道：“国王如果在一个百姓的园子里/取一只苹果，臣属就会砍走一棵树；／苏丹如果放纵了自己，／拿走五个鸡蛋；他的臣属/就会杀死百姓家的一千只母鸡。”俗话说“勿以善小而不为，勿以恶小而为之”，这则故事正是告诫权力者必须时时检点、慎行，否则“放纵自己”，“坏了规矩”，便会上行下效，使“小恶”像瘟疫一般迅速传播。细品这故事、这教诲和这箴言，不正是萨迪说的他“用美丽词彩的长线串着箴言的明珠”吗？

在《记僧侣言行》一章里，萨迪也从他几十年在各地游学的经历、见闻与体验中，撷取一则则小故事给人以教诲与警示。如揭示一个信徒的虚伪，他说信徒们去国王那里赴宴时，这个信徒吃得比平时格外少，而祈祷时又比别人长得多，以求得大家的尊敬。但一回到家，他便急忙吩咐开饭。儿子问："您在国王那里没吃饭吗？"他回答说："因我另有所求，在人们面前没有多吃。"不料，儿子知道他的"另有所求"只是伪装谦逊与恭敬，以博得国王和他人的好感，于是回应说："啊，既然这样，您的祈祷也不能算数，也得重新来过。"对此，萨迪讽喻道："你把你的优点放在手心，/把缺点藏在腋窝里。/虚伪的人！假如困苦来临，/你的赝币岂能买到东西？"虚伪必无信，兜里的"赝币"是救不了急的。自欺欺人者，到头来，倒霉的还是自己！萨迪还以自己为例，告诫人们不要妄自尊大。他说他幼时恪守教律，却又有些自负。有一回，他陪父亲诵读经文，终夜不曾合眼，而其他人都已睡去。他很自负地对父亲说："看他们睡得像死人一样。"父亲回答说："儿子，你要是也睡了倒好，免得诽谤别人。"父亲是告诫他不要以自己这一点点优点看轻与取笑别人。萨迪吟诵道："自欺的幔幕蒙蔽着他，/虚妄的人只看见自己。/若是他像真主一样明察，/就知道别人不比他低。"

萨迪的一生中，还有错被西欧十字军当作战俘抓去的经历，在这一卷中，他也作了记述。他在大马士革住厌了，跑到耶路撒冷郊野去住着，不料却被十字军俘获，押送到的黎波里挖壕沟。他赋诗吟道："他离开人群逃进山林，/原想在此永远修行，/不料会有这样遭遇：/来和野蛮人住在一起。""我宁愿和心爱的朋友住在一起受苦，/也不愿和素不相识的人在花园里散步。"一个阿勒颇的富商同情他的遭遇，也赏识他的为人，花钱将他赎出，并将女儿许配给他。不料这女子却暴虐蛮横，常对他恶语相向。他感叹道："好人家里如果有个恶妻，/今生等于走进了地狱。/真主！别让我有一个泼妇，/今生就在地狱受苦。"有一次，她竟这样恶狠狠地骂道："若不是我父亲花十块金币从法兰克人手中将你赎出，你会有今天？"萨迪说："不错，是他把我赎出的。可是他又把我卖给你了。"萨迪这样吟道："我听说从前有一个高贵的人物，/把一只羔羊从狼嘴里救出。/晚上他拿起刀子要把羔羊宰杀，/羔羊临死之前说了这样的话：'你把我救出来，赶走了恶狼，/现在我才明白你和它一样。'"对这凶悍霸道的泼妇，他无法忍受，被迫离家出走，继续四处游学流浪。

萨迪在《蔷薇园》中用这样一则则有趣的故事、传说，和"用美丽词彩的长线串着箴言的明珠"，来宣扬勤劳、刻苦、知足、行善、仁爱、谦恭，反对贪婪、暴虐、擅权、霸道、虚伪、自私。那些箴言、俪句，意蕴深刻。譬如："无信的人不能当作伴侣，/善变的人不会讲情义。""我宁愿受苦，补缀我这旧衣，/不愿向富人写信求乞。/我若靠别人爬进天堂，痛苦胜过跌进地狱。""狮子虽然饿死在洞里，/也不吃野狗剩下的唾余。/你尽管尝尽饥饿的苦头，/也别向猥琐的小人乞求。/愚人虽是法里东那样的富豪/不要把他看得很高。/贱人尽管穿上一身锦绣，/也只是包了金的石头。""那年老的母亲说得好，/（当她看见儿子能把老虎制服）/‘从前你曾是幼小无靠/紧紧地攀着我的胸乳，/你若记得那时，就不致对我如此凶狠，/如今你是赳赳武夫，我是一个老人。’”“有了知识而不运用，/如同一个农人耕耘而不播种。”“如果一向说话可靠，/一次说错别人也会原谅；/如果一向喜欢捏造，/说了真话也被认为撒谎。”……如春风化雨，润物无声，给我们启迪、警示与滋养。

《蔷薇园》是萨迪晚年深居简出，“以泪水的钻石划开心灵的石壁”，将“我这记忆的石板上的空虚字句通通洗掉”，呕心沥血，精雕细刻，为后人留下的瑰宝。他笃信：“我的身体化为尘土之后，/我的诗文将会继续留存；/世间的一切都是变动不居，/我的画图却将永远留下记忆……”他甚至还说：“假如它能得到王上嘉许的恩惠，/就能和中国的绘画，阿詹的画叶媲美。”“阿詹”是摩尼教的经典，其中附有许多插画，相传也出自中国画家之手。当年，能与中国的绘画媲美的诗文，在萨迪看来自然是至高无上的荣誉。

他的那些“用美丽词彩的长线串着的明珠”般富有哲理与思辨的箴言、俪句，几个世纪来常被人们摘录、引用。联合国总部大厅就悬挂着萨迪的警句：“亚当子孙皆兄弟，兄弟犹如手足亲。”习主席在《共创中伊关系美好明天》的文章中写道：“驼铃相闻，舟楫相望。沿着绵延万千里的陆上和海上丝绸之路，两大文明远行并拥抱，两国人民远行并交好。正如萨迪在诗中写道：‘久远，方值得留恋。’”伊朗与今年1月习主席同期首访的沙特、埃及一样，都是我国中东“朋友圈”中的重要国家。千百年来，中国与伊朗不仅借绵延万千里的古丝路互通有无、友好交往，而且相互之间这种历经千百年风雨考验的历久弥新的友谊，今天又面临着新的发展契机。我们愿同伊方一道，在“一带一路”这具有深远意义的战略方针指引下，乘势而上，共同书写中伊关系全面、长期、稳定发展的新篇章。

（2016年5月3日完稿，载于《世界文化》2016年8月号）

第三辑

喀秋莎的歌声依旧像明媚的春光

又是春意浓时，海棠未谢，榴花又开，公园里处处花团锦簇，更有一阵阵歌声从松林深处传来，让人分外神清气爽。那是游客自发聚集的“合唱团”，已经延续十几二十年了，唱的大都是六七十年代耳熟能详的老歌：《二月里来》、《南泥湾》……也有苏联与俄罗斯的《喀秋莎》、《三套车》等。唱歌的大多是“白发族”，但也有“80后”、“90后”的年轻人。

随着手风琴欢快的前奏，《喀秋莎》的歌声又骤然响起。我们不禁想起今年1月一则发自莫斯科的报道：《喀秋莎》的词作者、苏联著名诗人米·伊萨柯夫斯基110周年诞辰之际，俄罗斯报刊、电视台刊登缅怀文章及播放专题节目，各地还纷纷举行集会，《喀秋莎》、《灯光》、《红莓花儿开》等伊萨柯夫斯基的歌又在俄罗斯大地唱响。这令我们感到无比欣慰。

1900年1月，伊萨柯夫斯基诞生在俄罗斯北部斯摩棱斯克市郊的一个村庄，父亲是农民，也兼做村邮员。由于家境困难，他中学未毕业就参加了工作。他的文学与写作知识，不少是从父亲派送的报纸的副刊上获得的。他很小就开始写诗，深得老师赞赏。1914年，他的处女作《士兵的请求》发表在《新土地》报上，诗中表述的反战思想引起文学界的注意。1921年他出版了诗集《沿着时代的阶梯》和《四万万》。虽然多是配合宣传十月革命后的农村政策，但由于他从小生活在农村，惯于采用民歌的形式，用清新又质朴的语言反映社会与农村的变化，具有浓郁的生活气息，受到读者喜爱。同年，他调往斯摩棱斯克《工人之路》杂志社，开始编辑生涯。1927年出版的诗集《稻草中的电线》受到高尔基的称赞，使他备受鼓舞。后来，他因眼疾去职，成为专业诗人。

大约是1934年，有一次他在影院发现银幕上演唱的歌词竟选自自己的一首小诗，感到十分新奇。由此，他开始了与作曲家察哈罗夫、波克拉斯、勃朗特尔等人的合作，成为一名诗人兼词作家。他说：起初，他也曾尝试给现成的乐谱填词，但效果不好，难以尽情表达心中的诗意。他认为“好的歌词，都具有不依赖音乐而独立存在的艺术价值”。因而，他无论是作诗或写歌词，在表现手法上都强调质朴、细腻、明快，富有节奏感，以收到谱曲能唱、离曲能诵的效果。

《喀秋莎》的词曲，实际上作于1938年。当时，作家芮宁将伊萨柯夫斯基和他的“老搭档”、作曲家勃朗特尔邀到编辑部，请他们写一首歌，准备刊登在正筹办的刊物的创刊号上。离开编辑部，伊萨柯夫斯基将几页手稿交给勃朗特尔。勃朗特尔仔细翻看着，当读到《喀秋莎》一诗时，立刻被它表现出的纯真的感情和优美的意境所吸引，尽管当时这首诗还没写完，他却兴奋地大声说：“就是它了！”在他的催促下，伊萨柯夫斯基很快将结尾部分写出，一首清新、隽永的小诗与歌词便完成了：“正当梨花开遍了天涯／河上飘着柔曼的轻纱／喀秋莎走在峻峭的岸上／歌声好像明媚的春光／姑娘唱着美妙的歌曲／她在歌唱草原的雄鹰／她在歌唱心上的人儿／她还珍藏着他的书信／啊，这歌声，姑娘的歌声／跟随着光明的太阳飞去吧／告诉驻守边疆的战士／喀秋莎的歌声永远伴随着他／驻守边疆的年轻战士／心中怀念远方的姑娘／勇敢战斗保卫国家／喀秋莎的爱情永属于他。”伊萨柯夫斯基说：“青年们所以热衷诗歌，是因为他们热情奔放，希望用优美的语言去表达内心朴素又崇高的理想。”这首用俄罗斯姑娘昵称作标题的歌，恰恰是用明快朴素的语言和热情奔放的曲调表达了俄罗

1994年彭龄在伊萨柯夫斯基墓前

斯青年心中的崇高理想，字字句句洋溢着令人振奋、鼓舞的爱国主义情怀，因而迅速成为当时最受欢迎的歌曲之一。

然而，这首歌在后来的卫国战争中脱颖而出，产生难以估量的精神力量，从而成为那个时代的经典，却是伊萨柯夫斯基和勃朗特尔都未曾料到的。

1941年6月22日，德国军队用“闪电战”横扫欧洲大陆之后，分三路大举越过苏联边境，不到一个月的时间里，其中央集团军群近百万人便直逼莫斯科城下。7月中旬，苏联红军新编第3近卫师开赴前线，莫斯科某工业学校的女学生高唱《喀秋莎》为战士们送行。当列车在歌声中徐徐开动，近卫军战士庄严地行军礼向女学生答谢，那悲壮的一幕曾令千千万万人动容。在后来的第聂伯河阻击战中，这个师的官兵几乎全部阵亡，但他们却重创了德国最精锐的古德里安坦克部队，为保卫莫斯科赢得了宝贵时间。从那时起，《喀秋莎》便伴随着战火硝烟，带着苏联人民战胜德国强盗的必胜信念，传遍前方、后方。

1942年冬季苏军在斯大林格勒前线大反攻时，首次使用了一种由8根导轨自行发射的M-13型车载火箭炮，它便捷、火力强、覆盖面大，特别适于打击敌集群目标，压制敌火力配系和摧毁其防御工事，在战场上大显神威。战士们见火箭炮发射架上镌刻着字母“K”——那本是兵工厂的标记，但又恰是“喀秋莎”的第一个字母——便将它同他们喜爱的歌曲联系起来，把这种令德国鬼子闻风丧胆的火箭炮也亲昵地称作“喀秋莎”。

其实，我们知道“喀秋莎”火箭炮的出现要先于与它同名的歌曲。抗日战争期间，我们住在重庆远郊沙坪坝，平时家中只有彭龄和母亲，父亲在城里，姐姐在学校住读，只在周末才回家。那时家中照明用的是一种灯心草作“捻儿”的油灯，浸透灯油的捻儿斜竖在油碗边上，燃一小朵微弱的火苗。为了节省煤油，平日只点一根捻儿。周末的晚上，一家人围坐小桌旁，彭龄姐弟念书或做作业；父亲翻译苏联反法西斯文学作品；母亲或帮父亲誊抄文稿，或为一家人缝衣服、纳鞋底。这时，常点三四根、四五根捻儿，斜斜的一长排竖在油碗边上，父亲说那就像“喀秋莎”火箭炮。有一次我们去南开中学看电影，从加映的苏联卫国战争纪录片中看到千百门“喀秋莎”火箭炮发射的火箭弹风驰电掣般呼啸着飞向德国鬼子阵地，那场面真是大快人心。于是，周末更成了彭龄母子期盼的日子——期盼着晚饭后一家人围坐在“喀秋莎油灯”下工作与学习。那清苦却充满温馨与希望的岁月，让我们铭记一生。

1945年4月，正是梨花盛开的季节，最后围歼德国强盗的柏林战役即将打响，一支又一支红军部队高唱着《喀秋莎》向前线集结。伴着这歌声，2000余门刚出厂的“喀秋莎”火箭炮也源源不断地向前开进。那振奋人心的壮观场面，也永远定格在人类反法西斯的史页中。

我们知道伊萨柯夫斯基和他写的《喀秋莎》、《送别》、《灯光》、《有谁知道他》，以及《红莓花儿开》、《从前这样，如今还是这样》等一首首脍炙人口的诗与歌词，是在上世纪五六十年代。这些诗与“老歌”，伴我们度过了青春岁月。我们曾听翻译家高莽说过，他有一次在莫斯科的一个集会上遇到伊萨柯夫斯基和他的“老搭档”勃朗特尔，他告诉他们中国人对他们创作的歌曲并不陌生，特别是《喀秋莎》流传得更广时，伊萨柯夫斯基激动地说：“如果能听听中国人的演唱，该多好啊！”可惜由于后来中苏交恶，影响到两国正常的文化交往。正如父亲的老朋友、《第四十一》的作者鲍·拉甫列尼约夫为生前未能喝一口中国江河的水而深感遗憾一样，伊萨柯夫斯基的这个心愿也同样未能实现，便于1973年7月20日病故。

苏联解体后，俄罗斯国内各种思潮激烈碰撞，许多人将盲目追随西方引为时尚，肆意贬低与否定前人成果。高莽老师有一次在伊萨柯夫斯基墓前拍照，突然听到一个俄罗斯人用不屑的口吻说：“拍他干什么？他早被我们忘记了……”高莽十分惊讶，他说他曾想告诉那个俄国人：如果他的子女将来在祖国听不到伊萨柯夫斯基的诗歌，不妨到中国转转，他在中国会听到。1994年，我们有机会路过莫斯科，特意去新圣母公墓瞻仰心仪已久的苏联作家、艺术家的墓地，其中不少人曾是父亲的老朋友。记得在《青年近卫军》作者法捷耶夫的墓旁，一位年纪与我们相仿的俄罗斯人指着近旁的一座墓说：“那里长眠着一位诗人，不知你们有没有听说过他……”只见墓旁有一尊坐像：一位穿西装戴眼镜的男士，腿上放着一本书，像在构思新作。我们忙去读雕像底座上镌刻的姓名，竟是伊萨柯夫斯基！“正当梨花开遍了天涯/河上飘着柔曼的轻纱……”，“有位年轻姑娘，送战士去前方/他们黑夜里告别，在那台阶上/透过淡淡的薄雾，青年看见/在那姑娘窗前闪耀着灯光……”那熟悉的旋律旋即在耳旁响起。我们轻轻起个头，同去的使馆的同事及留学生也随之唱起来。我们想，伊萨柯夫斯基如果知道这是几个中国人在他墓前怀着发自内心的尊崇与缅怀，用并不专业的声调唱着他的歌时，也会感到欣慰的。

我们问那位俄罗斯人：“现在俄罗斯的青年还唱那些歌吗？”他十分严肃地说：“尽管现在不少人对老一代作家的作品说三道四，但请相信，一个民族的历史与文化是不可能割断的。人们会记住他们，怀念他们的……”当时，我们听着这回答，心中同样有着说不出的无奈与酸楚。

如今又多少年过去，正如当年那位俄罗斯人所说，一个民族的历史与文化是不可能割断的，像伊萨柯夫斯基这样为国家、民族勤恳工作一生并卓有成就的诗人、词作者是不会被忘却的。如今，我们终于兴奋地得知，在伊萨柯夫斯基的祖国，人们不仅唱他的歌、读他的诗，在他110周年诞辰之际，还举行各种活动缅怀他、纪念他。他的故乡斯摩棱斯克不仅授予他“荣誉市民”称号，而且还在乌格拉河畔建起一座“《喀秋莎》纪念馆”，陈列着有关伊萨柯夫斯基的各种资料：文稿、书籍、照片，世界各国专业、非专业的合唱团用各种语言演唱的《喀秋莎》及其他歌曲的唱片、光盘，等等。为一首歌专门兴建一座纪念馆，恐怕世上还是不多见的。我们终于欣慰地看到，俄罗斯大地上，喀秋莎的歌声依旧像明媚的春光。

（2010年3月27日完稿，载于《世界文化》2010年6月号）

韦素园与果戈理的《外套》

向年近九旬的教育家靳邦杰先生借阅的《韦素园选集》，放在手边很长时间了，一直未能静下心来读一读，实在愧疚。直到最近才下决心挤出时间，仔细拜读这位前辈存世的文集。

韦素园是鲁迅先生1926年发起并创建的文学社团“未名社”的六名成员之一。其余几人为台静农、李霁野、韦丛芜和父亲曹靖华。韦素园生于1902年6月18日，殁于1932年8月1日，鲁迅先生为他手书的碑文说：“宏才远志，厄于短年，文苑失英，明者永悼。”他只在世上生活了30年，令人哀惋。他病重时，鲁迅先生在上海，而父亲远在列宁格勒（今圣彼得堡），都不在他的旁侧。1932年5月18日，他自感不久于人世，在作为遗书写给时在北平的台静农、李霁野、韦丛芜的信中表露自己对文学、对师友的真挚感情：“鲁迅先生与靖华，是我所极敬重的先生和朋友。竹年（李何林）、野秋（王冶秋）、池萍（赵赤萍），我都怀念着……”我们捧读，心情怎么也难以平静。

韦素园在父亲心目中始终占有特殊位置。他们不仅是“未名社”的同事，还是同窗共读、患难与共的至交。1920年，他们一同经安徽进步人士蔡晓舟先生推荐，去第三国际和上海共产主义小组领导的上海渔阳里“外国语学社”学习，并于次年与任弼时、刘少奇、蒋光慈等同批被派往莫斯科东方大学学习。在那里，他们得到瞿秋白的帮助与鼓励，决心学好俄语，把苏联这座“宝山”的宝贝（进步文学作品）介绍到中国来。他们把从少得可怜的津贴中节省的钱，几乎全用在买书上了。1922年他们回国后，又一起在北大俄语系旁听，以求进一步提高俄语水平，并尝试翻译苏俄文学作品，如父亲翻译契诃夫的剧本《蠢货》，韦素园翻译梭罗古勃的诗集《蛇睛集》等。他们还一同选修了鲁迅先生的课。1923年瞿秋白回国后，他们也常一起去拜访与请教。父亲译的

韦素园像（1926年摄于北平）

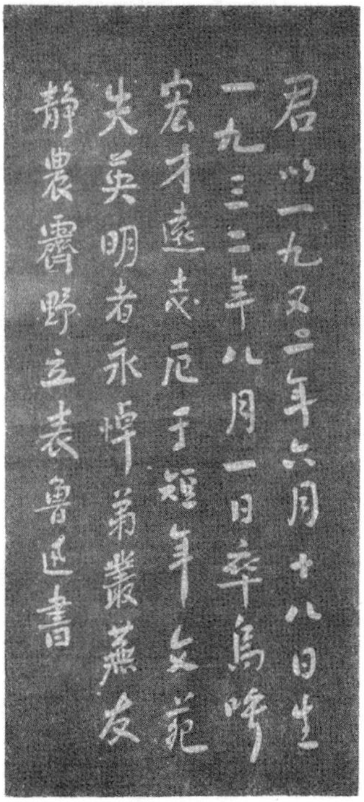

鲁迅先生为韦素园手书的碑文

《蠢货》就是在瞿秋白主编的《新青年》季刊上发表的。鲁迅与瞿秋白的指导与鼓励，使他们更坚定了人生的理想与信念。1925年大革命前夕，他们又同受李大钊派遣，去开封国民军第二军担任苏军顾问团翻译。到开封后，他们分在两地，但彼此仍有联系。父亲因协助王希礼（瓦西里耶夫）翻译《阿Q正传》，就翻译中的疑难写信向鲁迅先生请教，开始与鲁迅先生通信与交往。数月后，韦素园所在部队的顾问团撤销，他先期回到北平。1926年夏天，韦素园、李霁野、台静农一起拜访鲁迅先生，谈及一般书店不肯出版青年译作，鲁迅建议由他牵头成立一个出版社，这便是后来的“未名社”。韦素园将这消息写信给正随军开赴保定的父亲，父亲立即于戎马倥偬中写信报名参加。“未名社”成立后，社址就设在韦素园的住处：沙滩北大红楼对面新开路五号的一间破旧的小南屋。鲁迅先生在北大讲完课，常来这里商谈出版事宜，不时给予指点。在鲁迅大力扶掖下，“未名社”很快发展起来，“切实劳作，不尚叫嚣”，踏踏实实做了不少工作，成为当时鲁迅直接领导下的一个有积极影响的进步文学团体。这与鲁迅先生称之为“其中骨干”的韦素园兢兢业业的刻苦精神是分不开的。特别是1927年鲁迅在段祺瑞执政府和帮闲文人的迫害下去了厦门、广州，父亲在北伐失败后被迫再赴苏联，“未名社”其他人继续攻读未成学业，韦素园“因为他生着病，不能上学校去读书，因此便天然地轮着他守寨”的情况下，他一心忙于《莽原》、《未名》半月刊及丛书的编辑、校订、出版等事务，只在深夜才挤时间从事自己的译著。

鲁迅先生在《忆韦素园君》中回忆他最初在“破寨里”看见韦素园的情景：“一个瘦小，精明，正经的青年，窗前的几排破旧外国书，在证明他穷着也还是钉住着文学。”当年韦素园和父亲在莫斯科求学时，父亲热衷于契诃夫的戏剧，所以他最初的译著主要是契诃夫的剧本。而韦素园除钟情俄国诗歌之外，还热衷于果戈理与陀思妥耶夫斯基的作品，那“窗前的几排破旧外国书”中，就有不少是他在莫斯科旧书店里“淘”来的果戈理和陀思妥耶夫斯基的著作。他确如鲁迅先生所说“穷着也还是钉住着文学”，本来他可以有更多译著，然而，他除了梭罗古勃的《蛇睛集》及蒲宁、玛伊珂夫的短诗，契诃夫、屠格涅夫等人的短篇小说及散文之外，最主要的译著只有果戈理的中篇小说《外套》了。“未名社”经他的手编辑出版的译著就有20余种，而其中他自己的译著只是《外套》和薄薄的短诗集《黄花集》。这《外套》，是1926年他用整整一年的时光，尽心尽力地忙完烦琐的社务之后，深夜独坐在“破寨”昏暗的灯光下完成的。

韦素园就是这样任劳任怨地“守寨”，“在默默中支持了未名社”。由于穷困与过度操劳，他的病愈加严重。1926年底的一天，他在灯下赶写一篇介绍果戈理的文章，第二天便吐血盈盆。肺结核当年被视为绝症，医生讲他的病已无法痊愈了。1927年初，韦丛芜、李霁野、台静农等将他送往西山福寿岭疗养。他虽离开心爱的岗位，仍时时惦念着“未名社”，惦念着他钟爱的文学事业，病中还写信向鲁迅请教有关文学方面的问题与看法。鲁迅先生说“这些伏在枕上一字字写出的信，很有发表价值”，“他措辞更明显，思想也更清楚，更广大了，但也更使我担心他的病”。他与父亲的通信，可惜未能保存下来。但据父亲回忆，他在列宁格勒为鲁迅先生搜集图书、画册与原版木刻时，也将报刊上的好文章与图书一并寄给瞿秋白与韦素园，因为他俩都懂俄语，并关心苏俄文学状况。从《韦素园选集》收入的他写给李霁野的两封信中可以看出，他一刻也未遵医嘱“静养”：1930年6月20日信中问：“靖华有信没有？他近寄些什么书回来？有没有新玩艺？”同年9月11日信中说：“六日信收到，我不明白你怎么寄来一段俄文报而没有说明，我想你忘了吧。这当然是靖华寄来的，不过他怎么没给我信呢？也许你有信，说什么没有？”足见他急切的心情。同日信中还提到：“我近来觉得有许多普通书要读，可惜寻借不易。关于俄文的文学方法论或艺术论以及杂志等。靖（华）如有书可看的，望去信便中转告寄我一阅。”那时他已病得下不了床，友人都为他焦虑不安，连“未名社”自他离开后由于种种原因几近解体都瞒着他，怎忍心由着他不顾病体一味拼命呢？！

为节约成本和为大多数读者着想，“未名社”出版的书都是平装的，《外套》也是这样。韦素园拿到带着油墨芳香的样书，像母亲看着自己的新生儿一样，珍爱无比。他特意去印厂自费装订了一本布面的《外套》留存。父亲后来常说：“爱书人这一点点可怜的奢望，可惜很多人并不理解。”他在与友人特别是出版界的朋友写信时，也常举这个例子，希望他们“以平等待写文章的人”，体谅爱书人的“下意”。1929年7月，病卧在床的韦素园一直感念鲁迅先生对自己的帮助与教诲，特意托李霁野把那本布面的《外套》找来，代他题词赠给鲁迅先生。李霁野遵嘱在那本书的扉页题上：“鲁迅先生惠存。素园敬赠。嘱霁野代题字。一九二九年七月十二日。”鲁迅先生在《忆韦素园君》中说：“有一天，我忽然接到一本书，是布面装订的韦素园翻译的《外套》，我一看明白，就打了一个寒噤，这明明是他送给我的一个纪念品，莫非他已经自觉了生命的期限了么？”韦素园病故后，鲁迅先生致台静农信也提及此事：“素园逝去，实足哀伤，有志者入泉，无为者住世，岂佳事乎。忆前年曾以布面《外套》一本见赠，殆其时已有无常之感。今此书尚在行箧，览之黯然。”睹物怀人，鲁迅先生在这书上题上：“此素园病重时特装相赠者，岂自以为将去世耶，悲夫！越二年余，发箧见此，追记之。三十二年四月三十日。”这在鲁迅先生藏书中是少见的，足见他对韦素园友情的珍惜。鲁迅先生说：“素园却并非天才，也非豪杰，当然更不是高楼的尖顶，或名园的美花，然而他是楼下的一块石材，园中的一撮泥土，在中国第一要他多。他不入于观赏者的眼中，只有建筑者和栽植者，决不会将他置之度外。”这是对韦素园最中肯的评价。

韦素园在《序〈外套〉》中说：“俄国十九世纪的文学，在世界一般读众的面前，博得了‘伟大的’的尊称。普希金和果戈理，便是这伟大文学的最早建筑人。倘若普希金是命运的骄子，戴着葡叶编就的花冠，脸上现着光明的微笑，作世界一切呼声的回应，那果戈理戴的花冠却是荆棘织成的，他含着酸辛的眼泪，看着世界一切卑污在发笑，他是一个吟咏着俄罗斯民众辛苦命运的歌人。”果戈理1809年4月1日出生于乌克兰波尔塔瓦省的一个地主家庭，中学读书时，受到十二月党人和诗人普希金以及法国启蒙主义影响，19岁便带着处女作长诗《汉斯古谢·加顿》去了圣彼得堡，幻想干一番事业。岂料遭遇的却是讥讽、挖苦，无钱无势只能处处碰壁。好不容易先后在两个政府机构中谋到办事员与抄写员的职务，才勉强维持生活。他亲身体验到专制体制下小职员的清贫与艰辛，也为他以后的创作积累了素材。1931年他结识了年长他10岁的普希金，这对他的创作思想有很大影响。他连续出版了两集《狄康卡近乡夜话》，以现实与浪漫相结合的手法，用幽默的笔调，结合乌克兰民间优美传说、习俗，歌颂了乌克兰大自然的美丽与人民的勇敢、善良，同时也无情地嘲讽与鞭挞了现实中的丑恶与自私。普希金高度赞扬了这部作品，它也奠定了果戈理在俄罗斯文学史上的地位。

果戈理把作家分成两类：一类“不曾从高处降临到他的贫穷、卑微的同胞中间，不曾接触过尘世，而始终整个沉浸在那些超凡脱俗的高贵形象之中”；另一类则“敢于把每日在我们眼前发生的一切，把可怕的、惊心动魄的、湮没着我们生活的琐事的泥淖，把遍布在我们土地上让人辛酸又乏味的平庸人物，用锐利的刻刀，毫不容情地、鲜明地刻画出来”。果戈理无疑是后一种作家。不论是1835年他在普希金支持下创作的令沙皇尼古拉一世和整个俄国官僚贵族社会都感到强烈震撼的五幕讽刺剧《钦差大臣》（他并因之为沙皇与官僚贵族社会所不容，被迫流亡德国、瑞士、意大利），还是1836—1842年用了整整六年时间完成的《死魂灵》，以及《外套》、《婚事》、《鼻子》、《两个伊凡的故事》等，几乎没有一篇不是用他手中那把“锐利的刻刀”，将沙皇俄国专制统治下的社会的种种丑恶，以及那些“让人辛酸又乏味的”轻浮虚荣的官

果戈理像（高莽绘）

吏，爱财如命的吝啬鬼，不顾病人死活的医院院长，为鸡毛蒜皮的事打了十年官司的邻居，一心想往上爬、不惜拿女儿当赌注的市长等平庸人物，都“毫不容情地、鲜明地刻画出来”。

韦素园译的中篇小说《外套》，是果戈理的代表作之一。小说的主人公同样是“遍布在我们土地上的让人辛酸又乏味的平庸人物”——某机构的抄写员（果戈理初到圣彼得堡时也曾干过）阿卡基·阿卡基耶维奇，他勤勤恳恳，却依旧受到同伴与社会嘲弄。他冬天穿的外套已破旧得无法缝补，为了御寒只得倾其所有添置了一件新外套。不料在参加一个不得不去应酬的上司的晚会，深夜归途中穿行于一处荒僻、昏暗的街道时，被人从他身上强剥了去。当他狼狈不堪地回到住处，疲惫、惊恐、与严寒使他一病不起。这期间，他也曾在同事、女房东建议下去找过警察局长和别的“阔人”，但换来的却依旧是嘲弄与讥讽，害得他连日高烧，终于一命呜呼。这可怜人的故事原本到此就结束了。但果戈理却用荒诞的手法，描述自那以后圣彼得堡夜间常有鬼魂，到处去剥别人的外套，而那鬼魂的模样很像被人抢了外套的阿卡基·阿卡基耶维奇。就连那个曾经辱骂、嘲弄过他的“阔人”，在参加一个晚会后又准备去情妇家鬼混时，一阵狂风卷着雪向他扫来，他觉得有人紧紧抓住他的衣领，他转过身，认出那人正是阿卡基·阿卡基耶维奇，他吓得“脸色苍白”，“几乎骇死了”，赶快脱下外套，催马车夫快跑。这谣传被好事人传得活灵活现，使圣彼得堡人人自危。

《外套》是果戈理通过阿卡基·阿卡基耶维奇这样一位卑微善良的小人物的悲惨遭遇向不合理的专制社会发出的一份抗议书，是继普希金的《驿站长》之后出现的“批判现实主义”的又一佳作。它对当时俄罗斯文学界产生过极大影响，陀思妥耶夫斯基甚至说：“我们都是从果戈理的《外套》中走出来的。”果戈理的作品对中国文学界同样产生过巨大影响，鲁迅先生在《我怎样做起小说来》一文中，将果戈理列为自己“最爱看的作者”，称赞他的作品“以不可见之泪痕悲色，振其邦人”，并于1934年、1935年分别将果戈理的《鼻子》和《死魂灵》译成中文。在《几乎无事的悲剧》一文中，鲁迅先生说果戈理“创作出来的角色，可真是生动极了，直到现在，纵使时代不同，国度不同，也还使我们像是遇见了有些熟识的人物”。他用“几乎是无事的悲剧”极恰当地概括了果戈理作品的艺术特色。鲁迅先生的《狂人日记》、《阿Q正传》、《孔乙己》不同样具有果戈理作品的这种艺术特色吗？就是今天捧读，在“含泪的微笑”之后，不依旧会有过目难忘、振聋发聩之感吗？

2009年果戈理200周年诞辰时，俄罗斯和乌克兰都举行了盛大的纪念活动，缅怀这位19世纪伟大的现实主义文学家。有趣的是，俄罗斯的果戈理研究权威们坚称果戈理用俄语写作和思考，是伟大的俄国作家。而乌克兰，特别是果戈理的家乡波尔塔瓦则坚持说他是乌克兰作家。由于200年前乌克兰还是沙俄的一部分，这“官司”怎断得清？还是乌克兰作家、国会议员弗拉基米尔·亚沃里斯基说得好。他说：果戈理“好比一棵树，树冠在俄国，树根在乌克兰”，“要想分割他，就像分割空气、时间和天空一样。他是伟大的俄罗斯作家，也是伟大的乌克兰作家”。果戈理的作品，早已是人类文化宝库的一部分。韦素园译的《外套》，并非中国最早的译本，在他之前已有毕庶敏和叶劲风的译本，但韦素园译本的影响却是最大的。在他之前，国内介绍果戈理和他的著作时，仅果戈理的译名就有：郭克里、顾谷尔、鄂歌梨、哥格里……等等，五花八门。而经韦素园选定果戈理的译名后，一直沿用至今。鲁迅先生在《忆韦素园君》中说：“一九三二年八月一日晨五时半，素园终于病殁在北平同仁医院里了，一切计划，一切希望，也同归于尽。我所抱憾的是因为避祸，烧去了他的信札，我只能将一本《外套》当作唯一的纪念，永远放在自己的身边。”如今，那本见证着韦素园的追求、梦想、业绩以及他与鲁迅先生崇高情谊的《外套》，已作为馆藏珍品，收藏在北京鲁迅博物馆中。

（完稿于2011年8月5日，载于《世界文化》2011年10月号）

走近布宁

原人民文学出版社副总编辑孙绳武赠给我们这四本精装的《布宁文集》，还是去秋重阳节的事。重阳节又称敬老节，我们特意选在这一天去看望他，全是出于对父执辈的敬重。原想坐一会儿就告辞，不料93岁高龄的孙老依旧一如既往，温婉谦和，谈兴很浓，竟致让我们忘记了时间。告辞时，他特意将这厚厚一摞书送给我们。他说："刚才咱们聊到了纪伯伦，他祖籍黎巴嫩，侨居美国，他是诗歌、散文大家。布宁是俄罗斯人，十月革命后侨居法国，由于政治原因，苏联很少宣传他，改革开放以前，我国只零星地介绍过他的作品。其实他在诗歌、散文创作上同样有很大成就。这部《文集》你们有空不妨翻一翻……"随着时间的推移，每当看见它们，总感到有负于孙老的期望。

最初接触布宁的作品，是上世纪80年代，我们在大学教书的学友向我们感叹：在社会上浮华、奢侈风气的影响下，校园不再是净土，个别从偏远乡镇来的学生，竟然嫌远道赶来看望的母亲太寒酸丢面子，连水也没让喝一口，就把她领出校园……这让我们想起才读过的高莽老师译的布宁的那首《致故乡》："啊，故乡啊，故乡，／你遭尽他们的挖苦摧残。／他们嫌你朴实无华，／嫌你的茅屋丑陋昏暗……／／在儿子的城市朋友当中，／她感到疲惫、悲戚、怯然。／儿子心安理得，厚颜无耻，／还为母亲感到羞惭。／／他带着怜悯的冷笑望着她，／而她为了和儿子见一面，／不惜万里迢迢跋涉，／还为他省下最后一文钱。"布宁这首诗写于1891年，描写的是一个世纪之前沙皇统治下的俄罗斯啊！对照如今，能不让我们唏嘘吗？

伊万·布宁1870年生于俄罗斯中部奥廖尔省沃罗涅日市的一个贵族世家，但家族到他祖父这一辈就已衰败，而他父亲"连剩下的这一点财产也不吝惜，不管不顾，挥霍浪费"。布宁3岁时，不得不随父亲由城市迁回他所剩的唯一地产：乡间的一处“独院田庄”。布宁就是在这“夏季一直长到家门口的庄稼间，冬季在高大的雪堆间”的农村，度过他那“充满凄凉而独特的诗意的童年”。他没有上过小学，他的启蒙教育得益于父母雇的一个曾受过高等教育，又因懒散、酗酒被迫在乡间流浪的贵族长的儿子的家教。这位家教老师多才多艺，会写诗、操琴，还会画水彩画，以至布宁“在相当长的时期着迷地幻想成为画家”。到该上中学的年纪，父亲把他送到城里，但他却受不了“严格得荒唐可笑”的校规和寄宿的商人小市民家庭的氛围，只好辍学，在因政治事件被押回乡监管的哥哥指导下完成学业。哥哥经常同他谈文学，谈普希金、席勒、莎士比亚……他将家中“还没有被食客们和父亲以前的仆人加朋友撕了去卷烟”的书，包括《英国诗人》、《鲁滨孙漂流记》等几乎都读遍了。他的感悟与模仿力很强，“写了许多许多纸”模仿普希金、莱蒙托夫、纳德松等。他说：“我好像从未想过自己比普希金、莱蒙托夫矮一头，莱蒙托夫的家乡离我家不过25俄里，几乎所有的大作家都生在附近。这不是我自命不凡，只不过是一种感觉，好像只能这样……”是的，美丽、辽阔的奥廖尔草原孕育过莱蒙托夫、屠格涅夫、普里什文等众多知名作家，自幼在乡村长大又饱受俄罗斯贵族乡村文化熏陶的布宁，从对乡村与大自然的感悟中逐渐养成独特、敏锐的艺术感觉，为他日后的文学创作打下了坚实的基础。

1887年5月，他的《乡村乞丐》一诗在《祖国》周刊发表。他说：“我永远忘不了那天早上，我拿着这一期杂志从邮局返回淀子村，一路上扯着沾满露水的铃兰花，一遍又一遍地读自己的作品。”处女作的发表对他是莫大的鼓舞，他不断地写，不断地歌吟。他歌吟故乡的野花：“它们看到的不是温室，/而是广袤无垠的蓝天；/不是温室的灯光，而是/永恒的星座的神秘图案。”（《野花》）歌吟秋日的原野：“在树枝赤裸发黑的林子里，/穿过白桦树的金黄色叶片，/我们看见的是温情的蓝天！/这种日子我喜欢四处游逛，/吸入那凋零的杨树的清香，/聆听飞来飞去的鸫鸟低鸣……”（《草原上》）歌吟四处流浪的茨冈姑娘：“前头是大路，篷车，/老狗紧跟在旁侧；/前头又有自由，草原，/开阔的空间，无垠的天。//她装模作样落在身后，/熟练地嗑着葵花籽。/她说，她的心给蜇了，/那毒液像火一样烧燎。//她说……可黑炭似的眸子/为什么要把秋波暗递，/如太阳，如金子一般？……”（《茨冈姑娘》）也通过冬夜的空寂无聊，写出败落贵族们内心的苟且与无奈：“蜡烛结了花，冬夜漫长，/你在暖炕上抬起目光/用吉他把一支老歌吟唱，它无牵无挂，豪迈而又忧伤。//‘哪里去了，黄金般的幸福？/是谁把你扬弃到了野外？逝去的日子没有回头路，/太阳不会从落处升起来！’……”（《田庄上》）据说这首诗写的就是布宁的父亲，“田庄”（xytop）一词原

布宁像

《布宁文集》书影

意是指独立于村子的独户或三两户农家的小庄园，这里显然指的是布宁居住的淀子村。后来，由于经济情况进一步恶化，布宁不得不随哥哥去了哈尔科夫，开始为《奥廖尔导报》做校对、翻译和戏剧评论员。再后来，他又在波尔塔瓦政府机关做过统计员、图书管理员，为地方报纸写一些通讯。他广泛阅读托尔斯泰、福楼拜、密茨凯维奇等名家的作品。他迷上了托尔斯泰的“说教”，与波尔塔瓦的“同道”一起干箍桶行当，推销媒介公司的出版物，过“平民化生活”。为了直接阅读密茨凯维奇的《克里米亚十四行诗》，他还特意学了波兰文。1895年，他辞去工作，去了圣彼得堡和莫斯科，结识了克里文科、勃留索夫、契诃夫、托尔斯泰，并成为高尔基、库普林等一批来自“底层”的青年作家经常聚会的著名的“星期三”文学小组的成员。后来，当“革命风暴”来临，他便携爱侣去土耳其、希腊、意大利、罗马尼亚等地漫游，创作了散文《走向天涯》、《早年纪事》，短篇小说《田庄上》、《安通苹果》，以及《太阳神殿》、《君士坦丁堡》等一系列诗歌，并翻译了美国著名诗人朗费罗的《海华沙之歌》。1900年著名长诗《叶落时节》的发表，是他走向成熟的标志。他在诗中将俄罗斯秋天的森林比作俄罗斯人节日在集市上搭建的彩楼：“五色缤纷，喜气洋洋，/矗立在空廓的草地上”。然而，华美的时光并不能久长，当“冰冷的雨不住地洒落”，“秋一大早也要登程/旅途漫长，无人相伴，/一任这华屋敞开窗门”，而当“风从冻土和海上吹来”，“捣毁了原先的彩楼，只留下些木桩，然后/在这副空空的框架上/挂起透明透亮的白霜”……生与死，始终是布宁关注的主题，他曾说过：“没有死亡——只是形态发生了变化”，这首诗正是通过细致入微的体察、描述，让人们思考、领悟大自然生生不息的变化。这首诗使他声名鹊起，勃洛克说：“很少有人能像布宁那样熟悉和钟爱大自然。”高尔基更赞扬他为“当代第一诗人”。1903年，诗集《叶落时节》使他首次荣膺普希金奖。随后又于1909年、1910年连续两次荣获了当年俄罗斯诗坛的最高荣誉。

布宁是以诗歌步入文坛的，而他的艺术才华更全面、更充分的展现，却是在他创作出一系列散文和他自称的“笔记体”小说之后。高尔基热情称颂他为“俄罗斯最杰出的语言艺术家”。然而遗憾的是，布宁生活的时代正是俄罗斯大地反对沙皇暴政和农奴制残余的阶级斗争最为激烈，也是思想界、知识界要求社会变革，保障人民权益的斗争空前活跃的时期。继普希金、莱蒙托夫、果戈理、赫尔岑之后，这一时期相继涌现出屠格涅夫、车尔尼雪夫斯基、托尔斯泰、契诃夫、高尔基等一大批文学家、思想家，他们始终与社会生活保持密切联系，用各自的批判现实主义文学创作，在唤起民众前仆后继的社会大变革中起着积极作用。他们的作品像璀璨的群星，辉映在俄罗斯的夜空。正如列宁所说：“正是在这一时期，俄国革命的思想发展得最快，奠定了社会民主主义世界观的基础。”连布宁曾热情颂扬与效仿过的诗人纳德松，尽管也说过“别责备我，朋友，我是我们时代的儿子，/是思索、忧虑和怀疑的儿子”，却也发出过“别害怕周围的沉寂，/这是风暴来临前的寂静……/你的祖国并未沉睡/它正在准备一场战斗”（纳德松《起来，歌手！》）的呼喊。而布宁的作品，无论是诗、散文或小说，都很少有对社会现实直白、无情的揭示，更没有鲁迅先生所颂扬的“立意在反抗，指归在动作”的令人“心神俱旺”的呐喊。他似乎总游离于社会现实之外，用他特有的高雅的格调、平和的文风、细致的分析和委婉的陈述，来表现主人公和作者内心深处的失落、无奈，和对乡土、亲人的刻骨铭心的眷恋，字里行间无不弥漫着一抹或浓或淡、若云若雾的无奈与乡愁。这恐怕与他出身贵族家庭及自幼饱受贵族乡村文化的熏陶是分不开的。尽管他明明知道“逝去的日子决不会回转”，也曾尝试过托尔斯泰主张的过“平民化”的生活，然而，他却过分看重他的“贵族”身份，只能无奈地告白：“你的过失不由我来审判！”……

1921年9月，《小说月报》上刊登了沈泽民译的布宁（时译“蒲英”）的短篇小说《旧金山来的绅士》，那是最早介绍到中国的布宁的译作。同期，还发表了茅盾撰写的《近代俄国文学家三十八人合传》，茅盾评述说："在现代俄国诸作家中，蒲英是个特异的人物"，"他擅长于短篇小说、诗和记事体短篇。他的诗多描写自然，他的小说多描写旧日的繁华和现代的寂寞与悲哀"。"蒲英的作品不能在俄国思想界发生一点影响，也是千真万确的；他只是一个文学的游戏者罢了。"刚刚经历过五四运动洗礼的中国文学家们，自然也不会接受布宁那朴实、真挚却又晦暗、感伤，像在为日渐衰微的阶级吟唱着一曲曲挽歌般的低吟。

惯于游离于社会现实生活之外的布宁，对十月革命带来的变革，只能是消极地应对。他听到的不再是褒奖与颂扬，他的《乡村》、《夜语》、《旱谷庄园》备遭质疑，他被称为"颓废派"，"被革命吓破了胆"。他的《智慧与痛苦》也由于书刊检查未能面世。他对昔日珍爱的俄罗斯文化传统横遭冲击难以认同，他说："历史就这样写下去吗？人们喊一阵'这是污蔑，这不可能'之后，没过几年，被说成是'不可能'的东西，却被认为是'经典的'了，这不是很可怕吗？"他宣称："我从不在外来的影响下写作，我不能也不肯以某种'精神'写作。"1919年，他被迫离开故土，经土耳其、巴尔干半岛，最后定居法国。他陆续创作了《割草人》、《陈年旧事》、《夜》、《米佳的爱情》。1927年，起他用三年多时间精心创作了长篇小说《阿尔谢尼耶夫一生》，这是他最重要的一部著作。这部长篇就像是他为十月革命前的俄罗斯精心描绘的巨幅画卷，在今天看来，也有着史诗的意义。除了醉心于大自然之外，爱情也是布宁钟爱的主题，从《米佳的爱情》、《中暑》到晚年的收官之作《暗径集》（有译《幽暗的林荫道》），用他一贯的洗练的文字，细腻地刻画了人世间各种复杂的恋爱心理。1933年，他凭"在诗歌与散文创作中完美地继承了俄罗斯的经典传统，以严谨的艺术才能在作品中塑造了典型的俄罗斯性格"而荣获诺贝尔文学奖。布宁在《接受诺贝尔奖》的散文中记述说：在接到瑞典皇家科学院通知他荣获诺贝尔奖的那个晚上，他那幢"孤苦伶仃地坐落在山上荒芜的橄榄园中，一向落寞、昏暗的房子的电话铃声，整整一夜没有断过。几乎从欧洲各国首都都挂来长途电话，用各种语言扯开嗓门叫喊，可声音仍然显得很远；邮递员不停地按响门铃，送来从世界各地发来的贺电——几乎包括所有国家，就是没有俄国的！"他是俄罗斯第一位荣膺诺贝尔文学奖的作家，但在他的祖国却没有得到认可。

值得一提的是，尽管布宁对十月革命后的苏联政权坚持持否定态度，但他始终怀念着俄罗斯："她在我心中，不会因岁月流逝而消磨"。他流亡海外30多年，不仅坚持用母语创作，二战中尽管穷困潦倒，也绝不为德国法西斯服务。二战结束时，他也曾为卫国战争的胜利欢欣鼓舞。他多希望回祖国看一看啊！可惜，这个愿望未能实现。1953年10月8日，布宁怀着对俄罗斯故土缱绻的乡愁客死巴黎，终年83岁。

正如绳武老所说：由于政治原因，像布宁这样的“非主流”作家，长期以来在苏联一直得不到认可，其作品也是零零星星地介绍到中国。直至1956年苏联“解冻”开始，布宁的作品才首次在苏联出版。1973年，苏联科学出版社出版的国家级文学档案《文学遗产》，将第84卷上下册作为布宁专卷面世。拂去历史的尘埃，人们终于又可以重新认识与评价布宁，这位弃儿般的海外孤旅也终于可以安息了。

自打改革开放以来，布宁的诗歌、散文、小说等各种选本，已被陆续介绍到中国。陈馥女士编译的这四卷《布宁文集》，更为我们全面、客观地走近与认知这位“俄罗斯古典现实主义终结者”和“俄罗斯最后一位贵族作家”提供了便利。

（2012年8月8日完稿，载于《世界文化》2012年10月号）

西蒙诺夫的同题诗与剧本

2009年是反法西斯战争胜利65周年。尽管65年的漫长岁月已经过去，却未能抹平战争给人们心头留下的巨大伤痛。这年12月17日，作为中国“俄罗斯语年”活动的一部分，中国与俄罗斯国家电视台联合制作的寻亲专题节目《悠悠岁月》在俄罗斯播出后，曾引起巨大反响。今年，作为俄罗斯“汉语年”活动的一部分，两家电视台再次联手制作的寻亲专题节目《等着我》，于12月18日晚在央视播出后，同样受到中国观众的热烈欢迎。当主持人宣布这台节目在汉语、俄语共同演唱的《等着我》的歌曲声中结束时，观众们仍感意犹未尽。我们不禁联想到苏联著名作家、诗人、剧作家西蒙诺夫创作的同题诗与剧本《等着我吧……》。

（一）

康斯坦丁·西蒙诺夫1915年11月生于圣彼得堡，中学毕业后当过镟工，1934年开始发表诗作。卫国战争爆发后，西蒙诺夫作为年轻的随军记者奔波在各个战场上，用通讯、散文、诗歌、剧作等他认为最适合的形式，将前线、后方的见闻尽快地表现出来。他的诗作《阿廖沙，你可记得斯摩棱斯克的道路》以及一篇篇在战壕里，在烛光下，或是在运送弹药、给养、伤员的列车上匆忙写下的急就章式的战地通讯纷纷见诸报章。1941年，剧本《我城一少年》的发表与公演，使他跻身当代知名作家的行列。1942年，他创作的剧本《俄罗斯人》一问世，俄罗斯各城市的剧团便以最强的阵容、最快的速度排演，极大地激发了俄罗斯人的自豪感和战胜德国法西斯的决心。

差不多就在同一时期，西蒙诺夫的诗《等着我吧……》在《真理报》发

《望穿秋水》不同版本的中译本封面

表。连他自己也未料到，这首诗竟不胫而走，迅速传遍前方、后方。我国老一代翻译家戈宝权很快将它译成中文：

等着我吧，我要回来的/但你要长久地等待/等着我吧，当那凄凉的秋雨/勾起你心中忧愁的时候/等着我吧，当那雪花飘舞的时分/等着我吧，当那炎热来临/等着我吧，当大家昨天就已经忘记/不再等待的时候/等着我吧，当从遥遥的远方/再没有音信传来/等着我吧，当那些和你一起等待的人/都已经厌倦了的时候//等着我吧，我要回来的/不要向那些在心里/认为已到该忘记我的人们/指望一些什么/让孩子和母亲/也相信我早已不在人间/让朋友们等待得厌倦/大家围在火炉旁边/共干一杯苦酒，把我的亡灵悼念……/等着我吧，但你千万不要急忙地/和他们一起举起杯盏//等着我吧，我要回来的/我要冲破一切的死亡/那些不等我的人/让他们说“这是侥幸”/那些没有等我的人/他们不会了解在炮火之中/是你用自己的等待，才挽救了我的性命/我是怎样得以生还的/只有我俩才知道/这只是因为你比任何人都执拗地把我等待……

西蒙诺夫在谈到如何创作这首诗时说：“当时我在西部战场，在行进的军车中、在掩蔽部里写了许多诗，包括寄给远方爱人的这一首。由于它描述了妻子对丈夫忠贞不渝的爱与必胜的信念，表达了千千万万战士内心的思想情感：

亲人在等待他们，这种等待可以减轻战争对他们的重压，坚定他们的信念。”

不少战士将这首诗和妻儿的照片装在贴身的衣袋里，战斗间隙掏出来默默诵读。诚如一位战士给诗作者的信中所说：“您的诗及诗中所表达的亲人深切的爱，都是我们想说而没能说出的话，是它支持着我们度过最艰难的岁月……”

随着战事的推移，西蒙诺夫在前线、后方接触了更多的苏联妇女。当德国鬼子把战火燃烧到她们身边的时候，她们没有退缩，而是挺身而出同男人们并肩战斗。而在后方，当男人们纷纷走上前线，他们空缺的岗位，妇女们不论年轻年迈，都自动顶了上去，一面咬紧牙关坚持生产，一面怀着深深的痛苦与期待，顽强地等待——等待她们的亲人胜利归来。苏联妇女的这种高贵品格，感动并激励西蒙诺夫又创作出同名剧本。

关于这个剧本，西蒙诺夫曾有一个简短的说明：

> 我想用浪漫主义手法来写这个剧本，为的是让那些生活在这艰苦时代的人们相信，他们仍怀有希望与美好结局。用爱的力量来表达信念与内心的呼声，和抚慰千万观众的心灵。当周围的人都说“他死了”的时候，你却相信他活着！在形式上，这个剧本虽有浪漫色彩，但它的内容却非常真实，许许多多实例为剧本提供了依据……

（二）

剧本的情节并不复杂：轰炸机飞行员叶尔莫洛夫第二天一早就要上前线，他的战友冈察诺夫和其他几位好友到他家话别。客人走后，叶尔莫洛夫和妻子丽莎有这样一段对话：

> 叶：等着我吧，你听见吗?
>
> 丽：我听着呢。
>
> 叶：将来我知道你在等我，将来你还在这里（把手贴到胸口），那就什么意外也不会发生。你要知道，那时我什么灾难都能闯过去。
>
> 丽：我听着呢。
>
> 叶：晚上思念的时候，记住远在千里之外的一所小土屋里，有一个你所爱的瘦高个男子，飞行回来坐在那里，看着这把钥匙想念你，苦苦地想念你。

丽：你为什么说起钥匙呢？

叶：我把这把大门钥匙带走。我不愿让你每次听见敲门，想着是我，连忙跑出去。如果有人敲门，那就不是我。我将来回来不敲门，我要用自己的钥匙把门打开……

叶尔莫洛夫在一次执行空中侦察任务时，飞机不幸被击中，他被迫跳伞降落在敌后森林中，坚持打游击。丽莎和千千万万莫斯科妇女一样，为保卫首都到郊外挖战壕，到医院护理伤员，或修复被炸毁的房屋。尽管她全身心地投入这些工作，却没有一天不在对丈夫深深的思念中等待着。叶尔莫洛夫一点音讯也没有，朋友们都以为他牺牲了。在他离开家半年的日子，老友们又相聚在他的家里，喝着苦酒，追忆和祭奠他们的朋友。但丽莎却一直执拗地坚信丈夫还活着，活着……而且，当她听说摄影记者魏因施泰要去敌后游击区，她不管自己丈夫是否在那里，却要他把自己写给丈夫的信带去，而且要他一定把回信带回来。她对魏说："是的，一定带（回信），我要拼命等你！"说来也巧，魏到了敌后游击区，采访游击队的参谋长，竟然就是半年来毫无音讯的叶尔莫洛夫。叶和他的游击队在敌后森林里和德国鬼子作战，不仅打退敌人一次次围剿，还正策划与其他游击队联合，逐步发展壮大。其间，他有好几次返回莫斯科的机会，都因战斗激烈紧张，而毫不犹豫地选择了留下。而丽莎仍一直苦苦地等待着，像她自己说的："我要等到他回来，这不仅为了我自己，而且要气死德国人！"

剧本中最感人之处是它的结尾。那是叶尔莫洛夫离家一周年的日子，场景同第一幕。丽莎刚洗过澡，换上一年前与丈夫分别时穿的衣服，发间插一朵玫瑰。她从卧室抱出好几件衣裙扔到安乐椅上，拿起一件，走到镜子前，自言自语地说："穿这件衣服，我们到别墅去过。到别墅……我还穿过什么衣服？是了，凉鞋，带带子的凉鞋。"她放下衣服，又拿起另一件，"可这一件……我最后一次穿它是什么时候呢？我们坐车到一个地方去。不过，是去哪儿呢？"她转身对着丈夫的照片："咱们上哪儿去了呢？难道你也不记得了吗？"她坐到安乐椅上，背对着门，把照片放在膝头，闭目沉思……长时间静场后，有钥匙轻微转动的声音。门开了，叶尔莫洛夫站在门口，他看不见高椅背那边的丽莎。他轻轻叫了一声："丽莎。"片刻的静场。丽莎睁开眼睛，谛听着。叶尔莫洛夫又轻轻叫了一声，丽莎随着安乐椅转过来，用非常沉静又万分疲惫的声音说："我的天哪，你好长时间没有在家啊……"幕急落。

（三）

剧本出版后，像同题诗《等着我吧……》一样，在苏联各地引起巨大反响，各剧团纷纷演出。著名导演戈尔恰可夫将它拍成电影后，常常是一票难求。那时，父亲曹靖华根据周恩来的安排，在重庆中苏文化协会负责苏联反法西斯文学作品的翻译、出版工作，与苏联对外文化联络委员会保持着密切联系。1944年夏季，当他收到对方提供的与西蒙诺夫的《等着我吧……》那首诗同名的剧本后，立即放下正着手翻译的其他书稿，冒着酷暑将它译成了中文。1944年10月，在剧本中文版由重庆新地出版社出版之前，根据该剧本拍摄的电影《望穿秋水》正在重庆多家影院热映，父亲觉得"望穿秋水"的译名比"等着我吧……"的直译更含蓄、典雅，便将剧本中文名称改成已为中国观众更熟悉、也更喜爱的"望穿秋水"。

剧本《望穿秋水》中译本的出版，在中国各地同样激起巨大反响。重庆、延安以及各敌后根据地都迅速将它搬上舞台，对全国人民坚持团结抗战与树立必胜信念曾起到重要作用。在当时被称为"孤岛"的上海，它的故事更被移植到中国，改编成以抗日战争为背景的"中国版"《望穿秋水》。至1945年抗日战争胜利前，仅重庆一地，《望穿秋水》中译本已连续出了三版。

（四）

诗歌《等着我吧……》发表时，西蒙诺夫在标题下面标注着"——献给B · C"，那是他妻子瓦利亚 · 谢诺娃姓名的缩写。它既表达了西蒙诺夫在战火纷飞的前线对妻子深沉的思念，自然也希望她像千千万万苏联妇女一样，忠贞不渝地，甚至执拗地等待着亲人凯旋。因为前后方这种共同的信念，这种彼此间的关爱与期盼，会在各自心中产生巨大的力量，来减轻战争给他们带来的磨难与重压。

西蒙诺夫的妻子瓦利亚 · 谢诺娃出身戏剧世家，母亲波洛维茨卡娅是著名话剧演员。谢诺娃17岁考入戏剧学校，毕业后在话剧《倔强的姑娘》中一举成名，后来又在《等着我吧……》、《俄罗斯问题》、《格林卡》等影片中担任女主角，是苏联上世纪40年代当红的女星。1940年，西蒙诺夫与她相识、相恋并结婚。当年，他们这对"金童玉女"似的婚姻，曾让多少人羡慕啊！可惜的是，他们的婚姻并不长久。他们的女儿玛莎 · 西蒙诺夫1993年在《星火》杂志上发表的回忆文章《我记得……》中写道，她父亲当年发表的《等着我吧……》一诗是为母亲写的，而"她却不会等待"。1943年，谢诺娃随剧团赴前线演出时，与方面军司令员发生了暧昧关系，此事被传得沸沸扬扬，甚至惊动了最高统帅部。在斯大林的干预下，这段荒唐的恋情终结了，但西蒙诺夫与谢诺娃的感情却未能弥合。1957年，西蒙诺夫与谢诺娃离婚，除了在《等着我吧……》这首诗的标题下面保留了B · C两个字母之外，西蒙诺夫删掉了他作品中所有提及谢诺娃姓名的地方。

（五）

西蒙诺夫是苏联最活跃的作家，曾先后六次荣获斯大林文学奖，也是获此奖项最多的作家。1944—1945年间，他以斯大林格勒战役为背景创作、出版的长篇小说《日日夜夜》，更奠定了他在苏联现代文学史上的地位。这部书在中国也产生巨大影响，作为文学作品，它不仅为广大读者喜爱，石家庄战役和太原战役中，时任晋冀鲁豫军区副司令员滕代远还曾指示将其中的一章印成小册子，供参战部队阅读。

上世纪50年代，西蒙诺夫将主要精力用于长篇军事文学创作。自1954年至1971年，他创作了以苏联卫国战争为背景的“三部曲”：《生者与死者》、《军人不是天生的》、《最后的夏天》，完整地反映了卫国战争中苏军由撤退、相持、反攻直至胜利的全过程。该作品结构严密、人物鲜活、内涵丰富、场面恢宏，开创了“全景式”战争文学的先河。1974年，这部作品再次为他赢得了崇高声誉——列宁文学奖。

1979年8月28日，西蒙诺夫病故。如今，作家虽已逝去，那场战争的硝烟也早已飘散，但他留下那许多厚重的作品，包括那首《等着我吧……》的诗与同题剧本，依旧激励、鼓舞着一代代读者。为了纪念他，他的故乡圣彼得堡的一条街道以他的名字命名。

（2010年12月21日完稿，载于《世界文化》2011年2月号）

带不走的那份沉重

——纪念爱伦堡120周年诞辰

苏联著名作家爱伦堡1891年1月14日出生于基辅一个犹太家庭，今年适逢他120周年诞辰。

前些天，与友人谈及有关外国人名的译法，忽然联想到爱伦堡。因为父亲曾写过一篇短文《译海细浪》，谈的就是有关爱伦堡姓氏的译法。父亲最早接触与翻译爱伦堡的作品，是在1925年第一次国内革命战争前夕，那时他受李大钊派遣，到开封国民军第二军担任苏军顾问团翻译，在那里结识了苏联人瓦西里耶夫（中文名王希礼）。两个20多岁的年轻人，同是顾问团俄文与汉语翻译，既有共同语言，又都喜好文学，很快便熟识起来，工作之余常在一起畅谈人生、理想。王希礼希望通过中国文学了解中国社会，父亲送他鲁迅先生的《呐喊》，建议他先读读《阿Q正传》。王希礼回赠一本苏联短篇小说集《十三只烟斗》。

王希礼看完《阿Q正传》，对鲁迅先生推崇备至，决心将它译成俄文。然而，文中诸如绍兴民间赌博用的“天门”、“角回”等术语如何译，父亲也无能为力，只好写信向鲁迅先生求教。鲁迅先生不仅一一作了解答，并应王希礼恳求为俄译本写了序与自传，还特意去照相馆拍了作者像。父亲与王希礼这两个异国青年自己也未曾想到，他们在中国大革命前夕戎马倥偬中的这次相遇，竟使鲁迅先生和他的《阿Q正传》冲破了中国的沉沉暗夜和封建军阀的严密封锁，迅即传播到苏联与欧洲。父亲与鲁迅先生密切联系，也是自那时开始并延续下去的。

就在协助王希礼翻译《阿Q正传》的同时，父亲也读完了王希礼送他的小说集，书中共有13个短篇，每篇都与烟斗有关。其中写得最好的，是爱伦堡的《康穆纳尔的烟斗》，父亲便抽空将它译成中文。这是爱伦堡的作品最早被介绍到中国的一篇，也是父亲翻译生涯中翻译的第一篇小说，在这之前，他译的都是剧作，如契诃夫的《蠢货》、《三姊妹》等。但当时瞬息万变的局势却使他无暇他顾：国民军第二军军长病故，继任者相互倾轧，给军阀吴佩孚可乘之机。1926年春，吴佩孚相继攻占开封、郑州后，顾问团被迫撤离，父亲也于兵荒马乱中返回北平。此时北伐在即，父亲受李大钊指派赶往广州，担任北伐军总顾问加伦将军的翻译。北伐开始后，他随北伐军一路征战：长沙、岳阳、武汉……就在北伐军节节胜利，工农运动蓬勃开展之际，帝国主义为维护其在华利益，也加紧与右派势力勾结，1927年4月12日和7月15日，蒋介石、汪精卫先后在上海、武汉发动反革命政变，屠杀共产党员和革命群众，把北伐的大好形势葬送。父亲在党的安排下，冲开反革命的刀光剑影，再赴苏联，先后在莫斯科中山大学和列宁格勒大学任教，并通过“未名社”同仁与鲁迅先生保持着联系。他授课之余，也继续从事苏俄文学翻译工作，最初寄回国内的一批译稿中，就包括了在开封译的爱伦堡的那篇文稿。

当鲁迅先生看过“未名社”转去的《康穆纳尔的烟斗》的译稿后，回信说：“我以为很好，应立即出版，中国正缺少这一类书。”同时又指出：“有

《烟袋》、《死敌》等不同版本的中译本封面

爱伦堡墓与墓碑

几个名词似有碍，不知在京印无妨否？倘改去，又失了精神。”鲁迅先生说的“几个名词”，主要指“康穆纳尔”，意即“公社社员”。爱伦堡上中学时受1905年俄国第一次资产阶级民主革命影响参加学生运动，遭沙皇政府逮捕，那时年仅17岁。他说他是“从监狱里领到了一个人成熟的毕业证书”。出狱后，他只身流亡巴黎，参加法共组织的集会与活动，熟识巴黎公社。这篇小说即是描写巴黎公社社员的。在当时国内的白色恐怖下，文网如织，“禁锢得比罐头还要严密”，类似“马克思”、“苏联”、“公社社员”这类词都是“犯忌”的。尽管“倘改去，又失了精神”，也总比被查禁不能与读者见面要好。为避免麻烦，“未名社”同仁反复斟酌，最后选定了一个不带“危险色彩”的很土的字眼——“烟袋”作为书名，于1928年12月出版。然而，后来“未名社”遭特务机关查封时，恰由于有部分《烟袋》存书，被当作“罪证”而惹过麻烦。这是父亲和“未名社”同仁始料未及的。1936年，鲁迅先生为父亲编《苏联作家七人集》时，曾将《烟袋》收入，送审时却被“抽出”。直到1945年，父亲将它收进短篇小说集《死敌》，并恢复了原名《康穆纳尔的烟斗》，却侥幸躲过了检查，得以在各地流传。太行山游击区还专门将它与《不走正路的安得伦》、《第四十一》等用钢版刻印成小册子，供干部、战士传阅，成为他们的精神食粮。

对于外国人名的译法，父亲在《关于翻译的几个问题》一文中曾说过：“外国人名往往较长，中国读者尤其是工农读者深感不便。因此，外国人名中可有可无、似有似无的音，可适当紧缩，只译出清楚而响亮的音节。万不可无中生有，将原来没有那么长的音，强把它拉长……总之，译者心目中应时刻有读者。至于具体办法，不外乎意译、音译、半意译半音译，可以灵活运用，根据不同场合妥善处理。”他在那篇文章中没有举例说明，而爱伦堡这个姓氏的译法，却是“半音译半意译”、灵活运用的实例。在父亲选用“爱伦堡”这个译法之前，也曾有过“爱伦布尔格”之类的译法。父亲在《译海细浪》中说：这“比起京沪铁路来，没有那么长，毕竟有点繁琐，能缩短时还是尽可能缩短吧”。他想爱伦堡这个姓氏的字尾，来自德语的“布尔格”，意为“城堡”。它与人名连在一起，多用于地名，如德国的汉堡、纽伦堡，俄罗斯的彼得堡等。而爱伦堡却是人名，也能这样用吗？父亲回答说：“倘热衷于繁琐哲学，凡事爱打破砂锅问到底的人，那只好让他到黄泉去问作者（爱伦堡）吧。”

看来，“热衷于繁琐哲学”的人并不多。迄今为止，爱伦堡所有著作的中译本，译名也都沿用父亲选定的“爱伦堡”，而不再用“爱伦布尔格”之类的译名了。

爱伦堡全名伊里亚·爱伦堡，伊里亚是他的名字。但他署名时，却往往在名与姓中间加上“洛赫马蒂”一词，意为“头发蓬乱的”。据说那还是他早年流亡巴黎期间，应邀去列宁住处做客时，由于他不修边幅，常常是手握烟斗，一头乱发，满面沧桑。列宁随口说说的一句玩笑话，他觉得很切合自己，署名时也常将它加进去。而这“手握烟斗，一头乱发，满面沧桑”，似乎从那时起便是大家与爱伦堡一致认可的他的“招牌形象”。就连他的墓碑上镌刻的肖像，也是当年西班牙著名画家毕加索为他画的这样一幅速写，凸显出他亦狂亦狷、刚直耿介的性格。

爱伦堡不仅是著名作家，也是著名的国际社会活动家和保卫世界和平运动的战士。第一次世界大战时，他作为记者，日夜奔波在德、法及欧洲前线，写下大量揭露帝国主义战争残酷与破坏的通讯报道。西班牙内战时，他又以记者身份深入前线，接连出版了《我的巴黎》、《西班牙》等通讯与特写，为动员世界人民支援西班牙人民的正义事业起了积极作用。第二次世界大战爆发后，他始终战斗在最前线，为各报刊与广播电台写出的通讯报道，后来汇集成厚厚的三大卷的《战争》。二次大战前后，他先后创作了《巴黎的陷落》、《暴风雨》、《九级浪》等长篇，前两部荣膺斯大林文学奖，也奠定了他在苏联现代文学史上的地位。由于他曾长期旅居国外，并以记者与作家身份和众多国际和平友好人士一起，参与重大国际事务，曾当选为世界和平理事会副主席，并荣膺列宁国际和平奖章。他文笔犀利，刚正不阿。二战中，他毫不留情地抨击德国法西斯，令希特勒对他恨之入骨，曾扬言：攻下莫斯科，先绞死爱伦堡。对权势，他敢于直面，绝不阿谀奉迎。二战前夕，他通过在法、德所见所闻，深感希特勒正磨刀霍霍，而苏联当局却还沉浸在与德国签订《互不侵犯条约》后的虚假太平中。他忧心忡忡，上书莫洛托夫。莫洛托夫让秘书见他，秘书对他的陈述心不在焉。他问："难道您对我讲的不感兴趣？"秘书苦笑说："我个人很感兴趣，可您要知道，我们实行的是另一种政策。"他认为，苏联战争初期的失利主要是由于斯大林的轻信与固执，而不是当局强调的德国"背信弃义"。他认为，同法西斯根本就没有信义可言。二战结束前，当苏联红军攻占柏林后，他没有像其他作家那样为胜利欢欣若狂。他在《胜利》一诗中说："我曾像等待情人那样等候她/我曾像了解自己一样了解她/我曾在鲜血、泥泞、悲伤中呼唤她/到时候了——战争结束了/我向家中走去，她迎面而来/然而，我们却互不相识了……"只有与苏联人民、战士们一起，在"鲜血、泥泞、悲伤"中等候过、期盼过、呼唤过，"像了解自己一样了解她"的人，才会用如此沉重的笔触来书写胜利吧？

尽管他对斯大林"长期信任他，也怕他"，但他直言不讳地说："我不喜欢斯大林"，对斯大林的个人崇拜更为不满。他在晚年的著述《重读契诃夫》、《法兰西札记》中，批评苏联文艺领导部门不尊重艺术规律，粗暴地用行政手段干预作家们的创作，用语直白、犀利，是同期作家中少有的。他1954—1956年创作的中篇小说《解冻》，更较早地集中揭示了行政部门的弊端，被认为是"解冻时期"的开始。而他晚年用五年时间撰写的6卷本、长达200多万字的长篇回忆录《人、岁月、生活》，更是对他波澜壮阔的一生真实、客观的写照，用他自己的话说："它与其说是一部编年史，倒不如说是一部自白书更为恰当。"该书除了记述他一生所经历的欧洲与苏联重大事件，所接触的各国与苏联作家、艺术家、社会活动家及政要外，还真实、直率地阐述了他的观点，也披露了许多鲜为人知的史料，曾引起巨大反响。

爱伦堡曾经说过："谁记得一切，谁就感到沉重。"他于1965年完成了《人、岁月、生活》这部分量最重的回忆录，两年之后（1967年8月31日）病逝于莫斯科。

爱伦堡走了，他把带不走的那份沉重，留给后人去思考。

（2011年2月草于"不由天"堂，载于2011年5月15日《大公报》）

盖达尔和他的《远方》

白季迦骑着竹马，挥着既可当鞭子，又可当马刀的树条，边跑边想：将来长大了骑上真马，坐上飞机，向远方跑去，飞去，把“一切的远方都跑遍、飞遍”。……

这是盖达尔的小说《远方》中的一个场景。

阿尔卡蒂·彼得罗维奇·盖达尔是苏联杰出儿童文学家，1904年2月22日出生于库尔斯克省里戈夫城。十月革命时，他还在中学读书，为保卫革命成果，志愿加入红军，与外国干涉者及白匪军作战，那时他年仅14岁。由于作战勇敢，曾荣获红旗勋章。1924年由于旧伤复发转入预备役，这时他已是团长。伏龙芝元帅从他写给部队的热情洋溢的告别信中看到他的写作才能，鼓励他从事写作。这与他的想法不谋而合，他说：“我很想告诉下一代孩子们，当时的一切是如何开始，如何继续的……”

最初的尝试并不成功，他却坚持着，不断改进写作技巧。他在给妻子的信中说：“要是你知道写作带给我多少苦恼就好了，然而我始终热爱这一工作，不想作其他选择。”他原姓葛烈柯夫，他将它改作“盖达尔”，原意是“向前看的骑士”。这位乐观向上、永不言败的“向前看的骑士”，靠着顽强的努力与坚持，终于成为著名儿童文学家，相继创作了《革命军事委员会》、《学校》、《第四座避弹室》、《远方》、《鼓手的命运》、《铁木尔和他的队伍》等作品。

盖达尔热爱儿童。无论在何处，他总被孩子们包围着，倾听他们讲话，揣摩他们的心理，对他们的真挚、朴实、亲切和富有同情心念念不忘。在雅尔塔休养时，他认识了一个五岁男孩安纳托里，他在日记中写道：“他跟我很要好，我送给他一个五角星和一柄玩具枪。我们一同指挥崔干、土济克和米什卡等几只狗……”真正同孩子们打成一片，同他们建立起真挚的友情，才能善于拨动孩子们向上的心弦。盖达尔的挚友、著名文学评论家巴乌斯托夫斯基说：盖达尔天生具备这一点，“他的这个特点完全是本能的，他的本性就是如此”。

盖达尔确实“善于拨动孩子们向上的心弦”。他在作品中始终贯彻着告诉孩子们“一切是如何开始，如何继续的”这一理念，让孩子们领会和理解“荣誉”、“旗帜”、“勇敢”、“真理”，因为他们“是明日生活的创造者”。

中篇小说《远方》作于1932年。那时苏联农业集体化正在推行，第一个五年计划也开始实施。《远方》所描写的就是在这样的背景下一个名叫亚列申的偏远的农村和它附近的小火车站所发生的变化。主人公白季迦和他的玩伴王西迦以及谢梨儿等几个铁路员工的孩子都只有八九岁，漫长的冬季往往只能坐在窗前看着向远方飞驰的火车，远方常让他们感到神秘又向往：“到我们长大的时候，也到远方去呢。”他们像所有那个年龄的孩子一样：淘气、打架、耍小心眼。

白季迦同王西迦常去伊凡叔叔家。伊凡十月革命前就是火车司机，十月革命时，他开着铁甲车在铁路线上和白匪战斗。那时，现在的村苏维埃主席叶戈尔是司炉。一次战斗中，伊凡受了伤，叶戈尔便顶了上去。当伊凡苏醒过来，战斗已经结束，他看见叶戈尔“光着半截身子，浑身汗湿，嘴唇焦干，全身都烧伤了”。整整两个钟头，叶戈尔一个人在火线上既当司机，又当司炉，还要照料伊凡……叶戈尔的英雄事迹让白季迦他们感到惊奇，因为他个子不高，戴一顶方格便帽，常眯着眼，完全不像车站墙上挂的那些招贴画上的英雄——他们都是大高个，不是擎着红旗就是执着马刀。

那时，农业集体化运动正在亚列申推进，虽然得到半个村子的居民拥护，却也受到以富农大泥雷，磨坊主白斗宁、薛明为代表的封建主们的激烈反抗。他们想尽一切办法来阻挠与破坏。当叶戈尔带着同意加入集体农庄的村民们的股金到城里交纳时，却意外地失踪了。

与此同时，随着一架飞机在村庄与小站上空盘旋，一桩接一桩新鲜事也打破了这里的平静。白季迦和王西迦在离小站不远的河里下的鱼篓不见了，他们怀疑是谢梨儿捞走了。这天，白季迦看见谢梨儿又在往河边走，便悄悄跟着他，但不小心在灌木丛里把他跟丢了，却意外发现那里多了一顶帐篷。帐篷里没有人，地上铺着雨布，放着被褥、三脚架和他不认识的“金属的东西”。白季迦拾起一个“圆的好像手表一样，带着尖尖的指针”的东西，发现那是指南针，过去书上读过的。当他准备把它放回原处的时候，一只狗狂吠着扑来。他

盖达尔像

《盖达尔选集》书影

惊叫着逃走，要不是河水把狗拦住的话，他就会被追上了。他很忧郁地回到家里，心想都怪那只狗，让自己背上偷指南针的恶名。他曾想把事情原委告诉王西迦，让他陪着把指南针还回去，却阴差阳错地错过了机会。他从王西迦那儿听说，这一带的黏土层可以提炼一种叫铝的金属，是造飞机的原料，他们看到的天上的飞机和他发现的测绘工人的帐篷，都是为在这一带建工厂做准备的。后来又听说，谢梨儿被怀疑拿了指南针，挨了爸爸的打。白季迦心里很不安，他没想到指南针的事变得这么复杂，他一直琢磨着如何能把这事遮掩过去。直到那天他在森林里发现了叶戈尔的帽子，上面的弹孔和血迹让他明白，叶戈尔是被人杀害了，而不是像村里传的他把集体农庄的股金私吞后逃跑了。叶戈尔是被什么人杀害的呢？这时，附近传来一个醉汉的声音，那声音让他恐惧。他仓皇地逃回了家。

自从叶戈尔失踪后，村里谣言四起，连王西迦也对叶戈尔的孩子说他们的爸爸是骗子。这让白季迦很难过，他不能容忍自己心目中的英雄被人误解和羞辱。这件事远比令他纠结的指南针的事大得多。后来，当他再次听到那醉汉的声音，并看见那醉汉正是富农的狗腿子叶冒拉时，这个八岁的孩子终于勇敢地说出了他经历的一切，揭开了那困扰着人们的大秘密：“是叶冒拉把叶戈尔杀害了！”

叶戈尔遇害事件很快被查清。他的遗体被安葬在河边高坡上，从那里可以望见麦田、草地和他曾经历过严酷斗争并流过鲜血的土地。葬礼和铝厂主厂房奠基典礼在同一天举行。叶冒拉、大泥雷、白斗宁被押解着，只有薛明逃走了。这段时间来，亚列申村和小火车站都发生了和正在发生着巨大变化。由于车站扩建，孩子们都搬进了新家。过去快车从不停靠的这个小站，已更名为“飞机翼”车站。“新的东西迅速地成长起来，旧的东西一去不复返了。”亚列申的居民和孩子们见证了这种异乎寻常的急遽变化，也深刻认识到“没有艰苦而坚定的努力，没有顽强而残酷的斗争——在这个斗争里会有个别的失败和牺牲——就不能创造和建设新生活”。

这正是《远方》所要告诉读者的。

1935年冬，父亲曹靖华与母亲尚佩秋利用寒假着手翻译《远方》。那时，北平正笼罩在蒋孝先的宪兵三团的白色恐怖之下，父亲用一个鲜为人知的化名在几所大学教书。他手边的俄文本的《远方》以及《第四座避弹室》，都是他1933年从苏联回国时随身带回的。他选择译本有两个原则：一是书的内容对中国读者有益；二是该书是有定评的作品。他之所以将盖达尔的这两部著作带回国，也是看到了它们所产生的社会影响。1936年春节，父亲将译稿寄给鲁迅先生。鲁迅先生回信说：“这一类读物，我看是有地方发表的，但有些地方，还得改得隐晦一点。”他知道开学后父亲忙于教学，无暇顾及，又说“这可由弟动笔……”，并亲自将译稿中“稍触目处皆改掉”。1936年3月24日，鲁迅先生函告父亲：“《译文》已复刊，《远方》全部登在第一本特大号里……将来还可以由原出版者另印单行本。”《译文》是鲁迅、茅盾等发起并编辑的专门介绍外国文学作品的刊物，原由生活书店出版，但由于翻译作品盈利少，生活书店“无意再出版”，被迫停刊，后改由巴金先生主持的文化生活出版社出版，《远方》即刊登在复刊后的第一期上。译文前有鲁迅先生于3月11日夜以编者名义亲撰的按语：

> 《远方》是小说集《我的朋友》三篇中之一篇。作者盖达尔（Arkadii Gaidar）和插画者叶尔穆拉耶夫（A. Ermolaev）都是新出现于苏联文艺坛上的人。
>
> 这一篇写乡村的改革中的纠葛，尤其是儿童的心情：好奇，向上，但间或不免有点怀旧。法捷耶夫曾誉为少年读物的名篇。
>
> 这是从原文直接译出的；插画也照原画加入。自有“儿童年”以来，这一篇恐怕是在《表》以后我们对于少年读者的第二种好的贡献了。

同年4月2日，鲁迅先生在回答颜黎民关于少年儿童有哪些可看的读物时说："问我看什么书好，可使我有点为难。因为我不研究儿童文学……新近《译文》已经复刊，其中虽不是儿童篇篇可看，但第一本里特载《远方》是很好的。"足见鲁迅先生对于《远方》的肯定与热心推介。

《远方》发表后，深受中国读者欢迎。父亲接着又翻译了《第四座避弹室》，发表在《译文》新二卷第二期上。由此，盖达尔的名字和他的作品，也逐渐为中国读者所知晓。由于鲁迅先生的介绍，父亲同巴金先生和文化生活出版社也建立了联系。《远方》单行本于1938年6月由上海文化生活出版社初版。书前的"《远方》编者"署名的《〈远方〉附记》中说：此书"原定于一九三七年八月出版，校样早就排好寄给译者，请他校正。后因战争关系，寄出函件在路上跑了几个月又退了回来。直到现在，我们仍无法和曹先生通信，只得先行出版。书中如有错误，俟再版时改正"。1937年抗日战争全面爆发后，父亲携全家离开北平，随西北联大迁往西安、汉中，同巴金先生及出版社失去了联系，致使他们"寄出的函件在路上跑了几个月又退了回来"。可贵的是，在那样兵荒马乱的战争年代，在与译者无法联系的情况下，巴金先生和《远方》编者仍坚持将单行本出版。巴金先生在差不多同一时期为罗淑的《生人妻》写的后记中说："在这种时候，我们的生命犹如庭园中花树间的蛛网，随时都会被暴风雨打断，倘使我们不赶快做完一件事情，也许就永无机会做好它"，因为"现在还活着的人说不定明天就会躺在瓦砾堆里"。《远方》编者的初版《附记》中说："两年前，鲁迅先生在《表》的序文中说：'十来年前，叶绍钧先生的《稻草人》，是给中国的童话开了一条自己创作的路的，不料此后不但并无蜕变，而且也没有人认从。'这说明了介绍几种新的'有益'和'有味'的读物到中国来的需要。《表》曾经鲁迅先生译出。这之后，值得推荐的少年读物，恐怕只有曹靖华和佩秋先生合译的《远方》了。"他们把《远方》这本"有益"和"有味"的读物推荐给中国的少年儿童，列入须"赶快做完的一件事"的精神，不禁令人想起鲁迅先生当年在有毒的书刊像洪水般向青少年涌去时大声疾呼："救救孩子！"挺身而出"肩住黑暗的闸门，放他们到宽阔光明的地方去"。1938年秋，父亲在汉中因支持学潮被解聘后，根据周恩来安排去重庆中苏文化协会负责编译苏联反法西斯文学作品。巴金先生后来也经广州、桂林辗转来到重庆，此时父亲始知《远方》单行本已按原计划出版。

苏联卫国战争开始后，盖达尔便以战地记者身份重上前线。行前，广播电台请他对青少年们作了一次讲演，他说："孩子们，军用列车不停地鸣叫着开走了，车里是你们的爸爸、哥哥、亲戚，他们正开往红军和敌人作战的前线。祖国关心你们，培养、教育、抚爱甚至溺爱你们。你们怎样尊重、卫护和热爱祖国呢？现在该是你们实际表现的时候了。战争刚刚开始，祖国需要你们，不仅要有勇气，还要有本领……”他的朋友、作家叶梅里扬诺夫在《盖达尔的故事》中记述了盖达尔在莫斯科街头同他的读者、朋友，后来成为苏联著名女英雄的卓娅话别的情景：

卓娅问：“您出发吗？”

“出发，”盖达尔说：“明天就走。”

“我也出发，”卓娅说：“不过不会很快，但我坚决要去。”

忽然，她又像一个女学生望着敬爱的老师一样：“阿尔卡蒂·彼得诺维奇！”她说：“不惜为了伟大的人类幸福而牺牲吗？”

“不错。”盖达尔说：“但是最好能活得越长久越好。”

“一百年！”卓娅说：“谢谢您，阿尔卡蒂·彼得诺维奇！

她用力握了一下盖达尔的手，跑去追赶一辆进站的无轨电车。

不久，他们都光荣牺牲了。

盖达尔到基辅前线后，由于他有作战经验，常常直接参加战斗。当德军包围基辅，他将一部分红军领出沼泽地，到达第聂伯河岸上的森林后，便加入了游击队。1941年10月26日，他与四名游击队员在坎涅夫附近与德国鬼子遭遇，不幸牺牲。

《远方》单行本出版时，由于无法联系到父亲，编辑手边没有作者的资料，只好“暂且缺着，将来有机会再作介绍”。1944年8月，《远方》由重庆文化生活出版社再版，父亲在《重版题记》中弥补了这一缺憾，并引述了同年5月6日苏联《真理报》发表的苏联作家爱伦堡有关盖达尔牺牲的一段文字，还说：“……看到这一不幸的消息，藉本书重版的机会，谨向他表示我们无尽的哀悼！”

盖达尔牺牲后，战友将他的遗骸安葬在一株橡树下，墓前的木牌上写着：“作家、战士，游击队机枪手阿·彼·盖达尔”。战后，他的遗骸被重新安葬在坎涅夫城第聂伯河岸高峻的山坡上，同乌克兰著名诗人谢甫琴柯的墓并列在一起。《远方》中译本后来多次再版。1959年9月，少年儿童出版社出版了两卷本的《盖达尔文集》，收入了《远方》、《第四座避弹室》和盖达尔其他主要著作，在中国青少年读者中产生过巨大影响。2004年1月22日盖达尔百年诞辰之际，俄罗斯各地举行了各种形式的纪念活动并重新放映《铁木尔和他的队伍》，在少年儿童中又兴起了“铁木尔运动”的热潮。

（2012年7月完稿，载于同年8月8日《中华读书报》）

淘来的“金沙”

——读卡达耶夫的《梦》

梦是什么？

《辞海》上说：梦是睡眠中出现的一种生理现象。一般认为，睡眠时如大脑皮层某些部位有一定的兴奋活动，外界和体内的弱刺激到达中枢与这些部位发生某些联系时，就可以产生梦。

《大不列颠百科全书》上说：梦是入睡后脑中出现的表象活动。不同文化背景的民族，历来对梦的本质的认识与看法各异：爱斯基摩人相信，睡眠时人的灵魂离开躯体，到一个梦幻世界游历；印第安人则认为，梦与现实一样真实，醒后应尽快去做梦中未了的事情。在古埃及书写在莎草纸上的文献《启示录》中，有大量梦中受到神的启示与感应的记载，唯有僧侣、族长与巫师才有权诠释神启与梦兆。

在我国古代文学作品与民间传说中，关于梦的故事多不胜数，如庄生梦蝶、黄粱美梦、梦笔生花、南柯一梦等，都是人们熟知的。周武王之弟姬旦是古代著名政治家，曾两次辅佐武王伐纣，并制礼乐，使天下大治。孔子对其十分推崇，常与弟子谈起他梦见周公事。在儒教长期主导中国文化思想的情况下，后人便假托周公之名，将流传于民间的解梦故事汇集成《周公解梦》一书，流传至今。但梦是什么？是虚幻？是真实？是隐喻？是暗示？依然众说纷纭。

梦，也是哲学家们争执不休的议题：亚里士多德认为，梦是从外界客观事物得来的感觉印象在体内的滞留与盘桓，但常因阻碍、冲突而组合得支离破碎。弗洛伊德则把梦视为一种潜意识活动，即所谓“弗洛伊德梦”。

这种争论至今也并未停止。

重读了苏联著名作家、曾有俄罗斯文坛“天之骄子”之誉的卡达耶夫的

卡达耶夫像

《梦》中译本封面

小说《梦》之后，出于好奇，我们查阅了手边的《辞海》与《不列颠大百科全书》中关于梦的条目。但这些似乎对卡达耶夫同样不会有什么帮助。

当年，卡达耶夫为了构思这篇小说，曾查阅厚厚的旧百科辞典。辞典里只说：梦是人的三分之一的生命，可是到现在科学还没有断定梦是什么东西，“关于这种情况发生的近因，只有假设才能解释”。卡达耶夫失望了，他说：“我准备把这本厚书合上了，因为关于梦的肯定的答案，再也找不到更多解释了。”然而，就在这时，他偶然在“旁边的一栏里，看到几行关于梦的绝妙的譬喻”：

> ……艺术家们把梦比喻作一个肩后长着蝴蝶翅膀，手中拿着小罂粟花的孩子。

这几行字像电光火石一样，“呼”地把他的灵感点着了。他要找寻的并不是有关梦的科学解释，而是写作的灵感。他说：“寓意把科学搭救了。幼稚的，可是美丽的譬喻，把我的思想打动了。”

就在不久之前，他冒着飞舞的雪花去莫斯科军委办公大楼采访著名红军元帅布琼尼，听他讲述十多年前苏维埃政权成立不久的那段艰苦岁月的战斗经历，有这样一个细小却真实的情节让他难以忘怀。“五千五百名战士，仿佛一个人似的，纵横错杂地在草地上睡着，打着鼾。鼾声把荒草都吹得摇摆起来了！”布琼尼元帅的声音，时时在他脑海中响起，让他坐立不安。旧百科辞典中偶然看到的那几行字，电光火石般点着了他的灵感。他忙拿出纸、笔，一气呵成地写出短篇小说《梦》，终于了却了他“想叙述一个值得载入史册的有关梦的故事”的心愿。

卡达耶夫1897年1月出生于乌克兰港口城市奥德萨。1915年，第一次世界大战期间，他还在学校读书，就参加志愿军到西欧前线作战，曾两次负伤。他开始写作很早，“几乎从七岁就开始了”。他十月革命前已有作品发表，不过，那时的作品受布宁的影响，多为写实主义小说。1918年参加红军后，他曾从事宣传报道工作。小说《梦》中要述说的那件“值得载入史册的”的故事，正是发生在那个时期：1919年7月。

那时，世界上第一个苏维埃政权成立不久，国内被推翻的地主、资产阶级在西方帝国主义势力支持下进行武装割据，控制矿山、交通线、产粮区，妄图把立足未稳的红色政权扼杀在摇篮里。对红军来说，那是一段极其艰难的岁月。为保卫新生的苏维埃政权，他们用从敌人手中夺来的简陋的武器，甚至沙俄时代传下来的土铳、马刀，同西方支持的白匪军拼杀。由于寡不敌众，一支红军部队被迫放弃察里津，向北方转移。统帅部决定将掩护大部队撤退的阻击、殿后的任务交给那时唯一保存着较强战斗力的布琼尼军团。布琼尼军团有5500名战士，但“同敌人的力量比较起来，这数目是藐不足道了”。

布琼尼率领着他的军团执行着统帅部的命令，为掩护大部队转移，在顿河与伏尔加河之间的窄长地带里夜以继日地阻击数倍于己的白匪军的进攻。

战斗异常艰苦，短暂的休息时间，“无论吃饭、睡觉、洗脸、解鞍，都不能好好去做”。那时又正当夏季，酷热难耐。战士们“常常整日整夜没有水用”，由于战斗激烈，往往同时要对付几个方向的敌人，连派人“到几俄里外的井边去打水也不可能”。“当时水比面包贵。时间比水贵。”……他们就这样，顽强地阻击敌人，掩护并保障大部队安全撤离，整整坚持了45个昼夜。

> 有一次，在撤退的时候，他们在三天三夜里，打了二十次冲锋。
>
> 二十次啊！
>
> 在不断的冲锋中，战士们把嗓子都喊破了。他们砍杀着，干透了的嗓子，连一声也喊不出来了。

可怕的场面啊：骑兵冲锋，肉搏，砍杀，举起马刀，歪扭的，淌着脏汗的脸——可是一声也喊不出……

当夏夜微蓝的夜幕在那钟摆似的在马鞍上摇晃着的5000多名战士们的身影上慢慢降下的时候，刚才还是黄尘黑雾、马嘶人吼、血影刀光，厮杀得不辨黑夜白昼的战场，随着敌人的溃败而渐渐变得安静了。地平线上，除了敌人败退时的那一抹烟尘之外，再看不见敌人的影子。绷紧的神经松弛下来，战场静极了。可这时——

在渴、哑、饥、热的折磨之外，很快又加上了一种新的折磨——难以克服的梦魔的折磨。

满身尘土的通信兵带着报告跑来，还未及报告，就从马鞍上掉下来，就在马腿跟前睡着了。

战士们勉强骑在马鞍上，再没有一点力气同梦魔抗争了。

梦魔把人的眼睛合上了。睫毛像带了磁性似的。眼睛入睡了。灌满了沉甸甸水银似的心脏，也慢慢儿停滞了。沉甸甸的手臂垂下来，脑袋摇晃着，军帽都滑到额头上了……

军团的指挥员们都聚集到布琼尼身边待命。然而，出乎大家意料的是，布琼尼却命令："大家都睡觉去。"他特别强调"大家"这个词："我命令大家都休息。""怎么……？"指挥员们不解，谁都知道，敌人还会卷土重来，后面还有更惨烈的战斗，"大家都休息"，谁担任警戒呢？终于有人在问："司令员同志……谁担任……？"布琼尼知道那人要问什么，没待他说完，便接下去不容分说地大声说："我担任！"他在暮色中看了看手腕上的荧光表，大声命令："全军无例外地统统都睡！休息二百四十分钟！"他说："放心吧，我负责警卫。记住，二百四十分钟，连一秒钟也不能多。起身的信号，是我放手枪。"他说着，拍拍腰间的枪匣。

就这样，布琼尼军团五千多名指挥员和战士像一个人似的，纷纷躺倒在这山谷里的草地上了。有的人还拼着最后一点力气去解马鞍，并把马腿缚起来，才枕着马鞍睡去。其余的人，未来得及解马鞍，就倒在马腿跟前，手里握着马刀或缰绳就进入梦乡了。那长满野草的山谷，就成了布琼尼军团露宿的营地。

就这样，布琼尼和他统率的军团书写着这世界军事史上的奇迹：军长警卫着全军的酣梦。

布琼尼骑在他那匹名叫“卡毕克”的栗色战马上，在露天营地四周警惕地巡逻着。只有他的通信兵——那个从马鞍上掉下来，来不及报告就在马腿前睡着了的柯瓦列夫跟在他身后。这个只有17岁的黑脸膛的小伙子又“勉强骑到马鞍上，打着盹，用力抬起他那重得像铅锤似的头”，在后面跟着他。布琼尼借着月光，辨认着各种睡姿酣然入梦的战士们，“就像父亲俯在熟睡的儿子的摇篮上，温柔地笑着”……

他熟悉他们每一个人。看，褐色胡子的大汉瓦德曼，像遭雷击了的橡树似的，仰面倒在草地上，枕着马鞍，硕大的手掌紧握着手枪。就是在梦中，他也绝不会把手松开的。那是顿州哥萨克白玲基，额发垂下来遮住了眼睛，睡得像个死人似的。他腰间挂的不是哥萨克飞快的马刀，而是一把剑，那是从一个喜好收藏古物的地主家中征收来的，他把它磨得无比锋利，像挥舞马刀一样挥舞着它和白匪作战。

他们都是跟随着布琼尼出生入死，与敌人奋勇拼杀的爱将。

在这条洒满月光的山谷，在战士们胸脯风箱似的起落，“把周围的荒草都吹动了”的有节奏的鼾声里，布琼尼和他的通信兵在露营地的四周一圈一圈地走着，警惕地守护着五千多同生共死的战友们的酣梦。

旷野夜空的星辰——大自然天然计时器的看不见的指针，也随着布琼尼腕表上的指针移动着，马上就到该叫醒战士们的时候了。布琼尼的战马“卡毕克”突然停下，竖起耳朵。布琼尼警惕起来，正了正军帽。他看见山梁上有几个骑兵，一个跟着一个，身影把月亮都遮住了。

布琼尼凝然不动。

一个骑兵勒住马，对着露营地一堆将熄的篝火前穿靴子的人影大声问：

“喂，什么村子？借个火吧！”他举着手里的纸烟，想吸烟。

“你是谁？”

“没看见吗？”骑兵把肩膀偏一偏，上校的肩章在月光下闪了一下。

布琼尼明白，来的是敌人军官的骑兵侦察队，他们把露营的红军战士错当成自己的部队了。

布琼尼举起手枪。随着一声枪响，敌人的上校倒下去了，战士们从睡梦中跳起，很快便把敌人的军官侦察队生擒了。

“上马！”布琼尼一声令下，五千余名战士都精神抖擞地跨上了战马。

在晨曦中，地平线上，白匪骑兵掀起的尘土腾起来了。随着布琼尼的一声号令，部队迅速展开。

新的战斗又开始了……

按说，故事到这里就该结束了，可卡达耶夫又加了一个结尾：又回到前边提到的莫斯科军委办公大楼，布琼尼元帅的办公室。布琼尼坐在办公桌前，眯缝着眼，向墙上挂的地图望了一下，笑着说："……是的，5000多名战士，横七竖八地睡在草地上，打着鼾。那鼾声啊，把荒草都吹得摆动起来了！"

卡达耶夫接下来写道：

> 我想象着一幅绝妙的图画：旷野、夜、月、沉睡的营地。布琼尼骑在马上。在他身后紧跟着他的，是艰难地克制着梦魔，披着额发的一个面孔黝黑的孩子，耳边夹着一小束枯萎的罂粟花，满罩着尘土的肩上，落着一只沉睡的蝴蝶。

这可真是神来之笔！

卡达耶夫在作品中善于运用俄罗斯特别是乌克兰人惯用的"友善的幽默"：即用抒情的笔调，轻松、明快的语言和刻意营造的诗一般的意境，来表现与深化严肃的主题。这在他后来创作的《团的儿子》、《时间呀，前进！》、《我是劳动人民的儿子》等中长篇小说中运用得非常多。即便像《梦》这样的短篇，也处处让读者感到作者的"温存的笑影"。

就拿这结尾来说吧，呈现在作者脑海中的那幅"绝妙的图画"，不仅与文章开头前后呼应，组成了一篇完整的艺术精品的架构；而且，作者还把旧辞典中查到的有关梦的"幼稚，然而美丽的譬喻"中的那个长着翅膀，拿一束罂粟花的小孩，幻化成现实中布琼尼的那个"艰难地克制着梦魔"，却忠于职守，一直紧跟在布琼尼身后为整个部队担任警戒的那个小通信兵。这让读者除了对这个人物由衷地钦佩之外，对作者这种"善意的幽默"也忍俊不禁。

《梦》创作于1934年。父亲曹靖华将它译成中文，是在1940—1942年在重庆主持编辑《中苏文化》杂志期间。当时正值抗战时期，他在重庆面见周恩来时，便受命从事苏联十月革命和反法西斯战争文学作品的翻译推介工作，因为"这也是抗战的一部分"。从那时起，他便"浸到尘封的书报杂志中"，把苏联作家或随军记者在火线上、在炮火中匆匆写下的，文章结构、布局以及文字雕琢等方面都不尽完美的"急就章"翻译、介绍给中国读者，鼓舞他们同日本强盗进行殊死的战斗。1942年10月，他在为苏联短篇小说集《梦》写的后记中提到，1938年他随北平大学等几所院校组成的"西北联大"由北平辗转迁往汉中城固，课余到汉江边，见到一群群衣不蔽体的工人，将河沙倒在淘金的沙床上，提着一桶桶水洗着、淘着，辛苦半天，常常一粒金沙也淘不出来。他把他从书报杂志上遴选值得翻译、推介的文章比作工人们淘金，“往往找了一大堆材料，经过好多时日的阅读以后，在内容与技巧上，真正值得介绍的，常常连一篇也没有”。这部小说集《梦》，就是那两年他像那些淘金工匠们一样“沙里淘金”的成果。虽说不一定都是“金”，但其中有些篇什，如这篇冠于卷首的卡达耶夫的《梦》，“从各方面看，都不失为艺术的杰构，并不是灰色的沙土，而是有分量的，水冲不去的，留在沙床上的金沙”。

又多少年过去，如今重读，只感到岁月的尘沙并没有遮掩住那“留在沙床上的金沙”的熠熠光辉。

（草于2012年12月，载于《世界文化》2013年2月号）

刍议伊凡·屠格涅夫的《木木》

浏览巴金先生的《序跋集》，忽然发现他于1952年写的《〈木木〉译后记》。《木木》是俄罗斯作家屠格涅夫的中篇小说，年轻时读过并给我们留下很深的印象，只是那时读书大都生吞活剥，未曾留意译者是谁。记得书柜中那几本“文革”劫后幸存的巴掌大的小开本图书中就有《木木》，忙去找来，果然是巴老根据英译本转译的。原译本于1952年1月由上海平明出版社出版，我们这一本是1959年4月人民文学出版社编辑的“文学小丛书”第三辑中的一册，可能为照顾体例的统一，未收入巴老的《译后记》，代之以编者前言。

巴老在1950年8月写的《〈回忆屠格涅夫〉译后记》中说，他“喜欢屠格涅夫的著作，也曾为它们花过一些工夫，译过《父与子》、《处女地》、《散文诗》和《蒲宁和巴布林》，现在还在翻译他的一些中篇小说”。这其中就包括《木木》。

伊凡·屠格涅夫是19世纪俄国杰出的现实主义作家，1818年11月出生于奥廖尔省一个农奴主家庭，父亲是退伍军人，庞大的家业全由母亲掌管，她生性专横暴虐，甚至对待儿子也缺少温存。屠格涅夫自幼目睹家奴们饱受的非人待遇，对农奴制反感厌恶，曾发誓“决不与之妥协”。1833年他考入莫斯科大学，后转入彼得堡大学哲学系。出于对文学的喜好，他在学生时代就翻译过外国文学作品，也尝试发表诗作。1838年在柏林学习古典语文与哲学期间，他结识了无政府主义者巴枯宁和斯坦凯维奇，一起讨论卢梭的《忏悔录》及康德、黑格尔的哲学，深受欧洲启蒙运动思想影响。1841年回国后，他继续发表文章与诗作，1843年与评论家别林斯基相识，很快成为挚友。同年，他的长诗《巴拉莎》引起普遍关注，别林斯基很赞赏他的创作潜质与观点，说：“同他（屠格涅夫）谈话和争论满足了我的渴望……如果一个人的独

屠格涅夫《木木》中译本书影

创的、具有特色的观点同你的观点相冲突时能迸发出火花，总会使人感到愉快。”这对青年才俊在对文学与紧迫的社会问题的争辩与交锋中，便常常迸发出富有哲理与睿智的火花。这对屠格涅夫早期社会观点与文学观点的形成具有重要意义。在别林斯基的影响下，他的反农奴制的态度更加坚定。1847年起，他以猎人漫游的见闻为线索陆续发表的25篇特写汇集的《猎人笔记》，用纯熟的现实主义艺术手法全面、深刻地揭示了农奴制度下的俄罗斯农村的真实面貌，有力地抨击了农奴制，使沙皇与贵族阶级暴跳如雷。1852年果戈理病故，屠格涅夫不顾禁令，公开发表纪念文章，被尼古拉一世下令羁押，而他的囚室旁边，恰是被羁押的农奴受笞刑的地方。沙皇的残暴不仅没让他退缩，反而更激起他对沙皇统治和农奴制的仇恨。就在他被囚禁的这一个月里，他构思并创作了这部以农奴为主人公，更强烈地揭示与批判农奴制的名篇《木木》。

《木木》讲述的是19世纪中叶，资本主义萌芽已在俄国滋生，农奴制弊端处处显见，社会变革声浪四起的时期，一个女农奴主及其家奴的故事。这个女农奴主——小说中的“太太”，是一个生性暴虐又吝啬的寡妇，独自索居在莫斯科一所大宅院里，子女都不在身边，周围却有一大群家奴，小说主人公盖拉新和塔季雅娜便是其中的两个。盖拉新是聋哑人，却生就一身惊人的力气，原来在乡下时，他样样农活都干得出色，“一个人做四个人的工作”，可是有一天，却被人从乡下带到这大宅院里，“塞了一把扫帚和一把铁铲在他手里，派他当一个打扫院子的人”。由于他自幼习惯了默默地不知疲倦地干农活，陡然被带到这里，“倒不明白要怎么办了，他发闷，发呆，就好像一头很壮的小公牛在发呆那样”。派给他的活并不多：打扫院子，运柴、劈柴，赶马车取水，喂鸡、喂鹅，以及看护宅院。他慢慢习惯以后，样样事都做得很有条理。由于他力大健硕，连小偷也惧他三分，加上他“性情是严厉的、一本正经的，喜欢什么事情都有秩序”，包括管家在内，这宅院的人们都有些怕他。他同他们的关系并不亲密，也不疏远，除了有时用手势同他们交流外，总是默默地做自己的事。他们也避免招惹他，他吃饭时坐的位置，别人都不去坐；分派给他的一间厨房上面的顶楼，别人也从不敢进。他虽只是一个身有残疾的农奴，却不奉迎、不自卑，靠自己诚实的劳动，也维护着自己做人的尊严。

这个貌似木讷、笨拙，只知拼命干活的盖拉新，却有一颗坚定、正直，又温柔、敏感，渴盼温情的心。他同情并暗恋着自幼寄人篱下、无亲无故的洗衣女工塔季雅娜，她性情温顺、懦弱，“只想到在指定的时间里面做完她的工作，从来不跟谁谈话，只要听见人提起太太的名字就发抖”。对盖拉新用他笨拙的方式向她示好，“这个可怜的女子简直不知道要怎样应付”，她怕得要命，拼命躲着他。但很快，“整个宅子里的人都知道这个打扫院子的哑巴的鬼把戏了：嘲笑，打趣，挖苦，一齐落到塔季雅娜的头上”。像每个聋哑人一样，盖拉新也极敏感地注意到这种变化，而且，不管塔季雅娜愿不愿意，他都义不容辞地将她置于自己的保护之下。当管洗衣工的女工头向太太告密，太太也只把盖拉新如何“教训”她的事当笑话听，反倒赏给盖拉新一个银卢布，因为她“认为他是一个忠心的、力气大的看守人，很赏识他”。其他人，包括那个曾调戏过塔季雅娜的鞋匠卡皮统，知道太太纵容盖拉新，也不得不收敛了。

然而，就是这个暴虐、乖张，令人难以捉摸的太太，明知盖拉新喜欢塔季雅娜，却执意将她许配给那个无可救药的酒鬼——鞋匠卡皮统。懦弱、毫无反抗能力与意识的塔季雅娜，即使很不情愿，也只得顺从。而处于社会最底层的盖拉新，也找不到合适的方式来抗争。结婚并没有使卡皮统有丝毫改变，他成天醉醺醺什么事也干不了，结果还是被太太下令遣送农村。

然而，出人意料的是，就在卡皮统和塔季雅娜动身那天，盖拉新却执着地走过来，把以前为塔季雅娜买的一条红头巾送给她。对世事从来都“非常淡漠地忍受”的塔季雅娜，这时面对着尽管身有残疾却善良、正直，又一直对自己怀有真情并无私地关怀和保护着自己的盖拉新，“再也控制不住自己了，她淌了眼泪”。

盖拉新跟着塔季雅娜坐的马车走到城外，在河滩上看到一条在淤泥里挣扎的小狗，就把它带回来，精心地照料。这小狗渐渐长大，宅院里的人也都喜欢它，并随着盖拉新召唤它时含糊不清的声调——“木木（Mymy）”叫它，这“木木”便成了它的名字。盖拉新把原来对塔季雅娜的依恋全移到木木身上，这木木成了他唯一的精神寄托。木木对盖拉新也十分依恋，白天随他赶着马车去河边取水、扫地、护院，是一条“很出色的看家狗”；晚上随他去厨房上面顶楼的那间屋子睡觉。为了木木进出方便，盖拉新还特意在屋门上开了个小洞。木木也非常识趣，“从来不到太太的宅子里去”，每逢盖拉新搬柴到上房各处去的时候，它总是在台阶上等他。直到有一天，太太从窗口看见了它：“上帝啊！它是一条漂亮的小狗啊！”她叫人把它带上来。木木被捉来了，太太“用亲切的声音唤它”，木木却惶恐不安。给它牛奶，它连闻也不闻一下。太太走过去，想摸摸它，它却“猝然掉转头来，露出牙齿”。太太忙缩回手，木木把她吓坏了。太太很生气，“一直到晚上都不快活”，“脸色比打雷时候的浓云还要阴沉”。她得知这是盖拉新养的狗时，大发雷霆，命令把它弄走。她的话就是圣旨。第二天，趁盖拉新往上房搬木柴，木木像往常那样在门边等候时被人偷偷捉到市场上卖掉。盖拉新发现木木不见了，里里外外到处找它。回来时天色已暗，从他摇摇晃晃的脚步和满身尘土的衣服看，“谁都可以猜到他已经跑遍半个莫斯科了”。晚上，他呻吟了整整一夜。第二天他整天没出门，运水的活不得不由马车夫代替，尽管马车夫老大不乐意。直到下一天早上，他才从顶楼出来，照常干他的活，阴沉着脸也不同任何人打招呼。后来，他躺在干草场上，唉声叹气，不停地翻身。忽然，他觉得有东西在扯他的衣角。是木木在他的身边，颈项上还系着一节绳子。

对木木的归来，盖拉新喜出望外。他已经知道是太太叫把木木弄走它的，他必须把他这相依为命的伙伴藏得更好，不能再让人发现。可是，他又能把它藏到哪儿呢？他只好白天把它锁在自己那间屋里，夜里才把它带出来透透气。他原来为它在门上挖的洞，也被他重新堵上。他装作没事一样照常干活，可是他万万想不到，木木的叫声会让事情败露。实际上，宅院里的人很快便知道了这个秘密，只不过出于同情，或出于对盖拉新的惧怕，没有说出来罢了。盖拉新为着木木，更加卖力地干活，天黑以后便回去和木木一起打个盹儿，直到深更半夜才带它到院里遛遛。一次，正当他们准备回去时，木木发现一个醉汉躺在篱笆旁，便吠叫起来，把正患神经质的太太惊醒了。

宅院里顿时乱作一团，人们慌乱地连夜去找医生。盖拉新预感到祸事临头了，他把木木夹在胳膊肘下，跑进顶楼，锁上门。在太太严令之下，总管领着一帮人带着绳索、棍棒赶来，盖拉新知道无论是自己还是木木，都无法躲避这场厄运了。他想，与其让木木死在这伙人手里面，莫如自己来结果它。他用手势把这个意思告诉总管和那伙人后，便穿上了那件过节才穿的长裾外衣，用一根绳子牵着木木，在众目睽睽之下出了院门，走进一家饮食店，要了一份带肉的白菜汤，把撕碎的面包放在汤里，又把肉切成小块，然后把汤盆放在地上，看木木吃着，“两颗大的眼泪突然从他的眼睛里落下来……他拿自己的手遮了脸”。……后来，他又牵着木木来到河滩，跳上一只小船，使劲划起来。

那些人躲在远处监视着。他会践行自己的承诺吗？尽管盖拉新只是一个奴隶，但在同他相处、相熟的那伙人眼里却是这个样子：“既然他已经答应，那就算数了。在这方面他可跟我们这班人不一样，他说真就是真。真的。”……他们看见盖拉新丢开船桨，朝木木俯下身，木木坐在他前面的坐板上一动不动。后来，盖拉新很快地挺起身子，脸上带着一种痛苦的愤怒。他把他拿来的两块砖用绳子缠住，在绳子上做了一个活结，拿它套着木木的颈项。他把它举在河面上，最后一次看它。它信任地而且没有一点恐惧地回看他，轻轻地摇着尾巴。他掉开头，眯着眼睛，放开了手。“盖拉新什么也听不见——他听不见木木落下去时候的尖声哀叫，也听不见那一下很响的溅水声；对于他，最热闹的白天也是寂无声响的，正如对于我们最清静的夜晚也并非没有声音一样”。

当我们读到这里，心中无不又一次激起对那万恶的农奴制的强烈愤懑。应当说，盖拉新这样能干的奴隶，已经够朴实、温驯、可靠的了，为了弥补感情的失落，他收养了小狗木木，然而无论他多么卖命地干活，竟连这一点点慰藉也得不到太太的宽容，除了愤然离去，又复何求呢？！

第二天清早，“有一个巨人，肩头扛了一个背包，手里捏着一根长棍，急切地、不停步地顺着公路走去。这就是盖拉新”。“他让人带到莫斯科来的时候，他很小心地记住了路”，“他带了一种不屈不挠的勇气，和一种交织着绝望与快乐的决心在公路上走着”，“好像他的老母亲在家乡等着他一样”……盖拉新就这样离开了莫斯科，回乡下去了。不久，那暴虐的太太也一命呜呼。她的子女把她留下的其他家奴全部遣散，准许那些人缴纳年租赎回自由。这也预示了农奴制的灭亡。

巴老在《〈木木〉译后记》中说：屠格涅夫的《木木》“是一篇真实的故事。盖拉新是他的母亲瓦尔瓦拉·彼得洛夫娜的看门人、哑子安得烈。太太就是瓦尔瓦拉”。原来，1852年屠格涅夫被沙皇下狱期间，目睹了农奴们在狱中受鞭笞的惨状，联想到母亲的乖戾残暴，便以她和为她看门护院的哑子安得烈为原型，构思并创作了《木木》。《木木》可以说是他继《猎人笔记》之后，射向沙皇和农奴制度的又一支利箭，在俄罗斯与国际上引起了巨大反响。巴老在《〈木木〉译后记》中还引述了著名作家和思想家对《木木》的社会意义的评价：19世纪英国作家加莱尔说：“这是全世界最感动人的故事。”20世纪英国小说家高尔斯华绥说：“在艺术的领域中，从来没有比这个更大的对于专横暴虐的抗议。”俄国思想家赫尔岑指出：“屠格涅夫并不单单停留在农民的殉道者似的命运上面，他还不怕看到农奴们的不通气的小屋，在那里面就只有一种安慰——伏特加（烧酒）。他用了很高的艺术性把这种汤姆叔叔的生活表现出来了，它居然逃过了双重的审查，而且它迫使我们望着那种惨重的、非人的、受苦的图画愤怒得打颤；是那些人在受苦：他们背负着世代相传的重担，前途没有丝毫的希望，他们不仅有受侮的灵魂，并且还有残废的身体……”屠格涅夫的高超的艺术手法，竟然使《木木》躲过了沙皇耳目的审查，把他们力图遮掩的农奴制的丑恶残暴暴露无遗。我们重读《木木》的时候，关于盖拉新，总不由自主地联想到雨果《巴黎圣母院》中的钟楼怪人夸西莫多：夸西莫多虽然形象丑陋，灵魂却强健、美丽，他同盖拉新一样，对美的渴望、尊重、追求，那样勇敢、率真，以致爱斯米拉达被推上绞刑架时，唯有他毫不畏惧地端上一碗水。盖拉新与夸西莫多确是有着异曲同工之妙的两个经典的文学形象。喜爱《巴黎圣母院》的读者们若有时间，也不妨读一读《木木》。

另外，关于这套“文学小丛书”，我们还想赘言几句。据人民文学出版社老编辑们回忆，这套只有64开本的小丛书，是冯雪峰任社长时为了响应党的“大家要学点文学”的号召，竭力倡导与推崇的。丛书选的都是古今中外名著，字数不多，篇幅不大，随身可带（俗称“口袋书”）。像这本《木木》，定价0.12元，在当时也只相当于两支红果冰棍的钱，因而十分受读者欢迎。不像现在的图书，越出越“豪华”，开本也越来越大，书价高不说，连书柜都得重做，才好立着上架，大而无当，又从何谈普及呢？在当今生活节奏加快，流行“浅阅读”、“闪阅读”的时代，何不本着“为读者着想”的原则，考虑出版一些类似“文学小丛书”这样的方便携带、方便阅读、省时省力、价廉物美的“口袋书”呢？

（2012年10月完稿，载于《世界文化》2012年10月号）

鲍·瓦西里耶夫与《这儿的黎明静悄悄……》

从报上看到俄罗斯作家鲍里斯·瓦西里耶夫病逝的消息，鲍·瓦西里耶夫是谁？名字似很生疏。待得知他就是著名中篇小说《这儿的黎明静悄悄……》的作者时，相关的记忆像擦着的火柴“呼”地燃起，久久不能自已。

生活中常有这样的事：有些作家因为职务或其他原因名气很大，但熟知他们作品的人却不多；而有的作品广为读者称道，却很少有人记得它的作者。鲍·瓦西里耶夫的《这儿的黎明静悄悄……》就是如此。特别是由它改编的电影，曾感动了无数观众，却很少有人关注它的作者。这并非只是我们的感受。1987年，瓦西里耶夫来我国访问，翻译家高莽陪他游览长城，对他说《这儿的黎明静悄悄……》在中国几乎家喻户晓，他可以随意问问游人，他们都会证实这一点，但瓦西里耶夫不好意思开口。自长城返回的路上，他们在一家餐馆午餐时，瓦西里耶夫忍不住悄悄对高莽说，他想问问女服务员有没有看过《这儿的黎明静悄悄……》，高莽把他的话翻译过去，女服务员得知在座的这位外宾就是那部影片的原作者时，立即情不自禁地说：“看过，看过，看了两遍呢！”她还曾被影片中那些和她年龄相仿的女兵舍生忘死勇敢顽强的战斗精神感动得热泪盈眶……她只顾述说，连高莽这位高翻都来不及翻译。瓦西里耶夫拍拍高莽的手说：“无须翻译，我听懂了……”他镜片后面的眼睛也湿润了。

那位女服务员是幸运的。她看的时候，这部影片正在全国热映，不少观众像她一样，一遍不够，特意看两遍、三遍。而我们第一次看这部影片，却在“文革”期间、“四人帮”垮台之前。那时，电影院公映的片子除了“样板戏”之外，就只有许多观众都能把影片中对白倒背如流的“老三战”：《地雷战》、

《地道战》和《南征北战》。然而，在北京地质部礼堂等处，却时不时放映一些所谓“供内部观摩与批判”的影片。那时，苏联被称作“社会帝国主义”，《这儿的黎明静悄悄……》便是作为批判“适应社会帝国主义政策需要——既宣扬和平主义、人性论，又鼓吹战争和军国主义”的“毒草”，用来“观摩”与“批判”的。这种荒唐事，恐怕是那位女服务员和今天的读者与观众们难以想见的。

鲍·瓦西里耶夫1924年5月21日生于俄罗斯斯摩棱斯克一个军人家庭，自幼受部队生活熏陶，喜读军史，曾想将来做个历史学家。然而，战争改变了他的命运。德国法西斯入侵时，还在中学读书的他，志愿参军上前线。1943年因负伤撤回后方治疗，伤愈后考入装甲兵学院，担任过军事工程师。1956年退役后，进入剧作家包戈廷办的电影剧本写作讲习班，毕业后在电影制片厂任编剧，并开始写作生涯。他创作的题材相当广泛，既有反映现实生活的《军官》、《我的祖国，俄罗斯》；也有卫国战争题材的《伊万诺夫快艇》、《遭遇战》；还有历史题材的《虚实往事》；等等。1969年在《青春》杂志上发表的《这儿的黎明静悄悄……》是他创作的第一部中篇小说，也是他的成名作，与其后他创作的《未列入名册》（1974）和《后来发生的战争》（1986）一起，被誉为他的战争题材“三部曲”。

《这儿的黎明静悄悄……》的故事情节并不复杂：1942年夏，白海运河地区一个代号171的小车站，是德寇飞机重点轰炸与袭扰的目标，因为那里是连接内地与白海—波罗的海运河的重要通道，一些军用物资常在那里储存、转运。自打车站的水塔被炸塌后，火车不再在那儿停留，来轰炸的敌机少了，但每天仍在空中盘旋、侦察。指挥部为防万一，仍在车站附近的小村里保留两个高射机枪阵地，并派了刚刚从高射机枪学校结业的清一色的女兵来换防。这些女兵统一由菲道特·叶甫格拉费奇·华斯珂夫准尉领导。华斯珂夫参加过苏芬战争，他文化程度不高，办事却严格认真，一丝不苟。他未带过女兵，而女兵们也并不让他省心，她们年轻、调皮，又有各自不同的经历与个性。班长丽达和丈夫——边防哨所奥夏宁上尉是在一次联欢会上相识的，那时，她还是一个九年级的女学生，活泼、开朗，后来随丈夫去了边防哨所，学会了救护、射击、投掷手榴弹。战争爆发后，上级本打算让她撤回后方，是她自己跳下火车，把儿子交给母亲，要求和丈夫一起上前线作战。她先当护士，后来去高射机枪学校学习，直到来这里驻防。她丈夫在战争爆发第二天就牺牲了，她从此变得不苟言笑，但每当警报响起，她便把满腔怒火对准来袭的敌机。她们刚来不久，就击落了德寇的热气球，当德国鬼子跳出吊篮打开降落伞的一刹那，她那四管连发的高射机枪子弹便当场结果了他的性命。丽达平时沉默寡言，女兵们说笑

瓦西里耶夫画像（高莽绘）

嬉闹她从不参与。但她也有两个知心好友，一个是新补充来的冉妮娅，她是个能歌善舞，活泼、漂亮，有时还喜欢搞些恶作剧的姑娘。她曾眼睁睁地看着母亲、弟弟、妹妹因为是军属而被德国鬼子用机枪处决，妹妹最后一个倒下，他们还特地补了几枪。是对门邻居把她藏起来，才躲过了这一劫。受冉妮娅的感染，丽达也变得柔和、开朗起来。另一个好友是嘉丽娅，战争爆发时，军事委员会同意她们班的同学集体参军，唯独不要她。因为她身高、年龄都不符合标准，但在她执拗的纠缠下，还是破格把她送到高射机枪部队。她身材瘦小，像个小可怜儿。冉妮娅帮她梳了新发型，把不合身的军服修改了，使她像换了个人。平时，她们三个总在一起。

在华斯珂夫眼里，这些女兵都是些“不幸的娘儿们！”因为“这场战争，对男子汉来说都像兔子遭了烟熏”，何况这些“像麻雀一样孱弱的”，“生来就仇恨杀戮的未来的母亲们”，能禁得住这样的磨难与重压吗？他怜悯与同情她们，甚至破口大骂：“真想把这场战争永世打入十八层地狱。”他像兄长一样照料、呵护她们，而她们却常拿他动不动便搬出“军事操典”来取笑他。在同她们接触时，他总刻意要求自己连走路也目不斜视，虽然尽心尽力，但难免也有疏漏的时候。

一来这里，丽达就发现，穿过离村子不远的密林，再设法搭乘一段过往的军车，就可以到城边她母亲的住处。她思念母亲和儿子，她想，夜里悄悄溜走，天亮前再悄悄返回，不会有人察觉。因为华斯珂夫查岗时，是不会随便进入女兵营房的。她果然成功了，而且还给母亲和儿子带去省下的白糖、饼干，甚至肉罐头。后来，冉妮娅和嘉丽娅也把配给的食品省下来，让丽达带走。而实际上，发现丽达夜晚溜出营房的还有另一个人，这便是副排长基梁诺娃——也是一名苏芬战争时立过功的老兵。她觉得丽达性格傲慢，以为她外出是“和什么人好上了”。不过，她“只在心里暗自好笑”，并未向华斯珂夫报告。

这天，丽达又悄悄去会母亲，黎明返回时，竟在密林里发现了两个德国伞兵，她立即向副排长和华斯珂夫作了汇报。上级得悉这一情况后，指令华斯珂夫率领由5名女兵组成的小分队前去搜捕。5名女兵除了丽达、嘉丽娅、冉妮娅之外，还有李莎和索妮娅。李莎是一个农村姑娘，质朴、善良，有很强的适应能力。而索妮娅也像嘉丽娅一样瘦弱，但她懂德语，可以充当翻译。华斯珂夫指派丽达做他的副手，小分队在进行必要的准备与交代之后便出发了。然而，出乎他们意料的是，空降下来的德寇伞兵不止两个，而是16个!

华斯珂夫深知他们的处境：他率领5个毫无野战经验，每人只有一支老式步枪、5发子弹的女兵，而对手却是16个人高马大、训练有素，每人配备一支冲锋枪的德寇伞兵！按说，在敌我力量如此悬殊，没有任何取胜把握的情况下，他可以果断决定放过这群鬼子，待回去后再向上级说明。然而，若放走敌人，他们负责守护的铁路线和车站周围的军事设施与人员就可能遭到更大破坏与伤亡。这对他和他的小分队来说，都是不可饶恕的！“当下任何怜悯都是犯罪”，他决定，在德寇尚未发觉和不知他们底细的情况下，利用有利地形阻击与牵制敌人，设法拖住他们。同时，派李莎按原路回去求援，他预计只要坚持到傍晚，就能配合援兵消灭这伙强盗。

小分队在华斯珂夫率领下，用勇敢、智慧，舍生忘死地与德寇进行了艰苦卓绝的战斗，破坏与迟滞了敌人的计划，给他们造成重大伤亡。而小分队也付出惨重代价：嘉丽娅、索妮亚和冉妮娅先后牺牲。丽达被手榴弹弹片击中腹部，她知道自己受的是致命伤，便把夜间去看母亲和儿子阿尔培特后发现德国伞兵的“秘密”告诉了华斯珂夫，并把自己“最后的要求”托付给他。而在丽达牺牲之前，华斯珂夫为把德寇引开，牵着他们的鼻子走向密林深处，看到他带领小分队来时，留在那棵标志树前的几根木棍原封未动，便知道李莎回去报信时已不幸掉进那深不见底的沼泽中了。因为没有木棍探路与支撑，徒手是走不过沼泽地的。

华斯珂夫左臂在战斗中也负了伤，此刻他已筋疲力尽，但仍忍着伤痛，攥着还剩一颗子弹的手枪，拖着疲惫的身躯穿过密林，来到残破的廖共托夫修道院。这是敌人的一个临时据点，他曾在这里和德寇遭遇并打死过一个鬼子，他算计敌人仍会来这里休息，待天明再带着炸药窜上铁路。剩下的鬼子果然全在这里，华斯珂夫用匕首干掉哨兵，踹开屋门，用手枪最后那颗子弹将跳起来准备取枪的鬼子击毙。剩下的4个乖乖地做了俘虏，他拼尽最后力气押着他们返回营地。

苏联卫国战争，无疑是人类历史上一场伟大的反对法西斯侵略的正义战争。苏联作家们创作的反映这场战争的文学作品，不下百部。而较之前辈作家法捷耶夫的《青年近卫军》、波列沃依的《真正的人》，或是西蒙诺夫的《日日夜夜》等在戎马倥偬中写就的纪实性的急就章式的著作来，鲍·瓦西里耶夫1969年创作的《这儿的黎明静悄悄……》，以及和它差不多同期的邦达列夫的《热雪》、西蒙诺夫的《生者与死者》等作品，由于时代的发展、进步，也由于作家们有更充沛的时间、精力，从更深的角度和更广的视野重新回顾与审视那场战争。创作手法上，可以更从容、更自由，更少程式化约束，因而无论思想性与艺术性，较之四五十年代的作品自然更胜一筹。这部作品部分取材于作者的经历，但他却特意将主人公换成了一群尚不谙世事，却对未来充满向往与期盼，又突然间被卷入和不得不直面战争的年轻女兵，为的就是更具体、更真实地表现战争给人类特别是妇女带来的深重灾难。它虽不是《生者与死者》那样场面恢宏的全景式的“大制作”，而正因为它短小、凝练，反映的内容也更集中，更人性化。作者长于话剧与电影脚本创作，他的小说也明显带有戏剧与电影的特点：语言简洁、情节紧凑、结构严谨，加上娴熟的现实主义与浪漫主义结合的手法，以小示大，立意高远，酣畅淋漓，不蔓不枝地将卫国战争中那段感人肺腑的故事呈现在读者与观众面前。小说后面那个令读者观众们称道的《尾声》，也充分展示了作者的艺术特色：多少年后的一个静悄悄的黎明，一位名叫阿尔培特·菲道特奇的火箭部队的大尉军官，陪同他的爹爹菲道特·叶甫格拉费奇·华斯珂夫——一个白发苍苍、粗壮敦实、只有一只手臂的老人，带着大理石墓碑，乘着小艇来到这里。老人凭着当年他做的记号找到了那座坟茔，人们也才知道发生在这静悄悄的密林中的那个凄婉感人的故事。

这部小说发表时，正值我国“文革”期间，依据那时奉行的“凡是敌人拥护的，我们就要反对”的原则，“苏修社会帝国主义”赞赏的作品，自然要痛加否定。它改编的电影，也只能作为“毒草”，供“内部观摩与批判”。但对有幸能搞到这种“观摩”票的观众来说，却是在那个全禁闭的时代，从那被撕开的缝隙中得以窥视外边的世界，倒是难得的幸事。至于他们是否认真去“批判”，却是另一回事。父亲曹靖华一生从事苏联文学的翻译与教学，“文革”一来，他与苏联文学界的联系全被中断。当我们得知有这样一部苏联新拍的影片放映，便千方百计弄到一张票，让父亲也有机会去“观摩”。记得他看后和我们谈起时愤愤地说：“卫国战争时，正是苏联人民不分男女老幼、前方后方，流血牺牲，才打败希特勒，赢得胜利的……这么好的影片，竟然被说成什么‘既鼓吹军国主义，又宣扬和平主义、人性论的双料毒草’，荒唐不荒唐？！”“四人帮”垮台后，“文革”中许多被迫停刊的文学刊物纷纷筹划复刊。《世界文学》酝酿复刊计划时，有人提出《这儿的黎明静悄悄……》电影放映后反响强烈，不少观众盼望读到小说译文，《世界文学》复刊应优先满足这一愿望。但他们又担心“拿不准”，万一有人又“打棍子”，不仅影响复刊计划，也会危及译者。商议中，他们终于想出“变通”的办法：在刊出小说译稿的同时，刊发一篇由译者参照以往批判文章的口径写的“批判文章”，这样既可应付审查，又保护了译者。后来复刊的1977年《世界文学》第一、二期，既刊登了刘白羽、冯牧、罗大冈、王朝闻、季羡林、曹靖华等人批判“四人帮”的笔谈，也全文刊出了这部小说的译文和译者王金陵的“批判”文章。它表明了在那特殊年代，编辑们不得不用这种特殊的方式向读者推介这部作品的良苦用心。十一届三中全会后，《这儿的黎明静悄悄……》的译本终于得以在我国正式出版，由它改编的影片也陆续在各城市热映，不仅获得广大读者与观众的热烈反响，对我国新时期战争文学作品《高山下的花环》、《雷场相思树》等也起了有益的借鉴作用。2005年，为纪念反法西战争胜利60周年，央视还播出了由中国编导、俄罗斯演员出演的同名电视连续剧，也是两国文化交流史上的盛事。

鲍·瓦西里耶夫是2013年3月11日病故的。据知，他将与妻子合葬在莫斯科西北部的瓦甘科沃公墓。他生性腼腆，不喜张扬，不少人对他的名字或许还很陌生，但人们会记住他的作品、他塑造的人物，特别是《这儿的黎明静悄悄……》中那一个个年轻女兵的形象，仍会真实、鲜活地活在人们记忆中。

左琴科的《列宁的故事》

2014年3月21日，《文艺报》“经典作家之未名社篇”专刊上刊登了葛涛先生写的《未名社成员七封集外书信考释》一文，七封信中有三封是父亲曹靖华的。其中一封是1946年9月18日写给鲁迅先生夫人许广平先生的：

景兄：

潘德枫先生为中苏文协老同事，忠实可靠，奋力前进。拟将豫才先生事迹，写为短篇故事。在苏联有左琴科等所写之列宁故事，颇为读者所称道。在中国可为创举。现潘先生奋勇尝试，已成数篇，特为介绍，望兄费神赐教。

再叙，祝安！

弟　丹

九，十八

这封信未见收入父亲的《书信集》与《译著文集》，确是一封珍贵的“集外书信”。信中提到的潘德枫先生，抗日战争时期在重庆即与父亲同在中苏文化协会共事，抗战胜利后又先后随协会由重庆迁往南京，故父亲在信中称之为“中苏文协老同事”。抗日战争时期，由于大量“下江人”迁入，重庆住房难觅；另一方面，也为躲避日寇轰炸，大多数外地迁来的“下江人”都将家室安置在郊区，彭龄记事起，先在沙坪坝嘉陵江边的立园，后搬到合作新村。父亲独自往返城乡之间，由于交通不便，母亲和我们都未曾去过协会。到南京后，由于时局与经费原因，协会缩编，我们全家也住在协会，这时才认识

《列宁的故事》书影

潘先生。他当时在协会从事《中苏文化》刊物校对、出版、发行等行政工作，解放后在中苏友协与对外文委担任的也是文化服务部和党委办公室副主任等行政职务，未曾听说有何著述。此信所述内容，父母生前也未曾听他们提起过。潘先生较父亲年轻十来岁，根据父亲一贯鼓励、提携年轻人的做法，我们相信，当他得知潘先生欲仿效苏联作家左琴科的《列宁的故事》，依据鲁迅先生生平史实编写一本《鲁迅先生的故事》的设想，也一定会热情鼓励他去大胆尝试，并向许广平先生推介的。然而，遗憾的是，随后时局逆转，内战全面爆发，蒋介石公然宣称“三至六个月内铲除共党”，在美国支持下，向各解放区大举进攻；同时胁迫以周恩来为首的中共代表处撤离南京，在“国统区”厉行白色恐怖。在这种严酷的环境下，协会经常接到恐吓信件、电话，协会四周麇集着各种特务、眼线，连彭龄姐弟出门，身后也常高长起“尾巴”。日常工作早已无法进行，编写《鲁迅先生的故事》这样的良好意愿也只能付之东流。

然而，此信提到的左琴科的《列宁的故事》，却引起我们诸多回忆。

米哈伊尔·米哈伊诺维奇·左琴科1895年8月出生于乌克兰波尔塔瓦，父亲是一位画家。他从小受到良好的教育，1913年到彼得堡大学学习法律，1915年第一次世界大战期间志愿入伍，在前线中毒气受伤。1918年他加入红军，第二年因病复员，当过鞋匠、电话接线员、文书，1921年开始文学创作，曾是彼得堡“谢拉皮翁兄弟”文学社团成员之一。其作品体裁多样，有小品、杂文、剧作、小说、儿童故事、纪实文学等，尤以短篇小说如《狗鼻子》、《澡堂》、《贵妇人》、《蓝书》等见长。他认为作家创作的主旨，是暴露现实生活中的现代庸俗主义。他承袭了果戈理、契诃夫的讽刺、幽默的传统，善于从小市民阶层的日常琐事中摄取素材，用百姓口头常说的机智、平和又俏皮的语言，对社会上的庸俗习气、官僚作风与市侩心理予以嘲讽。他刻画的人物多是有血有肉，活灵活现，呼之欲出。应当说，这些作品对涤荡当时社会上旧时代遗留下来的弊病还是有着积极意义与价值的。因而，他的作品曾受到高尔基的赞扬，法捷耶夫也曾将他与肖洛霍夫和费定并提，认为他们是“具有独特风格的作家”。为表彰左琴科的作品在社会上收到的热烈反响，1939年他被苏联政府授予红旗勋章。

然而，天有不测风云。1943年，他的长篇小说《日出之前》前半部发表后，立即遭到猛烈批判，这是他始料不及的。1946年他发表的短篇小说《猴子的奇遇》，通过从动物园跑出的一只长尾猴的遭遇揭示战时现实生活中的种种弊端，不料在列宁格勒文学刊物《星》上一发表，更一下子捅破了天，立即受到主管意识形态的日丹诺夫的痛斥，说它是“野兽般仇恨苏维埃制度的有毒的作品”。这等于在政治上宣判了左琴科的死刑，他被开除出作家协会，停发稿酬，甚至吊销食品供应证。左琴科不仅从此从文坛上销声匿迹，连生活保障都成了问题。直到上世纪50年代“解冻时期”，其过去未发表的作品才陆续出版，这时，他已重病缠身，无法再提笔写作了。左琴科于1958年7月病逝。他因之蒙难的那部长篇小说《日出之前》上下册，直到上世纪70年代才得以面世。

左琴科不仅是以幽默、讽刺见长的著名作家，也是苏联儿童文学的倡导者与奠基人之一。他早年为初学写作的工人通讯员作的《我的创作经验》报告中，主张作家必须学会写广大群众能看懂的作品，引起与提高他们对文学的兴趣，因此就要写得明了、简短和尽可能质朴。他在1939年前后根据史料创作的《列宁的故事》，正是“用严肃的态度，朴实的语言，轻松明快的儿童文学的形式，质朴而自然地塑造了列宁的伟大形象，不单是儿童，成人读来也觉趣味盎然”。（见父亲1942年写的《列宁的故事》新版前记）。父亲曹靖华正是《列宁的故事》中译者。抗日战争期间，父亲根据周恩来同志的安排，在重庆中苏文化协会主编苏联反抗德国法西斯的文学作品。他看到苏联报刊上发表的左琴科写的有关列宁的小故事，读来明快、简短、质朴，便也随手译出，发表在《中苏文化》、《新华日报》、《文艺阵地》等报刊上，并于1942年春由重庆生活书店结集出版了第一版《列宁的故事》。那时，他从城里回乡下家中，也将这些译稿带回家中，彭龄当时四五岁年纪，跟母亲学习字等启蒙教育时，左琴科的这些有关列宁的小故事自然也成了他的启蒙教材。他从小便知道列宁在监狱里面如何用面包捏成小墨水壶，倒一点牛奶，用小钢笔头蘸着在书页边上的空白处写理论著作。看守透过牢门上的小窗口，明明看见列宁在写东西——那是不许可的，等他们推门进来，列宁收起笔头，不慌不忙地把“墨水壶”放进嘴里吃起来。看守吃惊地问：“你怎么把墨水壶吃掉了？！”列宁笑笑说：“哪有什么‘墨水壶’？是你看花眼了……”（《有时墨水壶可以吃》）；通过《列宁和卫兵》，他知道了即便是列宁也必须遵守规定，懂得了规章制度的重要性；等等。待单行本《列宁的故事》出版后，它更成了彭龄须臾不离的伙伴，他不仅通过它认得许多字，也知道了许多课本上学不到的知识与道理。

当年在重庆，这本小书就颇受读者欢迎。我们想，潘德枫先生在重庆与父亲共事时就看过这本书，并受它的启发，萌发编撰《鲁迅先生的故事》的想法。到南京后，他得知父亲经常去上海与戈宝权、叶以群及三联书店等出版单位商议苏联文艺丛书的翻译与出版事宜，而且每次去时总要去看望许广平先生，便向父亲提出尝试编撰《鲁迅先生的故事》的愿望，并想得到许广平先生和父亲的支持与协助，也是很自然的事情。当年，周恩来、董必武等中共驻渝联络处的同志自重庆回延安公干时，带去的图书与刊物中也有左琴科的这本《列宁的故事》。《文艺报》发表的葛涛先生的《未名社成员七封集外书信考释》一文中提及的新华书店晋察冀分店1946年出版的《列宁的故事》，也正是依据重庆版的这本书编辑或翻印的。这本书解放前后多次再版，我们手头最新的版本是1980年辽宁人民出版社出版的，由叶君健、严文井、陈伯吹、高士其、冰心等著名翻译家、儿童文学家、科普作家为顾问的《小学生文库》编委会编辑。出版时，父亲又特意根据苏联作家出版社1956年出版的《左琴科中短篇小说选》，将译文作了修订。他在《新版后记》中说：“当年在苏联有许多作者依据同样的史实，写了不同的少年读物。而关于列宁的故事，在写法上，我以为左琴科的手笔是比较高明的。同样的史实，而艺术手腕之高明与否，对读者的感染力是大不相同的。希望读者不仅从伟大革命导师列宁的品德方面得到教益，且从文章的结构、表达上，也能得到一些启示……”

我们这个年龄的人，大多是通过中小学语文课本上选的《一件小事》、《药》、《故乡》、《秋夜》、《狂人日记》、《藤野先生》、《祥林嫂》、《记念刘和珍君》、《为了忘却的记念》等鲁迅先生的著作，以及语文老师授课时讲述的背景材料，认识鲁迅先生和他所处的那个时代的。而最近这些年，随着中小学语文课本一次次修订，鲁迅先生的文章被一次次删削，以至不少人忧虑：这样下去，再过些年，若问起鲁迅是谁，怕年轻人大都答不上来了。这或许是在作杞人之忧。但我们想，当年潘德枫先生想以苏联作家左琴科的《列宁的故事》为蓝本尝试编撰一本《鲁迅先生的故事》，由于时局突变等原因未能实现，虽是憾事，但这一设想本身还是可取的。“他山之石，可以攻玉”，在我国的众多鲁迅研究者中，倘哪位愿效仿左琴科编撰《列宁的故事》的手法，依据鲁迅先生生平史实，“用严肃的态度，朴实的语言，轻松明快的儿童文学的形式”来讲述鲁迅先生的故事，使更多的孩子通过一个个晓畅、生动、富有教育意义的故事了解到鲁迅先生是一个什么样的人，不是同样有着积极的现实意义吗？

（2014年6月20日完稿，载于《世界文化》2014年10月号）

苏玲的《旅伴》情结

苏玲姐已离去近10个月了，我们想写点东西，开了几次头终未写下去，心中一直纠结着。苏玲一贯为人低调，她生前交代：人生也像小说《旅伴》中所描述的那样，聚散终有时，不以人的主观意志为转移。她要求走后不开追悼会，不搞遗体告别，只需家人送送就行了。因为她的老同事、老同学多半也已腿脚不便，不要给他们和组织添麻烦……不过，为她送行那天，除了在京的家人、亲戚之外，表演艺术家于洋同志的夫人、也已86岁高龄的杨静，苏玲在人民文学出版社的老同事张福生和干部处的两位代表，还是赶到了医院告别室。杨静说："我和于洋听说苏玲病逝的消息非常痛惜，于洋来不了，我怎么也得代表他一起来给苏玲送送行，为着我们同曹老、同苏玲几十年的友情……"张福生说："出版社许多同志听说后都要来，领导出面劝阻说这是苏玲自己的意思才作罢。我和苏玲一起共事了几十年，她就像老大姐一样，我不能不来……"苏玲有知，也会欣慰的。

苏玲静静地睡着，平静而安详，没有平时电话中对世事、对病痛的烦躁与抱怨，也没有怕赶不完编写父亲《年谱》的焦虑与不安。我们把一束素菊轻轻地放在她枕边。或许是由于头上那顶浅色毛线帽罩住了她的白发，使她本来就娇小的身子显得更加娇小，人也显得格外年轻，就像当年父母膝前的乖乖女……忽然，早被岁月冲洗得干干净净的那声召唤，像自天外穿越时空闯进耳鼓："嘿！我这儿也有一封，帮我拿去一块发！"这是什么时候的事？正冥想中，简单的告别仪式开始了。

后来，在考虑为苏玲写文章时，那天在告别室脑中闪过的那个细节，多次出现在脑海。屈指细算，那应是上世纪40年代，彭龄姐弟和父母住在南京中苏文化协会，父亲主持编译苏联文学书籍，母亲料理家务，他们姐弟分别就读金陵女大与明德附小。苏玲平日住校，只周末及寒暑假回家。他们相差8岁，与苏玲文静、听话，一直是父母掌上明珠的个性不同，彭龄从小就在重庆乡下养成“川娃儿”活泼好动的天性，那时又正上小学三四年级，平时就“淘”不够，一放假整天只想着和小伙伴疯玩。记得那是1947年暑假的一天，父亲让他去邮局寄两本书，苏玲听到，便喊着说她也有一封信让彭龄顺便带去。彭龄接过信就跑了，根本未留意苏玲在忙什么。后来才知道，那时她正翻译《旅伴》，而且每天不完成父亲规定的数额还不许出门。父亲是在那年春天从苏联文学刊物上读到女作家薇拉·潘诺娃的《旅伴》，他认定这是一部难得的作品，立即将它列入“苏联文艺丛书”，并准备着手翻译。但不久又收到登载着《旅伴》英译本的杂志，他想，何不让正在金陵女大英语系读书的苏玲尝试着翻译呢？这既可提高她的英语水平，自己又能对照原文为她校正、把关。那时苏玲正读大二，自觉无力译这样的作品，但在父亲的激励与书中人物、情节的吸引下，终于鼓起勇气译起来。由于父亲在前屋办公，出出进进都要经过他身边，她说：“那时可真苦，就像被关了禁闭，想溜出去看场电影也不行……”由于英文版删节较多，还有不少与原文有出入之处，父亲都根据俄文一一校补订正。苏玲在她后来写的《我与〈旅伴〉的难忘情结》中说：翻译过程中“父亲教我怎样用字典挑选词义、遣词用字；如何处理长句，避免生搬硬套、洋腔洋调；如何挤去译文中的水分，做到凝练简洁，不拖泥带水”。她就是这样通过翻译实践，

曹靖华与苏联女作家潘诺娃（1956摄于列宁格勒）

苏玲像（摄于1947年春）

认识了小说中那些普普通通又令她终生难忘的“因战争而聚，因和平而散”的“旅伴”的同时，也一点一滴学习着文学翻译的入门知识，直到后来成长为英语、俄语都精通的“资深翻译家”的。

薇拉·潘诺娃1905年生于苏联罗斯托夫市一个普通家庭，幼年丧父，家境贫寒，未受过正规教育。她的学养全仰仗自学。她很早就读普希金、涅克拉索夫等俄国古典作家的作品，自1922年起开始在当地报纸上发表短文与剧本。1944年因战线推移，她迁居莫洛托夫市，并在当地报刊发表小说《比洛日科夫一家》。同年末，市作协分会指派她以《星》报记者身份，到全国模范军用救护列车——“三一二”号列车协助编写经验总结。她随车生活了两个来月，前线、后方往返跑了四次，完成了领受的任务。战后，这列救护列车退役时，其中两节车厢连同车厢内一切设备原封不动地被送进为纪念反法西斯战争胜利而专门修建的国家“救护防卫博物馆”，作为永久的展品。潘诺娃也依据当时积累的资料，结合自己的体验与感受，用艺术的架构与真挚、朴实的语言创作了小说《旅伴》。正如她所说：“我同这些人一起生活过，亲眼看到了他们的劳动与功勋。我不能不写他们，因为他们进入到我心里了。”

《旅伴》的架构很有特色。全书分“夜”、“晨”、“昼”三部分，它除时序之外，也根据战争进程，带有隐喻的含义。各章均以小说人物的名字命名。这些人都是在战争爆发后不到两周的时间，被匆忙聚集到这列救护列车上，成为“旅伴”与战友，并仓促投入战斗的。直到1945年4月红军攻入柏林，和平曙光已露时，他们终于接到胜利完成使命的通知。这些“因战争而聚”，共同战斗了四年的“旅伴”，又“因和平而散”，各自收拾行装，依依惜别，怀着对这四年艰苦战斗生活中结下的深厚情谊的眷念和对未来和平生活的憧憬，去迎接重建家园的新的战斗。全书没有一个系统、连贯的故事，即便是政委丹尼洛夫，小说以他开始，以他结束，但他并不是通常意义上的小说的主人公。小说的主人公实际上包括列车上所的人，甚至那些不知姓名的士兵与担架队员。作为个体，他们都是普通公民。如政委丹尼洛夫，读过小学，当过红军，进过党校，战前是某工厂的领导；战争一爆发，他原想去前线，上级却派他担任这列救护车的政委。他工作严肃认真，有领导能力；由于文化水平与生活环境的差异，他对身为知识分子的医生们某些方面有看法，但他很尊重他们，善于听取他们的意见、建议，终于将所有不同年龄、修养、个性、经历，相互陌生的人团结成一个整体。当列车在前线时，他们没日没夜全力抢运、救治与护送伤员；而当空车由后方重返前线途中，他们又抓紧时间维修机车，清洗车厢、被褥，将列车布置得整洁、舒适，给伤员营造一个温馨的氛围，还想方设法在车下挂鸡笼养鸡，在货车厢用隔板隔起养猪，用木箱栽葱，制果酱，烘蘑菇，尽可能为伤员增加营养，改善生活。又如比洛夫医生，非党人士，战争一爆发便被征召到列车上担任医疗救治工作的负责人。他为人爽朗、热忱，尽管身体虚弱，依旧尽心尽力设法救治伤员。他热爱生活，热爱妻子儿女，列车自后方重返前线时，他得空总是写信、盼信。然而不幸的是，他的妻子和女儿都在德寇轰炸中丧生。他把刺骨的伤痛与对儿子的思念埋在心底，更加勤奋工作，期盼战后父子重逢。再如尤莉娅，一位40岁依旧独身的有希腊血统的女护士，长着“可怕的”红脸、鹰钩鼻，但工作认真，技术纯熟，常获医生由衷的赞许。为救治伤员，她往往几昼夜不休息。她性格孤傲、自尊，暗恋着苏普鲁戈夫医生，却从不向任何人表露，像所有沉迷于爱情中的女子一样，对他的弱点视而不见。后来当她认清这一点后，尽管痛苦万分，也毅然割舍这迟来的却又确实不合适的恋爱。而那个苏普鲁戈夫，是一个猥琐、自私的耳鼻喉科医生，考虑问题总习惯从维护个人最大利益出发，甚至连结婚、生孩子都怕会给自己带来这样那样的负担与烦恼。他不想打仗，却被征入伍，内心胆怯，又偏要装出不害怕的样子。当他发觉尤莉娅对他的感情时，也从母亲已故去，家里终需有个管家婆出发，掂量来掂量去，才同意接受她。而性格刚强的尤莉娅，发觉错爱了与自己人生观、价值观无法融合的对象之后，却毫不迟疑地斩断情丝。胜利后，她毅然带着一个从敌占区逃出、无依无靠的13岁的女孩返回家乡。所有这些人全都为着一个共同目的——抢救与运送在抗击德国法西斯强盗的战斗中负伤的伤员，共同组成一个坚强的、不可分的整体。潘诺娃就这样运用她独具的质朴、细腻的笔触，描述这个群体中的每一个人，包括那个自私又怯懦的苏普鲁戈夫——就连他也在大家相互影响、鼓励下，不惜冒着生命危险抢运伤员。通过这些人各自对过去日常生活的回忆和与亲人往来的书信，以及往返途中四季风光的变幻，反衬随着时序与战争进程的推进，人们在道德、伦理、职责等方面感悟与认知上的微妙变化，巧妙并富有诗意地揭示与表现反法西斯战争的宏大主题。《旅伴》一发表便被誉为苏联最优秀的战争小说之一，并荣膺1946年度斯大林文学奖一等奖。

《旅伴》于1948年秋由苏玲与父亲译校完毕，由于时局动荡，未能按原计划出版。直到新中国成立后，才由《人民日报》连载，并于1951年由上海海燕出版社出版单行本。早在1947年父亲决定将《旅伴》列入他主编的“苏联文艺丛书”时，便通过苏联对外文化联络委员会（BOKC），请潘诺娃提供照片和为中文版写序，也因时局变化未果。1949年春，父亲去布拉格出席世界和平大会路过莫斯科时，原想面见潘诺娃，因她不在莫斯科亦未能如愿，他便将此事托付时任驻苏使馆文化参赞的戈宝权先生，1952年再版时，才将作者照片和序一并补入。父亲是在1959年率友好代表团访问时，在列宁格勒与苏联作家的一次聚会中才见到潘诺娃。

《旅伴》是苏玲第一部译作，也是她在父亲悉心引领下走上文学翻译道路的首次尝试。1951年她从北大西语系毕业后，被分配到人民文学出版社，由于当时俄文译者紧缺，她又被派去俄语学院学习俄语。她在人文社工作了几十年，由助编到编辑到编审。经她加工的书稿，既有苏俄文学名著《战争与和平》、《复活》、《被开垦的处女地》、《奥德河上的春天》，也有美国作家的名著《美国的悲剧》、《飘》，等等。此外，她还自俄、英两种外语翻译了《没有寄出的信》、《火光》、《不单是靠面包》、《生者与死者》，以及《战争风云》、《白衣女人》、《哈利·波特与魔法石》等诸多文学作品。2004年，她荣膺译协授予的“资深翻译家”称号。

用通常的话说，苏玲应算得上是译著等身的翻译家了。但她一贯为人低调，从不张扬。改革开放后，商业大潮兴起，“跳槽”、“走穴”成风时，她也从不为所动，绝不为追逐名利去争译名著或热闹一时的“畅销书”，而是坚守着她辛勤工作了几十年的那张小小办公桌，或编，或校，或译，一切服从安排。早在1981年，北大着手筹备出版父亲的《曹靖华译著文集》，约请苏玲参与编选。当时她还担负着人文社的编务，难以分身。直到1987年退休后，才得以集中精力整理、校订、编辑父亲的译著。那时父亲已经作古，两年后，母亲也相继病故。面对小山似的摞起来的父亲的译著、书信与相关资料，她说：“我几乎没有勇气面对。”但当想到父亲生前常说的“世事千变万化，今日能做到的，如不赶紧完成，明天就难说了”，便硬着头皮，像当年初译《旅伴》时父亲每天限定她必须完成的数额一样，为自己定下每天的指标。她原本就患有糖尿病等多种疾病，此时，更不管不顾，每日粗茶淡饭，不到万不得已绝不去医院。就这样，“以整整五年，近两千个日日夜夜，终于完成了11卷《文集》从订正到誊写的全部工作”。在校订、编辑这部文集的过程中，她曾三次赴苏，前两次是1988年与1989年，分别受苏联作协及苏中友协之邀，在莫斯科、列宁格勒与基辅遍访父亲上世纪三四十年代的老朋友及他们的后辈，从他们那里获得许多相关的珍贵资料；第三次是1990年受女汉学家莫尔恰诺娃之邀，在她家里住了整整40天，为苏玲去国家档案馆抄录资料提供了便利。那些馆藏资料中，最为珍贵的是当年活跃在苏联文坛上的著名作家绥拉菲摩维奇、阿·托尔斯泰、卡达耶夫、费定、西蒙诺夫以及潘诺娃等父亲的老朋友们直接或通过BOKC转递的书目与信件。这些书信原件及父亲当年与他们交往时作的笔记、照片等珍贵资料，一直为父亲珍存，准备晚年写回忆录及两国文化交流史之用，不料却在“文革”劫难中被北大俄语系×教授带领的“造反派”尽数抄走，至今不知所终。幸而，苏玲从苏联友人处得到线索，特意去苏联国家档案馆查询，并将其一一抄录带回，加以翻译、整理，连同父亲的老友们及他们的后辈写的回忆文章，编成厚厚的一辑《远方的怀念》，收入1992年10月河南教育出版社出版的《曹靖华纪念文集》中。1994年，我们取道莫斯科转赴开罗时，亲见苏联垮台后叶利钦统治下的俄罗斯富了寡头、穷了百姓，生活物资极度匮乏，教授、作家生活水准大大下降，有的艺术家甚至不得不在阿尔巴特步行街上卖艺，讨点小钱补贴开销的窘境。我们前去拜访汉学家莫尔恰诺娃时，她谈到苏玲住在她家去档案馆抄录资料时，每天带一小包她为苏玲蒸的抹了自制果酱的卷饼和一个水杯，一大早乘地铁匆匆赶去，中午便吃那卷饼就白开水，直到晚上再乘地铁返回。她总觉得慢待了苏玲，苏玲却总笑呵呵地说：“这样就很好，我在家吃得也很简单，我特别爱吃你做的卷饼。”她说：“没办法，我只好说那你就多吃一点。”

苏玲就是这样，为人处世一贯简约、低调、自爱、自尊，从不以翻译家自居。她以译潘诺娃的《旅伴》起步，校编、翻译的作品不下几十部。但她最喜爱也最难释怀的，依然是潘诺娃的《旅伴》。1997年，湖南文艺出版社为纪念反法西斯战争胜利50周年出版的“不灭的火焰”丛书中收有《旅伴》，苏玲得以借此机会根据1985年新版原著，重新校改她半个多世纪前的译作。她说她仿佛又登上那列救护列车，又回到那些熟悉的老朋友中间，“那忘我工作的情景，那宛如一个大家庭的浓浓亲情，依旧令我感受到强烈震撼。父亲的身影，南京的那段家居生活，不断在头脑中回旋。又一次感受到蓬勃向上，奔向理想的冲动……”她最喜欢书中所描写的那些“因战争而聚，因和平而散”的“旅伴”们，都是像自己一样的普通人，在国家需要的时候，他们在平凡的岗位上共同创造了不平凡的业绩，却并不以英雄自居；任务完成后，又默默地各自散去，消失在和他们一样普通的人群之中。我们终于明白了，她为何心中总怀有那浓重的、弥久不散的《旅伴》情结了。

苏玲就这样平静地走了。由于帽子遮掩着白发，显得分外年轻，就像当年初译《旅伴》时的模样。她走了，而她留下的译著，无论是《旅伴》，或是《白比姆黑耳朵》、《细雨霏霏的黎明》，依旧拥有一代代读者。今年恰逢反法西斯战争胜利70周年，没有读过《旅伴》的年轻朋友，不妨读一读这本书，去感受与认识潘诺娃笔下的那些普通的俄罗斯人，是怎样怀着战胜德国法西斯的坚定信念去工作，去战斗；又是怎样带着在工作、战斗中逐渐养成的对道德、伦理、职责等理念的新的认知，勇敢地走向新的岗位，开创新的生活的。

（2015年4月12日完稿，载于《世界文化》2016年2月号）

重读《拖拉机站站长和总农艺师》

当收到网上淘来的这本《拖拉机站站长和总农艺师》时，不禁感慨万千！近60年岁月匆匆逝去，当年读它时的情景仍历历在目。这部草婴先生译的苏联女作家迦林娜·尼古拉耶娃的中篇小说，最初发表在《译文》1955年8—10月号上，同年11月团中央发布推荐这部小说的通知，《中国青年》将其全文转载，立即在广大青年中引起前所未有的轰动。我们摩挲着这本曾伴我们度过幼稚、青涩却朝气蓬勃，对未来充满憧憬的青春岁月的书，看着封面上那幅用简洁线条画的小画，也仿佛见到睽违已久的朋友，感到分外亲切。

小说作者尼古拉耶娃那时对我们并不陌生，1951年她的长篇小说《收获》荣膺斯大林文学一等奖，使她不仅在国内声名鹊起，也为中国读者熟知。因为它和阿扎耶夫的《远离莫斯科的地方》、比留柯夫的《海鸥》、伊林娜的《古丽雅的道路》等，都是那时青少年课余竞相传看的苏联小说。那是崇尚英雄的时代，人人都激情满怀，期盼不久的将来也像书中的英雄那样，投身到国家正蒸蒸日上的社会主义建设中去。所以，当团中央一发出号召，我们便和全国青年一样，立即卷入向这部小说的主人公娜斯嘉学习的热潮。

这本书着力描写的正是封面这幅画中画的苏联一个名叫茹拉文诺的拖拉机站的四个主要人物。右边三位依次是：阿尔卡琪，代理总工程师，虽未受过专门教育，但资历老又受过伤，被照顾来这里工作；费嘉，党小组长；恰里科夫，农机专科学校毕业生，前两年被派来当站长。他们是特意来接女农艺师的。站里原本没有农艺师，不久前，邻近拖拉机站新调来一名叫林娜的女农艺师，漂亮活泼，“像个快乐天使”，一上任就把办公室里里外外粉刷一新，令他们刮目相看。林娜还有一套见风使舵的本领，省委第一书记到他们那儿巡视，她竟设法为站里要来一辆自动卸货卡车，更令他们艳羡不已：“我们要有

《拖拉机站站长和总农艺师》封面

这么个女农艺师多好！”当恰里科夫和费嘉这样议论时，阿尔卡琪不动声色地笑笑：“别急，不久我们也会有个比林娜更出色的。”这不，他们一接到通知，便兴冲冲赶来。然而，从车上下来的没一个像是他们要接的人。最后，月台上只剩画面左侧的那个拎着手提箱四处张望，“看起来像个十五六岁小女孩”，莫非她就是刚从农学院毕业、比那个林娜“更出色”的农艺师？这幅画描绘的正是书中这有趣又有些尴尬的一幕。是的，是的，那个不起眼的“小女孩”，正是这本书的主人公——由于团中央号召，迅速成为全国青年学习榜样的女农艺师娜斯嘉。

1954年，这部小说在苏联《旗帜》9月号上一发表，立即受到广泛重视，被称为该年度最优秀的作品之一。我们读后，明显感到它与我们熟悉的苏联小说不同：它着力刻画的并不是弹雨横飞的战场或热火朝天的工地那些令人热血沸腾的英雄模范，而是通过艺术的手法，细致地描写刚走出校门就被分配到这偏远的拖拉机站来担任总农艺师的娜斯嘉，全然不像阿尔卡琪他们所期盼的邻近拖拉机站新来的那个林娜，她不仅未使拖拉机站里外焕然一新，甚至连自己的办公室也不会收拾。然而，当她对陌生环境特别是盐沼地上那几个落后农庄作了细致的调查之后，却对诸如厩肥应当堆积起来，而不是乱七八糟地抛撒在地上；为保证播种时农业器械正常工作，须及时进行检修和备足零配件等琐碎或原本应由领导决定的事也都“插上一手”，甚至以她弱小的身躯硬拦住需要检修的播种机，不让开到田里做样子。上面通知派人参加方形点播法培训，由于正当机修保养关头，恰里科夫准备派几个闲散人员充数，她却坚持派最好的技工楚马克等。而且，她说话不分场合，直来直去，如问：“为什么阿尔卡琪私人买辆车，马上就给砌了车库，而站里的机械摆在露天，连泥棚也不盖？”恰里科夫好心开导她：“泥棚并不是根本办法，这种情况各处都有。”她却并不买账。以致这些人觉得她一开口，就“仿佛牙医用钻孔器钻我们的蛀牙”，并开始回避她，或对她板起面孔，甚至粗暴对她。而娜斯嘉却并不介意，相反，她和生产队长及各农庄庄员却处得很好，给他们讲课，帮助解决困难，很受大家欢迎。

省委第一书记来巡视，领导特别是阿尔卡琪很看重这一机遇，一直细心陪伴。他们并未指望娜斯嘉也会像林娜那样为他们带来惊喜，却未料到她竟会闯祸！第一书记临走随口说句：“今春融雪多，收成一定好！”意在勉励大家继续努力。不料娜斯嘉却不识时务地说：“不对！”第一书记也颇感意外：“为什么？”娜斯嘉说：“盐沼地那几个农庄收成就不会好。”当时全省都统一贯彻省科院播种三叶草的指示，娜斯嘉不赞成这种“一刀切”的指令，因为那几个农庄常年缺粮又不适合种三叶草。她建议因地制宜，改种玉米和向日葵。大家都为她的鲁莽捏一把汗，第一书记却很快平静下来，因为他曾在那片盐沼地过过住草棚、闹饥荒的日子。他从娜斯嘉的话中捕捉到可贵的东西，立即招呼大家重回办公室。他仔细听大家的争论，并通知省里派专家，帮那几个农庄重新审核轮作计划。总之，娜斯嘉每天都会提出这样那样的意见、建议。播种前，省里决定统一下拨种子，其他拖拉机站都执行了，娜斯嘉却坚持“我们有适合本地生长的硬粒麦种，只消补足差额，不要全部更换”。这意见尽管合理，却又给领导出了难题：因为用省里的种子，只管播下去就行了。而用自己的种子，还须选种、加温、做春化处理，不仅自讨苦吃，还顶着“不服从”的罪责，万一收成不好，谁担待得起？！而她却固执地背着被记过的处分，独自揽下这一切。

尽管她一心想着做好工作，却总难得到领导的理解，因为她这种“不按常理”的做法，不仅打破了这里多年形成的事事听命于阿尔卡琪的习惯，还常使恰里科夫两头为难，有时不得不动用行政手段：警告、记过，甚至威胁要“解职”。但这似乎并不管用。小麦播种的紧急关头，恰逢早春多变天气，恰里科夫正为此焦虑不安。娜斯嘉建议先播玉米、向日葵，因为这两种作物不怕霜冻。也亏得去省里学习方形点播法派的是娜斯嘉坚持的楚马克等优秀技工，他们用这种先进播种法大显身手。楚马克播种的速度几乎创了全国纪录，引得报社记者也闻讯赶来。当通讯稿被电台转播后，茹拉文诺拖拉机站与楚马克立即名扬全国。

当大家为此欢庆时，娜斯嘉却独自在小屋里写检查，一边用木盆里的热水蒸她扭伤的腿，一边啃着面包流泪。这一幕，恰被跑去向她通报消息的恰里科夫从窗外看到。这情景引起他内心的强烈震撼与反思。他和费嘉对她看法的转变，也正是从那一刻开始。从娜斯嘉身上，他看到人们常引为自豪的“俄罗斯性格”：外表朴素文静，内心勇敢刚强。再大的困难也能克服，再沉的负担也能担承，再重的委屈也能隐忍。他懊悔自己怎么把这些都淡忘了呢。娜斯嘉对广播里未提自己一点也不介意，“她已开始关注别的事，无须再为方形点播法的事操心了”。而那位恨不能把这“善于破坏、捣乱”的“小女孩”快些撵走的阿尔卡琪，却始终“把人家加在他头上的一切赞美，都认为是受之无愧的”。区里、省里，以至莫斯科来参观的人，都把目光聚在他身上，由他陪同，“好像他真是方形点播法的组织者”。尽管恰里科夫、费嘉闲时仍和阿尔卡琪一起钓鱼、打猎，但“像过去那样推心置腹的交谈已经没有了”。

秋天，他们的平均粮食产量达到每公顷15公担，比起邻近垦区的八九公担还是要高出一截。盐沼地那几个农庄由于玉米、向日葵丰收，不仅增加了庄员的粮食与收入，还解决了饲料问题，比往年是很大的跃进。他们的事迹不仅又登了报，农业部还指令省里选派他们三名代表去莫斯科，出席全国农业先进生产者会议。阿尔卡琪闻讯立即找借口去了省城。恰里科夫曾想，这次一定会派娜斯嘉去。但最后派的却是阿尔卡琪、费嘉和他。他与费嘉曾四处申诉，都为时已晚。因为阿尔卡琪在省里有很多朋友，他“有本领去按他需要按的门铃”。

比起与会的其他每公顷产量高达25—30公担的拖拉机站来说，他们的产量实在算不了什么，而会议却安排恰里科夫发言。阿尔卡琪递给他一份资料：“人家需要知道准确材料，你照上面的指数念念就行了。”他站在克里姆林宫的讲台上，照准备的稿子念起来，不料主持会议的农业部副部长却打断他：“您不必列举百分比，就讲讲你们的成绩是怎样取得的吧。”这该如何说呢？自打娜斯嘉来后，他们为那一桩桩看似琐琐碎碎的事争辩不休，对她不是支持、帮助，反而是排挤、打击。而今，自己来参加这样的盛会，阿尔卡琪还大模似样地坐在第一排，而娜斯嘉此刻还不知在哪儿奔忙呢。这一切在脑海里翻腾，记者的相机对他拍个不停，更让他思想难以集中。副部长只好打圆场：“恰里科夫同志没准备发言，是我们要他讲几句。看来，您这人做事比说话能干。好吧，这总比会说不会做好多了。”

对恰里科夫的窘态，阿尔卡琪抱以嘲讽，而费嘉却是理解的，当晚他俩整整谈了一夜，分析了为什么像他们在站里工作了好几年的人认为是司空见惯，没当回事的问题，娜斯嘉却能敏锐指出？如果他们的过失在于盲目追随与信赖阿尔卡琪，那阿尔卡琪呢？若说他也不懂如何切切实实带领大家前进，怕是说不过去的。他热衷的是做表面文章，只求能受表扬，对“非得出几身大汗不可”的细致工作却从不考虑。而娜斯嘉呢，她最关心的是庄员们的需求与焦虑，一心想着如何帮助他们增产收益，不像阿尔卡琪“工作只做五分，派头倒有十分”。他们交流了看法，也检查、回顾了各自的失误与不足，对今后应当怎么做也取得了一致的清醒的认识。第二天，他们在会议大厅遇到阿尔卡琪，阿尔卡琪对他们说：“也许，我不必回去了，现在人家晓得了我的价值，我愿意的话，可以留在莫斯科。”他没料到恰里科夫竟回答：“好，那你就留下吧。”从那一刻起，他们俩都相信，他不会再回去混日子了。

这便是有关苏联那个偏远的拖拉机站这四位主要人物，特别是站长恰里科夫和总农艺师娜斯嘉之间所发生的故事的概要。作者出席了那次会议后离开莫斯科时，恰与恰里科夫在同一车厢，后者得知她的身份后，向她坦诚地回顾了这一切，包括他的感悟、反思，对娜斯嘉的愧疚、眷恋与怕失去她的焦虑，以及要“像这列车一样风驰电掣”，面向未来的决心与信念。

1954年5月，爱伦堡的中篇小说《解冻》第一部发表，在国内外引起巨大反响。作家们开始摒弃斯大林时代一味粉饰生活、歌功颂德的写作，涌现出一批大胆“干预生活”的作品，这部小说也被列入其中。其实，尼古拉耶娃在斯大林时代就被认是有独特个性和艺术良知的作家之一。她的《收获》初稿中，曾有描写集体农庄庄员不满领导作风与对物质的追求，要求退出的情节。编者担心“惹祸”，力主将其删去。虽然后来尼古拉耶娃因《收获》一举成名，却为这节被迫删除而痛惜。她认为那来自真实生活，而作品如失去了生活的真实，也就失去了生命。她强调作家应重视形象思维，因为它“是艺术特征的定义中心，与逻辑思维无论形式或内容，其本质完全不同”。如果创作时逻辑思维代替形象思维，就会陷入概念化的窠臼。尼古拉耶娃因心脏病卒于1963年，年仅52岁。尽管她起步较晚，留下的作品不多，却都很有影响。

我们当年读这部小说时，正值响应教育局与团市委号召争创以模范人物名字命名的先进班集体的热潮中，而这本书中的娜斯嘉，并非高大威猛、叱咤风云的人物，而是比我们年龄大不了多少的刚毕业的学生，也有着我们一样的弱点：缺乏生活经验；办事过于直率，甚至有些鲁莽；不会保护自己，遇到困难、挫折也会暗自落泪；等等。但可贵的是，她从不向困难低头，工作中，首先考虑的是如何改变那几个落后农庄的面貌，从不计个人荣辱得失。这让我们认识到，在平凡生活中也能像娜斯嘉那样创造不平凡的业绩。通过向娜斯嘉的学习，进一步增进了全班的团结，我们终于首批获得教育局和团市委共同颁发的先进班集体称号，而且这称号在母校一直传承至今。

记得这本书被译成中文后，全国作协也专门组织作家座谈，并呼吁作家大胆“干预生活”。很快，以“马铁丁”为笔名的一批文风质朴、犀利的批评社会生活与工作中常见的夸夸其谈、不干实事的慵懒作风与官僚习气的小品文，使社会风气为之一振。继而在毛主席“双百”方针鼓舞下，在共青团北京某区委工作的青年作家王蒙结合自身经历，仿效《拖拉机站站长和总农艺师》创作了小说《组织部新来的年轻人》，通过娜斯嘉式的年轻干部林震，对机关工作中官僚、主观主义，缺乏责任心等提出尖锐批评。小说在刊出后受到广泛好评，也引起某些惯于“对号入座”的人的反感，甚至将它同当年延安整风时受批判的王实味的《野百合花》类比，引发很大争议，也引起毛主席关注。但随着“反右”的深入，王蒙最终还是被划为“右派”，连已发排的长篇小说《青春万岁》也被迫中止。他最终获得“平反”，已是22年之后了。

近60载岁月匆匆过去，回首往顾，不能不感慨良多。如今重读这本小书，当年团支部会上，大家激情满怀地畅谈心得、感受的情景，依然历历在目。我们想，就是对当今的青年人，它也并未失去其现实意义。

（2015年3月29日完稿，载于同年6月10日《中华读书报》）

永不消逝的那道弯弯的虹

——重读W.瓦希列夫斯卡娅的长篇小说《虹》

当阳光照射到空中悬浮的水珠，经过折射与反射作用形成的带状彩色圆弧叫作虹。虹是一种自然现象，由于它绚丽多姿，常作为一种象征着喜庆、吉祥、欢悦、胜利的吉兆，出现在文学作品中。1933年，毛泽东在闽浙赣革命根据地考察期间，重游4年前红军在瑞金城北大柏地一带重创敌军的旧战场时，便借雨后彩虹的悦目景象，以“菩萨蛮”曲牌写下大气磅礴又瑰丽多姿的《大柏地》：“赤橙黄绿青蓝紫，/谁持彩练当空舞？/雨后复斜阳，/关山阵阵苍。//当年鏖战急，/弹洞前村壁。/装点此关山，/今朝更好看。”苏联女作家W.瓦希列夫斯卡娅在卫国战争期间创作的长篇小说《虹》，也把它作为光明战胜黑暗、文明战胜野蛮、人道战胜暴力、公理战胜强权的象征：“虹从东方向西方延伸着，像花瓣似的温润、柔和、纯净而灿烂的光带，把天与地连接起来。”灿烂的虹光，鼓舞、照耀着苏联人民，在前方，在敌后，英勇顽强、艰苦卓绝地夺取反法西斯战争的伟大胜利。

瓦希列夫斯卡娅原籍波兰，1905年生于克拉科夫城郊，从小生活在工人聚居区，1914年一战爆发后又随祖母迁居农村，和农村孩子一起干农活，受冻挨饿。直到1917年冬，父母才将这“长野了”的孩子接到城里接受正规教育。但童年经历不仅培育了她坚强的个性，也让她深切认识到社会的不公。她在中学就开始写诗，读大学的时候，一方面参加学生与工人运动，一方面从事文学创作。1934年，她反映波兰社会下层人民困苦生活的小说《日子》引起社会广泛关注，后来又接连出版了《祖国》、《大地的苦难》。1939年德国法西斯入侵波兰后，她徒步跋涉600公里，来到苏联，加入了苏联国籍。她除继续完成在波兰就开始写的长篇小说《池沼上的火焰》外，也在苏联报刊上发表论文、小品和短篇小说。苏联卫国战争爆发后，她以记者身份和红军战士并肩战斗，除创

瓦希列夫斯卡娅像

《虹》1947年版封面

作《党证》、《一个德国士兵的日记》、《为了胜利》等一篇篇纪实性的报道外，积累了大量素材。特别令她感动的是各地的农村妇女，她们为了胜利几乎奉献了一切：丈夫、儿子参加了红军或游击队；粮食支援红军，或坚壁清野；甚至连好不容易盖起的住房、柴垛，也不惜一把火烧毁："一粒粮、一根草也不留给德国鬼子，困死他们，饿死他们！"……后来，她听说了一位叫亚历山德拉·戴曼丽的农妇的事迹。戴曼丽的丈夫不幸阵亡，她怀着对敌人的憎恨参加了游击队。为不影响工作，她一直隐瞒着自己怀有身孕的实情，总是奋力地工作：烧饭、洗衣、侦察……直到临产前才回到村里，却不幸被德寇掳去。敌人千方百计想让她供出游击队的情报，却怎么也撬不开她的嘴，就在严寒的冬夜，剥光她的衣服，用刺刀驱赶着要她指认哪家是游击队。她生下自己和丈夫盼了20年才怀上的唯一的儿子后，敌人更利用母亲对儿子的怜爱，威逼利诱，也毫无所获。敌人恼羞成怒，残忍地将她和她的儿子杀害，投到冰河里。瓦希列夫斯卡娅说："戴曼丽的事迹深深打动了我，我被苏联妇女的这种强大的精神力量所震撼。"她沿途所见的那许许多多令她感动的妇女们的形象，在脑海中一下变得更加鲜活起来，使她不能自已，遂在戎马倥偬中着手创作《虹》。她说："我写作时，几乎无须借助任何想象，因为作品中每个人物，都是从真实生活中提炼出来的，只是将女英雄戴曼丽改成了娥林娜……"

《虹》以身怀六甲的娥林娜潜回村后不幸被德寇掳去为主线展开。这是一个有三百户人家的普通农村，家家青壮男子都参加了红军和游击队，留下的尽是妇孺老弱。空场里的绞架上吊着被德寇处死的少年柳纽克的尸体，成了侵略政权的象征。清早，老妈妈费多霞颤巍巍地挑着水桶到河边打水，看到雪地上横陈着一具被冻得僵硬的红军战士的遗体。德寇不仅不许收尸，还把他的军大衣、军裤、皮靴剥去。那红军战士正是费多霞的儿子华西里！她每次去河边，总要望着儿子灰白的脸，仿佛他可以听见似的，一声声轻唤着“好儿子……”。她的房子被占领军头子顾尔泰上尉和姘头普霞——一个“为了丝袜和法国酒”便苟且偷生，出卖祖国、亲友和灵魂的可耻叛徒占据。老妈妈和村民们一样，不露声色地把刻骨的仇恨埋在心底。她坚信，他们遭报应的一天总会来到。

无论占领者们如何暴虐，人们都默然以对。然而娥林娜被德国鬼子抓去这件事，却不能不使全村人甚感纠结。当士兵用刺刀驱赶着她在雪地上走时，几乎全村人都在屋里结了冰的窗户后面、从呼吸融化的小孔看着，他们感到那不只是娥林娜，是全村人都被剥光衣服，在敌人的狞笑声中一次次跌倒又顽强地站起。深夜，玛柳琪家的男孩米什迦冒死把全家仅剩的一小块面包送给被关押在敞棚里的娥林娜，不幸被德国看守发现并杀害，尸体被扔到水渠边。然而，当来换班的德军事务长和看守再去查看时，那男孩的尸体却不见了，显然是被什么人神不知鬼不觉地移走了。这让他们不寒而栗，连“头发都竖起来，脊背上起了一阵寒战”。他们怎知道，玛柳琪为把儿子的遗体运回家，在水渠边爬行时“成百次地把脸插在雪里”。当玛柳琪在门洞掩埋米什迦的遗体时，小女儿芝娜忍不住哭了，玛柳琪对她说：“别哭，米什迦是像红军一样为正义事业被德国鬼子打死的，明白吗？”芝娜点点头，止住了呜咽。

不是死亡，便是胜利，没有其他选择。在德寇占领下，连孩子也慢慢学会并牢记整个民族的这种坚不可摧的精神与意志。

对德寇占领军头子顾尔泰来说，这些日子可真烦透了。上级一次次责问：怎么还没有从娥林娜那里获取重要情报？可他用尽一切手段，也没撬开她的嘴。直到她忍着寒冷、焦渴，在破敞棚的地上生下她和已阵亡的丈夫苦苦期盼了20年才好不容易怀上的唯一的儿子。他想，这也许是一个能撬开她嘴巴的机会，便马上叫士兵把她押来审问。但同以往每次一样，每到关键处她总守口如瓶：

> 枪口在儿子的小脸上移动着。
>
> “这是你唯一的儿子吗？”顾尔泰问道。

娥林娜摇摇头："不是……"

握枪的手，一动不动地停在空中。

"怎么？你还有孩子吗？儿子还是姑娘？在村里吗？"

微笑突然出现在娥林娜肿胀、干裂的唇边：

"是儿子……尽是些儿子……好多好多……在那边，在森林里……"

"砰"的一声枪响，子弹打在儿子的脸上。连抓着娥林娜手臂的士兵，都打了一个冷颤。

娥林娜就这样英勇无畏地把她的一切，包括她最宝贵的儿子献给了祖国的祭坛。

顾尔泰又下令把娥林娜押到河边，但依旧无法让她张口，气急败坏的他最终残忍地将她杀害，连同她的儿子一起抛进了冰河。待上级又打电话催询与责问时，顾尔泰已经无言以对了。而且，上级一次次命令征集的粮食也没有一点头绪，他气愤地把随德军从罗斯托夫带来的那个被委任为这个村村长的人找来，逼他设法把粮食搞到，把那个将给女游击队员送面包的孩子的尸体运走的人揪出来。而村长这个被德国鬼子从狱中解救的过去的地主，和他的德国主子一样对这村子一无所知，光村民们对他的充满憎恶与仇恨的目光，就足以令他胆战心惊。尽管他竭力讨好主子，把偶然听说的有关娥林娜回村的事报告了顾尔泰，但顾尔泰并未因此放过他。他只好孤注一掷，把全村人召集起来，宣布将叶度牟、马丽亚、鄂斯普等5个村民扣作人质，三天之内不按数交粮和供出那运走小孩尸体的人，便处死人质。玛柳琪没料到敌人这样歹毒，让其他人代她受过，她于心不忍。但"人质"们非但没有责怪她，反倒劝她不要这么想。红军妻子马丽亚一再说"不要紧"，而且托付她："把我的孩子带到你家去吧。"年近八旬的叶度牟在村长集合前去玛柳琪家串门时，已得知米什迦的事，他气愤地嘱咐米什迦的弟妹们说："记住，当你们爸爸或别人回来时把这一切告诉他们，新仇旧恨会让他们更加奋勇杀敌！"而当玛柳琪抱着歉疚的心情去看望鄂斯普的妻子的时候，她干脆劝她："你回家去吧，对任何人也别说一个字。你没有权力把真相告诉德国人，没有权力自己往敌人的绞架上爬！"她还告诉玛柳琪，村长念到她丈夫的名字时和她对望了一眼，当时她想："啊，你是想看我哭吧，狗杂种，我在你面前决不哭！将来总有叫你哭的时候！"所有的"人质"，没有一个向德寇求饶，他们被押走时，马丽亚更对全村人大声说："这不要紧，你们别屈服，别惦记我们，坚持到底！"他们相互鼓励着："德寇最主要的手段就是恐吓，如果你怕，那就糟了。如果你不怕，那他们就一点办法也没有。”

入夜，村里静悄悄的，死神却像呼啸的旋风，狞笑着卷着雪沫四处游走。人们都没有睡，无论是被扣押的“人质”还是村民。德寇欠下的旧恨新仇，在他们心头的账簿上一笔笔记得清清楚楚。而占领军头子顾尔泰同样睡不安稳：娥林娜的嘴巴死也无法撬开；三天时限，他们真能征集到粮食和让村民屈服吗？他没有丝毫把握。而巡逻站岗的士兵，更觉得死神正在渠边、屋角窥视着他们，以至连自己的影子和脚步声也疑神疑鬼。

那位自从儿子华西里阵亡以来天天盼着红军打回来向德寇复仇的老妈妈费多霞，出去倒水的时候正巧碰上三名红军侦察兵，她机警地将他们引到德国警卫看不见、听不到的地方，把德军部署、武器装备等让他们一一标示在地图上。侦察兵离开后，她更无法入睡。她想到德寇定的三天时限，毋宁说是给他们自己划的死期呢！因为红军真的就要来了，她和全村人望眼欲穿地盼着的那一天就要来了！而那个伪村长为核对每户村民征粮数目，在司令部弄到很晚，德军司务长又不肯派人送他回家，只好独自担惊受怕地往家赶，就在经过路边灌木丛时，被人蒙住脑袋堵住嘴给架到一间屋子里。当包在头上和塞在嘴里的破布被扯掉后，他才在灯影里看清把他绑来的村民。原来，这是他们自发组成的法庭，来审判和处决这丧尽天良的走狗。这也是《虹》最精彩的章节之一。

又一个清朗皎洁的月夜，窗外沙沙的声响惊动了费多霞，她忙打开门，一个黑影一闪，老妈妈立即认出是那天见过的小个子侦察兵。像预期的那样，这一天终于来了！红军根据她提供的情报制定方案，干掉了执勤的卫兵，夺取了炮兵阵地，经过艰苦战斗，攻破了顾尔泰和他的随从负隅顽抗的司令部。村里的妇女、老人、孩子听到动静，也都拿起禾杈、铲刀、棍棒，配合红军把躲藏在牛栏、草垛里直打哆嗦的鬼子一一搜出。刚被解救的“人质”马兰抓过一支德国步枪冲了出去，恰和从被红军攻占的司令部逃出的顾尔泰撞上，就在顾尔泰枪响的同时，马兰满怀愤怒挥起的枪托也狠狠地打在他的头上，“鼻子，额骨，都被打碎了，满脸是血，他被血呛着，血灌到喉咙里、眼睛里，像黏稠的波浪似的，在嘴里咕噜噜地响着”。当“初升的朝阳，把虹唤醒了。它那苍白的若隐若现的半圆形，吸收了太阳的光、热，温润得好像鲜花的柔毛似的，幻化出各种瑰丽的色彩”。马兰，这个村里最快乐、最漂亮、最能干的姑娘，在村子沦陷时竟被三个德寇残忍地强暴了！她无日无夜不想着报仇，此刻终于如愿以偿了。马兰，这“夏夜盛开的爱之花”，“微笑地凝视着横在天空的虹”，“顺着虹的霞光去了”。村民们帮助红军打扫了战场，庄重地掩埋了亲人们的遗体，包括马兰、费多霞老妈妈阵亡的儿子华西里、被德寇用绞架处死的少年柳纽克以及给娥林娜送面包的孩子米什迦，然后，又集结在村边，欢送红军押解着俘虏，在虹光的映照下，向远方茫茫雪原上那些冒着烟、被德军蹂躏的村庄进发了。

《虹》最初发表在1942年8—9月的《消息报》上，父亲曹靖华读到从莫斯科寄来的剪报后，认为这不仅是一部“作者用心血凝成的现实主义的艺术杰构”，也是鼓舞中国人民奋勇抗击和德国法西斯一样的“最黑暗，最野蛮，最凶残的人类公敌”——日本侵略者的有力武器。他立即着手翻译。后又依据新收到的单行本，将译稿仔细增删校改。那时，正值日寇对重庆实施大轰炸期间，他为了赶译《虹》，常常是紧急警报响起才去防空洞。有一次，刚出家门敌机已经临空，他灵机一动，一头钻进附近的废砖窑。防空洞人多、嘈杂，又漆黑一片，而废砖窑僻静又安全，还不妨碍译书。从那以后，每当警报响起，他就干脆拿起马扎和书、稿纸去废砖窑。《虹》中不少章节都是在破砖窑里译出的。1943年8月，他在《译者序》中这样写道：“在赤日烁金的酷暑里，挥汗赶完这部译著，它倘能砥砺同胞抗战的意志，高扬同胞爱国的热情，坚定同胞胜利的信念，这就是我最大的愿望与喜悦了。”《虹》在苏联引起巨大反响，被认为是“体现了全体人民所需要的高超的人道主义精神”的辉煌巨著，并荣膺1942年度斯大林文学奖。《虹》的中文译本在我国同样引起轰动，刘白羽、戈宝权、李何林、杨朔纷纷发表评论，赞扬与推介这部作品。周恩来回延安公干时，还特意带去了《虹》的中译本，及一部根据《虹》改编的电影拷贝，向延安及敌后各根据地的干部、群众推荐并放映。延安及晋冀鲁豫各出版机构也迅即将《虹》的译本翻印。一些没有印刷条件的地区，还用手刻钢板油印成小册子分发给干部、群众，林伯渠同志回重庆时给父亲带去的敌后各抗日根据地翻印的他的译著中，就有手工油印的《虹》。我们手头现存的资料中，有一篇1957年11期《解放军文艺》刊登的叶歌的文章《我们心底的彩虹》，他说1946年冬季，刚取得抗战胜利不久的各解放区军民，又不得不奋起抗击被美式装备武装起来的蒋匪军的“重点进攻”，他们奉命从鲁中枣庄一线直插敌后苏北宿迁，他在战斗中负伤转到鲁中的医院，在病房中和伤员们一起贪婪地读起《虹》，他说：“一读到那些令人痛苦和愤怒的情节，一读到那些令人激动和赞叹的斗争，我们就恨不得立即返回前线。我们不能让千千万万的娥林娜、马兰、玛柳琪、米什卡……在敌人刺刀下受折磨，受凌辱，被杀害。”同病室一位叫闫辉的副指导员，肩背上的伤口有半尺多长，每当护士给他换药的时候，豆大的汗珠从额头涔涔冒出，他却一声不哼。他说：“比起娥林娜，这又算什么！”伤口刚愈合，他就要求重返前线，临行前夜，他对室友们说：“《虹》是一本好书，虽然我们现在撤离了临沂，撤离了延安……但我们的乡亲们并不比娥林娜、玛柳琪差。有这样的乡亲，我们还愁什么呢？虹虽然没有出现在我们头上，却横在我们心底。同志们，让我们都能尽早地参加大反攻吧！让我们在胜利的欢呼声中再见吧！”

《虹》不仅在延安和各敌后根据地产生过巨大反响，在国统区同样拥有众多读者。特别是由《虹》改编的电影在国内公映之后，不少大、中学的读书小组都把《虹》列入必读的书籍之一。父亲也曾对我们说过一位成都女学生的故事：那位女学生读过《虹》后，被女英雄娥林娜坚韧的精神所震撼，她说：“我若遇到娥林娜那种情况，也会像她一样。”后来，这位立志献身革命的女学生加入了共青团，经过西康干部学校的培训，担任了西昌盐中区的青年干事。一次在西昌的征粮工作中，不幸被叛徒告密落入叛匪手中，她受尽严刑拷打直至牺牲，始终像娥林娜一样坚贞不屈。这位女学生，就是后来被追认为共产党员的著名女英雄丁佑君。

当年，瓦希列夫斯卡娅的《虹》确曾在苏联卫国战争和我国抗日战争及其后的解放战争中成为千百万读者砥砺抗战意志、高扬爱国热情、坚定胜利信念的精神武器。

尽管当年的战火硝烟早已随岁月流逝而飘散，尽管世界格局也已发生翻天覆地的变化，在今天中国人民抗日战争暨世界反法西斯战争胜利70周年的重要节点上重读这部小说，深感它仍不失其现实意义。因为在当今世界处处奏响和平与发展的时代主旋律，中华民族正挺胸阔步向着民族复兴的伟大目标前进的同时，仍不时有打着虚伪和平的幌子蓄意歪曲历史，掩盖甚至美化当年日本军国主义侵略罪行的喧嚣与噪音盈耳。这不能不更加提醒我们：前事不忘，后事之师。以史为鉴，居安思危，只有牢记历史，才能开创未来，只有不畏战争，才能维护和平。我们坚信，从“东方向西方延伸着，像花瓣似的温润、柔和、纯净而灿烂的带子，把天与地连接起来”的象征着光明战胜黑暗、文明战胜野蛮、人道战胜暴力、公理战胜强权的吉兆的那道弯弯的虹，依旧激励着爱好正义、自由、和平的人们从胜利走向新的胜利。

（2015年5月26日完稿，载于12月11日《文艺报》）

第四辑

她在通往未来的道路上前进

——记黎巴嫩女作家依姆莉·纳斯尔娜

人大概总是有憾事的。我们就为没能在黎巴嫩见到著名女作家依姆莉·纳斯尔娜而遗憾。

“依姆莉来信说，要回来过圣诞节的，但是，圣诞节早过去了，还得不到她的消息。我向朋友们打听，他们也不知道她在哪里。”我们离开黎巴嫩的前几天，在白杨·胡特夫人家谈起依姆莉·纳斯尔娜时，她说：“我想，她可能由于贝鲁特西区连续发生的绑架基督教徒事件，不得不滞留在加拿大了……”

白杨·胡特夫人是巴勒斯坦驻贝鲁特办事处主任谢菲克·胡特先生的妻子，她是巴勒斯坦著名记者、政论家和研究巴勒斯坦问题的专家，有不少专著，对黎巴嫩文化界情况也相当熟悉。当我们表示希望读一些有代表性的黎巴嫩当代作家的作品时（报上介绍的新作很多，而我们时间有限，不知道先读谁的好），她毫不迟疑地说：“先看看依姆莉·纳斯尔娜的《失落的磨坊》吧。这是她刚出版的短篇小说集，在黎巴嫩和阿拉伯世界都有较大影响……”

由此开始，我们才通过这本书，也通过依姆莉·纳斯尔娜的挚友白杨·胡特，逐渐了解与认识了这位黎巴嫩当代著名女作家。

依姆莉·纳斯尔娜是黎巴嫩南方凯菲尔镇人。她的童年是在故乡度过的。那时，她是个生性羞怯的小姑娘，不像其他小伙伴那样顽皮好动，“淘气包”中找不到她的身影。她更不是同龄孩子们心目中的“英雄”。当小伙伴们奔跑嬉闹或是恶作剧的时候，她总是独自默默地站在一边。她喜欢幻想，喜欢一个人静静的，让心儿插上幻想的翅膀在广阔的天地中驰骋。而南方明丽的山水和父母的家教，使她的文学天赋很早就萌生了。她常常在随手抓到的小纸片上快意地涂抹着脑中闪过的种种有趣的想象。

依姆莉·纳斯尔娜《失落的磨坊》书影

依姆莉·纳斯尔娜《失落的磨坊》封底

这或许是她最早的创作吧。

这是从什么时候开始的？怎么开始的？她已经记不得了。那些写满字的小纸片，也随写随丢，就像南方阿米勒山上飘舞的雪花一样，刚飘落到地上就融化了，消失得无影无踪。

她后来回忆说："我很早就开始写作。我发现写作可以给我一张通往想象中的世界的通行证。我可以在它的大海中航行，而远离一切困扰。同样，我也发觉嘴唇和舌头所不能表达的，可以用笔来表达。这是我通过实践得来的第一个发现。"

也许正因为通过许许多多这样的实践之后，有了这可贵的"第一个发现"，才使她走上了写作的道路。这是她成为黎巴嫩当代著名作家的起点。

依姆莉·纳斯尔娜14岁离开南方来到首都贝鲁特，十七八岁就开始在报刊上发表文章。

她努力、勤奋、刻苦。在贝鲁特美国大学学习期间，她一面奋力攻读教育学，一面在一所小学任教，同时还担任一家杂志社的记者。白杨·胡特是依姆莉·纳斯尔娜的同班同学与密友，她说："当时，依姆莉每天上午在大学上课，下午去教小学或去采访，晚上还要复习、备课和写稿，生活非常艰苦，很少有时间休息、娱乐。如果换了别人，可能早就吃不消了，但依姆莉却像一只上满了发条的钟，从不停摆。她是一个坚强的女性。”

记者生涯对依姆莉·纳斯尔娜实在是一个极好的锻炼，使这个从小“生性羞怯”的姑娘不得不“走出了螺壳”，去接触和了解社会。这不仅使她获得了很多宝贵的社会经验，而且为今后的文学创作积累了丰富的素材。用她自己的话说，是在她的生命中“提供了一个伟大的机会”。

1962年，她出版了第一部长篇小说《九月的鸟儿》，两度获得优秀文学奖，从此跻身黎巴嫩文坛，专事文学创作。她虽然不再当专业记者，却并未脱离记者生涯，仍常常应约为报刊撰写文稿，并以此保持着同现实生活的接触，不断挖掘和丰富自己的创作源泉。她十分重视这一点，她认为“记者的工作是每一个想要写作，特别是写长、短篇小说的作家的必经之路”。

后来，她又陆续创作了《夹竹桃》、《人质》、《幻想之岛》、《源泉》等著作，在社会上引起较大反响，成为黎巴嫩人民喜爱的多产的现实主义作家。

1975年黎巴嫩内战爆发后，她和所有黎巴嫩人一样困惑不安。她“曾以为普通人可以干预并解救国家，但失望了。因为接二连三的打击不断落到人们头上：流离失所，死亡……”她在贝鲁特的住宅被炮弹摧毁，她的手稿和辛辛苦苦积累的创作素材毁于一旦。“战争对我，像对所有普普通通的黎巴嫩人一样，只能是遭受各种口径的枪、炮的威胁，而容不得我们叫喊和抗议……”

接着，她在山区的老家也毁于战火。

她搁笔了。那像“九月的鸟儿”一般优美、动人的文字，不再从她的笔尖下源源流出。

她沉默了。

她沉湎于童年生活的追忆，“那是一眼洁净的泉水，尽管被战争的硝烟遮掩，而我总强烈地感到需要回到它身边，以便保持我内心的平衡……”她希望以此来逃避血与火的现实。

但是，像任何一位有良心的作家一样，她怎能对国家与人民的灾难置若罔闻，而仅仅沉湎于个人的痛苦之中呢？三年后，她又重新拿起笔，写出了《那些回忆》、《失落的磨坊》等重要作品。她决心把黎巴嫩人民在战争中蒙受的苦难告诉全世界，引起全世界人民对黎巴嫩这个弱小国家的关注。她认为这是她的责任——一个有良心的作家的责任。

依姆莉·纳斯尔娜是基督教徒，她同黎巴嫩许许多多基督教徒一样，世世代代同穆斯林和睦相处。

“依姆莉对宗教派别问题是不大看重的。”白杨·胡特夫人向我们讲起依姆莉·纳斯尔娜年轻时的一桩逸事。

那时依姆莉·纳斯尔娜刚满20岁，由于经常为报刊写文章，在社会上已经颇有些名气。当时，追求她的人很多，其中有一个青年，名叫菲利浦，俩人相处很好。菲利浦十分喜欢她，但又为他们不属于同一个教派而苦恼。

“怎么？菲利浦不同样是基督教派吗？”我们问。因为穆斯林没有叫这样的名字的。“他是基督教派不假，可他偏偏以为依姆莉是穆斯林的德鲁兹派女孩子。”白杨·胡特夫人说，阿拉伯语中有一个叫“高夫”的字母，黎巴嫩其他教派的人说话时说到这个字母，都用另一个叫“艾丽夫”的字母轻轻带过，唯独德鲁兹人总将这个字母咬得清清楚楚。不知道为什么，依姆莉·纳斯尔娜说话时，却偏偏像德鲁兹人一样。一般人对此并不大注意，但菲利浦像所有坠入情网的青年一样，对自己心爱的姑娘的每一个细微的特点都非常敏感，于是，便误认为她是德鲁兹姑娘，而陷于深深的苦闷之中。

当然，结局是圆满的。当误会消除之后，这对有情人终成眷属。但依姆莉·纳斯尔娜对丈夫陈腐的观念并不宽恕，她曾当着老朋友的面抱怨：“为什么我不是基督教徒，就不能做你的妻子呢？而你若不是基督教徒，我同样会嫁给你。在爱情面前，无须把这些看得那样重……”

由于宗教信仰与生活习惯的不同，基督教徒大都聚居在贝鲁特东区，穆斯林则聚居在西区。但也有部分居民居住在对方聚居区，虽有不同的宗教信仰，却世世代代与邻居和睦相处，相互间并无芥蒂。不料，内战爆发以来，两大教派聚居的东、西区之间便形成了一条势不两立的分界线，即国际上通称的“绿线”。居住在对方控制区的居民，害怕沦为教派仇杀的牺牲品，早就搬走了。而依姆莉·纳斯尔娜一家至今仍居住在穆斯林聚居的贝鲁特西区一幢普通的公寓楼里。在她看来，无论是信奉基督教还是信奉伊斯兰教，只是宗教信仰上的不同，没有理由相互排斥与仇杀。“我是饱尝战争苦酒的母亲之一，我同情她们”，她在小说《她们都是他的母亲》中表达了这种感情。可惜的是，“母亲的声音在黎巴嫩被窒息，被扼杀”。尽管如此，她仍对未来怀着希望：“我相信它比现在好，我怀着巨大的希望走向它。”因为，她在痛苦的现实中，特别是经过长达三年的沉默、反思之后，对黎巴嫩的现实与未来有了新的认识，看到了人民群众中蕴藏的巨大力量。正如她在《兰玳，你在哪里》中所说：

我们在离乱之后，又返回了家园。

在这里，“我们”这个词儿，是指由于实际的或偶然的原因，而没有撤离城市的居民，是指那些住宅、办公室和店铺被毁坏后，回来重新修复、兴建的那些人。

当我们从残破的窗户、阳台向四周张望时，我们感到，我们是一个整体。共同的磨难把我们聚在一起，组成了彼此紧密相依的整体。

那里有一种正常生活的人们很少了解的奇特的精神，在征服着人们，提高他们向磨难挑战的信念，使他们坚定地、热情地建设着新生活。

正是人民群众中蕴藏的这种“奇特的精神”，鼓舞着她坚定不移地走向未来。

我们多么想见一见这位正直、善良、勤奋、富有正义感的女作家啊！特别是读了她的《失落的磨坊》等长、短篇，和通过她的挚友白杨·胡特夫人的介绍，对她有了进一步认识和了解之后。

白杨·胡特夫人说：“这好办，我和她是几十年的老朋友了，既是同学，又是同行，我们一起当过记者和《狩猎者》周刊撰稿人。我替你们联系。”那时，依姆莉·纳斯尔娜在国外，等她回到黎巴嫩，我们却回国述职、休假去了。待我们返回黎巴嫩，白杨·胡特夫妇却又偏偏去了美国。待他们回来之后，我们以为这一下总可以见到依姆莉·纳斯尔娜了。不料白杨·胡特夫人却告诉我们她去了加拿大。不过，她在给白杨·胡特夫人的信中说，她将回贝鲁特过圣诞节。我们便一直期盼着。

终于，圣诞节过去了，我们的任期也满了，而依姆莉·纳斯尔娜却还没有回来。

最近，贝鲁特西区的局势正进一步恶化，在美国大学医院工作的基督教派的医生、护士连遭绑架和枪杀。我们一位朋友的邻居、一个基督教商人的儿子也被掳走，武装分子竟索要100万美元的赎金。这类事件几乎天天发生，给黎巴嫩人心上又蒙上一层新的阴影。依姆莉·纳斯尔娜一家，对这些能完全无顾忌吗？

我们为未能在贝鲁特与这位女作家见上一面而感到深深的遗憾。

“没有关系，”白杨·胡特夫人宽慰我们说，“世界变小了，将来会有见面的机会……”

是的，不论将来有没有见面的机会，我们都相信，依姆莉·纳斯尔娜会继续写下去，继续用她的笔，以她的作家的良知，召唤人们摒弃教派偏见，和睦相处，消除战乱，重建国家。正如她所说：“每个开始都是新的起点，每个新的一步都是在通向未来的道路上迈出的有信心的一步。”

她将在通向未来的道路上继续前进……

（1987年1月草于贝鲁特，载于1988年6月7日《文艺报》）

他是一棵绿树

——记黎巴嫩作家穆罕默德·达克鲁博

我们如约匆匆忙忙赶到黎巴嫩共产党机关报《呼声报》办公室，主人却抱歉地说：“对不起，你们先坐一坐，达克鲁博同志还没有来，大概正在路上。”许是为让我们放心，又笑着补充一句：“他不会忘记今天的约会的。”

他自然不会忘记。今天早上刚刚吃罢早饭，他还来电话提醒我们和使馆负责文化工作的洪栖滔学长说，上午10点钟在《呼声报》等我们，足见他对我们这次来访是十分重视的。但是，不知道为什么，当我们冒着隆隆的炮声赶到这里，他却没有来。

《呼声报》在贝鲁特市中心的一条小巷子里，离夏蒂拉、萨卜拉和布尔吉纳堡等巴勒斯坦难民营比较远，那边发生的武装冲突，这里一般不大容易听到。但今天，从那里传来的隆隆炮声却一阵紧似一阵。我们虽然一边等待一边和主人闲谈，但心中却隐隐感到不安，为贝鲁特瞬息万变的局势，也为他——我们约好今天见面的黎巴嫩作家穆罕默德·达克鲁博。

早在五六十年代，穆罕默德·达克鲁博的名字对中国读者来说并不陌生。当时，大多数阿拉伯国家的人民正努力挣脱殖民主义的枷锁，争取民族独立，反帝、反殖的民族主义浪潮正方兴未艾。黎巴嫩的工人运动在马列主义和阿拉伯民族主义的影响下，正蓬勃开展，走在了阿拉伯世界的前列。这一切，都鼓舞着、激励着作家们摆脱旧传统的束缚，写出了许多反映阿拉伯人民斗争的现实主义作品。黎巴嫩共产党党员、青年作家穆罕默德·达克鲁博，就是其中最勤奋、最活跃、影响最大的一个。他以黎巴嫩北方港口城市特里波利为基地，同那里的码头工人一起生活、战斗。他的不少作品，特别是小说集《长街》中的不少篇什，都是以特里波利港口为背景，生动地描述了码头工人的成长和他们的生活、工作与斗争的情况，可以说是黎巴嫩工人运动的真实记录。他的这些作品被译成英文、俄文、法文等各种文字，又从英文、俄文或直接从阿拉伯文译成中文，发表在《世界文学》和其他文学刊物上，以他有别于塔哈·侯赛因、哈基姆·陶菲克、纳吉布·马哈福兹和侯赛因·穆拉维赫等老一代阿拉伯作家的全新的内容与风格，引起中国读者广泛关注。

大约是1962年春天，我们听说北京外文书店新到的一批阿拉伯文原版书中有达克鲁博的短篇小说集《长街》，特意急忙忙骑上自行车，冒着依旧凛冽的寒风，从西郊赶到王府井。那时，阿拉伯文的原版书稀罕得很，所以当我们从书架上找到这本小书，尽管价格不菲，也简直像得到了宝贝一样喜不自禁了。过去看的原版书，都是从学校图书馆借阅的，这本《长街》是我们珍藏的第一书阿拉伯文原版书，自然无比珍爱。我们在阅读的同时，从中选出尚未译成中文的《泥土》，尝试着译成中文，发表在《世界文学》1963年3月号上。那是我们自北大毕业以来，学着翻译的第一篇小说。

正是从达克鲁博的《长街》，我们认识了达克鲁博。

他终于来了。没有寒暄，没有客套，只是点头，握手。凳子不够，随手从隔壁房间搬来一把，挤在桌边坐下。还没开口，电话就追来了。趁他接电话，我们仔细打量着他：这就是我们与之神交了20多年，我们到黎巴嫩之后便一直找寻的作家！穿一件灰色的旧西装，里面是一件高领运动衫，朴实无华。如果不是那副黑边眼镜和镜片后面那深邃的目光，你简直不会想到，他便是我们要找寻的作家。20多年时光匆匆过去，当年的青年作家，现在已经谢顶，额头、眼角也缀满了皱纹。他握着听筒，先用阿拉伯语在讲，一口地道的贝鲁特方言。他们在谈什么？哦，是关于孩子的事情。他在说，现在的炮声，主

彭龄与达克鲁博合影

要是“希望运动”和政府军第六旅在轰击巴勒斯坦难民营，其他地区平静，学校并没有受到影响。他说孩子已经安排好，叫对方放心。不知道对方讲了些什么，他忽然又用俄语讲起来，看来仍是在设法宽慰对方。我们觉得奇怪。他挂上电话，笑着解释说，他的两个女儿——丽娜和塔尼娅，一个13岁，一个14岁，都在离夏蒂拉和萨卜拉难民营不远的白沙滩区上学。今天早上，难民营方向炮打得很紧，他和妻子不放心，在赶来赴约之前，特意先到距孩子念书的学校不远的一位朋友家，托付那位朋友，一旦有意外，帮他接送一下孩子。电话是夫人打来的，她是苏联人，来黎巴嫩久了，学会说简单的阿拉伯语，但要谈得深一些，还得做丈夫的“屈尊”，同她讲俄语。

达克鲁博现在是黎巴嫩作家协会领导之一，但他的主要工作是主编《道路》杂志。这是黎巴嫩共产党的机关刊物，已创刊40多年，刊登政治思想理论文章和文学作品，素以旗帜鲜明和内容严肃著称。60年代初，阿拉伯复兴社会党相继在伊拉克和叙利亚掌权，宣布“党禁”之后，伊、叙两国共产党遭受重创，许多共产党员和著名作家、诗人，如伊拉克的阿卜杜·瓦哈布·白雅帖等都被迫流亡海外。黎共成为阿拉伯半岛上唯一合法存在的共产党，它的机关刊物《道路》在阿拉伯世界特别是知识阶层中仍有着广泛的影响。

达克鲁博虽然事务工作繁忙，但他仍坚持写作。用他自己的话说，是“白天黑夜都在工作”。他笑着拍拍随身携带的鼓鼓囊囊的小手提包：“这就是我的办公桌和文件柜。”他不仅是小说家，还是文学评论家，写过不少评论文章，为黎巴嫩文学艺术的发展作出过积极贡献。50年代，拉赫巴尼兄弟的词、曲通过女歌唱家费鲁兹甜美的歌声风靡整个阿拉伯世界的时候，他们曾为朝哪个方向发展而迷惘。达克鲁博及时给他们以劝告和鼓励，帮助他们摒弃了西方流行曲与爵士乐的困扰，坚定了民族化的方向。他们在阿拉伯传统的民族音乐基础上，寻求新的发展，创作了《佩特拉女王》、《巴勒贝克姑娘》等一出出富有民族特色的大型歌剧，成为黎巴嫩和阿拉伯舞台上的一株奇葩，也将黎巴嫩和阿拉伯的民族音乐推向了新的高度。不久前，达克鲁博主持和参加了有关阿拉伯现代戏剧的讨论，他就作家的政治立场与艺术的关系、现代戏剧的语言、戏剧艺术中的诗歌与思想地位等问题写了一系列文章，发表在《道路》杂志上。

与此同时，他还是一位党的活动家和工人运动的组织者。他的代表作——长篇小说《红橡树》，就是以小说的形式再现了黎巴嫩共产党建党的历史。尽管现在同五六十年代相比情况已经发生了巨大变化，特别是黎巴嫩内战爆发以后，由于国内教派矛盾的发展和外国势力的插手，全国无不分裂成相互对立的教派武装集团，工人运动也被淹没在教派纷争的旋涡之中。但他仍与特里波利的码头工人们保持着联系，仍不时参加和主持一些工人的集会。他的干练与朴实无华的作风，大概正是在长期从事党的活动与工人运动中养成的。

像所有黎巴嫩人一样，他对黎巴嫩的现状是不满的。他说："一个马列主义者，在任何情况下，都不应对未来丧失信心。但是，黎巴嫩的现实，确是令人失望的。"他认为黎巴嫩是各种矛盾的焦点：既有统治者和被统治者之间的矛盾、各教派相互间的矛盾，又有中东地区和国际上的矛盾，盘根错节，不是靠黎巴嫩本身，更不是靠哪个人、哪个党派或教派所能解决的。他说，黎巴嫩目前进行的教派战争，没有什么正义与非正义可言。在这种情况下，黎巴嫩的作家们不是逃避现实，弃国远走，就是不声不响，噤若寒蝉。因为在这场持续了10多年的教派纷争中，作家们不能不为自身、家人和亲友们的安全考虑，无法在作品中反映现实。哪怕是创作态度十分严肃的作家，如依姆莉·纳斯尔娜等，也只能用比较隐晦、曲折的手法反映和影射对社会现状的不满，而不能直抒胸臆。他感慨地说："这，正是黎巴嫩的悲剧。"

而他，作为一名共产党员作家，却写了不少反映黎巴嫩现实的文章。他认为作家最重要的信条是真实："真实是作品的生命，没有真实，作品就失去了生命。"我们曾听友人谈起过："像达克鲁博这样直率地写文章的人是少有的。"他这样做，并非不承担风险，他的前任、他的同志和战友、《道路》杂志前主编苏海尔·塔威勒，就是在1985年2月横遭暗杀的。

达克鲁博曾出席过1958年在塔什干召开的第一届亚非作家会议，当时，中国作家代表团也出席了会议。至今，他还清楚地记得会议期间同中国同行们聚会的情景。后来，由于中苏分歧公开化，作家们的交往也受到影响。他希望能同中国作家们建立联系，使中国和黎巴嫩及阿拉伯国家之间的文化交流比五六十年代更进一步。他笑着说："在这方面，我是完全乐观的。"他赞扬我国对外开放的政策，认为这有利于加强中国和世界各国作家之间的交往，促进文学艺术的发展与交流。

告别时，我们请他为中国读者写几句话，他接过笔和本子，不假思索地写了下面的话：

> 我谨希望人民中国的读者们，不要拘泥于任何一种固有的思想，因为生活是丰富的，随着科学的进步与社会活动的发展，将产生出许多新的思想。

中国有一句激动人心的话：让一切的花都开放……新的思想也一样。

穆罕默德·达克鲁博

1986年12月19日

回使馆后，翻阅着他送我们的《道路》，看到他在怀念他的同志和战友、《道路》杂志前主编苏海尔·塔威勒时写道：

人成熟了，像绿色的树。

像树长在土壤中，沉甸甸地结满果实。但它仍不断地给予，因为它相信它的枝头还会结出新的果实……

我们觉得，这也正是达克鲁博自己的写照。他正是一棵结满沉甸甸果实的绿色的树。

（1986年12月草于贝鲁特，载于《阿拉伯世界》1988年8月号）

黄胄还有对“洋弟子”

前几天，张羽同志来电话，说他过去在中国青年出版社工作时的同事黄伊和另一位作者合作，写了一本关于画家黄胄的书，他建议作者送我们一本，“因为我知道你们爱读书，我介绍了你们的情况，黄伊同志很高兴”。他打电话是为核对地址，好把书寄给我们。我们感激他的盛意，也盼着早点读到那本书。

黄胄是我们仰慕的画家，虽无缘相识，但心仪已久。大约在五六十年代，他那一幅幅新疆维吾尔族的风情画：长辫垂腰的苗条少女、头戴小花帽的俏皮小伙、白髯飘拂的库尔班大叔……最是那一匹匹鲜活蹦跳的毛驴，更是呼之欲出，人见人爱。有很长一段时间里，黄胄的画和闻捷的诗带给全国人民一股浓郁的天山风情，犹似两朵并蒂的奇葩，为祖国文艺园地增添了迷人的风采。

而在“文革”那个人妖颠倒、花木俱凋的年代，先是听说诗人闻捷受迫害早逝，正令人顿足扼腕痛惜不已，又传来被诬为“驴贩子”的黄胄也卷进那罪名吓人的“黑画事件”。粉碎“四人帮”之后，当那重重阴霾终于散去，人们欣慰地看到画家黄胄又拿起了画笔。

书寄来了，竟是一本集阅读与收藏价值于一身的高质量的艺术精品，令我们喜出望外。它的封面是黄胄正在画案旁凝神挥笔作画的彩照，一旁的书名“画家黄胄”是著名作家、书法家黄苗子题写的。看着扉页上黄伊的题签，起初令我们颇费猜疑，那纤柔、娟秀的字迹，颇似女同志的手笔。我们想，这黄伊或许是黄胄的家人或亲戚吧？直到读了黄伊的后记，方知是我们误会了。这也才记起，以前曾看过有关黄胄为梁斌的小说《红旗谱》创作插图的报道，得知黄胄本姓梁，河北蠡县梁家庄人，和《红旗谱》的作者梁斌是本家。当时还曾想：俗话说一方山水养一方人，那不见得多么出名的河北蠡县的梁家庄，

《画家黄胄》书影

有什么样的灵山秀水，竟同时培养出黄胄和梁斌这两位当今红遍全国的画家、小说家！

为了创作这本《画家黄胄》，黄伊同另一位作者王立道费了很多时间、心力，作了大量周密的采访，将画家黄胄的成长道路、艺术追求、生活情趣、精神境界、远大抱负等一一生动、细致地展现在读者面前。加上这本书印制装帧也非常精美，除书前附有相当数量的彩照和黄胄各个时期的代表作《洪荒风雪》、《巡逻图》、《牧马图》、《丰收图》、《载歌行》等之外，文中还附有黄胄各种题材的绘画，其中有不少草图与速写，更是平时难得一睹的珍品，堪称文图并茂，相得益彰。

黄胄是继徐悲鸿、蒋兆和之后中国国画界的人物画大师，人民日报社前社长邓拓在评论黄胄画作时指出，他的画作“很明显地具有人物新、意境新、手法新这‘三新’的特色”，肯定黄胄“成功地突破了传统人物画作的人物、仕女的陈旧套路的颓势，创作出了许多令人耳目一新的新时代的新人物形象”。这是画家黄胄有目共睹的主要成就。黄胄善画人物，也善画马、牛、骆驼、猫、狗、鸡、鹅等动物。然而，一谈起黄胄或黄胄的画，大家都会情不自禁地记起他画的毛驴。大家都爱黄胄的毛驴，也都知道他喜画驴、善画驴。他画的毛驴图不下百幅，有单幅仅一头驴的，也有《三驴图》、《五驴图》，还有《百驴图》的长卷。那毛驴千姿百态、灵动活泼、栩栩如生，充分展示了画家对现实生活敏锐、细腻的体察和对传统水墨画艺术表现形式与技巧的不断探索、创新所达到的炉火纯青的功力。然而，令人万万想不到的是，“文革”的妖风一起，那股邪火竟一下子烧到黄胄身上，让他措手不及。而起因恰恰是一幅《百驴图》。这幅《百驴图》是黄胄送给人民日报社前社长、时任北京市委书记邓拓的。黄胄当时仅是总政文化部的一名普通的创作员，按说，一位堂堂的市委书记，一个普通的小创作员，两人并不“搭界”。但邓拓这位老资格的领导干部，也是集著名作家、评论家、鉴赏家、收藏家于一身的才子。他最初并不认识黄胄，只因在荣宝斋不断看到黄胄创作的表现新社会、新人物的画作，才注意到这位青年画家，并写了《黄胄作品中的“三新”》的短评，赞扬黄胄作品体现的“三新”特色，也以黄胄为例，鼓励其他画家像黄胄一样“既要依靠现实的生活作为创作的源泉，又要通过自己的勤学苦练掌握绘画的基本功”，以“实现推陈出新的目的”。邓拓的短评，对黄胄来说既是鼓励，又是鞭策。如果说他过去的画作还只是勤奋地摸索的话，邓拓的指点，让他更进一步坚定了信念，明确了方向。黄胄为人随和，友人索画，总是有求必应，他笔下的毛驴就这样一匹匹被人高高兴兴地“牵”了去。这次，出于对引路人的感激，他诚心诚意地为邓拓一气呵成地绘了幅《百驴图》。这幅画作不仅见证了这位年轻画家与一位市委领导干部的友谊，也为我们党的干群关系史留下了一段佳话。1966年5月，姚文元、戚本禹、关锋等文痞率先在各大报刊上抛出精心策划的批判吴晗的《海瑞罢官》、邓拓的《燕山夜话》和邓拓、吴晗、廖沫沙的《三家村札记》的长文，揭开了“文革”的序幕。北京“黑市委”顷刻间被“批倒批臭”。他们连黄胄这名同北京“黑市委”沾不上边的小创作员，也不惜罗织长文恣意诬蔑攻击，说他《百驴图》的“蠢驴”“不为革命驮公粮，

章谊（右）与黑白夫妇

只为反革命运黑货”，并将《黄胄作品选集》收入的20幅画作了这样一个统计：“共计有人物六十一个，其中女人即占五十二个，蠢驴三十一头”，接着便声嘶力竭地指责说：“解放前他画的是毛驴和女人，现在还画毛驴和女人，翻来覆去都是些地主资产阶级的玩意。”并武断地认定“黄胄的艺术是极端腐朽的”。这是多么无聊，又多么荒谬、蛮横的“批判”与指责啊！黄伊、王立道两位作者专门详查了文痞们黑文中提到的那本《黄胄作品选集》，指出：黄胄作品中的女人，没有一个不是劳动妇女——种田的、牧羊的、打鱼的……除了黄泛区的灾民，大都是解放以后的劳动者，并说“牧羊也罢，种田也罢，或唱或舞，都是新社会的主人”！

可喜的是，粉碎“四人帮”之后，黄胄又重新拿起画笔，画人物，也画驴，《三驴图》、《五驴图》、《百驴图》……又源源不断地从他的画室走向报刊、画廊、展厅、社会，也走出国门，为我们的生活增色添彩，为我们的国家赢得声誉与友谊。同黄胄的人物画一样，他画的驴也绝非文痞们诬蔑的“蠢驴”，他画驴时绝无一幅照搬古代画家笔下的晴山负囊、雾岭寻梅的悠悠古意，而是“征战岁月共烽火，寻常时节共崎岖”、“千载未曾有闲时”的与人类同甘共苦，任劳任怨的伴侣，是“其形偃蹇，其质戆憨，不要笑脸奴颜，哪能长舌呢喃，引吭啸傲人间，粗粝不厌，高枝不攀，坎坷其途，任重道远”的“从来不自期”的“尤物”！这是他在其中一幅毛驴长卷上奋笔疾书的款识。这画的、写的岂止是毛驴？这正是画家正气凛然地直刺“四人帮”文痞们的匕首、标枪，也是画家直抒胸臆的心声与写照啊！

黄伊、王立道两位作者和张羽同志，曾是50年代中国青年出版社文学编辑室的同事。1957年，由于众所周知的原因，王立道被“一巴掌打了下去，在乡下苦熬了二十年，尝尽了人间的酸甜苦辣”。他在青海生活了40年，是一位散文作家，曾担任作协青海分会的副主席。黄伊后来调到人民文学出版社任编辑，业余也常应报刊之约采写一些作家、诗人、翻译家的人物特写，同样是一位与文学打了一辈子交道的资深编辑与作家。在历次政治运动与“文革”中，他们也都遭遇过与黄胄相同的际遇。有他们二位联手，加上其他相关人士，特别是黄胄夫人郑闻慧女士，以及二位作者的“娘家”——中国青年出版社的全力支持、协助，才保证了这本人物传记的翔实、可信、丰满、生动，既是珍贵的史料，又是难得的藏品。读毕竟不忍掩卷，深深为画家的精神、毅力、志趣、追求感染，不禁又细细再读那些画作、草图，及那些题款和文字，恰似有袅袅余音不绝于耳之感。这是此书的成功之处。

黄伊在后记《写作前后》中归纳了这本书的几点不足：一是材料搜集得还不够充分；二是限于人力物力与时间，未能深入采访、挖掘；三是毕竟不是搞艺术的，尽管参阅了一些相关理论书籍与文章，但要写好艺术家的传记，仍难补所缺。我们觉得这是两位作者的中肯之言。

我们想补充一点的是，黄胄除如书中所述，曾收有后来均成为名画家的杨立章、史国良、石齐等为“黄门弟子”外，尊他为师或经他指点的，怕用“桃李满天下”形容并不为过。而且，当年美术界许多人都知道，他的弟子也不都是炎黄子孙，还有“洋弟子”。其中就有我们熟识的两位——埃及著名画家黑白、图玛德夫妇。黑白、图玛德夫妇毕业于开罗美术学院油画系，1956年到北京中央美术学院进修，学习水印木刻，兼习国画，师从李桦、李可染、蒋兆和等大师。他们夫妇在开罗马阿迪寓所的客厅里，就悬挂着石鲁、吴作人、李可染、黄胄送给他们的国画。其中黄胄画的依旧是大家熟悉的新疆少数民族风情画：俏丽的维吾尔族少女赶着两只小毛驴。边款上题着：黑白、图玛德画友留念。这是1961年冬黑白夫妇学成归国之前，黄胄专门为他们画的。由于新疆与中亚、中东相邻，维吾尔等少数民族与中亚、中东，以至北非的埃及等各阿拉伯国家，除都信奉伊斯兰教外，人文历史，风俗习惯，以致自然、地理、气候、生态环境等都有很多相似之处，所以他们对黄胄画作中的新疆风情画格外青睐。谈起黄胄，他们特别钦佩他的写生、素描的基本功底，正是由于扎扎实实、不厌其烦、不辞劳苦的基本功的基础，才使他对所画人物、动物、山水等了然于心，作画时才能像一位身经百战的将军指挥作战一样，从容果断，气定神闲，挥洒自如。“原来中国人是这样作画的！”他们笑着说。他们去中国进修，开始接触中国画家和中国画之前，对这些是全然不知的。他们说，在中国进修的最大收获，除了比较深入、全面地了解了中国的文化——不仅仅是美术——之外，最主要的就是要打好基本功，“不要‘好高骛远’”。他们牢牢记住了这个中国成语，才能脱口用汉语把它说出。

记得有一次去黑白家，图玛德说马斯尤特不久将举办她的画展，邀请她出席，参展的画作大部分已选出，但还有几幅未选定。她说：“你们来了，我也想请你们帮助拿拿主意。”她拿来几幅画，大多是马斯尤特地区的风情画，有农夫在田间车水灌溉，有农妇在尼罗河畔浣衣、洗刷器皿……我们最中意其中那幅村妇驱赶毛驴的。那毛驴活灵活现，一眼就看出是我们在埃及惯见的毛驴，很像黄胄笔下的新疆毛驴，个头很小，一样的活泼、温顺、吃苦耐劳，可有时也一样的“倔强”！有一次，我们陪同代表团去卢克索国王谷，司机为抄近路，拐上了一条村道，途中遇到一个村民驱赶着四五辆毛驴拉的板车，赶车的村民吆喝着叫毛驴靠边，让我们过去。但前边远远地还有两辆驴车，仍一左一右相跟着在路上慢慢走。司机无法超越，急得猛摁喇叭，毛驴就不搭理。代表团的同志对埃及这么小的毛驴却拉着一大车堆得高高的椰枣树枝，反倒充满同情，一再说慢点就慢点，让司机别催，我们只好跟在毛驴车后面，一点一点挪。好在没有多远就拐上了公路。看着图玛德画的毛驴，我们觉得确乎就是当年在卢克索遇见的那几匹毛驴中的一匹，直夸这幅好。但图玛德却认为这驴还得重画，她说："如果我像黄胄先生那样，心中装了那么多驴就好了……"，足见黄胄让他的这两位"洋弟子"多么崇敬。

我们想，那时我们若得知黄伊、王立道二位作者正在写这本书，就近代他们多搜集一些材料，或请黑白夫妇在黄胄的画前留个影，附在书中多好！不过，这本会为读者、研究者喜爱并值得收藏的书，定会有再版机会，那时或许还可补就。

（1998年7月完稿，载于同年12月24日《中国旅游报》）

斯人虽逝，友谊长存

——记埃及著名画家、中国“人民友好使者”称号获得者黑白

我们与黑白、图玛德夫妇相识，是1993年我们到埃及工作之后，而知道他们却可以追溯到1956年苏伊士运河战争期间。一天，我们进城去王府井，顺便去了中央美术学院看望彭龄初中时的同桌好友艾民有，他那时正在美院油画系学习。他知道我们学阿拉伯语，便说：“美院新来了两个埃及留学生，是一对夫妻，名叫黑白和图玛德……”正说着，只见一群中国学生簇拥着两个外国青年从大操场边的教学楼出来，一路说说笑笑。民有说：“那就是那两个留学生。你们可以用阿拉伯语同他们聊聊……”见我们犹豫，民有说：“没有关系，他们特别随和。”那时，我们还是北大东语系大一的学生，连字母还没有学完，哪有“资格”用阿拉伯语同他们“聊聊”啊！

这是我们第一次见到黑白、图玛德。中埃建交以后，两国不仅政治上互相支持，文化交流也很频繁，《忠诚》、《为了美好的日子》等埃及影片受到中国观众的普遍欢迎。我们觉得黑白、图玛德就像是《为了美好的日子》中那对男女主角，年轻、热情、活泼、爽朗，给我们留下了深刻印象。

黑白、图玛德1953年毕业于开罗艺术大学绘画系，1956年同时获得埃及政府颁发的高等教育奖学金，来北京中央美术学院学习中国画和版画。尽管他们在开罗学的是水彩画和油画，同中国画和版画是两个不同的体系，但他们对陌生的、从未接触过的中国画却没有丝毫的抵触与偏见。相反，他们对中国和中国传统文化、艺术的热爱，使他们从一开始就全身心地投入紧张的学习中了。当时，在美院国画系执教的，大多是我国国画界著名的艺术大师。他们除了向李桦、黄永玉学习木刻外，由于对中国水墨画同样有浓厚兴趣，还分别在李可染、李苦禅、蒋兆和等多位国画家指导下，学习中国画的山水、花鸟和人物的

黑白创作的水彩素描《梅兰芳〈贵妃醉酒〉扮相》

黑白创作的木刻《尼罗河上的渔夫》

绘画技法。由于他们有良好的西洋画的功底，又诚恳、扎实，虚心、好学，并善于在学习中触类旁通，很快便取得了可喜成绩。黑白尝试用中国的木刻技法表现埃及尼罗河上的渔夫、制作念珠的工匠、河边擦洗器皿的村妇等一幅幅表现埃及民俗的木刻，都是那时创作的难得的上乘之作。他们在学习中还注意将国画中水墨的特点与木刻的技法结合起来，创作出一批很有特色的作品。这一点深受他们的导师、著名画家黄永玉的赞赏，认为这是他们“敏慧、辛劳加专注”而取得的“令人惊讶的成绩”。

他们在中国学习了五年，在学识与绘画技巧上取得了长足进步。记得当年《人民中国》画报上曾刊登过多幅照片，介绍他们在中国学习的情况。北京展览馆举办埃及画展时，也展出过他们的多幅美术作品。其中图玛德的套色木刻《亚非大团结》，被认为是中埃文化交流和中埃友谊的新成果。1961年夏天，他们结束留学生涯，并以优异的成绩双双获得硕士学位。正如他们的导师黄永玉在短文《难忘之忆》中所述：

> 五年时间很快就过去了。其间（他们）俩夫妇生了一个可爱的女儿玛汉，诞生于其父母研究美术的中国美术的最高学府。玛汉呀！玛汉

呀！你记得大操场边的小楼吗？两个人从埃及来，三个人回埃及去，还带着满满的艺术创作……

为了让女儿玛汉永远记住中国和美院“大操场边的小楼”，父母还特意为她取了一个中国名字：小红。

岁月无情，一晃近40年过去，当我们在开罗再次见到黑白、图玛德夫妇时，出现在我们眼前的，已经不是当年在美院大操场第一次见到的那对年轻、活泼、充满青春活力的埃及青年了。他们返回埃及后，除了继续从事美术创作，在埃及和其他国家举办画展外，还分别担任过埃及新闻部门及《鲁兹·优素福》等杂志的艺术指导、美术编辑和埃及文化部所属的大众文化部部长及艺术主管。黑白还兼任着开罗Atelie作家艺术家协会主席等多个职务，出版过多部美术与文学著作，荣膺过穆巴拉克总统颁发的一等“科学与艺术勋章”，更集画家、作家、摄影家、社会活动家于一身。最难能可贵的是，不管岁月流逝，世事沧桑，他们几十年如一日，始终把推动中埃人民友谊与文化交流当作自己的“义务”。凡中国去埃及访问的文化艺术团组，作家、诗人、编导、演员……只要需要，他们都热情相助。正如黄永玉先生所说：“这是从埃及来的人和到埃及去的人都时常说起的：埃及有个黑白和图玛德。”当年中央美院的师长和学友们往访埃及，他们在接待上自然更是不遗余力。

我们虽不是专门搞艺术的，但酷爱文学、艺术，又与他们有不少共同熟识的作家、艺术家朋友，由于有共同爱好和共同语言，所以很快便成了黑白夫妇的知心朋友。我们在开罗任职的几年里，周末或假日常聚在一起，就文学、艺术，以及中国与埃及文化传统、风俗民情等方方面面的话题进行探讨与交流。

黑白夫妇住在开罗新区马阿迪一条幽静的小街上。记得我们第一次按照黑白先生告诉的地址，很快找到这条小街，正待查找门牌号，却一眼看见路边停着的一辆蓝色小汽车的后玻璃窗下贴着一条白纸，上面写着四个楷书汉字：风雨归舟。我们会心地笑了，这条浓荫披履的大街恰似一条河，黑白夫妇把他们的小“舟”系在这里，不用说，这里一定是他们温馨的港湾——他们的家。

走进黑白夫妇的家，就像走进了中国传统艺术博物馆：墙上挂的是齐白石、石鲁、李可染、黄胄等名家的画作，有的是画家送的，有的是他们在荣宝斋买的。李可染的一幅《雨余山色》边款题的是：“五八年可染在课堂为黑白、图玛德二同学写。”另一幅《晚凉风中看浴牛》边款题着：“黑白、图玛德正”。近30年过去，1989年黑白夫妇访华时，可染大师已身染沉疴，他们赶到病床前探望。当年可染大师的这对风华正茂的洋弟子，也已华发满头。著名国画家黄胄善画驴是尽人皆知的，1961年冬黑白夫妇学成归国前，黄胄专门为他们画了一幅画，边款上题的是："黑白、图玛德画友留念。"画上俊俏的维吾尔族少女和那两匹鲜活调皮的小毛驴呼之欲出。另一面墙上，挂的是两幅《后出师表》，那矫若游龙的行草，相传是岳飞的亲笔。黑底白字，我们原以为是碑拓，黑白摇摇头："你们去摸摸看。"走近细看，竟是丝绒刺绣的，工艺精湛，令人赞叹，现在在国内大概也很难觅得。黑白夫妇说，那是他们在美院上学时在东安市场买的。

上世纪50年代，埃及留学生的生活并不宽裕，他们便设法在东安市场的古玩店、旧书店和东安门的旧家具店买便宜货。身穿对襟黑绸衫、灰绸裤，脚蹬一双黑布鞋，像个中国武术师似的黑白，指着一扇雕花屏风说："当时，这在工艺品商店要好几百块，而我们在旧家具店只花了十几块钱。"图玛德抱出一只长颈大肚的景泰蓝花瓶说："你们看它的造型多美！我们买时，只花了五块钱。"房间里，牙雕、瓷盘、茶几、江南农村手绣的布幡，以及图玛德胸前挂的写着"富贵长寿"的小长命锁，无一不是他们在中国悉心学艺的同时，利用假期或随学校外出写生、实习的机会，用节省下来的生活费一点一点辛勤汇集起来的。而今，几十年过去，他们没有追逐时代的潮流，去添置什么"新潮"家具，客厅里依旧摆满这些不远万里从中国带回的工艺品，依旧生活在他们熟悉的中国传统的文化氛围中。他们说，他们舍不得，也不想更换"新潮"的家具，因为这些工艺品几乎每一件都有一个难忘的故事，都带给他们一段对中国的温馨的回忆。他们在北京出生的女儿小红，现在是埃及建设银行一家分行的行长，她也一直把吴作人大师为她画的一幅熊猫挂在自己的卧室里。难怪黑白夫妇总爱说："我们是半个中国人。"

黑白夫妇对中国文化情有独钟，他们不仅在学校虚心向老师们求教，而且在课余广泛涉猎中国的文学、戏剧及其他传统艺术。天桥、琉璃厂、东安市场、吉祥剧院等老北京熟悉的、洋溢着中国传统文化气息的场所，都曾是他们课余经常相伴逡巡的地方。特别是黑白，生性幽默，谈笑间有时还会脱口说一段绕口令，伶俐的口齿、地道的京腔，常博得满座中国客人的喝彩。在北京时，他们夫妇经友人介绍，还结识了著名作家、艺术家茅盾、梅兰芳、老舍等，看过老舍的话剧《茶馆》，并应邀出席了梅兰芳告别演出的《贵妃醉酒》。

当年，周恩来总理对这对来自首个与中国建交的非洲和阿拉伯国家的留学生也疼爱有加，在宴请埃及驻华大使哈桑·拉加卜时，也把他们请去。提起那段往事，他们总无限感慨。那时，他们不过是20多岁的青年学生，而周恩来却是受人尊敬的大国总理。接到邀请时，他们既激动，又不安，还是拉加卜大使帮他们打消了顾虑。而一见面，周总理巨大的感召力和长辈对晚辈的和蔼、慈祥的关切，使他们感到就像在家里一样。他们说，给他们印象最深的是周总理也像当时中国普通百姓一样，穿着干净、朴素的旧衣服，这也越发显出周总理伟大的人格魅力。从这里，他们悟出了一个道理：人的尊贵主要看人品、人格，没有高尚的人品、人格，就是搬座金山来坐着，也不会使自己“尊贵”起来。他们还记得，有一次看电影，周总理远远地向他们招手，那天，图玛德穿的是中国的旗袍，周总理指指她的衣服，开心地笑。

我们不止一次地听黑白、图玛德夫妇津津有味地谈起这些往事，他们对中国的感情，是绝不会随着岁月流逝而淡漠的。这一点我们体会尤深。彭龄少年时曾钟爱美术，特别羡慕集翻译家、作家、画家于一身的高莽，出访时取出随身带的速写本和笔，匆匆几笔就将看到的有意义的人物、风光、景物活灵活现地勾勒出来。到埃及后，空闲时他也常拿个小本练习素描，但因画技拙劣，除章谊外，从不将小本示人。结识黑白夫妇这两位埃及画家后，他自然不肯放过这样好的学习机会。黑白夫妇对彭龄这位中国“老学生”并不嫌弃，黑白拿出他初学时的素描，鼓励彭龄“不要怕画得不像，要多画、多练习”，图玛德则对彭龄的习作一幅一幅细细评点，每次见面，她都像老师一样，要检查“作业”。我们离任时，黑白还特意送我们一幅他画的尼罗河风光，这幅画一直为我们珍藏，一看见它，便想起同黑白、图玛德夫妇在埃及相聚的日子，想起他们的珍贵友谊。

我们的散文集《埃及漫步》结集出版时，书中除附有照片外，还附有彭龄在埃及画的素描，其中就有当年图玛德看过的“作业”。当黑白先生应中国对外友协之邀率团来北京进行学术交流时，我们将《埃及漫步》送给他，黑白看到彭龄的插画，连连说：“我一回开罗，就给图玛德看，她也会像我一样高

陈昊苏会长为黑白先生颁发奖章、证书

兴……”我们知道画得不像样子，但黑白夫妇的鼓励令我们倍感鼓舞，后来出版的两本散文集，也都大胆地附上我们自己绘的插图。

我们一直保持着与黑白夫妇的书信来往。2002年，彭龄参加友协组织的代表团出访埃及、利比亚，在开罗有幸见到了黑白、图玛德。同年9月，黑白、图玛德夫妇应对外友协和中央美院之邀，来中国举行艺术生活及作品回顾展。展览开幕的同时，还举行了授予黑白“人民友好使者”称号仪式。当对外友协陈昊苏会长授予黑白先生奖章、证书后，黑白在热烈的掌声中用地道的北京话发表感言说：“今天，我们为重回母校——中央美术学院感到由衷的高兴。至于授予我‘人民友好使者’称号，我既感到荣幸，又感到不安，因为我们只做了一点点应该做的事情……”其谦虚、和蔼一如往常。更令人感动的是黑白身体已大不如前，友协贾玲处长怕他过劳，为他搬来一把椅子，却被他婉拒了，依旧同其他嘉宾一起坚持站到仪式结束。

我们深为黑白先生的病感到不安，一再劝他动手术。彭龄1998年做了根治手术后，一直没有复发或转移，但黑白却采取保守疗法，大约发现时癌肿已经扩散，终于不治。

当我们得到黑白病故的消息时，立即驰函图玛德，希望她和小红节哀顺变。令我们欣慰的是，她们都很坚强。图玛德回信说：黑白虽然走了，但埃中友谊长存……

是的，中国人民的好朋友黑白虽然已离我们远去，但他生前为埃及、为埃中友好，及为全人类文明、发展、进步所作的卓越贡献，及他的高尚品德，都将为埃中两国人民所谨记。就像奔流不息的尼罗河水，源远流长。

（2008年4月6日完稿，载于《世界文化》2008年8月号）

寄往开罗的绵绵情思

——追怀埃及著名作家纳吉布·马哈福兹

当电视新闻里传来埃及著名作家、诺贝尔文学奖获得者纳吉布·马哈福兹病危的消息时，我们的心不由得缩紧了。绵绵情思，不禁飞向开罗。94岁高龄的他，一生经历过多少风雨、多少坎坷。明知这一次恐怕难再出现奇迹，但我们仍期盼着，期盼着他早日康复……

纳吉布·马哈福兹是埃及现代文学巨擘，在埃及，特别是开罗，几乎是妇孺皆知的人物。上世纪三四十年代，咖啡馆遍布开罗大街小巷，那不仅仅是平民百姓休憩、聚会的地方，也是政治家、文学家们议事、论政，探讨文学与社会的场所。马哈福兹倡导的文艺沙龙，就是当时埃及社会活动家、作家、编辑、记者、出版商及广大文学青年聚会、倾谈的场所，也为马哈福兹剖析、了解社会，搜集创作素材，进行文学创作提供了便利条件。我们在开罗工作时，就曾特意寻访过古老的汗·哈利利市场边马哈福兹当年常去的费沙维咖啡馆。当年马哈福兹常坐的座位旁，还专门保留了一处“马哈福兹角”，供怀旧和慕名前来瞻仰的人们，从墙上一张张泛黄的照片上，从已是孙子辈的店老板的娓娓讲述中，从那把空着的马哈福兹坐过的老式木椅上，去想见、去品味当年马哈福兹同迈哈穆德·台木尔、陶菲格·哈基姆、尤素福·伊德里斯等作家朋友及文学爱好者们热烈畅谈的情景。

马哈福兹长期在尼罗河东岸的《金字塔报》工作，家在尼罗河西岸，下班之后，他常常迎着落日的余晖，安步当车，走过横跨在尼罗河上的大桥，慢慢走回家去。有时，途中还会停下来，同遇到的朋友、交警、教师、学生闲谈几句。那几乎是开罗市民熟知的黄昏时分尼罗河江桥上的一处温馨、和谐的风景。然而，令人意想不到的是，1994年10月的一个黄昏，马哈福兹像平时一样，沿着江桥，迈着舒缓的脚步向河西走去，一路上带着大家熟悉的笑容同人们打招呼。不料，就在他快要走下江桥的时候，一名守候在路边的宗教极端分子突然冲上来，在他脖颈上狠狠刺了一刀……噩耗传来，举国震惊。那些日子，我们同埃及人民一样，每天关注新闻。当得知由于抢救及时，马哈福兹伤势已经得到控制，没有生命危险时，才稍稍心安一些。

早年在北大读书的时候，我们就期盼着将来有机会去埃及，一定去拜访这位阿拉伯现代文学大师。他的由《宫间街》、《思宫街》、《甘露街》三部长篇小说组成的“三部曲”以及《汗·哈利利市场》、《梅达格胡同》等作品，将开罗不同时代、不同阶层的市井生活与社会矛盾刻画得那样鲜明、生动，就像是一幅幅逼真的埃及社会风情画。然而，待我们真的来到开罗，由于工作繁忙，一直未能安排上。发生这一不幸事件之后，再想拜见马哈福兹就更加困难了。出于健康与安全考虑，他几乎谢绝一切社会活动，中国作家代表团想要拜访他，也被有关部门婉拒。他虽伤愈出院，但由于伤及神经，影响右手书写功能，还需每日在家静养和做按摩与理疗。我们只好默默地祝福他早日康复，重新拿起笔，为热爱他的读者们捧出一部部新作。

但我们依旧不愿意放弃。就在我们离任前不久，靠友人的帮助，终于获准去马哈福兹家中拜访。当我们如约走进西岸尼罗河大街一幢普通居民楼时，马哈福兹的夫人阿迪雅正在单元门口同警卫们交谈，见到我们，立刻迎上来，把我们领进客厅。纳吉布·马哈福兹已经在那里等候了，他身着居家时常穿的半旧的睡袍，清癯的脸上带着微笑。对我们两个中国客人来访，他显得很兴奋。他说他虽未去过中国，但很早就读过孔夫子的哲学和小说《骆驼祥子》（阿拉伯文译作《一个人力车夫的故事》），都曾给他留下深刻的印象。我们说，就

马哈福兹与章谊合影

像他熟悉开罗普通百姓的生活，创作了许多以开罗为背景的小说一样，《骆驼祥子》的作者老舍先生也非常熟悉北京，除了《骆驼祥子》之外，还创作了《我这一辈子》、《茶馆》、《四世同堂》等以北京为背景的小说和剧本。我们一些研究阿拉伯文学的学友们常将他们两位作比较，把他比作“埃及的老舍”。他听完呵呵地笑着说：“那是我的光荣……”并告诉我们，尽管他并不熟悉《骆驼祥子》的社会背景与文化氛围，却很喜欢那本小说，觉得它同埃及有许多相似的地方，几十年前读过，印象却一直很深。

同马哈福兹交谈，就像是在同我们熟识的父辈的作家朋友们交谈一样，一点也不觉得拘束。他的客厅很小，几张半旧的沙发一摆，几乎就占满了。靠墙的大书橱里整整齐齐摆满图书，有的橱格里摆着他收藏的小摆设，其中还有一两件中国的小瓷人。另一只书橱的一角，陈列着他荣获诺贝尔文学奖的证书和一帧穆巴拉克总统向他祝贺时的合影。那是1988年10月的事，当他荣膺诺贝尔文学奖的喜讯传来，举国为之欢庆，马哈福兹却平静地说：“我感到意外，感到惊喜，继而又有些遗憾，我觉得教育我成长的老师们——塔哈·侯赛因、陶菲克·哈基姆等文学大师们，比我更有资格获此殊荣……”在他获奖后的一个周末前夕，他想像平时一样去亚历山大度假，便嘱咐秘书那两天不要再安排别的活动。秘书问：“要不要通知《金字塔报》派车？”马哈福兹说：“为什么？你知道我从来都是乘公交车去的呀。”秘书说：“可您现在是诺贝尔文学奖获得者呀！”马哈福兹笑道：“我还是我，我没有觉得和过去有什么不同。”

他的质朴、谦和在开罗是尽人皆知的。他也由此更赢得广大读者的尊崇与喜爱。1994年10月那次突发事件对老作家的伤害是巨大的，尽管医生们尽了最大努力，他握了一辈子笔的右手依然不听使唤。加上年龄的关系，视力与听力衰退，不方便看报与听广播，但对社会动态，他依旧十分关心，每天上午，他在《金字塔报》的同事都轮流来为他读报。我们和他交谈时，有时没听清，他便把手罩在耳轮上贴近说话的人，我们不得不再大声重复一遍。但交谈中，他应对自如，思维敏捷，一点不像80多岁的老人，而且谈吐风趣，妙语连珠。一句平平常常的话，经他一说出，便透出大作家特有的睿智与灵气。但话语间对眼前的处境，他仍流露出些许的无奈。他说：你们大概也听说过，我直到六七十年代，工作之余，还常同朋友们——艺术家、诗人、编辑以及青年朋友，在尼罗河宫、阿里巴巴或费沙维咖啡馆聚会，讨论社会与文学……那是我的公共生活，一个作家不能没有公共生活，不能没有同人们的交往、联系……现在，我却中断了这样的生活，不知道我的“咖啡馆”今天是什么样子，青年们是否还去那里相聚，他们谈些什么……

我们不知道如何宽慰老人，更不能告诉他，随着时代的发展，人们的生活也在飞速地变化，他的“咖啡馆”，如我们去过的费沙维咖啡馆还在僻街陋巷里艰苦支撑，有的可能已被“麦当劳”、“肯德基”这些洋店铺所取代。然而，他应当感到满足的是，他的作品以及根据他作品改编的电影，依旧拥有一代代读者与观众；在费沙维咖啡馆的“马哈福兹角”，每天都有来自世界各地的仰慕者去瞻仰。

时间过得真快，不知不觉一个小时过去了。医生又该来为马哈福兹做按摩和理疗了，我们取出他的《宫间街》和《底比斯之战》，想请他夫人阿迪雅代他为我们签名留念。没料到，一直陪坐在一边的阿迪雅见我们谈得很亲切，竟笑着说：“他这两年虽未提笔写文章，却天天练习写字，你们是远客，还是让他亲自为你们签吧。”马哈福兹笑着为我们签了名。我们喜出望外，乘机递上小本子，请他为我们再写几句话。他不假思索地用他尚未恢复功能的手写下这样一句话：

非常高兴你们来访，它为我们提供了一个交谈中国与阿拉伯文学的机会。祝愿伟大的中国进步、繁荣。

纳吉布·马哈福兹

我们将一对特意从国内带来的景泰蓝保健球送给他，既是可供观赏的工艺品，也可起保健作用，希望能对他有所帮助。他用不灵活的右手试一试，无法同时转动两只球。他问：“我先用一只球，握紧、放松，再握紧、再放松，慢慢练习，也可以吧？”我们忙表示：“只要经常练习，总会有好处。”告辞时，我们祝愿他早日恢复书写能力，好为全世界读者写出更多、更好的作品。他一边点头，一边指着我们送的保健球说：“我每天练习，待右手能同时转动两只球时，便又可以提笔写作了。”

一晃又这么多年过去，同马哈福兹的会见依旧清晰如昨。正当我们怀着绵绵情思，遥祝他早日康复时，等来的却是他离去的消息。代表一个时代的94岁高龄的阿拉伯世界第一位诺贝尔文学奖获得者走了，但他留下的作品，却依旧光耀着、影响着埃及与世界。

（2006年9月1日完稿，载于2006年9月15日《大公报》）

友谊树上的花蕾

——记毛泽东诗词的首位阿拉伯文译者马姆杜哈·哈基博士

翻阅新出版的《丝路盛开友谊花》，看到我国前驻叙利亚文化参赞王贵发同志回顾中叙两国文化交往的文章中提到，他1998年去叙利亚履新时，曾专门去看望毛主席诗词的首位阿拉伯文译者、叙利亚著名学者马姆杜哈·哈基博士，不禁思绪翩跹，将我又带回上世纪60年代同马姆杜哈·哈基博士相处的日子。

那是我第一次出国工作。那时，在国内学习外语远没有今天这样好的条件，加上阿拉伯语的书面与口头语言之间差别较大，初出国门，口语与听力往往比较吃力。使馆特意为我们这些初到使馆工作的青年聘请了辅导老师，而那位导师恰恰就是马姆杜哈·哈基博士。

哈基博士当时年近六旬，比我们年长30多岁，头发花白，体格却十分健壮，这大约得益于他年轻时热衷于足球及健美体操。他早年留学法国，精通法语、英语，是叙利亚著名的学者。除在大马士革大学任教外，他还是海湾与北非好几个国家的客座教授。他学识渊博，著述丰富，除文学作品外，还涉及教育、体育、卫生及社会其他领域。早在上世纪50年代，封建势力依旧占据阿拉伯社会主导地位的时候，他不顾保守主义与极端势力的威胁，毅然将他用文学家的浅显易懂的语言写的科普专著《谈性欲》出版了。当时，这本书与埃及著名女作家、女权运动倡导者纳瓦勒·赛阿达维著的《男人与性》、《女人与性》等专著，敢于就人们避讳的两性问题进行科学的阐述，无疑是惊世骇俗的。他说："我认为学者首要的职责是运用所学知识，维护真理，帮助百姓摆脱愚昧与思想禁锢。"鲁迅先生曾将第一个吃螃蟹的人比作勇士，在这一领域，哈基博士在阿拉伯世界可算得上是第一批吃螃蟹的人。

同哈基博士相处是愉快的。那时，我们每人每周辅导两个小时，我总是将日常工作、生活中遇到的语言上的问题集中起来，向他请教，或就某一问题和他用阿拉伯语交流，以提高用阿拉伯语听、说的能力。那时，我们同其他初学外语的人一样，总摆脱不了母语的束缚，说话时习惯用母语思维，再在脑子里“译”成外语再说出。而说出的话不是按母语的语序，不符合所学外语习惯，就是词不达意。正因如此，往往心虚不敢张口。而哈基博士总是不厌其烦地鼓励我：“说下去，说下去……”待我说完后，他不是简单地指出表达不完善的地方，而是列举出几种不同的表达方式，让我对两种语言的差异进行比较，以便尽快掌阿拉伯语的习惯用法。所以，我们都格外珍惜每周同哈基博士相聚的那两个课时，每次都早早地在使馆门口迎候。

哈基博士是著名作家，当他得知我也喜爱文学，14岁就开始写诗，并已在报刊上发表过近百首诗歌时，十分欣喜。每次辅导时，当解答完我的问题后，他还常就中国与阿拉伯历史、文化、社会生活、民族风习等方方面面同我交流，令我获益匪浅。他也把我当作忘年之交。有一次，使馆俱乐部组织我们去叙利亚南部德拉游览，在那里第一次参观了布斯拉中世纪建的古城堡。古城堡是石砌的，与国内常见的砖砌的高墙、碉楼的古代防御体系迥然不同。城堡内除屯兵的营房、水池、仓库外，还有四通八达的甬道、高高低低的城堞、视野开阔的射孔和无处不在的能致强敌死命的暗道机关。在以弓箭、刀斧、攻城锤为主要作战工具的冷兵器时代，可谓“固若金汤”。登上城堡，极目远望，见天边黄沙漫漫，耳畔风声呼呼，可以想见当年人喊马嘶、旗飞剑舞、戈矛相击的战争场面。尽管远古战争的烟尘早已散去，但上世纪60年代正处在冷战时期，中东以至整个世界仍是阴晴不定。从古城堡西望，越过胡兰平原，叙利亚与以色列交界的戈兰高地上，三天两头便响起隆隆的炮声。我想，天下并不太平，每一个爱好和平的人都应当警觉，应当在心中筑一座“城堡”。回使馆后，我将这种感受写成一首小诗，同哈基博士会面时，他要我把诗译给他听。译诗是很难的，只能一句一句解释大意。不料哈基博士却饶有兴致地听着，他说：“阿拉伯诗人也曾写过同样的题材，但观察的角度与理念同你写的有很大的差异，特别是你将古城堡同中东及国际时局联系起来，呼吁人人心中都应筑一座‘城堡’，对我们来讲十分新奇。这或许是不同民族历史文化传统的缘故吧……”他把我译的诗一句句记下来。我当时并未留意，不料再一次见面时，他竟把那首小诗用阿拉伯诗歌的传统格律译成了阿拉伯文。这无异于重新创作，令我十分感动。他建议由他将这首诗推荐给叙利亚或黎巴嫩的文学刊物发表。他认为阿拉伯的读者也会同他一样，对中国诗人从另一个角度描述他们熟悉的古城堡感兴趣。而我却踌躇了，因为出国前组织上同我谈话时，曾委婉地提出：“你喜爱写作，这不是坏事，但国外人少事多，应当把全部精力用到工作上。”我一直牢记着这话，这次写也只是偶然为之，并不想张扬。倘在阿拉伯报刊上发表，“动静”就太大了。我只好婉拒了。但对哈基博士，我一直心存感激。

哈基博士也常给我介绍阿拉伯文学与诗歌。记得有一次，他在谈到20世纪二三十年代阿拉伯国家在黑暗的殖民统治下的悲惨情况时，随口背诵了阿拉伯半岛一位诗人写的诗歌。诗中描写英国总督“规劝”一位被捕的起义者说：“你只要服从我们，就恢复你自由”，而那位起义者冷笑着回答：“我宁可从你这窗口跃下/那样我还可以拥有两秒钟的自由……”这两句诗给我留下极深的印象。

那时，使馆文化处经常收到国内提供的外文刊物《中国画报》和《中国建设》，是对外宣传用的，也有少量英、法文版的《中国文学》，只提供给懂英、法文的教授、学者。我将《中国文学》送给哈基博士，有新出版的，也有前几年的旧刊物。哈基博士对这本刊物很感兴趣，特别是上面刊登的毛主席的诗词。毛主席诗词诸如《沁园春·雪》、《七律·长征》等，早在50年代初就在人民群众中广为流传。首次集中发表，是在1957年1月《诗刊》创刊号上，一共是18首诗词。而首次译成英、法文，则是在1960年4月英、法文版的《中国文学》上。哈基博士读到毛主席这18首诗词后，非常兴奋。他说：“过去，我只知道毛泽东是中国的政治领袖，也是一位领导过长征、推翻过美国支持的蒋介石、创建了新中国的传奇人物，却不知道他还是一位了不起的诗人！”他对毛主席的诗词赞赏备至，认为它既有政治家、哲学家的高瞻远瞩，对事物洞若观火的气度，又不乏文学大家与诗人轻灵、敏锐的艺术表现力。他读时用铅笔作了许多批注，记得他指着其中一处说：“你看这首叫《大柏地》的诗歌，后面的注释说它是一个地名，毛泽东领导的中国工农红军曾在那里打过一个胜仗。那时，红军还很弱小，而敌人却很强大，他们不得不到处转战，条件十分艰苦。几年后，毛泽东重游战地，用这首短诗抒发他的感慨。他没有写红军面临的困难，也没有写战争的残酷，而是描写雨后的彩虹，起首便用‘赤橙黄绿青蓝紫’七种色彩写出彩虹的瑰丽多姿，像是什么人持着这条彩带在空中翩翩起舞。接下来又说和这彩虹相辉映的夕阳及墙壁上残留的弹痕，把这雨后的山川装点得更加美丽。读者感受到的是爽朗、乐观与自信。”他说：“大概只有毛泽东这样有着丰富的人生阅历和斗争经验，又有高度文学概括与表现力的领袖，才能写出这样的诗。”他还说那首诗令他想起阿拉伯诗人伊本·鲁米描写彩虹的名句：“（天上）那一弯弓是用黄色、红色、绿色/在白色的云朵上绣成……”他说这和毛泽东的诗句有同工异曲之妙。

他决定将这18首诗词译成阿拉伯文。这显然是一件十分困难的工作，我能给予他的帮助十分有限。《中国文学》上的注释是周振甫先生的，我知道臧克家先生也曾专门对这18首诗词作过深入浅出的讲解，便让爱人章谊给我寄来一本，作为同哈基博士探讨这些诗词含义及背景材料的参考。如他后来在《序言》中所说："我们了解西方的诗歌，更了解阿拉伯的诗歌。而这些诗对我们来说，却是全新的、毫无所知的。不仅对诗人所描写的他们国家的重大事件毫无所知，诗中引用在中国流传了几千年的神话人物与传说（如吴刚、嫦娥、桂花酒、唐僧、孙大圣等），中国读者一看就心领神会，而我们要弄懂它，却需加上长长的注释不可。"因此，他说他在翻译时，"常常发觉自己茫无所从地站在交叉路口……"

诗是语言的艺术。中国与阿拉伯的古代诗歌，都有严格的格律、音韵的限制。除格调、意境、灵动的巧思外，遣词、造句都需要对对方及本民族的历史、传统文化等方面的极高造诣。要将它们互译，又能不失原诗的语言特色，绝非易事。哈基博士在翻译毛主席诗词时，绝不满足于将原诗的意思翻译过去，他说：诗属于美学范畴，一首好诗会以它高尚的格调、优美的意境和诗歌特有的音韵、旋律产生的感染力，深深打动读者的心灵，令他或悲或喜，或哭或歌，欲罢不能。如果失去了它原有的特色，就会变得索然无味，不能感动人、鼓舞人，那便失去了翻译的意义。因此，在翻译时，他还特别关注原诗词的音韵、旋律，常要我一遍遍用中文为他大声朗诵，他在一旁仔细地聆听、品味。记得毛主席1934—1935年长征途中写的那三首《十六字令》，原注中有当地一首民谣："上有骷髅山，下有八宝山，离天三尺三。人过要低头，马过要下鞍。"毛主席将这民谣"反其意而用之"，起首一个"山"字，便将突兀而起、阴森陡峭、气度非凡的山势跃然纸上。而红军战士却不为所惧，不"低头"，不"下鞍"，扬鞭策马，直上山巅。猛然回首，惊觉离天只有"三尺三"！这首诗哈基博士斟酌了很久，起初，第一句也仅用了一个"山"字。但阿拉伯语单数、复数是不同的，原诗中的这个"山"字，无疑是指红军长征途中的崇山峻岭，应是复数。而阿拉伯国家除黎巴嫩外，没有很高的山，即使用了复数的"山"字，也难表现出原诗的气势。因此，他翻译时决定在后面加了一个形容词"高大、巍峨的"，为了加重语气，又在后面按阿拉伯行文习惯加了两个惊叹号。而"离天三尺三"的"三尺三"，是形容人几乎快触着天了，并非实际距离。倘若死板地照原文直译，还得用公尺来换算，那样译出，诗意全无。哈基博士灵活地选择了阿拉伯民间习惯的表示距离极近的俚语：离天"只有三只脚加三根手指"。这样，不仅未失原意，而且阿拉伯读者一看便心领神会。以上这些，大约也只有哈基博士这样的学者、诗人，才能有这样大胆、从容的妙译。

《毛泽东诗词》阿译本书影

这本诗集终于在1966年1月由黎巴嫩阿拉伯觉醒社正式出版。我忘不了哈基博士郑重地将散发着油墨芳香的译本递给我时的兴奋表情，他说：“这不仅仅是阿拉伯学者、诗人翻译的第一本毛泽东诗词，而且，是我出版的第60本书，我将它作为我即将来到的60岁生日的最好纪念……”他像完成了一件重大的使命那样高兴。这本书装帧精美，封面与封底浅灰的底色上分别用阿拉伯文与英文印着：“毛泽东来自中国的诗马姆杜哈·哈基博士译”。封底的英文是印刷体印的，而封面的阿拉伯文是他特意请他的朋友、叙利亚当时最著名的书法家巴拉维为他用阿拉伯的竹签笔题写的，笔画圆润、流畅，显得格外庄重、素雅、大方。扉页上还印着一帧圆形的毛泽东侧脸浮雕头像。

哈基博士60岁生日时，邀请我们几位他的中国使馆的学生——当时在使馆文化处工作的吕志星、在新华分社工作的唐继赞和我去他家做客。我们和他、他的女儿以及他的亲朋好友们一起，度过了一个友好、温馨的夜晚。不久，他应邀去苏联讲学，特意来使馆向我们辞行。当我们挥手与他告别时，除了祝福他一路平安之外，还按穆斯林的习惯用阿拉伯语对他说：“真主与你同在。”不料，这位并不笃信宗教，却珍视友谊的世俗穆斯林竟摇摇头，笑着说：“不，不是他。是你们与我同在。”记得几天后，我便接到一张他从莫斯科寄来的明信片。这是他在莫斯科机场一办完手续，便去服务台买来，分

马姆杜赫·哈基及女儿与彭龄、唐继赞合影

别向他女儿和他的中国学生报告平安并致以问候的。后来，哈基博士应聘去摩洛哥的一所大学任教，我和唐继赞、吕志星等他的中国学生也相继任满回国，同哈基博士中断了来往。但他寄给我的那张明信片，及他翻译我那首小诗的阿拉伯文手稿，都一直珍藏着。

一晃几十年过去，读到王参赞的文章，缠绵的思绪又把我领回上世纪60年代同哈基博士相处的日子。苏联一位著名作家曾把文学作品比作“友谊树上的花蕾”，当年马姆杜哈·哈基博士翻译的第一部阿拉伯文的毛泽东诗词，也正是中国—阿拉伯友谊之树的一束花蕾。随着时代的推进，这友谊之树上的花朵也将绽放得更加灿烂。

（2008年9月24日完稿，载于《世界文化》2008年第12期）

走近阿多尼斯

不久前，中国阿拉伯文学研究会会长仲跻昆教授邀请我们出席黎巴嫩诗人阿多尼斯的见面会和他的诗选中译本的首发式。起初，我们曾十分犹豫，因为就像我们对中国“先锋派”诗人的诗不感兴趣一样，当年我们对阿多尼斯的诗也并未重视。那时，深受读者欢迎的黎巴嫩诗人是纪伯伦、哈比卜·塔比特，还有女诗人纳迪雅·图威妮。但仲教授说：“去吧，如今是多元化的时代，各种流派互有优长。况且阿多尼斯这些年在阿拉伯与国际上都有很大影响……”

就这样，我们终于走近了阿多尼斯。

阿多尼斯原名阿里·艾哈迈德·伊斯伯尔，1930年出生于叙利亚拉塔基亚北部阿拉维山区。他自幼喜好文学，早在他17岁考入大马士革大学之前，已开始用“阿多尼斯”的笔名发表诗作了。

阿多尼斯（前通译“安东尼斯”）是黎巴嫩老幼皆知的神话传说中的人物。相传他在黎巴嫩山西麓一条小河——阿多尼斯河的发源地狩猎时，不幸被野猪噬伤，倒在河边，鲜血染红了河水。待他的恋人依茨塔尔闻讯赶去，阿多尼斯已经停止了呼吸。依茨塔尔痛不欲生，连河边的花草树木也随之枯萎凋零。依茨塔尔对恋人真诚执着的爱感动了冥王，特意准许每年春夏之交让阿多尼斯重返人间与她团聚。这时，各地的花草树木也都回黄转绿，一派生机。黎巴嫩著名诗人哈比卜·塔比特1948年曾根据这个传说创作了长诗《安东尼斯和依茨塔尔》：“你，安东尼斯河，忠实的见证者，/告诉我们，安东尼斯的鲜血怎样染红你的碧波？/你是镶嵌在山石中的明镜，映过他的姿容，你纯净的河水流淌过多少美丽传说……”这原是古人对冬去春来，草木枯荣，周而复始的自然现象的原始、也最具魅力的诠释。据说这则传说源自两河流域，后来为希腊、罗马神话吸纳。上世纪80年代我们在黎巴嫩工作期间，曾于1986年8月特意探访过这则传说的衍生地阿多尼斯河，并在散文《安东尼斯河》中记述我们沿河岸逆流而上，直到小河的发源地阿夫卡溶洞。河两岸，腓尼基时代修建的祭祀安东尼斯和依莰塔尔的宏伟庙宇早被离离荒草淹没，但至今，每当黎巴嫩山积雪初融，暴涨的河水依旧冲刷着岸边的红土，卷着赤红的波涛奔腾而下。只是不再像古时那样有妇女沿河奔跑、哭嚎，和去庙宇中祈祷；当大地春回、山花烂漫时，妇女们也不再聚集在河边，欢天喜地载歌载舞。

有趣的是，阿多尼斯最初署自己的名字伊斯伯尔投寄稿件，报刊一首也没有刊用。他受这传说的启示，改用阿多尼斯做笔名后，诗作居然连连见报。那家报纸的主编想见见这位诗人，出乎他意料的是，应约而来的竟是一个十几岁的少年。通过交谈，主编终于确信他并非假冒。阿多尼斯选用这个笔名自有其深意，正如他在诗歌中宣称："我依然故我/我在每个清晨再生。"然而，阿多尼斯的写作与人生道路并不顺利。1955年，由于参与叙利亚社会民主主义政党活动，他被捕入狱。次年出狱后，他迁居贝鲁特，创办《诗歌》等文学刊物，开始文学生涯，并逐渐远离政治。60年代留学巴黎，学成后返回黎巴嫩，在大学教授阿拉伯文学，并获得博士学位。但由于70年代中黎巴嫩教派冲突和外来干预引发的战乱，迫使他再次去国远走。有人称他"流亡诗人"，而作为一个"流亡者"，有谁知道他内心的煎熬与痛苦呢？他说："他逃离了他的民众/当黑暗说'我是他们的大地，我是大地的奥秘'时/他该如何、怎样称呼一个国家/不再属于他、他又舍此无它的国家？"（《流亡者的境况》）

据仲跻昆教授介绍，阿多尼斯早年的诗歌多是传统的阿拉伯格律诗，后来才改为自由体，而且"其诗以象征、朦胧，并带有一抹苏菲派的神秘色彩为

彭龄与阿多尼斯合影

特点，往往让人们掩卷深思其深邃的哲理内涵，而成为黎巴嫩当代诗坛先锋派的代表”。苏菲派原是伊斯兰教早期的一个旁支。在正统的伊斯兰教徒心目中，真主是至高无上的，而苏菲派则主张“真主内在”，即真主存在于人的内心：“凡人认识自己，使认识造化之真主。”他们认为可通过内省达到精神的升华，以便用真主赐予的感悟、知识，启迪、劝化他人，将人与真主的被动屈从的主仆关系变为人对之敬重与认知的关系。他们不注重烦琐的教义、教规，而着眼于《古兰经》隐喻的诠释，强调贵圣、俭约、隐忍、博爱。“苏菲”一词原意是“披羊毛衫的人”，早期苏菲派多是披一件粗羊毛衫的苦行僧，后来，这种苦行僧的形象便成了这个小支派的代名词。当今世界上，可能已难再觅到一个所谓“苏菲派”的宗教派别，但其影响仍或多或少地为非现实主义的知识分子们所接受。

阿多尼斯来了，他身着深色半旧大衣，一条橘红色的长围巾，衬着灰白的长发，显得随意、洒脱。他精神矍铄，思维敏捷，笑容谦和，在似不经意的谈笑中，富有哲理的思辨性的语句常脱口而出，闪现着睿智的火花。无论是与他面对面地交谈或是坐在台下，听他用低沉、舒缓的语调朗诵他那些短章，从原文以及借助大屏幕上薛庆国教授的译文，走近这位享誉阿拉伯与欧洲的先锋派诗人，领悟那些诗句中深邃的内涵，对我们来说，确实是一种奇特的感受：“什么是路？/启程的宣言/写在一页叫做泥土的纸上。”“什么是老年？/朝着两个方向生长的禾苗：/童年的黎明/死亡的夜晚。”“什么是现实？/语言之河的/沉积物。”“什么是祈祷？语言之水/蒸发而成空中的云。”“什么是来世？/我们喜欢见识的房子/却不愿在其中居住。”……他并不追求华丽的辞藻，因为“我不要完美，/在我的呐喊和叹息中迸发的思念/并不需要一张靠椅”。从原文看，有的诗似是互不相关的词连缀在一起，晦涩难懂，或正如他所说，“你只能朦胧地理解他”，因为“意义的太阳，有时/会被墙的阴影遮挡”。阿多尼斯除热衷于诗歌创作外，还长于“拼贴”——一种现代艺术的创作，即将一些废弃物——纸、木头、羽毛、石头等乍看起来毫不相干的物件，用特殊方式组合成的艺术。他认为诗的意象也很零碎，但高超的诗人可以用诗的构架将它们组合起来。我们在参观艺术展览时，从不在这种所谓“拼贴”艺术的展品前驻足。应当感谢薛庆国教授，他的译文帮我们绕开了“墙的阴影”。

由于还有别的事情，我们未能参加诗人与听众的互动，很遗憾未能看到与会的“80后”、“90后”们如何直面诗人。好在我们带回了阿多尼斯和薛庆国教授题签的阿多尼斯诗选《我的孤独是一座花园》。我们在会前请阿多尼斯题签的时候对他说：“我们曾在黎巴嫩生活多年，熟知阿多尼斯的传说，并探访过阿多尼斯河……”他一边在扉页题写：“顺致敬意与友爱阿多尼斯2009年3月15日北京”，一边笑着说：“那么，你们又可以从这些诗里看到他和那条河。”

晚上，信手翻开阿多尼斯的诗选，在《围困》那一辑中，读到阿多尼斯创作于1982年以色列发动“利塔尼行动”，大规模入侵黎巴嫩，及黎巴嫩内战战火不断向全国蔓延、扩散期间的这些诗：“血之路/那是男孩曾经谈论的血——他对伙伴们悄悄说：/天上，只剩下/几个被称为星星的窟窿……”“杀戮改变了城市的形状/这块石头，是一个男孩的头颅/这团烟雾，是人类的一声叹息/一切都在吟唱着自己的流放地：血的海洋/对这样的早晨/除了它飘浮在星云里/在屠宰的汪洋里的血管/你还能指望什么？”……更令我们感到深深的震撼。我们恰是1983—1987年黎巴嫩战烟最浓时被派到那里工作的。那些年，我们和黎巴嫩的百姓们一样，几乎无日不是在枪声、炮声、汽车炸弹的爆炸声、急救车尖厉的呼啸声中度过的。黎巴嫩成了杀戮场，成了“血的海洋”的“流放地”。阿多尼斯的这些诗，字字句句无不是诗人用良心蘸着血泪写成的。残酷的现实，使他不得不再次去国远走。

他虽身在异国，却仍以“精神上的流放者”自诩，从不趋炎附势，苟安媚俗，“我依然故我”，永远高昂着那高傲的头颅。这是最值得称颂与尊崇的。他的诗依旧像火，笔锋依旧犀利：“暴君只会酿醇他们偏爱的酒：/自由的血。”“如果他在你被囚时，毫不犹豫地杀你/那么当你自由时，他怎么会犹豫呢？”“不要只害怕魔鬼，还有天使呢/‘天使’，在万物中最有可能突然变成魔鬼。”“即便当你把耳朵贴近天空的嘴巴/你也听不到天使的声音。”……这些警句，难道不足以令读者掩卷深思吗？

至于诗人自己，他宣称：“那些要求我在这世上现实一点的人们/如同要求我用一只脚走路。”“我写作，是为了/让唯一能浇灌我内心的泉水继续流淌。”“世界让我遍体鳞伤/但伤口长出的却是翅膀。”“向我袭来的黑暗，让我更加明亮/孤独，也是我向光明攀登的阶梯。”……静静地读，默默地想。我们虽然未必领悟这些诗的真正内涵，但我们相信，他不会停下他的笔。因为他就是百姓们喜爱的那则古老传说中那个生生不息、“在每个清晨再生”的永远年轻的阿多尼斯。

（2009年7月完稿，载于《世界文化》2009年12月号）

祖国永远在他心中

——记伊拉克流亡诗人萨迪·优素福

当伊拉克流亡诗人萨迪·优素福在英国女诗人乔安娜和为他们出资来华访问交流的中国年轻企业家、诗人倪联斌陪同下走进学术交流会场时，我们就注意到他敞开的半旧的西服里黑色绒线衫紧贴着心脏的部位那枚金灿灿的项坠了。一般人也许不会注意到，那不是普通的项坠，分明是萨迪·优素福的祖国——伊拉克地图的形状。1991年海湾战争前后，我们在伊拉克生活、工作了将近4年，办公室的墙上就挂着伊拉克地图，日日面对，能不熟悉吗？我们猜想这位有国不能回的“流亡诗人”，将祖国图形的项坠挂在胸前紧贴着心脏的部位，定有特殊的含义。

伊拉克是神话与诗歌的王国，脍炙人口的《一千零一夜》、夜空里灿烂星座般光耀阿拉伯与世界诗坛的“悬诗”，都是在那片古老又神奇的土地上产生的。而且，每个时代都不乏著名的诗人。上世纪50年代我们在北大求学时，便听马坚、刘麟瑞教授介绍过当时享有国际盛誉的诗人白雅帖。60年代初，我们同班学友景云英从巴格达为我们带回一本《白雅帖诗选》，我们一直珍藏至今。当时同白雅帖一样载誉国际诗坛的土耳其诗人希克梅特在为这本诗集写的序中，还提到费萨尔王朝覆灭后，白雅帖终于结束流亡生涯，重返伊拉克。然而80年代末，我们去伊拉克工作时，在年年都举办的“伊尔比德诗歌节”上却见不到白雅帖的身影，听说他仍常年住在国外。有一次，我们应邀出席巴比伦艺术节，遇到白雅帖的胞妹、伊拉克著名电视主持人，当我们问起白雅帖时，她警惕地向四周看看，压低声调说：“他是一只自由的鸟儿，向往自由的天空……”随即又补充一句：“然而，即使身居国外，却依旧没有自由……”这是说他在国外也仍然受到监视。由此，便不难想见作为一名“流亡诗人”的萨迪·优素福所遭遇的艰难与无奈了。

萨迪·优素福1934年生于南部省城巴士拉，应属与白雅帖同时代稍后期的诗人。他们都曾是伊共党员，萨迪·优素福还以“最后的共产主义者”自况。1962年复兴党政变中，许多伊共党员喋血街头，直到多少年后，巴格达普通百姓回想起那血腥的一幕仍心有余悸。他和白雅帖都不愿屈身“鸟笼”，为独裁者唱赞歌，自然为当局所不容。自上世纪70年代起，他便流亡西亚、北非和一些欧洲国家，直至1998年定居伦敦。他自1952年出版首部诗集《海盗》起，已出版诗集40余部。另外，还创作小说、戏剧和大量译著，包括翻译惠特曼、洛尔伽、卡瓦菲斯等人的诗集和十多位当代欧美作家的小说。他的诗作曾获阿联酋苏尔坦·阿维斯诗歌奖、意大利国际诗歌奖、卡瓦菲斯诗歌奖等诸多奖项。他被公认与黎巴嫩的阿多尼斯、巴勒斯坦的达尔维什同为当代阿拉伯世界最具影响力的诗人。

谈及阿拉伯文化现状，萨迪·优素福说，过去各历史时期，阿拉伯文化总有一个中心，如埃及、黎巴嫩、伊拉克。而现在，由于国际局势变化和随之而来的各种文化思潮相互作用、影响、渗透，以及阿拉伯事物的国际作用与影响被忽视和被边缘化，已谈不上有一个整体的阿拉伯文化，也没有哪一个阿拉伯国家可以代表整体的阿拉伯文化。当前阿拉伯国家的一些机构，包括阿盟在

萨迪·优素福展示他佩戴的伊拉克地图形状的项坠

内，不过是一个符号、一个象征，并无多少实际意义。谈及伊拉克现状，他说，伊战后，伊拉克实际已分裂成库尔德、什叶派、逊尼派三个宗教与政治实体。他和他的亲戚属逊尼派，过去一直生活在巴士拉，尽管那里是什叶派聚居区，却一直相安无事。伊战后教派间冲突加剧，他的亲戚不得不迁往巴格达。然而伊战后的巴格达，即使在驻伊美军严密控制的“绿区”，也动辄遭受迫击炮和汽车炸弹袭击，是伊拉克安全局势最差的地区之一。面对这种情况，他只能摊开两手，长叹一声。

休息时，我们请他为我们写一两句话谈谈他对人生的感悟，他信笔写下两句诗：“生活就该让适者生存——／如果我们曾是它的适者的话。”他说：“人的生存权是不容剥夺的，然而，当今生活在伊拉克的人，谁也躲不开那笼罩在头上的死亡的阴霾，那能算什么生活呢？！”

对他刚才发言中对阿拉伯文化及对伊拉克时局冷静、精辟的分析，大家都一致表示认同，而且认为这恰恰说明萨迪·优素福这位寄居他乡的“流亡诗人”的全副身心其实一直和祖国的命运紧紧贴在一起，时时刻刻关注着它，一刻也没有与它分离。

正如他的诗：“我是来自伊拉克的阿拉伯人／我是巴士拉，我的家，我的椰枣树／我是以我的名字命名的河流／真主的沙子是我的路，我的帐篷／苍白的沙柳是我的屋顶，我玩耍的空地／还有珍珠般晶莹的海湾的承诺／属于我，大海和天空……／我是幼发拉底河／它聚合起一个族群，一个国家，一个民族，它的每一掬水／都是永恒乐园的一个约定……”（《国籍证明》）他虽远离祖国，但魂牵梦绕、无法割舍的，依旧是他的祖国。他的诗，就像一个饱经忧患的老人在述说生活中并不为人看重的事物。譬如：“屋里的花草在沉闷的空气中垂下身子／桌上满满的烟灰缸和一包烟之间／是煤气票与电费单／船在墙上航行／鸟喙啄着歌手的头（一张CD的封面）／我的房间因我而厌倦／变得狭窄……（《凝固的生活》）；再如：“细小的水珠开始使玻璃窗发亮／空气里有种土壤和水掺和的芳香／雷在远方轰响……／我看见蚂蚁在人行道的缝隙构筑防御工事／花园寂静，没有鸟飞／没有树叶摇曳。／最后一片天空也消失在云层里／雷声近了／顷刻间，就下起了雨！”（《不列颠之夏》）他的诗没有伊拉克传统诗风：穆太奈比的豪放、矜持，阿布·努瓦斯的奢华、婉约，阿卜杜·加尼·贾米勒的壮烈情怀，鲁萨菲的嘲弄讥讽；甚至也没有他同时代的白雅帖创作时忽而用传统的格律诗，忽而用现代的自由体，畅达、婉约，直白、朦胧，情才毕露，色彩纷呈。他很少写宏大的主题，也没有用华丽辞藻去刻意营造“诗”的意境。然而，这恰恰是他的诗的特质。以前面引的两首短诗为例，可以明显看出，唯有他这样的“流亡诗人”，才能用如此冷峻又无奈的目光，朴素又平实的语言，来看待、描述他的所见所闻、所思所感。自然，这样的诗，是高官显贵或天真烂漫、生活无忧的少年男女所不屑一顾的。萨迪·优素福始终把自己看作一介平民，他说："也许我真正的贡献，在于实现了阿拉伯诗歌文本的平民化。我试图让诗歌少一些精英色彩，把它从修辞中解放出来，用诗歌叙事、书写普通人的生活。"研讨会上，萨迪·优素福、乔安娜女士、倪联斌和仲跻昆教授分别用阿拉伯语、英语和中文朗诵的《柏林，五一节之夜》、《一个推手推车的人》、《邻居》和《最后的共产主义者》，都体现了他的平民化诗歌的特质。

然而，在平淡的叙事中，也会有奇峰突起的警句，像炸雷一样令人警醒。如《邻居》："那位退役军人/（他几乎瘫痪了）/每天早晨，坐在家门口的椅子上/为了闻闻从果园里散发的淡淡的芳香/也为了享受阳光……/他的妻子也坐在旁边，翻开了岁月/杂志，还有账单……/那位退役军人/（他几乎瘫痪了）/他的眼睛缓缓闭上/为了告别这把椅子/这个家，还有他的妻子……/为了前往印度支那的丛林/穿越埋有地雷阵的原野。/下一颗地雷，最终会猛然炸响/在岁月的某一天……"这首诗2007年7月写于伦敦，诗人由他这位邻居——一个曾参加过印度支那战争，被地雷炸得几乎瘫痪的英国老兵凄凉的晚景，联想到当今依旧深陷在伊拉克战争泥潭不能自拔的那些英国军人脚下，不同样有"最终会猛然炸响"的"下一颗地雷"吗？！创作于1995年8月的《美国，美国》恐怕是他影响最为深远的一首诗，在许多国际会议与诗歌节上广为传诵。他在诗中直言不讳地说："我也喜爱牛仔裤、爵士乐和金银岛/还有约翰·西尔弗的鹦鹉和新奥尔良的梯田/我喜爱马克·吐温、密西西比河上的汽艇以及亚伯拉罕·林肯的狗/喜欢麦田、玉米地和弗吉尼亚烟草的气味。/但我不是美国人，/难道仅仅因为我不是美国人，'鬼怪'飞行员就要把我送回石器时代？/我既不要石油也不要美国，既不要象也不要驴/飞行员，把椰枣树枝盖顶的房子给我留下/我要这座木桥，要我的村子，不要纽约/你这武装到牙齿的士兵，为什么从内华达来到遥远的巴士拉/来到鱼儿常游到人家台阶的地方？/离开我，士兵，把漂浮的芦苇小屋和鱼叉给我留下/把迁徙的鸟群、把绿色的羽毛给我留下/带走你咆哮的鬼怪式飞机，带走你战斧式导弹/别管我该诅咒的厄运，我不需要你的复活日……"尽管他对复兴党和萨达姆的独裁统治深恶痛绝，不共戴天，但面对美、英发动的海湾战争和伊拉克战争，则毫不含糊地坚决抵制与反对："别管我该诅咒的厄运，我不需要你的复活日！"反对独裁，是伊拉克人自己的事，绝不意味着可以容忍你美国用鬼怪式飞机、战斧式导弹和"武装到牙齿的""从内华达来的"士兵可以随意占领我的祖国，把我"送回石器时代"！对他的祖国来说，他们是占领者。而占领者的下场，他也不只一次地预言说，等待他们的是“紧扣的绞索”：“巴格达，每个时代，都有野蛮之徒前来觊觎/但是她扣紧了绞索”；也是地雷：“下一颗地雷，最终会猛然炸响/在岁月的某一天……”

座谈会上，大家一致认定，萨迪·优素福虽流亡海外，但从他的《国籍证明》、《乌姆盖斯尔》等一系列诗歌可以看出，他和他的祖国之间始终有一条永远割不断的血脉。萨迪·优素福笑着说：“那当然！是幼发拉底与底格里斯河水养育了我，养育了我的民族、我的国家。虽然我加入了英国国籍，但我永远是伊拉克人！”说着，他拿起挂在胸前的项坠给大家看。那是2000年他同英国女诗人乔安娜出访瑞典时，一家金饰店老板获悉他是伊拉克诗人，特意根据他的意愿为他加工打造，并无偿奉送给他的。从那时起，他便一刻不离地将这枚伊拉克图形的项坠悬挂在自己胸前最紧贴心脏的地方。

（2009年12月草于301医院，2010年2月改定；载于《世界文化》2010年4月号）

寻访艾布·努瓦斯及其他

——读仲跻昆教授编译的《阿拉伯古代诗选》

阿拉伯民族对世界文化的突出贡献，除了世称“天下奇书”的《天方夜谭》（《一千零一夜》）之外，恐怕就该数那浩如烟海的被视为阿拉伯民族史籍的诗歌了。

自古以来，阿拉伯民族生息繁衍在地跨亚欧非三大洲交界的广袤地域，承袭了两河流域的苏美尔、巴比伦、亚述文明，尼罗河流域的古埃及文明，地中海的希腊、古罗马文明，至伊斯兰帝国阿拔斯王朝时期，更通过陆路与“海上丝绸之路”与波斯、印度及黄河文明相互交融、借鉴，蓬勃发展，如日中天。上世纪60年代，我们初到西亚工作，曾随友人去沙漠夜猎，在篝火旁听他们谈及祖上游牧生活的情景：当夕阳坠落，星光笼罩大地，贝都因人拢好骆驼、羊群，围坐在已成断垣残壁的废墟旁，面对一蓬篝火、满天繁星，一边撕吃着刚烘好的大饼，喝着驼奶，一边听祖辈讲述远古先贤的传说，其中穿插着许多诗体韵文，一代代口口相授，延绵不息……不由忆及在北大求学时，曾听马金鹏老师介绍，早在伊斯兰帝国建立前的贾希利叶（蒙昧）时期，生活在阿拉伯半岛上的各游牧民族传统的欧卡兹集市上，照例要举行赛诗会，那隆重场面远胜于赛马、赛驼。各部落著名诗人在族人簇拥下逐一登台朗诵，最后遴选出公认的佳作，用金水抄录在亚麻布上，高悬于克尔白神庙前，供人们吟诵、观赏，称为“悬诗”，被誉为“王冠上的珍珠”。或许，正是这独特的地域条件与自然环境：长河落日，大漠孤烟，逐水草而居的游牧生活，和那些令人热血贲张的先贤们跃马征战的传奇故事，不仅培养了他们崇尚独立、自由、正义，坚韧豪爽又放荡不羁的性格；也培育、训练了他们海阔天空的想象，机智、敏锐的思辨，和妙语如珠、出口成章的语言运用能力。

我们多么想见识见识那“王冠上的珍珠”呀！可马老师却不无遗憾地

《阿拉伯古代诗选》书影

说：“译‘悬诗’需要丰厚的学识，至今尚无人尝试。”他随口背诵了一句阿文诗，解释说：“这意思是：要想摘取星星，就得插翅上天，不能徒托空言。”他勉励大家努力学习：“希望你们之中将来能有人把‘悬诗’译成中文。”那时，政治运动一个接一个，搞翻译常被看作“成名成家”，走“白专道路”。所以，大家也未往心里去。毕业后，大部分学友的工作又与文学无涉，甚至随着时间推移，距文学越来越远。

那时，以至其后的若干年，除纳训先生译的《一千零一夜》和为支援巴勒斯坦等阿拉伯国家独立、解放斗争出版的有数几本译著外，几乎没有真正意义上的阿拉伯文学作品被译成中文，更遑论这古典诗歌了。记得我们的启蒙老师邬裕池有次私下谈及，也不禁感慨连连，可惜他英年早逝，未及赶上改革开放得以施展才华。改革开放带来了可喜变化，随着“阿拉伯文学研究会”的成立，纪伯伦、马哈福兹、塔哈·侯赛因等著名阿拉伯作家的作品、文集不断被译成中文，尽管良莠不齐，但毕竟开创了阿拉伯文学研究、出版的繁荣局面。

然而，对阿拉伯古典诗歌却依旧少有问津。究其原因，大约是“译事难，译诗尤难，犹如戴着枷锁跳舞”吧。可喜的是，有一位学友却义不容辞，勇于担纲，他就是后来曾接任阿拉伯文学研究会会长的仲跻昆教授。他说：“作为阿拉伯语言、文学的教师、翻译、研究工作者，时时觉得未能尽职尽责而惴惴不安。”而“向人呼吁不如从自己做起”，他下定决心：“吾往矣！”像负重的骆驼，硬给自己“戴上枷锁”，去摘取那辉映在“天方”夜空里的星辰。

这部《阿拉伯古代诗选》就是他自改革开放以来，在教学、科研以及繁忙的社会活动之余，在研究、译介阿拉伯古代诗歌方面取得的可贵成果。它囊括了自贾希利叶（蒙昧）时期（475—622）至近古衰微时期（1258—1798）130余位诗人的400余首诗，其中包括被誉为“王冠上的珍珠”的乌姆鲁勒·盖斯、祖海尔、安塔拉等人的“悬诗”。无怪乎翻开它就像走进长满奇花异卉的花园，我们不止一次踏进这花园了，而这次我们只为寻访其中的一位诗人——艾布·努瓦斯。

自公元758年阿拔斯王朝第二任哈里发曼苏尔定都巴格达后，阿拉伯的军事扩展基本结束，随着政治、经济的发展，科学、文化和百姓生活也呈现出一派繁荣景象。至哈伦·拉希德（786—809）及其后的马蒙（813—833）任哈里发时代，更是如日中天。正如我国历史上政治经济发展“鼎盛时期”的唐朝开元时期，那时的西安与巴格达，恰如“丝绸之路”上相互辉映的两盏明灯。而提到“盛唐”，不能不提及李白，提到阿拔斯王朝，自然要提到毁誉参半却独领一代风骚的艾布·努瓦斯。

我们是从《天方夜谭》里描述哈里发哈伦·拉希德微服私访的故事中知道艾布·努瓦斯的。上世纪八九十年代我们在巴格达工作期间，在艾布·努瓦斯大街上看到根据《天方夜谭》故事创作的山鲁亚尔和山鲁佐德的栩栩如生的雕像时，艾布·努瓦斯随同哈伦·拉希德在底格里斯河的游船、酒肆、风月场中演绎的那些风流韵事便又浮现脑海。后来又听到许多有关艾布·努瓦斯的传说，并在友人指点下，在一个高档住宅区的小广场上找到他的雕像。那是雕塑家伊斯梅尔·土尔克1963年创作的：艾布·努瓦斯身着长袍，头缠布巾，坐在基座上，右手扶膝，左手擎着酒杯，仿佛在说：“来呀朋友，酒最能消忧解愁！”那神情，让我们联想到国画家蒋兆和差不多同期根据杜甫“敏捷诗千首，飘零酒一杯”诗意创作的李白像。不过那时，我们只知艾布·努瓦斯与李白同是站在时代巅峰的诗人，却未读过他的诗。所以，打开这部《诗选》，就像当年寻访他的雕像一样，急切切地想读读他的诗。

与出生在中亚碎叶（今吉尔吉斯斯坦和哈萨克斯坦一带），素以“布衣”自诩的李白相似，艾布·努瓦斯（762—813）生于波斯胡齐斯坦农村，幼年丧父，家境贫寒，成年后去巴格达，由于才华出众，得到宫廷特别是哈伦·拉希德的赏识，一度成为其“新宠”。然而，伴君如伴虎，“布衣”出身的他，不惯宫廷的繁文缛节，又恃才傲物，不齿于效仿穆·本·瓦立德等宫廷诗人，一味承袭古风，不惜用铺张、华美的辞藻向哈里发及显贵们献媚取宠。即便是受命赋诗，也不甘逢场作戏，沿袭自“悬诗”起便形成的以荒漠中已成废墟的先贤或情人的旧居起兴的呆板模式。他在《遵命照办就是》一诗中直陈：“还是得在诗中写上那些废墟遗址／尽管比起咏酒，那些玩意儿不值一提／是权贵让我去描述废墟／我对他的命令无法抗拒／信士的长官，纵然你强我所难／我也只有遵命照办就是……”刚直不阿，诗如其人。也正由于艾布·努瓦斯来自民间，其诗多受民风、民谣影响，直白、明快，甚至以日常俚语入诗。这倒为惯于书写冗长铺垫、华美绮丽却又呆滞、程式化颂诗的阿拉伯诗界引来一股清风。“我随心所欲，不受羁绊，岂管人们蜚语流言。／我觉得最大乐趣是夜晚，裸体舞女伴着管弦。／一旦下榻于济·图鲁赫，歌女放喉，曲由我点。／享乐吧！青春不会永存，举杯畅饮，从夜晚到白天！”（《随心所欲……》）以及“她没有罪过，只是／爱情好似枪尖，／总在这颗心中刺戳，／于是——心被伤遍”（《她没有罪过》）等，无不朴拙、平实，直抒胸臆，深受人们喜爱，却也受到某些习惯于因循守旧的宫廷诗人的妒恨与诟病。

而今，每当看到酒馆中高悬的“太白遗风”的匾额，总会想到杜甫的那首“李白斗酒诗百篇，长安市上酒家眠。天子呼来不上船，自称臣是酒中仙”。艾布·努瓦斯的诗作，也几乎首首都飘着酒香：“勿为莱拉哭，勿为杏德悲，／手中酒红如玫瑰，且为玫瑰干一杯！／一杯美酒喉中倾，两眼双颊红霞飞。／酒如红宝石，杯似珍珠美，／面前窈窕一淑女，尽握掌心内，／手自倾酒眼倾酒，能不令人醉复醉。／同座一醉我两醉，谁人能解此中味？”（《我两醉》）“莱拉”、“杏德”均系阿拉伯女人名，此处指美女。诗人自酌自嘲的放浪神态活灵活现，让人想到李白的《月下独酌》：“花间一壶酒，独酌无相亲；举杯邀明月，对影成三人。……暂伴月将影，行乐须及春。”而艾布·努瓦斯的“美酒似能遂心愿，／愿它是啥就似啥；／岁月似水洗其身，／世上唯留其精华；／望去恰如一束光，／只能眼看不能拿”（《咏酒》）；“管弦声伴美酒香，／手舞足蹈心欲狂。／声色似海任我游，／道统外衣弃一旁。／随意戏谑何为羞，狂欢豪饮敢放浪”（《管弦声伴美酒香》）；“是酒就说明白，让我豪饮开怀！／别让我偷偷地喝，如果能公开。／人生就是酒醉一场又一场，／唯有长醉岁月才逍遥自在。／在清醒时我总是失意潦倒，／醉如烂泥才走运发财。／大胆指名说出我之所爱，／欢乐幸福怎好遮遮盖盖！／寻欢作乐难免放荡不羁，／循规蹈矩岂能欢快？／哪个酒徒不似新月当空，／周围美女如群星大放光彩”（《人生就是酒醉一场又一场》），也让我们联想到李白的诗句：“人生得意须尽欢，莫使金樽空对月”；“……三杯通大道，一斗合自然。但得酒中趣，勿为醒者传”；“古来圣贤皆寂寞，唯有饮者留其名”……

早在伊斯兰教产生之前，西亚各游牧民族已掌握酿酒技术，尽管伊斯兰教义禁酒，但也并不妨碍诗人借酒托物兴怀，如女诗人、哈伦·拉希德的胞妹欧莱娅·宾特·麦赫迪就曾写过《知心者唯酒》：“我孑然一身，知心者唯酒，/我们卿卿我我，谈个不够；/我与它结为密友，是因为/无人愿陪我一醉方休！”表明阿拔斯王朝的社会生活、民族文化与宗教信仰等方面还是比较宽松的。但它毕竟是以伊斯兰教为国教的政教合一的国家，许多犹太、基督、火祆等异教徒，为猎取声名、地位，纷纷改信伊斯兰教。而艾布·努瓦斯不仅屡屡触犯教规，还公然嘲讽阿拉伯人和社会地位崇高的宗教人士：“……当年洪水一片，把大地淹没，/这酒正是诺亚方舟所载的货色。/几度沧海桑田，几度悲欢离合，/直至一个波斯王将它收藏，舍不得喝。/他把它深深地埋在地里，/此后又是几多春秋度过！/那里，凯勒卜人从未到过，/也没有什么阿布斯、祖卜彦部落……/那里没有阿拉伯人充饥的沙漠苦果。/有的只是石榴花红似火，/还有桃金娘、玫瑰和百合……”；“研究宗教的人啊！/什么这个见解，那个见解，/在我看来，你所说的一切，/唯有死与坟墓千真万确”；“……我们如果不急于进天堂，在世上又怎能把美酒忘掉！/说教的人！让我喝，别

作者在艾布·努瓦斯塑像前

管我！我至死同酒都是莫逆之交。/一旦我死了，把我埋在葡萄树下，让葡萄的汁液把我骨头浸泡！”他反对禁酒：“我要为酒大声地哭泣，/因为经书竟把它列为禁忌。/纵然禁忌，我也要开怀畅饮，/因为我向来不肯循规蹈矩”；甚至公然把伊斯兰教徒视为神圣功课的诵经与被列为“犯禁”的饮酒并提来嘲弄、戏谑：“酒囊摆一边，/经书共一起；/美酒饮三杯，/经文读几句。/读经是善举，/饮酒是劣迹。/真主若宽恕，/好坏两相抵。”对责难，他大声反驳：“啊，责骂我的人没完没了，/玩乐是我的事，不要你唠叨！”“我碍着人们什么了？何必对我大肆诽谤！/人们有他们的宗教，我有我的信仰”；“若有地方能让我喝个痛快，/斋月里，我不会等到开斋。/酒这东西喝起来可真奇怪，纵然担罪名，也请豪饮开怀！/啊，对美酒佳酿说三道四的人，你进天堂，进地狱，且让我来！”……显然，这已远远超越了伊斯兰教规的底线。他纵有天纵之才，哈里发的宽容也是有限度的。再加上哈里发身边那些察言观色的肖小的谣琢、谗言，艾布·努瓦斯失宠下狱便不足为奇了。

据说，他获释后曾远赴埃及，依旧穷困潦倒，后又返回巴格达，投奔新任哈里发艾敏门下。但艾敏遇刺后，他失去依傍，不得不有所收敛。其诗也转向多为劝世、苦行、乞求真主宽恕等内容，早年狂放却敢怒、敢骂，灵动、明快的诗风已荡然无存。而李白面对谗毁与流放，虽然也曾满怀积郁、愤懑：“弃我去者，昨日之日不可留！乱我心者，今日之日多烦忧！”“人生在世不称意，明朝散发弄扁舟”，但他的诗：“抚剑夜吟啸，雄心日千里”；“长风破浪会有时，直挂云帆济沧海”。依旧是“器度弘大，声闻于天”的时代强音。其饮酒，也“非嗜其酣乐”，而是“取其昏以自富”：“愁来饮酒二千石，寒灰重暖生阳春”。虽际遇多乖，也始终以“布衣”身份与“田舍翁”等息息相通：“相携及田家”，“美酒聊共挥”，从不唐突颓废。这一点较之李白，艾布·努瓦斯怕还是难以企及的。

但对艾布·努瓦斯，百姓们心中自有另一杆秤。他们除喜爱他直白、豪放又朗朗上口的诗歌外，更爱他敢于蔑视宗法、权势，追求自由、公正的个性。千百年来，人们不仅把他作为阿拉伯民族的伟大诗人缅怀、景仰，而且像我国民间流传的李白命位高权重的奸宦高力士为其脱靴的传说一样，将艾布·努瓦斯的奇闻逸事演绎成一个个勇于蔑视宗法、权势，嘲弄奸佞的智者的故事，代代传颂。

艾布·努瓦斯的诗作不过是曾辉映在“天方”夜空的繁星中的一颗，和花园中那奇花异卉中的一朵，却已令我们像饮下一杯醇厚、浓烈的美酒，兴味盎然，感奋不已。正由于跻昆学长勇于担纲、不畏危艰的敬业精神，和他一贯坚持的“既要对得起作者，也要对得起读者”的负责态度；加上他对中国文学，特别是与诗歌相关的各种文学形式的深厚功底，翻译时像古代苦吟诗人那样，不放过每一处难点、疑点，反复斟酌、推敲，既考虑原诗内容、形式、韵律和语言运用技巧，又兼顾中国读者的要求、习惯，力求做到“意美、音美、形美”，亦即严复老先生提出的“信、达、雅”，方取得这可贵的成果。自然，这选本中也未必每首诗都译得尽善尽美，个别句子也有为押韵而影响通顺，如“酒通过他们的个个关节/好似痊愈在病中行走”，似需再斟酌为好。然而，瑕不掩瑜，毕竟他是第一个敢向“天方”星海摘取星星的人。

（完稿于2013年4月7日，载于《世界文化》2013年4月号）

马金鹏教授和他译的《伊本·白图泰》

伊本·白图泰是中世纪著名旅行家，公元1304年2月生于摩洛哥丹吉尔一位穆斯林法官世家，自幼受过良好教育。一个偶然机会，他看到著名学者伊德里斯1142年绘制的平面球体世界地图，引起他的兴趣，也激起了他当旅行家的强烈愿望。

他的旅行生涯是从1324年第一次去麦加朝觐开始的。他自丹吉尔出发，在埃及和叙利亚，由于投拜著名穆斯林和苏菲派圣者门下，使他声誉倍增，为日后以学者身份游历创造了条件。1326年他离开麦加，向东、向北穿过茫茫沙漠，拜访了圣地伊斯法罕、设拉子，经巴士拉、纳杰夫，到巴格达。当时巴格达尚未从旭烈兀劫掠中恢复，他却在那里遇到伊尔汗君主，并受邀造访了伊尔汗国都、当时西亚首屈一指的商贸中心大不里士。1327年他再赴麦加朝觐，并在麦加与麦地那两地定居，筹划新的旅行。1330年，他自红海南下亚丁，并借季候风沿东非海岸访问了摩加迪沙、蒙巴萨、桑给巴尔。回程经阿曼、霍尔木兹海峡，于1332年返回麦加。后来，他计划去印度，因无直达船只，便绕道小亚细亚，经克里米亚转赴北高加索，到伏尔加河下游的金帐汗国首府萨拉伊，其间还访问过拜占庭首都君士坦丁堡。尔后穿过中亚草原，抵达撒马尔罕、布哈拉，经阿富汗越过兴都库什山，于1333年抵达印度首都德里。当时，德里苏丹穆罕默德·图格拉克正急于延揽熟悉伊斯兰教法的人才，当即任命伊本·白图泰为德里大法官。1342年，苏丹欲派人出使中国，伊本·白图泰志愿衔命前往，以了却多年夙愿。但去中国的行程并不顺利，先是遭印度教徒袭击，几乎丧命，后又遭遇风暴，乘坐的船只被苏门答腊当局扣留，他侥幸躲过一劫。而此时，德里的苏丹已被印度教徒推翻，他只好流落并滞留马尔代夫。直至1345年，他才设法搭上一艘中国船，经马六甲海峡抵达刺桐（泉州），受到热情款

年轻时的马金鹏教授

《伊本·白图泰游记》书影

待。后来，他又去过汗沙（杭州），并沿京杭运河到了汗八里（元大都）。1349年11月他回到故乡，始知父母都已死于瘟疫。屈指算来，距他离开已整整过去25年！后来，他又去过西班牙、苏丹和马里，直到1353年奉召回国。他毕生行程长达12万公里，在蒸汽机发明以前是无人能企及的。他不仅完善与修正了伊德里斯的地图，而且还详细记录了沿途的见闻与资料，这便是他晚年口述、由学者伊本·朱赞笔录并润色的具有恒久历史、地理、人文价值的《伊本·白图泰游记》的由来。

我们最早听说伊本·白图泰，还是上世纪50年代在北大听马金鹏老师授课时讲的。

前年，我们乘去厦门鼓浪屿疗养之机，特意造访了泉州——《伊本·白图泰游记》中提到的“刺桐”。刺桐，南方落叶乔木，花色殷红，泉州街道、公园广为种植，花开时节满城红红火火，象征吉祥富贵，是泉州的市花。唐代曹松在《送陈樵书归泉州》诗中便有“帝都须早入，莫被刺桐迷”之句，自那时起，“刺桐城”便是泉州的别称。说来也蛮有趣，刺桐外文名Zayton，与阿拉伯文的“橄榄”同音，地中海沿岸包括摩洛哥都盛产橄榄，伊本·白图泰对它自然十分熟悉，所以一听说刺桐，便认定指的是橄榄。《游记》中说：“我们到达中国的第一座城市，就是刺桐城。这座城市，甚至全中国、印度都没有橄榄，却以橄榄名之。”足见他并未弄清中国的刺桐与橄榄是两回事。泉州于唐景云二年（711年）设州治，“安史之乱”后，由于自中国通往西域“陆路不靖”，海上贸易逐渐发达起来。南宋末年，泉州已与广州齐名。至元代，更是“番货远物，异宝奇玩之所渊薮，殊方别域”的“七闽之都会”。伊本·白图泰造访泉州时，恰逢泉州繁盛之时，如《游记》所述：“刺桐城的港口是世界大港之一，港内泊巨舸百艘，小船无数。”他谈到丝绸：“当地产丝绸极多，一件布衣，可换绸衣多件。”谈到瓷器：“瓷器价格在中国，如陶器在我国一样或更为低廉。中国瓷器运销印度，直至马格里布，是瓷器中的精品。”他赞扬中国人的绘画技巧：“我只要走进一座城市，不久再回来时便看到我和同伴的像已被画在墙上、纸上，陈列在市场上。”这颇令他“惊异”。我们在泉州开元寺外广场小憩，见画家设摊为游客作画，忽想起《游记》所述，莫非泉州人真有绘画传统？《游记》也详细记述了中国的交通、船舶管理制度、货币、治安措施等。在记述穆斯林生活时，他说：“中国各城市都有专供穆斯林居住的地区，里面有供举行聚礼等活动的清真大寺。”他一到泉州，便被友人引荐给“衙门主管”，“承蒙他把我安置在一座美丽的住宅里，穆斯林法官和商人舍赖奋·丁来看我，他能背诵《古兰经》并常诵不断”。那时，泉州云集着大批来自阿拉伯与波斯的客商，现泉州伊斯兰教协会副会长黄文铿先生陪同我们参观艾苏哈卜清真寺时，我们从门楼甬道北墙一块阿拉伯文古碑斑驳的字迹上得知，它始建于公元1009年，是泉州最古老的一座清真寺，300年后即公元1310年由来自波斯设拉子的富商鲁伯克·哈吉重修。黄先生说，《游记》中提及的那个“能背诵《古兰经》并常诵不断”的大不里士商人也是波斯人。抚摸着古碑斑驳的字迹，我们不禁又想起当年在北大听马金鹏老师授课的情景。

1956年我们初进北大，由邬裕池先生担任启蒙老师。当时，学校学习气氛很浓，为响应党中央“向科学进军”的号召，我们每天宿舍、教室、图书馆“三点一线”乐此不疲。大约自大二下学期起，我们开始授业于马金鹏老师，那时他已届中年，不像邬裕池与陈嘉厚老师都刚刚毕业，比我们大不了几岁。印象中，马老师质朴、谦逊，穿一身半旧蓝布中山装和一双黑布鞋，却总是干干净净，向后梳的略显花白的头发也总是清清爽爽。因为骑车，他裤脚上总夹着一个夹子。他教专业课的精读与泛读，厚厚两大本讲义，有学校生活，也有选自阿拉伯中小学课本的短文、童话等，其中就有《伊本·白图泰游记》选段，内容庞杂，难度也比大一提高许多，但同学们怀着求知的渴望，依旧勤奋学习。阿拉伯语专业的师生都知道刘麟瑞老师素有“金嗓子”之誉，而马老师除写一手漂亮板书，也有一副清亮宽厚的嗓音，这大约与他曾担任过清真寺的教长，常为教民高声朗诵与宣讲《古兰经》有关。早年他去开罗留学前，在清真寺的回民学校学过背诵《古兰经》，但一到开罗就暴露出许多问题，于是他从字母发音学起，每日晨礼后，边诵读《古兰经》边体会经义，终于可以用纯正的阿拉伯语和埃及学生交谈了。他常以此为例，强调学外语要大声朗读，眼到、口到、心到，不仅能加强语音训练，更有助理解与记忆。他还常介绍有关阿拉伯历史、风情、文化，如“悬诗”、《伊本·白图泰游记》、著名童话寓言《卡里来和笛木乃》等。有一次，在谈到翻译时，他举了“空话”两个字，说在口语中可以直译，如果译诗，直译就不够文雅。应当选哪个词呢？他说他想了很久，后来偶然看到一个成语，感到很适合，接着写出那句阿拉伯古诗和译文：“若想摘取星星，就得插翅上天，不能徒托空言。”尽管我们并不觉得用“徒托空言”有多么文雅，但马老师严谨、一丝不苟的学风却给我们留下极深的印象。然而后来，自“红专辩论”起，“红专”、“白专”这一直纠结不清的问题，每次政治运动都被反复提及，而且调门儿越来越高。正常的教学秩序被打乱了，我们尊崇的教授、专家，不是被扣上“右派分子”的帽子，就是被批得灰头土脸，弄得人人都无所适从。特别是我们阿拉伯语专业，除邬裕池、陈嘉厚老师是解放后北大设立阿拉伯语专业以来“正规培养的”毕业生外，其余以马坚教授领衔的包括刘麟瑞、马金鹏、王世清、杨有漪几位老师，都是早年由伊斯兰教会派往埃及留学的宗教学者。尽管他们在党的领导下，在教学岗位上兢兢业业任劳任怨，把几十年辛勤学到的阿拉伯语知识传授给我们新一代学子，却仍难摆脱什么“宣扬宗教意识和资产阶级思想”的恶名。由于怕被扣上“白专”帽子，过去座无虚席的图书馆变得空无一人，学生和老师也拉开了距离。同马金鹏老师，我们再也没有像大一时那样无拘无束地闲谈了。

以致前不久，当接到母校纪念马金鹏老师百周年诞辰学术研讨会的邀请时，我们才顿感对马老师的经历、为人和他的教学成果与学术思想都了解得太少了。

我们是带着歉疚与“补课”的心情去参加研讨会的。会上，从先是马老师的学生，毕业后又在北大同马老师共事几十年的张甲民、仲跻昆学长，与晚我们几届的学友朱威烈、郅溥浩，以及马老师长女马博华女士的发言中，才对马老师有了更多了解。马老师1913年出生在济南一个穷苦回民家庭，自幼在清真寺自办的学校学习，每天只能吃两顿小米粥、玉米饼子和一两根咸萝卜，这还是教民捐助的。也是靠着教民捐助，毕业后他被派往埃及艾资哈尔大学深造。他一直怀着感恩的心努力学习，学成后仍回原校任教。抗战爆发后，随学校迁往桂林、重庆，继而又经过三年解放战争，他一直兢兢业业践行着学校的“三长教育”：回民小学校长、群众团体会长和清真寺教长。直到1953辞去上海福佑路清真寺教长之职，应聘北大，他先后从事阿拉伯语教学、翻译工作60年，不仅为国家培养了大批阿拉伯语骨干，还为朝鲜、越南留学生讲授阿拉伯语。在担任教学工作的同时，他还曾为周总理当过翻译，参加过《中阿大辞典》等多部辞书的编纂工作。除《伊本·白图泰游记》外，他还翻译过《衮衣颂新译》、《古兰经译注》、《穆圣传记》等专著20余种，是资深的教育家、翻译家与宗教学者。早我们一年入学的张甲民教授，入学时便师从马金鹏老师，就像我们当年课余常去邬裕池老师宿舍一样，他和同学几乎每周都去马老师家做客。马老师夫妇和子女视他们如家人。马老师育有七个子女，孩子多，生活拮据，但马老师心灵手巧，“里里外外一把手”，硬是把教学研究与家庭生活、子女教育安排得井井有条。他不仅自己补衣服、袜子，还把买东西的包装纸、撕下的日历等都留下备用，甚至吃剩的鱼骨、鱼刺，也放在炉台上烤酥作“钙片”。没钱买糖果，他便把用糖票买的砂糖熬成糖稀，一滴滴滴在菜刀上，凝成的糖块便是糖果。有一年，男孩子流行穿夹克，他去买来一件，和老伴用旧报纸比照着剪成纸样，再按比例裁剪布料，用缝纫机加手工做成夹克，让哥哥弟弟一人一件。夏天，他用布条和老伴纳的鞋底或穿坏的球鞋底给孩子自制凉鞋；冬季，他用废木板安两根粗铁丝，配上两根木棍，给孩子做冰车。可喜的是，七位子女都没有辜负马老师尊崇的穆圣的生育、养育、教育的理念，都学有所成，成为“对社会群体有贡献的有用的人”。马老师在天有灵，也会欣慰的。

作者在泉州清净寺门前

自然，马老师的主要精力还是用于教学、翻译与研究，他特别注重语法体系等基础教育。相比之下，北大学生基础打得比较扎实，是与老师们的重视与教育分不开的。马老师经常说："在北大，我感到教学要求很高，必须奋起直追，才不至于落后。"这些，无疑都为我们树立了榜样。我们在学校时便听说马老师课余正翻译《伊本·白图泰游记》。但后来，包括《伊本·白图泰游记》选段在内的与政治无关的内容，都被认为"不突出无产阶级政治"，从讲义中删除了。然而，1963年周总理访问摩洛哥时，哈桑二世国王曾谈及《伊本·白图泰游记》，周总理随即指示：应组织力量把这些宝贵文献翻译出版。我们想，周总理的指示对马老师无疑是巨大的鼓舞。后来听说，他果然在继续翻译，但"文革"一来，又被迫中断。随学校"下放"江西鲤鱼洲时，他每天劳动十几个小时，自然更谈不上翻译了。他把周总理的指示看作对自己的嘱托，每每忆及，总感十分焦虑。"文革"后，教学工作渐入正轨，马老师除全力搞好教学外，又抓紧时间继续翻译。上海外语学院的朱威烈教授在北大读书时，便知道马老师对伊本·白图泰很有研究，在筹划编辑出版《阿拉伯世界》双月刊时，便热心向马老师约稿。80年代初，我们回国休假时，果然在《阿拉伯世界》上读到马老师译的《游记》。译稿在《阿拉伯世界》连载后，在社会上引起广泛关注，1985年，宁夏人民出版社将它正式出版发行。这次研讨会上，朱威烈教授除回顾马老师不计名利低调做人，而把满腔热忱付诸教学工作之外，也着重回顾了马老师20余年来如何以坚韧不拔的精神坚持翻译《伊本·白图泰游记》，回顾了他在翻译过程中所经历的种种磨难：因《游记》时间久远，内容庞杂，又无注释本，仅书中出现的国家、城市当时与现在的名称，各地的总督、苏丹、君主、可汗等官员与头面人物，不同国家的不同称谓等，便须一一详查各国古今典籍，加以考证。不然，读者读来便会云遮雾罩，不知所云。其难度可想而知。而马老师在这方面一直坚持他一贯的兢业、求实、一丝不苟的作风，终于译完了这部巨著，不仅了却了几十年的夙愿——为完成周总理的嘱托尽自己的绵薄之力，也为中国—阿拉伯文化交流史填补了一大缺憾。《伊本·白图泰游记》中文译本的出版，可以说是马金鹏老师倾毕生心血完成的一项可喜可贺的重大成果。

回想我们上大学时，全国仅北大一所高校开设了阿拉伯语专业，而今已发展到40余所。薪火是靠一代代人辛勤传递的，我们不应忘记，最初传递那一星火种的，却是马金鹏、马坚、刘麟瑞、王世清、杨有漪几位回族的伊斯兰教学者。尽管他们如今都已过世，但他们传下的珍贵薪火却仍在一代代传承。

（2013年8月8日完稿，载于2014年2月19日《中华读书报》）

“阿拉伯的白求恩”
——怀念叙利亚著名诗人、作家萨拉迈·奥贝德

叙利亚著名诗人、作家萨拉迈·奥贝德是中国人民的老朋友。为了纪念奥贝德先生逝世30周年，这两天，前阿拉伯文学研究会会长仲跻昆教授不顾溽暑，连续给阿语界学友发来他精心制作的有关与奥贝德先生交往的文章与译诗，不禁引起我们对这位老朋友的深切怀念。

我是1964年第一次去叙利亚工作时认识奥贝德先生的。那时正是暑期，我国一批留学生恰在这时抵达，使馆决定为他们请一位辅导老师，最中意的人选自然是老朋友萨拉迈·奥贝德。因为他不仅是叙著名诗人、作家，还曾经担任过苏韦达省的教育厅长，有丰富的教学经验。然而，他家远在百公里之外，身体又不是很好，会不会强人之难？当李参赞同他商议时，他却爽快应承，令大家感慨不已。

那时叙、以两国为争夺雅尔穆克河水源，每天相互炮击；叙内部复兴党各派系明争暗斗，政变频发，让我这初出国门的年轻小辈顿感“压力山大”。平时，在随同使馆领导作翻译与叙各界人士接触中得知，叙80%以上人口信奉伊斯兰教，而除逊尼、什叶两大教派外，还有德鲁兹、伊斯梅尔、阿拉维等不同教派。同时也发觉德鲁兹人对中国格外友好，而且大都具有十分鲜明的个性。有一次随武官和德鲁兹友人去德鲁兹山东部沙漠打猎，当如钩的新月升起，大家带着驾车在沙漠捕猎时的兴奋，围一蓬篝火，披满天繁星，就着大饼、红茶，撕吃着烤熟的兔肉，彼此了无间隙地谈天说地。原来，德鲁兹人的先祖也是早年生活在西亚一带闪族的分支，如今分布在叙西南部的德拉、苏韦达，黎巴嫩舒夫山区和以色列卡尔迈勒山、加利利湖及与叙相邻的戈兰高地。这些地区多为土地贫瘠、沟壑纵横的山地，与两河流域的广袤平原和沙漠形成鲜明对比。或许正是这些挺拔险峻的山峦锻造了他们山样的性格，尽管在伊斯兰革命

年代他们与闪族其他支派一样皈依了伊斯兰教，却始终保持着自己特有的习俗与宗教理念。德鲁兹人自古喜爱诗歌、良马、快枪。那些歌唱爱情，颂扬独立、自由的歌谣，他们人人都能脱口而出。而在维护民族独立、自由的疆场上，他们又都是最骁勇的战士。

后来得知，奥贝德正是德鲁兹人。他于1921年生于苏韦达，父亲阿里·奥贝德不仅是著名诗人，还曾领导过1925—1927年德鲁兹反对法国殖民统治的武装起义。起义军曾将溃败的法军围困两月之久，后被殖民者调重兵血腥镇压，奥贝德家族中包括他胞兄在内好几位起义者壮烈牺牲。年幼的奥贝德被迫随家人穿越东部沙漠，辗转流亡沙特、黎巴嫩。他自幼聪颖好学，在困境中依旧坚持不放弃学业，返叙后一边教书、写作，一边继续从事反对法国殖民统治的斗争。由于地缘关系，叙、黎较阿拉伯其他国家更早引进西方现代文明理念，这对奥贝德的文学创作也产生积极影响，他主张文学应摆脱旧程式的束缚，贴近社会现实。他坚持口语入诗，使之通俗易懂，深受百姓欢迎。1943年，他以公元636年伊斯兰杰出将领伊本·瓦里德率领的阿拉伯军团在雅尔穆克战役中重创拜占庭，从他们手中夺回叙利亚与巴勒斯坦的史实创作的歌剧《雅尔穆克》，大大激发了叙、黎人民反对法国殖民统治的热情，并成为黎著名歌后费鲁兹的经典保留曲目。1947年，奥贝德去贝鲁特美国大学进修，学成后归国出任省教育厅长。

尽管那时在使馆一些重大集会上经常见到奥贝德，但我对他也只是仰慕而已，并无接触。

奥贝德（右）与诗人冯至

1966年6月，奥贝德应邀赴北京出席“亚非作家紧急会议”，这喜讯曾在他的家乡引起不小轰动。而那时，“史无前例”的“文革”正在国内迅猛铺开，我们虽身居国外，但从毛主席那张《大字报》的发表，从广播里传来的国家领导人排位顺序的突然变动等，已预感到一种莫名的惊悸与不安。我们私下悄悄议论：奥贝德对此次中国之行寄以那样的厚望，可国内这么乱，他能如愿以偿吗？不久我回国休假，从机场进城的路上，见处处贴满“打倒××”的大标语，三五成群穿着不合体军服的“红卫兵”趾高气扬地走在街头……恍若自己是天外来客，对这一切顿感陌生、困惑，奥贝德会怎么想呢？后来听说，自中苏两党分歧公开以后，原亚非作家会议常设机构正面临瓦解。那次会议正是本着互谅互让精神，弥合分歧、增进团结而紧急召开的，毛主席还接见了与会代表并合影留念。然而，随着“文革”的推进，文化部、作协所属机构早被“造反派”闹得天翻地覆。部分“揭批”与会中国作家代表团成员的大字报、标语已贴上街头。

不久，外交部指示各驻外使领馆除留下少数人维持工作外，包括大使、参赞等主要外交官及留学生一律回国参加运动。直至1967年9月，我因“六五战争”后调研工作的需要重返使馆。一天路过大马士革市中心的东巴基书店，见到奥贝德的新著《东方红》。原来，他去北京出席会议后，又应邀访问了上海、杭州等地，这本书正是以他此行的见闻、感受，参照相关资料加工编撰而成。书中对“文革”中负面的东西很少提及，更多的是介绍新中国成立以来方方面面的巨大成就，及中国人民艰苦奋斗、蓬勃向上的精神面貌，在叙读者中颇受欢迎。

跻昆文章中提到：“我同班同学，曾任驻叙利亚、黎巴嫩武官的曹彭龄告诉我一件趣事：一次他们到德鲁兹山区要找奥贝德家，向一位德鲁兹老人问路，老人得知他们是中国人时，竟开玩笑说：‘你们是从这里去中国的，怎么现在回来连路也不认识了？’”其实，这件趣事并非我的亲历，而是我们同事在黎巴嫩舒夫山区的一次经历，我们曾在《路过“呼唤谷”》一文中引述过，是跻昆记混了。但我也确曾就这种“轮回说”请教过奥贝德，那是1967年11月，奥贝德夫妇约请文化处周效良先生去他家做客，由于文化处的阿文翻译仍在国内参加“运动”，老周便邀我同往，这在我正是求之不得的事。那时已到雨季，我们冒雨驱车到苏韦达，受到奥贝德全家的热情款待。闲谈中，我问起德鲁兹族民间流传的“轮回说”，即德鲁兹人死后，将在中国投生。奥贝德认为那可能源于先知穆罕默德的圣训：“求知去吧，哪怕远到中国。”这圣训旨在号召教民不辞劳苦，努力寻求知识。而沿古丝路不远万里运去的丝绸、瓷器、指南针等闪耀着古老东方文明之光的宝物，令人们对中国仰慕不已。在诵读先知圣训时，自然会想现世无缘去中国，来世也当在中国投生。口口相传，便渐渐衍生出那则“轮回说”，它却拉近了德鲁兹山民同遥远的中国的距离。他说：“就像中国有‘一见如故’的成语，德鲁兹人从与中国人接触的那一刻起，就把他当作自己的亲戚……”

谈到对中国的印象，奥贝德说，最令他感慨的是自从摆脱了半封建半殖民地的枷锁，变为自己国家主人之后，中国人民所焕发的自信与活力。他把这种感受写进了那本纪实录式的《东方红》，也写进他在中国创作的诗作中。如《西湖》：

美丽的西湖啊！/你还记得/恶霸和入侵者的队伍/大摇大摆地走过/飘飘裙裾，伴着脂粉、酒香和/歇斯底里的喧嚣/充斥岸上。//这湖曾是那么美丽/它是一个睡梦中被卖与陌生人的姑娘/她的呻吟在买主听来/宛若鸟儿歌唱/她的泪水在买主杯中/无异美酒佳酿。//美丽的西湖啊！/如今你唱着/胜利的歌谣/枝叶间，小鸟、花朵在舞/夜空里，群星、月亮在笑/但我从你眼里/读出轻微的战栗/当你忆及旧时的忧伤//莫要悲戚！/阴暗的岁月不再复返/黎明已将它消亡。

他深情地说：“中国这种今非昔比的鲜明变化，让我想到任何一个弱小民族要想获得真正独立、自由，就必须像中国一样赶走那些‘恶霸和入侵者’……”

那时，他似乎正赶写一部有关阿拉伯人民反对法国殖民统治的长篇，后来才知道，那部长篇是以他的一位同乡为原型创作的《艾布·萨比尔》。这部小说后来荣膺叙文化部颁发的长篇小说奖，他将全部奖金赠予了那位生活拮据的同乡——小说的主人公的原型。

那次在奥贝德家，确像在亲戚家串门一样，聊得竟忘了时间，以致不得不冒雨赶夜路返回。就在快驶离奥贝德居住的小镇时，司机忽见仪表显示油料示警，来时匆忙，竟忘记加油。而此刻，四周一片漆黑，用油箱剩下的那点油对付着开到镇口的加油站，那里同样漆黑一片，敲门敲窗全无人应。就在我们六神无主的时候，附近一个窗口透出了灯光，大概是我们敲门窗和呼唤惊动了邻人。门开处走出一位中年人，当他弄明白我们的遭遇时，宽慰说：“别急，会有办法。”说着，去把他的皮卡开到我们车旁，又找来一截皮管插进他车的油箱，另一头含在口中，憋气猛吸直到吸出汽油，再把管子从嘴里拔出插入我们车的油箱口。我们这才明白，他是在用虹吸原理把他油箱里的油输给我们应急！我们感动得不知如何是好，老周要付给油钱，他怎么也不收："这绝对不行！奥贝德教授的朋友，就是我们所有德鲁兹人的朋友……"多亏司机想起后备厢还有两三筒茶叶，想不到这时却派上了用场，我们再三解释："这只是请您和家人尝尝中国茶叶，因为我们之间的情谊是多少金钱也换不来的，它已深深地印在我们心里了。"他这才笑着收下，并一再叮嘱，下次一定去家里坐坐。待我们的车开到前面拐弯处，还看见他的身影站在那扇唯一亮着灯光的门前。

1972年，奥贝德以专家身份应聘北大，当时他还有另外两种选择：去沙特或科威特，而且月薪都超过2000美元。但他却选择了去月薪仅100多美元的中国，而且一待就是12年！由于奥贝德熟悉中国学生，加上他渊博的学识和丰富的经验，讲课时总是深入浅出、循循善诱，课堂上时时传出他和学生互动时愉快的笑声。授课之余，他还常为我国年轻教师释疑解惑。在编纂《汉语—阿拉伯语词典》这一代表"中阿文化、学术合作结晶"的浩繁工程中，奥贝德更投入大量时间、精力，发挥了"独特作用"。在这十余年里，他还常应约参加由北大、外交部、新华社等部门临时组成的班子，对人大、党代会及《毛选》等重要文献的阿文译稿进行修改、润色。那些年，这项工作常被提高到"压倒一切的政治任务"的高度，时间紧、要求高、难度大，不得出丝毫差错。我的妻子章谊就曾多次被抽调参加这一工作，因而也有机会见识奥贝德是如何废寝忘食、兢兢业业、一丝不苟地工作的。在翻译讲稿特别是毛主席诗词中，遇到唯有汉语中才有的典故、成语等，如何译得通晓、流畅又不失原意，都曾让大家费尽周折。有的还不得不留待奥贝德及刘麟瑞教授等重量级专家定夺。至今，只要一提及奥贝德，他工作时的音容笑貌便像电影胶片似的，一幕一幕又清晰地浮现在章谊和与他们一起工作过的同事眼前，久久挥之不去。作为文化交流使者，奥贝德除上述繁忙工作之外，还协助新华社、国际广播电台以及《中国建设》杂志等单位译稿、改稿和培养人才。同时，还将翻译的叶圣陶等创作的童话、唐宋诗词以及撰写的有关中国的文章寄给阿拉伯报刊发表。而作为诗人，每当诗的灵感拨动他的心弦，他也必将它信笔记下。如1973年4月写的《雨之歌》：

啊，大地/为雨的进行曲/欢笑，欣喜/如同园圃的枝叶/梦想着春风与花朵/我的心也这样歌唱/为雨的进行曲//因为我，大地，来自你/也回归你/我活着，不再孤寂/这里，我的亲人们是建设者/他们一手拿镐/一手扣着枪机/而在那里/大地为我勤劳的民众欢笑/他们一手拿镐/一手……拿着绷带/我不知道……/何时会治愈创伤/让武器在人民手中歌唱？/

这首诗看似触景生情，却反映了他由北京的一场春雨联想到万里外的祖国，和对“六五战争”后阿拉伯世界一直处在战败的阴霾中，那不战不和的局面，让他这位酷爱独立、自由的德鲁兹山民的弟子痛感憋屈、难耐的心境。他多么希望阿拉伯民众能早日疗好创伤，重新奋起啊。

奥贝德亲切友善、乐于助人，从不摆外国专家的架子。他居住的友谊宾馆从国务院外事局的官员到服务员、门卫，无不称赞他的品德，甚至把他比作“阿拉伯的白求恩”。奥贝德正是以白求恩的那种脱离了低级趣味和狭隘民族主义的国际主义大爱，兢兢业业、全心全意地在中国工作了整整12年。就在准备离开北京时，他写了一首《留别北京》：

北京，那些深藏在心头的/温馨的，色彩缤纷的往事/总时时浮现眼底/他盼望能重回挚爱的中国/看看曾为之祈福的她的明日//如果有一天回来/或许会看这座古老城市/像被施以魔法/变得年轻，迷人/充满热情与朝气

诗中那种对中国、对北京难以割舍的浓浓的情感，和他发自内心的由衷的祝福，无不令人动容。

奥贝德身体原本就不好，据跻昆学长回忆，他每次课余去奥贝德家中求教时，奥贝德因患严重的脉管炎，通常坐在床上，用枕头将双脚垫起，但一工作起来，却常常忘记疼痛。其实奥贝德心里是有数的，却从不肯请假休息。他总是坚持着，总是有求必应加班加点，而从不索取报酬。他未料到疾病竟发展得这样猛、这样快，1984年3月，就在他订妥机票等待航班回国时，曾匆匆写下这样的诗句：

主啊！求你别在这里合上我的双眼！/这里的人们心地纯洁/这里的土地水美林丰/但我思念我的故土/想对那里的山川、海岸/看上最后一眼……//让我在那里活上最后一天！/那里有我的所爱，我的/痛苦与甜蜜的回忆——/流亡的痛苦的童年/花朵般美好的青春/也曾伴随过皮鞭、刺刀/因为不肯向恶势力、傀儡或偶像/献媚、乞怜……//主啊！我无怨无悔/你没见我的心依旧洁净如雪/那就让我在那里合上双眼！/那里有我的挚爱亲朋/眼里充盈着血红的泪水/男人们也知道哭的滋味……

我们不知道奥贝德是如何与他的中国同事们告别，如何艰难地拄着拐杖登上舷梯，怀着怎样坚韧的信念与期盼，忍着病痛，硬撑着回到他的故乡，他挚爱的妻子、女儿和亲朋好友之间的。

人们没有料到，他在回家的第二天便溘然长逝。

人们在他的衣袋里发现这首诗的底稿，显然他还未及修饰、润色。

如今，已整整30年过去，然而当我们一遍遍默诵着跻昆学长传来的这首诗的阿拉伯文原件及译稿时，也禁不住泪水盈盈。

奥贝德离去已整整30年，就像他家乡的父老乡亲们没有忘记他一样，他挚爱的第二故乡中国，和他一起生活、工作过的他的中国同事、朋友、学生，也没有把他忘记。中国驻叙使馆的历任大使、文化参赞依旧像走亲戚一样，去苏韦达看望他的亲朋好友。令大家格外高兴的是，他的外孙女哈依莱在德鲁兹文化传统熏陶和奥贝德精神感召下，特意来中国学习中医，继续传承着奥贝德先生倾心倾力为之奋斗的中国—阿拉伯文化交流事业。

（草于2014年8月，载于2014年11月5日《中华读书报》）

也说《〈一千零一夜〉变奏》

前些日子，阿语界的几位老友聚会时，郅溥浩拿出几本《一千零一夜》新书样本请葛铁鹰教授带给其他译者。《一千零一夜》（亦称《天方夜谭》）无疑是世界民间文学宝库中最艳丽的奇葩，自8世纪末在西亚阿拉伯地区流传，到16世纪经民间艺人、文人学士不断增删、加工，大致成型。17世纪末，更逐渐被译成各种语言文本，有力地推动了世界各地文学、文化的发展。据考证，自中国学者周桂笙1900年在《采风报》发表《一千零一夜》中的《山鲁亚尔及兄弟的故事》开始，中国译介《一千零一夜》故事也有100多年历史了。但最初的中译本多转译自英、法、德、日等文本。1940—1941年，商务印书馆出版了纳训从阿拉伯文译的五卷本《天方夜谭》，开启了中国学者从阿文直接译介《一千零一夜》的先河。上世纪50年代，纳训先生将旧译本从新校勘、翻译，先后于1957年和1982—1984年由人民文学出版社出版约80万字的三卷本，及230万字六卷本的全译本，在中国文学翻译史上树起了一座丰碑。上世纪80年代，也是我国改革开放，中国—阿拉伯文学、文化交往空前活跃的年代。随着中国—阿拉伯文学研究会的成立，仲跻昆、朱威烈、李唯中、郅溥浩、伊宏等新一代翻译家，在刘麟瑞等老一代专家引领下，迅速肩负起阿拉伯文学、文化交往、翻译、研究的重任。有关《一千零一夜》的各种译本与研究文集层出不穷。由于拥有广泛读者，且又无版权之虑，各出版社竞相出版，至今仍方兴未艾。在座的仲跻昆、郅溥浩以及更年轻的葛铁鹰都是有不止一种《一千零一夜》译本及研究专著的专家、学者，哪家出版社想凑热闹，自然都趋之若鹜地找上他们。郅溥浩带来的新版样书，已难以统计是第多少种了。

闲谈间，葛教授忽问我们："令尊也曾编过一本《天方夜谭》，你们知道吗？"我们对此闻所未闻，笑答："哪会呢？他是翻译和研究苏俄文学的，和

《一千零一夜》译本之一（仲跻昆、刘光敏译）

《一千零一夜》译本之二（郅溥浩等译）

这不搭界啊！”不料郅溥浩和葛教授都确认确有其事。事情的缘由是这样的：葛教授不仅是阿拉伯文学翻译家，还是阿拉伯文学译本研究与收藏家。前几年在外经贸大学召开阿拉伯文学研究会年会时，曾参观过他的部分藏品展览，满满的一个大厅，颇令人惊叹。是啊，若无这般厚重的“家底”，他如何在授课与翻译之余，从从容容、举重若轻地写下我国第一部60多万字的纵谈阿拉伯文学在中国的《天方书话》呢！为了收藏和搜集相关资料，葛教授无论到哪里，都留意去图书馆、旧书店。有一次，他在孔夫子旧书网站查询民国时期旧版图书时，发现一本1942年6月重庆文林出版社出版的家父曹靖华编的《“天方夜谭”》，像淘到了宝贝似的急忙将它买下。待收到书后，发现它已残破不堪，原封面已缺失，后来和郅溥浩去上海时还特意去图书馆查寻，并将封面插画与配诗复印下来。葛教授谈时，郅溥浩也一再附和。葛教授说，书的内容确与《一千零一夜》无关，收入的都是苏联反映二战时的小说。这就对了，父亲那时确在重庆中苏文化协会主持编译苏联反法西斯文学作品，可为什么用“天方夜谭”做书名呢？我们猜测这或许是在当年“白色恐怖”下，为逃避当局审查而用的“障眼法”吧。葛教授看我们对此挺感兴趣，当即表示愿将这本藏书无偿奉送。可我们怎好意思接受如此厚重的馈赠呢？这书是葛教授这位研究与收藏家好不容易“淘”来的啊！他却笑着摆摆手：“就这样讲定了。”一周后，在北外聚会时，他果然将装着这本书及他和郅溥浩复印的封面与配诗的塑料封套郑重其事地交给我们，那份认真与真挚，颇让我们动容。

回到家，我们小心地取出书和复印件。书是用很薄的土纸印的，已经泛黄，边边角角都已残破。从书中盖的“中国青少年报图书室藏”的印章判断，可能是当时图书管理员将破损的版权页小心地糊在衬纸上，外面又用白纸做了一个封面，上面用钢笔写着“天方夜谭（苏联小说选）曹靖华等译”及“重庆文林出版社”字样。苏联卫国战争伊始，大批苏联作家、战地记者纷纷报名开赴前线，和战士一起参加战斗。这里选译的，大都是他们在战斗间隙匆匆写出的带着战火硝烟的短文。未看出它与《天方夜谭》有何干系，我们忙查看封面与配诗复印件，这才恍然大悟：原来促使集研究、翻译和收藏《一千零一夜》珍本图书于一身的葛教授，从旧书网上查到此书后，迅即高价出手买下的玄机，就在这书封面的漫画和同题配诗上。

《一千零一夜》故事开篇，是讲古萨珊国王山鲁亚尔发现王后与宫奴通奸，盛怒之下，不仅杀死王后，自己也变成嗜杀女性的暴君。他命宰相每日选一妃子入宫，次日便将其处死，弄得举国不宁。聪慧伶俐的宰相之女山鲁佐德自愿入宫，每夜讲一个荒诞奇妙又环环相扣延绵不绝的故事，听得国王欲罢不能，欲杀不忍，一直讲了一千零一夜，终于使其幡然悔悟。据说这部书最初传往欧洲时，曾被译作《阿拉伯欢娱之夜》，我们先辈绝妙地将它转译作《天方夜谭》。这本书封面的漫画与配诗《德国统帅部的“天方夜谭”》，出自苏联卫国战争时期以“库克雷尼克赛”为共同笔名的三位苏联画家库普里亚诺夫、克雷洛夫、尼古拉索科洛夫和著名诗人S.马尔沙克（现通译马尔夏克）之手。他们巧妙地借用了《一千零一夜》故事开篇的场景，活灵活现地揭示了二战时德国最高统帅部的黑幕。葛教授在《天方书话》中的《〈一千零一夜〉的中国变奏》一文中曾这样描述：“头上打着绷带的希特勒盘腿坐在一个东方式的坐台上抽着水烟，颇似魔瓶的水烟壶中冒出一股浓烟，烟雾尾部为纳粹党徽的一根钎子上插着地球、月球和其他星球；右下方是穿一身古代东方公主服装，貌似木乃伊的隆美尔，跪在地上一边读着‘捷报’，一边摆弄着用骷髅做算珠的西式算盘。”可能是葛教授一时疏忽，把戈培尔误写为隆美尔。隆美尔不是希特勒统帅部成员，而是有“沙漠之狐”之誉的战将，当时正在北非沙漠地域与英国蒙哥马利元帅对垒。而戈培尔是笃信“谎言重复千遍就是真理”的纳粹德国的宣传部长，与盖世太保头子希姆莱是须臾不离希特勒左右的近臣。漫画中，《一千零一夜》里的国王，就是头上打着绷带盘腿坐在东方式坐台上抽水烟的希特勒，正在听打扮成“古代东方公主”赛赫丽莎德（即通译的山鲁佐德）模样的戈培尔“讲故事”——汇报战况。这里需补充一句，阿拉伯古代某些地域的最高权力者统称“苏丹”，通译为国王，其音与魔鬼“撒旦”一词相近，马尔夏克配诗时巧妙地将“苏丹”（国王）换成了“撒旦”（魔鬼），对法西斯头子希特勒及其魔窟更显贴切。同题配诗写道，戈培尔信口胡说的德国的战绩让希特勒不耐烦，他打断了戈培尔的话，又“紧紧地关上了几扇门”，才悄悄地问：“德国的损失是多少？”戈培尔才不得不说：“我主，你的这个问题，／真是颇费踌躇。”因为“我把德国的损失／转入了苏联的账簿！”再看看漫画上他们的丑态，不禁让人连连称妙。对这本书书名的由来，葛教授说：“估计该书中文译名可能被编译者缩略，但保留了引号，以告知读者此书并非那本真正的《天方夜谭》。”我们同意葛教授的分析。我们想，当年父亲编成此书后，面对着库氏生动传神的漫画和马尔夏克绝妙的配诗，定会莞尔一笑，当即在书稿的封面上写下这带着引号的书名。

细看复印的封面，尽管不很清晰，但仍可辨出书名，果然加着引号。而书名上方还印着一行字——“苏联抗战文艺连丛”。我们知道，父亲当年确主编过苏联抗战文艺连丛，但我们原以为这“连丛”主要指父亲主编的由他及其他作家、翻译家译的苏联当代中、长篇文学作品。查阅父亲的11卷《译著文集》中冷柯执笔的《曹靖华年谱》，其中也提到，他40年代在中苏文化协会工作期间……主编苏联反法西斯的“文艺连丛”，计有：《团的儿子》、《人民是不朽的》（茅盾译）；《巴黎的陷落》（袁水拍译）；《虹》、《望穿秋水》、《保卫察里津》（曹靖华译）；《卢笛集》（孙绳武译）；等等，也都是中、长篇小说，多幕剧或诗歌，并未列举这样的短篇小说集。但在《年谱》分年记述中也查到，父亲当时还曾编过这种期刊式的“连丛”，一共出版过两辑，第一辑是1942年1月由重庆文林出版社出版的《剥去的面具》，第二辑便是同年6月出版的这本《“天方夜谭”》。在《译著文集》第十卷中，我们还查到父亲1941年12月末为《剥去的面具》写的编后记，提到这一丛书主要介绍苏联作家、报刊编辑、随军记者以及指战员们在炮火连天的反法西斯战场匆匆写就的文艺短章：速写、短篇小说、报告文学。根据材料多寡、印刷条件难易，大约两三个月出一辑。各辑命名以封面画或辑内某篇篇名灵活处之，并不固定。该辑名《剥去的面具》，同样起自苏联的这“三位一体”的漫画家库克雷尼克赛创作的揭露希特勒撕毁“苏德互不侵犯条约”，悍然大规模入侵苏联的漫画。那一集里除封面画外，还选登了另两幅库克雷尼克赛的漫画：《鬣狗和胡狼》与《戈培尔的酒桶和绞肉机》。

如此看来，五个月之后出版的这辑《“天方夜谭”》，同样沿袭了前一辑的做法。其“保留了引号”的书名，也恰如葛教授所指，是为“告知读者此书并非那本真正的《天方夜谭》”，然而希特勒不仅要统治地球，还要统治月球和其他星球的妄想，及戈培尔鼓动长舌，将德国的损失“转入了苏联的账簿”的骗术，却也堪称“天方夜谭”啊！

父亲对库氏漫画也确实情有独钟。这一辑里，除封面外，还选有三幅漫画，一幅是画家德尼绘的《披着孔雀羽毛的乌鸦》，画面上一只头似希特勒、尾巴上绑几根孔雀羽毛的乌鸦，在不停地噪呱。标题下引了斯大林的一句话：“乌鸦无论如何用孔雀羽毛装饰，它终归还是乌鸦。”另两幅都是典型的“库氏风格”的漫画，并都附有马尔夏克的配诗。其一是《“以太”中的慌乱》，画面上，老鼠模样的盖世太保头子希姆莱，领着一群“特务队”帮手气急败坏地检查广播喇叭，妄图清除批驳法西斯欺诈宣传的正当舆论，但这显然是徒劳的：“……老鼠们卖了力气/但力气似乎白费/在广播的时候/德国又听见了：‘这是胡说，这是扯谎！’/是谁喊的呢——却找不到！”另一幅标题是《疯狂的友谊》，下面有几行说明：报载，轴心国因分割巴尔干之赃物日益反目，希特勒违反1939年德意密约占领斯洛文尼亚，墨索里尼侵入“独立”之哥罗地亚……巴尔夏克配诗只短短几行：“这个会见是多么温存/冷水都浇不开这对友人/于是意大利，德意志/和那癞皮毛同伙/开始了巴尔干的瓜分”画的是几条恶狗为抢骨头而相互撕咬，骨头上分别标着：哥罗地亚、希腊、马其顿。父亲在这一辑的编后记中写道：“这一辑比上一辑要多出一万字，在质

当年曹靖华为鲁迅先生购买的苏联“托格森”特供店销售的《一千零一夜》豪华版（现存鲁迅博物馆）

上比上一辑要好得多，如瓦希列夫斯喀亚的《党证》，威尔塔的《北极圈外》，克列敏斯基的《蜜蜂》，扬诺夫斯基的《丹尼罗老汉》等都不失为艺术的杰构。”对这“连丛”的性质，也作了进一步界定，说它“是介乎丛书与杂志之间的，故原定每辑转载一小部分发表过的东西，但为避免重复起见，本辑除《北极圈外》、《大海上的三昼夜》及《经过战斗的人们》三篇外，余均为新稿，并且决定自下辑起，全部刊载新稿。倘遇好诗，自下辑起，每辑亦拟译载几首。”这一辑共选载18位作者的21篇作品。译者除父亲外，尚有戈宝权、张铁弦、李崴、郁廉、剑萍等。父亲译的作品共10篇，其中除瓦希列夫斯喀亚的《党证》、《一个德国士兵的日记》，卡达耶夫的《他们俩》，巴乌斯托夫斯基的《荒原中的小站》等七篇，后来收入他编的短篇小说集《梦》并收入《译著文集》外，T.戴丝的同名短篇《党证》、沙扬诺夫的《经过战斗的人们》、斯达夫斯基的《战斗的步兵团》等三篇，均未见收入《译著文集》在内的其他集子，所以就更显珍贵了。

但是这一“连丛”，除已出版的这两辑外，却未见如父亲在这辑编后记中许诺的继续出的“下一辑”。《年谱》中亦未述及与说明。当时无论是苏联，还是中国都处在残酷、紧张的反法西斯战争时期，是何原因未能继续编下去？是国际航邮出了问题，致使材料来源不济？还是纸张、印刷、出版、资金周转等方面出现困难？而今恐已难以考证了。由于当时纸张、印刷条件等诸多限制，这本书能保存到今天已实属不易。难怪葛教授交给我们时，将它连同复印的封面与配诗都装在塑料封套里。我们翻阅时，也小心翼翼（只差未戴白手套了）。我们细细阅读了全书，将父亲三篇译文和编后记一一录入电脑，以备将来他的《译著文集》有机会再版时，将其和近年新发现的其他文章与书信补入。我们十分感激葛教授给了我们这样一个机会，使我们仿佛乘坐上《一千零一夜》中的飞毯，得以穿越70余年时空回到童年。那时，我们住在当时还算重庆远郊区的沙坪坝乡间，父亲“三天在城，处理协会事务；三天在乡，搞文字工作”。父亲回乡的日子，无疑是全家最高兴的日子。我们最爱从父亲随身带回的包袱皮里翻看刊物、书籍，专找出图片、漫画，缠着父母讲解。已记不起当年有没有看过这些插画，但对像“库克雷尼克赛”这样绕口的外国名字，却从那时便牢牢记住，每每忆及，都能脱口而出。

话题再转回库氏的这幅《德国统帅部的“天方夜谭”》，父亲当年选它作封面，倒也不全在对库氏漫画的喜爱。其实，他对《一千零一夜》及根据《一千零一夜》神话传说改编的书籍、电影及动漫如《阿里巴巴和四十大盗》、《阿拉丁神灯》、《月宫宝盒》等，也都钟爱有加。上世纪30年代父母客居列宁格勒时，除代鲁迅先生向版画家直接搜集原版手拓木刻外，为帮助鲁迅先生搜集各种画册及带精美插图的俄罗斯及西欧古典名著，还常冒着风雪严寒遍访各书店、书摊、书市。在一种唤名“托格森”的专为国家换取外汇及黄金的特供店里，和古玩、珠宝等陈列在一起的，也有专门印制的带精美插图的《一千零一夜》之类的“出口版”。这对衣袋里只有省吃俭用省下来的一点点卢布的穷教书匠来说，也只能隔着橱窗眼巴巴地看看而已。不料有一天，他去一家熟识的旧书店，老板竟笑容满面地捧出一套唯有在“托格森”特供商店才有的《一千零一夜》“出口版”，尽管无须付外汇和黄金，但那价格也真够他倾家荡产了。父亲将它捧在手里，生怕失去机会，想到绿林好汉为买盒子炮如何不惜钱财，咬咬牙将它买了下来，“当时三口之家的饥寒，也在所不计了”。这在他的散文《雪雾迷蒙访书画》中有详尽描述。如今，这套他花高价买来的“盒子炮”——当年苏联特意印制的《一千零一夜》豪华“出口版”仍珍藏在北京鲁迅博物馆里。父亲在《雪雾迷蒙访书画》中记述，他在列宁格勒“托格森”外汇专供店第一次见到那厚厚的四本豪华精致的《一千零一夜》“出口版”时，由于无钱购买，“我有的只是‘天方夜谭’的美丽诱人的冥想，想着中国读者总会有摆脱啃‘窝窝头’的一天！中国读者将来手中也会有从原文译得很好、印装精致的、附有自己的美术家绘制的插图本《天方夜谭》之类的想头！”甚至说：“梦，当无可奈何时，也会给人带来几许欣慰啊。”

如今，悠悠岁月流水般逝去，世界大变了，中国也大变了。当年父亲冒着列宁格勒的酷寒，在“托格森”外汇专供店面对着那近乎天价的豪华精致的《一千零一夜》“出口版”，脑海中陡然涌现的那种遥不可及却“会给人带来几许欣慰”的“天方夜谭”似的诱人冥想，如今看来或许十分可笑。然而，自纳训先生开创了从阿拉伯文直接翻译《一千零一夜》的先河之后，我国新一代阿拉伯文学翻译与研究者们——仲跻昆、朱威烈、李唯真、郅溥浩、伊宏、李琛、葛铁鹰、蔡伟良、张洪仪以及更年轻的薛庆国、林丰民、邹兰芳等，乘着改革开放的东风，迅速肩负起中国—阿拉伯文化交流的重任，汇成前所未有的集团式的大军。他们除译介各不同年代、不同国家出版的不同版本的《一千零一夜》及相关的研究成果外，还分别就《一千零一夜》在中国的早期传播，《一千零一夜》的主旨、内涵、文化意蕴开展研究，以及将之与印度的《五卷书》、中国的《三言二拍》、意大利的《十日谈》及波斯、俄罗斯、拉丁美洲的民间传说、寓言等进行细致的跨国家、跨民族的比较研究，并都取得了可观的成果。况且，这支队伍仍在一天天扩展。记得2007年我们在大连外国语学院参加阿拉伯文学研究会年会时，在大连出生的会长仲跻昆教授曾感慨地说：“50年代我们上大学的时候，全国只有北大一所高校开设了阿语课，而如今，全国开设阿语课的高校已增加到24所。当初，如果这里也开设阿语课的话，那我在家门口就可以学阿语了。”时间仅仅过去7年，这次我们在北外参加年会时，开设阿语的高校已激增到近80所。仅从提交到年会的论文看，北有黑龙江，南有广西，东有青岛，西有宁夏，也近乎涵盖了全国的四面八方。更何况，自2013年习近平主席出访时先后提出建设“丝绸之路经济带”和“21世纪海上丝绸之路”的构想至今，已获沿线50多个国家的积极响应。而2015年将是这横贯欧亚大陆，东连亚太、西接欧洲经济圈的“一带一路”宏大战略规划做实、做细的重要一年，我们有理由相信，对丝路怀有特殊缱绻情怀的身处中国—阿拉伯文化交流第一线的阿语界的同仁们，定会付出更大的努力。

单就对《一千零一夜》的翻译与研究领域来说，也必将更广泛、细致、深入。较之葛教授撰写《天方书话》专著时提及的《〈一千零一夜〉的中国变奏》，那“变奏曲”也必将更宏伟、更委婉、更动听。

（完稿于2015年1月26日，载于《世界文化》2015年4月号）

难得的会见

——记与埃及女作家纳瓦勒·赛阿达维的会见

收到北京外国语大学薛庆国教授发来的有关出席“埃及女作家纳瓦勒·赛阿达维北外行”活动的邀请，并未感意外。因为在这之前四五天，学长郅溥浩从深圳打来电话已透露了这一信息。他还告诉我们，他和在大连度假的仲跻昆教授届时都将赶回参加，而且都预备把自己编的《世界短篇小说精品文库·阿拉伯卷》和《阿拉伯文学通史》送给她。《精品文库》中收有赛阿达维的两个短篇，而仲教授的《通史》论及“用笔杆作武器，为女性的自由、权利而斗争”的埃及现当代小说界的女作家时，第一个提到的就是赛阿达维。他还提醒我们别忘了将我们译的赛阿达维的小说中译本签名带去，“让老太太高兴高兴，中国对她的作品是重视的……”

那些天，我们一直期盼着这次会见。因为这“迟到的”会见，我们少说也期盼了整整20年。

（一）

最初听说赛阿达维还是上世纪60年代，彭龄第一次去叙利亚工作时，使馆为他们初出国门的年轻翻译聘请的辅导老师——叙利亚著名学者马姆杜赫·哈基教授一次谈及尼罗河三角洲时说，埃及政治上虽摆脱了殖民统治，但农村封建宗族势力仍很强大，农民很少有受教育机会，许多封建陋习，如为防患女孩长大做出“败坏门风”的事而对六七岁女童实施“割礼”，至今还被认为是天经地义的事。对此类陋习，彭龄闻所未闻，十分惊愕：“难道政府不制止？”哈基教授说：“统治者只关心自己的宝座，对其他事都睁只眼闭只眼。”而与当局不作为相反，难得的是一位埃及女医生挺身而出，顶住社会上重重压力，

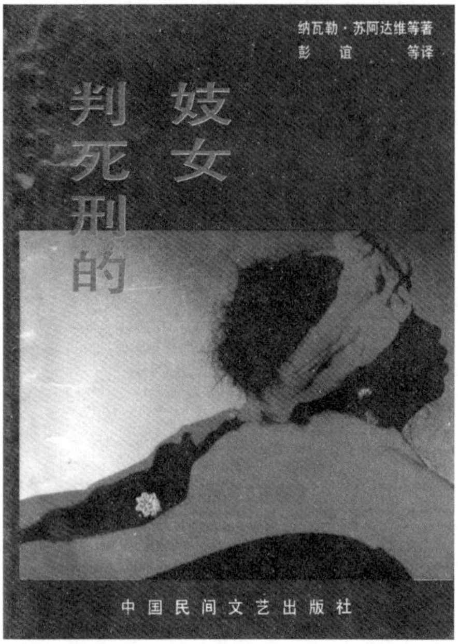

《零点女人》中译本封面

1977年3月黎巴嫩出版的《零点女人》封面

写文章、编刊物，用科学知识无情揭露这类陋习对社会特别是妇女身心造成的严重伤害，在埃及与阿拉伯世界引起巨大反响。他提到的这位女医生，就是即将应邀来访的埃及著名女作家、女权运动倡导者纳瓦勒·赛阿达维。从那时起，赛阿达维的名字便深印在他的脑海里。

上世纪70年代，彭龄再次去叙工作。一天，在市中心的东巴基书店，经理东巴基先生向他推介的新到的图书中，便有纳瓦勒·赛阿达维的《零点女人》。联想到哈基教授对这位女作家的评介，他立即买了下来。东巴基先生说，由于赛阿拉维的观点大胆、“前卫”，在埃及备受争议，她的书往往只能在别国出版。这本书的版权页上就标明：黎巴嫩“文学出版社”，1977年3月第一版。

（二）

《零点女人》写于1976年，是赛阿达维的代表作之一。作者在书中用第一人称手法记述她出于对女犯人进行心理研究与文学创作的需要，去采访一个名叫法尔杜丝的被判处死刑的囚犯时，却一次次遭到这个犯人的拒绝。而令她未料到的是，就连平时一贯对犯人冷酷无情的狱监和对犯人进行心理疏导的狱医，竟都对法尔杜丝寄予无限同情。“莫非她没有杀人？”她问。狱监竟冲她大吼：“不管她杀了还是没杀，她都是无辜的！她不该被绞死！该绞死的，是他们！”她问：“他们是谁？”狱监自知失言，冷笑一声走开了。法律规定，被判死刑的犯人如不服判决，可在判决书下达的十天时限内，向总统递交请求减免的申诉书，而法尔杜丝却拒绝在狱医为她代拟的申诉书上签字。作者每天到监狱，都被法尔杜丝回绝。直到最后时限到来的前一天，狱监才急急忙忙告诉她：“法尔杜丝同意和您见面！”于是，就有了这部小说所记述的这个被判死刑的女犯人临刑前的陈述。

法尔杜丝出生在埃及一个贫穷、落后的农村，父亲是“全部生活就是种地”，“每天夜里都要把老婆打得趴在地上”，“每周五清早必去清真寺做礼拜”的贫苦农民，虽然也会打些“家里的牛病死前赶紧卖掉；抢在邻居偷他的庄稼前，先去偷他们的”之类的小算盘，但终年忙到头，依旧食不果腹。法尔杜丝很小便要学母亲头上顶着沉重的水罐或肥料往田里送。到六七岁，也像农村其他女孩一样，被施以残酷的“割礼”。遇到断粮的日子，全家只有父亲有权吃晚饭。弟妹们在贫病中先后夭折。在父母也病故之后，在艾资哈尔大学读书的叔叔把她接到了开罗。

在法尔杜丝眼里，叔叔是比父亲更亲的人。过去他回乡度假，就曾教她习字，在开罗，尽管她要收拾屋子，替叔叔整理床铺、书籍以及熨衣、做饭等，但终究能上学读书了，这是她从小就期盼的事。到她上中学时，叔叔娶了大学读书时的教授的女儿，并依仗岳父的关系成了宗教事务部的职员。由于妻子出身比自己显赫，他不得不处处看妻子眼色，“怕她胜于爱她”。甚至在曾为供他上大学而卖掉金项圈的姑姑来家里看望时，也怕妻子怪罪而“退缩一边”，迫使姑姑把带来的鸡、蛋和饼留下，用布满裂纹的手提着空篮子走了。法尔杜丝被迫搬到学校住宿，节假日也独自孤孤单单在图书馆的破椅上读书。中学毕业，她获得了优秀生证书。由于叔叔又添了两个孩子，叔叔家除了她睡过的小木床外，已经没有她的地方了。叔叔想先把女仆辞退，让她洗衣做饭、照顾孩子，直到帮她找到工作；或供她上大学，搬到学校住。婶婶都不同意。最后，她被迫嫁给婶婶的舅舅，尽管他们明知法尔杜丝才19岁，而他们的舅舅却是个六十开外的糟老头子，下巴上还长了个时不时流着脓血、散发恶臭的大肉瘤。因为他们为此可以向这老吝啬鬼索要一份“可观的聘礼”。

法尔杜丝受不了那老吝啬鬼的凌辱、殴打，逃回叔叔家。叔叔却说男人打妻子是合法的，又把她送了回去。而她得到的，却是更重的摧残与暴打。她只得再次逃走，却没再回叔叔家。她以为凭中学优秀生毕业文凭，可以教中小学或从事其他职业，做一个自食其力的正直、体面的女人。但严酷的现实从未给她一点点温暖与眷顾。她先后遭到咖啡馆老板、女鸨婆、富豪、无赖、职场官员、外国政要以至警察等形形色色人物的欺骗、玩弄、凌辱，即使最后不得不靠出卖色相，也逃不脱皮条客与他所代表的不公正社会的压榨与欺骗。她努力过、奋斗过，却被这不公的社会折磨得遍体鳞伤。她只能奋起反抗，在皮条客"掏出刀子之前，先把刀捅进了他的胸膛"……原本，她只要在申诉书上签上名，或可免一死。而她却选择了另一条路：牢房的门被突然打开，几个武装刑警对她喊："你的时限到了！"然后当着女作家的面把她押走了，"从我眼前永远消失了"。

在这部小说中，赛阿达维以她特有的朴实、坦诚又尖锐泼辣的文风，深刻揭露与剖析了封建、落后，充满虚伪、奸诈的现实社会的种种弊端，以及束缚、欺压与摧残妇女的政治、经济、文化的社会根源。小说中法尔杜丝捅进威逼、胁迫她的皮条客胸口的那一刀，和这部记载着她陈述的实录，正是赛阿达维代表法尔杜丝和所有被侮辱与被损害的妇女，投向这不公的社会的一把犀利的匕首。

（三）

1987年，我们夫妇一起从黎巴嫩离任回国，正值国内改革开放、经济转轨时期，政策允许私人经商、创办企业。一位北大中文系毕业的学友有感于作家出书难的窘境，决意"下海"自办书社，想像邹韬奋、巴金等老一辈作家那样，自行编辑、出版文学书刊。那时他们的书社刚刚建起，正"等米下锅"。当时，社会上流行的是港澳的武侠、言情小说和翻译作品，中国作家的原创作品备受冷落，甚至出现出版商雇佣写手，假冒翻译作品出版系列小说的怪事。为适应市场需求，他希望我们尽快翻译一两本外国文学作品帮他应急。尽管我们对国内诸多情况不甚了然，但对老学友所托不能不倾力相助。那时，我们还恪守着前辈翻译家奉行的国内已有译本的不再重译的原则，藏书中唯有这本《零点女人》尚无中译本，而这本书及其作者又值得向中国读者推介，便急忙忙译出。而出乎学友意料的是，私营书社只有营销权，要出版图书还得向正规出版社购买"书票"。他们不得不再托关系，费了一番周折，这个中译本终于于1988年11月由中国民间文艺出版社出版了。这里需要多说一句的是，原书名字面意思是"处在零点的女人"，如果直译，"零点"两字含意不大好懂，为此章谊还请教过新华社的阿拉伯专家，他们的解释也莫衷一是。为便利读者，我们决定依据书的内容改译作"临刑前的女人"，待收到样书，却发现书名被改成"判死刑的妓女"，据说是出版社为追求"经济效益"更改的，我们也无可奈何。不过，能把赛阿达维和她的这部著作推介给中国读者，还是让我们感到欣慰。后来听说，国内又有了其他译本，译名也五花八门：《一钱不值的女人》、《十字路口的女人》等。仲跻昆学长在《阿拉伯文学通史》中将它译作《零下的女人》。而将赛阿达维及其作品列为学术研究项目，且卓有成效的新一代阿拉伯文学翻译与研究家牛子牧女士，则将它直译作《零点女人》。为行文一致，本文在提及这部著作时，一律称作《零点女人》。

（四）

转眼又几年过去，1993年夏季，我们在巴格达接到去埃及工作的调令时，也曾想过：这次总该有机会见见我们心仪已久的那位埃及女作家了。到埃及后，我们一直忙于工作，想见赛阿达维的事不得不放在一边。而出于对文学的喜好，在看书报杂志或去书店选购资料时，也总爱看看与文学有关的信息。我们欣喜地发现，就像中国改革开放后涌现出张洁、铁凝、王安忆、张抗抗等众多女作家一样，当时埃及文坛上也活跃着一个数量可观的女作家群。当新到使馆文化处工作的北大阿语系女教师来看望时，我们还曾建议她不妨把这列为学术研究课题，利用工作之便逐一了解、研究这些女作家，写一部《当代埃及女作家群》。但我们渐渐发现，那些活跃的女作家中并不包括赛阿达维，书店里也几乎看不见她近年的新作，这是怎么回事？中国人民的老朋友、50年代曾在北京中央美术学院进修的埃及著名画家黑白先生告诉我们，由于赛阿达维对政治、宗教、妇女权益等社会敏感问题直言不讳，被埃及当局和宗教极端势力视为另类，连人身安全也受到威胁，不得不迁居美国。黑白先生与赛阿达维很

彭龄向赛阿达维赠送《零点女人》中译本

彭龄与赛阿达维

熟，知道她的行止。他允诺："只要她回开罗，我来安排你们见面。"然而，直到我们离任，也未能见到她。若从那时算起，也整整过去20年了。

（五）

我们终于和陆孝修、仲跻昆、郅溥浩、林丰民等学长和学友们聚集到北外阿语楼。当84岁高龄、满头银发的赛阿达维在北外领导和薛庆国教授等陪同下出现在大家面前，我们果真见到如郅溥浩学长所说的"老太太"了！她朴素到不能再朴素：身着一件长及腰部的白衬衫、半旧的蓝色长裤和一双极普通的平底旅游鞋，未施粉黛，只把散乱的银发在后面随意扎起。乍一看，倒像是纳吉布·马哈福兹的小说《汗·哈利利市场》或《米达格胡同》里走来的哪位平民百姓家的老祖母，与我们在埃及社交界惯见的知识女性迥异。然而，和她一接触，便能从她的目光与言谈举止中感受到除了"老祖母"般的宽厚、亲和之外，还有唯有她这位女作家、医生与社会活动家独具的睿智、博学与坚韧。

她在主旨发言中说，她从小就知道中国有和埃及同样古老的文化，知道中国人最早发现养蚕可以生产漂亮的丝绸。她小时候也养过蚕，有一天老师问她中国人为什么修长城，她想了想，回答说：可能是为防止蚕这种能吐丝的虫子爬到别国去吧。她很想到中国看看，看看长城是不是比金字塔还高……我们听着，很难想象三年前，当那场被称为"阿拉伯之春"的浪潮自突尼斯、利比亚扩散到埃及时，这位"老太太"怎样在狂热的青年男女的簇拥下走上街头，同他们一起呼喊"打倒独裁者"的口号。三年过去了，人们狂热追求的"阿拉伯之春"并未出现。不少当时在广场上游行示威的大学生们，面对当今埃及与阿拉伯世界的乱局痛心疾首："这不是我们想要的！"尽管赛阿达维对那场她曾"翘首盼望了70多年"的"革命"及埃及目前的状况感到失望，然而可贵的是，她从未放弃信仰，她坚信"明天会更好，无论是埃及、中国，还是全世界"。

她谈到此次中国之行，既从北京的崭新面貌感受到中国的发展变化，也登上了长城，圆了她童年的梦；谈到当鲁迅先生认识到医术只能救治患者的病患，而不能拯救民族的愚昧与麻痹时，便决然弃医从文。她对此颇有感触。她正是从许多来她诊所求医的女患者那里，感受到愚昧、无知给妇女造成的伤害与摧残，才义无反顾地拿起笔来。她注意到中国妇女在中国革命、建设与发展中所起的重要作用，认识到任何革命不能只空喊政治口号，也应关注到社会、家庭的细枝末节，关注妇女在家庭与社会地位的改变。

她说，她迄今共创作了55部著作，其中不少被译成多种文字，可偏偏没有中文。直到那天，一位叫“瓦哈”的中国姑娘突然造访，希望把她的部分作品译成中文，并转达了邀她访华的意愿。“瓦哈”是牛子牧女士的阿文名字，意思是“绿洲”，赛阿达维大约就像沙漠中的旅人看到绿洲一般，感到意外的惊喜，也从此建立了她们之间的深厚友谊。在多方面共同努力下，终于促成了赛阿达维的这次中国之行。我们每人一进入阿语楼就获赠一本的《世界文学》今年第四期，赛阿达维的照片占了多半个封面。她的“作品小辑”中，刊登了牛子牧译的一部中篇、两部短篇，加上赛阿达维的《致中国读者》与牛子牧的评论《笔与手术刀》，该是我国首次以这样可观的规模推介这位埃及女作家了。这些举措无疑也让更多中国读者认识、了解了赛阿达维和她的作品。她提到，前两天在北师大同几位中国作家座谈，对中国作家对她作品理解的深刻程度感到振奋。那几位中国作家很年轻，他们读到的大约也只是《世界文学》上刊载的这几篇作品。所以，当仲跻昆、郅溥浩和我们把准备好的书籍送给她时，也确如郅溥浩所说，给了“老太太”一个新的惊喜。因为在这之前，不仅她的作品已有中文译本，而且中国学者编著的《阿拉伯文学通史》中给予她和她的著作极高的评价。她在我们的题签簿上留下了这样的题词：我愿对你们的创作和在介绍阿拉伯文学与书籍中的重要作用，表示赞扬与感谢……

她在主旨演讲中说，埃中两个文明古国应当进一步加强文化交往，“因为我们面临一个同样的目标：建立一个公正、自由、尊严，没有宗教信仰、阶级、种族和性别差异的文明新秩序……”

她的演讲博得与会者的阵阵掌声。“我坚信明天会更好，无论是埃及、中国，还是全世界。”“老太太”豁达、爽朗、乐观的态度也给大家留下极深的印象。

（2014年12月8日完稿，载于2015年2月4日《中华读书报》）

回忆与哈桑·拉加卜交往的日子

中国与埃及1956年5月30日正式建交，至2016年5月30日，便是整整60年了。为了纪念这值得庆贺的日子，两国政府将2016年定为“中埃友好年”。学长刘元培将埃及驻华使馆的约稿函用电邮转发我们，邀我们写一篇回顾与埃及朋友交往的文章。但提起笔来，一时还颇费踌躇。此时，一则关于“新苏伊士运河”通航的消息把我们记忆中的历史和现在连接起来。“新苏伊士运河”工程是在原193公里长的苏伊士运河北段开凿与原河道平行的长约35公里的新河道，并将与之连接的37公里长的旧河道拓宽、疏浚，使原来只能单向通行的河道变为双向通行，从而大大提升过往船只的通行效率。塞西总统称这项耗资数十亿美元的国家项目是“埃及奉献给全世界的厚礼”，其蕴含的深远的政治、经济意义是不言而喻的。视频中，我们看到在一面面迎风招展的彩旗的映衬下，在过往船只欢快的汽笛声中，埃及空军战斗机群呼啸而过……那庄严、宏伟的欢庆场面，将我们的思绪拉回到60年前，一位慈祥的老人的身影浮现在脑海。他，就是中国人民的老朋友、埃及首任驻华大使哈桑·拉加卜先生。

我们第一次见到拉加卜先生，正是在60年前——1956年的秋天。我们进入北大东语系阿拉伯语专业学习不久，便爆发了“苏伊士运河事件”，由于埃及将苏伊士运河收归国有，英、法、以三国悍然出兵入侵埃及，激起中国和世界人民的愤怒。北京和其他许多城市都举行了大规模游行。我们用刚刚学会的阿拉伯语呼喊着“声援埃及”的口号，走在北大游行队伍的最前面。在埃及驻华使馆门前，一位高年级同学代表北大师生，用阿拉伯语宣读了支持信。拉加卜大使站在使馆阳台上，向游行队伍频频招手，并不时将双手握在一起高举过头顶，我们懂得，那是表明埃中两国人民决心团结在一起，为正义与和平而斗争。“苏伊士运河事件”一下子拉近了中埃两个文明古国的距离，也为我们的学习增添了新的动力。我们除了关注战局的发展，搜集相关资料出壁报、写诗传单之外，也更自觉地投入了阿拉伯语的学习。后来，我们还参加了在天安门广场举行的百万人的集会，并应邀去政协礼堂听过拉加卜大使作的有关战事进展的报告。那时，我们连阿拉伯字母都未学全，自然无法直接听懂报告内容，但我们却那样专注，努力从中分辨出学过的词汇，记得听得最清楚的两个词便是“中国”“埃及”。

那时，我们多么希望毕业后有机会去埃及工作，为加强两国人民友谊做一点力所能及的事。然而，这个愿望直到上世纪90年代，我们连续在好几个阿拉伯国家工作了二三十年之后才得以实现。

我们到埃及后始知，哈桑·拉加卜先生在开罗几乎是尽人皆知的传奇式人物：他于1911年出生于一个名门望族，1932年自开罗大学工程系毕业后，又去法国进修，获博士学位。他一生中经历过多种角色转换，都取得骄人成绩：他参过军，出任过埃及首任驻美国武官，主持过国防部军工生产局，官至少将；1956年出任首任驻华大使，以后又相继担任过驻意大利、南斯拉夫大使；离开外交界后，又担任国家旅游局顾问，出版过近30种学术专著；在旅游局工作期间，他除热心关注埃及旅游业的发展与建设外，更潜心研究失传了几千年的法老时代纸莎草纸的生产工艺，并获得成功。他无偿将制作这种莎草纸的技艺献给国家，被誉为埃及“莎草纸工业之父”。那时，仅在开罗，生产和销售这种仿古的莎草纸的商店与作坊就超过8000家，不仅解决了大批人员从业的问题，而且，这一工艺还成为埃及旅游业发展的一项独特的重要资源。这样的杰出成就与贡献，使他成为埃及唯一两度获得一级共和国勋章的人。

开罗近郊尼罗河中的雅各布岛上，有一个“法老村”，是开罗著名的旅

作者参观法老村

游景点。一个假日，我们和使馆的同事慕名前往，买门票时，发现少收了钱。向工作人员询问，始知这“法老村”竟也是拉加卜先生主持修建的，而且自落成之日起，他就专门交代：凡中国游客一律八折优惠。工作人员解释说：“拉加卜先生是埃及首任驻华大使，他喜欢中国……”在“法老村”，我们不仅乘坐被称作“时光小舟”的由拖船牵引的浮台，沿着象征尼罗河的弯弯曲曲的河道，浏览法老时代生活在尼罗河三角洲的男男女女如何耕作、狩猎、织麻、酿酒以及制作这逾千年不腐不蛀的莎草纸，而且还看到5000余株法老时代生长在尼罗河三角洲的花草、树木——那时的尼罗河流域，纸莎草与荷花这两种植物本是很多的，古埃及神庙及陵墓的石雕上，常有纸莎草和莲蓬的图案，但不知从什么时候起，这两种植物都在埃及灭绝了。研制莎草纸生产工艺时，拉加卜先生走遍尼罗河三角洲也没有找到纸莎草，便溯尼罗河而上，终于在苏丹境内找到这种草，遂将它重新引入埃及。而荷花，则是拉加卜先生从中国引进的。我们在“法老村”中看着艳丽的荷花、翠碧的荷叶，傍着岸边依依的垂柳，仿佛又回到了我国的江南。

在“法老村”的展厅里，工作人员见我们在仔细观看拉加卜先生任驻华大使期间向毛主席递交国书和“苏伊士运河事件”时与彭真、郭沫若等领导人在天安门城楼上参加百万群众声援埃及集会的照片，便笑着走过来。我们告诉她，当年我们也参加了那次集会，并听过拉加卜先生的报告。她笑着说：“如果拉加卜先生知道你们来参观，他会很高兴的。”我们忙问老人家身体可好，她笑着说：“拉加卜先生虽然80多岁了，精神却非常好，每天都去市内拉加卜莎草纸研究所上班，也常来这里……”她还指着一张拉加卜先生同周总理的合影说：“告诉你们一个秘密，一个美国游客曾提出愿出3000美元购买这张照片，因为那上面有周恩来的亲笔签名，被拉加卜先生一口回绝：‘100万也不行！’”

由于感念拉加卜先生的情谊，我们写了《时光小舟满载友谊》的短文，发表在《人民日报》文艺副刊上。

后来，在准备接待国内一个重要代表团时，埃及方面把参观“法老村”也列入了访问日程。拉加卜先生得知后，约我们到以他的名字命名的纸莎草研究所，想听听代表团有什么要求，以便更好地接待中国客人。研究所设在开罗尼罗河边的一艘轮船上，我们如约走进拉加卜先生的办公室，意外地发现他办公室里只有一张从中国带回的半旧的黄杨木小桌，上面摆着办公用品和与世界其他博物馆来往的信函。桌前有两把木椅，宾主便隔着小桌相对而坐。拉加卜先生出身名门，本人又是将军、学者、外交官，在一般人眼中，早该是家财万贯的富翁了。然而，他却这样简朴，就像开罗大街上遇到的一位普普通通的平民长者。但是，同他一交谈便会发现，他虽已满头白发，却依旧集学者的博学、军人的干练和外交官的机敏、睿智于一身，而又不失平民百姓的质朴与谦和。他对代表团的要求问得很细，一再表示他在中国时，中国就是他的家，他希望中国客人到埃及，也像回到家一样。

谈起在中国的日子，他谈得最多的是周恩来总理："从我第一次见到周总理，我就认定他是我的朋友和老师。他博学、真诚、谦逊，让你打心眼里感到他是完全值得信赖的人……"他说，从那以后，他碰到问题，第一个想要请教的便是周总理。每次周总理都是同他商量、讨论，没有丝毫大国总理的架子，和外交界惯见的圆滑与虚伪。因此，他同周总理谈话，也总是直来直去，从不用外交辞令，感到有什么不妥的地方，也坦率提出。他回忆说，有一次，他看到北京市民把城墙上拆下来的城砖搬去盖自己的房子，便向周总理提出："你们中国人看惯了这些古城砖，或许觉得它很普通，但在我们外国人看来，它却是东方古老文化的一部分……"周总理听后马上说："拉加卜先生，你批评得对，是我们工作没做好。"并立即打电话要有关部门制止这种行为。拉加卜先生感慨地说："这就是周恩来！他总是注意倾听别人的意见，和你平等地交换看法。难怪他能赢得全世界的尊敬……"

我们问起一位游客想购买有周总理签名的照片的事，他笑着说："如果是别的东西，我可以送给他，但那是周恩来总理签名的照片啊！周恩来是我最崇敬的人，我在中国任职三年多，从他身上学到的东西，对我的一生都有巨大影响……"

那次中国代表团访问"法老村"时，拉加卜先生亲自陪同、讲解，使每个人都有宾至如归的感觉。访问结束，还送给每人一幅他亲笔签名的莎草画。

熟悉哈桑·拉加卜先生的埃及朋友，无不对他执着的工作热情和无私奉献的精神赞不绝口。他早已功成名就，独子在美国做医生，他完全可以去美国尽享天伦之乐。但他却舍不下"法老村"——这还是他1979年赴美探亲时参观迪斯尼乐园受到的启发。自然，他也舍不下他的莎草纸研究所及埃及旅游业，他说埃及虽不富裕，却有丰富的尚待进一步开发的旅游资源，他愿为祖国繁荣与发展再出一把力。我们在埃及工作期间，曾多次同拉加卜先生促膝畅谈，从他身上感受得最深的，也正是他对祖国的热爱、对中国的友好和对周总理的崇敬。他在我们的纪念册上题过这样一段话：

> 我认为，只要有可能，就应当工作，尽其所能，建设他的祖国。这是衡量一个人生命价值的尺度。如果一个人停止对他的民族、他的国家奉献，他的生命便失去意义。

拉加卜先生（右）与彭龄

他说："这是我的信条，也是我从我的朋友和老师周恩来常说的'活到老，学到老，工作到老'的名言，及他的言谈举止中学到和感悟到的真理……"

拉加卜先生2004年1月11日病故，享年93岁。他不仅身体力行地为他的祖国奉献了一生，也为中埃两国人民的友谊作过杰出的贡献。

如今，当我们从电视中看到塞西总统主持启动"新苏伊士运河"通航庆典的宏伟场面，不禁又想起60年前"苏伊士运河事件"时那一个个令我们终生难忘的日日夜夜。

为开凿运河，1858年12月起，由西方掌控的苏伊士运河公司在埃及强征一批批贫苦百姓充当劳工，在干旱的沙漠上冒着酷暑，日复一日地进行挖掘，由于伙食粗劣、饮水缺乏、工具简陋、劳动繁重，而防护与卫生条件又极差，一批批劳工因脱水、劳累、饥渴或伤病猝然倒下。特别是1863年和1865年伤寒与霍乱大流行时期，工地上的死尸都来不及掩埋。据史料统计，至1896年11月苏伊士运河正式通航止，在将近11年的挖掘过程中，共有12万劳工倒毙在运河工地上，平均每开凿1公里运河，就有738.5名劳工丧生。这是多么惊人的数字啊！可以说，苏伊士运河是埃及人民用血肉、用生命开凿的。然而，通航后的半个多世纪里，它所赢得的丰厚利润，全都为西方掌控的运河公司吸纳，落入了西方殖民者的腰包。甚至在埃及摆脱殖民统治获得独立后，运河公司依旧是西方殖民者插在埃及肌肤上的吸血管。1956年7月26日纳赛尔总统宣布将苏伊士运河收归国有，是完全正当的举措。英、法、以三国竟置国际舆论于不顾，公然合谋对埃及动武，怎能不激起中国和世界人民的强烈反对呢？！我们这批刚跨进大学校门的学生，在“苏伊士运河事件”所激起的时代大潮的推动下，也和老师、学长们一起，关注事态发展，出壁报、写诗传单，参加游行与集会，声援埃及人民的正义斗争……至今，我们还清楚地记得，当年哈桑·拉加卜大使作的有关苏伊士运河战争的形势报告中，提到这样一则实例：英、法军队对塞得港狂轰滥炸后，又实施大规模空降。开罗百姓义愤填膺，自发组织敢死队前往支援。一位14岁的少年给父母留下一封信，也追随前往。他和敢死队员们一起奋勇杀敌，直到最后胜利……正是在那记挂着埃及，特别是塞得港军民英勇抗击侵略者的不眠的日日夜夜，我们突然意识到自己肩头的责任，迅速地由青涩、幼稚、不谙世事的少年，向勇于担当、努力进取的青年时代跨进了一大步。

如今，当年的战火硝烟早已化作眼前这欢庆“新苏伊士运河”启动典礼上的洪亮的歌声、笑声、汽笛声……怎么不令我们感慨万分呢？！

而且，我们得知，包括兴建公路、机场、港口，及连接西奈半岛与尼罗河三角洲的多条新河底隧道在内的“苏伊士运河经济走廊”建设规划也即将实施，而这一宏伟规划，也正与习近平主席倡导的“一带一路”战略构想相契合。我们想，倘若中国人民的老朋友、埃及首任驻华大使哈桑·拉加卜先生得知这一切，也当回眸笑慰的。

（2016年1月20日完稿，载于同年5月4日《中华读书报》）

厚重、稳固的磐石

——追怀布特罗斯·布特罗斯－加利先生

2016年2月17日，从电视新闻中突然听到联合国前秘书长布特罗斯·布特罗斯－加利先生病逝的消息，我们不由得心头一紧。就在不久前的1月20号，国家主席习近平访问埃及期间会见的10位荣获“中国—阿拉伯友好杰出贡献奖”的人士中，就有加利先生。我们从电视屏幕上看到，93岁高龄的他尽管坐在轮椅上，却依旧神采奕奕，精神矍铄地与习主席握手、谈话，脸上依旧含着那令人备感亲切的、温暖的微笑。我们感到十分欣慰，想他一定能活过百岁。怎料，一个月还不到，他竟驾鹤西去了！后来从埃及官方媒体报道得知，他是几天前因骨盆骨折入院，病情恶化而不治的，我们不禁扼腕长叹，相对默默。凝望着窗外向晚的红霞，他的音容笑貌，特别是那令人备感亲切的、温暖的笑容，又浮现在眼前……

加利先生1922年11月14日生于开罗一个信奉基督教的名门望族，其祖父也曾担任过政府高官。由于出生在这样背景的家庭，他自幼便受到良好教育，1946年从开罗大学法学系毕业后即赴巴黎深造，并于1949年获得巴黎大学国际法博士学位，1954年赴美任哥伦比亚大学客座教授。回国后，他先后担任过记者、开罗大学国际法教授，及联合国国际委员会委员。1973年他步入政坛，出任过埃及外交事务国务部长、主管外交事务的副总理；1992年1月被选为第六任联合国秘书长，也是首位掌管联合国这一国际机构的非洲籍领导人。那时，正值苏联解体，冷战时期以美苏两个超级大国为中心的战略平衡被打破。国与国之间，以及一国之内一些被长期掩盖的地缘、宗教、民族、党派等更深层次的权益纷争与纠葛像火山突然一样爆发起来，形成一处处举世瞩目的热点。那时，我们恰好受命赴伊拉克工作，成为苏联易帜、东欧裂变、亚洲金融危机，伊拉克、科威特由边界纠纷酿成的海湾危机，进而触发的海湾战争等重

前联合国秘书长加利访华时彭龄向其赠送《埃及漫步》后的合影

大事件的见证者与亲历者，深知此类事件的错综复杂。1993年8月，我们转赴埃及。虽说中东和平进程已艰难地启动，和平与发展已成为世界的主旋律，然而，冷战时期就埋下的种种矛盾纠葛，如卢旺达种族屠杀、安哥拉内战、前南斯拉夫充满血腥与火药味的分裂等，依旧暗流涌动，此起彼伏。而且，这些事件的背后，都依然有冷战时期两个超级大国的影子，只不过一个更强势，一个正衰退罢了。加利先生正是在这样一个与其前任决然不同的复杂、无序的国际背景下，执掌联合国机构的权柄的。国际社会也越来越寄望于联合国能够有效解决这些紧迫、复杂又棘手的问题。这对加利先生来说，不能不说是一个严峻的考验。加利先生以他一贯的百折不挠、永不言败的精神，和长期从事国际问题研究和实践的积累，坚持《联合国宪章》规定的公平、公正、合理、合法的原则，临危不惧，沉着冷静，充满自信地担负起这一重任。

根据国际局势的发展、变化，他果断提出重组联合国机构，裁减臃肿机构与人员；主持撰写“和平议程”报告，强调“预防性外交，建设和平与维持和平”，推动中东和平，加强南南合作，加快维和机构与力量建设等颇具建设性的举措。尽管他在处理卢旺达种族屠杀、安哥拉内战等事件中颇具争议，以及在拒绝削减联合国预算比例和对波黑问题的处理上与美国存在严重分歧，但他始终据理力争，不妥协、不屈从，坚持维护联合国机构的权威性与独立性。

联合国秘书长每五年一个任期，1996年又将是联合国秘书长选举年。依惯例，历届秘书长都连续担任两个任期，记者问加利：“您对此有何考虑？是否参加第二任期竞选？”加利笑答：“埃及有一句谚语：‘旧鞋比新鞋更合脚。’”这表明了他对竞选第二任期，及对进一步深化联合国机构与职能改革、维护和平与国际秩序方面的后续工作的自信。然而，随着时间的推移，加利不妥协、不屈从的立场，使得他与美国的分歧越来越大。时任美国国务卿奥尔布赖特常在公开场合挑起纷争，直到剑拔弩张的程度。记得当时开罗的外交界，不仅是发展中国家外交官，也包括美国的盟友——北约国家的外交官，都对那位“蛮横、霸道的老太太”表示不满，特别是对她蓄意拖欠美国应交的超过10亿美元的联合国会费，我们就曾听到北约成员国的同事轻蔑地说：“那是耍无赖。”因为交会费是联合国成员国应尽的义务，何况美国是“五常”之一呢！而对加利，大家则表示支持与同情。后来，在美国公然提出不惜使用否决权的强大压力下，加利寻求连任的愿望终于未能实现。这使他成为迄今为止唯一仅担任过一个任期的联合国秘书长。

但历史是公正的。20年过去，2016年2月16日，加利先生病逝的当天，联合国安理会轮值主席、委内瑞拉常驻联合国代表拉米雷斯宣布了加利先生病逝的消息，安理会15个理事国代表随即起立默哀。现任联合国秘书长潘基文称赞加利是“值得我们铭记的领导人，他为世界和平与国际秩序作出了非常宝贵的贡献”。就连美国现任国务卿克里也表示加利是“和平不懈的捍卫者”……而谁还念及当年那个信奉“强权即真理”的“蛮横、霸道的老太太”呢！加利先生卸任联合国秘书长后，曾出任法语国家组织秘书长，继续以他丰富的从事国际外交事务的经验与才学，为加强各国间特别是发展中国家之间的合作与交流、推动南南合作而努力。

加利先生引起我们关注是在上世纪70年代末他担任埃及负责外交事务的国务部长期间，为配合安瓦尔·萨达特总统打破中东长期“不战不和”的沉闷局面，在国内外众多争议声中陪同萨达特总统前往耶路撒冷，勇敢地迈出寻求阿以和谈的石破天惊的第一步的过程中所扮演的重要角色。经过多轮艰苦努力的外交谈判，埃以两国终于在1978年9月签署了《关于实现中东和平的纲要》和《关于签订埃及、以色列和平条约的纲要》两份在中东和平进程中具有划时代意义的文件（史称“戴维营协议”），为埃以1979年3月正式签订和平条约，结束长逾30年的战争状态打开了通道，也开启了艰巨、曲折、漫长，至今尚未终结的“中东和平进程”。上世纪90年代中期我们在开罗任职期间，虽然在一些重大场合见过加利先生，但与他没有工作上的交集，彼此并不相识。当时，我们对这位前辈只是景仰而已——景仰他在国际外交事务中杰出的学识与才干，也景仰他从不居高临下、盛气凌人的质朴与谦逊。

我们认识加利先生很晚。1999年9月，我们忽然接到埃及驻华大使穆罕默德·努曼·贾拉勒博士的请柬，邀请彭龄出席他为来华出席昆明世界园艺博览会开幕式及埃及馆日活动的前联合国秘书长布特罗斯·布特罗斯-加利先生一行举行的告别晚宴。就在之前不久，我们从报上曾看到出席昆明世博园开幕式的贵宾中有加利先生的名字，当时还曾疑惑，这是那位加利吗？现在终于得到证实，而且还得到这样一个同他会面、交谈的机会，自然令我们兴奋异常。章谊忙找出与在国外逢年过节包礼品用的一样的彩纸，把用中文和阿拉伯文两种文字题签的我们新出版的散文集《埃及漫步》仔细包好，准备送给贾拉勒大使和我们仰慕已久的加利先生。9月22日，彭龄应邀抵达埃及驻华使馆后始知，加利先生是应我国具有官方色彩的民间组织——中国联合国协会之邀，出席昆明世界园艺博览会开幕式和埃及馆日活动的。回北京之前，加利先生一行还专程访问了大连。那天，晚宴的气氛友好、温馨，按贾拉勒大使的说法，是“小规模、家庭式”的。应邀出席的客人除中国联合国协会相关人士与加利先生一行外，还有与我们同期在驻开罗使馆工作的前外交部副部长、驻埃及大使杨福昌，后来曾任我国驻埃及大使、中东问题特使的前驻埃及使馆公使吴思科。另外，还邀请了一位我们未曾料到的“特殊客人”——以色列驻华大使南月明。这不禁让我们记起21年前，正是加利先生陪同萨达特总统，以巨大的勇气与魄力前往耶路撒冷，促成埃以结束战争状态、签署和平条约的“破冰之旅”。

晚宴前，彭龄将《埃及漫步》送给加利先生，并告诉他，我们夫妇在埃及工作、生活了四年，把埃及看成第二故乡并将所见所闻、所思所感写成了这本散文集。加利先生微笑着接过去，问：“是用中文写的，还是英文、阿拉伯文？”彭龄说：“很遗憾，是中文的。”并解释说，在对外文化交流上我们做得还很不够。加利微笑着说：“不要紧，它是珍贵的纪念，我会把它珍藏在心中。”他一边说一边打开包装纸，将书捧在手里细细端详，对封面与装帧赞叹不已：“印得太漂亮了，您和您夫人做了一件非常有意义的工作。”并说：“我们两个古老文明国家，应当在政治、外交、经济、文化各方面加强往来与交流。”

看到扉页上阿拉伯文的题签“赠给中国人民的老朋友——尊敬的布特罗斯·布特罗斯-加利博士”，加利一边轻轻读着，一边笑着说：“谢谢您和您的夫人！我非常高兴你们把我称作‘中国人民的老朋友’，我这次已是第十次来中国了，每一次来，都发现中国有很大变化，我从心底为她的快速发展而高兴。同中国人合作、共事、做朋友，是我最快乐又最感荣幸的事。”加利先生一边说一边翻看手中的书，接着说道：“我虽不懂它的文字，但不少照片我是熟悉的：狮身人面像、拉希德石碑、卡纳克神庙……”他对一帧照片仔细辨认，像是喃喃自语："这是……"忽然说："啊！想起来了，这是费沙维咖啡馆吧，埃及著名作家纳吉布·马哈福兹年轻时常去的地方？"彭龄笑答："您的记忆力真好！这正是费沙维咖啡馆里的'马哈福兹角'，马哈福兹先生早年常坐在那张桌边喝咖啡、写作及接待朋友与读者。"加利点点头，郑重地说："马哈福兹是我崇敬的前辈，也是埃及的良心。"彭龄说，我们在离开开罗之前，还设法专程去马哈福兹先生家中拜访过他。说着，他将书页翻到《访纳吉布·马哈福兹》那篇文章，其中有一张章谊与马哈福兹的合影及马哈福兹留给我们的题词。他告诉加利先生，那是马哈福兹用他被宗教极端分子刺伤、尚未完全恢复功能的手为我们和为中国读者题写的。加利先生轻轻念着："非常高兴你们来访，它为我们提供了一个交谈中国与阿拉伯文学的机会。祝愿伟大的中国进步、繁荣。"他深情地说："马哈福兹是埃及和国际上受尊敬的文学大师，这题词非常珍贵。"稍停，又补充说："说它珍贵，不单指它本身的价值，还在于我们两个国家那种无法比拟的文化渊源与友谊。马哈福兹的题词也正说明了这一点……"

这时，埃及使馆的摄影师过来拍照，加利先生把《埃及漫步》的封面对着镜头说："还有这本书，这是友谊的见证。"拍完照后，彭龄拿出小本，想请加利先生题几句话。由于晚宴即将开始，加利先生说："您把本子留下，晚上我回到旅馆一定给您写好，明天我回国前还会见到贾拉勒大使，我请他转交给您。"几天之后，我们果然收到了贾拉勒大使转来的本子，只见加利先生用阿拉伯文题写了这样一段话：

曹彭龄兄弟：

我为第十次访问中国这个有着悠久文明的国家感到无比幸福。我感受到中国人民越来越深地对他们国家的热爱。埃及对中国和对加深两国文化的继续交流怀着同样的感情。诚如埃及的伟大诗人哈菲兹·易卜拉欣所云：

我的祖国，如果我为了追求虚名而忽视你，

即使得到虚名，我的灵魂也不会安宁。

布特罗斯·布特罗斯–加利

而今，按照中国人习惯的说法，中国人民的老朋友、93岁高龄的布特罗斯·布特罗斯–加利先生，已经抛开他钟爱的一切驾鹤西去。我们重读1999年9月22日写的那篇日记，看着与他的合影和他留给我们的题词，忽然想起那次晚宴上的一个细节：曾出任过我国常驻联合国大使衔副代表的中国联合国协会负责人在发言中说及加利先生姓名中的“布特罗斯”，他说希腊语中这个词意为“磐石”，即厚重稳固的基石。他举例说，《圣经》中耶稣在塔巴列湖边布道期间，将打鱼人西门收为门徒时，把他的名字改为“布特罗斯”（保罗），并说要把教会“建在这‘布特罗斯’——磐石上”。而加利先生的姓名中，却有两个“布特罗斯”，那就意味着他更加厚重稳固，是不畏惧任何重压的磐石……在大家的热烈掌声中，加利先生连连摆手，脸上依旧含着那令人备感亲切、温暖，又谦和、质朴的笑容。而今，中国人民的老朋友加利先生已经远行，他的主要著作《通往耶路撒冷的埃及之路》《民主化与全球化》《非洲边界争端》《不屈不挠：美国—联合国传奇》《永不言败——加利回忆录》等，都已被译成包括中文在内的各种文字。正如他为我们题的词中所说，加利先生没有浪得虚名，他用毕生精力、才学为之奋斗的理想、信念，以及他所坚持的通过外交斡旋等和平方式防止冲突，通过交融、发展缩小南北半球之间的差距，通过改革加强联合国处理国际事务、应对各种挑战的能力，不但要在国家内部，而且要在联合国这一国际系统内的国家之间实现民主化等原则，都已成为他为他的祖国、为联合国机构与全人类未来的发展所留下的“磐石”般厚重的、可资借鉴的珍贵遗产。

我们由衷地祝福他一路走好！

（2016年2月24日完稿，载于同年11月16日《中华读书报》）

她的诗依然活着

——追怀黎巴嫩著名女诗人纳迪雅·图威妮

黎巴嫩当代著名女诗人纳迪雅·图威妮是1983年6月20日病故的，迄今已整整33年了。她的早逝令钟爱她的读者们痛惜不已，因为那时她才48岁。有人说她最爱春天，她说过“春天属于所有的人，所有的人都爱、都眷念春天”，所以她执意在夏季来到之前，与春同去。也有人说她是厌恶战争，因为自1975年开始的基督徒与穆斯林之间的教派冲突，由于国际、地区外来势力插手，演化成经久不息的战乱，使素有“中东瑞士”之称的她的祖国成为举世瞩目的“热点”。在首都贝鲁特，两派民兵隔着市中心交界区（亦称“绿线”），相互争斗、炮击，更使它变成荒凉可怖的鬼域。1982年6月，以色列又借口打击巴勒斯坦游击队，强占了黎赛达以南大片领土，迫使大批居民流离失所。而

纳迪雅·图威妮像

这令黎民众苦不堪言的战乱，不仅毫无平息迹象，反而一天天扩大。她预感到一场更大灾难正在逼近："我听见战争在喘息，/这是又一次战争。/我的屋子——累了/我的面包——干了/我的水——腐了/你们还要什么呢？/我的孩子们——都老了。/雨水冲刷着我的朋友们的血污，/从马路这一边到马路那一边……"她预言的"又一次战争"，指的正是1983年8月开始的几乎将全国都卷入战火的"山区战争"。这首诗正是她在战争爆发前在病榻上写的。所以有人说，她是不愿看到祖国和家乡蒙受更大灾难，而转身匆忙离去的。

1983年8月28日，黎当局在美、英、法、意等国支持下，为推行"大贝鲁特防卫计划"而开展的"山区战争"，将原仅限于以贝鲁特"绿线"为中心的平原地区的教派冲突，扩展为以这四国军队组成的"多国部队"、黎政府军和基督教各教派民兵为一方，以叙军、巴游击队支持的穆斯林各教派民兵为另一方的更大规模战争。战火迅速从贝鲁特扩展到黎中部麦顿、阿莱与舒夫山区。"大贝鲁特防卫计划"不仅未给贝鲁特带来一天和平，反而使全国陷入更大的灾难。随着更多重装备的投入，几乎每天都在充斥贝鲁特居民（特别是西区）耳鼓的"战神交响曲"——枪炮声、汽车炸弹爆炸声和急救车的呼啸声里，又增添了更癫狂、使人神经几欲爆裂的音符：从法国"福煦"号航母起飞的战斗机低空突破音障的爆裂声和美国"新泽西"号战列舰上16寸重炮发射时令半个贝鲁特都随之震颤的旱天霹雳声……

然而，令我们惊异的是，就在这终日不绝于耳的"战神交响曲"的凄厉、嘈杂，令人身心俱疲的轰鸣声中，不少黎民众，包括妇女、老人、孩童，不顾随时有被"绿线"上隐匿的狙击手的枪弹、突发的炮击或街边被蓄意设置的汽车炸弹伤及的危险，像赶赴什么重要约会似的，赶去参加一年一度的书市。书市上，纳迪雅的诗作与纪伯伦、米哈依尔·努埃曼、小艾赫泰勒等先辈或同辈作家们的作品一样，为广大读者追捧。继而，我们更发现，由于战争胶着与发展，更加重了原不同教派、党派之间的矛盾纠葛。不要说不同城镇之间，就是在同一城镇、同条街道的亲朋邻里，也往往由于不同教派民兵设置的哨卡、路障的阻隔，一年半载也难见上一面。然而，纳迪雅的诗歌却像插上了翅膀，自由地穿越任何路障、哨卡，从南到北，从东到西，在黎各不同政治派别与宗教信仰的人群中广泛流传。这确是一个颇值得关注与深思的现象。

纳迪雅·图威妮1935年生于黎巴嫩德鲁兹派的名门望族，其父穆罕默德·哈玛德曾担任过外交官，哥哥玛尔旺·哈玛德担任过政府部长。1954年，纳迪雅19岁时，嫁给了加桑·图威妮，从此便随了丈夫的姓氏，后来更以纳迪雅·图威妮的名字享誉黎巴嫩与法语系国家诗坛。纳迪雅是穆斯林，而她的丈夫——黎巴嫩前驻联合国代表、《白天报》主编加桑·图威妮却是基督徒。图威妮家族于1933创办的《白天报》，是黎巴嫩历史最久、影响最大的私营报纸。不隶属任何党派、教派，是黎巴嫩政界、思想界与黎社会各种思潮、流派交锋、展示的平台。它虽以报道政治事件与动向为主，却本着客观、公允的原则，少有党派、教派的说教、营私与虚伪。当然，这并非说它没有自己的主见。加桑·图威妮每日在头版撰写的时评，就是有根有据、言简意赅、广受关注的好文章。而纳迪雅的诗作，同样是传播与宣扬对有悠久文化传统、曾为人类文明发展作出过突出贡献的祖国的爱恋，和对依附外来势力，为某一派别的私利，不惜糟践、分裂祖国者的鞭笞。所以，她和她的诗才能跨越重重障碍，给人们送去光明、希望与温暖。

纳迪雅曾就读于贝鲁特女子学院、雅典法国大学，后又赴法深造。她酷爱文学，尤其是诗歌。她从小就爱在小纸片上写写画画，纵情抒写内心爆出的心花，她是与诗一同启程踏上人生之路的。不过，那些记载着她童年梦幻的纸片，也随写随弃，像随风飘逝的云朵。她曾广泛涉猎与研究过雨果、拉马丁、缪塞、波德莱尔等人的诗作和他们所代表的各种流派。她主张“诗体解放”——不因屈从“格律”，而限制情感通畅的表述；同时又认为诗不是复杂难解的方程式，使受众猜谜似的避而远之。她认为，诗应如法国浪漫派诗人拉马丁所说，是“心灵的语言”：节奏鲜明，感情真挚又朴素自然，“像原野上自在奔涌的小溪”。

上世纪20年代纪伯伦等一批旅美作家开创的“侨民文学”，在国际上以及对其后的一代代黎作家都产生过巨大影响。至今，不少人依旧因袭其传统，习惯用英、法、西、意等外语写作，以至他们在国外的知名度比国内还高，纳迪雅或是其中之一。1957年她的儿子出生，全家对其疼爱有加，在商议为他取名时，纳迪雅坚持用她最崇敬的纪伯伦的名字为爱子命名。她钟爱纪伯伦，临终前，病榻旁还放着纪氏的《大地的神祇》和《先知园》。她崇尚纪伯伦颂扬的爱与美，和他苦苦追寻的理想的世界。由于家庭及纳迪雅本身的文化素养、气质与习惯，她的诗作也多用法语写成。1963年，由她自己绘制插图的处女作《金色的篇章》在巴黎面世，后又相继写了《泡沫时代》、《六月与叛教者》等诗集，在法国与法语系国家都获得好评。她的艺术才华在1970年专为黎巴嫩“巴尔贝克艺术节”创作的歌剧《敕令》和1972年出版的诗集《为一个故事而歌》中得到充分展现，后者并荣获1973年度法国文学奖。此后，她又出版过《土地之梦者》、《献给黎巴嫩的20首情歌》、《黎巴嫩战争情感录》和《被禁锢的土地》等诗集。

纳迪雅虽习惯用法语写作，但她的诗植根的土壤仍是她的祖国。这使它们具有深沉、厚重的现实感与历史感，同时，又不乏学者与预言家的思辨光辉。

它们与纪伯伦的作品，文体、内容不尽相同，但其韵致与内涵是一脉相承的。正因如此，她和她的诗才赢得黎各教派民众的喜爱。

我们在黎工作期间，耳闻目睹，深切感受到教派间的战争与仇杀在黎百姓心中留下的难以平复的创伤。但是，当我们同人们谈起纳迪雅和她的诗时，便发现基督徒并不因她有穆斯林血统而贬低她。同样，穆斯林也并不因她皈依基督教而嘲讽她。相反，人们都爱她和她的诗，特别是1984年1月她的《土地之梦者》、《黎巴嫩战争情感录》、《纳迪雅·图威妮诗选》被译成阿文并在书展上了隆重推出之后，她的诗更迅速越过各教派武装设置的重重障碍，在广大民众中广泛流传。“纳迪雅·图威妮不属于任何教派，她是黎巴嫩的女儿”，这是黎民众共同的结论。她相信“人与人之间的距离/只有爱的船才能越过”，她努力用她的诗，撑起“爱的船”。从她的诗中，找不到丝毫教派的偏见，她把她全部的爱都奉献给自己的祖国。

她笔下的朱拜勒，早在公元前3000年，那里的人便将雪杉木运往尼罗河口，供古埃及法老建造宫殿、庙宇，换取黄金饰物。而对欧洲人来说，它还有另一个更广为人知的名字——比布鲁斯。这源于古希腊语Biblos，意为“纸”或“书”，据说传往欧洲最早的《圣经》，就是以那里的技工用芦苇做原料，按中国造纸术生产的纸张印成的。纳迪雅写道：“谧静，像正确的思想，/古老，像真理。/港口，面向着海浪飞溅的海水，/第一个太阳从那里落下，/悄悄地，警惕天边的礁岩，/为了再次诞生。/她，有着土地一样的年岁……/我听见曙光在燃烧，在我的眼前，她突然扩展，/爆发出拼音的文字……/她，是我的爱，/朱拜勒，时间的心脏……”

她笔下的特里波利，是黎北部沿海地区政治、经贸、文化中心，同样早在公元前年3000年的腓尼基时代就闻名于世，比公元前7世纪腓尼基人在地中海西南岸的属地迦太基建的同名古城、如今利比亚的首都的黎波里还早2300多年。“啊，它是黎明的窗户，/被陈列着，像珠宝、首饰；/渔民——冒险的骑士们的子弟，/借灯塔，向我们讲述历史……”

她笔下的苏尔，公元前10世纪，那里的人发明了观星夜航并改进了造船技术，使其迅速成为拥有包括迦太基在内的强大的盟主国首府，连原与它互为姊妹城邦的赛达，也不得不降为其领地。公元1世纪，苏尔人用从海螺体中提炼的紫色染料将中国丝绸加工染制后远销欧洲，成为希腊、罗马风靡一时的商品。或许是爱屋及乌吧，欧洲人把苏尔客商统称作“腓尼基人”（“腓尼基”在古希腊语中意为“紫色的”）。而今，这座古代名城除了从古渡口遗址残存的石柱、地面马赛克镶嵌画和石棺外被岁月凋蚀的浮雕上仍能想见昔日辉煌外，早已衰败不堪：“我是有着二百双手的苏尔，/我瞬间固定在遗忘的和平；/我是被时代剥光的腓尼基女王，/赤裸着双脚在水面上行进……”

而她笔下的贝特丁，是19世纪初埃米尔巴希尔·谢哈比的行宫，位于舒夫山的德尔·卡迈勒镇上，由三座宫殿群组成，是融东西方建筑艺术于一体，又富于黎民族特色的建筑瑰宝。建成以来不知有多少人为它唱过赞歌，但最为人们熟记与赞许的，却是纳迪雅这浓缩凝练又纯朴自然的诗句：“这里，花朵和工程学一同生长，/语言带着玫瑰的芳香……”

她的诗灵动、质朴，既有女性共有的温婉、细腻，又有独到的睿智与明析。这些珠玑般闪光的诗句，组成了她诗作的最华美的篇章。

不幸的是，自70年代中期开始的教派冲突与仇杀，不仅使黎巴嫩深陷在旋涡之中，也彻底改变了纳迪雅的生活。她痛苦，她彷徨：“我的祖国，/选择折磨着它，/像在等待，有一天——/我们在路上将它失落。/我的祖国，/像每一朵破碎的浪花，/她的夏季，像冬天一样冷漠……/我的祖国，/人们的记忆像饥饿那样严酷，/战争多过约旦河的流水……”

更不幸的是，在祖国山河破碎的蒙难的日子里，她也染上了沉疴，家人与朋友劝她去法国治病，她却拒绝了，她不忍这个时候离开，坚持留在家乡静养。但她对那许许多多为避战祸远走异邦的亲朋好友，却给予充分同情。因为那些在外来势力教唆下终日打打杀杀、嗜血成性的狂徒，早把国家变得国不像国：“不，我的没有祖国的朋友，/不是他离弃了祖国，/是祖国从他身旁逃走……”

她对教派、党派间的仇杀和预感到的正逼近的更大规模战争深恶痛绝，因为它所毁灭的，不仅是千万无辜的生灵，还有她亲爱的祖国：“是的，/我并不擅长于战争技术，/但是，如果我能够——/我一定杀死所有杀死黎巴嫩的人！”

对祖国、民族深切的忧患更加重了她的病情，面对死亡，她却表现得异常坚强。她参加了抗癌协会，并坚信有一天人类会征服癌症。如果没有战乱，她风光如画的家乡本是静养的好处所，然而，没有一天不为国家命运劳神的她，又如何“静”得下来？！当她预感到死亡将至，强撑着病体写下最后的一首诗：“历史与历史之间的桥梁就这样坍塌了/就这样，那些数字，/就这样，生活中那些燃烧的记忆，/就像打破的十字架，我的破碎的梦，/我前面的光亮熄灭了，/我不愿说话，也不去幻想，/哪里是我的祖国？/月亮和她对话，水敞开它的襟怀……/哪里是我的祖国？/是那充满夜的你的泪水的歌中吗？/历史与历史之间的桥梁就这样坍塌了，/就这样，当你接近土地，那些思想也都破碎离析，/还有那些人们，人们……/就这样，我们不知道为什么而哭泣的人民/他就没有生的权利？！”

在诗中，她还一再拷问：“哪里是我的祖国？”拷问：黎巴嫩无辜的民众“就没有生的权利？！”她就这样走了，带着深深的遗憾，在1983年6月，那使她家乡也卷入战争的“像冬天一样冷漠”的夏季来到前，用她的生命撑起“爱的船”，与春同去。

两个月之后，纳迪雅预言的“又一次战争”——“山区战争”由于更多外来势力竞相卷入，使黎巴嫩这个弹丸小国不得不蒙受更大的灾难。“山区战争”前，黎军队基本上对教派间争斗持不介入立场，这对它们各自辖区的社会稳定起着重要作用。这一点，在中国使馆所在的贝鲁特西区尤为明显。西区原驻有的两个旅的政府军，对穆斯林各教派武装都是威慑，从而保障了社会生活的基本稳定。而“山区战争”爆发后，情况便渐渐发生变化。由于战争规模扩大，双方相互炮击成了常态。不巧的是，驻扎在贝鲁特机场附近的美军营地突遭穆斯林民兵炮火袭击，一下子死伤十余人。“多国部队”与基督教民兵为了报复，立即疯狂炮击南郊穆斯林什叶派聚居区。而驻守西区的两个旅的官兵中，许多人的家就在南郊，眼看亲人流血他们怎能不管不顾？果然，第二天一早，黎各电台都播着同一个令所有人震惊的消息：穆斯林民兵已“接管”整个西区。原来，这两个旅的官兵已全部撤回军营，这还是多方经过连夜磋商才达成的妥协：既为保全这两个旅的建制，也为避免整个军队失控酿成更大的悲剧。但这样一来，整个贝鲁特西区一下子陷入混乱、无序的状态。随着时间推移，原本较为平静的东区，也由于基督教民兵不断壮大，与政府军之间的摩擦也较前加剧。在这种乱局下，许多新的组织也应运而生。黎议长、什叶派首领贝利领导的“希望运动”，原是什叶派唯一奉行温和路线的政治组织，而随着战事扩大，这种温和路线越来越受到教派内部反对势力的诟病，于是，一

彭龄在被炸毁的法国驻军司令部现场（新华分社记者李武宗摄）

个有外国势力扶持与资助的激进组织便应运而生。起初，人们并不知道这个激进组织的底细，但它却精心策划与实施了一举改变“山区战争”进程的重大事件——美、法驻军司令部大楼爆炸事件，而登上黎巴嫩的政治舞台。

我们正是这一事件的见证者。我们清楚地记得，那天清晨被一声巨大的爆炸惊醒，忙循声去阳台查看，只见机场方向一团浓黑的蘑菇云在晨光中扶摇直上，方位正是美国海军陆战队司令部所在地。紧接着，一声更大的爆炸轰然响起，巨大的冲击波震得使馆大楼山摇地动，它夹带的飓风醉汉般撞碎办公室那面落地窗的玻璃，在各房间乱闯乱窜，把一扇扇木门硬生生从门框撕下，把墙上、柜上、桌上挂的摆的物品扫落一地，跟着又撞碎宿舍这面落地窗的玻璃，夹带着烟尘、玻璃碎片呼啸而去。停在院内的汽车，被飞溅的水泥块砸得面目全非。万幸的是，那天恰逢周末，爆炸发生时，使馆习惯早起的同事也都在睡梦中。后来证实：“多国部队”的龙头老大美国海军陆战队先后进驻黎巴嫩的500余天中，共伤亡400余人，而此次爆炸中就死亡264人。而直接殃及使馆的法国驻军司令部的爆炸，距使馆直线距离仅百米之遥。七八层的大楼在爆炸的瞬间倒塌，一层层叠压在一起，变成一个钢筋水泥胡乱堆积的大坟包，除两名在楼外值勤的士兵幸免外，其余八九十名官兵全被埋入其中。我们在现场

《白天报》大楼前的纪伯伦·图威妮纪念石柱

亲见，一辆辆急救车呼啸而至，却由于没有能撬动那叠压在一起的水泥预制板的器械而束手无策，那情景惨不忍睹。这惨重的血的代价，令美国与西欧国内反战声浪日高。1984年2月8日，里根总统迫于内外压力，宣布自黎巴嫩撤军，意、英、法驻军也先后撤离。由他们发动并直接参与的“山区战争”，也随着那一面面“多国部队”的旗帜，像700多年前显赫一时的“十字军”一样，偃旗息鼓，灰溜溜败走而结束。但由这场战争而引燃的遍及黎巴嫩全国的战火却并未熄灭。战争中，唯一得利的是叙利亚，这支“友军”非但不从黎巴嫩撤走，反而乘势坐大，成了唯一的“占领军”和阻碍黎各派弥合矛盾、医治创伤、重建国家的最大障碍。1986年7月我们最后一次去纪伯伦博物馆时，过去一直平静的北部山区也变得不平静起来，为免遭战火殃及，博物馆正忙着将展品装箱运往他处。我们就是在隆隆的炮声中与馆长库鲁兹先生重逢和交谈的。

1987年3月，我们结束在黎巴嫩的任期回到北京。在赶写有关黎巴嫩的纪实散文时，也曾计划写一写纳迪雅。后来新任命下达，便不得不匆忙将已写就的文稿编成散文集《黎巴嫩散记》，寄给曾给过我们许多鼓励与帮助的散文家苏晨，恳请他写一篇序并推介出版。苏晨老师很快写了序，并推荐给了鹭江出版社。后来，我们还是抽空赶写了短文《她与春同去》，可惜书稿已发印厂付梓，我们还曾为未能补入而惋惜。

虽然离开了黎巴嫩，但对它一直很惦记。1999年9月，联合国安理会通过第1559号决议，呼吁包括叙在内的所有外国军队撤出黎巴嫩。2000年以后，黎国内要求叙撤军的声浪日高，叙为改变孤立地位与缓解压力，曾将驻军人数与部署作过几次调整，但并未消减反对声浪，各种势力在黎明争暗斗的博弈也更加激烈。2005年2月14日，黎总理哈里里遇刺，正好成了这种激烈博弈的引爆点。哈里里被公认是维护国家主权、对外部势力不轻易屈从的政治家，由于他坚持要叙撤军，对叙来说是不好打交道的人物。他的遇害更加剧了黎巴嫩的反叙情绪，美、法等对叙这“老冤家”自然更不肯放过。2005年4月26日，叙利亚终于被迫结束了在黎长达29年的军事存在。

然而，各种势力的激烈争斗并未随之消减，就在国际机构仍在就哈里里案件进行调查的同时，又相继发生多起有预谋的暗杀事件。其中尤以同年12月12日《白天报》社长纪伯伦·图威妮一行4人蒙难事件格外引人关注。尽管一自称“勒旺统一自由斗争者”的组织宣称他们“已成功让图威妮永远闭嘴”，但国内外舆论仍一致指出叙才是其幕后黑手，因纪伯伦·图威妮生前曾发表多篇要叙撤军的署名文章。噩耗传来，不能不令我们深感惋惜又愤怒。因为纪伯伦·图威妮正是被母亲纳迪雅亲昵地称作她的“第一缕晨光”的爱子啊！他终于未辜负父母厚望，不仅成功地继承了父业，一年前还被选为黎国民议会议员，既是黎报业领军人物，又是政界一颗冉冉升起的新星。以他的人品、才干，本应像父母希冀的那样，为国家作更大贡献，不料竟成为黎内外各种势力争斗的牺牲品。

纪伯伦·图威妮曾被指控为“反叙分子”，而实际上他从未“反叙”，只不过和大多数黎民众一样，对叙一再坚持与强调的两国“特殊关系”有着不同的认知。在《白天报》大楼外专门为他修建的纪念柱石旁，用黑色花岗岩铺就的地面上，镌刻着一组从他生前文章里摘选的名句，其中有关黎叙关系的是：“叙利亚需要身旁站着一个能休戚与共，健康、强壮的黎巴嫩；黎巴嫩需要一个彼此心安的叙利亚，以免我们长期处在猜疑与恐惧之中。”黎叙两个同为阿盟、联合国与全世界都一致承认的独立的国家之间的关系，不就应当是这样的吗？！纪伯伦·图威妮遇难时也48岁，恰与母亲纳迪雅“随春同去”时相同的年纪。这怎能不令我们倍感痛惜呢？

2011年底，收到学长仲跻昆教授签赠的《阿拉伯文学通史》，在翻阅黎现代文学一章时，未看到纳迪雅的名字。我们介绍了纳迪雅的著作在黎各教派读者中受欢迎的情况，仲教授说：“我知道这位作家，当时考虑她主要用法语写作，故未将她收入。以后有机会再版，或可以考虑补进去……”

今春，为纪念中黎建交45周年，我们应邀撰写文章时，又重新翻阅当年在黎工作期间的日记、剪报、采访笔记等“尘封”已久的资料，那些早已淡忘的人物、事件，又自记忆深处一一展现眼前。当从剪报中翻出纳迪雅·图威妮的图像时，看着那秀丽、清癯的面容，仿佛听她在说：“请让我重新再一次开花/在海的花园……/请让我静静地哭泣/昨日的风要求收回我清瘦的影子……”心中不由一阵震颤。听今春曾去过贝鲁特的人说，那里已很难看到战争的痕迹，往昔的“绿线”上，车水马龙，人来人往。一处处花园小区更是一派温馨、祥和景象。海边与港口，一幢幢现代化新楼拔地而起，有旅馆、写字楼，也有供娱乐、休闲的“卡西诺”。当然，战争留给人们的心灵创伤仍难以平复，各教派间由来已久的矛盾、纠葛也难以一下子消除。当前，还需承受接纳、收容因战乱而涌入的近百万叙难民；南方，以色列与“真主党”还不时爆发冲突。但黎毕竟已走上化解矛盾、重建国家的发展的道路，它的夏季，也不再似纳迪雅所说“像冬天一样冷漠”。这是值得庆幸的。中黎两国一直是古丝路上相互辉映的明珠，黎巴嫩也是“一带一路”战略构想热心的支持者、参与者，两国间这种友好合作关系必将进一步发展。倘纳迪雅得知这一切，也会笑慰的。我们发现，当年匆匆忙赶写《她与春同去》时，许多珍贵的资料未及引用，而那之后又陆续积累了一些新资料，深感在两国建交45周年之际，应另写一篇有关纳迪雅（包括她的家庭）的文章，因为她在祖国被外来势力粗暴干预及教派间的战争、仇杀分割得支离破碎时，没有去国远走，而是抱病坚持留下，用她柔弱却坚定的声音反对分裂，反对战争，维护国家、民族的团结、自主与统一，并赢得各教派民众的一致认同。“她是黎巴嫩的女儿”，这无疑是对她最大的赞誉、爱戴与褒奖。纳迪雅与她亲人的遭遇，都是那个时代整个国家的缩影，联系到当今中东乱局，会有不少可资借鉴的意义。况且，即使仲教授的《阿拉伯文学通史》有机会再版，纳迪雅也未必一定能补入。因为这部砖头般厚重的两卷集中，收入的作家已成千累万。不少贡献与影响可能都在纳迪雅之上的作家，如原北大专家、叙著名作家萨拉迈·奥贝德，在他百周年诞辰之际，仲教授还专为其撰写过纪念文章，但在收入《通史》时，也只一笔带过。在两国建交45周年来临之际，愿这篇小文能化作追怀这位女诗人的一瓣心香。我们相信，纳迪雅·图威妮依然活着，活在她的比苏尔原野上的紫荆花更芬芳，比科奈特索达山顶上的雪松林更粗犷、更深沉的诗歌里，活在黎巴嫩人民的心中。

（2016年10月据旧稿《她与春同去》改写，载于《世界文化》2016年12月号）

跋

本书汇集的，除收入第一辑的少数几篇是上世纪八九十年代我们在国外工作期间，有机会造访各地心仪已久的文学、艺术大师们的故居、墓地、博物馆或纪念地后写的记述小文外，其余大部分是我们退出工作岗位后，有更多闲暇阅读、思考，并将我们读书时的感悟写成的一篇篇类似中学生作文“读后感”之类的文字。说起来，这也缘于我们的忘年之交黎先耀同志的启发。

黎老是“三八式”老革命，他刚满12岁就参加了杜宣同志任团长的抗日救亡剧团在江西各地的巡回演出，一边学习做宣传工作，一边在革命队伍中锻炼成长。他天资聪慧，又勤奋好学，很小就开始写诗，写文章，出版过《初唱》、

彭龄与黎先耀合影（摄于2001年）

《脚印》等诗集。他一生经历过多种“角色”转换，“文革”后从下放的农村调任自然博物馆馆长，这与他原来所学毫不搭界。但他不愿只听汇报、发号令，而是干中学、学中干，在虚心向同事、专家们求教、学习外，还依靠馆藏图书、资料和标本，刻苦学习与掌握相关知识，使自己很快从外行变成内行。那段时期，他仍继续从事文学创作，只是内容比过去宽泛了，融入了大量生动有趣的自然科学知识，成就了独具一格的科普与文学并重的艺术精品，以至许多人以为他同著名科普作家高士其一样，原本就是科学工作者。女作家冰心读过他的《观音水仙》后曾说：“科学家能写出这样文情并茂的文章，十分敬佩。”他的《莼鲈之思》出版后，更是好评如潮。1990年，他被评为有突出贡献的科普作家。后来，他奉调入《经济日报》任高级编辑。离休后，除赴各地进行学术交流与讲学外，本有更多时间用来看书、写作，但他感到由于生活节奏加快，人们难得有读书时间，而出版物又良莠不齐，读者想找一本好书并不容易，便下决心集中精力、时间“编而不作”。在细心调研的基础上，他根据不同年龄、不同类别的读者的需求，编写了如《爱的美文》、《走进老人世界》、《书林佳话》、《人与自然精品文库》、《诺贝尔奖世纪回眸》等一套套荟萃古今中外名家著述的文集和丛书，供“爱读书和想读书的”读者选读。我们正是从读他编纂的这一套套文集和丛书时，有幸同他相识并结成忘年之交的。这次收在本书第一辑中的《相见牡丹时》、《也吊“新处女”》、《罗马三月悼诗魂》、《常青的葡萄园》及记述纪伯伦博物馆的《我们在聆听》等文章，也曾被黎老收入他主编的《人与自然精品文库》，及“文化游学丛书”的《墓园情思》、《故园春梦》与《园林畅游》各卷中。黎老毕生以读书为乐，离休后，更以周总理的“独乐乐不如众乐乐”这句话激励自己，在刻苦为自己也为他人读书的同时，编纂了上千万字的丛书，直至生命的最后一刻。黎老的读书、为人，都是我们学习的榜样。我们愧无黎老那样丰富的经历与丰厚的学养，更不会编书，但退休之后，读书及学着写些“读后感”的小文，还是可以做到的。对黎老树起的高标，我们只能套用一句老话：“虽不能至，心向往之。”

这里需要补充一点的是：第一辑中唯《不应忘却的记忆》这篇，是2016年我们有机会去葫芦岛疗养，特意去龙港区寻访二战后依据《波茨坦公告》，自1946年5月7日至12月25日的232天里，将羁留在东北各地的105万多日侨俘遣返回国的原葫芦岛港区后撰写的。如此巨大规模的遣返行动，世上绝无仅有。除中国政府在人力、物力、财力上提供巨大支持外，刚刚摆脱日本侵略者长期奴役、压榨，自己还缺衣少食、遍体鳞伤的东北及葫芦岛人民，却以德报怨，倾其所有，无私地接纳一批批潮水般涌来的敌对国的侨民与战俘，让他们平安踏上归国之路，这是何等的大德、大义！比之当下日本政府的所作所为，何止天上地下！日本军国主义发动的侵华战争，给中日两国人民都造成了巨大灾难。前事不忘，后事之师，两国皆应以史为鉴，面向未来，才能让那历史悲剧不再重演。《中华读书报》不吝篇幅，连文带图登了整整一版，想来也是出于此意吧。

本书汇集的“读后感”似的文章，大多是写外国作家、诗人的作品。中国作家、诗人的作品与学术专著不在此列。我们读书没有定规，似有些从心所欲，内容也十分宽泛。为了方便读者，这次结集时，将手稿梳理一下，按国别大抵编为三辑：一是苏俄文学作品。由于家庭影响，也由于大的政治环境，我们这一代五六十年代成长的年轻人，谁没受过苏联文学作品的熏陶呢？那时，我们都是把《卓娅与舒拉的故事》、《虹》、《无脚飞将军》等当代苏联文学作品，像吴运铎的《把一切献给党》、刘白羽的《无敌三勇士》或白刃的《战斗到明天》一样，作为课余教科书一样来读呢。我们的藏书中，苏俄文学作品也相对多一些，有过去积存的，也有孙绳武、张福生等师友们赠送的。这里想着重提一提孙绳武先生，他原是父亲的学生，后与父亲一起在“中苏文化协会”共事，由重庆到南京。彭龄初识他时，还是个顽皮的孩子。新中国成立后，他一直在人民文学出版社工作，既是家姐苏玲的领导，又与父亲保持着联系。他为人谦和、热情，可能是爱屋及乌吧，他对我们也十分关切。知道我们与他有相同爱好：偏爱诗与散文，也尝试着写一些，每次见面，他都关切地同我们谈诗论文。晚年，每次去看望他，他总要选几本自己珍藏的书籍装在纸袋里，让我们带走。他多次同我们谈及帕乌斯托夫斯基的《金蔷薇》，后来，他又将帕乌斯托夫斯基的《一生的故事》送给我们。这书原是译者妻子2001年10月送给孙老的，扉页上有她亲笔题签。但孙老却执意送给我们，并在扉页背面预先题写了：“谨将此书转赠彭

彭龄与孙绳武合影（摄于1988年）

龄章谊同志。作者为苏联文学界名家，译者亦为翻译苏联文学奉献一生。此书为自传与回忆录，内容丰富，故事感人，形象鲜明，颇值一读。故敢相赠。孙绳武2008年12月。”我们捧在手里，感觉沉甸甸的，融合着孙老对我们两个晚辈的厚爱。后来有一次，我们去孙老家，他忽然问：“布宁的作品看过吗？”“布宁？是过去通译的浦宁吧？”我们问。他点点头说：“是的。他曾是俄罗斯有名望的诗人、作家，还得过诺贝尔奖。但与苏联政治观点不一致，我们也很少翻译他的作品。其实，他在诗歌、小说、散文各方面都有很高的成就。后来，社里决定出版他的文集，张福生他们还像以往一样，编了新书总想到我，所以《布宁文集》一出版，我就先读为快了。这套书很值得读。”说着，他起身去隔壁将书取来送给我们。我们自然感念孙老送给我们的学习机会，但由于自身学识浅陋，对书架上这厚厚的四大本文集总有点心怯。后来还是下决心细读，并写了《走近布宁》的小文。

孙老不单对我们如此，对我们阿拉伯语界的学者仲跻昆、郅溥浩等也都很熟，他们对孙老给予他们的热情关怀与帮助也赞誉有加。郅溥浩常年在深圳，我们曾相约一起拜访孙老。我们准备届时像小学生向老师呈交作业本一样，向孙老呈上我们写的《走近布宁》的小文，也算对他的关爱有个回应。不料，让我们万万没想到的是，虽已97岁高龄却依旧思路清晰、鹤发童颜的孙老，却先于2014年6月在睡梦中安然远去，令我们追悔不已。

除有关苏俄作家作品外，我们关注得比较多的是阿拉伯文学。我们是学阿拉伯文的，又在中东阿拉伯国家工作、生活了二三十年。家父常爱引用苏联作家拉夫列尼约夫的话：“文学是友谊树上的第一个花蕾。”我们在与阿拉伯朋友交往时，也常与他们谈中国与阿拉伯文学。只要彼此是真诚的，很快便能从共同的喜好中找出感兴趣的话题，并于闲谈中消除隔膜，相互熟识起来。有的还成为至交，如本书收入的《友谊树上的花蕾》中记述的《毛泽东诗词选》的阿文版译者马姆杜赫·哈基博士；向我们推介著名黎巴嫩女作家伊姆莉·纳斯尔娜及其作品的原巴勒斯坦驻贝鲁特办事处主任谢菲格·胡特博士，及其夫人、记者白杨女士（见《她在通往未来的道路上前进》）；埃及著名学者、画家黑白夫妇（见《斯人虽逝，友谊长存》）；埃及首任驻华大使哈桑·拉加卜（见《回忆与哈桑·拉加卜交往的日子》）；以及在黎巴嫩内乱中连续两次协助联系、安排与陪同我们穿过重重哨卡，去造访纪伯伦博物馆的穆罕默德·泽丹上校（见第一辑中的《我们在聆听》与《天涯尽知音》）；等等。

也由于同学、同好，我们离开工作岗位后，仲跻昆、郅溥浩、伊宏、李琛，以及蔡伟良、林丰民、薛庆国、葛铁鹰、邹兰芳等阿拉伯文学研究会的领导与专家、学者们，也不忘邀请我们参加年会及与来访的阿拉伯作家、诗人座谈等活动，让我们有更多机会了解阿拉伯文学的发展与变化，这才有了《走近阿多

彭龄、章谊与部分“阿语界”学长、学友的一次聚会：陆孝修（右三）、仲跻昆（右四）、刘光敏（左二）、郅溥浩（右二）、葛铁鹰（左一）、邹兰芳（右一）

尼斯》、《祖国永远在他心中》、《难得的会见》及《也说〈一千零一夜〉变奏》等文章。我们将它们与此前、此后写的有关阿拉伯国家作家作品的文章汇集一辑。

此外，我们将阅读其他国家作家作品后写的文章汇成一辑。这一辑篇幅不多，内容却更加宽泛。有的是年轻时就喜爱，而后又带有怀旧意味的重读。如《重读〈茵梦湖〉》、《追怀泰戈尔》、《追忆谢甫琴柯》、《还是那颗头颅，还是那颗心》、《山甘纳的歌声》等；也有的是出于对友人或作者的感佩而写的，如《你的荣耀越过高山，远达秦马秦》、《读斯吉尔达的〈中国的呼吸〉》等；《一本“带有温度记忆”的书》、《读山飒的〈柳的四生〉》与《重读〈四月的哈瓦那〉》，虽是三位中国作家、诗人的著作，但作品所写的是外国，而山飒（阎妮）长年旅居法国，是著名作家、画家，更是中法文化艺术交流的使者。

书稿编成后，总应取个书名。我们想到20年前旅居伊斯坦布尔时，友人带我们攀上亚洲部分的松林坡的山顶，回望欧洲部分的金角湾、皇宫鼻、“蓝色清真寺”和俯瞰月光下的博斯普鲁斯海峡。如银的月光如薄雾轻烟，笼罩着远方黑沉沉的大海、星座般璀璨的城市和横陈眼底的流光溢彩的长峡。当夜航船从马尔马拉海驶入长峡，像梦幻里的小船驶入银河，那变幻无穷的灯影和片片月光随着起伏的波涛静静地向远方流去。“长沟流月去无声”这句古诗突然跃入脑海，让人想起孔老夫子的“子在川上曰：‘逝者如斯夫，不舍昼夜’”。联想到一代代先贤与他们的业绩、思想、著述，不也正如这片片月光在历史的长河里熠熠生辉吗？那情景令我们久久不忘。后来，有一年新春，收到散文家柳萌先生寄赠的条幅："笔书岁影，纸留月痕"，令我们又想起伊斯坦布尔的那个月夜。柳萌先生不仅散文劲道，书法也劲道，令我们爱不释手。受到柳萌先生的启迪，当即想到以后若能将我们写的读后感之类的文章集成一本的话，就给它取名"书影月痕"吧。这便是这书名的由来。或许，受我们心智与能力所限，未必能从岁月的长河中打捞出多少片月光。

由于十多年未与出版界打交道，书稿编成，却四顾茫然，不知所措。幸遇五洲传播出版社及责编高磊先生，及时热情协助，并为本书的策划、编辑与出版尽心尽力。编者是作者与读者之间不可或缺的沟通联系的桥梁。若能遇到热情恳执、推诚相予的编者，是读者之幸，也是作者之幸。我们不禁联想到近十多年常与我们联系的《文艺报》、《中华读书报》、《大公报》及《世界文化》等报刊的领导及责编冯秋子、刘秀娟、赵雅如、马文通、孙嘉平、冯晓慧、张小荫等给予我们的热忱鼓励与帮助。我们与他们同样素不相识，有的甚至至今未谋面，只是电邮沟通信息，发稿、编稿，才使我们通过他们供职的报刊的载体同广大读者建立起联系。特别是，当我们意外地收到读者或失联已久的友人的反馈时，更感到当年黎先耀先生为他人读书、编书的乐趣。我们愿在这里对他们表示由衷的谢意。另外，我们更感谢在北大读书时的学长叶廷芳教授，基于我们几十年来由青涩幼稚的青年一路走来，直到双鬓如雪到暮年，不论世事如何纷繁、变化，也不论各个经历过多少泥泞坎坷，始终初心未改，一直彼此牵挂，彼此信赖，彼此关切。这种难能可贵的推诚相予的情谊，始终让我们感到温暖与温馨。老学长于百忙中抽暇亲为作《序》，加上仲跻昆、高秋福、吴思科、阎纯德几位学长题写的"荐语"，为拙作增色不少。自然，其中也有不少让我们脸红的溢美之处，权当老学长们对我们的激励与黾勉吧。

至于此书能否为读者接受，我们不敢奢望。对读者，特别是青年读者，我们想引用高尔基的一句话："热爱书吧，读书能使一个人同各个时代、各种民族的伟大思想家在精神上沟通起来。"倘有读者通过本书的某篇文章而特意翻开另一本书，那将是我们最大的愉悦。

彭 龄　章 谊

2017年4月6日